亲爱的南方

西樵山杯·第三届青年产业工人文学大赛优秀作品集

Qin Ai
De
Nan Fang

广东省青年产业工人作家协会 / 编

覃海慧　黄颂华 / 主编

中国青年出版社

图书在版编目（CIP）数据

亲爱的南方 / 广东省青年产业工人作家协会编著.
—北京：中国青年出版社，2017.5
ISBN 978-7-5153-4765-3

Ⅰ．①亲… Ⅱ．①广… Ⅲ．①中国文学—当代文学—作品综合集 Ⅳ．① I227.1

中国版本图书馆 CIP 数据核字（2017）第 101680 号

策　　划：彭明榜
责任编辑：申永霞
书籍设计：孙初 + 叶子秋

中国青年出版社 出版 发行
社址：北京东四 12 条 21 号
邮政编码：100708
网址：www.cyp.com.cn
编辑部电话：（010）57350506
门市部电话：（010）57350370
北京科信印刷有限公司印刷　新华书店经销

787mm×1092mm　1/16　36 印张 480 千字
2017 年 5 月北京第 1 版　2017 年 5 月北京第 1 次印刷
定价：52.00 元

本书如有印装质量问题，请凭购书发票与质检部联系调换
联系电话：（010）57350377

序一

/ 张志华

冬去春来、时光荏苒。匆匆间,由中国青年报社、共青团广东省委员会、广东省青年联合会发起,广东省青少年文化促进中心、广东省佛山市南海区西樵镇人民政府承办的"西樵山杯·第三届青年产业工人文学大奖"已圆满落幕数月,本届比赛的优秀作品集也即将付梓。

该大奖是迄今为止全国规模最大、最权威的首个属于全国产业工人的文学奖项,是一项立足广东本土、最具持久生命力和全国性影响力,持续累积文化意义、文化价值的产业工人文学奖项。大赛持续至今,百花竞放、硕果累累,呈现出繁荣发展的生动景象。大赛从设立之初,就旨在打造一个专属于全国产业工人的文学盛典,充分展示当代青工的创作实力和成就,通过传递文化正能量,用优秀的文学作品点燃青年产业工人的梦想,激励他们的人生,引导广大青年产业工人把个人梦想融入中国梦的雄浑交响。

在2016年11月的中国文联第十次全国代表大会和中国作协第九次全国代表大会上,习近平总书记指出:筑就中华民族复兴时代文艺高峰,"伟大的时代呼唤伟大的作品,实现中华民族的伟大复兴需要中华文化的繁荣兴盛"。发轫于珠三角的打工文学正是积极响应总书记的号召,"打工者写、写打工者、我手写我心"，通过优秀的作品角逐，涌现出一批批优秀打工作家，比如王十月、郑小琼、周崇贤、曾楚桥等。这些打工作家的心路历程、成长成才经历，滋养了千千万万的打工仔打工妹的精神世界，给予他们无穷的精神力量。每一个优秀的打工作家，都有无数个热心的读者和精神上的追随者；每一个优秀的打工作家，都可以用文学的力量，来感染、影响、引领无数个青年产业工人。这条道路上所有的前行者，都为"我们这个伟大民族的伟大文化复兴"增添了光彩一笔。

截至2016年，我国青年产业工人的数量已将近2亿，单单广东省内的青工人口就超过2千万。80、90后青工与父辈相比，受教育程度高、职业期望值高，对物质与精神的需求也高，为了让他们找到归属感、认同感，更好地融入城市，第三届青工文学大赛的主题就设为"亲爱的南方"。对于青年产业工人来说，以前或许是"别人的城市"。但如今，我们融入了我们"亲爱的南方。"

从第一届的蹒跚起步，到如今第三届已创下各项历史之最：参赛作品最多、作品质量最佳、题材及体裁涉猎最广……6年时光，我们一起见证了青工文学大赛的成长成熟，也见证了越来越多的年轻人带着"青年产业工人"这一独特且珍贵的身份的全部烙印，勇敢投身文学殿堂，执笔"我手写我心"。可以说，青工作家的写作不仅仅是为文学缪斯增添了光彩，更是为这个剧烈改革、极速前进的时代留下一份可堪为历史底稿的记录。

这其中的佼佼者，有摘得本次比赛最佳长篇小说大奖的蔡玉燕，她的长篇小说《南方建筑词条》以自己生于斯长于斯的佛山三水为背景，为建筑行业40余个工种里的每一个工种都选取了独特的个体，创建档案式的词条；有来自深圳的图书馆管理员陈再见，他创作的《纵身》以在省城工作的主人公男青年赶回家为父亲奔丧为主要情节，展示了当下最为普遍的一种社会困境——乡村、县城、城市之间的砥砺与撕裂；凭借诗集《低入尘埃》斩获本届大赛诗歌大奖的女诗人周小娟来自东莞，她用诗的语言道出了奔波的人们对故乡的回望与依恋以及对我们生活的自然环境深深的忧虑；散文奖作品《在大地上居无定所》的作者程和祥说："我是一个从小到大没有故乡的人。"对于笔下每一个打工仔、"小人物"，他都赋予他们尊严与人性光辉，赋予他们丰富的精神空间，因为"他们值得赞美"……

如前所述，第三届青年产业工人文学大赛比起前两届，在作品质量和数量上均有了长足的进步，佳作不能一一赘叙。本届比赛评委会主席、著名作家陆天明说："我丝毫不怀疑，如果有能够真正记录下改革开放30年来、中国真实模样的伟大文学作品，那这些作品就一定来自这些一线的工人作家"；热播剧《潜伏》的原作者龙一评价道："我始终认为，像这些年轻的工人、年轻的创作者一样诚挚地书写自己的生活，是一件高贵的事"；青工文学大赛连续三届的元老级评委、鲁迅文学奖获得者王十月说："尽管本次比赛我们只允许体制外的人士参赛，但是作品质量却比前两届要高，涌现了一大批很有潜力、很让人惊喜的青工作家。"著名作家的鼓励给了我们继续办好下一届比赛的信心，也带给所有青工创作者继续攀登文学高峰的勇气。

古语说：文以载道、文以化人。青年产业工人通过文学创作寻求真理、认识世界、锤炼品格，而我们现在编选出这本优秀作品集与广大读者共享，为的是继续以文学的正能量引导青年、激励青年、凝聚青年，推动广东省文化事业蓬勃发展。

展望将来，我借用青工作协朋友的一句话："我曾经认为，一辈子就在企业流水线上度过的了。人在漂泊，梦想在流浪。但最终我还是用自己的笔，写出新的人生轨迹。"希望青年产业工人作家都能文思畅达、佳作辈出，也希望青工文学比赛能越办越好，奏响时代强音。

是为序。

2017年2月20日于广州
（作者为共青团广东省委副书记、广东省青年联合会主席）

序二

/ 杨宏海

20世纪80年代,中国改革开放与市场经济催生了波澜壮阔的打工大潮,地处南方的广东首当其冲。"东西南北中,打工到广东",紧邻港澳的珠江三角洲,首先成为外商投资的热点,于是,几乎每一趟南下的列车,都载来大批到广东闯世界的外乡人,形成一个庞大的打工群体,这些外来务工人员,俗称打工者,今天被称为青年产业工人,他们的生活,构成珠江三角洲及经济特区一个富有特色的层面,而反映这个社会阶层生活的"打工文学"便应运而生。

1985年,我从内地高校调进深圳市文化局,具体负责文化调研工作。由于工作的关系和个人的爱好,我率先对发源于深圳的"打工文学"现象进行跟踪调研,并试图进行理论构建,先后参与辑编多部"打工文学"系列丛书。在我的阅读视野中,第一篇发表在正式期刊上反映打工生活的是林坚的短篇小说《深夜,海边有一个人》(载《特区文学》1984年第三期),故将其定位为"打工文学"的开篇之作。

迄今为止,"打工文学"已走过三十多个春秋。一般认为"打工文学"可以分为三个发展阶段。第一个阶段代表性作家有林坚、张伟明、安子、周崇贤、黎志扬等；第二个阶段代表性作家有王十月、郑小琼、曾楚桥、柳东妩等；第三个阶段更多是新生代青工群体中的打工作家，包括《亲爱的南方》书中不少的青工作者。

2004年，共青团中央和全国青联等单位设立了奖励外来青工文学创作的"鲲鹏文学奖"，极大地推动了"打工文学"创作。2011年，由共青团广东省委扶持并主管的广东省青年产业工人作家协会正式成立，先后组织开展了系列文学创作活动，集结出版青工文学大赛的优秀作品集，为新时期"打工文学"的发展提供了良好的载体与平台。

本届青工文学大赛优秀作品集结集题为《亲爱的南方》，包括了深圳、东莞、中山、佛山、江门等广东各地青年产业工人创作的文学作品，展现出这个群体在南方广东生活工作的心路历程，呈现出如下三个方面的特点：

一、真实记载一代青工的奋斗历程

广大外来青年告别家乡，来到南中国这片神奇的土地，加入了青年产业工人的行列，他们在异乡的土地上辛勤耕耘，在繁忙的工作之余拿起笔来，"我手写我心"，用笔去表述个体的生存状态与精神诉求，真实记载了一代青工的奋斗历程，这是"打工文学"的主旋律。

蔡玉燕的长篇小说《南方建筑词条》（节选），以珠三角边沿的一个城市为背景，围绕该城楼盘腾龙阁建筑工地的开工与建设，展现出一个二线城市房地产飞速发展的过程，塑造出冯祖国、鲁为民、冯珍珍、张结力等建筑行业形形色色的人物形象。小说中的人物多数来自农村，经济地位、社会地位较低，但个个都保持着鲜活的个性，充盈着蓬勃的生命气息。作品真实再现了南方建筑工群体的生存状态，以及他们为改变自己的命运与环境的精神诉求，折射出激烈变化的中国社会的镜像。

程和祥的散文《在大地上居无定所》，同样是写建筑工，作者在自传体的抒写中，没有作宏大叙事，不太注重再现和回忆具体打工过程，而是注重个人感受、精神成长和对外界人和事的观察，语言肆意汪洋，文字简洁真挚，赋予"小人物"以尊严和人性的光辉。

广东，是打工者足迹最早遍及的地方，也是青年产业工人聚集密度最大的地方。打工的世界很精彩，打工的世界很无奈，在《亲爱的南方》一书中，外来青工闯世界求发展的过程，正是这种精彩与无奈的生动体现。邬霞的《前台文员工作手记》，以白描的手法状写了电子厂前台文员这一工种，这是一个需与各种人打交道的工作，虽然可以有"不是被老板炒就是炒老板"的潇洒，但总还是有"打工，总免不了受气"的无奈，作品以冷静与率真的笔触、刻画了一个前台文员的多彩人生。在此本专集中，还有各种各样的青工群体，有"织织复织织，昼夜把梦织。趁我韶华在，为我爱情织"的制衣工（聂杰梅《一个制衣女工的梦》）；有"建筑工地的开路先锋"，人称"蜘蛛侠"的架子工（黄凯旋《钢管森林的"舞者"》）；有"精雕细琢、精益求精"、把一块块粗糙的木头变成一件件精美的艺术品的打磨工（黄永光《把平凡的工作做到极致》）……当然，给人印象更深的，还是戴杜平《港资厂打工记》中的主人公刘月梅，这位中专毕业就进广东打工的女孩，在流水线上历经磨练，学会焊锡、剪脚、测试、插件、包装等工序，以后又业余自学电脑与英语，不断提升和完善自我，先后干过品管员、文员、工程助理、外贸业务、总经理秘书等职，最后自己出来另立门户，成为一家外贸公司的老板。为此，她发自内心感谢改革开放的南方城市，让她们这些农村的孩子有机会来此工作学习，"有了如今幸福的生活"。

二、以多维视角回望乡土或眺望远方

与前辈打工群体相比，新生代青年产业工人受教育程度高，对物质与精神的需求也更高。他们年轻富有活力,在他们当中产生的写作者,视野更加开阔,写作素材更广泛,不再局限于"打工"生活,而取代之多维视角,不单着眼于城市与工厂,往往是回望乡土或眺望远方。

　　陈再见的中篇小说《纵身》(节选)没有着眼打工的场景。他从一位进城务工的青年初晨接到父亲的死讯开始,在回乡奔丧过程中回忆父亲的一生,带出家族与山村的故事。父亲的爽朗热心、母亲的温婉贤惠、乡村的风俗民情,以及初晨细微的心理活动,均写得丝丝入扣。一句"身体简直就是个秘密的储藏室,有些事情藏了多年,突然捞起,竟然还面目崭新",令人回味无穷。王震的小说《米粒》(节选),写一个乡村的情爱故事,独具特色的方言与西北风情,写出了原始的野性与滚烫的泥土气息,把故事说得有声有色。叶瑞芳的散文《回家》,与其说是一篇散文,不如说是一篇小小说。青工"我"在旅途火车上与一位女孩邂逅,两人同坐一个车厢。女孩在"我"对面的上铺,苗条身段,凹凸有致的侧影、红扑扑的脸蛋,耳垂上悬着薄薄的金属片耳环……"我"一直想与她认识,但又担心"这样的女孩是最难对付的"。她一路玩手机,"奇怪她干嘛不读书呢……爱读书的女孩多好啊,起码省钱多了,不会一味追求物质享受"。正遐想间,火车一路狂奔离下车还有不到一个小时了,"我"终于鼓起勇气想去搭讪,可是,"车厢里飘起了一股浓浓的咖啡味,我看见她一手端着一个瓷杯一手攀上了梯子。我的勇气顷刻间一泻千里了。……名牌手机,化妆品,再加上咖啡,我那份靠在车间里挨更抵夜挣来的菲薄薪水支撑得了这样小资的生活吗?"于是我终于被自己打败了,怏怏地下车,回家。看到这里,一位青工维妙维肖的内心世界跃然纸上。

　　伴随一代又一代打工者进入广东,越来越多的新生代青工把广东当作第二故乡:"想当年,父亲携母亲到樟木头……我们如今已融入了这座被称之为'小香港'的客家小镇……故乡已不再那么遥远,何处是生命驿站停泊的港湾,何处便是守望的故乡。"(唐泽天《我心深处是故乡》)而生活在南方的打工者，每个人都有着独自的生命体验："每一个人都想在自己的天地里，肆无忌惮地活着，不打欠条，修一条回家的路。因此，我必须从今天到明天，从生到死，从恨到爱，从痛苦到快乐，从绝望到自由，为这个富丽堂皇的南方写下这个句子："当树落光每一片叶子的时候，南方的天便亮到了故乡。"（蒋志武《每个人都想肆无忌惮地活着》）。

三、不断开拓前行，提升人生价值

如果说，当年南下打工，更多地是赚钱求温饱，那么，现在的青工有了更多的追求。他们不断开拓前行，提升人生价值。既要求"富"：赚钱满足物质生活，还要求"贵"：在精神层面上有所追求。诚如《没有诗歌，我的存在多么荒凉》一诗中所言："没有诗歌，我的存在多么荒凉；我需要听听身体深处的声音。让财富成为现实的喧嚣，让诗歌成为岁月的影子。"（祝成明《生活大抵如此（组诗）》）

众多的青工在坎坷的人生历程中始终坚持自己对精神层面的追求。唐诗在《微光》中的女主人公，无论现实生活如何辛苦，她仍然坚持自己的文学梦想，并且将其作为自己前进的动力："我说能看到远处的光，纵然微弱了点，可凭着这一点微光，我也能前行，可以走得更远。"事实上，生活中有许多的唐诗们，正是因为他（她）们的坚韧与执着，通过文学的追求，正在悄悄地改变着自己的生活与命运。

改革开放之初，由于城乡二元结构带来诸多不合理，劳动制度不完善，资方刻意榨取劳工剩余价值，令社会矛盾突出，劳资双方关系紧张，使打工文学一度成为"愤怒"的控诉，或者是"疼痛"的呐喊。近年来，随着打工环境的不断变化，劳资双方关系有了不少改善，社会更和谐了，人情味浓了，反映在打工文学中的疼痛感也少了。严婉儿的《印出光芒万丈》一文，通过印刷工伟强打工成长的实践，令人耳目一新。该厂的老板不仅身先士卒与工人们加班干活，当他闻知业务骨干伟强的父亲病重时，即出资接他父亲来广州治疗，费用报销。老板不光毫无保留地把技术传授给工人，还送伟强等业务骨干去报读企业总裁研修班，为企业培训管理人才，令伟强倍感温暖。作品不仅写出了生活的亮色，还让读者感受到社会的变迁。

  总的看来，《亲爱的南方》全书是近年打工文学的一个新收获，作品记录了广东在改革开放背景下社会历史的转型与变革的历程。通读此书可以看到新生代青工写作者的审美取向，多了一些积极的、美好的声音，少了一点血性的体验和粗粝的书写，这预示着打工文学在文学内涵上仍有待不断开拓、提高和丰富。尽管如此，以青年产业工人生活为土壤的"打工文学"，仍然是广东最有特色的文学品牌。诚如著名文学评论家李敬泽所说："打工文学在中国文学的版图上是很特殊的文学现象。广东省拿十次茅盾文学奖的意义，都比不上广东出了打工文学。"因为它是青年产业工人（打工者）植根生活所创造的独特文化产品，为大变革时代的文学提供了最为鲜活的中国经验。从一种文学现象到成为一个文学品牌，已经扎根广东，辐射全国。虽然尚还稚嫩，但对于"打工文学"未来的发展，我们仍然可以抱有充分的期待。

2017 年 3 月 15 日
（作者系广东省青年产业工人作家协会顾问、
深圳市文学评论家协会名誉主席）

目录 | Contents

序一／张志华／01
序二／杨宏海／05

公开组获奖暨提名奖作品

南方建筑词条（节选）／蔡玉燕／002
漂在深圳的女人（节选）／陈兰／036
米粒（节选）／王震／059
纵身（节选）／陈再见／081
人皮鼓（节选）／陈集益／102
病（节选）／叶清河／118
旋转木马／王先佑／137

素身人／陈柳金／147

在美容院／游利华／163

搬家／赵静／181

烧烤为什么不放糖／李江波／196

在大地上居无定所（节选）／程和祥／213

前台文员工作手记／邬霞／229

耻／塞壬／243

临水南方／莫华杰／259

微光／唐诗／271

被淘空的村庄／周齐林／286

低入尘埃／周小娟／300

工厂笔记（组诗）／孙海涛／312

我多想停下来／倪文财／322

元旦纪岁（组诗）／崔光红／333

生活大抵如此（组诗）／祝成明／338

每个人都想肆无忌惮地活着（组诗）／蒋志武／348

樵山组获奖暨提名奖作品

港资厂打工记／戴杜平／362

印出光芒万丈 / 严婉儿 / 405

就爱 / 黄声新 / 410

静卧窗前听鸟鸣 / 黄和林 / 418

西樵山寻美 / 韩芳 / 421

西樵山：一处乡愁似的故园 / 李逸轩 / 426

匠心在刀锋中出鞘 / 罗丹丹 / 431

瓷上生花 / 廖佩仪 / 434

名山西樵 / 吴璧庄 / 437

寻幽探胜仰辰台 / 黄浩森 / 446

把平凡的工作做到极致 / 黄永光 / 451

钢管森林的"舞者" / 黄凯旋 / 454

走近南海观音 / 黄长娣 / 457

遇见西樵（组诗）/ 彭海波 / 460

西樵山，我是你放牧的一朵云 / 陈海金 / 466

一个制衣女工的梦 / 聂杰梅 / 468

西樵抒情（组诗）/ 吴燕群 / 470

西樵山（组诗）/ 崔光红 / 474

工人与诗（组诗）/ 张博明 / 479

关于西樵山的组诗 / 荣玉平 / 482

樵山的石头 / 万传芳 / 488

微信网络微文学获奖作品

回家 / 叶瑞芬 / 492

南方的村落 / 王书阳 / 495

喊娘石 / 刘长虹 / 497

我心安处是故乡 / 唐泽天 / 500

飞来的鸭子 / 骆丁光 / 502

坚守的两棵树 / 周家兵 / 504

回流 / 顾启淋 / 507

平安夜的桔子 / 万传芳 / 509

那一夜 / 王先佑 / 511

误 会 / 杨文凭 / 513

车间里的夜 / 窦玉红 / 516

我的美丽乡愁（组诗）/ 肖东 / 523

坐拥西樵 / 黄和林 / 528

西樵山，我的乐园我的家 / 黄紫嫣 / 530

樵山流水入画屏 / 黄凯旋 / 532

阵痛 / 徐泽万 / 534

西樵山的自述 / 荣玉平 / 537

锤子在西樵 / 张惠清 / 540

做最好的自己，展现工人风采 / 闵连伟 / 542

铁锤唤醒沉睡的诗（组诗）/ 张博明 / 544

端午登西樵山，雨不至 / 袁伟 / 548

附录

西樵山杯·第三届青年产业工人文学大赛评委名单 / 550

西樵山杯·第三届青年产业工人文学大赛获奖名单 / 552

西樵山杯·第三届青年产业工人文学大赛颁奖典礼出席评委名单 / 556

公开组获奖暨提名奖作品

南方建筑词条（节选）

/ 蔡玉燕

前言

步入二十一世纪后，全国各地房产业飞速发展，二线县城向城市化发展迅猛，竗城虽为珠三角边沿的一个县级市城市，但亦受到了猛烈的冲击。经历了十年之久的城市建设，竗城从一个沿江小城市，逐渐扩建成为一个现代气息浓郁、高楼林立的大都市。竗城不仅仅是竗城，竗城的城市变化不仅仅是竗城的城市变化，竗城建筑记录的不仅仅是竗城建筑，建筑竗城的人不仅仅是竗城建筑工人。但，这不过是写一座缥缈城里筑的飘渺阁，飘渺阁内的一群缥缈人，缥缈人群中发生的一些缥缈事，缥缈事建筑起来的一座缥缈城而已。一切皆为缥缈，故，书写不为著书立传，不为歌功颂德，不为百世流芳。仅为记录归档，筑字留存。

特种作业人员档案

缈城建筑工人（特种作业人员）档案表

姓名	张耀球	相片
性别	男	
身份证号	4406831960021801111	
出生年月	1960 年 2 月	
用人单位	缈城耀球建筑基础有限公司	
学历	初中	
从业工种	建筑桩机工	
简历	缈城人，1978 年进入缈城一建，为普通基础建筑工人。1988 年晋升为基础组组长，1995 年承包缈城一建基础分公司，1998 年成立缈城耀球建筑基础有限公司。因其相貌喜气，做事稳妥，品性纯良，十分受缈城房地产商和建筑商信任，基础公司越做越大，有"缈城第一桩"之称。代表工程有：侨苑大厦、腾龙阁、缈城花园酒店、新金太阳酒店和腾龙大酒店等。	
联系电话	07XX–12345678	手机号码 139ZZZZZZZZ

词条 1：建筑桩机工

冯祖国初到腾龙阁工地时，这里还是一片绿莹莹的草地，绿草广阔无边地向大堤伸展，草叶细碎舒展，密密麻麻，铺张得青翠蓬勃。满眼的绿，很有生命力的样子。草坪的四周已经围上了维护带，到处都吊满了彩球，绑满了彩带、彩旗，座北朝南的位置，搭起了一列简易工棚，工棚前面已经搭好了一个铺着红布的舞台，舞台上竖着一副巨大的腾龙阁规划蓝图，上面鲜艳地写着"腾龙阁开工奠基仪式"，天空上飘满了写着祝贺词语的氢气球，舞台前面"八"字型摆了两排包金边的花篮，整个工地花团锦簇。正是午休时间，工地上静悄悄的，一个半拉子老头搬了张矮板凳，坐在工棚的阴影里打瞌睡。

这将会是冯祖国今后很长一段时间居住的地方了，午饭后，冯祖国就打了辆摩托过来，先熟悉熟悉环境。

冯祖国吊根草梗在犬齿和前臼齿间的缝隙里，拍拍屁股后粘着的碎草，往堤坝那边走去。中午吴老板请客，在"信天游"吃饭，野生飞禽，十人套餐才468元，各式各样的野生飞禽一盘连接一盘地送上桌来，吃得冯祖国和他的九个弟兄满嘴流油。冯祖国最怀念的是最后上的一个鸟肾焗饭，那用鸟膏和鸟肾焗出来的饭，金黄黄的，大砂锅盖子一掀开，满屋子都是香味，冯祖国一口气干下三碗，那饭又香又糯，拌着鸟油的香味和米饭的焦香，简直是人间极品。直至冯祖国来到缈江边上，站在碧绿青翠的草坪前面，仍忍不住懊恼，要是知道最后登场的是那么精彩的一锅鸟肾饭，之前肯定不会吃那么多野雀，待他艰难地将第三碗鸟肾饭塞进圆鼓鼓的肚子后，再狠狠地瞪眼睛看大砂锅，那满当当的大砂锅已经空空如也。冯祖国想，如果没那么饱，吃起来的速度肯定会快些的，他奶奶的，定能赶得及盛第四碗的。午饭时还喝了点酒，冯祖国走路有点歪斜，听吴老板说，堤外的大江，将会成为腾龙阁的最大卖点，那不是滚滚而逝的江水，而是滚滚而来的人民币。站在大堤上，宽阔的缈江如巨大的银带在脚下踹动，冯祖国瞪大了眼睛看江水，怎么看也是一瓢孤水，看不出人民币的样子来。这时候，冯祖国又不由自主地想到午饭的那锅油乎乎金黄黄的砂锅焗鸟肾饭，奶奶的，待开工了，将陆带妹和冯珍珍姐妹都接过来，带她们去"信天游"，要个468元的十人套餐，四个人吃，吃个死撑死饱。想着，冯祖国不由又吧砸了一下嘴，这些年离乡别井，四处奔波，终归到头来为了什么？还不是为了糊一张永远都吃不饱的嘴？冯祖国踢起大堤上的一块枯草皮，想着要不要将儿子冯中华也接过来，带他也狠狠地搓一顿，但思来想去，枯草皮都被踩成枯草根了，最后冯祖国还是决定，让冯中华继续在深圳的贵族学校安心读书，可不能吃花了那小子的心思。

"哎哎哎！"陈家兴扛着测量仪过来有一会儿了，他摆弄来摆弄去，测量仪的十字线，都卡在一个高高黑黑，背有点儿驼的家伙身上。陈家兴有点扫兴，腾龙地产集团有限公司的老板董不凡亲自给他这个小小的施工检测员打电话，说腾龙阁临江近水，既是宝地也有不足，董总真会说话，只说不足，绝不提不祥的字眼。董不凡再三吩咐陈家兴，一定要按周易大师给的坐标，测量出最中心，风水最好的方位，用周易大师的话说，就是正势之位，当俱腾龙之势。下午，待阳气稍稍偏弱，阴气又未到的时刻，董不凡就和各方面的大人物们，到腾龙阁工地来，看风水大师做法事，定风水，然后在风水宝位锤下第一桩。开工前第一桩很关键，它有一锤定音，镇煞气，驱妖邪的意思，一桩锤下来后，就意味着腾龙阁工地开工了。

以前广东人盖楼房，重风水，喜欢用铜币镇宅，请法师作法，杀公鸡用鸡血辟邪。房屋封顶时，还要做个隆重的封顶仪式，女人用生菜生鸡三果拜神，天上玉帝地下灶君、十八代以前的祖宗神位一一拜祭过后，男人们才将横梁用红绸裹着升到上梁的位置，一串火红热闹的鞭炮噼里啪啦地响过后，上梁完成。封顶开始，村里大人小孩听到鞭炮声，都顶着帽笠和簸箕跑过来，熙熙攘攘地在新房前站着，他说被张三踩到了鞋跟，他又说王五挤过来时还放了个响屁，臭死人了。总之，你嘈我嚷的，虽不至于打架，但争吵声不断。一声铜锣响了，众人的争吵声被压了下去，将被封起的屋顶上，站着新房的男主人，他前面摆着一个新编的箩筐，箩筐前面用红漆鲜艳地漆了个大圆点。众人静了静，又哄地一声欢呼，嚷着快点，男主人红光满脸地弯下腰，从箩筐里捧出一捧油角煎堆往下撒，人们像潮退后留在沙滩上的鱼虾一样，堆团在一起，活蹦乱跳的争着向物品撒下的方向拱去。个子小的毛孩子，泥鳅一样，钻到大人的大腿下，专门拣落地较快的铜钱或毛币，也有小孩拣不到铜钱却被大人踩到的，坐在地上哇哇大哭，急得孩子的母亲抱着簸箕跑过来，拖起孩子，一边骂一边数着簸箕里的收获品往家走去。尽管农村现在多少还保存着这些仪式，但却不见得热闹了，现在人们物质生活丰富了，也不屑于去抢什么油角煎堆。到新房盖到差不多，该举行上梁封顶的仪式了，一串长长鞭炮响过后，就万籁俱寂，新房前铺一层厚厚的鞭炮纸碎，上面堆满了油角煎堆，人们经过，目不斜视，神情坦然，即使一条土狗经过，也只是上前嗅嗅，舔一口，摆摆尾巴，走了。

陈家兴听人说过，董不凡是本地人，特别信风水，他每开发一处楼盘，开工前的第一桩，都看得非常重要，不但请来最出名的周易大师看风水，做法事。还要请各方要员到开工现场剪彩，就连开桩的桩机都必须是新的，出过流血事故的桩机，几乎很难进入董不凡的工地。据说开桩的第一晚，董不凡还会在该地最高档的酒店宴请各路诸侯，应邀到席者定能收到董不凡亲自送上的烫金利是封，上印"大吉大利"四字，董不凡一脸谦和地哈着腰，说："多关照兄弟，顺顺利利哈！"接利是封者定也哈腰回礼说："开工大吉啊！董老板。"董不凡出手豪迈阔绰，他特别吩咐的事情，陈家兴自然不敢怠慢，测量定桩的位置准了，周易大师做法事时说一句"位置相宜，轴定四方"，董不凡一高兴，说不定就赏个大红包。陈家兴想起昨晚和女友叶婷去逛绗城广场，逛到七度空间银饰店，大眼睛盯着玻璃柜台里的一个雕花银手镯，眨也不眨一眼的。

陈家兴赶紧瞟了瞟柜台里的标价，一千三百八十，丢那妈，陈家兴用广东粗口在心里狠狠的骂了一句，连银都升到这个价位了，还有什么是便宜的？他摸摸兜里的荷包，瘪得这边拇指也能感觉到另外一边食指的温度，他根本就拿不出勇气来，豪迈地对那个用眼角斜视着自己的女店员说："给我包上"。

陈家兴一丝不苟尽心尽力地进行着测量工作，没想那个有点驼背的家伙不知好歹，老是挡在水平镜前，陈家兴移动镜片，他就摆动驼背，眼见着日头马上西移，陈家兴那个急！豆大的汗滴答地落下，从测量仪后面直起腰叫："堤上那个大哥，麻烦你让让！"冯祖国仍围绕着那锅美味无比的鸟肾饭发挥着最极致的想象，他甚至想到陆带妹吃完这么一锅饭后，定会美得急急地拉了自己往工棚里钻，冯祖国回忆着陆带妹松软了的乳房，发福了的腰肢，硕大无比的臀部，还有那压抑而又激昂的叫床声，美得整个人都酥软了。陈家兴不耐烦的叫唤，打断了冯祖国的回忆，这让冯祖国很扫兴，他有点恼怒地回头，将牙缝里的草梗拔出来，扔地上，怒目瞪着陈家兴。陈家兴直起腰叫："我在这边测量，你站那里挡了我的视线，站一边去啊！"冯祖国仍瞪着他，不说话。陈家兴急了，这位置一点偏移都要不得的，堤上这个家伙看上去不傻不痴，难道没听见自己说话吗？定是有心为难的。他一撸袖，冲前几步，嚷："喂！叫你呢？聋了定是哑啦？这堤那么大，你什么地方不好站，非站我定的测量线上？"

一个又瘦又小，乳臭未干的小个子，也敢对自己大呼小喝？冯祖国怒得额头充血，鼻子呼呼地喷着热雾。陈家兴见他还站在堤上不移开，更气了，用广东话骂："丢你个捞仔啊！"接着又低下头来摆弄测量仪，嘴巴不歇停地骂着。冯祖国突然野马般，从大堤上冲了下来，对着舞手动脚的陈家兴，狠狠地来了一记"黑虎偷心"，陈家兴来不及躲闪，"嗷"的一声，人似树叶一样飞了起来，跌倒在测量仪旁，一股咸腥的味道灌满了嘴。陈家兴艰难地撑起身体，呸地吐了一口，牙齿把嘴唇磕破了，鲜红的血吐在碧绿的草地上，很快就黑紫了。陈家兴"啊"的一声怒叫，飞快地爬起来，举起检测仪，嗷嗷叫着向冯祖国冲过去，冯祖国忙抬手一挡，测量仪咔嚓一声砸在手臂上，那个痛！冯祖国仗着比陈家兴高半个脑袋，体形也壮实些，忍痛抓着测量仪，一把夺过来，反手就把陈家兴提起，一脚踹到草坪上。陈家兴还未来得及爬起来，冯祖国已经冲了过来，拳脚雨点般落下，打得陈家兴哭爹叫娘的。要不是张耀球刚好跟着黄浩昌的拖车过来工地，及时制止了这场打斗，用陈家兴的话说，"丢那妈，外省佬就是野蛮，打人无道理，将人往死里打的。"说不定陈家兴真的会被打得趴在地上起不来了。

腾龙阁的第一桩，非张耀球来打不可。鄋城的地产商都知道，张耀球是个福将，他的桩机队，已经保持了三年未出过一宗事故的记录。更重要是张耀球这个人，从外表上就给人一种福星高照的感觉，长得圆脸圆嘴圆手圆腿，说话做事走路四平八稳，他亲自打的桩，一锤便一锤，锤锤准确，锤锤到位，稳妥响亮。绑城的地产商们都一厢情愿地相信，由张耀球开桩的楼盘，肯定会招福星扶持，稳稳妥妥，大吉大利。今日张耀球运来腾龙阁工地开第一桩的，是一辆崭新的柴油锤击桩机。在工地上，桩机分很多种，具体分三大类，一为打入式桩机，如重力锤，柴油锤，液压锤等；二为压入式桩机，如静力液压锤，振动锤等；三为钻入式桩机，如铁锹人工孔，螺旋钻，循环钻等。根据桩机的分类，桩机工也随之分为锤击预应力管桩机工、冲孔桩机工、静力预应力管桩机工和钻孔桩机工等等。腾龙地产是张耀球的老主顾了，董不凡亲自打来的电话，请张耀球务必在今日给腾龙阁开第一桩，这个面子张耀球是一定要给的。张耀球约了黄浩昌吃中午饭，请黄浩昌帮忙将新买的柴油锤击桩机送到腾龙阁工地来。要说锤击桩，就数柴油锤击是最响亮的，一下一声，沉稳透彻，一击过后，青烟腾腾，余韵袅袅，比放鞭炮要有意思多了。张耀球觉得黄浩昌这小伙子虽然说话有些口吃，但为人踏实，做事谨慎，张耀球就喜欢他身上的那股认真劲，所以，尽管黄浩昌的拖车叫价比其它车队的稍稍贵了点，但去开腾龙阁第一桩的新桩机，张耀球还是交给黄浩昌来运。午饭张耀球他们都不敢喝酒，急忙忙吃了就开车出发，张耀球的"凯美瑞"刚好送厂保修了，便跳上黄浩昌的拖车，跟着来到腾龙阁工地。

装着桩机，长十三米的拖车刚停在工地边上，张耀球就看见草坪中央扭打成团的两人，张耀球忙拉开车门跳下去，冲上去拉开他们。打架的两人中，陈家兴他是认识的，毕竟绑城是个小地方，工地来来去去都那么几个，在工地上走动多了，叫不出名字也混个脸熟。张耀球推着脸青唇肿的陈家兴往草坪外走，陈家兴哭着说："球哥，外省佬欺负我们本地人，叫兄弟们来围殴他！"张耀球笑呵呵地推着他，猛然低头看见地上一滩紫黑的血迹，脸霎地阴沉下来，陈家兴低头在刚才测量好的位置上画上圈，边画边歪嘴吸气，不停地控诉着打人的冯祖国，张耀球阴沉着脸低喝："你闯祸了。"陈家兴平日见张耀球都是笑呵呵的，一副弥勒佛的样子，这瞬间黑了脸色，意识到祸闯大了，低头望了望地上那一滩血，冷森森地打了个寒颤，两只脚肚都抖起来了。开桩之日竟然见到血光，不仅董不凡会很生气，就连张耀球也觉得不吉利，毕竟这次是他新买的桩机第一次开桩，张耀球觉得心里有条虫子爬爬的，又痒又堵。

张耀球拉开陈家兴时，冯祖国见形势不对，拔腿就跑了。陈家兴还没来得及逃跑，一列漆黑铮亮的小车队伍，稳稳地开进了工地，领头的是一辆车牌为四个"8"字的奥迪。陈家兴双腿一软，跌坐在草坪上，这台奥迪他再熟悉不过了，绱城仅此一辆，全进口的限量版R8，价值三百多万，绱城谁个不知，这是腾龙地产大老板董不凡的座驾？陈家兴多次在绱城街头碰见过这辆奥迪，每次都会被它身上发出来的森冷的光芒刺得眼睛生痛，每次碰见这车子后，陈家兴回到工棚，窝在臭烘烘的被窝里，闭上眼睛就做梦，总能梦见自己抱着叶婷在这车子内做爱，那感觉美妙得无法言语，以至每次他梦醒过来后，裤裆都冰凉凉的，摸一把，全湿了。

车队整齐地停在草坪上，那个五大三粗的司机先下车，弯腰拉开R8的车门，秀气得书生样的董不凡和穿着八卦袍的周易大师走了出来，张耀球忙迎了上去，周易大师向他施了个稽首，拿着罗盘走开了。董不凡礼貌地跟张耀球握了手，说："这一桩就拜托球哥你了！"张耀球虚虚地应付了几句，董不凡话题一转，说："刚才看工地的岑伯给我电话，说有人在工地上打架，你说现在的人怎么都那么冲动呢？"张耀球不得不挤着笑脸说："是呀！不过也只是推拉了几下，没大伤害，没大伤害。""听说都见红了！"董不凡的眼睛瞟了瞟，刚爬起来的陈家兴双腿一酸，又软了下去。这时，被邀来观桩的嘉宾们都纷纷下车，围了过来，又一台崭新的小型巴士开了进来，董不凡忙快步上前，其他嘉宾也跟着向小巴涌了过去，从小巴上走下来七八个西装革履的男女。

张耀球向前跨了一步,又停了下来,这小巴上下来的,全都是鄃城一哥的角色,他一个打桩的,上前凑什么热闹呢?张耀球转身扶起陈家兴,陈家兴脸色苍白,抖着声音说:"球哥,我死定了。"张耀球呸了一下说:"死什么死?淡定些,一点骨气也没有,算男人么?"陈家兴颤抖着嘴唇说:"可我还是怕啊!"那边,董不凡和小巴上下来的人一一握手打招呼,然后又介绍了一下工地的情况,那个领头走的、不停地点着头听他介绍的官员问:"几点开桩?"董不凡说:"立马装桩了,一小时后就开桩。您请到会议室去坐一会。"说着恰到好处地做了个邀请的姿态,一行人便走进了工棚。

周易大师拿着罗盘和黄幡围着工地喃喃有词地走了一圈,边走边撒着烧酒浸过的米粒。黄浩昌已经和其他桩机工人将桩机卸了下来,吊车也开了过来,只等着周易大师的黄幡一指吉位,就开始安装桩机。董不凡从工棚里走了出来,走到周易大师面前,低声说:"快点儿,老大赶时间。"周易大师一瞪眼说:"测量出来的位置杀气冲天,得重新找位!"董不凡的眼光在陈家兴的脸上扫了扫,陈家兴慌了,紧紧抓着张耀球说:"球哥,你是看见的,都是那个外省佬先打我的。"张耀球恨不得糊上他的嘴巴。董不凡严肃的脸上突然出现一丝怪异的笑容,说:"大楼压顶,后果很严重。"张耀球的心猛地一提,这回陈家兴这小伙子真的有难了。他刚想美言几句,不想周易大师"咦"地叫了一声,招手让董不凡过去,董不凡大步跨过去,周易大师指着草地上的一滩黑紫的东西问:"什么来的?"董不凡脸都黑了,陈家兴又哧溜一下,滑到地上,张耀球低头拉他,看见他的裤裆已经湿了一块。周易大师对董不凡说:"这黑点所在的位置,正是大吉之位,只是场上有杀气,怕吉不压煞。"董不凡忙问:"有解救的办法吗?"周易大师顿下来,观察了那滩紫黑的血迹一会儿,突然指着陈家兴问:"是他的血?"陈家兴抖着双腿点头,周易大师扫了他一眼,又问:"叫什么名字?未婚?"陈家兴抖了半天嘴唇才说出话来:"陈家兴,未婚!"周易大师一挥黄幡,拍了拍手掌说:"好名字。恭喜董老板,这是元阳之血,能镇百方妖邪,这血落在大吉之位,辟邪驱妖,一锤定音。腾龙阁今桩一开,他日定能腾龙跃凤,稳基扎业,兴旺百代千年。""真的?太好了,大师!"董不凡兴奋得握着周易大师的双手,周易大师淡定地抽出自己的手,说:"可惜,血落的时间有点长了,已经发黑,要是新鲜的元阳之血,红旺如火,更能镇邪旺宅。"张耀球被周易大师一套一套的说法,弄得云里雾里的,可这回陈家兴却听懂了,他猛地挣开张耀球,跳到"大吉之位"前面,在中指上狠狠一咬,鲜血滴滴嗒嗒地从手指上滴了下来,他忍痛回头望着董不凡,董不凡容光满脸地笑:"小伙子,表现不错!"周易大师将一碗浸酒的米粒盖在血滴上,对张耀球一招黄幡说:"定桩!"吊车吊着崭新的柴油锤击桩机,徐徐地向大吉之位移动过来。

腾龙阁工地的第一桩,终于在这日吉时敲响了,一锤击下,响彻云霄,万籁回应,礼花及时在缈江上空炸开,鼓乐喧天,掌声雷动。张耀球坐在控制台上,望着锤击过后,从水泥桩处冒出来的白烟,心里有点堵堵的,在缈城,他开桩无数,但这回击下的第一桩,却没有了以往的成功带来的快感,这到底是怎么回事呢?张耀球望着剪彩台上激昂发言的领导,忽然醒悟,真正一锤定音的,是这些官员们,而不是他张耀球的桩机。

缈城建筑工人(特种作业人员)档案表

姓名	陆带妹	
性别	女	相片
身份证号	522220196607232222L	
出生年月	1966 年 7 月	
用人单位	缈城祖国建筑机械设备安装有限公司	
学历	文盲	
从业工种	建筑起重司索信号工	

简历	贵州人，1990年南下广东打工。先在深圳一间毛织厂当普通女工，1995年认识冯祖国，1996年结婚，后随冯祖国在珠三角各个城市承包建筑机械安装拆卸工程，1997年产子冯中华，一直随夫在工地上当杂工。2001年正式成为建筑起重司索信号工，2006年初夏，因被查出没持证上岗，被取消建筑起重司索信号工作业资格，后在腾龙阁工地当厨房杂工。代表工程：腾龙阁。		
联系电话	07XX-12345678	手机号码	1390LLLLLLL

词条2：建筑起重司索信号工

陆带妹将红色的小旗举了三年，才弄清楚，自己所从事的工种全称叫"建筑起重司索信号工"，一般人称"司索指挥工"。自从跟了冯祖国在工地混，陆带妹就有点模糊男人跟女人的区别了，绑扎重物，工地上的女人大多不屑一顾，男人们也抱怨这工种脏和辛苦。但陆带妹从不晓得抱怨，她伏着身体在巨大的物件面前，就似俯首称臣般。她不认得字，根本就不懂得什么力学、物体质量、计算起重吊点，她全凭手熟、惯性和意识进行工作，绑扎物件时，她弯着粗短的腰，巨大的乳房抵在黝黑冰冷捆成柱状的钢筋上，臀部圆得似篮球般高高地撅着，对着灿烂无比的日头，腿也是粗短圆实的，八字型扎开了，脚肚的肌肉绷得紧紧的，彰显着无限的力量，一双特别大的手，桠叉般张开，筋络毕现地紧拽着钢丝绳，用钳子拧紧，一圈圈，缠牢了，锁结，然后直起腰，扶一下歪了的安全帽，迎着阳光，抬头，搭手在额上，眯了眼睛朝上望。钢铁巨人般的塔吊高高地俯视在湛蓝的天空下，长长的吊臂伸展着，一格格的，错落的铁三角格，将阳光划拉成直角三角形投射下来，井然、有序、森冷、有力。陆带妹捡起小旗，蹭蹭地走离几步，确认起吊物四周没有可碰撞的物体后，才掏出腰间的对讲机，用对讲机和塔吊操控室上的鲁为民说："起！"说完，垂直挥动小旗。坐在塔吊操作室里的鲁为民放下对讲器，启动塔吊开关，吊臂随着转盘的转动，徐徐移动，吊钓勾着的小车咯咯地向吊臂的端部移动，13.4M、24.4M……小车咯咯地快速滑过一个个颜色黑白的臂长标志牌，陆带妹一挥小旗，小车最后在44.4M处停了下来，然后徐徐下放，至地面时，陆带妹和另外一个男司索工卢大发跑上前，合力将绑扎好的钢筋挂在小车的挂钩上。鲁为民低头看见小旗挥动，便拉动遥控杆，小车勾着绑扎牢固的钢筋缓缓提升，当钢筋提升到建筑物的最顶层时，鲁为民看见地下圆球般的陆带妹横着一摆小旗，就知道到了钢筋该输送去的位置了，马上拉动遥控杆，装在吊臂尾部的动力马达棱棱地转动，勾着钢筋的小车便停下来，缓缓向塔吊主体靠近，陆带妹从对讲机传来声音说："停！"鲁为民便按下停止键。在顶层守候着的工人确认吊臂不再移动了，可以安全运送了，便打开铁门栅，出来接收钢筋。

　　陆带妹抹一把额上的汗，每日，她都重复着这样的工作，绑扎，拧紧，固定，挂钩，挥旗，对讲。几个当施工升降机司机的姐妹打趣她，手皮比冯祖国的脚皮都要厚了，女人得要有个女人的样子。不用指挥时，陆带妹便站在一圈圈的钢筋中间，张着树桠般的伤疤满布的手掌看，那曾经也是一双又白又嫩，肉乎乎的手！可有什么办法呢？谁让自己是个睁眼瞎？刚来工地时，陆带妹还不知道塔吊是什么，当她看见高高的塔吊钢铁巨人一般不可一世地立在眼前，心里就棱棱地冒寒气，那么高的铁架悬在半空中，瘦骨伶仃的样子，却要吊那么粗重的物件，将它们提升到高空去，不怕折掉吗？冯祖国常为她的担忧发笑，他双手不老实地摸着陆带妹的屁股，邪乎乎地说："鸡巴是肉做的，你挂上面都断不了，更何况这铁装的塔吊？"陆带妹的脸刹地红了。

　　没想到的是，才装好的塔吊，却没人来当司索，原来负责司索的工人，绑钢筋时不小心被身后凸出来的钢枝插穿了脚肚，伤了筋脉，被送医院去了，工地一时间找不到合适的人来指挥塔吊，包工头急得围着塔吊转圈。冯祖国跑回工棚，拽着正在织毛线衣的陆带妹就跑，陆带妹用钩针打冯祖国，说：

亲爱的南方 | 013

"织了一半的毛线衣都给你拉得全喷掉了。"冯祖国说:"织这东西有屁用?织十件也抵不了一天的工钱。"陆带妹被冯祖国拉得趔趔趄趄的,跑到塔吊前面时,身后还拖着一根蓝色的长长的毛线。冯祖国将陆带妹往包工头前面一推,说:"全哥,用我老婆。"包工头叫冯齐全,和冯祖国是老乡,冯祖国这个人他是知道的,脾气有点犟,但心地不坏,装拆技术更是一流,只是,对他的这个半路拽回来的老婆,冯齐全却心里没底,这娘们丰乳肥臀,谁知道是个搽脂荡粉的主儿还是个吃苦耐劳的婆娘?冯祖国见冯齐全犹疑,便拍着心口保证说:"全哥,带妹虽然不认得字,但她的力气比男人还大,脑袋也灵性,一学就会的。"陆带妹扯扯冯祖国的衣角,冯祖国低声问:"捆过柴吗?"陆带妹点点头,冯祖国又问:"挂过饭篮吗?"陆带妹又点点头,冯祖国嘿嘿一笑说:"那就行了,都差不多的。挥旗你懂吧?"陆带妹拼命地点头说:"晓得的,比织毛线衣要简单。"冯祖国竖起拇指说:"这就对了,连毛线衣都能织了,还学不会绑钢筋挥小旗?"然后又将声音压低低的,神秘地说:"五十元一天的。"陆带妹浑身一颤,向前狠狠地跨了一大步,立得笔挺挺地对冯齐全说:"全哥,捆柴、挂篮、挥旗,我都晓得,保证能做好!"冯齐全上下观察了她半天,见她身圆脚圆的,似是个有力气的角色,冯祖国又在旁边一个劲地保证,便同意了。

冯祖国和前妻生了对双胞胎女儿,大女儿叫珍珍,小的叫珠珠。陆带妹嫁给冯祖国后,又生了个儿子,叫冯中华。冯中华出世后,便给他的父亲带来了好运气,冯祖国开始发了。冯祖国因纠纷,负气从冯齐全的施工队里跑出来独干,他带着同一个生产队一起出来的九个兄弟,在珠三角一带的城市四处承包各种零散的装拆工程。二十一世纪初,房产业开始复苏,平地里突然冒出了许许多多的房产商,楼房雨后春笋般钻了起来。冯祖国和他的兄弟们游走在大大小小的建筑工地上,工程接了一个又一个,陆带妹就跟着冯祖国辗转于各个工地,继续她的司索工的生涯。经济条件好起来后,冯中华也到了入学的年龄,冯祖国又花大价钱将他送进了深圳的一间贵族学校。看着丈夫将这些年赚下来的血汗钱都往学校里送，陆带妹心里是十万个不愿意，哪里读书不能成才的？为什么一定要是深圳？一定要是贵族学校？可冯祖国不是这么想的，他叱陆带妹："头发长，见识短。你要是认得字，用得着在工地上做个苦力工吗？我是为儿子铺路，他从小接触的都是上层社会的人，以后的交际圈也都是上层人了，自然生意也做上层人的了。"

冯祖国这么一说，陆带妹就不再反对了，读书的好，陆带妹没机会享受，可没文化的苦，她却是吃了不少的。她的本名并不叫陆带妹。十八岁那年，她走出大山，到镇上的公安局去办身份证，民警让她填表格，她双手插在两腿间，头埋得低低的，羞红了脸，半天才用蚊子般的声音告诉民警，不认得字。民警没办法，只好替她填，问她叫什么名字，她答："卢大梅。"可她说话的口音带着土音，民警听到的却是"陆带妹"三个字，民警沙沙地把名字填在表格上，递给她看，问对么？她不认识，也害羞，只好拼命地点头，民警又让她在上面按了手印。后来，她随南下打工的姐妹们到了深圳，进入手套厂时，需要交身份证，那个负责登记新人资料的男人瞟一眼她的身份证便笑了，说："从来只有叫带娣的，你父母倒有意思，叫你带妹。"身后的女工们都哄地笑开了，到了这时，她才知道自己的姓名都被改了。

塔吊上的小车又垂了下来，陆带妹大步上前，拉着小车，又弯腰去提了提捆着钢筋的钢丝绳，现在腾龙阁工地上的每一件物件，在陆带妹的眼中都是亲切的，她是多么热切地盼望着腾龙阁早日如龙一样腾空而起啊！在接陆带妹和两个女儿来绑城的第一天，冯祖国就带母女三人到信天游吃飞禽套餐，冯祖国一边扒着油乎乎的鸟肾饭，一边口齿不清地说："吴老板介绍我在绑城接了四个工地来做，腾龙阁这边的工程是最大的，油水最多。腾龙阁奠基的那天，我特地到工地去看过了，环境真不错，临江近水，江对面是一排山，真的似飞龙一样，我私下问过懂风水的人，他说，这里是神龙起飞之地，风水宝地啊！我摸估年底，腾龙阁的第一期就能发售了，到时候，我们这里也买一间，说不定中华来住了，就能考上状元，去清华北大读书呢！"

陆带妹不懂风水，冯珍珍、冯珠珠姐妹更不懂，冯祖国讲一句，她们就点一下头，反正，是这个男人带着她们过上好日子的，他说的，都不容怀疑。

因为知道自己将要成为腾龙阁的业主了，陆带妹绑起重物来都特别带劲，她撅着屁股，用力往下一堕，小车的铁钩就跟着往下一坠，她将拧紧的钢丝绳圈挂在铁钩上，又习惯性地拉了拉，感觉牢固了，便走离钢筋，用对讲机指挥，迎着太阳向上挥旗。鲁为民收到信号后，便开动了塔吊。吊臂缓缓地移动着，陆带妹抹一把汗，一屁股坐在一圈钢筋上，有人在背后叫她："喂喂，这位大姐，你快点离开。"陆带妹慢慢站起来，有个戴着白色安全帽的男人走了过来，陆带妹认不得白色安全帽上印着的字，但工地上，戴白色安全帽的，一般是建设方的管理人员或监理，她忙笑着说："我是司索啊！"男人一瞪眼睛说："塔吊运行时，任何人都要在吊臂作业范围之外，你坐在这里是很危险的！"陆带妹觉得鼻子痒痒的，抹一下，鼻子便黑糊糊一片了，她赔笑着说："领导，没问题的，这塔吊是我男人带人装的，安全着呢！我都做了七八年了，啥事也没出过！"男人脸色一沉："你男人是谁？"陆带妹刚想说冯祖国，却见眼前一什么物件闪电般，坠了下来，啪啦一声巨响，吓得她尖叫一声，跌坐在钢筋上，站她对面的男人虽然背对着塔吊，但也被巨大的响声吓得跳了一下，回头一看，在他身后不到五米处，一捆绳结松开了的钢筋散开在地上。他回头再看陆带妹，陆带妹已吓得脸无人色了，爬了几次都没爬起来，抖着声音说："好、好险！"塔吊老板吴忠能第一时间从活动板房里冲了出来，身后就是冯祖国和项目经理肖守权等人，歪歪斜斜地戴着安全帽往出事点跑，冯祖国老远就喊："老婆，带妹！中华妈！"陆带妹撑起软绵绵的身子答："在呢！"冯祖国才舒了口气，跑着的步伐也缓慢了。男人上前拿起掉在地上的小旗，向着塔吊顶上横挥了一下，然后走到掉落的钢筋前，蹲下来查看。

这时，吴忠能他们也赶到了，肖守权抖着声音说："何、何站，怎么不招呼一声，就来了啊？"何站冷冷地说："打了招呼，恐怕就看不到这么精彩的一幕了。"他走到被冯祖国扶起来的陆带妹前面,问:"证呢?"陆带妹摸不着头脑,呆望着他,冯祖国赔笑着问:"何站,您要什么证呢?我们是合法夫妻,我马上回宿舍去拿结婚证!"说着就转身,心里还嘀咕,不是公安局流管办的人才查结婚证的吗?怎么现在连安监站的也管外来人口了啊?何站喝止他说:"什么结婚证?荒谬!我要看她的司索工证!""啊!"冯祖国和陆带妹同时叫出声音来,陆带妹连自己的名字也不认得,又何来司索工证呢?何站见夫妻俩一副傻呆的样子,脸色更阴沉了。肖守权忙打圆场说:"何站,要不到办公室里坐坐,您放心,这个陆带妹,是个老司索了,安全知识,都熟稔得很!"何站哼了一声,回头指着地上的钢筋,问:"这是怎样掉下来的?差点就出人命了!我刚才还看见她坐在吊臂下的钢筋堆上,多危险啊!你们这样无视施工安全,迟早会出事的!"吴忠能点头哈腰地答道:"何站教训的对,我们回去肯定对陆带妹进行严厉处理,我们一定会汲取教训的,您到里面休息去!"何站一翻眼说:"休息就不必了,跟我四处走走吧,不过,这个陆带妹没证就一定不能上岗的,到时,出了事故谁担责任?"肖守权忙说:"是的,是的。祖国,你带你老婆回去,我陪何站四处走走!"看着两人走远,吴忠能瞪着眼睛说:"早不出事晚不出事,偏等领导来突检就出事?注意些嘛!这次要是伤了人,那就掩都掩不住了。"冯祖国撇了撇嘴:"还不是来揩油水的?带妹运气差点,刚好被他碰上,顺势就敲诈一下呗!一会老肖塞个红包,保证就啥事也没有。"吴忠能没好气地说:"最近建设局那边到处查证,无证的全部不得上岗,听说是全省统一,特殊工种施工作业人员都必须要持证上岗,我看你老婆还是考个证稳妥些!"说完就朝着肖守权他们走的方向走去。陆带妹扯着冯祖国,急得差点哭出来了,冯祖国安慰说:"不怕的,腾龙阁正在赶进度,缺着人手呢!他们一时半刻不会辞你的。不过是要想办法帮你弄个证的。"陆带妹撅着嘴巴,心里委屈极了,为什么一定要持证上岗呢?不识字又怎样考证?工地上干的都是出汗出力的重活儿,凭的不都是力气和经验？难道一个证就能保证安全了？不出事故了？而且有文化有知识的，谁来干这又重又危险的活儿啊？难道像她们这些没读过书的人就没资格在工地上干活了吗？

许多许多的疑问纠结在陆带妹的心里，她怎样也想不明白，后来她因为考不到司索工证，无法再继续起重司索信号工的工作，继而转入厨房，负责装拆班的工人伙食了。站在黑实巨大的铁锅前，大锅铲搅动着白花花的肥肉脂膏时，脑海里仍忍不住思考那些纠结着的问题，脂膏全化成金黄的猪油了，可她的疑问仍纠结着。

绯城建筑工人（特种作业人员）档案表

姓名	鲁为民	
性别	男	相片
身份证号	522220198104231111	
出生年月	1981 年 4 月	
用人单位	绯城有能建筑机械有限公司	
学历	初中	
从业工种	塔吊司机	
简历	贵州人，1997 年春南下广东打工，一直随同村的工头鲁旺福在珠三角各城市的工地上辗转，2000 年考取了塔吊司机证，就一直从事塔吊司机工作。2006 年在腾龙阁工地认识冯珍珍，相恋，期间，与架子工领班张结力发生冲突。2007 年初夏，猝于高空坠落。有一遗腹子冯腾龙。代表工程：腾龙阁。	
联系电话	07XX–12345678	手机号码 1370LLLLLLL

词条3：塔吊司机

自从得知冯祖国要在腾龙阁买房子，鲁为民就开始积极存钱了。有次，鲁为民和冯珍珍溜到离腾龙阁工地不远的信宜旅馆开房，完事后，冯珍珍汗津津地抱着鲁为民的臂膀说："等腾龙阁封顶后，我们就不用到这里来偷偷摸摸的了。"

当时鲁为民并不把她说的话放在心上，他仍在回味着刚才冯珍珍的好，冯珍珍的母亲肯定是个美人，光从冯珍珍那身又白又嫩的好肉就可以猜测出来了。鲁为民还在暗暗庆幸，好在冯珍珍不是陆带妹生的，瞧这细腰细胳膊细腿的。想着，鲁为民又有点冲动了，翻身趴在冯珍珍身上，手脚乱动乱摸，冯珍珍红着脸，拍着他的背，气喘吁吁地问："哎！你到底有没有听我说的话呀？我爸准备在一期买房子呢！""什么一期？"鲁为民双手不停地揉捏着，冯珍珍弓着身子说："腾龙阁的一期啊！""什么？"鲁为民双手停止了活动，问："真的？"冯珍珍骄傲地扬着红红的脸蛋说："真的。我爸说，腾龙阁可不比外面的楼盘，它是绵城最高档的楼盘，能住腾龙阁的，非富则贵，本地人居多，我们住这里了，也表明我们跟他们是一样的。我爸还说，腾龙阁是神龙起飞的地方，龙气旺，我弟弟要来这里住了，定能考上北大的。"鲁为民慢慢地移动着双手，在冯珍珍光滑的背上游移着，冯珍珍轻声地哼了起来，可鲁为民的兴致却减了下来，他问："我听说，现在腾龙阁的楼花，也卖四千多了，你爸有那么多钱？"冯珍珍收紧了双臂，紧紧地贴着他说："等工程完成了，我爸就有钱了。我爸说，为了中华，多少钱都值。"

鲁为民的心一动，再一动。他倒不是为了什么龙气旺考北大心动，冯珍珍的一句"能住在腾龙阁的，非富则贵，本地人居多，我们住这里了，也表明我们跟他们是一样的"却深深地打动了他。鲁为民十六岁就随鲁旺福来到广东，珠三角的城市基本都去过了，几轮辗转，就十年过去了。鲁为民从工地杂工做起，一直做到塔吊司机，工作从地面做到高空，工资也从三百做到三千了，家里的父母这两年常来电话，催他回去相亲，说村里和他一样大的，几乎都结婚生子了。可鲁为民不想回去，那个除了山就是石头的小山村，有什么值得他回去的？十年来，他早就习惯了改革开放前沿阵地各种活色生香的生活了。有时他会坐在高高的操控室里，对着蓝莹莹的天空发呆，思考一些诸如人生宿命等等问题，他会想，自己每日攀高爬低，吊重放轻的，那么辛苦那么危险，为的是什么？鲁为民想了十年，都没想明白，现在冯珍珍的一句话，就给了他答案，还不是为了能融入这个城市，成为这个城市的一分子，在这个城市里有自己的一席之地？躺在他身体下的冯珍珍不知道他在想什么，但她已经被那双游移着的大手撩得浑身痒痒的，身体迫不及待地贴上去，鲁为民在进入她时，豪情万丈地嚎叫："我也要在腾龙阁买一套房子！"

鲁为民和冯珍珍的事情，最终还是被冯祖国发现了，冯祖国似被浇了一罐汽油般，腾的一声，熊熊燃烧。他蹭蹭蹭地跑到塔吊下面，拿着对讲机昂头对着高空上的操控室大声叫："鲁为民，我操你妈的，你给老子下来。"操控室悬挂在一百多米的高空上，风在空中呜呜地叫着，鲁为民从玻璃窗往下看，见冯祖国在塔吊下叫嚣着，这是非常危险的，他忙把运行着的小车减速运行至停止位置，然后关了控制开关。再探头往脚下望，四道三角形的附墙牢牢地支撑着塔身，最后一道附墙下面有几个人在塔吊脚下争执着什么。原来冯祖国气晕了头，怒气匆匆地要往上爬，几个安全员看见了，跑过来拉他，冯祖国日爹操娘地骂鲁为民，占便宜占到老子头上来了。肖守权走过来，拉开冯祖国说："你家姑娘愿意给人家小伙占便宜，你骂有屁用？"冯祖国红了眼："珍珍还小，才给他占的便宜，他一个塔吊工也配我的女儿？"肖守权推着冯祖国往安全地带走去，讥讽道："别以为你买了小车就改变了身份，你他妈的不也就是个装拆工么？你女儿不就是个装拆工生出来的？"冯祖国瞪着血红的眼望着肖守权，鼻子呼呼地喷着气，肖守权将他按在椅子上，说："工程赶得很，你他妈的别没事搞事，耽误了腾龙阁的工程,你想在董不凡那里结得到工程款就难了。"冯祖国马上焉下去了,能不能顺利在腾龙阁置一处房产,与这工程款直接挂钩的。妈的,但也不能便宜了鲁为民那小子。

冯珍珍坐在厨房门口,哭半天了,眼睛都哭红肿了。陆带妹放了满盘自来水,将清早买回来的青菜全倒进水里,胖手在水里按了几下,青菜就全浸在水中了,她回身去搅大铁锅里的猪膏,这猪油得小火慢慢地熬,油才出得香出得透。冯祖国让陆带妹负责厨房时,陆带妹并不晓得清早到菜市场去收集猪脂肪的,那么大那么惨白的肥膏,要是本地人,早就丢潲水桶里去了。但工地上的工人不一样,夏天,他们出汗多,需要大量的猪油和盐来补充体能。冬天,更需要大量的脂肪来增加热量,所以,工地上每个班组厨房,都必须有一口巨大的铁锅,每日清早,负责做饭的女人便蹬了自行车到渺城郊区的批发市场去进猪膏,她们将大块大块的猪膏丢进绑在自行车后面的箩筐里,再去买其它菜。青菜都是整把整把地往箩筐里丢的,根本就不用拆开来拣了,管它好还是烂,哪档便宜便往哪档挤。陆带妹第一天跟其它班组的女人到市场采购时,看见白花花的猪膏油腻腻地挂在猪肉档前面的铁钩上,一条条的,甭提地吓人,她不知道其他女人为什么都抢着买,她亦不愿意跟着抢这东西,她知道这东西是用来煮油的,可她更愿意用花生油来做饭,毕竟吃饭的人中,有自己的男人。但冯祖国吃了一顿后,就将饭碗一丢,说没味儿。陆带妹拿起勺子尝了口,味道还可以。晚上,拉下床帘,冯祖国就悄悄对她说,不能用市面上的成品油了,日后的菜,一律熬猪油来炒。陆带妹不明白,瞪着眼睛,冯祖国一点她的额门说:"笨老婆。大家都吃惯了猪油的味儿了。花生油炒的菜,哪有猪油炒的香?况且,一瓶十斤装的花生油现在卖多少钱了?"陆带妹答:"一百多。""那十斤猪油呢?""值不了几个钱,猪肉档都不要的。""那就对了。一个月得用多少油啊?这数你还不懂得算吗?""可大家都给了伙食费的,每月每人五百呢!""每月每人五百给了你,你就都用光了吗?死笨!"冯祖国狠狠地拧了一下她的屁股，陆带妹转不过弯来，愣愣地望着丈夫，冯祖国说："不从各方面省省，我们什么时候才能凑够买房子的钱啊！"陆带妹才恍然大悟。于是，陆带妹也每日往自行车上绑上一担箩筐，摇摇摆摆地到郊区的蔬菜批发市场去抢猪膏肥肉，也抢烂菜，也抢病鸡病鸭死鱼。而且很快，她就抢得比其他人都利索了。

　　冯珍珍的哭，陆带妹也不是没有感觉的，毕竟一起生活了十年，比不上亲生母女，但感情还是有的。可冯祖国正在火头上，不是三句两句就可以将火浇灭的。陆带妹将柴火往灶子里推，猪油在锅里啪啪地响，她又蹲下来洗菜。冯珍珍说："我一定要嫁鲁为民的。"陆带妹说："你爸不同意，我也没办法。"冯珍珍说："你给我爸说去，就说鲁为民也会在腾龙阁买房子的。"陆带妹洗着青菜的手停了下来，回头问："真的？"冯珍珍用力地点点头说："真的，鲁为民说他一定要在腾龙阁买房子的，他现在没日没夜的加班，就是想多赚些钱，买房子。"陆带妹站起来，揩揩手上的水，说："我现在就跟你爸说去，晚上你让他来我们班组吃饭，我煲了鸡汤。"

　　在高高的操控室里坐五个小时，腰也坐酸坐硬了。鲁为民站起来，操控室只有一平方米的空间，操控台已经占了大半的位置，他只能站在约莫半平米的空间里活动身体。按常，塔吊司机四小时换一个班，可鲁为民不愿意换班，他恨不得每天能干上十小时，他今日早上七点就上机了，中午的时候下去吃饭，午饭后，丢下饭碗又上了机，冯珍珍追上来问："开了一个上午了，不休息一下？"鲁为民笑笑，说："按工时计钱的啊！我想快点赚够钱娶你的。把升降梯开了，送我上去。"虽然心疼男人拼命，但冯珍珍还是听话地开了施工升降梯。梯内只有两个人，鲁为民四周看看，工人们都蹲在大铁棚下吃饭，没人注意他们，便伸手去摸冯珍珍的胸部，冯珍珍操控着升降机，不能躲避，羞得脸蛋红红，鲁为民又被她的红脸蛋撩得浑身发烫的，狠狠地在她胸部抓了几下，才恋恋不舍地离开，升降梯稳稳地停在十六层，鲁为民打开吊笼门，走出升降梯前，还坏坏地对冯珍珍一笑，说："宝贝，晚上老地方。"冯珍珍羞得拿起安全帽砸他，说："把帽子戴上，怎么又穿着拖鞋上去啊？"鲁为民接过安全帽，随意往头上一扣，不屑地说："放心吧，我都在这爬梯上爬八年了，没事的。"说完，便踢踏着拖鞋，走上塔吊连接建筑主体的附墙，双手抓着爬梯的横杆，双脚用力一撑，身体便吊离附墙，凌空挂在爬梯上。爬梯是钢质的，涂满了机油，通往操控室的梯子像铁轨一样镂空着，呜呜的风吹来，梯子微微摇摆，脚下便是深不可测的万丈深渊了。可鲁为民并不害怕，这样的凌空活动，他早习惯了，人似猴子一样，轻巧敏捷地往上爬，他爬得很快，迅速得像打开冯珍珍的身体时般热切，一分钟不到就爬上操控室了。他从操控室往下看，看见冯珍珍目送自己安全上来后，才将升降机开下去，他转身关上操控室的门，顿时，一片寂静，属于城市的喧嚣，就这样被高高的距离隔绝了，除了风和冰凉的钢铁架构，在这高空上，就再无物件陪伴鲁为民了。

这一平方米的空间。鲁为民踢踢操控室的铁皮。不能吸烟，唯有嚼口香糖，他拍两颗口香糖进嘴，嚼着，拧动钥匙打开发动机，从机油、柴油、电瓶上的水、冷却发动机的水等方面检查塔吊动力和传动部分。一切就绪后，这个下午的工作便开始了。地下的工人还在吃饭，鲁为民无事可干，便将双腿搁在操控台上，舒展四肢，闭目养神。一般像这样在凌空独处的时候，鲁为民就会任由思想游走，他会想，自己会不会被遗忘了呢？脚下的喧闹缤纷的尘世，那么的热闹啊！有人会记得他吗？他想，冯珍珍会记得他的。

塔吊司机的工作是单调重复的，其实，在工地上，哪一个工种都是单调重复的，架子工班的班长张结力在打牌的时候，就经常发这样的牢骚："操他娘的，每天都是抱着铁柱，拧螺丝，鸡巴天天对着铁绷绷的柱子，都懒得竖起来了，真鸡巴没劲。"打牌的或者围观的工人便笑他，抱什么鸡巴才竖得起来？张结力便贼贼地回头瞥向正在上落着的施工升降机。鲁为民以前也耍两手的，但自从决心存钱买房子后，就不打牌了，瘾起来了，便站在旁边看一会儿，跟着大伙儿起哄，既过过眼瘾也过过嘴瘾。他挺不满意张结力每次说到鸡巴就往施工升降机那边瞟，尽管当时开机的不一定是冯珍珍，但他的心里也似被鸡毛挠了两下，挺难受的。但张结力也的确说出了他和许多建筑工人的心声，每天都对着水泥沙石，钢筋机械的，全都是些不值钱的，毫不起眼的，低微的，冰冷的，肮脏的东西，的确会让人觉得乏味，无聊。也因此，许多年轻力壮的建筑工人，闲时就喜欢打牌，斗殴，或外出嫖妓，要是不想法子出来做些刺激点儿，有点味儿的事情，那活着也真他妈没意思了。但每当鲁为民想到买了房子，自己可以像本地人一样衣冠楚楚地出入腾龙阁的时候，他对塔吊司机这份工作，就无比热爱起来，他恨不得每日每夜都能开机，二十四小时都将自己关在一片寂静里，那他就可以在无限可能地发挥想象力，构画他的美好未来。

对讲机响了，地下的卢大发发出了信号，鲁为民按照对讲机中的指令，把右手操纵杆缓缓往前推——落钩，左手操纵杆往后拉——回转、大臂起落，右操纵杆再往后拉——起钩。一个巨大的钢架顺着钢索被吊到一定位置，回转、调整角度、对准、上夹板，四个节点分别焊接。操控室随着塔吊在近百多米的高空中前后摆动，鲁为民早就习惯了这样的摇摆，这太正常了，不摆的塔吊会从根部折断的。对讲机里传来的声音提醒鲁为民，他并没被遗忘在高中。

当天暗下来时，冯珍珍的声音便在对讲机里响起了，她说："我爸叫你下来吃饭。"鲁为民的心莫名地抖了一下，冯祖国的急性子，工地里出名的了，今日看他在塔吊下的样子，一会定不会给好果子吃的。不过，想到冯珍珍那身白嫩嫩的肉，鲁为民吞了吞口水，被打一顿都是值的。

但冯祖国并没打鲁为民，他让陆带妹准备了好酒好菜，笑眯眯地坐在饭桌前等着，鲁为民不清楚他葫芦里卖什么药，不安地将半个屁股斜签在凳子上，冯祖国笑容可掬地倒上一杯酒，说："在上面待了那么久，嘴都耗干了，来，喝一杯。"鲁为民回头望了冯珍珍一眼，冯珍珍点点头，鲁为民才迟疑地拿起酒杯，和冯祖国干了一杯。几杯下肚后，说话开始多起来，气氛也活跃了很多，冯祖国瞪着红红的眼珠，拍着鲁为民的肩问："为民啊！你真的喜欢我们珍珍？"鲁为民鼓着塞满鸡肉的腮帮，拼命地点头。冯祖国打着酒嗝说："珍珍才十八岁，你可不能欺负她。你要敢欺负她，老子剁了你！"鲁为民觉得脖子生寒，忙不迭地点头，冯祖国又拿起酒杯要干杯。又喝了一会，冯珍珍见两人都有醉意，忙端了杯热茶上来，冯祖国一手拨开了，双手撑着桌子问："听珍珍说，你也要在腾龙阁买房子？"鲁为民兴奋地说："妈的，好歹也在这个城市里扎个窝，要不闯广东这十年，就白闯了。"冯祖国歪着眼睛瞪了鲁为民一会儿，哈哈大笑道："好小子，有志气。"歇一会又问："存多少钱了？"不知是酒还是其它原因，鲁为民的脸腾地红了，竖着筷子在饭碗上转圈，说："几、几万吧！"冯珍珍忙抢着答："我们可以供的，我打听过，现在银行办按揭，容易得很。"冯祖国瞪了女儿一眼，没作声，坐了下来。鲁为民忙拍着胸口说："您放心，我从此后就不赌了，钱都交珍珍存起来。"冯祖国的脸才放松了点儿。陆带妹捧着一盘酸菜鱼，热腾腾地走过来，咋呼呼地叫："一家人，谈那么严肃干嘛？珠珠，出来吃饭啦！"

纱城建筑工人（特种作业人员）档案表

姓名	张结力	
性别	男	相片
身份证号	422222197082111111Z	
出生年月	1970 年 8 月	
用人单位	纱城结实建筑棚架施工队	

学历	初中		
从业工种	架子工		
简历	四川人，1990年春南下广东打工，一直从事建筑工作。1998年以前为物料提升机安装拆卸工，后因其兄张结实做了建筑施工棚架租赁和安装工程承包生意而转当架子工，2006年代张结实负责腾龙阁的棚架安装工程，期间因垂涎冯珍珍与鲁为民发生冲突。2006年冬，因其偷用废置钢管而导致棚架墙坍塌，造成三名工人死亡，八名工人受伤，本人也因此失去了性功能，被判十五年，后因生病，被张结实保外就医。代表工程：腾龙阁。		
联系电话	07XX-12345678	手机号码	1360ZZZZZZZ

词条4：架子工

施工方在工地边上抹了一层薄薄的水泥地膜，就在地膜上面盖起了两列对开的平房。平房间隔为一个个单间，格子般，左边一列用来给各个班组做厨房用，右边一列则是洗澡房。洗澡房统一装了简易塑胶门，门口装一个水龙头，工人们晚饭后，都提着塑料桶拿着衣服过来排队洗澡，前面洗好了的工人就蹲在水龙头前面洗衣服，也和排队等洗澡的熟人聊两句，多是带荤的打趣，说，张三，昨晚我听到你的床嘎吱嘎吱地响，你一个人躲被子里干嘛了呢？张三就骂，嘎吱你老婆了。听者就撩起水，泼对方一下，然后也嘎吱嘎吱地笑，话题一转，就谈起昨晚买的六合彩了，说本来想买牛的，但下注时又耳朵软，结果买了马，没想真的开牛了。

张结力将衣服搭在油晃晃的肩上，只穿了条短裤，裸着上身，踢踏着拖鞋，大摇大摆地走了过来，嘴里还叼着根牙签，哼着十八摸。他一过来，就大声地嚷嚷："让开让开，轮到老子了。"赵成功白他一眼，道："让鸡巴，后面排队去。"赵成功是工地上的高级电工，技术高，连肖守权都敬他三分的，而且为人宽厚，肯帮人，在工人当中颇得地位。张结力见是赵成功抢白自己，胀紫的脸白了下去，勉强笑一下说："赵工啊！你也排队吗？这些弟兄真鸡巴，也没人给你让一个？"赵成功说："没必要。"张结力讨了个没趣，觉得无聊，排在队伍后面四处张望，看见冯珍珍捧着一盘扣肉从厨房里走出来，一步三摇地往工棚那边走去，看得口水也溢出来了，吧砸着嘴巴，说："操，这肉又香又滑的，让老子咬上一口，啧啧，死都值了！"冯珍珍听见了，红着脸回头白了他一眼，加快脚步走了。张结力望着冯珍珍走远的背影，狠狠地抹了一下下巴。

清早七点，就开始搭架了，张结力刚分配好架子工组的工人上架，远远便看见负责安全的叶卫平向这边走过来，他立刻抬头对正在往上爬的工人叫："快下来，姓叶的来了。"工人们嬉笑着，骂着爹娘往下滑，张结力将堆满安全帽和安全带的小车往中间一推，工人们便嘿嘿哈哈地抢着安全帽，有两个年轻的还拿着安全带对抽着玩，叶卫平一脸严肃地走过来，对张结力说："每次都这样，百说不改，下次再给我见着了，整个班组都要扣钱的了。"不知谁切了一声，叶卫平的脸更阴了，骂："亡命之徒！"张结力递烟上去，叶卫平将烟接过，不抽，掖耳朵背上，说："结力啊！你是他们的班组长，要起带头作用啊！你们总是这样全不把安全放在眼里，要是出事，追究起来，首先给开刀的，就是你和我啊！"张结力将香烟叼在嘴里，指着那两个用安全带对打的年轻人骂："周大年，韦宗亮，你们两个还耍鸡巴啊？还不给老子上架去？限你们两分钟内上去，拖一分钟扣一工钱，操你娘的。"两个工人手忙脚乱地把安全带往身上一套，拧着安全帽就爬架了，张结力跑过去，抓着周大年身后拖着的安全带，狠狠地打他的屁股，骂："上架还拖条尾巴，操你娘的，是想当猴子还是想用屁股来日？"周大年笑嘿嘿地回身抓着带子，扣好，骂一句："日你屁股。"就和韦宗亮哈哈笑着，猴子般，蹿到上面去了。张结力看着架子工们都安全地爬上排栅，隐匿在绿色的密目安全网内，拍拍手，回身对叶卫平说：

"鸡巴,这些鸟人都操蛋得很,都不易管啊!叶工。"叶卫平将一个安全帽丢过来,说:"妈的,你自个也不做好,还想下面的人做得好吗?戴上,小心掉个螺丝砸破你的猪头。"张结力接过帽子,歪歪斜斜地扣在脑袋上,说:"哪有那么运气?螺丝都鸡巴实地拧在脚手架上了,放心,我带的人,鸡巴是鸡巴一点,但都是老架子工了,技术都是鸡巴好的。"叶卫平将七零八落的安全帽和安全带都捡起来,放回小车,说:"小心使得万年船。"张结力咬着烟屁股,说:"就算掉东西下来,不是有防护网隔住吗?怕鸡巴!老子不跟你说了,上架去了。"说完,将一根被咬得糊了的香烟唾在地上,哼着歌歪歪斜斜地向升降机那边走去了。

开升降机的是冯珠珠,虽然是双胞胎,但冯珠珠的样子却不像冯珍珍那样水灵嫩白,她像冯祖国,蜜色的皮肤,眼睛有点小,鼻子有点儿塌。张结力走进升降机,冯珠珠就不高兴了,黑着脸问:"上几层?"张结力嬉皮笑脸地问:"你姐今日上什么班?"冯珠珠白了他一眼,不理他,干脆拿起十字绣来绣,张结力走上前,装模作样地看,啧啧地笑:"手艺还过得去嘛!不过比起你姐,就差远了。"冯珠珠鼻子哼了哼,厌恶地推开他,说:"你到底上不上去的?"张结力油腔滑调地说:"上,当然上,我都在上面搭好了床架,说不定珍珍都在上面等我了呢!"说完竟自己动手按了启动键,冯珠珠气得扔了十字绣跳起来骂:"王八蛋,还没按警示铃就开机,不要命了!"张结力嘎嘎地笑:"牡丹花下死,做鬼也风流,我还要鸡巴命啊?"冯珠珠气得瞪着眼睛,鼻子呼呼地出着热气,这个张结力是工地里出名了的无赖,现在悬挂在半空中,她一个女孩子又斗不过他,唯有看着他开着升降机,喀喀喀喀,大幅度摇摆着向上升。张结力猛地停了机,拉开吊笼门跳了出去,嘴巴还不干净:"这样开机,感觉像不像做爱?高潮了吧?"冯珠珠气得一句话也说不出来,气呼呼地将升降机开了下去。

张结力哼着十八摸,走向十四层的操作平台。在当架子工之前,张结力也是个装拆工,但后来,他的大哥张结实做起了脚手架的租赁和工程承接生意，他便转做架子工。在工地上，架子工即是使用搭设工具，将钢管、夹具和其他材料搭设成操作平台、安全栏杆、井架、吊篮架和支撑架等，并能正常拆除的工人。一般来说，土建工程的脚手架搭设工程，都是分包外发给专门做脚手架的承包商做的，而这些承包商多是从搭排栅（即脚手架）的底层做上来的，文化水平一般不高，为人较为刁钻狡猾，因此，人们喜欢称这些脚手架承包商为"排栅佬"。也由于起点比较低，脚手架的承包商一般都很难做成规模的公司，他们较喜欢利用家族关系来管理分布在各个工地上的架子工人。而张结力也是凭着一手过硬的装拆技术，很快掌握了搭架的技术，张结实便让他带着架子工人，在工地上搭架。

早前，建设高层建筑，都喜欢用竹脚手架，采用水葱竹篾或麻绳或铁丝来绑扎，扎起来也讲究，什么立杆、大横杆、剪刀撑、支杆等等，名堂众多，竹子性韧，结实，轻便，不易腐蚀，曾一度大量被应用于建筑工地上，但竹子竹身偏滑，不利工人攀爬和站立，其次，竹子只能一次性使用，一个工程完结后，这些搭脚手架的竹子便很难再次用到生产中去了，这就造成了严重的资源浪费。后来，人们便制造了钢管脚手架，一般高层建筑施工，对钢管脚手架要求是非常严格的，必须要用外径 48-51mm、壁厚 3-3.5mm 的钢管，长度 4-6.5 和 2.1-2.3m 为宜，有严重锈蚀、弯曲、压扁或裂纹的都不得使用。

架子工人们像蜘蛛侠般，拿着扳手螺丝刀等搭设工具，贴着建筑物的顶部，用安全带将身体挂在高高搭设起的脚手架上，向上安装着钢管，他们都是身手矫健敏捷的，一手扶着大横杆，一手拧着粗实的螺丝，拧几下，钻几圈，螺丝便拧实了，数根钢管装上前，一个结实的架子便牢牢地固定在建筑墙体前了。张结力对不远处在斗嘴的周大年叫："嘈鸡巴啊？那钢管又不是你女人，光抱着有鸡巴用啊？快给老子动手。"周大年伸伸舌头，抱着几支钢管爬得飞快。张结力看见楼层的一角堆放着一堆搭设工具，便过去翻了一把扳手，走到一道安全栏杆面前，这几根安全栏杆有点儿偏扁，锈化得有点厉害。搬脚手架时，张结实就一再叮嘱他，一定要仔细、认真点，将那些有裂缝、弯曲、锈蚀、压扁了的钢管都挑出来，实在不能用的就运废品站去，腾龙阁临江，风蚀厉害，加上还都是高层建筑，钢管一定要用坚固结实点的。为了张结力好做工作，张结实还特将一张三万元的支票塞给张结力，让他去进批新的脚手架回来。

  张结力蹲在安全栏杆前面，将扁了的钢管拆下来，用扳手敲圆了，又安装上去，张结实是个谨慎细微的主儿，隔三岔四就来查看一下的，要让他看见有钢管扁了，肯定要拆了，全部重装的。太阳鲜艳地从东方升起来了，红红的阳光照过来，张结力觉得眼前红光一片，他蹲在铺满钢管的操作台上，脚下是一层层密密的用安全网罩着的脚手架，他刚想站起来，抽根烟，骂对面脚手架上攀着干活的工人几句："鸡巴的，装得那么慢，昨晚把力气都用哪里了？"突然，一条黑影从背后蹿了过来，一条结实粗壮的手臂，从后面紧紧地箍着张结力的脖子，张结力顿时感觉到喉咙一紧，一甜，呼吸就上不来了，鼻子里钻进了一股浓浓的汗味，他条件反射般举起扳手向后砸，但扳手砸空了，手臂却被紧紧地抓住，扭到背后。然后张结力的身体就被人提了起来，快速地向未搭装好的操作台的另一边推过去，张结力吓得声音也抖了，但仍支撑着，问："开、开鸡、鸡巴玩笑啊？放、放开老子！"说着努力扭转脑袋，见到一张通红的严重扭曲的脸，一股热热的气流从这张脸上喷到他的后脖。张结力双腿都软了，抖着声音叫："为、为民兄弟！有、有话，好好说！"鲁为民爬惯了爬梯的手臂一紧，张结力呃的一声，喉咙像被压扁了般，鲁为民眼睛血红的，骂："老子没空闲跟你开鸡巴玩笑。没什么好说的。"说话间，已经将张结力提着，来到操作台的缺口处，张结力拼了命地蹬着脚，但仍被高大壮实的鲁为民提到边上，鲁为民嗨的一声，用力一提，张结力就被他凌空提起，再往前走两步，张结力就被挂在十四层的高处。虽然搭拆惯了脚手架，习惯了高空作业，但这样凌空挂着，脚下无一物可附的境况，张结力还是第一次遭遇，冷汗啪啦一下全飙出来了，张结力伸着没被抓住的左手，拼命地抓捞，希望能抓到一样可攀拿的物件，双脚在空中乱蹬着，叫："兄弟，这玩笑，开不得，将哥拉回去，哥给你和珍珍道歉。""闭嘴！"鲁为民怒吼一声，珍珍两个字从他嘴里吐出来，鲁为民都觉得是种污蔑。张结力吓得马上闭了嘴，凌空吊着的双腿冰凉凉的，鲁为民咬牙切齿地说："信不信老子把你扔下去？"热气吹到后脖上，张结力喉咙痛得难受，呼吸困难得紧，脸也开始紫胀了，他努力点着头说："我、我信！"

其他位置搭架的工人看见鲁为民突然怒气冲冲地从十四层里面冲了出来，将张结力控制住吊在操作台上，都吓得哇哇叫，丢下手中的活儿往这边爬过来，有人立刻给肖守权和冯祖国打了电话。冯珍珍也赶上来了，她听冯珠珠说，鲁为民要去教训那个垃圾张结力，吓了一跳，忙追了上来。途中才知道，今早鲁为民坐冯珠珠的升降机上机，见冯珠珠气鼓鼓的样子，就问她怎么了？冯珠珠于是将张结力今早戏弄她，并占冯珍珍口头便宜的事情，添油加醋地说了出来，鲁为民听了，气得一拳就砸在升降机上，昨晚张结力对着冯珍珍的背影抹口水的一幕又在脑海里浮现出来，鲁为民更是气打不到一处，他让冯珠珠将升降机停在十四层，看见张结力一个人蹲在操作台上，便冲了过去。冯珠珠怕事情闹大了，马上下去找冯珍珍。冯珍珍赶上来时，已经有几个架子工堵在操作台上，七嘴八舌地叫着，骂的骂，劝的劝，看见冯珍珍过来了，架子工们立刻让开道让她走过去，有人还劝她，一定要稳住鲁为民。冯珍珍跑过去，尖叫着为民，鲁为民回头，看见她了，怪笑了一下，说："老婆，看老公给你干掉这个人渣。"冯珍珍吓得双脚一软，瘫在地上，哭着嗓子说："千万别啊！为民。"肖守权和冯祖国也都赶上来了，冯祖国扶起女儿，肖守权向前冲了一步，鲁为民狂叫："都给我回去，要不，老子放手了。"肖守权吓得倒退一步，说："为民，先将他揉回来，有什么委屈的，说出来，权哥给你做主。"张结力已经快窒息了，听见肖守权的声音，就似抓住了救命稻草，叫道："肖工，救我啊！"

鲁为民用膝盖顶了他的后腰一下，骂："再喊，老子就放手了。"张结力吓得立刻闭上嘴。地上，叶卫平已经带着人张开安全网，绑在张结力脚下的下落点。肖守权又跨前一步说："我早就听说，张结力这逼人，嘴巴不干净，仗着他哥是个小老板，在工地上张牙舞爪的，弟兄们多对他不满的了。这人是该打，该杀。但该杀也不是你鲁为民来杀啊！杀人是要偿命的，你说你才二十六岁，年轻有为，珍珍和你又情投意合，大好的日子在后面，为这么一个逼人，你犯不着搭上自己啊！"鲁为民回头望了望冯珍珍，冯珍珍苍白着一张小脸，偎在冯祖国的怀里，冯祖国也从冯珠珠哪里知道了一二，他的心里，怒火正一拨拨地往上撩着，但这事关乎到女儿的终身幸福，他努力压着怒火，闷着声音说："为民，放了他。"鲁为民摇头，说："这逼一天到晚打珍珍的主意，老子早就想灭了他！"这时，张结力长时间脖子被箍，呼吸时紧时慢，已经出现了窒息状况，脸黑紫黑紫了，双脚也蹬得没气力了，肖守权见情况不妥，忙弯下腰来对冯珍珍说："你快点过去拽他回来，要不，张结力就被箍死了。"冯珍珍害怕地望着他，肖守权说："只能靠你了！"冯珍珍攀着冯祖国的手臂，站起来，鲁为民急了，叫："老婆，别听他的。"冯珍珍一咬牙，冲了上前，拽着鲁为民的右手往后拖，鲁为民怒叫着："你快放手，你不放手，我就将这逼掼下去了。"冯珍珍死死攀着他，说："你就掼吧，你掼了他，我也跟着跳下去，反正，你死了我和肚里的孩子也都不想活了。"鲁为民只觉得有什么在脑海里炸开了，眼前一片灿烂的霞光，整个人愣着，冯祖国和肖守权忙冲了上前，合力将他们都拖进安全的地方，然后扳开鲁为民的手，将张结力救了下来。张结力咳咳地咳嗽，挣扎了几次才爬起来，爬起来看见冯珍珍抱着鲁为民嘤嘤地哭，觉得面子放不下来，骂："操你娘的，偷袭老子，看老子不把你撕鸡巴烂！"说着便掳手掳脚地作势要冲上来，冯祖国和肖守权冲上前推开他，冯祖国黑着脸骂："老子女婿要是少一根毫毛了，看老子怎么收拾你！"肖守权和其他架子工忙架着张结力走了下去。

鲁为民抱着冯珍珍，叫了冯祖国一声："爸！"冯祖国瞪了他一眼，没好气地说："都给我回去。"

【作者简介】

蔡玉燕，女，笔名彤子，1979年出生，广东佛山市三水人。中国作协会员、广东省文学院签约作家。小说在《作品》《花城》《作家》《江南》《青年文学》等多家刊物发表，有作品被《小说月报》《中华文学选刊》《小说选刊》《小小说选刊》等刊物转载，入选多种年度选本，获2012、2014年广东省《作品》新锐奖、2013～2014年度《广州文艺》都市文学双年奖等。著有小说集《高不过一棵庄稼》《平底锅的爱情》，长篇小说《南洋红头巾》《南方建筑词条》《陈家祠》。

【颁奖词】

蔡玉燕，笔名彤子，她擅以灵性的文字，书写自己的岭南故土，其间包藏着深厚的情怀。这次她的长篇小说《南方建筑词条》以佛山三水为背景，有效记录了南方城市的易容与变迁。

蔡玉燕独树一帜，"南方"既是地理坐标，也是富有时代标识的思想坐标，她以"词条"，这最现代与后现代的把握方式，透视工人活法，最终完成一座深具悲悯情怀的精神"建筑"。蔡玉燕素以中短篇小说见长，本次长篇中，她保持优点，并在文本结构和视野宽度上有进一步拓伸，是当之无愧的优秀作家，特授予蔡玉燕："西樵山杯"第三届青年产业工人文学大赛——公开组——长篇小说奖！

【获奖感言】

尊敬的各位领导、尊敬的评委老师、文友和来宾们，上午好。

很感谢广东省青年产业工人作家协会，给我创造了这么好的一个平台，感谢评委们对《南方建筑词条》的肯定。作为这次产业工人文学奖长篇奖的获得者，在接到通知时，我先是激动，开心，继而是感激，感动。获奖对于我来说，很意外，我知道这个奖是面对全国征集的，高手云集。然而，这奖却真真实实地授予了我，这对我来说，是莫大的荣誉，我感激不已。

《南方建筑词条》是我用了三年时间才完成的长篇小说，它并不是写一个人或一件事，它写的是一个群体。2007年，我从安徽回到广东，从事建筑技能培训工作，由于工作的特殊性，我每日要面对的是形形色色的建筑工人，要下工地去给工人上安全课。工地的饭堂不过是一张粗糙的铁皮盖了顶的棚，所谓的厨房不过是一间膏油横流的乌漆漆的小砖屋，老鼠肆意流窜，苍蝇疯狂轰炸，腐朽的肉味永远笼罩在灰蒙蒙的工棚下面。而工人们，就这样，戴着各色安全帽，昂着黝黑的脸孔，瞪着一双黑白分明的眼睛，望着我在黑板上写下的一个个对于他们来说非常陌生的字。实话说，建筑工人普遍学历偏低，但这并不妨碍着他们对改变自己的生活，对美好未来的追逐。然而，他们的起点是那么低，他们能够利用的渠道是那样的窄小，在十几年来一直高飙不止的房价面前，梦想几乎成为泡影，而恰恰，万千广厦，正是这一群人，用最不起眼的沙子、水泥、石子、钢筋、混合混凝而建起的。人们只关注到万丈高楼平地起，却没有谁会关注这批建筑者，即使某个工地发生坍塌或坠落事故，出了人命，人们也不过是"哦"的一声：又一包工头使坏了，如此而已。每次面对他们，我都会鼻子发酸，因此，也就有了《南方建筑词条》这部书的产生。如我小说前言说的："书写不为著书立传，不为歌功颂德，不为百世流芳。仅为记录归档，筑字留存。"

我想，为这个鲜有人涉足的领域，留下一点痕迹，是我的责任。我相信，今天，广东省青年产业工人作家协会、评委们把这个奖颁给我，不仅仅是颁给我个人，还是颁给这个建筑工群体的，不仅仅是对这本书的认可，更是对建筑群体的认可。

很遗憾，我因为身体的原因，不能亲自到现场领回这一份荣誉，但我非常感激，感谢广东省青年产业工人作家协会，感谢评委们，感谢大家，感谢你们对建筑行业的肯定，谢谢，谢谢！

漂在深圳的女人（节选）

/陈兰

雅

一

没有什么波澜，十五年的婚姻断断续续到今天，或许不管再过多少天都还会是这个样子。当上周的某个晚上，丈夫横在沙发里，雅靠边儿坐在小板凳上，两双眼睛都瞅着电视里无聊的节目时，关于离婚的谈话，就这么开始了。

"我问你，你是对我没有兴趣，还是对所有的女人都没有兴趣，还是对房事没有兴趣？"雅小声道。

"对这件事没有兴趣。"他说完依旧一动不动，直瞅着电视。

"我已经一个人过了七年了，不能这样过一辈子吧？"这是雅心里真实的想法。

"你想怎样？"

"我想离婚。"

"可以。"

我们先找个离婚协议书的范本看看吧?丈夫悄声走到雅身旁说道。

嗯。雅走进书房,雅从百度搜出范本。随后起身让出椅子,独自吃饭。

丈夫坐进椅子,饶有兴趣地看着。

雅没有胃口,只吃了些孩子剩下的,不觉饿就可以了。回到自己的书房,雅看到丈夫在发呆。

丈夫察觉到雅进来,起身又让出椅子。没有说话。

雅终于自己看了下离婚协议书的内容。想来制定合同也不过如此吧,条条款款可谓细之又细。都说亲兄弟还要明算账,何况即将分手的夫妻呢。不由得想起单位那几位离异的同事。"至亲至疏夫妻"古人说得一点也不错。

丈夫终于开了腔:房子归你,孩子归我。

雅不同意。都说孩子归谁房子给谁的。

丈夫茫然。那怎么写啊?

房子和孩子归我,存款和车子归你,这样才算公平。

哦。丈夫应着。那家里有多少存款啊?

雅望着丈夫。存折不是在你办公室放着吗?

丈夫不再说话。缓步走出书房。

雅关窗,拉上窗帘,做好睡前的准备工作。

本说好年后办手续,一家人再一起过个年,偏丈夫说总念叨着跟个事儿似地,倒不如早办了,年后再通知双方父母。就这样,在网上搜了范本,照猫画虎地写好离婚协议书,双方确认后准备去民政局办手续。

谁知一早雅穿戴整齐正准备出门去办手续时,他突然说,今天不去了。雅问他为何?他要说他要出差,等他回来再说。雅无语,把户口本、结婚证放回抽屉。

他拖着行李箱走了,雅照样过着日子,就像跟朋友说的那样,心里一直很平静。平静着过自己的日子,读书,写博,做家务。如此而已。

平安夜。雅在衣柜里挑选着衣服，一件又一件，衣服在雅的身上穿着、脱下，终于还是挑选了那件最先试的白色带帽风衣。

晚了五个小时，但雅知道他会来。他是雅的男友，网上认识的，雅还未离婚，雅是否得介绍他是雅的情人？或者是第三者？

有些醉酒的他，脸红红的，像个情窦初开的大男孩。一般此时，他会说很多很多的话，或者什么也不说，一味地紧紧地抱着雅。

雅喜欢轻抚他的脸颊与头发，红红的，瘦瘦的脸颊，只有棱角，就像他突起的性格。借着车窗外微弱的灯光，鬓角处的白发，如雅初识时一般，在雅的眼中有些扎眼。把头埋进他的怀里，没有烟味的男人的体味，总是让人觉得干净，自然。他抚弄雅的长发，总是告诉雅，不要剪去。他也会像个孩子样，扎进雅的怀里。抱紧雅，吸吮雅。什么也不说。那一刻，包容与投入想融合，直至消融于夜的沉默之中。

许久，他问雅："你想，我们之间是做朋友，情人，还是夫妻？"

"夫妻。"

"这么干脆？"

"是。"

"我怕你承受不了各方的压力而放弃我。我怕失去你。"说这话之前，他沉默了很久。

"我现在比任何时候都坚定自己的想法。"

"我一直没告诉你我具体是做什么的？这是我的错。"

"这不重要。"初识时很是好奇，久之雅已不在意这个问题。

"我好几次想告诉你，但每次都说不出口。但你要相信，我有能力养你。"

"我能养活自己。"

"那唱歌去吧，平安夜我们要在一起。"

当时钟跳过平安夜的夜半，他睡在KTV的沙发上，枕着雅的羽绒服，一手握在雅的手里。脸上的红润稍稍退去，清洗过的脸，安静，干净。男人工作时的样子是迷人,男人熟睡时的样子是可爱。

平安夜的夜里,他们一直在一起。不是他依着雅,就是雅依在他的怀里。

二

冬的夜,似乎不那么漫长。当夜晚逐渐染成黯黯的颜色,雅踱步在单位门前的小路上。

月季没有剪枝,记得夏天采花时曾被躲在花心里的马蜂狠狠地蜇了一口。现在,它们就像风干了一样挺立着。秋末的姿势,僵硬而生动。只有那一丛生命与雅的工龄一样长的柏树,在灯下淡淡地显映着深绿的微光。牵牛花的枯藤缠绕其上,树下满是散落的牵牛花种。

远处的工厂不知何时装了探照灯,光束穿过夜与马路,投射到单位院子的上空,不停地变幻着角度。夜班的飞机,偶尔掠过宁静的上空,星星不知疲倦与寒冷,静静的,很是安详。

雅带了书,却没有读。只是裹着厚厚的衣裳,踱了很久的距离。

天空,终于不再吝啬笑脸,铅华淡溢。雅的笑脸远不如它,一晚梦境中的是是非非,穿掠不知的空间,除了黑暗还有沮丧。心在不争的昏黯下面,挣扎着仍触及不到光明。

受上天所赐,走近家门已经有些吃力。打开防盗门,密码兑了两次。丈夫打开里层木门,雅愣了。丈夫出差的这几天,他们没有任何联系,他也没跟雅说什么时候会回来。

很久没有被别人开门的感觉了,每次都是自己开了一道又一道门。习惯了没有人迎接,当丈夫出现在自己面前,一切显得那么生疏。有些怀疑走错了门。

丈夫只说:"回来啦。"雅只答:"嗯。"丈夫回到沙发继续看电视。雅放好东西脱衣洗澡。

今天天气不错,温度适宜。

雅穿了件睡衣坐进沙发的一边："我打算把事情告诉她（孩子）姥姥、姥爷。"雅昨晚想了很久，整件事除了自己的父母，其他亲戚都知道了。若日后其间除了什么岔子，怎么和父母交待。

"那你打算怎么说？"丈夫斜倚的身子稍稍直了直。

"实话实说。离婚的事不是小事，还是提前说一下的好。"娘家永远是自己的靠山，雅一直这样觉得。

丈夫没有说话。

第二天，很冷。雅在街上游走。庆幸穿了件牛仔。想起朋友昨夜的短信：降温了吧？多穿些。

据说今年台风很频繁，深圳的台风哪一年又不频繁呢？头顶的那片天的确是阴黯了许多，行人在灰暗下也显得畏缩起来，没有了十一长假应有的灿烂模样。雅依旧会在朝南的阳台边看过往的车辆发呆，会想不远处的海边弥漫的潮湿味道。那些永远不会霉腐掉的味道比生活更顽固，潮涨潮落亦如生活，周而复始。

午睡前，朋友给雅出了很多主意。雅觉得自己太傻，朋友说：是你太善良。想起从西北临回前朋友说雅外表比内心要精很多。不禁哑然，他了解雅远胜于丈夫。都说了解一个人需要时间，可有的人即便生活一辈子还是不能真正了解。雅本不相信缘分的，凡事都是自己选择和决定的结果。雅今天的生活就是写照。

不怨缘。缘起，是缘；缘落，亦是缘。

习惯午睡了，灰淡的天空在紫色的窗帘后面像一段深埋于黄昏的故事，颓垂的睫毛下，嘴唇轻动，黯然无声。雅无梦，或者早已脑壳满满，装不下个梦。

丈夫在家都是躺在沙发里看电视。除此之外就是喝茶，偶尔和孩子抢遥控器。雅习惯丈夫不在家的日子，他在家也是天天横在那里，看着极其不顺眼。不顺眼归不顺眼，有些话还是必需要说。最近几日说得最多的便是"离婚"这词了。

雅突然问丈夫：你还打算"离婚"不？

丈夫歪在沙发里道：离啊。

什么时候去办手续？

到那一天我会告诉你。

雅转身走了，对这个挂着"丈夫"头衔的男人不想多看一眼。

对雅来说，现在过的每一天其实都是"等待离婚的日子"。生活在继续。

三

这个冬天很寒冷，阴霾的天色板着严肃的面孔酝酿了很久。电脑上的气象预报一会有雨一会阴天地变换着，就像这阵子的日子。

丈夫依旧早出晚归，男友依旧忙碌不停。这个城市，男人们好像每晚都是围着酒桌转的。雅在想，会有多少像雅一样的女人，在家围着孩子，守着电脑或电视等待晚归的男人们呢？

当然，丈夫不在家的日子还算安逸，毕竟离婚前的日子里雅也不想惹什么麻烦。做做家务，收拾屋子，读书写博，然后就是静静地回想一些不算久远的往事。

今天是雅和丈夫结婚纪念日，十几年前雅自己选下的日子。记得那年的今天是周六，记得那天阳光灿烂。

都说天秤座的人是为爱情而活的，精神永远比面包来得重要。偏执的精神唯美主义者。也就是在长达五六年不间断的爱情长跑后，疲惫的雅开始厌倦。也许女人到了适婚的年龄一种安稳的归属感便会滋生出来，哪怕是为了休憩，为了躲避，为了结婚而结婚。总之，在身旁的同事同学一个个嫁出去之后，这种感觉越发的强烈，于是在亲戚的撮合之下，雅过完23周岁生日便结婚了。丈夫和雅是老乡，他在深圳，雅在老家。

爱情，要经过百转千回才会慢慢懂得。婚姻与爱情是两码事，所以也要经过千回百转。

如果简单地把这十多年的婚姻生活分成段落，美好的总在开始的段落停留。结婚初期，丈夫在一线经常外出，于是在没有房子的那一年，丈夫隔一两个月回来看雅一次，而他不在时雅住在娘家，感觉和没有出嫁时一样，毕竟娘家婆家相隔也就200米。也常和朋友打趣说自己连小区都没有嫁出去。一年后，他们终于有了自己的小窝，51平米的小房子，两个人再胖也足够转悠了。尽管没有什么经济条件无法置办大件，雅还是按自己的想法把家里的墙弄得花里胡哨的。

如今想来，已婚的自己当时还是没有长大的孩子，单纯并充满对未来的憧憬，不懂却欢喜地朝此目标努力。丈夫和雅同岁，他比雅也多懂不了多少。就像两个有热情的半大孩子，有模有样地过着日子，单纯美好的日子，在以后的某段岁月里，雅用文字记录下它们，留给再以后的日子。

看一个男人或者女人，不是在恋爱时，也不是在新婚时，而是在为人父母之后。

婚后，雅一直不想要孩子，因为觉得自己的性格就像是个长不大的孩子，也总觉得软软小小且啼哭不听的小东西养活起来实在是件费心的事。可从结婚开始丈夫就不停在耳边唠叨："我们造个小人儿吧。"雅坚持不要，一是觉得二人世界很好，二是觉得女人生了孩子就会变老，有些孩子气的自私想法。终于一己之力还是抵挡不住丈夫以及婆婆和妈妈的轮番轰炸，雅一看再不要孩子她们就得带雅去医院检查身体了，就这样2000年他们有了女儿。孩子的降临对他们夫妻的生活没有太大的影响，因为是两家的第一个小东西，所以宠得不得了，雅根本就不用管，也轮不上管。女儿出生不久，雅便辞了家里的工作来到深圳。雅把女儿留在了老家，于是雅成了一个闲置妈妈，这一闲就是三年。在深圳闲呆了半年多，雅在一家企业找到了一份会计的工作。在老家雅就一直当会计，这份工作雅如鱼得水。

这三年是他们婚姻的平淡期，很多事情渐渐稳定下来，很多问题也初显出来。雅觉得问题的出现在于他某些观念的改变。雅不是男人，但是可以想象，就像女人要做了母亲生命才会是完整的一样，丈夫在做了父亲之后仿若松了一口气似的，生活在他看来已经完成规定的任务，重心转到了工作上。男人奔事业本无可厚非，只是他的事业是喝酒娱乐一条龙，都说事业家庭不能两全，雅想现在的事业很多不都是在酒桌娱乐场所换来的吗？这是不争的事实，既然如此，他愿意奔就奔吧。

改变，总是在刹那间发现。措手不及后，常常使人愣在原地。

2003年，雅和丈夫买了80多平米房子，丈夫调回二线做管理，孩子也终于来到深圳和他们一起生活，好像到这时才是一家人真正地在一起，也就是从那时起自己开始从一个大小姐到一个煮妇的蜕变。一切都来得悄无声息，就像是一场预谋已久的风雨，在淋透之后才发现没有及时注意天气的变化。

雅开始觉得自己的日子不再像个日子了。丈夫天天早出晚归，有时夜不归宿，理由是陪领导腐败。家里的事情不过问，家务更是丝毫都不奢望，丈夫在之后的两年间就像是这个家的影子，是清早的开门声，半夜的关门声。家是丈夫的旅馆，一个睡觉的地方，妻子是保姆洗衣带孩子的人。他工作忙，雅知道应该给予支持，能做的雅自己都做了，也许就是如此，他心中的雅也就是个做饭带孩子的女人。

一直以来自己不是个有太大奢望的人，性格使然。对生活，平淡就很好。可是平淡的日子越过越荒芜，他应酬，从滴酒不沾到夜夜醉酒而归。男人外边压力大，雅没有说过他什么，总是劝几句，安慰几句，尽管知道这些话是根本没有效力的。也好言劝他不行换个工作，他这时就会说：你懂什么！心情好的时候，雅会小心地和他说自己对生活的想法，他这时会用诧异的眼光望着雅：你天天在家呆着还不美嘛？还想要什么！雅很委屈，自己的工作时间集中给人的感觉就是在家呆着。有时自己也想不开："我也挣钱，还要做家务带孩子。为什么这一切都是我？"很长一段时间，雅就是这样折磨自己的神经的。

女人，有时很好安慰。她要的不是金银，不是权利，要的只是一句话。

雅从不势利，绝不虚荣，没有想过妻凭夫贵。只想有个知冷热的丈夫，懂事的孩子，安安静静地过日子。雅选择这些年做一个贤妻良母（雅这几年自认做到了），没有遗憾过什么。所做的一切，女儿给了雅安慰，而丈夫却越来越远了。雅等了很久，没有听他说过一句："你辛苦了，家里你多操心了！"之类的话。或许他认为自己在外边比女人在家要辛苦得多，所以不屑雅所做的一切，直至他习惯了这一切。如果雅哪天不做好家务，他就会说雅："你怎么变得好吃懒做的了。"那个连自己内衣裤和袜子扔在角落里都不洗的人就是这么说雅的。雅开始麻木了。

夫妻间沟通是很重要，这个道理谁都懂。雅懂的他不懂。他懂的雅不懂。雅看不起他趋炎附势的媚相，他看不上雅的平庸不争。曾在同一个起跑线的两个人却在枪响之后迈向不同的方向。距离越来越远，直至看不清对方。世界是圆的，可他们不会再有遇见的那一天，因为该遇见的时候已经遇见，错过之后就不要再奢望什么。

性，生活中绝不可抹杀的那部分。

2004下半年，那是灰暗日子的开始。丈夫夜夜应酬，发展到没有应酬也要找朋友出去喝酒，不断糟蹋自己的身体，终于积攒了许久的弊病爆发了。

不知是丈夫一直对雅没有兴趣还是本来就对床笫之事没有兴趣，他们的性事一直很少，记忆中的2004年房事不过四五次。雅让他戒酒，看病，他一个都不依，依旧如故。只要看他心情好，雅就相劝，哪知在他听来如同唠叨，于是他们开始分房而居。那段时间雅一直想不明白，一个男人生理有了病，怎么会不去治疗呢？雅甚至学会了用手帮助他治疗的方法，可这一切在他看来，雅不过是想着和他做爱。他拒绝一切有关他生理疾病的谈话，雅试尽了办法，他依然如故。没有办法，雅于是开始折磨自己，失眠，郁气，乳痛，大把大把地吃药片。生活就这样陷入了僵局。

就这样过了差不多半年，雅没有告诉家人，毕竟这不是可以到处宣扬的事情。而丈夫，由于他的性无能作祟，他开始怀疑雅和单位的某某同事有染，理由是雅的谈话里有某某的名字。由于工作性质，雅只接触那么一个男同事，所以他就怀疑到对方，雅气得骂了他。打有记忆起还没有骂过什么人呢，真真是没有了办法，整个人的身体虚弱了，精神严重抑郁，真是快垮掉了。

顿悟，是一瞬间的事，却是无数瞬间的积累。

2005年春，朋友的母亲去世。那是一位很有气质内涵的阿姨，也是雅很羡慕朋友的地方。也许生活真真就是个玩笑，阿姨的生活就像雅今天的生活一样，只是她无奈地选择了抑郁而终。始终记得朋友说过的话："我妈妈为了我们忍受了父亲一辈子，只落得如此。"朋友眼神中的怨，伤，恨，悲，雅至今不忘。

记得那也是雅日子最灰暗的时候。就像出殡那天的天气，一切都在结束之后变得晴朗灿烂起来。那天，也是雅第一次去沙湾的火葬场。荒僻之地只有一条崭新的柏油路，直挺挺，没有退路的路。那天车来车往，发现原来死亡和出生一样，都是件热闹的事，也是属于活着的人的事。雅站在一个角落里望着粗大烟囱里冒出的一股股黑烟，听说每一股就代表一个生命的终结。在那种地方自然对生命产生尊重与恐惧，直至朋友捧着她母亲的骨灰出来。

那一刻，雅怔在那里，也许是看到了自己的未来或者是内心的潜意识，雅看到捧着骨灰盒的人是雅的女儿，长大成人的女儿，而雅在她手中安静着。雅叫着孩子的名字，她没有言语，只是低头落泪，打湿了素白的衣服。许久，她抬起头，雅看到了一双悲怨的眼睛……或者这是一种幻觉，或者这是雅内心对生活的绝望与恐惧。但雅真是害怕了的！雅不能，不能让这一天真正来临的时候孩子会以悲怨的眼神看雅，会觉得她妈妈是一个懦弱可怜的女人。雅留给她的不能只有悲伤。

走出火葬场的时候已是中午，阳光从阴霾中射透出来，一切在顷刻间明朗灿烂。雅望了一眼空无一人的火葬场，把该丢的东西丢在了那里，身子无比的轻松。

丈夫，不是女人的全部。分一部分出来，也许会得到更多。

也就是从那以后，雅把自己看做是一个没有丈夫的女人，一个单亲妈妈。不再难为自己，做自己能力范围内想做的事。于是，雅选择看书，写字，做一个安静平和的女人。很多人说心不静根本看不进书，可雅发现不安分的心看书后会很快安静下来。曾梦想有一扇宽宽的落地窗，一杯热水，一件温暖的披肩，倦挽的长发，雅靠在窗边，手不释卷。至于写字要早几年，曾经美好的生活雅从不吝啬笔墨，而今它们活跃在笔下，属于褪色的往事。很高兴自己没有继续在一个漩涡里沉溺下去，没有选择极端或者无聊的释放方式。心安静了很多，也想到了很多，对生活，对婚姻，对丈夫，不管对错，终可以平静对待了。

没有性不怕，怕的是没有爱，没有信任。

这句话不是雅说的，也不是为自己的出墙找一个借口。原以为就这样看似安静地生活下去，也以为丈夫会在某天醒悟不再固执己见。可雅小看了一个男人的自卑。自从他俩的生活变成了互不侵犯的两部分，他表面看似开明，其实内心越发的狭隘。不断地怀疑雅与同事有染，冷嘲热讽。雅学会了以不变应万变，毕竟自己是清白的随他折腾去。

丈夫愈发能折腾了，尤其是酒醉之后。他开始变态，折磨雅，因为他性无能，所以开始暴力倾向的发泄。他会趁雅睡着掀雅的被子，冻着雅。他会在雅身上张口大咬，雅越叫他越兴奋。他会掐雅的肉，拿他送雅的自慰器戳雅的身体，口中还念念有词。到清晨他却又是那个衣冠楚楚的模样，很有男人样。真是个笑话！现在，雅已经不得不反锁房门睡觉了。雅知道，他这样是压抑所至，压抑因为无法释放。他拒绝治疗，因为他害怕，自卑。他现在还可以假装不屑地说不稀罕和雅做爱，对雅没有兴趣。其实他是怕万一治疗不好，他就得面对自己是个无用男人的这个问题，这对男人来说应该是最难接受的事情了。雅曾对他分析过：你守着所谓的"不愿"，其实是怕真实的"不能"。丈夫用沉默回答雅，依然固执自卑。

生活，在没有丈夫出现的时候很安静，雅也喜欢并适应这样的生活。不过不得不承认，一个人的生活是寂寞的，尤其在夜晚时分。算到今天，雅一个人在书房睡了那么多年，时常在漆黑的房间里落下泪来。会回忆，也会幻想，寂寞是一种毒，越想戒掉越戒不掉。有时床正上方的顶灯会映出自己的身体，雅知道，身体比雅更寂寞。有时也会问自己这样守着是为什么？不是为丈夫，那个人在心里已与雅无关。其实，是守着自己的感情。女人，因爱而有性。没有爱，雅想自己不会为了性而和男人上床。

曾经，雅很努力，改变很多坏习惯，为了自己的家雅做到了很多。终于发现，婚姻不是一个人的事情，一厢情愿即便是天使也会疲惫。雅不是天使，雅很累。记得雅问朋友："为什么我这么努力，日子却过得如此狼狈？"其实心里都明白，婚姻不是一个人的事，可另一半偏偏就不明白吗？

有人说：女人嫁给谁都是一样的。有人说：女人要学会扮猪吃老虎。日子过到今天这样子，其实彼此都是有责任的。雅的迁就，固执，冷傲，丈夫的懒惰，自卑，猜忌。他们都退不回去了，如果一切可以重来，雅宁可退回到认识丈夫之前。也许生活不会精彩，但也不至于如此的压抑。

不管怎么说，婚姻即便是失败的，雅也从中领悟很多。好好地生活，爱自己就等于爱将来那个爱雅的男人。

今天，是个特殊纪念日，却又是普通的日子。在这个日子里，丈夫一夜未归。在这个日子里，雅一夜未眠。

四

节前还是没有办成手续，他们依旧扮演着以往一般的角色。只是开始几天里他显出有些不太适应，而今他也没有了不自在，只是对孩子越来越上心了。今儿陪着看电影，明儿带着出去玩儿，也许真的要离开了，才会想起尽量弥补吧。

今年与去年一样，雅还是被安排初一至初四值班，就因为雅家住得近，要照顾离家稍远的同事。本来雅也是不喜欢过节的，来单位值班倒也轻松无事，还可以消磨时间。所以这几天里带着本《老子的智慧》，似懂非懂地寻"不知道的知"。

只是，他今晚又说："只要手续还没办你就不能出去吃饭，单位的聚餐也不可以，因为有男有女，容易出问题。"说完他又丢下一句："我出去打牌了。"便关门而去。留下雅，在房间似笑非笑。

夜很深了，雅躺在床上看书。也许是书介上那两个字对雅来说太刺眼了，夜半时分还是把目光停留在"无性"这个词上。很想知道书中的女人是怎样的无性生活，是否也和雅一样？

到底，没有读完。觉得不需要再读了。虽说这是个有生活原型的故事，相同的都是无性，可无性的原因，生活却不是那么相同。从丈夫失去生理能力开始，雅就试图站在一个男人的角度去考虑这个问题。若雅是一个男人有了这样的问题应该是很伤自尊心，有些自卑，或者在生活中会表现出对此方面的避忌与敏感。毕竟是属于隐私的事，应该会悄悄地治疗，想各种办法去调动自己的情趣。对于妻子，应该是有愧疚感的。这种愧疚表现在日常应该是体贴，或者用其他方式去弥补那部分的不足。尽管性生活是夫妻生活中很重要的一部分，但毕竟不是全部。雅也问自己，没有性的生活是否可以过下去？答案是肯定的，但没有性，一定要有爱。爱或者情感，来弥补那一部分缺憾。

毕竟书中飘儿的丈夫，还是努力用其他方式弥补无性的缺憾，还尽力去尝试做个男人。雅了解自己的丈夫，他自卑，因为自卑他拒绝一切形式的治疗，他用不屑来掩饰这一切，把雅贬得很低很低也是因为此。雅不恨，也不怨了，只是觉得他很可怜。

书中的飘儿终于有了一个生活以外的男人，她彻彻底底地做了一回女人。雅读此落下泪，对于做女人这件事来说，女人其实要跨越的是自己心灵上的坎儿。这一步现在看来很容易，可是对很多女人来说心理比身体要承受得更多。面对这样的婚姻现状，知情的人也许会说"理解"，可单单一个"理解"是无法让一个女人放下很多顾忌去面对"理解"之后的苍白。某些思想与观念对已婚者来说是无法逃避的，责任是一座山，性福则是山那边的风景。伦理与道德是什么东西？没有性的婚姻是道德的吗？"为自己活一次吧！"这个理由是否足以背叛所谓的道德与伦理？

　　雅没有读到小说的结尾不知会是何样的结局。但是这么多年来一直压抑的生活，让她想了很多。对于不再爱的人，对于爱的人，雅不管怎么想，也只是为了让自己过得更安静，更自我一些。想过，也做过精神出轨的事，也寻求其他的方式去释放自己的积郁。旅行，读书，甚至或多或少的暧昧，只为了让自己轻松一点。不是为自己找理由，不是因为无性生活才如此让自己接受。那些内心的渴望应该是与生俱来的，不是强迫意志去抑制。内心有这种渴望，渴望被温暖环绕，渴望那些耳鬓厮磨的瞬间。不是无性把自己推向此，而是根本无法拒绝内心的渴望。

　　现在和自己深爱的他，始终也没有迈出那一步。他们拥抱他们接吻他们甚至躺在一张床上过夜，但是，他们始终保留着底线。不是不想，而是在等待，等待他们可以彼此真正拥有的那一天。

　　前几日，朋友来电让雅做测试题。雅读了一堆数字之后，凭第一感觉选了一组。"想和喜欢的人做爱了。"读着答案，雅怔在原地，只觉夜风一阵寒凉。

五

　　天很冷，比天气更冷的是这无谓长短的等待。

　　下了班，进门换鞋，包包和羽绒服扔在床边。而后开始打扫客厅，沙发茶几满是零食，打火机，香烟盒子，七零八落的抽纸，雅面无表情收拾干净后径直进厨房，挽袖洗那两人中午用完的碗筷，而后洗菜做饭。丈夫的饭是不用做的，因为他几乎是不在家吃饭的。所以这些年来雅不问，他也不说，每天只做好自己和孩子的饭即可。

因为丈夫的反反复复，离婚一直在等待中。有时雅会觉得自由就在不远的地方，有时又难以承受这闷寂的气氛。雅小心翼翼，不知所从。

丈夫依旧回到醉生梦死的帷幕里，雅依旧素面遮体。这世界什么都改变不了，而他们要做的就是不被世界所改变。

蜷在被窝里，尚没有暖气的日子里，这恐怕是最好的取暖姿势了。黑了灯的房间，冰冷占据了绝大部分空间。雅还没有睡着，习惯了入睡前回想和心爱男人在一起的情景，眼前安静播放着每段平淡温暖的情节，适合淡淡睡去。

丈夫回来了，首先是洗手间的呕吐声，雅抱怨房门竟然不隔音。既而，刺眼的光线打了过来，连同酒气，模糊摇晃的阴影，一股脑的袭了过来。丈夫傻笑着，很弱智。

"我要和你谈谈。"丈夫掀开雅的被子，仅有的温度瞬间溜掉了，可雅溜不掉。

"什么事？说。"雅没有抬眼皮，黑暗中双手摸索着被子。

"我们真的要离婚么？"

"不是说好的吗？"雅有些奇怪。

"你给我压力。"

"什么压力？"

"你以前总提性。"

"我那是让你治病。"

"可那是对我的压力。再说，"丈夫的声音突然提高了八度"我没病！我为什么要离婚？"

十多年了，从孩子出生那年起，男人不用交薪水，不用做家务，不用管孩子，乃至 N 年前连性生活也免除了。如果这样才是没有压力的生活，那么一个男人要老婆要孩子是做什么的？

雅不想和一个醉鬼理论："睡觉去吧。"说罢便转过身子不再理他。

丈夫兴致不减。跟着雅转了过去："我给你的自慰器呢？"依旧傻笑，更显弱智。

"不知道。"

丈夫从柜子里取出那东西："我看你用用吧。"一脸淫笑。雅觉得恶心之极。

"我不用。我睡觉了。"强忍着，雅蒙上被子。

丈夫竟然拿那东西在雅身上，腿上，后背上乱戳起来，嘴里还念念有词。雅真的愤怒了："你个变态！"

"我就变态！"丈夫说罢扔掉手里的东西，抓住雅肩膀咬了一口，才悻悻出去。

雅揉了揉被咬的肩膀，落下泪来。

下班前收到男友的信息：今天去吃面吧。2008 年去过西安之后，雅突然开始喜欢吃面了。不知为什么。

和他在一起的时候，他们经常吃面。在雅印象里，他饭量不大，喜欢吃海鲜和脆生生的蔬菜，少吃肉，吃稍硬的米饭，喝汤不喝粥，不吃西餐和韩国料理。初识时，他总是笑雅是他见过的最能吃的女人。其实雅饭量也不大，只是不做作罢了。

他们吃面的时候总是在那家清真的高原牛肉面馆，最靠里的那张桌子，面对面坐着，雅总是用手撑着脸，笑嘻嘻地看着他。他开车不能喝酒，不喝又难受，只好买一大瓶可乐就拉面。每次雅都把一碗拉面吃得干干净净，他总是要剩一部分吃不完，然后红着小脸笑看着雅。雅知道他又在笑雅能吃。

前段时间，他应该是资金紧张，很不好意思地对雅说，只能请吃面。

其实雅是最喜欢和他在小馆子里一起吃热乎乎的面,雅觉得最实在,暖和。

今天是他的生日,生日是应该吃面的。于是,他们肩并肩坐在小馆里,把面前的两碗加蛋的面吃了个干干净净。

雅的他,四十四岁了。他们都不年轻了。幸福,就紧紧地抓住吧。亲爱,生日快乐!

六

风,一直没有停。这个冬天似乎又要被无限地拉长。因为身体的缘由,这几天雅可以躲在暖暖的屋子里,读书,玩游戏,听相声,或是静静地躺着。

雅不知自己是否是个耐得住寂静的人,至少算是个习惯寂静的人。每天,可以看着萧冷的枝桠在寒风中摇摆,听风穿过整个冬季的低吟与嘶吼,听一个人心灵深处寂静的声音与回想。每天,可以用很多时间去想做什么饭,熬什么粥,选择看哪段视频节目。没有目的的生活,老子说这才是自然本性所致。

今天,丈夫把存折、房产证都扔给了雅,他说很快便和雅去办手续,对于他说的话,雅已不知道该信哪一句了。想起之前家里房产证、存折等都落在他的名下,因为那时想着要过一辈子的,也不计较是谁的名字。而今要分开了,两个人还是不计较这些财务,他们都是对金钱看得很淡的人。好合好散,能这样平静地等待离婚的日子,也算不易了。

生活不能承受之轻。

身体好些了,今天去上班。下午四时半的时候,没有初冬微暖的晚霞。些许沉重的云层,久不散去,似乎是这段时间固执的风景。

男友接雅下班,洗得洁净的消瘦的脸,前额的头发还有被水湿润的痕迹。雅习惯性地握住他搭在档上的右手,他意味深长地笑了笑,反手握紧了雅的手。

雅能觉出,他又有心事了。每每这样他都是不说话,或开车无目的闲逛,或握紧雅的手一句话也不说。很多时候,雅希望他能敞开心扉,他只是一味摇头。后来,当雅自己遇到同样的事时才明白,所谓苦楚,无奈的那些事,他们连再说一次的想法都没有。就像旧伤口,不愿想,不愿提,不愿看。这或许是一种逃避,也或许是一种自我解脱。

男友一直不说话,雅一直握着他的手。看到前几日收拾屋子时刚翻出的旧时戒指,被自己一时兴起戴在了手指,索性把它退了下来,戴在他的指上。雅想传达的意思他应该明白。雅不能为他分担什么,他的家事雅也不能参与。只想让他知道:雅一直在他的身边。

一瞬间,这个男人,落泪了。

七

深夜,丈夫醉归。

"要不要把手续办了呀?情人节快到了。"他坐在马桶上斜眼儿瞅着雅说。

"这和情人节有什么关系?"雅靠着门,躲得远远的。

"去年你不是情人节跑出去吗?"

小心眼儿的男人,嘀咕一年了。反正自从他没有性能力之后,雅在他的意识里也就不是贤妻良母了。小张,小石,站长之类的同事都被他认作是雅外遇的对象。雅也由开始身体力行地证明自己的清白,到无视他的猜忌,再到顺其自然的情感发展。

于是,雅很认真地告诉他:"想出去也出不去了,我情人节要上班。"昨天和妹妹通电话时间长了点,他就以为雅和男人煲电话而吼雅,虽然这些天读《老子》以求修心养性,但仍难免心绪起伏。索性退回自己的屋子,不再理会。

想起有天同事说,一年这些节假日里除了清明节其他的节日都可以当情人节过,细想的确如此。雅是个很喜欢给心爱的人买礼物的人,所以早早买了小礼物给男友。只是这段时间不便见面，每天只能塞在包包里，不知何时才能送出去。男友也是个不会讨女人欢心的男人，雅自是不奢望他能有什么浪漫之举。还记得圣诞节他送雅一款很漂亮可爱的儿童型手机，实在让雅无法使用，只能以后留给女儿了。

2012的情人节，对于雅来说，似乎来得有些早。

丈夫出差。夜深了，女儿已经睡了，雅在电脑前听着音乐，突然收到丈夫的信息，他说他心累。

雅说累了就回家。

他在雅的QQ印象中写下了"又爱……"

又疑惑吗？他说过，很认真地望着雅说过，"我怎么就不知道你脑袋里想的是什么呢？"

又怜惜吗？他偶尔会在心累之时说："你命苦吧，我什么都不行。"

又无奈吗？他会在冷战三年之后的半夜推醒雅说："你有男人就有吧，别有很多男人就行。"

又恨吗？他开玩笑的时候说："我不怕你出轨，我怕你出轨后还回来。"

又自卑吗？他酒后常说的这句话："你太好了，什么都比我强，我自卑。"

或许有天他知道，雅现在已经不好了，没有让他感到自卑的地方，雅已经不想抱怨自己的命如何，已经不在意他是否不行。统统的这些，即使可以使他不再自卑，他们的爱也早已不在。那些曾经的伤害，在雅的心头太深了，即使雅选择继续这样的方式生活下去，那些爱，也不会又一点一滴地回填回来。

或许，有些爱经过了，真的就不再回来。因为无法愈合的伤害。

爱，不持原则，无需评断。它最终是一种洞悉和原谅。——《春宴》

男友失踪了一天两夜。

雅等了两夜一天。

当他出现在雅面前，不忍说半句责怪的语言。

阴暗，凝在消瘦的脸畔，一手按着胸口，转头，不停地咳嗽。

记得，他曾穿了很多层衣服让雅看。雅笑。他却认真地说："这些都是你给我买的，所以都穿来给你看。"

此刻，雅后悔唯独没买羽绒服，所以他才会傻傻地感冒。

他摸着雅的小胖手说："我知道你最近没好好吃饭，手都瘦了。买只鸡给你补补。"

晚饭，雅煲了满满一锅香菇鸡汤，雅把鸡汤装在保暖瓶里。因为，他说他要喝。

八

开春后呼吸道疾病横行。雅和小女儿都病倒休息了许久。身体的不适，加之不知的等待，整个人有些闷闷的，没得精神。

这几天和妈妈透露了些意思，好让老太太有个心理准备。因为离婚的事雅只怕母亲承受不来。母亲自是不愿，却也不能看雅一辈子守活寡，嘴里只是一个劲儿地叨叨："他是个好人。他是个好人。"

他是个好人，但他不是个好丈夫。

突然想起那年初识，正是正月十二日。雪未融尽，风仍凛冽。

他穿一件白净上衣，配西裤，个儿不高，倒很利索。推开门时正踱步桌旁，看得出一颗心只剩忐忑。

雅笑。亦不免嘀咕："灯太暗，看不太清。"

看不清，便近些。

小鼻子，小眼儿，小瓜子儿脸。两颊有些红。雅想那是紧张造成的。

他先道歉，因为工作的关系让雅从白天等到傍晚。

他不知说什么好，所以只好时不时端起酒杯，想来一是解除尴尬，二是酒壮尿人胆。

雅不怎么说话，笑着，看着。这是个在女人面前拘谨的男人，不会哄，这点至少可以说明他接触的女人并不多。

雅静静地坐在他的左手边,侧着头,想看得更清楚。雅想就算他红着脸,低着头也能感受到自己的眼神。也许是雅看得太执着,他突然用力地把雅揽在怀里,不许雅抬头。几次,雅很努力地抬头望他,结果被揽得更紧,直到胳膊都揽得疼起来。

"为什么?为什么不让我好好看看你?"后来,雅问他。

"我怕你的眼睛,你的眼神太动人,我怕自己控制不住。"

"那你看清楚我了吗?那天灯那么暗。"

"看清楚了,你一进来我就看清楚了。真漂亮。"

想起这些,眼里有了泪。

九

离婚的日子,算是一个纪念日吧。

纪念这一天温暖的阳光,纪念阳光下抽出新绿的枝丫,纪念依旧熙攘的车流,及擦肩又远去的人群。

春风夹杂着海滨的气息,湿湿潮潮的。这个纪念日就这样来到了。

没有相视的冷脸,冷言,他们说着笑话,无视旁边人诧异的眼神,签了N多个名字,按下N多个鲜红的手印之后,不苟言笑的工作人员轻声地说了句:"你们的手续办完了。"

之后,各自回单位工作,与同事说说笑笑,踢踢毽子。

离婚的日子,雅没有感到喜悦,释然,或沉重。

快下班的时候,忍不住还是发了条信息给男友:今晚一起吃饭?

有好消息?

有好消息!

不见不散!

不见不散!

好几天不曾见面，男友想必猜到了，但是他没细问，雅也没说。

拿包，下班。下楼，坐上男友的车，雅一直微笑着。男友没说话，他也一直微笑着望着雅。

今天吃什么？雅用手抚了抚男友的脸。

你想吃什么？男友握住了雅的手。

吃什么都行。

吃面？

吃面？今天不吃面，要不，我们去吃肯德基吧？雅突发其想。

肯德基？你不是一直反对吃这些垃圾食品么？男友有点诧异。

偶尔嘛。今晚，让我们垃圾一回吧。雅像个小孩般咯咯笑着。

行！听你的，让我们今晚垃圾一回。男友挂上档，车子轻快地飞驰在干净的马路上。

雅一口气点了三个套餐，还点了两只雪糕。男友瞪大眼睛盯着雅，看到满桌子的食物，他一定觉得雅疯了。

别用这种眼神看着雅，雅保证把这些东西全部扫进肚子里。雅始终微笑着。

他深深地呼了一口气，摇了摇头，也笑了笑。

肯德基生意很好，吵吵杂杂。到处都是穿着校服的学生，或是一对对年轻的情侣，或是父母带着儿童。平日里喜欢清静的雅无视这一切，雅眼里只有男友和食物。男友把沾了番茄酱的薯条塞进雅的嘴里，雅把撕开一半的鸡翅放进他的口中。

该吃雪糕了，大冬天的吃雪糕别有一番味道。又滑又冰的雪糕缓缓滑进雅的喉咙里，让人又爱又恨。雅挖了一勺雪糕塞给对面的男友，男友躲闪着雅的雪糕，雅不依不饶，站起身来非要他张嘴吃下去。一不小心，雪糕沾到了他的鼻子上，雅大笑，仍然逼着他把剩下的雪糕吃下去，不喜欢吃雪糕的男友很无奈。

雅笑得浑身发抖，雅能感觉旁边有很多的目光正在注视着雅。雅用左手理了一下裙摆，重新坐了下来。一个人影来到雅的桌前，还没等雅反应过来，一杯冰冻的可乐迎面而来，雅听到旁边有人"啊"地叫出了声。

可乐在雅的脸上洒开了花，可乐的泡沫在雅脸上"嘶嘶"冒着气……

摘下眼镜，拿起男友递过来的纸巾匆匆擦了下，重新戴上眼镜，雅不那么清晰地看见那穿着粉色棉袄的背影飞快地跑出去。那件粉色棉袄是春节前雅和女儿一起去买的，她特别的喜欢。

关于离婚，雅对女儿只字未提。

【作者简介】

陈兰，笔名十十，深圳劳动者文学创作孵化中心首批签约作家。广东梅州人，现居深圳。作品散见于《作品》《特区文学》《澳门月刊》《金陵晚报》《羊城晚报》《深圳特区报》《深圳商报》等，至今在各报刊已公开发表小说、非虚构文学等作品五十余万字。出版专著《漂在深圳的女人》。

米粒（节选）

/ 王震

这个活人啊，一辈子，生活可是多了，就和那米粒粒一样，数哪能数得过来。

第一部分：大地开始解冻，送农肥下地，把潮潮的土翻得酥酥的，种子落在其中就好生根发芽

第一章　米粒就是米粒

米粒，你怎么就叫个米粒？众人就这么问，在小的时候。小着些，自然反应也就有些慢，还以为人家是正经问话了，就乐呵呵地说："我姓米名粒，名字就是米粒么。"在场的人说："那你怎么不叫米怂？"说完众人的笑就像是传染病一样，一个一个地蔓延开来。他当时还不懂，也就跟着笑，还傻哩吧唧地问大人们："米怂是什么啊？"这一问倒是出乎意料，把他们问得是哑口无言目瞪口呆。

时间在流动，可是他的个子不怎么长，就和个米粒一样，圆乎乎的小小的。还记得，一天，众人一如既往地问："米粒，你怎么不叫米氽？"他就一脸的愤怒，抽搐着，气呼呼地说："你爹怎么不叫米氽，你说啊。娘的个X，你以为我是憨憨，还是以为我是半脑子弱智，一直长不大？现在老子什么都能晓得了，包括你妈的那个X。"他说完就跑，被骂的人就撵着追，口里还叫喊着："米老汉养下这么个小老子嫩老子的，看我今上撵上把你腿巴子给掰折。"

他跑着，想着，什么人么，明明是你先欺负人的，现在还有理霸道地要打人。想得美，我就乖乖的让你打？你算是想错了。他也就不回头地跑着，时不时地回骂，老子就这么说，走哪我也不怕。他记得那年他是十七岁。

第二章 闯祸了，跑得了和尚跑不了庙，人家撵到家里来了

当初还是傻，跑就跑么，村子那么大，往四处跑么，怎么就往个自家里跑了，真是个瓷脑小子。"让人家撵到家里，指教上两个老格桩，你米粒就光彩了？憨娘X的劲大了，都十七八的行货了，做事想问题能不能过过脑子，你脑里面的是脑髓，敢不是糨糊子么。"这是他爹在谴葬他着了。人家上门给他爹没好话，一张老脸，是一会一个颜色一会一个颜色，成就了花花绿绿的容颜。是憨的，气出得不顺憨的，也是让人家指教的气才不顺。一会红的就和要落山的红火疙蛋太阳，是通透的红；一会灰的就和身上穿着时间长久了的衣裳，是陈旧、尘埃满世界的灰；一会绿的就和夏天的玉米叶子，是黑黝黝的绿…………他就说："爹呀，你也是，不分青红皂白的就谴葬我，你也不问问是谁的过。"老汉子这下是要彻底地爆发了，憨得都要爆炸了，就像起沫了的啤酒瓶，开启一瞬间顶开盖子的那种冲劲说：

"快给老子悄悄价,还老子冤枉你了。老子不谴葬你,你还要我谴葬人家了,你觉得能行了?可是丢人背兴了,怎么就养下这么个憨八成。"

"你就不要说娃娃了,那个谁也不是个好人,一天就闲着没事耍戏人。好像人家都憨着了,就他精,肯定是和咱娃娃耍得过头了,不然咱的娃娃也不是那好强惹事生非的娃娃么。"

"老婆子,你就不要再说了,快做饭,早早的吃了还要地里去了。地里的草长得老高高的,把庄稼都给挤兑死了。"老汉子看看门圪崂窝着的他,说:"你也走,咱们爷俩做起来快点,人家的都锄开了,咱家少人少手的,我一个就是长上八只手也忙不过来。今年种的多,谷子就有八九亩,还有三四亩洋芋。都要锄了。天又给你不蹬劲,旱的,要是这个伏里不下雨,地里的庄稼真的就述势了,咱们家来年也就要吃风屙屁了。"他不说话,想:做生活就做生活,没什么,受苦人么,谁还不会做些手头生活,如锄地、刨挖、收割什么的。

陕北土地的贫瘠那是出了名的,有人说,这里能生活下来人,那可真真价就是一大奇迹。纯粹的胡说了,这是说这话的人不了解陕北,陕北是个好地方。土地是贫瘠,可是贫瘠的土地上却养育着一群朴实大方豪爽的人。正值夏上的数伏天,天是晴得蓝瓦瓦的,看上一眼,感觉那都不像是真的,天怎么能蓝成这个,和一池清凌凌的水一样,清澈见底,底子就是块浅蓝的布料。亮红晌午的,晒得人实在是受不了,脑上的汗珠子是淋淋的直往下滚淌,身上的衣裳一件也不想穿,直想脱成个赤独子。黄土高原就是黄土高原,名副其实,名不虚传,他米粒不用久仰大名的就一见倾心,是天天见,见得人都难活。渴死人了,嗓子都冒烟了,听见喉咙上的火苗把骨头烧得咯蹦蹦地响。沟底的凉树滩里,躺着个拦羊人,大腿搁二腿上,摇得摆摆价，嘴里还悠闲地哼哼着《走西口》。天是热，沟底的草是嫩绿嫩绿的，草林林间游动着一条似有似无的小溪，手里捧上一点水，往脸上一泼，那可是能美死、舒服死人了。

米粒就想，你倒是舒在的要死，看看山上的人受死了没。在拿起清米汤罐子咕噜噜地喝了几口后，就也说起了顺口溜："拦羊的，扛铲子，沟子夹个羊卵子。"一遍一遍地说，越说越大声。其实人家也没惹你，你凭什么恶心人家么。老汉子就看不过去了，说："小老人啊，你就不要在那里乱吼叫了，说你累得往下死了，可你现在还能大呐二喊的，还是留着力气干活吧。好我的小老人哩，你就这么喊叫着，一会人家上来骂你孙子，不要再看我。"他说："没事的，我就是没事想解解闷。"

"那你就悄悄价听人家唱歌么，看看，唱得多好，还不如你重三没四喊叫的那几句？""什么，哪里如我喊的，他一个大男人的，唱个走西口。要说是个女娃娃唱的话，那就又一说，女的声音甜甜的，听得人清清凉凉的。这男人，现在我的心早是在火炉上了，这么一唱，就更是烧焦火燎的，难受的人半死不活。"

"就你事多，好好价做生活，快把坎肩穿上，不然晚上肩膀脊背疼得睡也睡不着。"他说："没事的，我心里晓得了。"

看见了，看见了，正儿八经唱走西口的人来了，就是二婶子家的红梅。正走走歇歇地往这边走，她这是给她爸和她哥送水来了。他不喊了，老汉子好奇的朝他看，顺着他的眼睛，很自然的就看到了她，就嘿嘿地笑起来，"你现在凉快了？"他就和抚摸顺了的绵羊一样乖迷迷地说："凉快了。"他爹就要打碎他的幻想，吓他一跳般楞声二气地说："不要看了，看不看不顶事，人家娃娃能看上你？真的是懒蛤蟆想吃天鹅肉，就算是想吃好的想疯了，也要看看个自了么。"

他的身体被惊着了，一晃，从虚拟的美好回到了现实的炎热难熬。他就不爱听他爹说的这话，怎么就不能想了，不服气地说："你看你说的，什么叫懒蛤蟆想吃天鹅肉，我怎么了？"他爹低着头干活，说："怎么了？看你那个怂样子，尿下泡尿也不照照。""照什么？"他说，"好着了，我还就懒蛤蟆吃天鹅肉了。我是你儿子，你看不起自己的种，这能说得过去吗？你也就我这么一个娃娃，这村子里也是没有的，你看看，谁家还是一个娃娃的。"他爹把双手放在锄把上，下巴自然地搁在手背上，歇缓下来沉思着，"一个娃娃又能怎么样？老子给你一个也没挣下，还敢是两三个了？问题不是几个娃娃，重要的是人家能不能看上你，这才是重点，你晓得不？"他不耐烦地说："我晓得了，就你能。不想和你说，等我弄好了让你看。"他爹重新弯下腰开始锄地，看也不看他，笑着说："这老子能看上了，老子等着看。"

〈补充〉
瓷脑：方言，呆头呆脑的意思。
谴葬：方言，就是指教、说教的意思，比骂的程度稍微轻些。
迷势：方言，就是不顶事，奔拉、蔫了、徒劳的意思。
价：方言，相当于"的"。
背兴：方言，就是没面子的意思。
赤独子：方言，就是下身不穿衣服的意思。

第三章　太热，攒下的雨水，下着下着就下大了

天热啊,这天是不想要人活了,晒得,地都是滚烫滚烫的,黄土都沸腾了。晒得往下颠年成呀。老汉子一个人就咯囔囔咯囔囔。她要路过他家的地,很简单的,因为她家的地在他家地的后面。过来了,过来了,近了,他自己都感到自己笑得跟露齿怒放的花一样,嘴肯定是呲得和老盆口子一样。"红梅,你来给你爹他们送水啊?"她气喘吁吁的,站住,手里的罐子肯定是装得满满的。她是个好女子,花眉大眼的,人样是人样,身材是身材,苗格条条的。皮肤也是白格生生的,在这一年四季都干燥得要死的地方,能有如此白嫩嫩水灵灵的皮肤不容易,稀罕。一个人的美,不是一个人说成的,是众人说成的。

也是十八九岁,正是青春年华,风华正茂,用当地的话说,那就是含苞待放的女女啊,这么好的女子,看谁家有这么好的福气,能问下这么俊的媳妇子。她稍微地歇缓下了,说:"你看你,脑上的汗水子淌的,也不说揩揩。"他就随意地揩了一把,说,没事的,晒得。你送完赶紧回去,把你白白的皮肤都给晒黑了。"她不好意思地用笑来掩饰下,说:"哪有,没事的,我没有那么娇生惯养,都是农村娃娃么。我先走了,你也做会歇会,慢慢做,不要着急,什么都是一下一下来了,急不得。"

"嗯,我晓得。"嘿嘿嘿嘿。剩下的就是傻笑。看着她远去的背影,身体不由得凉意无限。

"这天不是好天。不要看现在是晴亮亮的,后晌就怕猛猛价给你黑云洞地的来,窜得你回也回不去。你看看,山后面现在已经出来云彩了。"

老汉子凭以往的经验,看了看天说。他说:"不会的,那都是旱云疙瘩,什么事也没有的,就你大惊小怪。"老汉子已经开始拾掇家具了,边说:"你这娃娃,常是犟得不听,没听说,'不听老人言,吃亏在眼前。'"他说:"就你老,就你怪话多。"

天上的云彩走得可是快了,和没吃药的神经病一样,疯跑,开足了马力。把个净净的蓝蓝的天给弄得乱七八糟,黑哩吧唧,真的是一点点也不客气。老汉子说:"快点收拾,回,看这天气怕不,一会就有狂风暴雨了,炸雷吼得人就怕的不行。"这个时候他信了,就很配合地做着一切。

一滴雨,落在了他的脊背上,凉快,和冰水一样。下一滴就顶一滴,很大,一落一个大拇指,说的是面积。他爹催促着说:"回,快点,趁现在还是一滴一滴地下。前响那会太热了,攒下的,下着下着就下大了。"老人说的话还是有道理了,老话老话么,不然怎么能一代代地流传着。

天上的云彩可是厉害,厚厚的灰雾雾的旧沓沓的,就像是在人的头顶上,压得低得不能再低了,再低就压死人了。吼起雷了,沉闷着,憋屈着,猛猛的就给你来一声,咔嚓咔嚓两声,接着就是轰隆隆价响。还打闪,亮了暗了交替着,撕裂的天瞬间就能恢复,就是个魔术师,也有李白描写愁苦所写的诗,抽刀断水水更流,这里是闪电割天天更全。恰当不恰当就那样,他已经是江郎才尽了。雨滴子不仅大而且密,这就大概是倾盆大雨。他爹已经走出了好远,他心不在焉地拖拖拉拉地走着。不是走不快,是心里被一个人无形牵拽着。她怎么还不回,都下这么大了,淋雨就不好了,感冒发烧多难受。起风了,是起哄,要把整个世界给彻底搅乱。

不由得,个自就是想她,就怕她在风雨里走,这个时候在他的心里她就是一片薄纸张，一淋雨就会被湿烂；就是一片树叶，吹到黑蒙蒙的天空中，再也找不到；就是一团棉花，经不起一滴雨的重量挤压。他要等她，保护她，做她的保护伞。

"米粒，你快点，没看见一场老雨就要来了。"他爹对着他大喊。

"没事的，你管你先走，我晓得了，我年轻娃娃走得快，一下子就把你撵上了。"他说。说话中不但不往前走，还故意往后退。明眼人一看就晓得他是想做什么了。过了他家的地，向着她家的地走去，看到了，看到了，是她家的东西太多拿不了。机会，是机会，他就放开了自己的脚步，调转身子，跑。"二叔，快走，大雨就要来了，剩下的东西我来帮红梅拿，你们快点走。"他们之间还推推让让的。他就干脆地说："都这个时候了，还推让，拿上就走么，剩下的有我了。"终于走开了，她爸和她哥先走。他和她走在后面。

雨肆无忌惮地开始了表演，无拘无束地，就像是个刚学会了一个新鲜的玩意，百试不爽。怎么才能和前面的人拉开一段距离。他就想，可劲地想，想得脑仁子疼。拉开一段距离了，还不够，一个转弯，前面的人就要看不见了。她爹喊："梅梅，快点，跟上。"她回应："就来，你们先走，早回一会是一会。"他也说："二叔，没事的，我和红梅在一块，你就放心吧。""嗯，你们快点，我们先走了。"他想着，机会来了，天赐良机。怎么？怎么？后面是什么词，没有，想不出了。完了，脚下一滑，顺着山坡往下溜，幸亏他眼疾手快，抓住一棵半坡上的树干。

她着急地喊："米粒，你没事吧！来，我想办法拉你上来。"他看到她着急的样子，心里有说不出的高兴和激动，刚强地说："没事的，我自己能上来，你站着别动。"雨是很大，但毕竟是刚下了一会，把地皮是洒湿了，还没有到稀泥黏脚的地步。脚刚好可以一踩一个实脚踪，抓地抓得紧，不怎么艰难就上来了。她关心地问："伤着没有？"上下左右前后细细地打量了一番。他拍拍身上的湿土，就大大咧咧地说："没事，好好的，咱们走，下的这么大，我晓得前面有一个躲雨的地方，咱们躲躲再回，行不？"

她说："好的，听你的。你也歇下，再看有没有伤着，刚才忙忙乱乱的还没有看仔细。"他一手拿着她家的农具，另一只手撑起他的衬衣来为她避雨，她也很机灵地撑起一边，两个人离得很近，他还没有和一个女子离得这么近过，而且还是自己喜欢的女子。

<补充>
颠年成：方言，遭年成的意思。
咯囔囔：方言，嘴碎、唠叨、自言自语的意思。

第四章　爱啊，冲动了，央告着勉强着，就这样开始了

人啊，冲动了，真的是能怕死人，就会胆子大得厉害，等一切的一切风平浪静后，你才会意识到是闯祸了。

爱啊，冲动了，央告着勉强着，就这样开始了。

他很多年后回忆，对孩子说："我也是命好，死皮赖脸的就把你妈俘虏过来了，成了我的婆姨，就是一辈子，还养下了你们。可，就你们是现世报，不成器，把人焦躁的不行。"

当吵架的时候，他就对婆姨说："都老夫老妻的了，你就不要闹了，

能闹下个什么了。"她就说:"狗屁,我当时就是胆小,要是现在,我早就让你坐牢去了。你犯的不是一般的罪,是强奸罪,你能解下不?"他故意不理睬地说:"解不下,我就是个受苦小子,没文化,不晓得什么法律。"

雨越来越大,实在是走不成了。

来,我们就去那里,等雨小了走。她点点头,跟着去了崖畔下。她的衣服淋湿了,头发上也在滴着水,刘海上的水珠,贴着额头,经过眼皮、一个眨眼,上眼皮到了下眼皮,鼻子、嘴唇、下巴、脖子、胸部……只能想象,他看得她一脸的红晕。找个话题,赶快找个话题,来转移一下注意力。他没有,平时就少言少语的他,现在就更是放大了这个缺点。还是她拯救了这个尴尬的场面,不过也是陈旧的话,说:"你真的没有受伤吧,再仔细的看看,还是小心点好,小心没大错。"

正好,他就假装得上上下下左左右右地看了下自己,说:"没事的,你看好好的。"然后还加转一圈的动作来诠释,让她的心就踏踏实实稳稳的落下。"你在发抖,你是不是冷?"他问。"是的,有点点,那会走着,还没有太大的感觉,现在歇下来,难免就有些冷,你不冷吗?""我不冷,我挺暖和的甚至还热。"她用怀疑的眼神看看他,说:"胡说,人还跟人不一样?"他说:"就是不一样啊,我是男人,你是女人。""哦,我倒把这个忘记了。"他想办法,让她暖和起来。

"这里有柴,我给你生个火。"他说。她说:"好的。"六点多了,雨没有一点点小下来的意思,就和玩疯了的孩子一样,疯得都不知道了回家,忘记了一切。本来就天阴的黑暮暮,再加上夜晚的到来,就是在黑色上又倒了一层浓浓的墨汁。"你饿不?"他说。"不饿,你饿了?"她回答说。

"没有,我就怕你饿了。"他说,"等雨一会小点,我们就回去。""好的。"

崖畔下的柴只有软和的,没有硬柴可以燃烧很久的。只能烧一会就熄灭。总不能不停地跑来跑去抱柴吧。他偷偷地看着她,被她丰满的胸脯紧紧地勾住。他的眼睛和她的胸脯成为了一体,根本就分不清什么是什么、谁是谁。她不敢看他,心里晓得他在看她。怕眼神的相撞,此刻,只会撞出火花,然后干柴烈火的,就能燃烧起熊熊大火,两个人就成为了一个人。

他的手悄悄地开始移动,目的地已经侦查好了,是一只手,渴望了很久的事情,就从这里开始。十厘米、五厘米、一厘米,感觉得到,两只手周围像是有着光圈,一开始还排斥,他稍微加了点力,就炮火覆盖,她的手成为了他手中之物。她身体一哆嗦,眼睛里是惶恐害怕。也没有说挣扎着要把手给抽开。他觉得可以、有意思,可以继续。大脑里一个命令,继续下去,有希望,你可以的,米粒。他继续给了点力,她转过身子对着他,看了一眼,嘴里蹦出一个字:"你。"算了,不行了,爱怎么就怎么,冒次险,他的心正在不停地做着提速,崩溃的那个数字快到了。一把就把她揽在怀里,抱住,不给她一点点反抗的机会,看着她的脸,从没有这么近过。好看,天下再也没有这样标志干净的脸了。此时此刻的感觉,娘的,就是给个天也不换。原来抱住女孩子是这种感觉。他感觉身体在膨胀,一开始以为是幻觉,慢慢的就明白是真的,身体的某个部分在插电线杆,直立起来。很猛,不能细细品味,最起码现在不能,以后说不准可以。猪八戒吃人生果,嘴唇对上了嘴唇,又是一个飞跃,发生着巨大的量变。要质变了,他的手不安分了,好奇心、欲望、身体、思想、眼睛、触觉、味觉都有。开始喘,不是她一个,还有他。

她开口了,有了挣扎的迹象,"米粒,不要这样,好不好,我不想,我要考虑。"他是急不可耐了,已经是拉弯了弓上的箭,上膛了的枪,只能前进,没有后退的选择,说:"我会爱你的,你相信我,我对你好,你让我做什么我就做什么。"她有了剧烈的反应,说:"不行的,我们不可以,这让人晓得,那就不得了了。我们快点停止。"他不,手忙脚乱地做着一切,口里说着爱语,对她的甜蜜爱语。或许是在重复一句话,或许是在不断地更新,还是重复的可能性大。因为他没有上过学,词汇量几乎没有。就晓得一句我爱你。她的身体出现了,看到了那滴水珠,在两个奶子的中间,后来才解下那是乳沟。她发育得很好,一个丰满不能形容她,得用两个甚至三个,重叠在一起,是丰满满满。

"米粒,米粒,你不要这样,你会毁了我们的。我我我我不想,我不想。""没事的,我爱你,我爱着你,我爱你。"她的裤子被褪下了,很怪,这些怎么做得都很顺利,又没有学过,这也是第一次。再几下,她赤裸裸地呈现在他的身体下,被激烈的呼吸带动着此起彼伏的。和海浪一样,一涨一涨的。他整个人都陶醉在其中了,啊,啊……他们两个几乎同时叫出来。她说痛,他也是,没有说出来。两个人成了一个节奏,几分钟。

雨停了,他坐在一边,火堆早就熄灭了,就剩一堆黑色的灰烬。冷静下来了,他也后悔,甚至是想不通,自己那会怎么就那么疯狂,如海啸般要释放出的能量,无所阻挡。偷偷地看了一眼她,她和死人一样,呆滞地躺着,衣裳乱糟糟的,头发也是。他想说什么,到嘴边又缩了回去,喉结动一下,彻底地噎到了肚子里。说也不是,做什么就更不能了,他的身体,身体里的每一条神经都冻结住了,整个人僵硬地挺立在一边。

她站起来，简单整理了一下衣裳，看了一眼他，就跑出去了。听见鞋和积水闹矛盾后瞬间的吵架声，很响很大。她穿的是方开口的拉带带鞋，红条绒鞋面，现在这样跑着，肯定是满鞋泥点。大概是九点多了，就听见蛐蛐吱吱的叫了，大河里也是下来山水了，流淌得响起。天还是阴着，没有星星没有月亮的夜晚，很黑，他也晕晕乎乎的。

站起来，拍拍屁股上的土，长出了口气，暗暗地说："米粒啊米粒，你这下是把祸给闯下了，看你怎么收场。"

<补充>
解下不：方言。解，读 hai，解下不，就是晓得不、知道不的意思。
现世报：方言，就是没用的人、没本事的意思。

第五章　天就要晴了，挨打，心甘情愿，是个自没做下有理的

心上麻烦的厉害了，看做下的是些什么事么。怎么办？尽管国家刚刚从文化大革命的灾难中过来，一切都是变好，法律也是。但人家红梅要是告你是强奸，你能怎么说，就乖乖的受着。谁让你一下子没管好个自那玩意，怪谁都不顶事，最大的祸根就是个自。这样的话，那这辈子算完了，要在牢房里度过，活得还不如死了。回到家，一句话也不说，就躺在炕上，和死人一样。

女人家就是心细，他妈发现了不对劲，个自身上掉下来的肉么。娃娃这肯定是遇上什么大事了，不然也不会这样惆怅，不言传，眉头子皱得都挽成个死疙瘩了。就亲切地安慰说："米粒，你怎么了？有什么事，就说

出来，人多也好解决。"他爸翻了个身子，不耐烦地说："他能有个什么事了，碎娃娃，没经世事的娃娃，快点睡，也不看看几点了。"他没说话，就在被子里躺着，眼睁得老大大的，看着窑顶。他妈在给他端饭着了，晚上吃饭的时候，等也不回来，等也不回来，就给温在锅里，等回来吃。

"来，米粒，是饿了吧，快来吃点饭，妈给你留着了。"

"妈，我不想吃，你不要管我了，你快点上炕去睡吧！"他实在是不想说话，一句话也不想说，就这么静静地躺着，最好是一觉睡过去，永远都不会醒来。这样就好了，不用想那些事情。

"多少吃点么，憨娃娃呀，不吃饭怎么能行了，我给你端上来，你爬起来一阵吃了再睡。"他听见他妈的脚步向炕边走来。看见他没动静，她就说："多少吃点，是不是淋雨了感冒了，让妈看看。"说话中一只有着黄土高原风貌的手在他的额头上摸了摸，然后她又在自己的头上摸了一下，自言自语地说："不烧啊，那这娃娃是怎么了，跟上什么毛鬼神了，还是怎么了。"想不通的她，不放心，就又打劝："粒娃，起来，多少吃点，你不吃妈不放心啊。好好的个娃娃，怎么一下子就变得呆愣愣木桩桩了。"还是那只手，轻微地在他的胳膊上推推。

他心里产生了巨大的仇恨和厌恶，心想：妈呀，你怎么就不理解人了，我不想吃就是不想吃么，你就不要强要我吃了。麻烦死人了，不要再叨叨了，脑子都要爆炸了。他妈哪里能晓得这些，整个人整个心完全被担心疼爱的雾气遮掩着占领着，还在继续着疑问推动下的动作。

他的胳膊一甩，带着有生气的语气说："妈呀，你不要说……"话没说完，就听见碗被打落在地上的声音,这是无意的,他压根就没有看到。停下了,不说了。锅头睡的他爹清醒了,就骂他:"你给老子吃就吃,不吃就算了,就要你妈给你这么央告着让你吃了,老子的话,尿你了,爱吃不吃。"又把话锋转向了正在脚地下收拾的老婆子:"还有你,你就活该,娃娃都这么大了,十八九二十的行货了,吃个饭,你看看。他又不是不会吃,还是不饿,饿了还用你说,个自就拾乱的吃去了,会疯挖二抓的,就你给老子骚情。"说话间,爬起来,拿起锅窝子的旱烟锅子,看见烟锅子里不尽,就又在炕栏上磕了磕,在烟袋子里出劲的挖了几下,小心翼翼的移出来,一只手的大拇指把烟锅周边的烟丝往里推了推,很自然的就又压了几下。嘴把烟锅子噙住,拿起洋火擦着一根,点燃烟丝,吧嗒吧嗒地快速吃了几口,这是助燃的。偷偷地看了看正在出筋、脑出得顶瓷的小子,心里也开始细细地盘算了。

"米粒啊,我的好娃娃哩,有些事情不是你想怎么样就怎么样,不一样就是不一样。咱们是看上人家了,可是不晓得人家能看上咱么。再说,这种事情,也急不得,慢慢价来。是你的到什么时候也跑不了,不是你的你就是怎么价抓也抓不住。"老汉子说,"憨小子,快睡吧,不要胡思乱想了。太阳还是会升起来的,一天天照样过。"他老汉子是把能说的都说了,还要尽量婉转地说,不能说得太直白了。

"老汉子,你在说什么,你们父子老子两个是不是有什么事了?"脚地下忙乱的她听出来了,这是话里有话了,听话听音了么。

"没事的,你也不要忙了,一天就磨蹭,这个家里就有做不完的活,这擦擦那揩揩,都一辈子了,还就一个样样的忙。赶快上炕,早点睡,时光不早了。明天天就晴了,生活也是可多了,鬼小子,你也不要出你的筋了,早点睡,明上跟上我地里上化肥走,趁地里潮湿,化肥化得快,地就吸收得快,庄稼一下子就长起来了,把干旱那会没长的都能补回来。"把烟锅子铛铛铛地磕了几下,往下一趟舒服地就睡着了。

她还在脚地下,盖这盖那,不然晚上老鼠给你糟蹋的弄不成。顺便也说:"粒娃,早点睡。"

他想说什么,想把事情说出来,纸里包不住火,雪地里埋不住死人,迟早要面对的。就算他不说,她也会说的。早说晚说都一样,他就不停地给自己鼓劲,好不容易准备好了,说,就把全部说出来。其实全部也就是一句话的事情,就是我把红梅给睡了。给家里人带来的影响肯定不是这么看似一句普通的话语能消除抹掉的,而是一场天崩地裂式的翻滚摇晃,是八级以上的地震。

没有说出来,算了,那就不说了,走一步看一步,大不了坐牢。算述了,不管了,安安稳稳地睡,什么时候不行了再说不行的话,大不了一死。他就是这么想着进入了梦乡。

<补充>
地:方言,窑洞的地上空间。
锅头:方言,就是靠近灶火炕的那块,也是整个炕最热的地方。
瓷脑:方言,就是呆板的意思。
脑出得顶瓷:方言,就是一脸的不高兴。
洋火:方言,是火柴。
疯挖二抓:方言,就是四处找、疯狂地寻找。

第六章　太阳一晒，地皮就干了，村里人在山上就忙开了

"米粒，你个狗娘养的，还给老子在这里安心地点化肥，个自还不晓得个自做下的好事？快点放下手里的活，跟我走。"是红梅她哥，没走到跟前就这样骂骂咧咧的，他实在是没法招架，没理啊，毕竟是个自做下理亏的事情了。就悄悄地挨受着，现在是晌午，太阳很大，不服气昨天的缺席，今天要一并地释放。热，是一种湿热，蒸发着，人就成了蒸笼里的肉馒头，不断地熟起来。地里的人也多，今上是注定要丢大人了。大天白日的，不仅丢人还要现眼。

骂的话，他爹就不乐意听了，什么是狗娘养的，明明是他和娃他娘的作品，怎么就是狗娘养的，这一骂一下子就骂了好几个人了。不行，得说几句："哎呀，红卫啊，你看你这娃娃的说话，孙悟空才是石头缝里蹦出来的，没爹没娘。米粒怎么会没娘了。就是没娘也不可能认狗做娘啊，你这么说，我这当爹的就不高兴了。再说，你平白无故的骂我娃娃，什么意思？"

红卫就笑了，说："平白无故？亏你说得出，谁没事神经病，是疯狗，乱咬人了。世间就没有无缘无故的爱，也没有无缘无故的恨，米老汉。我红卫也是正派人，不是那种流氓无赖，说话也不是信口开河，都是有根有据的。"老汉子觉得事情有些严重了，就停下手中的活，认真地说："哎呀，那你说，你有什么事了。"

"什么事？你问问你家米粒，人家都叫我家红梅是米汤了。老汉子就一脸不解与严肃的迷惑，说："米粒，你说说是怎么回事，老子昨晚就看见你的形色不对，给老子弄下什么乱子了。"一个天大的秘密，即将公布

于世。心里的东西，注定了拿不到光下，一见光就会爆炸，伤到周围的人。等着，他爹看着他，等着从他口里说出的话语。他酝酿了差不多一分，干脆利落地说："我把红梅给睡了！"

"什么时候的事？"
"昨晚。"
"就下雨那会？"
"是的！"

他爹气得手直发抖，瞬间就蔓延到了全身。和秋后拣簸粮食一样，哆嗦着。脱掉鞋就撵上打他，撵不上就直接把鞋向他扔来。气喘得不行，大口大口地送气，急躁地说："我的个小爷爷呀，你这是做什么么，看上人家也不能这么做么。现在怎么办？让人家追上门，你说怎么办？反正老子不管你，也管不了，该是坐牢该是跪着赔礼道歉，你个自看着办。"说骂得没意思了，就转身对红卫说："人就在这了，你家看着处理，我没有一点点不满意。该让他怎么就怎么。我给你把话撂这。"

"处理？能怎么处理，怎么价也换不回我妹妹的清白了，还让她以后怎么活人了。你去庄里走走，都叫她米汤，说是她身体里有了小米粒，两个人燃烧的旺盛，就成了一锅米汤。真的是好事不出门坏事传千里。来的路上，人家都叫我谷子，丢人背兴费都不够。"他纳闷了，就一晚上，众人怎么就晓得了，是不是红卫在咋呼他了。"才一晚上众人怎么就晓得了？"他就直接问。"怎么，你还不信怎么着，人家都看见你俩在崖畔底下了，还总以为人家谁也不晓得。就你们精，人家都是半脑子糊脑松？人家的眼窝不瞎着，要晓得人家也都是明眼人。"

一下也说不下个一二三,这种事情么。还是得从长计议,事情已经这样了,说什么不该不能都是徒劳。太阳大的,是使出了浑身解数在拼命地吸取万物的水分。包括人的。老远远地望去,一块不大的地里站着三个人,正好形成了三角形,最具稳固性,是的,都僵硬了。就这么僵持着,谁也不说什么了,一时看看对方,一时看看天空,一时看看远方,看着,想着一件事情,一件与这两家人有关的事情。村里的人也顾不上往这里看,都忙碌着,生怕地又恢复干旱时的状态。

<补充>
半脑子、糊脑松:方言,就是脑子不够用、半吊子的意思。

第七章 米汤熟了,没办法,不管怎么样,只能凑合着

米家村,人们也叫米家庄,都一样。在这里村就是庄,庄就是村,只不过是一个人一个叫法,习惯而已。红梅,大名叫米红梅,最近庄里人都叫她米汤。昨晚去小卖部买瓶醋,进门后,她就说:"大叔给我拿瓶醋。"她大叔就给在货架上拿了一瓶,说:"米汤啊,你真的是不一样了。"她没说话,在兜里找钱,没搭理大叔。看见她没理,大叔就又说了一遍:"米汤,你给个两块钱就行了,真的是不一样了。"这分明就是和她说话了,窑里也再没谁,就她掏钱着。她就迷茫地大眼瞪小眼,还是不确定地带有一丝听错了的怀疑问大叔:"叔,谁叫米汤,什么不一样了?"

"怎么,你还不晓得,是你么,庄里现在都这么叫你了。""为什么叫我米汤,我叫米红梅,你们又不是不晓得。""你就叫米汤,你也不一样了,是熟了,都烂在锅里了,是米粒的锅里。庄里人现在都这么说,我也是听他们说的。"她的脸刷就红了,烫得厉害,就和在灶火里的红火大

碳蒸烤上一样，立马就显现出了烤肉的迹象。红得都到耳根子上了。低着头，准备转身就走，害气地说了句："你们怎么能这样说了，真下流真不要脸。"

"憨娃娃呀，没说你不好。你是好娃娃，是咱们沟底里小河的河水，清凌凌的，米粒是个龟孙子，把你这清水给搅拌浑浊了，还熬成了米汤。不要不好意思，要是心里觉得憋屈，就找他米粒龟孙去算账。"她几乎是跑着回家的，后面这话没听几句，就晓得了米汤的来由，原来是这样来的。

回到家，就把个自给关在窑里，一个人躺在炕上细细地盘算。米汤，米汤，这名字算什么么，米粒，你就是个王八蛋，我上辈子怎么惹你了，你把我这辈子算是毁了。我本来有个好好的人生好好的前途，行人家，是挑挑拣拣的行了，现在好了，没办法了，成了单项选择。没得选，就你了，你人倒是没什么问题，可是我看不上你，你不是我的那个人选，哎呀，天爷爷呀，这可是怎么办了。一天一天这么过着，心里不安，肚子会有变化的，是在吹气球，就是你米粒吹的气。真的等哪天肚子大了，那就把人给丢到天北京了，没脸活人了，就只剩一条路——死路。

她妈看见她把醋瓶子往下一放，就去边窑了，那会忙着做饭没顾上，现在不忙了。就走到边窑门上，推了一把，推不开，大白天的死女子把门给关住，这是做什么。就喊："红梅，你怎么了？病了，把门关住做什么？给妈开门，快来吃饭，饭熟了。"里面的语气很平静，说："妈，我不想吃，你们先吃，我想睡会。""那也先把饭吃了再睡么，这几天妈就看你精神不好，心里像是有什么事情，你有什么事情就说出来么，不要一个人憋在心里，你这样妈会不由得就担心了。"窑里的语气有了变化，高扬和激动的成份在里面，说："没事的，妈，你让我一个人清静会，我一会就来吃饭。你不要再说了，你们先吃。"前窑吃饭的红卫听见了，就出来横冲直撞的说：

"姐,没事的,米粒小子有我了,我现在就拿刀子把他给跺了,让他小子消失。"

刀子在窑里的案板上,他拿起就往出跑。吃饭的他爸,圪蹴着,看到了猛的站起来就往住拉,还没拉住,就忙喊:"老婆子,你快把憨小子给咱拦住,可是往下做灰事了。"老婆一看门里出来的小子,手里拿着菜刀,明晃晃的,气冲冲的,一副杀气冲天的样子。"红卫你这是做什么?快把刀子放下。"他妈拉住他说。"妈,我去剁了米粒,他把我姐给害苦了,不能轻饶。你看把我姐都给难恨成什么了。"说得老婆子是一头的雾水,怎么又和米粒牵扯上了,和米粒有什么关系?他爸出来了,厉声说:"红卫,把刀子放下,不管怎么样,事情也不是这么解决的,刀子能解决什么事了?只能把事情越弄越乱。"不管怎么样,什么事情,他妈也跟着说:"就是,刀子放下,弄乱子就是一时,可是不敢犯糊涂。"

他转不过弯,说:"那我姐怎么办,就那么白让米粒欺负了?""怎么了,你姐怎么就让米粒给欺负了?"老婆子问。"就是那个什么,我姐让米粒给。"没等他说完,边窑的门开了,是红梅,一看就是哭过,说:"你们什么都不用说了,我愿意嫁给米粒,做米汤,凑合着过。我也想了很久,也许这就是命,哪里不是过日月,哪里不是活人了,哪里的黄土不埋人,挑拣什么了。米粒也老老实实务务正正的,没什么,就这样吧,你们准备下,我尽快就嫁过去。"

一家子谁都不说话了,静静地看着她。院子里的果树今年长得很好,果子都老大大的,还稠,常年年是稠了就结不大,接大了就不得稠,二者不能兼得,今年算是都有了。微风一吹就听见树叶和果子擦肩而过,然后又回过头来重新来过的声音。不间断地重复着,只要风还在。

亲爱的南方 | 079

天黑了，秋天的意思是越来越浓重了。过度着，从夏天到秋天，在北方还是有个过度时间的，不是说变就变的。情味还是有的，薄情寡义不是它的性子，分明利索豪爽是它的本性。家里的前锅还在熬米汤着了，都顾在这里吵吵嚷嚷了，忘记了家里的事情。一股糊了的味道，是沾在锅上了，不是没火了吗？怎么回事？她就问："老汉子，灶火不是没火了么？我盘算就这样灭去，不过熬锅米汤还是能熬熟了，怎么就会沾在锅上了。"老汉子一惊，说："唉，我把吃罢的点花生壳壳倒进去了。"

她叹了口气，说："没事的，就这么凑合着吃吧！"

<补充>
行人家：方言，就是结婚、找对象的意思。
灰事：方言，就是冲动后的事情。
害气：方言，生气的意思。

【作者简介】

王震，男，笔名王闷闷，1993年生于陕西子洲县，陕西省作协会员。中短篇小说散见于《延河》《海燕》《作品》《青岛文学》《滇池》等刊物，出版长篇小说《咸的人》《米粒》。获第三届青年产业工人文学奖长篇小说提名奖，首届浩然文学奖。现执教于某高校。

纵身（节选）

/ 陈再见

一

大清早的电话，初晨以为是闹钟，听了一会，又觉得不对，闹钟不是这样的曲子。他翻身，在枕头下摸了很久，才摸到了手机。以前睡觉前，他会看会书，跟专业有关，或者一本流行的网络小说，后来这个习惯慢慢被手机代替了，刷着刷着就睡着了，手机也没关，天天如是。

也幸好没关，要不这个早晨，母亲肯定联系不上他。

是家里的电话。母亲的声音从手机那个细小的孔里传出，明知远隔着几小时的车程，听着却仿佛在耳边，就像小时候，他躺在母亲身边，听她好声好气劝他起床上学。母亲的声音从来都是细软的，印象中她没发过火，即使发火了，也不会通过声音来发泄。人们都是说她是贤惠的客家女人。他不知道是母亲天生如此，还是因为顶着贤惠的光环，不好意思自毁形象。无论怎么样，他都觉得幸运，他遇上了个好女人，如同他的父亲，应该也会这么觉得。

"起床了吗？"母亲问。

"本来还没,被你吵醒了。"他故意使语气听上去有怨意。他以前也这样，和母亲通电话，倒像是情侣之间的俏皮话。

"那就起来吧，收拾下东西。回家——"最后两个字，母亲拖了一下，似乎在极力控制。

"怎么啦？"

"你爸坏了——"母亲终于在电话里哭了起来。这一哭，就再也说不了话了。

就像第一天参加工作，初晨紧张得手脚发抖，他站在办公室的工作台前，一个个方块格子，每个格子仿佛一个小房间，至少是个小空间，女同事会在台上摆放盆栽，在隔板上贴彩色的贴画，或者挂个公仔；男同事要简单些，也有讲究的，比如弄个小书架，摆个从古玩市场淘来的铜器……他面对空荡荡的工作台，没有人理他，甚至没有人给他安排事做，他坐也不是，站也不是，在一个完全陌生的群体里，他足足呆了一下午。

听到父亲的死讯，他同样呆了一早上。周围的环境一下子完全陌生起来，他租下的这个已经住了两年的房间，和他的工作台一样，从空荡荡，到每个地方都放上了合适的物件，他苦心经营起来的环境，一下全崩塌了，像是一堆瓦砾。他便呆坐在瓦砾之上，自己也成了瓦砾的一部分。他遥想身在小城的母亲，远在另外一个城市的妹妹，无不和他一样，此刻，都跌坐在一堆残败的瓦砾之上。

不可能是梦。他下床时已经感觉到了冻。冬天在南方总是迟到，前几天，一夜雨后，冬天才突然降临，如人走在街上，被楼上的空调主机直接砸瘪在地。

父亲才五十二岁。五十二岁的父亲看起来其实像是四十二岁的样子，初晨只要一晃眼，父亲的面容就会清晰地出现在眼前，接着是他的身材，他爽朗的笑和说话时习惯双手在胸前比划……父亲就这样没了吗？初晨自然知道死亡是怎么一回事，他七八岁开始意识到人最终是会死的时，就一直对死亡充满了恐惧和排斥。然而那种恐惧其实是他想象出来的,从小到大,他都没经历过亲人的死亡,他的奶奶早在他记事前就过世了,爷爷还健在,外公外婆,也都年轻,一些远亲的死,他都因各种原因没参加他们的葬礼,要么是要上学,要么就是出来工作了,也不多,记得是一次还是两次。死亡让他恐惧,死亡也是离他很远的,这种恐惧便多少有了虚伪的成分。

父亲的死,证明了初晨的恐惧是具体的,一点都不虚伪。

高铁票并不好买,春运的票已经提前可以预定,12306 网站一直提示系统正忙。他几次都想把手机摔了。他在屋里打转,垃圾桶被他踢到了阳台,地上洒满了一片瓜子壳。就在昨晚,他还悠闲地一边嗑瓜子一边看一部好莱坞新片,那时他怎么又会想到第二天的噩耗呢,或许,他在嗑瓜子看电影时,父亲正在忍受濒死前的苦痛挣扎。他一想起这些,浑身起颤,胸口像是抵着一把螺丝刀,他感觉恶心,要呕吐,又吐不出来。他还没刷牙。

初晨放弃了高铁,他翻出一张长途大巴的名片。刚出来工作那年,小城还没通高铁,他每次回去都是坐私营的长途大巴,兜兜转转,回一趟家要四五个小时。四五个小时确实太漫长了,尤其是在这时候,但他不可能订到上午的高铁票。他打了大巴的电话,最快的一班,刚好是九点。他抬头看墙上的钟,已经八点半了,赶过去刚好,容不得半点拖延。他没刷牙也没洗脸,直接穿好衣服,就出门了。尽管如此,还是差点没赶上,大巴的人打电话来催,说大巴不能在公交站台停久,一会有交警来了,再不快点,车就不等人了。他一路奔跑,倒霉的是,竟然也没见到一辆出租车,或是拉客电瓶车。他边跑边求人家,再等一会,家里有急事,要赶着回去。

他跑到站台时,差点断了气,司机和另外一个男人骂骂咧咧,一车人也在埋怨。

"家里死人啦?急成这样。"

他没听清楚是谁说的。

如果可以打一架，他还真想打一架。不过他打不成了，他哇的一声，吐了起来。

二

父亲是他们那个家族的能人。

初晨作为一个后辈，一直无法明白他们家族的复杂性，当然也是不理解。有一段时间，他还特别反感，每次父亲接到村里打来的电话，说得回去一趟，家里有点事，初晨恨不得回应一句，怎么跟个总理似的，都日理万机了。那时他还在读书，初中，或者高中，反正都一样，那些时日，父亲作为小城交通部门的办公室主任，实际上也兼任了他们村的"村长"。总之，无论大事小事，村里人总要通知一声。父亲那辆二手大众，几乎把所有公里数都耗在了县城与村庄之间那二十公里路上。

以母亲的性格，当然不会出面说父亲。她偶尔也暗示：晨要开家长会呢，或者，樱过生日，想去金厢海边玩。

哦这样啊。父亲不会断然拒绝，他不是武断的人，甚至于他的语气能让你感到真诚，虽然是无奈的。他接着说，村里的事情很重要，非要叫上我，我看，还是你们去吧。或者，改天。他的态度太好了。母亲没法接话。她这辈子估计都沉醉在了这个男人的温暖话语里，无论什么事情，什么决定，只要父亲一说话，她准是答应的，无条件答应。

初晨则认为父亲不过是想喝酒。

那个村庄，那个父亲时常挂在嘴边，并称之为"家里"的地方，初晨每年至少回去一趟，尤其是过年，那是父亲容不得他任性的事情。村里还住着他的爷爷，和小叔子一家。父亲坚持要在"家里"围炉，搬出来二十多年，没落下一年，似乎在他眼里，县城里的这个家，永远是寄住的飘萍。初晨对村庄的陌生倒也不是不喜欢那个地方，那里有山有水，路上随处能见鸡鹅。让他不自在的大概是那里的人，他无法找出准确的言语或者形容词，当他还是个中学生时，他就想，这是另一个世界。他每次看到小叔子那些能像楼梯一样高矮排开的孩子，好几次，他甚至想动手把他们戏剧性地拉在一起。他们长得面目模糊，看不出男女，身上穿的衣服也是混乱的。他的小婶子是个说话带着浓重外地口音的四川人，她大多时候也不能准确地叫出他们各自的名字。

父亲是村庄的贵客，就像一颗石子，父亲砸在了湖的中央。

来请父亲喝酒的人能坐满一屋，他们是父亲的发小，同龄，他们都属龙，他们说起村里那年生了八条龙，就父亲这条龙混得最起色；也有托父亲帮过忙的，或是正有什么事需要父亲出面。父亲的无所不能，似乎正在被他们逐渐夸大。父亲的酒量之好，也同样被他们夸大。

每年单位的例行体检，父亲其实早就知道心脏有问题，有两根血管随时会堵塞，随时会致命。医生的建议很简单，戒烟戒酒，然后手术、开胸、搭桥，至少在医生嘴里说出来是那么的平常果断不容置疑。父亲可受不了。初晨这点是理解父亲的，父亲是处女座，内心深处是个完美主义者，他才不愿意自己的身体像一台有毛病的机器那样被人按在台上修理呢。

关键是，父亲还得喝酒，回村里喝，在县城，他那个单位，以及杂七杂八的各种关系，都需要喝。父亲喝酒脸红，越喝越红，越红越能喝。初晨记得去年寒假，妹妹初樱放假回家，突然给初晨打来电话，郑重其事地跟他说，喝酒脸红是中毒的表现，是身体里缺少一种解酒的酶，所以爸爸其实是不能喝的，我们一起劝劝爸爸吧，过年别再喝了。初晨知道初樱肯定是在微信圈里看到的文章，是真是假，他也弄不清楚，无论如何，他也希望父亲别再喝酒。他让初樱先劝劝父亲，父亲听女儿的多过听儿子的。"说了，爸爸不听，爸爸说那是骗人的，他说小叔越喝越青，缺的应该不是酶，而是李子。哈哈。" 初樱在电话里急的，都快哭了。初樱上大学后，一下长大了，像个能跟他分担事情的姑娘了。

是的，父亲和小叔的区别太大，喝酒只是一方面。初晨打小就心里有疑惑，看着他们兄弟一大一小，怎么一点都不像，父亲高大，小叔矮小；性格也各异，如果用一个不算多准确的词来形容父亲，那就是"爽朗"，而用"阴郁"来形容小叔，则再恰当不过了。初晨甚至有点怕小叔。有一年围炉，小叔把一杯酒往父亲脸上浇。那次是因为什么事吵起来的，初晨没记住，他太小了，但那场面他印象可深了。他吓得哭起来，母亲过来抱他离开时，他还以为他们兄弟俩会打起来。没有。父亲继续喝酒。父亲招呼家里人全部坐下，他说："围炉不能围一半。"

父亲从没有跟初晨说起他们兄弟俩的事，他肯定是在刻意回避。说实在话，初晨的兴趣也不大，他不想回去村里，也不想见到小叔，和小叔乌泱泱的一家。是母亲告诉他的，母亲大概觉得他足够大了，需要知道一些家里的事。

母亲说："你爸爸和你小叔不是一个父亲生的。"

这又是怎么回事呢？也就是说，他的爷爷，其实不是真正的爷爷。初晨的爷爷早在父亲九岁时就过世了。他现在的爷爷是入赘进来的，好多年后才生下了小叔。这么一来，这个家的历史看似清清楚楚地摆在面前了，其实也是三五句话就能概括的事情。知道真相后，他倒是意识到，爷爷作为一个习惯在墙角沉默的老人，在某些时候确实和小叔挺像的，比如爷爷从来就不是真正痛爱他们兄妹，爷爷对小叔那一大堆孩子，看起来更为关照。这些倒无所谓。反正他们并没生活在一起。更多时候，初晨一家只是那个村里的客人。做客人多好，来去自如，不高兴了也可以断了来往。如果父亲愿意的话。

父亲似乎欠着那一家人什么东西。

三

初晨给初樱打电话。他害怕打这个电话。憋到半路才打。他知道妹妹再怎么赶，也不会比他快到家，她在上海读书，即使坐飞机，也要先在初晨所在的城市降落。他其实可以等着初樱一起回家的。他没这么做，是害怕面对妹妹，一个人或许还能装作什么事都没发生，有个妹妹在身边，他控制不了自己。

你所拨打的电话已关机……妹妹还在飞机上。他想着此刻她是什么样的感受。这小女孩从小就爱哭，父亲最宠就是她了。父亲说女儿要贵养，要什么就给什么，以后长大了对什么都不稀罕，就不会被外面的臭男人骗了。初晨嘴里不说，心里挺委屈的，偏心就偏心嘛，还找出那么堂而皇之的理由。初晨刚开始上班，晚上在出租屋给母亲打电话，说压力好大，不知道怎么熬下去。母亲在厕所里偷听，怕被父亲听见，没一会，母亲就哭了，说儿子，坚持不了就算了，回来吧，在小城里找个事做。还是被父亲听见了，父亲骂，是不是男人啊，这点苦都受不了。初晨听得清清楚楚。和父亲比，他确实要逊色很多，仿佛他也不是父亲亲生的，有一层不为人知的背景。

这个比他厉害的男人，已经死了。这是事实。

初晨给初樱发个短信，嘱咐她一路小心。

他抬头看车窗外，高铁在他目所能及的远处横跨田野而过，速度之快，像极一条会飞的巨蛇。莫名其妙的，他倒庆幸坐了大巴，可以慢一点到家。这个龌龊的想法一浮现，他整个人即陷入了自责。作为父亲的大儿子，他不应该如此畏缩，何况，如今，他已经是家里唯一的男人了。他还是不知如何面对父亲的突然离去，就像他同样不知如何面对自己的成长，这归根结底又是同一个难题。如果非要做一个比较的话，他倒挺羡慕父亲在九岁之年就失去的父亲，那是一个只有记忆没有责任的年龄，父亲完全可以像个无辜的苦难者，既置身其中又可以抽离在外……甚至于，作为一个童年的伤痕,它成了父亲这一辈子最津津乐道的光荣印记,只要父亲说起九岁丧父,以及这么多年来的忍辱和负重,无形中便能获取一股悲壮的力量,一种掌握话语权的资格。

初晨成了没这个资格的人,他倒不是羡慕,当父亲说女儿要贵养时他自然就想到了下一句。父亲表面在说女儿,实际上说的是儿子。这显然是个失败的过程,或者是矛盾的过程,他的酒量理应和父亲一样好,他还得抽烟,嗓子粗犷,他得让父亲看到自己的影子。那也许才是父亲真正想要的,但他没有。作为一个乖儿子,他又让父亲省了不少心。他突然有些明白父亲为什么非要把他带回那个村庄,和那么一些人相处在一起,父亲是在消解自身的矛盾么?

大巴下了高速,出了霞湖收费站,等待多时的拉客仔围堵在车门。初晨叫了一辆三轮车,直接去医院。这是他所熟悉的小城,他在这里出生、成长,读幼儿园读小学读中学,他清楚这里的每一条街道,走在街上,随时能遇见同学,甚至于某个喜欢过的女生。此刻他不想遇见任何熟人。他让三轮车师傅开进医院大门。师傅是个中年人,他有点不情愿,医院的门卫老远就比划着禁止入内的手势。他执意要到大院里才下车,他第一次这么坚持,完全不像凡事随和的平时。

"家里人出事了?"师傅突然问。

他没想到师傅会这么问。

他点了点头,"我爸爸。"

三轮车师傅不顾门卫的阻拦,硬是把车开进了医院大门。

他小跑着上县城医院那高高的阶梯,这时才接到妹妹的电话,妹妹说,她已经下机了,正赶着去坐大巴。他让妹妹别急,他已经到家了,凡事有他呢。说出这话时,他的心是虚的,连抓手机的手都在发抖。

一抬头,初晨有种眩晕感,医院顶上的红色十字已经亮起了灯,只是灭了一边，看起来便像是某个交通标志。他脑海里浮现一个红色的大叉。去年父亲催促他去报考驾照，他不想的，工作本来就忙，但还是听了父亲的话，报了名，结果一年学下来，科目二五次机会考了四次，都没通过。他简直快疯了，像是憋着最后一口气，如临深渊，即使走在大街上，看到红色的斜杠和红叉，他都会油然升起一种不适感。如今，这个红色的大叉又像极了父亲一生的结语，这个开了一辈子破大众自认驾驶技术好过驾校教练的男人，终于在这个血红的大叉面前把车子停了下来。

母亲没哭。她在大厅长排的蓝色凳子坐着，等着儿子的到来。

周围稀稀拉拉坐着几个打吊瓶的人，都侧着脸在看高高挂在墙角的电视。偶尔有医生大声喊某个人的名字，声音之大，足够吓着人。他害怕他们会突然喊出父亲的名字。实际上，一切都已经静止下来了，至少对母亲而言，一切都过去了，她一个人独自坐着，埋着头，紧闭双眼，她的短发刚好遮住了整个脸，她双手握着两边的扶手，看得出用了很大的劲。不用想象都能知道，在初晨回到之前，一整个下午，这里发生过什么。父亲从开始感觉身体不适，到被送进医院，一阵慌乱的抢救，母亲来不及叫上亲朋好友，尽管父亲生前可谓交友甚广。母亲一个人在抢救室外焦急地等待，她随时可能会晕过去，她这辈子从未遇到过这么重大的时刻，大小事情在此之前总是不用她操任何一份心。她一边等，一边给能想起的亲朋打电话，暂时还没敢通知儿女，她觉得再大的事情都会过去，神佛保庇，他会行好运的。大难不死，有后福。算命的都这么说。他会挺过去的，好起来，顶多就是住上几天院，借此机会还能劝他把烟酒都戒了，他也会欣然答应，到时再通知儿女也不迟。她这么慰藉自己。事情会过去的。事情也的确过去了。再大的灾难在医院里都会显得无声无息。医生推门出来，白大褂白口罩，一如既往的冷冰，他们不说话，只是摇头。她完全应该大哭大闹的。可是没有，她发觉整个身体都麻木了，不像是自己的身体。她机械地站在原地，泪水在眼里，也没有力量让它们落下来。她不是那种能在公共场合表达情绪的人，一直都是这样的，即使丈夫早上还好端端和她开玩笑下午都死了，她还是做不到。她隔了一会才醒悟过来，遇上大事件了，这个家从此将发生改变，就像她看到过的所有别人家的悲剧——她也正在遭遇。

初晨走过去，他把双手按在母亲的肩膀上。他发觉，他们两人都在发抖。

母亲把头埋进儿子的肚子里，直到这时，她才像个小女孩那样哭了出来。

初晨跪在地上，把母亲抱在怀里。他们抖得更厉害。所有人都回头看他们，他们不用多加猜测，都知道这一家子正在遭遇什么。

四

初晨不知道，父亲九岁丧父，当年是怎样的场景。父亲哭了吗？从小到大，初晨还真没见过父亲哭，这个男人处处表现出强大，似乎没有任何东西能够击倒他。当然，同样的遭遇，在县城，与在那个偏僻的村庄，显然是不一样的。初晨难以想象，九岁的父亲在丧父之后不到一年，竟然迎来了一个陌生的男人，那个男人名正言顺地代替了死去的爷爷，成为他的养父。如果换作初晨，这是无论如何也没办法接受的事情。在那个村庄，一切荒唐都显得那么正常，那么顺理成章。否则，父亲和他守寡的母亲，又怎么能生存下来呢？

父亲曾带初晨去过爷爷原来的村庄，那是一个更为偏远的地方。父亲开着破大众一路往山区深处开，父亲说，再开下去就是太平洋了。父亲在吓唬他。他那时还小，大概读小学几年级。记忆却是清晰的。父亲的车在与太平洋相隔的最后一座山下停了下来。

"这是你爷爷从小生活的地方。"

父亲并没有告知详情，初晨自然一切都糊里糊涂，他还没大到可以探究真相的年纪。他只是觉得奇怪，为什么爷爷会是另一个地方的人？而相比那海角一隅，紧靠省道的村庄亦可以说成是爷爷心目中外面的世界了。

渔村里还有爷爷残留的一些亲戚，父亲给他们带去礼物和钱。在他们眼里，父亲是个有出息的人。他们握着父亲的手，一个劲地说，恁后爸是个好人，要好好待他。父亲频频点头。

二十五年前，父亲带着他的妻子搬到了东海城。那时他的工作干得起色，领导喜欢，把他调进了县里。这在当时的村庄可是一件轰动的大事，历史上还没有一个年轻人那么有出息，把工作做到了县城里去。他们都说父亲去县里当官了。至于是什么官，没有谁能说得清楚，总之就是官，吃政府的，以后村里有什么事，别人不用找，直接找父亲就成了，没有他帮不了的忙、办不成的事。这么多年，父亲也确实做到了，至少没让村里人失望过，无论大事小事，只要是他们求过来的，跑一趟县城，或者直接一个电话，父亲都得放下手头的事，尽其所能，办得体体面面，妥妥当当。

稍稍懂事后，初晨对父亲的做法表示过质疑。当然，他没敢当父亲的面说。

"要不是欠着人家的，为什么要这么卖命？"

他跟母亲说过这话。

不料母亲却说："你爸就是觉得欠了人家东西，他这辈子是还债来的。"

母亲话里平静，他听着却似乎有另一层的意思。他希望母亲能继续说下去，关于父亲与那个村庄，与村庄里还生活着的一对父子，那些盘根错节的关系，也只有作为旁观者的母亲最为清楚了。大概还是觉得他那时还小，不能理解一个家族的复杂性，母亲只是把话说一半。她也有顾忌，毕竟父亲不愿意她有妇人之见，尤其是当掺和了妇人之见的叙述被当作密料暴露给下一代。

三年前，家里发生了一件大事，这事足以让他们一家蒙羞。

那年初晨大四实习，暑假回家，才发现，家里乱成一团。小叔出事了。还是来自那个村庄的事情。只是这次不太一样，出事的是父亲的弟弟，同母异父的弟弟。那个阴郁的矮个子男人。他的出事其实一点都不出初晨的意料，早有耳闻他一直不务正业。电话是小婶打来的，一通就哭个没完，说他家男人被警察带走了，要大伯无论如何得把人捞出来，最好是立刻、马上，要是在警局过一夜，就小叔那样的身板，不死也会残的……说得好像警局就是父亲开的，说放就能放。小婶说完，爷爷又接过电话，说的是同样的话。

遇上这样的事，父亲比谁都紧张，他得搞清楚小叔为什么被抓。父亲联系了警局的朋友，才知道，弟弟在省道缉毒队设下的关卡上被查出冰毒一千克。小叔涉嫌运毒，铁证如山。别说父亲没办法把小叔捞出来，照一千克的毒品，足以枪毙小叔两次了。那个暑假，初晨过得十分恼火，凭什么他家惹出的事情，要父亲来擦屁股。

谁也没想到，小叔会参与运毒，这对他们一家，都是个绕不过去的污点。以前父亲无论为村里的亲戚朋友干什么，都是他权力范围能掌控的事，至少不会触犯法律，即便请个客，送点礼，在人情世故的县城里，也算正常范围的事。可当父亲为了一个运毒的弟弟去东奔西走时，他的形象便多少有些尴尬。致命的是，他就是再拼命，小叔也难逃被判刑的下场。父亲使了多大的劲，小叔才没被送往其他地方，只要小叔还在县城，父亲至少能保证他少受点苦痛。接下来的日子，父亲请律师，为小叔做减刑辩护，死刑倒是避免了，最终小叔被判了十年。这已经是个很好的结局，然而爷爷，包括小婶，却为此怀疑起了父亲的能力。他们觉得父亲没有尽力，父亲是故意送小叔去坐牢的，他们的关系一直不好，从小叔一出生，他们就不好，他们虽是同一个母亲所生，却各有不同的父亲。初晨第一次看见爷爷和小婶把一家大小就拉扯到了县城，像一群上访户驻扎在客厅里，大声哭闹。初晨实在看不下去了，他要赶他们，让他们都滚远点，他和他一家早就受够了。然而初晨刚要开口，就被父亲狠狠扇了一耳光。父亲说，你滚一边去，这是我们的家事，跟你无关。是的，是父亲说的，跟初晨无关，那是他们的家事。

与小婶的哭闹不同,爷爷的控诉却振振有词。

"我知道,你和我一样,说到底都是为了这个家,我想,忘恩负义、过桥抽板的事不是你能做得出来的。这么些年,你过得怎么样,你弟过得怎么样,你也是清楚的。你也可以怪他命不好,至少命没你好。但是,好歹是一家人,别说要坐十年牢,就是一年,他这一家大小不是要饿死给你看……"

父亲没说一句话,他沉默着,像一头已经被驯服的狮子。

五

三年来,父亲每个礼拜都要回村里一趟。

有一双手同时按在初晨和母亲的肩上。初晨这才站起来,身边站着的是父亲生前的朋友,他们兄妹俩都叫他黎叔。黎叔是第一时间赶到医院的,母亲打了他的电话,他立马就赶了过来。家里离医院也不过十里路,像是一根绳子上不同的结,如果村庄算一个,医院只是另一个,父亲过于自信了,他以后这辈子能轻易地绕过医院,即使是来自医院的警告,他也没当回事,就像初晨小时候,有个感冒发热,母亲说带去医院看下吧,别烧坏了脑子,父亲总是说,医院那地方没病的人去了也会一身病。父亲对医院的厌恶在某些时候成了推卸责任的表现。

父亲想不到,他最终会死在医院里。如果人真的有灵魂的话,他的灵魂也会一直漂浮在这噪杂的弥漫着消毒水味道的空间里,这对父亲来说肯定是一件很懊悔的事情。好吧,在死亡面前人总是无力的。初晨回头望向苍白的走廊,他的眼镜被泪水打湿了,迷蒙一片,仿佛父亲的灵魂就站在走廊的那一头,正与儿子遥相对望。父亲在叫他。他听不到。初晨叫了一声"爸",声音也似乎被卡在喉咙里发不出来。迷蒙一片逐渐清晰起来,走过来的是几个中年男人,他们是父亲的同事和好友,他们因为长期和父亲相处,举手投足间都有父亲的影子。他们走过来,竟像是好几个"父亲"正在走来,或者,父亲就混迹在他们中间,跟往日一样,他们一边抽烟一边去马街寻地方喝酒,喝得醉醺醺的,他们东倒西歪,回到家里,在客厅里还因为某个话题吵得家人没法睡觉。那时候的他们让初晨十分反感,他发誓长大了千万不要成为这样的大人。

离开县城五六年了,异地的新鲜感,终于以一种成熟的方式脱离古旧而熟腻的小城,其兴奋在某种程度上冲淡了工作的繁琐;比起一个地方因陌生而产生的焦虑,初晨更讨厌那种过于熟悉的慵懒。他每个周末都会给家里打电话,像是某种仪式感。他选择的时间也足够准确,晚上八九点,那时候父亲不可能在家,那是他在酒国称雄的时段。接电话的总是母亲,这是初晨故意的,倒也不是讨厌父亲,只是父子之间找不到可以交流的切入口,不像母亲,即使没话讲,彼此沉默,也不显尴尬。有一次,初晨突然接到父亲的电话,这让他如临大敌,握着颤动的手机迟迟不敢接听。他能从父亲的话里听出故作的轻松,像是彼此面对面坐在酒桌上,说话不需要任何铺垫——"我跟你说啊,刚才你黎叔说了一句经典的话,你黎叔说,咱们人啊,只要是有孔的地方,就有屎,鼻孔有鼻屎耳孔有耳屎……是不是啊?我在你黎叔的基础上补充说,有孔的地方都是臭的,你说对不对,哈哈,你读这么多书发现过这个问题没有?"还没等初晨反应过来,父亲已经在电话那边笑得喘不过气了。初晨闹不明白父亲是什么意思,为什么突然打电话跟他说这些。实际上,这些话让他听来有些尴尬,难免有更隐晦的联想。父亲其实应该庆幸有个儿子可以开这样的玩笑,同样的话题,父亲就不可能跟初樱讲。尽管初晨略感突兀,挂下电话那一刻,他还是有种舒适感,毕竟,父亲当他是大人了,他们作为父子可能没什么可交流,作为男人,却有无限的广阔空间。

黎叔说:"事情已经发生了,想太多也没用,我们商量一下,怎么把老初的后事办了。老初是个好人,他不应该这样的……"

初晨点点头,此刻他应该感激,父亲走了,毕竟还留下这么一帮朋友,愿意出头出面。

他看着黎叔他们一伙人聚在一起,只是这中间少了一个父亲。

初晨觉得这事过于残忍了。

黎叔回头招了下手。他们不敢说一句多余的话,他们把初晨领到门外。他跟着他们走出去时,感觉自己代替父亲成了他们中间的一员。这种错觉让初晨有点不适。他在他们眼里还是个孩子,如果不是因为父亲去世,他不会和他们站在一起。他曾在心里反感过他们,却也得恭恭敬敬地叫他们叔伯,和他们无论是见面还是对话,他都会紧张。

其中一个派了一圈烟,竟然也给了初晨一根。他们商量着下一步该怎么办,每人都抽着烟,只有初晨把烟拿在手里,他没火,身边有人帮他点上,他也跟着抽了起来,第一口就被呛到了,咳个不停。

他们每人都在跟他确认一件事:你爸是个好人,可他已经死了——再好的人也会死。

是的,他们希望他足够坚强,足够清醒,还有母亲和赶在路上的妹妹,需要他照顾。

"你妹妹什么时候到?"

"她刚下飞机,可能得到晚上。"他拿出手机想再次打电话。

他们阻止了他。

"别打了,等她回来。"

他们比他想得周到。他们都是大人,他们在这个县城里都不是普通人,父亲生前无论遇到什么事,求到他们其中一个,必定可以帮到父亲。他们是父亲拖家带口到县城并且能在县城扎下根的土壤。也许在某种程度上,父亲也是他们的一块土壤。这没什么奇怪,小城里聚集的不都是这样的群体吗？初晨反感过这种群体营造出来的带有县城庸俗味道的生活，如街道饭店浇出来的脏水，撕破喉咙廉价的吆喝——初晨都惶然避之。可这个时候，这块熟悉的地方还是让他感觉踏实，某种依赖感便悄无声息地爬了上来。

他假设，如果父亲没有这帮朋友。这个假设当然是不成立的。只是万一。那个村子里还有他的亲人吗？除了那已经老去的爷爷，不知在什么地方坐牢的小叔，还有小叔那一家子，他想不出更多的面孔。

"家里人知道了吧？"

"他家里人的意思还是要运回去，说是落叶归根。我觉得也得听听你的意思。"黎叔看着初晨，"你可以做决定了。单位这边的规定也是很清楚的，即使运回去，办了葬礼，也得火化，否则后面申请抚恤金会很麻烦。人都死了，其实怎么样都无所谓。你爷爷还说，运回去时得打个氧气，做做样子，村里有风俗，已经在外面死了的人不可以回村办丧。妈的，什么狗屁风俗啊，都什么年代了。不过你爷爷很伤心，他也想不到你爸会走得这么突然。我不便在电话里再跟他说什么。不过，打个氧气也简单，跟医生说一声就好了，咱也不为难老人家。"

初晨不知道说什么好，他也是第一次知道那个村庄还有这样的风俗。他突然有些气愤，到头来，父亲到死，竟连回去的资格都是被剥夺的。

"能不能不回去？"他也是这样一说，大家不是都等着他的意思嘛。他的意思其实也简单，他不想送父亲回去。他不想面对那个村里的人，无论是亲人，还是其他那些他不认识的。父亲已经离开那里几十年了，真要说落叶归根，小城也算是他们一家的根了。

他们都沉默，继续抽烟。

"还是回去吧。"黎叔说，"这也是你妈的意思。"

六

一条漯河把县城一分为二。

工作后，初晨有几次出差的机会，去过几个小城市，无一例外的，小城市都是一样的格局，更为惊奇的是，他发现每个小城市都有一条河穿城而过。当然，河流名字各异，就像每个小城的名字也各异。每到一个地方，初晨都有似曾相识的感觉，这种体验让他心绪复杂，有久别重逢的暗喜，自然也有大同小异的失落。他还是喜欢大城市多一点，如他工作的地方，国际大都市，光看这五个字，都能让他心旷神怡。大概每个小县城出来的孩子都有类似的想法。这也是他和父亲不同之处，父亲之所以一辈子愿意缩在县城里，一份固定的工作是原因，更大的原因呢，初晨想，也是父亲从小生活在村里，离开村庄，县城对他来说就是一个大城市。

初晨记得，上中学之前，他们家租住在漯河以南一个菜市场旁边，那时家里时刻充斥着鸡鸭的粪便味。父亲每天骑着单车载他们兄妹俩去漯河以北的红卫小学读书，他们得穿过闹哄哄的菜市场，再跨过迎仙桥——那时迎仙桥还没重修，还是原先的石墩桥，古旧，破败，坑坑洼洼。每次过桥，父亲总是故意把单车骑得摇摇晃晃，然后吓他们："哦，桥要塌了。"妹妹坐在里面格格笑，她说塌就塌呗反正有你们两个保护我。和初樱不同，初晨却对此十分紧张，他真感觉桥会塌，每次过桥，他都不敢正眼去看桥下的漯河。那时的漯河水至少比现在清澈，沿河下去，能看到河堤石阶上有成排的洗衣和垂钓的队伍。初晨希望父亲能快点通过桥面。父亲却沉浸在初樱的笑声里，有时还故意停下来，像是真的要等桥塌了才满意。

迎仙桥后来真塌了，塌于一场持续一个多月的大雨，雨水聚成了洪水，把漯河淹没了，包括漯河两边的房屋。初晨从他家三楼的窗户看出去，像是看到一片乌泱泱的海，他在大水里寻找迎仙桥的位置，感觉是一件蛮难的事情。大水很快就把一楼淹了。父亲急匆匆从单位赶回家，他一进门就喊着快跑，他说金鸡酒店也塌了。他们一家，当然还有别的人家，都从三楼的窗户顺着绳子落到后面的山坡上。那次惊险的逃难经历让初晨印象深刻，他感觉整个县城都会被淹掉，就像淹掉一座桥那么简单。好几个夜晚，他们都在人民广场过夜，好多人，广场里搭满了帆布棚，场面的壮观倒让悲剧有了欢乐的一面。初晨想不明白其他地方都淹了，怎么人民广场没事。这当然是他小时候的想法，现在他知道了——整个县城其实就分布在一片坑坑洼洼的山地上，置身其中的人永远看不到事物的全貌，只有从高处往下看时，才知道，原来有些东西从一开始就占据了高地。

上了初中后，初晨一家有了自己的家。2002年，初晨记得很清楚，这一年，父亲在城东按揭买下一套大房子。那是小城第一个楼盘，有十八层高，刚好又建在一片高地上，远处看，倒像是县城里长出了一根电线杆那样怪异的东西。父亲就买在十八层，谁都表示不理解，包括他那些朋友，还有初晨的母亲。县城人喜欢买地建房，建个几层，有属于自家的院子，花下来的钱也不比商品房贵多少。父亲突然花钱买个位于十八层的楼房，其固执可想而知。况且，由于买的人家不多，那栋楼房显得寂静，尤其是十八层，好多年，就住着他们仅有的一家。

这下东海城就算下一年的雨，也淹不到我们家了。这是父亲聊以自慰的一句话。

也确实，哪怕是海水上涨淹了全城，这高居十八层的家也是最后被淹的。初晨每天晚上最喜欢干的事，就是趴在阳台上，俯瞰小城全貌。初晨就读的学校叫龙山中学，整个学校就建在一座小山上，位置已经很高，不过从阳台望过去，它还像是趴在脚下。这种感觉很舒服。作为全城住得最高的人家，初晨一直很自豪，当他跟同学们说起各自的家时，他不用像其他同学那样费劲地说出哪条街哪个巷子几号门牌，他直接仰头，用手一指：呐，就在那里，最高那一层。如果是晚上，楼上唯一的灯火，看起来就更加温暖了。同学们无不用羡慕的口气，哇哇地叫。这种优越感让他自豪很多年，以至于最后，他还觉得，父亲当初的选择，纯粹是为了他那么豪迈一指。

一直到初晨上大学，县城里还没有更高的楼房建起来。这是一个发展缓慢得像是得了慢性病的地方，当初究竟是谁心血来潮建了那么一栋高楼称霸小城多年,看起来便多少是一时冲动的意气用事。当然,后来的初晨,当被问起家住哪里时,他再也不会幼稚地指向那户孤独的人家了。就像那座被大水冲垮的迎仙桥,这栋高楼也同样会在某个时光里倒掉。由此可见,父亲当年的选择也和那个开发商一样,纯属一时冲动,固执有固执的好,也欠长远的思考。

高考失利。一连发了几天烧,初晨的分数只够上二本大学,他擅自选了金融专业,也没人提出反对意见。大学在省城广州,离家不是很远,这让他略为失望。他是想远走高飞的,去外省,天津、北京,甚至东北,冬天能见到雪的地方;如是硬要前往,也是可以的,但他最后还是妥协了。他从小成绩都不错,就算是在被誉为"小城北大"的龙山中学,他也是佼佼者,最后却考了那样的成绩,感觉挺丢人。基于此,他至今都没怎么敢跟学校的老师联系,包括中学同学,一年一度的校园同学会,他也没参加过一次,几乎断了来往。一年后,同样是龙山中学的初樱却以高分考进了上海复旦,得到了学校的表彰,上台戴了大红花。父亲作为家长代表,也作了如何做好家庭教育的讲话,这点小事难不倒父亲,初晨不在现场也能想象,父亲的滔滔不绝与洋洋得意。父亲深觉脸上有光,他没白疼了女儿。这些初晨能嫉妒吗?他当然是嫉妒的,他本可以站上领奖台,为初家争光的。他怎么就那么倒霉呢,偏偏在关键时候发烧,他至今仍记得当时在考场上的痛苦,期间甚至晕死过一次,等他醒来时,时间已经差不多了。监考老师还以为他睡着了,看他的眼神满都是不屑和鄙夷。无论怎么样,曾经的优秀只为了那一刻,那一刻不行,再优秀是不是都等于零?是的,就等于零。

那是他过得最漫长的暑假,只要录取通知书一到,他就远走高飞。他一刻都不想在家里多呆了。父亲倒是没心没肺,开始计划接爷爷来家里住了,只因为初晨一走,能空出一个房间。初晨能说什么呢?他总不能自私到人不在家,还要求家人把他的房间原貌保存吧,就等着他回来住。他想,反正是要走的,房间在不在,住着谁又有什么关系呢。但父亲的操之过急还是让他伤透了心,只是他没说,谁也不会知道。这么想来,他有过太多事情藏在心里没人知道了,身体简直就是个秘密的储藏室,有些事情藏了多年,突然捞起,竟然还面目崭新。

　　接爷爷来县城倒是父亲多年的愿望。村里的家早就被小叔一家塞得满满的。爷爷似乎又离不开小叔一家,或者说,是小叔一家离不开爷爷。爷爷那时还不至于太老,他曾是个不错的乡间草药师,用田头的根根草草能医治各种疑难杂症。这身本领是70年代爷爷当道班班长时跟一位老师傅学的。爷爷平时以此赚点钱,除了抽点烟卷,剩下肯定都补贴到了小叔一家里去。因是各种理由,接爷爷来县城的事也就一拖再拖,借着初晨去外地读书之机,他也就不再坚持。然而爷爷并没有在县城住多久,好像有一年,或者更久一些,初晨不太清楚,他又不在家,具体是因为什么,爷爷又回到了那个村里,他也不得而知。据说是吵过架的——家里人没讲,初晨也没兴趣打听。对此,他实在不感兴趣。

【作者简介】

　　陈再见,1982年生于广东陆丰。作品发表于《人民文学》《当代》《十月》等刊,并多次被《小说选刊》《小说月报》《新华文摘》选载;出版有长篇小说《六歌》,小说集《一只鸟仔独支脚》《喜欢抹脸的人》;荣获第七届《小说选刊》2015年度新人奖、首届广东省短篇小说奖。

【颁奖词】

陈再见的中篇小说《纵身》,以在省城工作的青年回家奔父丧为线索,在时间向度上塑造了父亲与其他家庭人物的形象,端陈其间复杂的家庭关系;在空间向度上,作者传递出乡村、县城、城市之间相互砥砺,又难以割舍的微妙关联。陈再见文笔老到,视野不俗,是近年迅速成长起来的产业工人作家,其勤勉、低调、扎实的品质尤有代表性,未来长远可期,特授予"西樵山杯"第三届青年产业工人文学大赛——公开组——中篇小说奖。

【获奖感言】

感谢主办方为本届全国产业工人文学大奖赛的付出,以及各位评委对我参评作品的肯定。我是来自深圳的陈再见,我本次获奖的作品是中篇小说《纵身》,首发在《十月》杂志上。这是我近期比较满意的作品,写出了我心里面大概所要呈现的样子,而它作为一个独立的作品又有了它出乎意料的延展。这是我比较喜欢看到的创作状态和成果,我在它身上看到了生命力因而那生命力也转嫁到了我的创作上。这是比较惬意的过程。如今又获此殊荣,更加证明了它存在的价值。而作为创作者,我除了感谢周围环境对它的爱护和鼓励之外,也坚信它有着不负众望的底质。谢谢。

人皮鼓（节选）

/陈集益

我从来没有想过有一天，我会来到一个遍布石头的地方生活。视野之内，颜色斑驳的破裂的石头到处都是。从山上到路边到乡镇，石头就像不断堆积、风化的尸骸，它们侵占了这片土地的每一个角落，使得土地变贫瘠了，庄稼只能在石头缝里生长，以至于当我踏上这片土地，就在脑海里留下了凄凉、蛮荒的印象。

我是因为逃债来到这个地方的。春节刚过，我就开始逃债。我从来没有欠过这么多债，而且欠得这么憋屈。我申诉抗议过，东躲西藏过，最后债主在河北燕郊逮到了我，要不是我身手还算敏捷，差一点就被砍死了。

弟弟对我说："你现在不能呆在北京了，必须离开。"弟弟已经连续几个月把工资汇给我了，我知道他的难处。

我说："到哪儿去呢？要我回浙江吗？"

弟弟说："回浙江照样逃不脱。"顿了顿又说："你以前不是有几个写诗的笔友在外地吗？"

这倒提醒了我。尽管我早已不写诗了，但是那些"笔友"的联系方式还在。我抱着"有枣没枣打三竿"的态度联系了巴多，没想到他还记得我，说："你来呀来呀，老子有的是住的地方！"

就这样，我在火车卧铺上躺了一天一夜，又改乘一辆私人营运的面包车在崎岖山路上颠簸近四个小时，逃到西南某省的 X 市，见到了留着一头长发的巴多。巴多和我都是那个热爱文学的年代里，喜欢把汪国真、席慕蓉的诗抄写在笔记本上的人。那个年代，充斥于各种杂志的交友信息铺天盖地。我们曾经不厌其烦地通信，谈论文学与理想。转眼许多年过去了，巴多现在的身份是几家都市报纸的专栏作者，擅长主持婚恋情感栏目。我是一个创业失败，现以创作长篇小说为由找他安排一个清静地方暂住的逃债者（尽管这样的理由很可笑）。

他把我送到了这个遍布石头的古镇上，对我说："当年我就是在这间破屋里与你通信的。现在它闲置了，你就安心创作吧！"他扔下我就回城里去了。

古镇位于河畔，四周皆山。镇上有三五条古街，街上还保留着古建筑、传统民居、历史码头，以及"红军战士驻地"、供销社、电影院，其中不少建筑的外墙用石头砌成，虽年久失修，仍风韵犹存。但是在镇外，却是另一番景象，一条轰隆作响的国道上车来车往（我就是从这条路上来的），道旁挤满了简陋的旅馆、饭店、汽车修理铺、废品收购站，还有三轮摩托、农产品摊点、遮阳伞。

我喜欢在午后宁静的古街上徜徉踱步，但古街是属于游人的，物价昂贵不说，我还总担心会有游客认出我，尽管这纯属"心中有鬼"。于是，这个故事的开端就发生在我去国道旁购买便宜一些的生活必需品的路上。

这一天，天气晴朗，我决定去买点肉食。我很久没有吃肉了，牙根痒。回来的路上，发现被一个男人盯上了。那男人三十七八，也可能四十了，他体型消瘦，面无表情，穿一身半旧的西装。难道是债主追到此地来了？我极为恐怖，在巷子里奔跑，一进屋就把门拴死了。我几天不敢出门，直到饥肠辘辘。出门不久，那人又出现了。这回他的头上缠了一条这一带山民惯用的黑布头巾。我暗自发笑,你以为穿上马甲就不认得你了?我猜他是讨债公司派来的雇员,究其年龄与体格又有些不符。

我快步疾走,不管怎样,还是小心为妙。他却把我逼进了一条死胡同,等我返身的时候,已站在巷子口等着我。我掂量了一下他身上的力气,显然不在我之上。更何况,除了格斗我别无选择。倘若我不幸死在他的手里,那是我命该魂断他乡。我攥紧拳头,向他一步步走近,看见他一样的紧张,眼神躲躲闪闪。

我听见他问道:"喂,你你是……"

我回答:"你说什么?"

他怔怔地看着我:"你不是浙江的阿胜吗?我是当年的小勇啊……"

我说我听不懂。他就沉默了。我想趁机走脱,他不远不近地跟着。我有些反感他这样做,问他为什么要跟踪我。他说我很像他一个朋友,也可以说是一个工友,勾起了他的伤心记忆,不,也可以说,那是一段难忘的经历……他说得语无伦次,我不太想听,他突然拦住我:

"你真的不是阿胜吗?你们长得好像啊……"

"我说过了,不是!"

"那——你敢说你不是浙江人吗?!你讲的是浙江口音,我听得出……"

我看见他情绪激动,逼问之下,不知如何回答。问题是,他既然不是我的追债人,我又怕他什么呢?我冷笑一声:"承认是,如何?不承认又如何?"

他阴阳怪气地说:"你们浙江人没有一个好东西!我恨浙江人!"

我意识到他的精神可能有点问题,一定被浙江人伤害过,一方面有些同情于他,一方面又感到好奇:他到底受过什么样的伤害呢?他在浙江打过工?阿胜是他的老板?他一定把我误当成阿胜了,他与阿胜之间,一定发生过不堪回首、百感交集的故事……

我眼前一亮：前一天巴多还打来电话，问我长篇小说进展如何，说有一家报纸正在寻求长篇连载的素材。如果这个人的故事值得一写，我岂能失之交臂？一来，我是以创作长篇小说为由来此地的；二来，连载长篇小说的稿费，或许可以救我于经济窘困之中呢……

事实果真如此。他是到浙江打过工的。

"那是二十年前的事了，二十年前我中学毕业，先是要去深圳的，村里有人在那儿打工。后来没有去，是因为去深圳要办边防证。我跑到县公安局去办，很不好办，我跟玻璃窗内的工作人员吵起来。那女的冲我骂：龟儿子，乡巴佬。那时候我心高气傲，以为读书读到中学毕业就很了不起了。我拿起台子上的一盆花就砸过去，玻璃哐当一声碎了，那女的大声呼喊起来，我见状就跑了。我想跑回家，怕公安局的人追来抓我，就躲在一个亲戚家。亲戚给我出主意，说你到浙江去吧，浙江富，钱好赚，我们村有一个……鬼才知道我是不是中了邪，就当真了。我从亲戚家抄来一个不相识的老乡的地址，夜里摸黑回家，简单收拾了东西，与父母告了别，第二天就坐车去浙江了。

"说是去浙江打工，其实心里一点底也没有。我在车上听人说，浙江很大，这个城市是做小商品的，那个城市是做皮鞋的，这个城市的工资有多高，那个城市的老板有多坏，听得我心里又忧又怕。我还是第一次出远门，谁知道能不能找到一份工作呢。我鼓足勇气，跟车上的人攀谈起来。俗话说，在家靠父母在外靠朋友，多结识几个朋友总是好的。他们见我巴结他们，就对我说，你跟我们去 W 市吧，那是浙江最富有的地方！我正求之不得呢。虽然我在亲戚家抄了一个不相识的老乡的地址，谁知道他会不会待见我呢。这样，我就不用去投奔他了。

"一路上，我谦逊得像个小学生，时刻看着窗外，又时刻听着、想着我即将面临的生活。车在路上跑了好几天，我的心里惶恐好几天。我这辈子都没有再经历那么长的旅途。到浙江要跨过两个省呢，还没有达到目的地，我就有些想家了。车上座位挨着座位，连过道里也蹲着人。我们唯一休息的时间就是下车撒尿和吃饭。那时候还没有省际高速路，更没有服务区，车在饭点上路过一些乡镇，就会被一些摩托车拦下来，然后司机进了包间，我们这些乘客呢，任由店主敲诈。那几个答应带我去 W 市的人，这时候就让我给他们买饭。他们说，等到了 W 市再把饭钱算给我。可到了 W 市，他们带我去上厕所，然后等我出来人都不见了。当我意识到被骗，盘缠已经所剩不多。

"我没想到，从同一个地方出来打工的老乡也会骗人，那几个老乡真是给我上了人生最重要的一课。他们教会我出门不要相信任何人，只是我交的学费未免太贵了。他们不但骗了我的钱，还把我引向了一条歧途……"

我听那个跟踪我的男人讲述打工的故事，是在一家没有招牌的餐馆里。餐馆外人群熙来攘往，餐馆内却是冷冷清清。这时已经过了正午，饭是我要请他吃的。他刚开始有些拒绝，可能怀疑我的动机吧，后来听我自我介绍说是为写小说搜集素材，他才勉勉强强地坐下了。他看起来有些病态、神经质，不过聊过几句就发现脑子没有病。他只是表现得有些阴郁、警惕罢了。他点了卤猪脚、豆腐干等几样小菜，一边品尝，一边看街上游人缓缓走过，一边回忆他在浙江的经历。

他的普通话相对标准，口齿也算清晰。他毕竟在外闯荡过几年，而且西南官话本身与普通话有较大的一致性，就算他偶尔冒出"哪样"（什么），"你搞卵子"（你干什么）；"呆呆儿"（笨蛋），"厮儿"（杂种）等等方言，我也基本能意会（除了把鞋子说成"孩子"）。当然，现在要完整复述就很困难了。所以，当我把他的讲述转换成文字时，我是无法还原原话及其神韵的，我只能摒弃这方面的努力。这多少是一种遗憾。

但是转而一想，我写下这些文字的目的，并不仅仅为了还原他的讲述，更不是为了咬文嚼字，这就更加坚定了我要继续用我的方式，写下整个逃债的过程。倘若有一天，他的讲述和我的遭遇能够通过这些文字保存下来，被更多人看到，以至于读到它的人像我一样心绪难平，我的目的就达到了。

我听见他接着说：

"命运往往出于偶然。我到你们W市没几天，就面临挨饿。尽管我处处节约，一天只吃几个馒头，看见哪里安有自来水龙头，就拧开，嘴凑上去喝几口。晚上不舍得花钱住旅店，就在街上漫无目的地走。走累了，就蹲在什么角落里打个盹。夜深了，有房住有床睡的人都回家了，街上游荡着的都是像我一样无处可去的人。我们溜进公园的凉亭里过夜，很多时候公园管理人员会赶我们出来，被手电筒罩住双眼那感觉就像做贼被擒。这时候我倒是想过回家，或者去H市找那个仅仅抄下他地址的老乡，却发现寸步难行。我连吃饭住宿的钱都没有，哪来的钱买车票？当务之急是赶快找一个地方躺下来，养点儿精神，第二天好继续找工作。

"这时候在汽车南站附近的广场上，聚集着大量准备在此过夜的人。候车室和广场上的长条凳成了抢手货，有人因此争吵起来。打工仔也有帮派的。那是一个治安很乱的地方。几乎所有来W市打工的人，来进货批发做买卖的人，都在这附近逗留。那里是W市的老城区，房屋破破烂烂，街巷错综复杂。大大小小的店铺拥挤得像养鸡场里的笼舍，廉价且不卫生的快餐店好比脏污的食槽，还有比学生宿舍还要拥挤、跳蚤会爬进耳朵蹦跶的旅店，以及门口永远挂着音箱、播放着厮杀声的录像厅，见缝插针的货运站，批发市场……所有这些乱糟糟的场面，想必你们浙江人都亲眼目睹过。

"我就在那样脏乱不堪的地方寻找生存的机会。我就像垃圾堆上的一条饿狗。当清晨本地人还没有起床的时候，我就站在广场一侧中国银行背后的'雇佣街'上等着来招工的人。'雇佣街'是我给它取的名字，因为这里聚集着许多职业介绍所，每天滞留着成百上千找不到工作的人。他们年龄有大有小，大多像我一样背着牛仔包。一样的蓬头垢面。当有老板骑着摩托车驶进这条狭窄的街道，人们就会一拥而上。他们不问工作的强度，不问福利的多少，急着要跟老板走。因为有的人已经饿了好几天，现在只想有口饭吃。有的老板态度很差，不喜欢被人团团包围着，于是突然加大马力，将摩托车开起来。那些急着找工作的人们，就会追着摩托车跑。这一跑，就分出了体力的优劣和生存的迫切，跑到最后的人很可能就坐上摩托车直接被老板带走了。

"但也有的老板喜欢被人围住。挑人就像挑选牲口。他一副判官的样子，当场点下他需要的人，再留下一个地址，让他们自己找过去。找到那里，才发现不过是一个家庭作坊并不需要那么多人，而且他还要再次挑选，条件极其苛刻。很多人就骂骂咧咧地回来了。因为这一去一回，白白浪费了半天时间，不但错过了其他老板的招工，还增加了滞留的成本。我有好些日子，就是来来回回地跑，跑得心灰意冷。最后总算有一个老板对我说：你愿意留下来就留下来吧，反正河里有的是砂石。我的工作就是跟着大伙挑砂石。砂石从船上卸到岸上，再用卡车运走。那活实在太累了，我干了一天就腰酸背痛。我知道，我根本不适合干这样的粗活。可是有什么办法呢？

"人穷到最穷的时候，让你去掏粪也干。人没有吃不了的苦。只是在雇佣街上找的工作大多是临时工，活干完了，人就回来了。要找稳定一点的工作，还需去职业介绍所。但是职业介绍所要收取中介费，我就被欺骗过。他们介绍我去一个电器厂工作，去了才知道，几个小时就能学会的组装技术我必须学满三个月，做学徒期间工资是没有的。要是我因此反悔，企图去介绍所退回二十元中介费，招来的会是一顿毒打。理由是你自己不愿干的。而真要继续干下去呢，厂家会在最后期限以各种名义撵你走。这样，属于你的工作台就可以让给新来的学徒工。"

眼前这个满脸沧桑、神情忧郁的男人，他渐渐沉浸到回忆中去了。他讲述的时候几乎不看我，尽管我一直认真地聆听着，希望他能注意到。但他似乎忘了我的存在。我往他杯里续啤酒，他也没有拿起来喝。他更多时候望着窗外，语速沉缓地、自顾自地说着，仿佛是说给他自己听。

"那时候天已经凉了，而我还没有找到一份固定的工作，一处栖身之所。

有时候，我愤怒地想，即使一条狗，到了秋天，也该为它提供一个草垛，以便抵御寒冷……然而，我却越来越难找到活干了。当我一个人孤零零地走在寒风里，拍打着最后一批还没有冻死的蚊子，当我像一只蝙蝠那样蜷缩在广告牌后面睡觉，当我与乞丐为争夺某个老年活动中心的一张长椅子睡觉的时候，心里只想着一床温暖的棉被，一个温暖的被窝。我想只要有一个地方供我睡觉，遮风挡雨，工资再低也不挑剔了。这样，我于第二天早上，跟一个瘦巴巴的男人走了。

"那是一家石材厂，在一个偏远的郊区，主要生产大理石石板，如：晚霞红大理石、芙蓉红大理石、雪花白大理石、海浪花大理石、绿宝大理石。也就是我们在生活中常常看到的运用于商业广场、大厦外墙、酒店大堂等等场所的那种石板。它们是由天然石材切割打磨而成的。厂里有大锯9台、切机13台、切厚板机4台、磨光机16台。可以想象，当这些机器运转的时候，刺耳的声音和飞扬的粉尘会让人立刻崩溃。但是我走投无路以致别无选择，去了那里就开始干活了。我的工作是开磨光机。这份工作的艰苦是可想而知的。首先我得把屋外切好的石板搬到机器上，打磨抛光合格之后还得把它搬下来。其次打磨石板的过程，工作台需要自上而下一刻不停地淋水，淋水的目的一是减少粉尘，二是让机器降温。操作过程尽管围着雨布穿着雨靴，等到傍晚收工之时，我仍旧浑身湿透。

"那是多么寒心的冷啊！我在机器的轰鸣声中溅了一天泥污，又饿又累，满身酸痛，到了晚上，更是冻得瑟瑟发抖。要知道，我从家乡来到W市，来的时候正值夏天，炎热的天气允许我暂时蜷缩于公园、车站、广场、立交桥下、广告牌后、老年活动中心之类的地方过夜。期间我虽然做过临时工，手头有过零钱，但是由于从事的都是不稳定的工作（随时准备提起行李走人），所以一直没有买过被子。也就是说，当我跟着瘦巴巴的老板去石材厂的时候几乎是两手空空的。那么当我脑袋嗡嗡累了一天，等到晚上睡觉的时候，就只能在身上披几件衣服。好在疲劳是最好的催眠师，我在疲劳困倦中很快入睡了，但是睡到凌晨总会在迷迷糊糊中感到寒气袭人，后来就再也睡不着了，只得坐在黑暗之中，听工友们的如雷鼾声。我又冷又羡慕。

"W市的大部分工厂是没有正规宿舍的。石材厂也没有。工友们全都睡在一间公棚里。公棚的下面是堆放工具的仓库，仓库上方是用木板搭建的、供人爬上去睡觉的通铺。这样的通铺在W市很流行。只不过石材厂的通铺离头顶的石棉瓦更近一些，人爬上去以后不能直立，只能蹲着走，甚至爬行。但是它很宽。宽得睡在这头的人，不知道睡在那头的人是谁。爬上通铺后，劳筋苦骨的工友们就各自休息了，一张草席就是一块领地。我的领地在通铺最里面的一个角落里。作为划分领地标示的草席，是我从门口垃圾堆上捡来的，它的主人可能换了工作，或者死了也说不定，我在上面躺着的时候，可以听见风吹过石棉瓦的声音。

"可恶的天气还在变冷。我就像一只传说中的寒号鸟，夏天的时候没有囤积食物，也没有修理巢窝，到了冬季就只能躲在石缝里直哆嗦……不过，那种感觉不是致命的，只要捱过凌晨最冷的几个钟头，天就亮了。天一亮，在食堂吃下一点热乎乎的东西，身体就会暖和起来，就急着去上班了，注意力就全部集中在机器的操作上，等到晚上才会想起被子的事：一要具备五十元钱，二要请假半天去市场上买。而在做满一个月之前，老板是不发工资的。老板说，你这才来几天就要向我支钱？要支也只能支给你二十块钱。我气得骂了老板一句'厮儿猴养的'。老板说，你有种再说一遍。我不敢说，闹着情绪走了。我再没有和他说过话。我想不就做满一个月吗，我就冻一个月好了。

"但是身体是最容易投降的，每晚被冻醒，我都感到头晕，难受，恐惧。我知道再这样下去非得生病。我真想钻进别人的被窝里去暖和一下身子。我就在黑暗里慢慢摸索，就像被人体体味吸引的妖怪。其实我对工友们还不是很熟悉，大部分连话都没有说过。噪音扰人当然是原因，最主要的是我们来自不同地域。许多人出来打工都是帮带关系，他们到了一个陌生的环境往往形成一个小派别，比如来自江西的那几个，就很少与来自湖南的那几个混在一起。我作为单个人，自然很难融进去。这时我总算摸到了一条棉被，简直没有比棉被里的那股子暖和更让我神往的了，我首先把两只手伸进棉被里，两只手暖和以后，我再把脚伸进去。

"可能我的脚太凉了，刚伸进去就把被子里的人冻醒了。那个人就像被什么东西烫了一样，身子猛地一抖，嘴里嘟囔了一声，吓得我立刻滚出被窝将自己缩成刺猬状。我怕他起来揍我。好在他又睡着了。我就蹑手蹑脚地起来，去寻找另一个被窝。因为我已经离不开被窝，就刚才那几分钟的暖和就让我对被窝产生了依赖，以至于老想睡进别人的被窝里去。当然，一般情况下我是不敢将整个身子睡进去的，更不敢睡死。那种警觉就像偷吃粮食的老鼠，甚至比老鼠更灵敏。一旦察觉对方有醒来或者转身的可能，比如呼吸不匀称了，被窝里有动静，我就立刻放弃入侵并且佯装熟睡。这样，他就以为我一直在被窝外躺着。

"但是有一次，我睡得实在太死了，一定忘记了我是在借睡，结果被对方抓住了伸到他腋窝下的脚杆子。大概那时我睡去不久，还没有恢复人的体温，以至于当他抓住一根冰凉的东西，吓得坐起来，大声呼叫道：蛇！蛇！被窝里有蛇……"

说到这儿，他咯咯笑了起来。其实我并不觉得有什么好笑，只是出于礼貌，也跟着笑了几声。然而当我跟着笑的时候，他又突然不笑了。他的神情有些落寞，干了一杯啤酒，然后用手支着额头，望着油腻的桌面，伤感地说：

"我最终没有在石材厂做满一个月。也就是说，当我离开的时候，还没有一个属于自己的被窝。当然这不表明，我是因为无法战胜冬夜才离开的。不，自从闹了抓蛇的笑话，我的处境就被公开化了，我与工友们也就熟悉了。那些人一到晚上就揶揄我：小勇，你这条白蛇精今晚想跟谁睡呀？我自己哪里好意思说，他们就开玩笑：某某他想跟你睡呢，他想尝尝白蛇精的滋味。

某某就反驳道：我又不是许仙。一通大笑之后，其实并没有一个人直接跟我说'你跟我睡吧'。我厚着脸皮偶尔钻进这个人的被窝，偶尔钻进那个人的被窝，尽管这些被窝由于长年不洗，那股酸臭味让我很难适应，但是心里还是能感觉出来，他们并不欢迎我。

"石材厂有一个叫阿胜的打工仔。就是刚才我跟你说长得像你的那个。他跟你一样，长得微胖且白，他好像是你们浙江Q县人。在我的印象中，浙江人都是开工厂做生意的，但是这个人却在这样的鬼地方打工。我问他怎么回事儿，他说在浙江有些地方也是很穷的，比如他就是从那个最穷的地方出来的。由于这个原因，他反遭工友们嗤笑：你小子是冒充浙江人吧，不然怎么会来石材厂做苦工呢。他平时喜爱闷头做事、独来独往，有一天却主动跟我打招呼，说你别夜夜打游击遭冷眼了，晚上跟我睡就行。他说话很慢很轻，语调很温柔。那天之后，我才不再为睡觉忧愁。

"他的被窝很干净。而且在如此低矮的地方，他对自己领地的经营也很讲究。他用一块布隔了一个相对独立的空间，衣服挂在墙上，其间的墙壁和石棉瓦都是用报纸糊过的，报纸上面贴着大大小小的明星。他喜欢明星，比如张国荣、陈百强和黎明。他还爱看书，有《钢铁是怎样炼成的》、五六本《知音》，还有《易经》、《菜根谭》之类，其中有一本《平凡的世界》已经翻得破破烂烂了。他睡觉的时候喜欢先看会儿书，再打开随身听带耳机听会儿歌。可是自从我跟他睡在一个被窝，他就把书和磁带扔一边去了。他跟我有讲不完的话，什么家里的事，上学的事，出来打工多年未挣到钱，父母催他谈女朋友谈了几个都分手，等等。其实我不太想听这些家长里短的，因为我怕他问起我的情况如何如何，所以总是先他一步脱了衣服，在恹恹无力中沉沉睡去。

"但是我挺感激他提供给我一个御寒的被窝的。再说，他平时对我也越来越好了，我们在工作之余形影不离，比如吃饭、洗衣服、洗澡、散步，可以说我们成了最要好的朋友。甚至我到现在还会想起他说过的话。他曾说，人的一生能遇到多少与你同床共眠的人呢？地球上这么多的人口，能碰到一起相互取暖的也就我们两人。这就是缘分。我们要好好珍惜。他的话就像从《知音》之类的书上抄来的，让人觉得过于文艺，但是听了心里暖融融的，因为谁都没有对我说过这种话。可惜好景不长，由于我的拒绝，让这个脆弱的男人就此丧命……

"那是一个北风呼啸的夜晚，我半夜醒来一声热汗，发现阿胜把我搂得紧紧的，我感到很是别扭，我把他搂着我的双手掰开，发现他睡得正香，就想这么冷的天气，人体趋暖也是一种本能吧。第二天，我趁他没有上床，提前睡到被子的另一头，以避免肉体接触彼此尴尬。但是当我再次醒来的时候，发现阿胜也睡到我的这头来了，而且像头一天晚上那样紧紧地搂着我。我推推他，他睡得离我远点了，不一会儿却又要搂着我。我意识到他的这种行为并非出于怕冷，而是有意为之，身子立刻僵硬得像块石头。同性之间的这种肌肤接触让我芒刺在背。当早晨穿衣起床，他跟往常一样笑容满面、神采飞扬，而我却像生病了。他等着我一起下去刷牙洗脸吃早饭，我说你先下去吧，我感冒了……

"我开始逃避他，本想借钱去买一床棉被的，这个时候工友们都知道我快做满一个月了，谁都可能借钱给我。可是去了车间，人就被机器控制了，脑子里只想着把今天的任务做完，等我从一块又一块石材下逃出来喘口气的时候，又一天过去了。想到晚上阿胜又要搂抱我睡觉，我焦虑万分，不知道该怎么办好。我一个人走到黑夜里，在长满蒿草的工业区预留地里游荡。寒风中，我哭了。并不是因为晚上没有地方睡觉哭，而是因为突然感到人生漫长，前途无望。

"回到石材厂，已经午夜了，没想到阿胜还在等着我。他就像做错事的孩子，等我走近厂门口突然从阴影里走出来，对我说了声对不起。我没有搭理他。他就抓住我，质问我：小勇你怎么啦，是我对你不好吗？他的幽怨、迷离的目光，让我害怕。我说：今天我不想跟你睡觉，你放开我好吗？

亲爱的南方

他说：不，不行，你必须给我一个回答。见我不言语，又说：你说实话你爱我吗？说着他就想拥抱我，吻我。我一激灵，浑身起了鸡皮疙瘩。我说：神经病，变态！接着，我就朝有灯光的那边跑去。那边有人上夜班。他见势一把抓住我，要将我往仓库那边拽。我说：你想干什么，我不会再和你睡一条被子了。他一副伤心欲绝的样子，对我说：原谅我吧小勇，我不是你想的那种人，只是这糟糕透顶的生活，使我行尸走肉一般！以后我不会搂着你睡觉，让我也变成他妈的石头吧！

"我相信了他，心想他不会再纠缠我了，没想到刚刚爬上通铺，就被他拽进了被窝。他吻我的脖子，吻我的脸，动作粗暴，浑身哆嗦。我想这个变态是不是性饥渴到了人类所能承受的极限了？我厌恶得想大声喊叫，却采取了忍耐。因为此刻工友们已经睡熟了，我不想因为我的缘故吵扰他们。但是他的得寸进尺，使我愤怒之极，我警告他说：这是我借睡在你被窝最后一晚了，我们各睡一头吧，你别打扰我睡觉，不然我就喊人了。他自知理亏，逐渐冷静下来。不多久，我就听见他在被子那头哭泣。我佯装睡着了，心里很不是滋味，毕竟他不是坏人，我还愿意把他当作朋友，以至于我的眼睛也湿润了。第二天早晨，当我头昏脑涨地醒来（我不知道自己是什么时候睡着的），发现他已经不在，但是枕边留有一封信，上面写着——

"'小勇：这是最后一次叫你小勇了。对于这份感情我想了很多。昨晚你睡着之后，我坐在旁边看着你，坐到了现在。我知道是我做得不对，是我出了问题，但我没想到连你也骂我变态。说明你并不了解我，也不了解你所处的环境。记得我刚来W市的时候，尽管没有钱吃饭住宿，甚至跟你一样买棉被的钱也没有，但是仍对生活充满了憧憬。可现实让我看不到未来。我们从各地到城市里打工，但是他们没有把我们当做一个人去看待，他们只是把我们当做一个干活的机器，五年也好，十年也好，我们干不动了，我们到哪里去？

"'你知道我也有过理想、人生的规划吗？我在学校里就树立了那么崇高的理想，课本教材把未来社会描述得那么美好，现在却越来越模糊了，最初是很清晰的。我们该何去何从？在这个地方，很多很多的地方，打工永远是为了活着，活着就是被老板榨干最后一滴血。这样的活着有意义吗？亲爱的小勇，再见了，没有人知道我的心中苦。我走了以后你要好好照顾自己。现在我感到无尽空虚和极度乏力，感到活着的每一分每一秒都是茫然。谢谢你陪我走过人生的这一段路。我不奢望得到你的理解和感情，但我希望你能获得幸福。被子留给你，这是我留给你的唯一的遗物……'

"当时我心烦意乱，把'遗物'看成了'礼物'，等再看的时候，脑子霎时空白。我立刻跑出去找他，怀疑他会在没有人的公棚里上吊，或者跳进厂后头的池塘里淹死（那是一个白色的池塘，蓄满从石材厂流出的污水）。可是我到处找都没有找到他，我就怀疑他是不是坐车走了，或者仅仅写了错别字，于是就返回去吃早饭了。石材厂的一日三餐是一位老太太负责做的，那一天的早饭依然是大白菜煮面条。当我吃到一半的时候，空气中突然传来一声尖叫，随后切割机的声音戛然而止，仿佛整个世界陷入了沉寂。我失魂落魄地跑过去，看到圆形锯轮下面的石头上流着血，锯齿上沾满肉屑，昨夜还和我同睡在一个被窝的人，已经被切割机切成两段。可是尽管这样，他的嘴还在活动，眼睛也好像瞪着……

"我的腿软了，我不敢再看，好比一百只鸟兽的爪子在心里抓，我跑开了，跑了几步又跟着工友跑回去，觉得天旋地转，沉重地跌坐下去，呆呆地看着整个厂的人往切割机下面跑，现场一度混乱。一会儿从中跑出来一个人，他是抓住自己的头发往前跑的，正是这台切割机的操作员，他就像疯了一样嚎啕着，说这事跟他无关，他不知道有人躺在机器下面。看到他这副样子，我立刻清醒了许多，赶紧站起来，把阿胜写给我的纸条揉成一团吃掉了。我当然知道我同样没有罪，但是那种犯罪感远远超过了悲伤，当警车匆匆赶到把那位精神接近崩溃的操作员带走调查，我开始害怕警察也会来抓我。我连自己的衣物都没有去收拾，悄悄地离开了石材厂。

"我沿着公路往城市方向埋头急步,心里慌乱不安。当我走累了,坐在太阳底下休息,一面担心背后会有警车追来,一面想到阿胜断裂的尸体,仿佛又看到了血肉模糊处往外冒出的气泡,我忍不住大哭起来。我越来越觉得自己有罪,仿佛阿胜真的是我杀死的。这么一来,我就想往回走去,向警察说明阿胜的死因。不幸的是我并没有这么去做。我逃出了那个工厂,一心向城市方向逃去,一路上没有警车追来,不久我就坐上了公交车。由于身无分文又害怕被抓,第二天我在雇佣街稀里糊涂地坐上一辆拉牛皮的面包车跟一个老板走了。他带我去了一个生产牛皮的作坊,我在那里受尽磨难,皮肤都烂了。"

故事差不多讲到这里,那个男人有些累了。这里的累不仅仅指体力的消耗,而是回忆让他重新经历了那段往事,讲述的过程他几度哽咽,此刻他显得精神疲乏。"我该回去了。"他说,"你也回去吧。老板他也想在下午睡会儿觉呢。"饭店老板刚才也正听着呢,他笑笑说:"你们尽管继续聊,我不睡午觉,再说听了你的故事,怎么睡得着啊。"那个跟踪我的男人就说:"要不这样吧,明天同样时间,我们还在你这里吃饭。"说着,他站起来走了。

我问老板:"你熟悉这个人吗?"

老板说:"熟悉谈不上,但是偶尔会遇到他。他是开牛皮厂的老板。"

我吃惊道:"他也是老板?"

老板说:"不像吗?我跟你说,他的牛皮厂可不小,办在四公里外的山脚下,最早的时候生意还挺好,我们这一带的牛贩子都爱把牛皮卖给他。后来不知怎么搞的,他的工厂停停开开的,工人们都走了。他自己呢,就像现在这样到处晃荡。反正他不缺钱花。"

我竟然找不到合适的话去接他的茬,结完账就走了。回到住处,我满脑子都是那个男人的故事与形象,如果说他的气质不像做生意的老板,那么更像从事何种职业的人呢?我觉得他的身世是扑朔迷离的,精彩的故事或许才刚刚开始呢……因此第二天，我又去了那家小饭店，没想到他早已等着我了。

【作者简介】

陈集益，1973年生，浙江金华人。主要从事小说创作，作品有《城门洞开》《野猪场》《哭泣事件》《吴村野人》《人皮鼓》等，见于《十月》《人民文学》《钟山》《花城》《大家》等刊物。出版有小说集《野猪场》《长翅膀的人》等。现居北京。

病（节选）

/叶清河

1

回到蘑菇岭，是下午两点，天下着雨。张客看着檐下的雨线，地上打出来的雨坑，想起了离开村子那天，也是下着雨的。好象是那场雨，一下就下了二十五年了。不过那时候的雨，是狂风暴雨，如今这雨却显得绵长、温顺了。

门是虚掩着的，张客在门前站了一会，还是伸手推开了门。张客在天井的角落里站立了一会，缓过了神来，才走进厅里。大哥子鸣正在屋里看书，他抬起头来，张客就看到了那张脸，黝黑、浑圆、厚重，与离开时没有太大的改变，只是多了一副眼镜。张客喊一声，哥。子鸣愣了好一会，认出来是张客，那眼神里涌过了激动、惊诧、苦怨，但最后他还是镇定了下来，说你回来了？张客说，是的，哥，我回来了。子鸣说，那就进来吧，头又低下去了，继续看书，仿佛张客只是外出赶了一趟集。

大嫂在房间里听到了声响，挑了门帘走了出来，惊呆了一会，喊一声，二弟，是你。张客离开的时候，大哥还没有娶亲，不过这大嫂张客是依稀认得的，她那时候就住在村子东头，那个小女孩叫赵小敏，也曾经一起玩过的，这回听她这么喊，该是自己的大嫂了。张客说，大嫂，是我。大嫂就显得有些慌乱，好象来了贵客，搓着手说，吃过饭了吗？张客说，吃过了。大嫂说，那坐吧，赶紧把张客手上的提包接了过去。张客却没有坐，他看见了墙上挂着的那个长长的大烟斗，熏得焦黄焦黄的，认出那是当年父亲用过的，心里不觉一颤。大嫂说，我给你倒杯水吧。张客说，大嫂，我想洗个澡。大嫂说，好好，看你，衣服都湿了，我这就去烧水。

当褪去层层的衣服，滚烫的热水浇过赤裸的身体，张客的泪水才流出来了。到如今，大哥大嫂都没有问他，突然回来的原因；他们不问，是因为他们都不想触碰那二十五年的空缺吧。然而，当他们真的知道了张客回家来的原因，他们会怎么想怎么办呢？张客就专注地看起了下体那里，此刻那里红肿一块，布满了星星点点的红斑。还在两天前，那里还曾经奇痒难奈，折磨了张客半天，然后又突然间地消退了，如今只剩下这红斑点作为证据。是呀，如果大哥知道张客这会回来，竟然是找他给他医治性病，大哥也许会抽手就给他一个耳光的。

洗过澡，张客觉得爽朗些了，他搬张椅子在大哥身边坐下，问哥，看什么书呢？子鸣朝过来给他看，是本医案，都是子鸣记下的病例，字迹有些旧了。子鸣说，记下来，有空可以回头看看嘛……张客看向天井，雨不知道什么时候停了，而他刚才在天井边站立的地方，地上还是汪着一滩的水。

那年张客离开，才十六岁。张家祖上五代都是赤脚医生，到了张客的父亲，已经在当地积累起了很高的威望。然而，父亲终究会老去，得选择继承人，当时父亲选的是张客。按道理是长子继承的，可是长子子鸣天资愚钝，比不上张客聪敏可造，这事情父亲虽然没有明说，但旁人都看得出来的。然而，偏偏张客人小心儿大，那时候村里正时兴外出打工，张客也铁了心要到外面去，对于父亲期望，好象没有兴趣。那天，父子俩就为这事吵了起来，后来越吵越厉害了，父亲大怒，说你那么想出去，出去了就别回来了！张客年少气盛，当即就冲进了滂沱大雨之中。

然而当初离去，怎么也想不到会决绝至此，二十五年呀，多少个日日夜夜。父亲一生悬壶济世，看病无数，最看重的是礼仪教化，如果他知道张客此番归来，是染上了那样一种肮脏的病，不知道还会怎样地暴怒呢？

子鸣带张客来到诊所。诊所就在前屋，也就是旧屋，当初父亲就是在那儿坐诊的，后来子鸣在后面紧挨着盖了新屋，两屋打通了门口，前面依然还是诊所，后屋就是居住。厅里放了张条桌，就是诊案，右侧墙上挂着些"妙手回春"之类的锦旗，紧贴墙就是药房，屋的一角拉了布帘，就是注射室。当年，关于父亲的传说也很多，说他藏着了许多疑难杂症的方子。那时候，除了乡里人、别乡别镇的人也来看病，还有些远在城里的人，都会坐着轿车奔着父亲的名声来。那时候手艺人也很吃香，因为父亲的医术，家里人的生活也算过得宽裕。这样的一种生活，在家族里已经延续很多年了，也许在父亲的心里，世道会如此地一直延续下去的。

子鸣说，父亲是在五年前走的。张客说，那时候你怎么不告诉我？子鸣说，你连信都没有一封，你让我到哪里去找你？张客转过脸去，闭上双眼，泪水就在眼眶里翻滚，很快又拿手抹去了。

转过来，张客问，这几年生活还能维持吗？子鸣说，如今人们都外出打工，有不少的人家还迁走了，乡里镇里的人越来越少了。自从爸去世后，招牌也没有以往响亮了，外地慕名来的病人就更少。看病之外，多种些庄稼，吃饭还是能维持的。

是呀，二十五年呀，很多事情都变了，张客不禁在心里叹一声。又想到了自己此番回来，也是以一个病人的身份的，不觉又有些踌躇。张客说，哥，如果我是你的一个病人呢……子鸣看着张客，一时还不明白张客的意思。张客说，你一直都不问我回来的原因，我现在跟你说吧，我是因为生病了，才回来找你和爸的。子鸣紧张了，他想到的也许是癌症之类，兄弟诀别的吧，虽然张客回来之后这半天，他一直都表现淡然，但其实内心里也是波澜翻滚的，他说，你怎么不早点回来呢？张客说，哥，你怎么不问是什么病呢？

子鸣说，到底是什么病，你快点说呀。

屋子里的气氛凝固了那么一阵，终于，张客把大哥拉到了注射室里，说好吧，哥，我现在就给你看，边说着，边脱下了裤子。在多年之后，张客竟然以如此的方式与大哥再次相见。

然而，大哥却吃惊地叫起来，说你这里，怎么落下了伤疤？

在张客的左大腿上，的确爬着一条伤疤，如肥硕的蚯蚓一般，丑陋、刺眼、阴暗。

2

多日之后，大哥在给张客涂药的时候，他又问起了那条伤疤。大哥的手指在那上面轻轻抚过，那么充满了哀伤与怜惜。他说，这到底是怎么回事？

好吧，那我就说说这条伤疤吧，张客说。

那时候，张客已经从打工的印染厂跳了出来，另立门户开了家自己的印染厂。说是印染厂，其实也就是小作坊，租了个两房一厅的房子，厅里安了张印台，连他就三个人，他住一个房，同时也就是办公室，两个工人住另一个房。在那座城市里，在张客所租住的那个城郊结合部，开了有很多这样的小作坊，而且每天都有新的作坊在开张，也每天都有旧的作坊在倒闭，生意的竞争一直就是那么残酷。然而，当张客有了一个自己的作坊，他还是那么的兴奋，想象着自己的人生会连同着这作坊，往后会越开越大的。

好像是从一开始，张客就不甘于做一辈子打工仔的。进厂两年了，张客渐渐知道了厂里的一些门道，也亲眼看着这个厂从十多个工人到三十多个工人，迅速地扩张。那时候他还只是个学徒，各种杂七杂八的活都归他，偶尔上印台跟着学行板，张客就张大了眼睛看，张开了耳朵听。对于印染的用色、晒底片、调料、花纹、配对，他默默地记诵，而货物从下订单到出货、运输、验货、交货、结账各个环节，他也都一直在悄悄地观摩。印染中最重要的环节是调料，这个环节老板都会交给自己的亲信，轻易不会向旁人透露的。

　　做调料的是老板的小舅子，比张客大两岁，张客就跟他接近，在下班后常常请他喝酒，关系渐渐就铁了。但张客是有谋略的，他并不主动去问，而是在等待时机。这小舅子好赌，有一回刚发工资，一夜就给输光了。他姐姐最恨的就是这个弟弟赌钱，几回地让他发毒誓，再发现他赌钱就离开厂里。小舅子正在心里惶惶，张客及时把自己的工资全数送上，说是暂且借着，有了再还。但其实，之后小舅子就没有再还了，这也是张客要的效果。事情算是瞒过了，那小舅子心里觉得亏欠了张客，也一直知道他想学调料的，就什么都跟他说了，有时候趁着姐夫姐姐不在，偷偷地带了张客进调料房，手把手地示范。张客是个有心人，几回就学上手了。

　　后来，小舅子还是因为赌博出了事，一下子输得大了，竟然卷走了姐夫的一大笔货款。姐夫气得鼻子冒烟，一时又找不到顶替的调料手，正急得团团转。张客主动找到老板，说让他试试。老板警惕地看着他，张客心里一颤，才知道自己还是太冒进了。老板咬咬牙，论聪慧机灵真找不到第二个了，就开始教张客。

　　但是，要自己另立门户，最重要的还是客户，没有订单，一切都是空谈。印染厂的客户是服装厂，服装厂下单给印染厂，印染厂完成后，再把货物运回服装厂。在这个过程中，张客看出了一个关键的人物，那就是运货的司机。这个司机，跟老板是同宗的兄弟，听说当年是和老板一起从村里到城里来打拼的，这个人脾气有点暴躁，好酒好烟，张客就从这里入手，请他喝酒，送他香烟。接触多了，才发现这兄弟心里，也是有些想法的，都是当年一起出来打拼的，如今人家成了老板，自己却只能帮他打工，想想都郁闷呀。他自己是想走的，只是一直没有好的去处。但是他毕竟在印染这个行业多年，况且运货又能经常与客户接触，肚子里是藏着很多料的。他倒是个口无遮拦的人，因为感觉与张客相投，于是很多内里的消息、行情之类，都跟张客说了。原来，主要的客户只有一家，张客就想着，是不是可以通过这个兄弟，与这家客户接触呢。

但事情的转变，却是出人意料。那家服装厂的老板，叫王总的，那天刚好来厂里找老板，老板就带他到调料房来参观了。当时，看过张客示范之后，这老板也试了一回。结果走的时候，就忘记带手袋了，张客发现之后，把手袋带下去交给他，他刚好上了车了，张客追着跑了一段，那王总才发现了，停住了等上了张客。也许是感动于张客的那一跑，王总主动给了张客一张名片……

子鸣看着自己的弟弟，越听越觉得茫然了。大哥一辈子都在这山里，也许在他的想法里，这整个的世界，应该就是这山里世界的放大吧。而张客说的那些，太遥远了，实在难以与当年那个青涩的小子联系在一起。子鸣说，我是问你那条伤疤呀。张客笑笑，我跟着就会说了。张客看了看窗外，才又继续说，当知道我把一个大客户拉走了之后，老板就恨起我来了，他到了我的作坊，警告我马上把作坊关了，不然要废了我一条腿。后来，在一天晚上我外出的时候，他们就跟踪了我，在角落里把我堵起来，打了我一顿。

子鸣喊，你傻呀，人家打你，你跑呀。张客看看自己的大哥，他那么心慌，似乎弟弟被打的事情，是发生在当下，而他全都看在眼里了。张客心里也不觉一酸，他说，我想跑的，可是跑不掉呀，他们十多个人，而我只有一个。子鸣说，你不会求饶呀。张客说，我不能求饶的，我越是求饶，他们就越是轻看我，以后就越不会放过我了。子鸣说，你呀，就是太倔了。张客说，他们打了我一顿之后，有个人拿出了一把砍刀，就在我大腿上砍了下来，我只感到冰冷，血就流了出来。那个人警告说，这只是一个小小的惩罚，要是再不把作坊关了，下回砍的就是脖子了。就是有了这一句话，我确定那些人都是老板找的了。不过，我被打了之后，反而不怕了。我去买了几把长刀，继续把作坊开了下去，做好了随时要拼死的准备。子鸣说，难道那时候，你就真不怕死吗？张客说，其实想起来，还是怕的，谁不怕死呢？

但我是不能怕,已经没有退路了。子鸣叹口气。

张客说,后来王总知道了这事情,就彻底跟老板断了往来,还介绍其他的客户给我。而自从那一回之后,老板也没有再来砍我第二回。反正,这也算是因祸得福吧。

3

番薯、玉米粥、酽芋头梗,是村里每天早餐的三样。张客想不到,自己会在多年之后,还能坐在这里吃上这样一顿早餐。一大早,大嫂就起来操持家务了,打扫房屋,煮好了早餐,喂鸡喂鸭,到河边去洗衣服。一切都好象是昨天的延续,二十五年的时光在这个村子,这间屋子,似乎是缩成了一个点。

这天天色好,吃过早餐后,就翻晒前些天采回来的药材。后屋的一间房子里,放满的都是中草药,他们都是大哥亲自到山上采回来的,如今它们散乱地堆放在地上,对于张客只是些没有名字的花花草草。大哥对它们却是如数家珍,一一地指点给张客,雷公草、连钱草、金叶藤、闹羊花、八厘麻……这些药材,晒干后,会进行剪切,然后储存于屋子的那个药柜里。恍惚中,张客就想起来,那时候,父亲一回又一回地要他去认识这些中草药,可他就是不愿意,因此认多少回都记不住的,只是想不到,如今会再次回到这个场景。

屋子距离晒谷场不远,新采的药只消几个来回就挪到晒谷场,都铺晒了开来。正是日上半天的时候,张客在晒谷场边坐了下来。这个村子依靠在山脚,山脚边是一片野地,村前一条小河溪弯曲着穿过,洗衣服的阜头就在河溪拐弯处,此刻有些妇人孩子就在那里洗衣服,河边是菜园,围着竹篱笆,正是油菜长成的时候,放眼是一片墨绿,菜园边上是晒谷场,旁边是两口大鱼塘。此刻阳光普照,洒满了山野村庄,也是很有些田园诗意的。

日子变得悠闲,时间成为了最空落的抽屉,怎么塞都塞不满。已经进入了冬季，收割早已经完成，正是进入了农村里最闲适的时候，每个人的脚步都是那么慢。有些时候，张客也会坐在父亲留下来、如今是子鸣在用的那张椅子上，双手摆在诊案上，看着日光在墙上一点点地位移，直到收去最后一缕日光。他希望以最靠近的姿态，回忆起父亲的那些细节。其实那时候，他曾经是那么崇拜父亲的，父亲是这个山里负有盛名的土医生，在那无形却又井然存在的乡野秩序中，父亲受着乡里人无上的膜拜。如果不是村里兴起了打工潮，让年少的张客由此知道在山里的这个小世界外，另外还有一个阔大丰富的世界，也许张客不会忤逆了父亲，而就会在默然不觉中接受了那种代代相传的力量的安排吧……

身体里的那痒，就是在这样悠闲的思绪里，突然间又发作了的。他坐在父亲曾经坐过的椅子上，突然感到在下体那里，先是一点的痒，很小的很尖锐的，似乎是蚊子在叮，似乎是蚂蚁在咬，又似乎是扎进了一根针。可是，想拔却又拔不出来，它钻得那么的深，几乎是无底的。这种痒是一个点，一个中心；又从这个中心，辐射到了全身，好象是有无数的虫子，爬进了他的血管，随着血液流向了全身。它们在他的身体里，不断地生长、堆积、膨大。直痒得你钻心地痛，却又无处可抓，你甚至想把自己扒了皮，割开了骨肉，把它们找出来，它们却又无所遁形了。

这痒是从什么时候开始的呢，张客也不太确定。大概是在两个月前吧，他去赴一个酒会，车在一个红灯前停了下来，他觉得那天的红灯特别地刺眼，就骂了一句他妈的这红灯，今天怎么红成鸟了？接着就感到下边有点问题了，车开了起来，他总感觉到车在晃荡，就跟司机小李说，这车今天是怎么啦？你找个时间去修修呀。小李并没感到车有问题，可也只得应着，说等会就去。张客已经痒起来了，再等不得了，喊小李靠边停了车。张客一时也顾不得了，伸手就往下面去，隔着裤子抓痒。小李愣愣的，张客来了气，骂着，这车里是不是有蚤子？还不找找！小李只好低头找，找了驾驶位，找了车内，又到了车后箱找，可是，没有找到。最后张客才发现，问题是出在自己身上了。

当晚，张客就上了网，一查不要紧，竟然就能对号入座了，先是痒、红肿、斑点，然后会发脓，涨出血水，然后是糜烂，最后死亡。看到这样一个结果，张客差点晕厥了，他才四十多岁，事业如日中天，怎么可以死去呢？

就是从那个时候开始，这痒就跟上张客了。它是潜伏在张客身体里，随时准备出击的敌人，但又不是明刀明枪，而是冷箭暗器，搞的是阴谋诡计。它痒的又是那么的不是地方，让人羞于提及。他痛恨起了自己的身体，如此地靠近，却又拿它没有办法。当下，张客抓得用力了，抓出了一道道的血痕，细小的血珠，溟溟地渗了出来……

突然，就是在这个时候，痒又止住了，消失了，仿佛是来去的一阵风，来得突然，去得也突然。张客双脚一下软了，跌坐在地上。

4

张客决定去拜奠父亲。寒冬渐渐深了，山野里一片荒凉，冬日的风吹过山头，刮起阵阵的粉尘，那些飘起的塑料袋，挂在电线上，咝咝地叫。

父亲的坟在后山岗上，坟茔四围种植了很多的松树，倒还苍翠。张客在父亲的坟上拔了草，烧起了纸钱香烛，就坐了下来。在外面的日子里，每当遇到不如意的时候，他总是会想到家。他努力地让自己不想的，但就是遏止不住地想了。然而，家的美好也许只存在于思念之中，他害怕回来，害怕与父亲之间的冲突，害怕挖下的鸿沟无法填补。就如这回，归来之前，他还想着有很多话要说的，可是如今坐在这里，却又一句话都想不出来了。这样一直坐到天色渐暗，连那声"爸"的喊叫，都哽在了嘴里，始终没有冲出喉咙。后来，张客站了起来，深深地鞠了三个躬，跌撞着下了山来。

走进村头的池塘边，却遇上了王金发，正在打鱼。王金发当年与张客是同学，也曾经要好过一段时间，后来张客去城里，王金发去了当兵，两人就渐渐断了联系。听说王金发退伍回家后，种过几年地，后来在村里换届选举中，选上了治保主任。再后来，就当选了村长。

当下王金发喊，张客，你回来了？张客说，是金发呀。王金发说，可不是，晚上到我家去喝上两杯呀。张客笑笑，想着好不容易碰到个同龄人，就答应了。王金发下了网，网拉上时，有了六七条鲩鱼，活蹦乱跳着，王金发选了两条最大的，说今晚上让你尝尝我的手艺。当下张客也就跟了王金发，往他家里走去。

在村里，王金发家是够派头的了，三层的小洋房，热水器、空调、电冰箱什么的都有了，还有自家的自来水，是用发电机把井水抽上来，到了三楼顶的水缸，然后再流下来的。吃饭时，家人是一桌，王金发与张客开了小桌，炭炉上的铝锅焖着鱼，散发出阵阵香气。两人喝起了酒，不过都是王金发多喝，张客只是慢酌，当下气氛总有点热不起来。

王金发说，很久不见了，听说你在外面，发了财呢。张客说，不过是混口饭吃。王金发说，你在外面见识多，有什么路子，要给兄弟指点呢。张客说，还是兄弟在家好呀，做了村官，又养着鱼塘，什么都不愁的。王金发说，你这回回来，是准备长住吧？张客说，过一段时间就走了。王金发说，你多年在外面，难得回来的，我算是地主了，你在家怕也得闲无聊，有空兄弟带你去玩玩吧。张客看一眼王金发，说哪里有得玩的？王金发说，就看你想玩什么。张客说，我能玩什么呢，没那个心思了。王金发说，如今这乡下的地方，也不比从前了，什么玩的没有？张客摆摆手，算了。说着这些无关痛痒的话，彼此相互应酬着，张客内心里突然又有些厌倦，有些后悔来了王金发这里了。

王金发说，要说发财的门道，城里你最清楚，是房地产吧，听说都发疯了。可是在这乡里，你就没我清楚了，你知道是什么吗？王金发顿了顿，才揭谜地又说，开矿山挖稀土呀，听说那东西，做原子弹都要有它的，比黄金还贵上百倍，可赚钱呢。张客问，我们乡里，哪个地方会有稀土呀？王金发却又掩了嘴，似乎是意识到自己说漏了，只不断地给张客敬酒。

有很多的人进来了，不过是村里的三婆、花婶、小年，老人孩子都有。原来，王金发在家里开了庄，他们是来买马下注的，这个说买十块，那个说买五块，都赶着下注。王金发的老婆来收钱，每人再给一张票子，里面记着的是买的号码。一会，三婆说，村长，我家的征地款，还在你那里吧，你先给我记上了。王金发喊过去，说三婆，你那征地款，就那么丁点，你以为是井水呀，怎么淘都还有。那边花婶说，好你个王金发，上回给的特码，又错了，你个没心肝的。王金发说，花婶，上回你听错了吧，这回我再给你个，保你中的。花婶说，去去去。都早坐定了，只等八点钟开码……

张客听着，已经烦乱了，终于，他站了起来，向王金发告辞走了。

出了来，冷风一吹，张客有些跌撞。感觉这一晚，真不应该去王金发家的。一路走过巷子，却感觉后面总有一双眼睛在瞪着他，可是等他停下来，回头去看，巷子里却是空空的，昏暗的星光下，有些幽冷。他想，也许是醉了，看花眼了吧。也真是不胜酒力了，要搁早几年，多喝两瓶都不至于呢，咳！

5

要加大药量，子鸣说，我另外再加两味药，熬成汤药，每天清洗患处四次，清洗完后再涂药。

看着忙进忙出的大哥，张客内心里满是歉意，说哥，你是不是觉得我很脏？子鸣说，在医生眼里，病没有脏的。张客说，那我这个人呢？有时候我觉得自己很脏。子鸣看一眼张客，声音高了，你是我二弟。张客心里一颤，眼睛有些湿了。

夜深了，寒意也更深了。子鸣就加了把柴，把火烧得更旺些。张客说，哥，我还是跟你说说开了作坊后的事情吧。

在王总的支持下，张客的作坊很快就扩张了，另外租了地方，从三个人到了十个人，印台也变成了三张。张客以自己多年的工作经验，看到了印染作坊里诸多不成规矩的事情，如油料的调配，就象是厨师调配油盐酱醋，全靠的是调料师的手艺、功力，甚至就凭调料师的直觉。但张客看出了这里面的弊病，就是在色差上不尽如人意，虽然因为出价便宜，还能在那些大型的印染厂里分得一些小虾小米，但终归是上不了档次。为此，张客着手对油料的调配进行了量化，反复多次地试验，最终让他找到了一套自己的油料调配编码。同时，他还在不同的布料上进行着色试验，研究出沦汰、棉、麻各种布料的着色配对。

印染质量上来了，讨了客户的欢心，订单也就一路地攀升了。两年后，印染厂又扩张了，由一间作坊变成了两间作坊。然后，还把附近的两间频临倒闭的作坊也收过来了。后来就直接租了一个大的厂房，有几层楼的，印台已经有了四十多张，张客也因此成为了那里一个有些名头的老板。然而，回头看，张客原来的那个老板，印染厂却还保持着跟之前差不多的规模。张客觉得报复的时机到了。

张客就到老板那里挖人，先挖的是调料的老方。那老方原来就与张客认识的，自从老板的小舅子、张客相继走后，老板就提拔了老方做调料，在张客的游说下，老方很快就跳槽了。等到这老方一走，老板又提拔了老方的徒弟，张客就让老方去游说他，很快那个徒弟也过来了。在调料这个位置上缺人，要马上培养一个新手，不是那么容易的。原来老板对这个位置就看得紧，轻易不让其他人接触，调料上不来，质量就过不了关，无奈他只好亲历亲为。而其他的工人，看到老方和他的徒弟都去了好地方，一对比也都安不下心了，纷纷托老方要跟他过来。老板只好重新招人，但熟手却不容易招，大部分招到的都是生手，工作就跟不上来了。这个时候，张客再去挖老板的客户，老板的厂因为运转不灵，常常不能按时交货，即使是那些合作多年的客户，也渐渐有了意见，眼看着有些难以维持了。

老板其实也有警觉的，想来想去，就想到了张客，一打听，果然是张客做的手脚。他有些惧怕了，怎么张客的阴魂就跟上了他，散不去了呢。他知道在那里再做不下去了，于是，他想到了把厂转出去了。然而，他发现，要离开那里,也不那么容易了,因为他的厂根本就转不出去,而他所有的本钱都压在那里了。没有了本钱,他就算到了另外一个城市,也恐怕很难翻身的。

最后,他还是来找到了张客,总得做个了结的。张客坐在自己的办公室里,亲自给他倒了茶,他双手接过了,有些哆嗦起来。他抬头看了看张客,他竟然微笑着,那么淡然。实在太恐怖了,为什么要跟这样一个人做了敌人呢?他说,张老板,你想我怎么样?张客看着他,说你现在还想要我的一条腿吗?你只要说个是,我马上砍下来给你。"咕噜"一下,老板在椅子上软下去了。

张客轻蔑地看着他,说你的作坊是不是要转?老板狐疑地看着他,说是。张客说,转给我吧。老板没想到张客会说出这话,有些吃惊地看着他。张客叉开右手,说我知道你放出的价,我要了。老板愕然一叫,什么?张客说,五成。老板就知道,张客不会轻易饶了他的。张客说,说吧,同意还是不同意。老板喊,你要了我的命吧。张客说,四成。老板一惊,巨大的屈辱后,是痛苦的狂叫,张客,你这个混蛋。张客还是冷冷的,说出了两个字:三成!老板知道没路可退了,欠下的,总得要还的,难道真要赔上一条腿吗?老板垂下了头,终于哭了出来。

房屋里的空气凝固了,因为没有添柴,火堆也渐渐暗下来了,只有那星星点点的火屑明灭着。良久,大哥终于吐出了一口气,说你都已经得到那么多了,就不能饶了他吗?张客说,我不能呀,在那样一个地方,自有那里的法则。人们只尊重强者,如果我不能狠下心来,就不可能做成事了。但说到底,我还是放过了他呀,给他留了三成;他要真有本事,到了另外一个地方,还可以做起来的。

静默良久,大哥站起来,慢慢往房间里走去。最后的一星火屑,"噗"一下熄灭了。张客抱紧了自己,才感到了夜更冷了。

6

　　这些天来,张客都感觉到,背后总有一双眼睛在盯着他。他总是突然地就出现了,在诊所里抓药的时候,在天井旁拣菜的时候,在吃饭的时候,或者是一个人在村子里溜达的时候,那双眼睛都会突然地就赶上了他。在远离城市的这个村子,为什么还会有这种心事重重,危机四伏的感觉呢?

　　比如这天早上,张客正在灶头烧火,突然就感到了背后那双眼睛了,就在门口的那个方向。他跳了起来,往门口跑去;可是,门口外,空空的没有一个人。他懊恼地又回了来,重新坐下。一旁的大嫂问,怎么啦?张客说,你刚才有没有看见,门口有一个人走过?大嫂很疑惑,说没有呀。张客颓然说,那就是真的没有了。

　　天还蒙蒙亮的时候,大哥就出门看诊了。这几天趁着空闲,大嫂打算做一顿家乡的糍粑,给张客吃。大清早起来,大嫂就拉开了磨,从梁上垂下来吊着推手的绳子,就咿呀咿呀地欢叫着。石磨一圈又一圈地转动,磨缝里就溢出浓稠的米浆,汪在了磨槽里。等磨成米浆后,把捣碎的花生米等倒进去,充分搅拌,舀在碟子里,就开始放锅里蒸。

　　当火在灶塘里旺起来,铁锅里的蒸汽腾腾,整个屋子就弥漫了一层薄薄的雾气,看什么都好象隔了一层纱。看着忙进忙出的大嫂,张客总是会想到母亲,那时候母亲也是这样地忙进忙出,操持着家里的一切事务,而父亲则得以全心地研究医术,坐诊看病。相对于父亲在乡里人中的活跃,母亲只是默默的一个。而眼前的大嫂,与母亲又是那么相似。

　　无奈地,张客又想起了妻子。他和妻子,在几年前就分居了,张客是以外人的称呼喊她的,叫梁律师。虽然,她们还住在同一间屋子里,却已经成了两个陌生人,双方都不提离婚,就那么耗着。而孩子呢,也曾经有过的,不过因为有一回吵了架,也流产了。

　　那天离开城市回村里,到了机场,临上机之前,张客还是打了个电话给梁律师。天知道这个病到了什么程度了？要是这一番来，再回不去呢？电话里张客突然有些忧伤，说如果我死了，你会为我哭吗？梁律师那边说，发什么神经？想吵架也不是这样呀。张客想说些什么，却说不上来了，收了电话。

那边，大嫂突然喊了起来，说还没有摘葱呢，要葱末做调料的。张客说，那让我去摘吧。大嫂说，你知道，你大哥吃糍粑，是一定要葱末做调料的。

张客就离开了家，到了菜园里摘葱。就是那个时候，那双眼睛突然又追上了他，那么猛烈、灼热，吸附在他的后脑勺上。他回过头去，这回果然发现了一个人影，往菜园的另一边跑去了。张客就追了过去，一直追到了山脚下，张客追得近了，那人慌慌张张的要拐过去，张客马上转身把他堵住了，忙乱中那人赶紧在地上摸索着，找到了一块石头，抓在了手里。等他直起身，张客这下子看清楚了，他五十多岁吧，左眼睛瞎了，眼窝凹陷，右眼却满露凶光，那么恶毒，直挺挺地瞪着张客。然而那凶狠里到底又缺些底气，因此显得慌乱、害怕，所以才忙乱中找块石头来壮胆的。张客认出来了，那是村里的老金。张客想问老金，为什么要跟着他，老金却趁着张客停步的时候，从山脚的另一边溜过了。等跑过了一段距离，老金又回过了头来，确认张客不会再追上去了，他才完全转过了身，撒腿跑远了。

回到家里，张客大汗淋漓。大嫂看了，吓了一惊，说葱呢？张客这才记起葱在菜园里了，说我在菜园见到老金了。大嫂急了，说他跟着你了？这老金，老毛病又犯了。张客说，这老金，到底怎么回事？大嫂说，大概是在两年前吧，老金的儿子在城里打工的，有一天突然传回来消息，说他儿子死了，从十三层高的工地掉下来，肚子被钢筋刺穿了，好惨呢。之后老金就离奇地失踪了几天，回来后眼睛却瞎了。

张客说，有这么奇怪的事？大嫂说，有人说，他去了一趟城里，要去为儿子讨公道的，就被工地的老板派人刺瞎了。你哥也给他看过的，但好一阵坏一阵。自此之后，只要看到陌生人，他就跟踪人家。他是把你当成外面来的陌生人了，你以后少惹他就是。

7

张客说，哥，我真的不想跟你说这些。可是，我憋得太久了，不知道跟谁说去了。你知道吗？在那些日子里，看似都很热闹，可是热闹都是外边的，内里的孤寂却只有自己知道……张客看一眼大哥，他正看着地面，那里正爬着一只蚂蚁。

后来，张客的印染厂是做大了，但其实他在那城市里还没有扎根，那时候他的厂房都还是租来的。因此，张客渴望开一个真正属于自己的公司，兴建自己的工厂。要建厂，就得有地皮。张客开始找活路，通过已有的一些关系，他结识了区国土局的陈局长。可是，要成事就不能是泛泛之交，要怎样才能走进这个局长的圈子里呢？后来张客了解到，这个陈局长好收藏，而且专门收藏陶器。于是，张客就暗中做了准备，花大钱买回来了一个据说是货真价实的唐三彩，是个三彩仕女，梳成朝天发髻，面部丰润，顾盼生姿。

那天张客和陈局长在饭桌上见了面，这陈局长又向张客吹嘘他的陶器，说宋代的怎么样，唐代的又怎么样，单色釉双色釉多色釉是怎么发展的，如何判断东窑西窑的区别……张客不喜欢收藏，所有的古董在他眼里，跟夜壶也差不去的，就装作听得入神，偶尔嘴上应和着。陈局长说，人生最大乐事，在于收藏。每次回到家里，看着那些陶器，和它们说话，就好像它们都是活的一样。其实它们都是有性情的，能听得懂你的说话。收藏好呀，能够回到一个人的内心里，在纷扰之外还能找到一个清净地。张客听着他的那一套，心里不觉发笑，嘴上却说，我听陈局长说收藏多了，原先不懂的，但也长了许多见识，对收藏也感了兴趣来。最近出了一趟差，在路上的一个摊档里，淘了个陶器。当时那摊主说，跟我是有缘人，我并不太信的，陈局长是这方面的行家了，想找个时间，借你的法眼做个鉴别。

于是过了两天，这陈局长就来到了张客的厂里。那陈局长对着那个三彩仕女，拿出随身带的放大镜，照着看了半天，又用手去磨，用鼻子去闻，最后得出个结论，说比较悬。又指给张客看，说你看这釉色，太嫩了些。这银斑就显得有些笨，开片也大了些，像是仿的……张客就叹一声气，说没想到还是被骗了。不过，当时其实也只是出了点小钱，就没想到会是真的，说起来又不算骗了。这样地说了一番，把这古董的事放下了，带了局长大人去厂房参观。路上，张客向局长大人诉说起租赁厂房的烦恼事。陈局长听了，也没表态，两人走出厂房。临走，张客把那个唐三彩包了给陈局长，说反正是个假货，陈局长就拿回去玩吧，腻了就扔了得了……之后过了半年，在陈局长的帮助下，张客就得到了郊区的一块地，正式建起了自己的公司。

这公司也做得顺利，张客的家业越做越大。但后来他的想法又变了，做印染始终比不上做工程，他结识的那些做工程的老板，那才是真正的财大气粗呢。于是，张客另外注册成立了一家建筑公司，正式向印染之外的行业进军。当然，张客知道做工程意味着什么，他又开始去结识主管市政建设的李副区长。要结识李区长，就要投其所好，可是张客侧面了解到，这个李区长不好赌，不好收藏，好象也不好色。当然，这些年张客的生活阅历告诉他，每个人总是有弱点的，如果哪个人没有，那只是因为还没有找到。终于，张客后来还是发现，这个陈区长不是不好女人，而是不喜欢像别人那样养小蜜，他喜欢的是"偷"有夫之妇，就喜欢那种偷情的感觉。

张客的身边，其实早就在做这方面的公关投资了，公司里招了十几个姿色上乘的女职员，专门培训过了，平时只是任些闲职，一有唱歌跳舞的场合，就派她们上场了。现在，张客就在这些女人中挑选了一个，把她认作了表妹，要她装扮成有夫之妇。然后，就制造了一次邂逅，让李区长和这个表妹认识。李区长是个喜欢慢火细炖的人，他与表妹又见过几回面，心里有意思，但就是不说。

有一回，见面时，李区长发现表妹脸上有了巴掌痕，李区长追问，表妹吞吐着说，说是被丈夫打的。有一回，那丈夫还当街要打表妹，偏又被李区长撞见了。表妹说不愿意回家，李区长怜香惜玉，给她在外面开了房子。之后不久，两人就成事了。这事情让张客知道了，他还装出多愤怒的样子，说是李区长欺负了他表妹的。之后在李区长的帮助下，张客拿下了好几个大工程。

有一天，这表妹回来看张客，真的满身伤痕。这个女人哭诉说，李区长把她捆绑了起来，用鞭子打，用烟头烫，看着她遍体鳞伤，看着她求饶，轮番地折磨她。表妹哭着骂起来，什么区长，简直是变态！张客也震惊了，没想到事情会到这样一步。于是，他去找那李区长论理，结果，那李区长给他放了几段录象，录象里都是表妹在偷听李区长打电话，并用手机偷偷录音的画面。那表妹以为自己高明，没想到更高明的在后面，你录音，他录象。原来，李区长在每次约会前，都预先在隐秘处装了摄象头呢。

李区长说，我原来看着她，就觉得可疑了。果然没错，她就是你的阴谋，你在我身边埋下这么个人，你到底想干什么？张客本来的想法，真的是想结交李区长的，但事情的发展大出意料之外，辩解也没有用了，只得摔门出来。回来后，他再去问那表妹，这边不是已经给她付钱了吗？为什么还要对李区长录音？表妹说，这样的大官，我留个证据，总有用得着的时候。张客吃惊了，说那你对我呢，是不是也做了录音？表妹说，这就要看你的表现了，我要是过得好，便没有录音，我要是再被人打了，那就不知道了……

张客突然厌倦起了这种生活来，它就像是一个网，已经把自己套了进去。他好想抽身出来，可是，他发现已经无法抽身了。

不知道什么时候，张客已经泪流满面了，他看着大哥，说，你知道吗？那种生活，你不信任身边任何的一个人，每天都好像生活在敌人当中，你得预防着不知道哪里来的暗箭。在公司里，你是无上的那个王，可是你还觉得不安全，觉得随时天上都会掉下块石头来，而刚好砸中了你。

子鸣张了张嘴，想说什么，却说不出来。张客说，哥，现在你一定觉得，我的生活是那么的荒唐、混乱了。有时候，就是连我自己，好像也不认识自己了。

子鸣叹口气，摇了摇头。站起来，默默地离开了。

【作者简介】

叶清河，1980年生，广东清远人。曾从事企业内刊编辑、文案策划等工作，现为某电视台记者。发表作品见《创作与评论》《作品》《广州文艺》《文学界》《延河》等。有小说被《小说选刊》选载。

旋转木马

/ 王先佑

01

晚上八点，小广场夜生活的高潮来临，一切都已抵达亢奋状态：嘭嚓嘭嚓的音乐、扭着屁股的男女、旋转木马上的笑声、卡拉 OK 的声嘶力竭、轮滑者的尖叫、小贩高音喇叭里的广告。灯光交汇，广场上方的空气像一张女人的脸，看上去狂野而绯红——似乎只要再过几秒钟，世界就将归于沉寂。

老枪蹲在广场角落里，眯起眼抽烟。远处，一个小男孩正在人丛中钻来钻去，老枪能听到他在一声声地喊着"爸爸"。男孩的嗓音又高又尖，老枪竖起耳朵，努力从广场上各种杂乱的声浪中捕捉男孩的喊声。没有人注意男孩，只是在他贴着裤腿蹿过时，才有人不耐烦地朝他瞪上一眼。一块空地上，有人正在练习滑冰，男孩冲进去，一个胖汉收势不稳，差点儿仰天摔上一跤。胖汉一把拽住男孩，横眉怒目地问，谁家的崽子，找抽呢是不？男孩使劲往前一挣，胖汉手一松，男孩哧溜一下滑了出去，胖汉扑通一声跌坐到地上，恼羞成怒地喊，兔崽子，你给我站住！

老枪笑了。老枪笑出了很大的声音，惹得旁边抽烟的人转过头来看了

亲爱的南方 | 137

他几眼。老枪的视线撵上了男孩，男孩很快又钻进卡拉 OK 的人圈里，在人丛中回转头。看见胖汉并没有追上来，男孩又绕过旋转木马和一群玩沙子的小孩，爬上广场边山坡上的草坪，站在草坪的最高处，目光在人群中搜寻。广场上人影幢幢，每张脸都模糊难辨。男孩从草坪的一头走到另一头，来来回回走了好几遍，终于有些失望了。孩子的声音更大了，不住声地喊着爸爸，声音里已经有了些哭腔。男孩又从草坪上冲下来，冲进人群，在他看到的每一个男人身边踅来踅去。男孩有时踮起脚尖，有时猛地蹲下来、再突然用力往高处蹦起，一束灯光打到男孩身上，老枪似乎在孩子的脸上看到了泪痕。

　　老枪的腿有些麻了。他站起身，转到一棵细叶榕后面。细叶榕的树冠在广场一角投下浓重的阴影，一对小青年正在树下忘情接吻，老枪的插足让他们放弃了自己的领地。老枪斜靠在树上，抻了抻发麻的两条腿，等他直起腰来时，忽然发现男孩不见了。男孩找到了爸爸？老枪赶紧用手背揉了揉眼，又使劲眨了几下，这才看到男孩出现在魔幻城堡门口。男孩的身体被魔幻城堡老板的身影吞噬了——男孩要上去找爸爸，老板却把他挡在门外，非得要他交钱、脱鞋。老枪又心满意足地掏出一棵烟来，打火，点着。火苗映照出老枪的面孔，老枪的脸上浮上一层无声的笑意。

02

　　老枪是六点半来到广场的。把贝贝接回家时，老婆小艾也差不多到了。老枪隔着门就知道小艾今天心情不好。小艾心情好不好并不用脸色来表达。心情不好时的小艾像架小钢炮，有事没事就朝老枪开火。小艾说，老枪你这个王八羔子，快点把葱花给我递过来。老枪你这个没用的东西，这个月怎么才发这么点工资？老枪你个混账，让你给绿萝浇水的，怎么又忘了？老枪你个废物，我当初是怎么看上你的？老枪吃透了小艾的脾气，懂得如何以柔克刚，随她怎么骂，他就一句话：老婆您骂得巧、骂得妙，都是老枪我不好。小艾要是气消得快,老枪会少挨几句骂;小艾要是在外面吃了大亏、三天两天消不了气,老枪就免不了要被骂个狗血淋头。这么几年的枪林弹雨下来,老枪早练就了一副金刚不坏之躯。

那天老枪和贝贝刚进门,小艾后脚就在外面敲门。小艾说,他妈的老枪,没长眼睛是不是?存心想把老娘关在外面是不是?老枪赶紧开门,小艾脚还没进来,头先伸进来,唾沫星子溅了老枪一脸:老枪你想篡位了是不是?老娘就在你后边呢,你把门关得这么响!老枪不吱声,小艾有些意外,说,老枪你怎么不说话?不说话是什么意思?我说得不对是不是?今天你给我讲清楚!老枪低着头,小艾把老枪的脸顶起来,问:你把头低着干什么?是不是觉得老娘让你受了委屈?你有什么委屈?老娘辛辛苦苦两三年,到头来连个课长都轮不上,你的委屈有我的大?小艾骂着骂着,眼睛有些红了。

老枪终于知道小艾在发哪门子神经了。小艾的部门前段时间走了个课长,小艾对这个位子志在必得,老早就说,老枪哎,知道不,你以后要高升了!老枪问:高升?我咋不知道?小艾就吃吃笑了——其实老枪觉得,小艾笑起来也还是蛮生动的。小艾说,以后你是干部家属了!老枪问,这有什么稀奇的?我老早就不是干部家属吗?小艾说,不一样!老枪你过来。老枪就把头凑过去,小艾的声音突然提高了好几度,像是在老枪耳边放了个炸雷:告诉你老枪,我快当课长了!组长不算干部,你以前那个家属有啥好当的?老枪就跟着小艾笑了,小艾命令:老枪,亲我!老枪在小艾脸上"啵"地来了一口,小艾撒娇说,不是这儿,是这儿!还有这儿,听到没?小艾说这话时的口气就像是在床上。小艾说,老枪你给我上来!或者是,老枪,你给我老实躺着,别动!

小艾就是这样霸道。没办法,小艾每个月比老枪多挣两千来块。老枪在文化公司,小艾在工厂。每年涨工资,只要比老枪多涨出几十块,小艾就会点着老枪的脑袋,说,老枪哎,你老婆我成天在外面和人打打杀杀,你在家里坐享其成,不公平!要对老婆好点儿,知道啵?老枪一个劲儿地

亲爱的南方 | 139

点头，小艾说，这就对了，谅你也不敢对老娘不好。教贝贝写作业去，老娘下厨了！

03

九点钟，广场上的灯光有些虚弱。广场舞围起来的地盘空出了一小半，领舞的哨子吹得早已不像开始那样激情四溢。旋转木马停了下来，老板靠在椅子上打盹，头一歪一歪的，嘴角垂下一条透明的涎水。谁家的孩子把气球弄爆了，响声把老板惊了一跳。

男孩坐在广场入口的地上，两手按着地，哇哇直哭，一边哭，一边喊着爸爸。围观者挤成一个好几层的人圈，在七嘴八舌地议论小男孩和他的爸爸。记得你爸爸的手机吗？有人问。男孩摇头。妈妈的手机呢？男孩又连着摇头。知不知道你住在哪里？男孩停止哭泣，抬起手擦了擦脸，脸上立刻出现几道灰印子。男孩望着问话的人，说，湖北……湖北……孝感。孩子说得很慢，一边说一边抽泣。那人又问，不是问你老家，是问你现在住哪儿。男孩又擦了一把脸，脸上是一副努力回忆的样子。男孩说，宝安——宝安——男孩连说几个宝安，问的人急了，说，这谁家的孩子！这爸爸怎么当的！

老枪挤在人群中，饶有兴趣地观察着里面的一切。他想看看最终会有什么样的命运在等待着这个弄丢了爸爸的孩子。咦，这不是波波吗？人群外面突然传来一声女人的尖叫。老枪心里突然一紧。接着，人圈被拱出一个缺口，一个烫着波浪发、长得很洋气的胖女人挤到男孩身边，蹲下来，摸摸他的头，说，波波，乖，我是你隔壁的冯阿姨。爸爸不见了是吧？没关系，阿姨带你回家。胖女人伸手去拉男孩，男孩茫然地盯着她。有人问男孩，她是谁啊？你认识她吗？男孩一边摇头，一只手按在地上，身体向后缩。胖女人一把抱起男孩，说，波波，走，阿姨口袋有糖，阿姨抱你回去！女人说着，胳膊已经把男孩箍了起来。女人准备往外走，面前却围上来好几个人。把孩子留下来！放下他！骗子！好几个声音响起来。一个年轻人，一边讲电话，一边指着胖女人，说：放下孩子，听到没有？我已经报了警，趁警察没来，你现在走还来得及！胖女人说，放下就放下，有什么了不起？多管闲事，小心挨揍！女人说着，把男孩朝地上一掼，气汹汹地走了。男孩一个趔趄，年轻人一把扶住孩子，脸胀得通红，说：你……你……不像话！

广场上的人都涌到出口，人群越聚越多。孩子仍旧哭着，但却没有眼泪，也不再回答人们五花八门的问题。年轻人跑出人群，买来一瓶饮料，拧开盖子递给男孩。孩子大口喝着，饮料很快见底。男孩突然站起来，往外走。人群裂开一道缝，孩子就从这道缝里走出来，一个花白头发的老头儿跟在后面，问，小弟弟，你要去哪儿？男孩不说话，老头儿说，警察马上就来了，让警察叔叔送你回家！还有人说，孩子，就在这儿别走，你爸爸过一会儿会回来找你！男孩仍旧不说话，闷着头往前走。老头儿、年轻人，还有很多人，都跟在男孩后面，像一支浩浩荡荡的部队。

男孩在广场出口左侧不远的公交站台上停了下来，老头儿问，小弟弟，你坐公交车来的？男孩终于点点头。有人问，小朋友，记不记得坐的什么车？男孩咬咬嘴唇，指了指站牌上的几个数字，是"334"。刚好334路公交车到站，有人说，车来了！孩子抬头看了一下，跟着几个人从前门上了车。车子刚刚开动，老头儿忽然一拍站牌，说：糟了！孩子是在这儿下的车，方向肯定坐反了！有人撵着公交车跑，还有人跑回去开自己的小车，准备去追公交车。老枪把脸贴在窗玻璃上，想起小艾和贝贝，心里涌上来一阵快感。

04

全国人民都在用智能手机时，老枪手上还是那部按键漆都差不多掉光了的诺基亚。上上个月，小艾带回一部HTC智能机，往老枪面前一丢，说：从现在开始，把诺基亚给我扔了，用新的！老枪有些不愿意，诺基亚跟了他五年，都快人机合一了，突然被HTC插上这么一杠子，他从心理上接受不了。小艾说，别给我丢人现眼了好不好？别忘了你马上就是干部家属了！

刚开始，老枪仍然对HTC有排斥心理，上班用HTC，下班了把电话卡装进诺基亚。才过了十多天，他就发现了智能手机的美妙之处，把诺基亚彻底打入了冷宫。一次公司聚餐，同事教他用微信"把妹"。才摇了两下，就摇到一位美女。老枪和美女打了招呼，美女说，哥哥，你在哪里？过来嘛，人家好寂寞！老枪吓了一跳，赶紧断了网络，一旁的同事起哄说，枪哥，看不出啊，你挺行的。平时都是扮猪吃老虎啵？老枪心里春光荡漾，嘴上却老老实实地说，哪里，运气好而已。

回家的路上，老枪刚上网，就收到了美女请求加好友的信息。老枪很快通过认证，美女说，哥哥，你怕我？妹妹我不是恐龙！老枪犹豫着，说：哥哥我什么样的恐龙没见过？见一个，屠一个！美女说，哥哥威武，妹妹好喜欢！妹妹等着你来屠龙呢。老枪说，哥哥我已经走了。你运气好的话，等下次吧！不过必须得告诉你，哥哥我是个居家好男人，做事有底线！美女又回道，好男人？如果真有好男人，那也是诱惑不够，哥哥你说呢？公交车快到站，老枪不敢再聊，关了网络。

老枪心里有了鬼，在家里不敢上网，只有在公司时，偶尔才和美女在微信里调调情。所谓调情，也没有什么实质性内容，像是太极拳对练，招招不着要害。不过，每一次老枪都能把美女逗得花枝乱颤——老枪从来都不知道自己还有这么好的口才和想象力。有一次，美女要给老枪看她的照片，老枪说，你会是我见过的最漂亮的女人吗？我想不会。是最丑的吗？肯定也不是。既然开不了眼界，那还不如不看。美女发过来一把带血的菜刀，说，切，你不看，怎么知道？

老枪并不迷恋网络。但再遇上小艾在家里发神经，虚拟世界里的那个美女总会在他眼前闪上一闪。老枪偷偷开了网络，给美女发过去一行字：

哥哥有难,妹妹救我!美女马上回过来:哥哥莫非被扫黄的抓了?老枪看看小艾,小艾在阳台上择菜,又回道:不是,是你嫂子!美女发过来一个吐舌头的表情,说,哥哥满足不了?对不起,妹妹帮不了!老枪不小心笑出声来,小艾厉声说,老枪你在笑什么?你给我过来!老枪走过去,心一横,说,同事发了个笑话,老婆要不要我念给你听听?小艾说,瞧瞧你这点儿出息,老娘还以为你找了个外遇!老枪你这个废物,你要是有个外遇倒好了,老娘我脸上也还有点儿光!

　　老枪上网从此不再避着小艾了,今天也是这样。小艾没能让他当上干部家属,老枪知道自己得有好几天的苦日子过。小艾在家里乒乒乓乓地炒菜煮饭,老枪乖乖地辅导贝贝写作业。贝贝上幼儿园大班,老师每天会留几道作业题。老枪埋头给美女发过去一张泪流满面的图片,美女很快回过来:哥哥又被嫂子收拾了?正好妹妹今天心情也不好,哥哥出来吧,咱们见个面,顺便互相安慰安慰。贝贝突然喊,废物!这道题怎么做?老枪没有反应过来,在手机上打出一行字:妹妹住哪里?贝贝过来揪住老枪的耳朵,说:废物!老大喊你,听到没有?老枪疼得咧着腮帮子,眼睛朝手机上睃过去:我住清水河左岸,哥哥可以打我的电话。贝贝看老枪的头仍然不肯别过来,"啪"地扇了老枪一个耳光。老枪脸上火辣辣地一阵疼,猛地站起身来,张口刚想吼贝贝,贝贝却哇地一声哭起来,一边哭一边尖着嗓子喊,妈妈妈妈,爸爸打我!小艾从厨房冲进来,一把把贝贝抱在怀里,手指头戳到老枪鼻尖上:没出息的东西,你敢打贝贝?我跟你没完!

05

　　车上人很挤,老枪被挤到车厢后半截。有人给男孩让了座位,孩子坐上去没多久就睡着了。前面有自行车横穿马路,公交车一个急刹车,男孩被车子颠起来,脑袋重重地撞到了座椅靠背上。孩子从睡梦中疼醒,扭过头看看四周的人,嘤嘤嗡嗡哭起来,一张五花脸很快又被泪水冲刷得沟壑纵横。售票员挤过去，问：谁家的孩子？大人呢？孩子抱好了哇！见没人应声，售票员的声音又提高了几度：谁家的孩子？谁家的孩子？咦，孩子没人要啊？都别睡觉了啊，看看谁家的孩子丢了！

售票员把孩子抱起来，问孩子大人在哪里，孩子摇摇头；问坐在旁边的人，人们也都摇头。售票员又问孩子在哪里下车，孩子还是摇头。售票员急了，把孩子抱到车长旁边，说，怪事，有人把孩子落车上了！司机头也没回，问：男孩女孩？售票员说，男孩。司机说，急什么急？我正好想再生一个小子，这孩子，没人要我要！售票员说，别开玩笑！司机说，我开哪门子玩笑？这个班跑完，我就把孩子带回家去！孩子忽然放声大哭，司机说，莫哭莫哭，我是故意逗你娘老子出来的！

中午老板请办公室吃饭，老枪没有午休，他的脑袋有些昏昏沉沉，意识也开始变得混沌。手机铃声响起来时，老枪已经打了十多分钟的盹。老枪掏出手机，是小艾的电话。小艾说，老枪，我让你几点回来的？老枪压低声音说，九点。那现在几点了？老枪看了看手机，说，十点。你还知道时间！赶快把贝贝给我带回来，过了十点半，今晚给我睡客厅！

老枪一下子醒了。车上人已经不多了，售票员抱着男孩，正和他说话。售票员问，你几岁了？孩子说，五岁。五岁了？会算数吧？阿姨报数给你算，五加三，等于几？八。五加六，等于几？我不算……我要爸爸，我要回家！男孩忽然又大哭起来。售票员一边伸手帮男孩擦眼泪，一边说，前面就是派出所，待会儿阿姨就把你送到派出所，让警察叔叔送你回家！男孩哭得更厉害了，说，不要！不要警察！警察是抓坏人的！售票员笑了，说，警察不光抓坏人，还会帮助好人，宝宝不怕！男孩声音一颤一颤地，说：不！你撒谎，你骗人！

老枪从位子上站起来，向着售票员走去。男孩看见老枪，突然不哭了，脸上出现一种非常奇怪的表情。他向着老枪张开双臂，嘴巴闭上又张开，似乎是要喊爸爸。老枪朝男孩伸出手，听到男孩拖着长长的哭腔，说，废——

物——!

售票员准备好好教训教训这个男人。她张开嘴,却发现老枪走到车门边,走下车厢,孩子却还在她的怀抱。售票员愣住了。车上的扩音器正在重复报站:清水河左岸到了,请下车的乘客携带好行李物品从后门下车。

【作者简介】

王先佑,湖北随州人,居深圳,打工,业余码字。在《中国作家》《长江文艺》《百花洲》《文学界》《福建文学》《作品》等刊物发表小说、散文八十余万字,曾获第二届全国青年产业工人文学奖新人奖。

【颁奖词】

王先佑的小说《旋转木马》叙述冷静,结构精巧,立意深刻,以一个男人自导自演的事件为触发点,从侧面呈现外来人口在城市、工作、家庭等诸多关系中的被压迫与反压迫行为,通篇读来充满巨大的张力。王先佑以平凡人物的意外行径入手,为城市外来从业者立像,又因其"意外",为文本和读者留下一个令人反思的精神空缺。王先佑是富有匠心的小说家,特授予"西樵山杯"第三届青年产业工人文学大赛——公开组——短篇小说奖。

【获奖感言】

尊敬的各位评委，各位老师，各位朋友：

两年前，我曾经以第二届全国青年产业工人文学奖"文学新人奖"获奖者的身份站上这个领奖台。很高兴，也很荣幸，今天我能再一次站在这里，有机会再次和各位相聚，再次领略西樵山的迷人风情。感谢第三届青年产业工人文学大奖赛组委会和各位评委老师给了我这次白吃、白住、白玩的机会，谢谢！

我这次的获奖作品《旋转木马》，写于2013年11月。这篇小说，写了一个小人物内心的"小"，试图揭示工业时代对人的物化、探讨社会转型期物欲对人性的扭曲。小说完成时，我有些激动，觉得总算写出了一篇让自己稍稍满意的作品。但我有两位搞写作的朋友很不看好，他们认为这篇小说当中的细节在现实中不可能发生，离普通人的生活经验过于遥远。我把它先后投到好几家刊物，都没有收到回音，但这并没能打消我对于这篇小说的信心。2015年9月，我把它投给《山东文学》，很快就收到编辑的回信；当年12月，它被刊发在这本杂志的短篇头条。今天，这篇小说又获得全国青年产业工人文学奖短篇小说奖，它让我更加确信：对一篇作品来说，作者本人的感觉永远最重要，也最准确。

我不是一个勤奋的人，作品产量不高，发表的东西也不多。对我来说，这一次获奖最大的意义或许在于：以后，我不能再以各种借口偷懒了。因为，再过五年，我就没法再以"青年"的身份参加各类文学奖项的争夺。我得努力地写、用心地写，争取在迈过45岁这道坎时，能有几篇拿得出手的作品。

世间万物都讲缘分。两年内两次来到这里，我想，我和西樵山是有缘分的。再次感谢各位评委、各位老师，是你们的错爱让我能和西樵山"再续前缘"。谢谢！

素身人

/陈柳金

接到那个电话时,我刚送完酒回到店里。看了一眼酒柜上的瓶子们,浅浅地笑了,今天总算有了点小生意,那些瓶子也闪烁着活泛的光,像酒后之人的脸,红得酱紫却流光回转。仿佛喝下去的不是酒,而是多年的时光,所有日子中的阳光和月色浸泡成一壶液体,那味道,辛辣辛辣的。我不知道怎么恁多人喜欢,昂起脖子咕噜咕噜地喝,把旧时光都喝下去了,哪有不醉的道理。而我,一边把时光卖给人们,一边又把他们拉回现实里。

现在,我正要赶往一家酒店,为一个喝了酒的老头服务。我打了常海岸的手机,那个电子娘们说"您拨打的用户不在服务区",这脚底抹油的又不知到哪鬼混去了。我这地方不太好打的,便在手机上点了"滴滴打车",摁下语音键说了地址,很快,一辆滴滴车便来到跟前。

拨通老头的手机,他叫我上房间去,今晚喝得有点醉。敲开房门,摆了两张围台,十几二十双眼睛齐刷刷地扫过来,我下意识地闪了一下,好像躲开射来的一排箭簇。桌上的大盘小碟已是残汤剩水,摇杯里还盛着酒,一股浓烈的辛辣味扑鼻而来,我又闪到一边,如躲开一道瞎飞乱撞的旧时光。

这些眼睛明显是忧郁的,似乎刚经历了一场锥心之痛,或者席间谁说了一通勾起集体追忆的话。我记着自己的事,与这些眼睛没有交流的必要,便搜寻那双显老而有神的眼。他竟然坐在首席,颔首微笑着,脸像只红灯笼椒。他站了起来,举起酒杯说,让我们干完杯中酒,一起为善良的灵魂升上天堂而干杯!十几二十双举杯的手簇到了一块,我听到玻璃轻轻碰击的脆响。老头抬脚离席,众人毕恭毕敬地把他送到门口,他做了留步的手势,那些忧伤的步子便停住了。老头苍老的步态紧跟着我轻盈的步履,他趔趄了一下,我赶紧搀扶着他。他把一串钥匙塞给我,有点颤抖,有点迟重,眼睛微闭着。我果断接了,在手上抖得哗哗响。我是想用这响声让老头醒着,万一他睡过去,后面的事情就不好办了。

终于找到了车。扶他坐在后座,头耷拉着,眼睛很放心地合上了,他也许又回到了某一年的旧时光里。我发动车子,两道车灯刷亮前方,用力排遣开如水的迷离夜色。

这时,我接到了常海岸的电话。他还是那副轻佻的口气,咋啦,想俺啦?俺正闲着呢,兜了半个城才逮到一瓜半枣!我没好气地说,我在工作呢,刚才不知死哪去了,现在没你的事!常海岸得寸进尺,说,又逮到大鱼了?小心自己被吃了,剩下一副鱼骨架俺可不去收拾!我说了声"呸",就是这个重音节把老头吵醒了,他坐直了身子,看了看窗外。我们正经过东江边,江水在夜色里微波荡漾,也像喝醉了酒,甩出一个个罗圈腿,扑通一下摔倒在河床里,再也爬不起来,半梦半睡地打着轻鼾。

老头忽然说,把车停路边!他走下来,打开车尾箱,拿出一个长筒状的东西,走前几步摆放在堤岸上。我坐在驾驶位,不紧不慢地看着老头掏出打火机。嗤!火线燃尽——扯心肝的啸叫声冲起一道火光——砰!艳丽的烟花瞬间绽放。这个镜头投映在江面,江水悸动起来,终于醒酒了,水流的速度一下子加快,要把这惊艳的光与影送到夜的深处。

老头双手合十,像一个默立的雕像。

我的眼睛亮闪闪的，但脸无表情，我来这个城市几年了，从来没有一束烟花为我绽放。我觉得自己是个靠墙墙倒、靠人人跑的倒霉蛋，开酒庄之前，我跟常海岸合伙跑的士，还没回本，这城市就来了场大扫黄，秋风扫落叶，大街上稠密的人群被扫得七零八落，我总是用散乱的眼神可怜兮兮地巴望着逮个剩男剩女，总算来了一个，我还弓腰虾背地拉开车门，再蓄着劲关上，生怕惊跑了剩客。这与之前用力把车门甩上时的劲道差了老远，嘭！钝响——嘭！脆响——嘭！彻响。

这样下去，我和常海岸为了拿出租车指标付给公司的八万元茶水费猴年马月才能挣回来。分摊的四万元还欠着常海岸，他不急，我急。他说，欠着就欠着，反正这辈子你跑不掉了！我压根不想把自己搭进去，但我得拖着，便佯装红腮怒目道——你以为你是谁，值得我欠一辈子的人还没出现！常海岸倒是打开汤姆猫手游，对着屏幕笑得嘎嘎响，汤姆猫也用滑稽的腔调大笑，简直要捅破天。

说实话，我并不讨厌魁梧的常海岸，但也说不上喜欢。所以他一再央求我跟他住一起时，我没有松口。像他这样一个比热锅还热的北方汉子，你贴近了，迟早会变成一条烤鱼。他总说我是一个冷面人，正好消解他身上的高热卡。他还信心满满地说，出租车生意迟早会好起来的，政府正准备救市呢！

又干耗了两个月，现实摧毁了常海岸的论断，我们还是蔫不拉几地熬着。我上白班，他上晚班。后来又换了班，他上白班，我上晚班。都没用，一点春天的迹象都没有。不能再耗下去了，我已经两个月没给老母亲寄钱。我能想象母亲挣扎着爬起身仰靠在床，调匀呼吸，发出一声深长的叹息。她的力量全在上半身，而下半身，几乎失去了知觉。如一株半朽的腐木，下半段已枯败，上半段却还伸出蓬勃的绿叶。母亲中风在床，大概有半年时间了。

我太不争气了，眼睛噙着泪，空洞地盯着天上的云层，在日光下轻微地游动着。山不转水转，我想了很久，决定承接下一个朋友的酒庄。

那晚，我请常海岸上安徽菜馆，他喜欢臭鳜鱼那种似臭非臭的味道。我拿出一瓶古井贡酒，说，今晚我陪你喝！常海岸差点眼珠子都蹦了出来，咂着嘴说，太阳从西边出来了，要不是今晚俺要走桃花运，就是你在路上捡了个金戒指！我认真地说，都不是，今晚吃的是散伙饭！我顺势把事情挑明了，常海岸的脸一下子成了木刻版，他原来脸上的活色生香全跑到了菜肴上，头秃鹫似地垂着。臭鳜鱼、毛豆腐、和合腰子，虽然阵阵香味轮番攻击着他的鼻子，但筷子只象征性地动了动。直到我说，那四万元我尽快还你！他仰起脸说，悲哀，悲哀啊，原来俺在你心里就是那四万元的分量！他一杯接一杯地喝着酒，一瓶几乎都是他喝光的，而菜，只扒拉了几下，那条臭鳜鱼愣愣地张着无辜的嘴。我也不知道是怎么把恁大一个人搀扶进出租屋的，重重地摔在床上时，他紧紧地用手箍着我，我一惊，使劲挣扎，他却箍得更紧。我知道自己掉进了狼蜘蛛的网里，越是反抗便越陷得深。快要窒息时，我狠狠地在他胳膊上咬了一口，常海岸大叫一声松开手，我跑出门，整了整乱发和身上的白衣服，丢了魂儿似地赶回刚盘下来的酒庄里。

常海岸发来一条微信——真的散伙了？连个念想都没留给俺！

我没理，有些事越理越乱。

白天，除了给客户送酒，我几乎都在酒庄。作为一个女子，保持店面整洁和自身洁净是最基本的素质。生意比意想中的要冷清，每天三瓜两枣的，仅够对付店租和日常开销，有时连伙食费都没着落。本来酒在这个城市里是仅次于饮料的消费品，但没想到全国上下大刹吃喝风，交警又严查酒驾，加上大扫黄的连锁反应，酒行业也受到了冲击。哎，我就是这命，靠墙墙倒，靠人人跑。我真想把自己托付给常海岸，省得一个女人家背负着债还要没日没夜地为半死不活的生意操碎了心。而我还是咬咬牙，用干净抹布为瓶子们细细地擦拭。

你的骨子里再怎么清高,都得面对烟火人间。有一天上网不经意看到酒后代驾的信息,我灵光一现,何不开设代驾服务?于是,我印了名片,正面是酒销售项目,反面是酒后代驾服务项目。

接到的第一单生意就是那个老头。他似乎对我颇有好感,上次把他安全送回家后,他说,下次还找你!我存下了他的手机号,才两天,他又叫我了。

我不知道他为什么要在江边燃放烟花,回到车里时竟然说了一句匪夷所思的话——我佛慈悲,灵魂上天堂,从此得永生!我没向老头追问这话的缘由,我记着自己的职责,不该问的话别问,惹客人厌烦了还不是堵了自己的路?老头又昏昏地睡了过去,我凭着印象往前开,居然找到了他住的小区。谁叫我曾经是一个职业的士司机呢,方向感再好不过了。

老头走下车时脚一软,我只得把他扶上楼,摔跤了对谁都不好。我在他开门时转身要走,他说,犯酒渴了,帮我泡壶茶!我没有理由拒绝。房子不大,却很整洁,似乎还有一股檀香的味道,我跟着他进了书房。

一副绣着观世音的唐卡悬挂在墙壁正中,前面是一座神龛,燃着一炷香。而靠另一扇墙的书橱里悬着十几挂手串,还有一个铃铛手环。我的眼睛定住了,那些手串于我很陌生,而唯有这手环是熟悉的。母亲在我出生时就给我戴上了,直到上小学才拆下来。母亲一直替我留着,说等我的儿子女儿出生时再给他们戴上,这可是辟邪保平安的吉祥物。

我的感情到现在还是一张白纸,很多男人想写上一笔,当看到他们拙劣、轻浮、毛躁的手时,我就恶心了。宁愿空着,也不愿被当作一张随意划拉的草稿纸。青春经不起这么糟蹋,要写就让有血性、有担当的手来书写。所以谈生儿育女早着呢,连爱情都八字还没一撇。但不知怎么,我一看到那只手环,眼睛就勾直了。

其实老头自己能泡茶,他只是想找个人一起喝茶,而我,也许就是最好的人选。他泡了壶金骏眉,金黄的汤色浮起一股热气,飘向摆在茶几一端的云竹,很淡雅,很清丽,还有几分缥缈。相对无言地喝了几杯,他说,我喜欢你穿白衣服,这样超脱自然!我浅浅一笑,说,习惯了,穿其他颜色的衣服觉得别扭。他说,你穿白衣服好看,很显气质,喜欢听佛歌吗?我眼睛一亮,他说,我给你唱一首敬善媛的《莲心曲》吧!

> 任处池塘,水荷清香,郁郁污泥,养我其芳。
> 不为风摇,不为雨藏,任君来去,守我天朗。
> 本无所染,明妙坦荡,垢净分别,于我何殃。
> 高华岂慕,低秽怎伤,月圆天心,觉此华章。
> 自在腰身立沙洲,浮云闲映碧波心。
> 采莲歌中根尘断,天涯无处不知音。

老头唱得如此柔曼、空灵,词也是我喜欢的风格,正契合我此时的心境。一种清雅之风涤净了他身上的迟暮之气,我轻轻地拍起手掌。

他说,我为逝者念佛经,为生人唱佛歌。

我不解。他递给我一张名片:普济安养院,邹敬仁院长。

——他说,以后我可以带你去看看。这是一所公益性的安养院,接收的都是医院放弃治疗的垂危病人,我们用念佛静养取代打针吃药,以佛心的广大和慈悲传送临终关怀。原来在医院痛得生不如死的病人,在佛经的强大气场里,能神奇地减缓病痛,《地藏经》、《般若波罗蜜多心经》、《金刚经》、《大悲咒》,我和弟子们每天为他们念经,用世界上最玄妙的音乐带他们走进一道远离尘俗的清净法门,直到把他们没有痛苦地送往西方极乐世界……

不知为什么,我并没有对这老头和他从事的工作感到害怕,反而有一种踏实感。死是每个人都要经过的一道门,老头却用佛法将死化成了生,生生死死,死死生生,生死轮回,循环往复。人生从来就是从一个未知走向另一个未知，又从一个世界走向另一个世界。

我说，看得出来，你对这项工作很喜欢。

——他说，这是一项事业，事业远比工作要有分量。但我也很纳闷，他们的亲人总是忙，从他们生病在床时忙到撒手西去，请一个护工全程护理，中间只象征性地过来探望，好像工作远比生命重要。很多子女跟长辈说不上几句话就闹别扭，一副苦大仇深的模样。两代人的代沟，明显摆在那，他们的子女在这种时候还有什么不能放下的呢，怎么非得较上劲？后来子女探望的次数越来越少，直到亲人离开那天，他们才放下手头的工作聚到一起，那天也许是他们人最多最热闹的一次。办完丧事，他们会请我上酒店，在席间央求我唱佛歌。我唱了一曲又一曲，他们表情忧郁，心里却很快活。该结束的终于结束了，该继续的还得继续！

我想起了什么，问，为什么要在江边放烟花？

——他说，那是对逝者祈祷的另一种方式，愿他们的灵魂升上天堂，往生的日子如烟花盛开！

我忽然觉得这个老头很可爱，世间竟然还有人如此敬重生命和灵魂。我正想说什么，他微闭上眼，也许酒劲又上来了，索性伏在茶几上。我不想吵醒他，轻轻打开书橱门，取下手环，往手腕上套，居然很合适。

大约晚上九点，我在店里拖了地，为那些瓶子们净了身，正要拉下卷闸门，一辆的士停在门前，常海岸走下车来，踱进店里，伸手摸了摸那些瓶子。我对那双手有点厌恶，想喝住又止了口，毕竟我还欠着他的钱。

常海岸说，不用怕，即便你是小白菜，俺也不是黄世仁，今晚不是来催债的。

我怕他胡来，说，快了，再过段时间就能还上了。

常海岸手一摆，说，今晚不谈钱的事，别皇上不急太监急，俺今天开心，拉你去兜兜风！

我说，改天吧，太晚了。

常海岸哪里肯罢手，不由分说地把卷闸门拉下来，推搡着把我送上车。我们便漫无目的地穿梭在城市的缭乱灯火里。

后来还是在一间酒店门前停了车，他掏出烟来，慢悠悠地抽完，又掏出手机玩汤姆猫手游。他说，路漫漫其修远兮，不如我们打的吧，汤姆猫就用快语速说路漫漫其修远兮，不如我们打的吧。他说女人一生喜欢两朵花：一是有钱花，二是尽量花，汤姆猫就用快语速说女人一生喜欢两朵花：一是有钱花，二是尽量花。声音尖细滑稽，而我听着很是刺耳，真想把常海岸当汤姆猫狠狠扇两记耳光。

大约又等了二十分钟，酒店走出几个人来，其中一人上了门前的奥迪。

常海岸发动车子，跟着奥迪绕行几个红绿灯，在一修地铁的路段，常海岸猛踩油门，蹿到奥迪旁边，轻轻刮蹭了一下，两辆车同时踩刹。奥迪车上跳下一个飞机头，像野兽一样恶狠狠地蹦来，扯住常海岸的衣领拉出驾驶室，酒气熏天地大骂，瞎了狗眼了，怎么开的车！身材高大的常海岸并不恼怒，慢条斯理地说，这位小兄弟，喝醉酒了吧，方向盘咋打那么急，要不报警处理？瘦弱的飞机头酒醒了大半，知道遇上碰瓷的了，但醉驾违法，真报警的话后果不堪设想，便压低声音说，大哥，别，咱内部解决！常海岸伸出四个指头，说，我也不想多要，四万！飞机头哭丧着脸说，太多了，我哪里拿得出！常海岸拉下脸来，少废话！转脸对坐在车厢里的我说，快，打110！飞机头赶紧道，别报警，我这就去拿钱！常海岸说，叫人送过来，要快，扔到前边公交站的垃圾桶里！飞机头蔫头耷脑地拨了个电话。

紧接着，我的手机响了，是那老头，叫我十分钟内赶到酒店。我打开车门，骗常海岸说有个大客户找我买酒，估计很快能还上你的钱了，没等他阻拦，我便伸手拦了辆的士，逃命似地往酒店赶。老头已焦急地等在停车场，手里提着个塑料袋，喷着酒气说，快，十万火急的事！我发动引擎，狠狠地踩油门，车简直是飞起来的。我闻到了酒精味和汽油味混合成的一种怪味，正乘着啸叫的风灌进我的胃里,翻江倒海,我很想呕吐,但竭力忍着。伸手拧开音响,却是佛经:南无喝啰怛那哆啰夜耶／南无阿唎耶／婆卢羯帝烁钵啰耶／菩提萨埵婆耶／摩诃萨埵婆耶／摩诃迦卢尼迦耶……

我正想关掉,老头制止了,说:"阿弥陀佛,佛祖保佑!"

好像我们正赶往一个恶鬼当道的地方,头皮一阵发麻。而我的眼睛、手、脚、腰,甚至呼吸和坐姿,都体现了一个职业司机的良好素养,果敢而精准地超越了前面的一辆辆车。

十分钟后,我们竟然出现在那个修地铁的路段。常海岸跟飞机头还僵持着站在那,两辆车也怄气似地挨在一起,旁边的车流只能缓慢通过。老头说,开到公交站。经过常海岸和飞机头时,我的心咚咚跳,猛踩了一下油门,车快速往前冲去。虽然车玻璃紧闭着,但我还是生怕被常海岸认出来。老头走下车直奔公交站,把手里的塑料袋扔进旁边的垃圾桶。我大体明白了什么,但我不能捅破这层纸。虽然那个飞机头酒驾违法在先,但常海岸的做法在法院的判决书里会归罪为敲诈勒索,而我既成事实地成了帮凶。这点法律常识我还是懂的。

老头回到车里时,并没有异常的反应,好像只是丢了几块砖。我保持着一贯的冷漠,当作什么也没看见。天上升起一轮圆月,快十五了吧。我喜欢月亮那种纯粹而晶莹的白,就像我喜欢穿白衣服一样。白色,并不代表单薄,而是丰盈和淡定。正适合我,表面看起来淡漠,内心却像水草一样丰茂。

老头呼出一长溜气,终于打破了车厢里的烦闷。小雪,你说人活一辈子是亲情重要还是金钱重要?我没接话,我知道老头并没想着让我陷于尴尬之地。果然,他接着说道——

昨天,又有一个老人走了。她的丈夫早几年不在了,膝下只有一个女儿,却远在美国工作,听说是硅谷高科技公司的CEO,一年到晚不分昼夜地忙。她要把母亲接到那边养老,不放心她一个人在家,加上一年又难得回来一次。但她母亲却死活不肯去，说金窝银窝不如自己的狗窝，死也要死在家里。为这事，母女俩闹得很僵，女儿甚至说再也不管她了。就在女儿气咻咻地返回美国后，做母亲的身体出现了状况，去医院检查是肝癌晚期，她瞒着没有告诉女儿，不想让刚返程的女儿又请假回来，她知道女儿所在的公司管理很严。医院已不接受手术，等于给她下了死亡判决书，她什么都想通了，只求没有痛苦地离开这个世界，便通过关系住进了普济安养院。刺心的疼痛已使她眼睛凹陷，身体枯瘦，完全没了人形，我和弟子们每天给她念经，佛音减缓了病痛。女儿到底知道了母亲的病情，却苦于一下子请不了假。她在电话里跟女儿说，你放心吧，我在菩萨身边没有疼痛，你也不要问心有愧，这都是命，谁也改变不了。听妈一句话，以后离开那个鬼谷，阎王一年到头把你当推磨鬼，生命都折腾没了，再多钱也是白搭！

这位母亲终于还是在女儿回来之前走了，她走得很安详，完全不像犯过重病的样子。她女儿今天才赶回来，送走母亲后我将一个盒子转交给她，这是她母亲临终前托付我的。她打开的时候，哭得稀里哗啦，你猜里面是什么，原来是小时候母亲给她戴过的铃铛手环。今晚，她一家人请我吃饭，她说在美国读了五年博士，这五年一边当家教一边苦读，累得昏天黑地。没想到毕业后好不容易进了硅谷当芯片设计工程师，也是没日没夜地忙，三年都不知是怎么熬过来的。今年混了个CEO，担子更重……

不知不觉间，车子又经过东江边。老头叫我停车，我摁下窗玻璃，天上的月亮很圆、很白，像刚淘洗过的玉石，剔亮地挂在夜晚的脖子上。老头又从车尾箱拿出一个烟花筒。随着那声长而尖厉的啸叫，烟花璀璨地绽放在明亮的夜空里，玉石的光泽转眼变得五彩斑斓，之后又复归原来如水的银白。老头依旧双手合十。我静静地坐在驾驶位上，那或许就是天堂的颜色，所有的繁华过后都得返璞归真地恢复素淡的白。也许这样，每一个灵魂才能获得永生。

老头又邀我上去喝茶。檀香味如一只手牵引着我,一直把我拉到书房。唐卡上的观音如常地微笑,檀香轻烟缭绕,云竹清雅依然。一切都没什么变化,但此时坐下来的我,心里却有一头小鹿在横冲乱撞。我尽量按捺着,但那头鹿很躁动,直搅得我心神不宁。我想,要是那个飞机头丢下车跑了,喊来一帮兄弟杀个回马枪,又会是怎样的结局呢?

老头往我杯里斟茶,我装作不徐不急地喝着,老头的神情也跟往常没有异样,舒泰、平和,我很佩服他能藏得住事。我说,我想听佛歌!他唱了一首黄帅的《研茶》:

轮回千百世／朱颜仍未改／红尘辗转多少回／还归土一抔／明日蒙不弃／今日不可得／笑揽苍松向云坐／半在云雾中／半在青山外／茶浓兴方至／更深禅未艾……

一个身披俗尘的女子在幽婉的旋律里往深山幽壑徐徐而行,风穿密林,峰隐翠岚,鸟鸣啾啾,流水潺潺。纵使我欠下了人世间的万重债,结下了红尘中的万般孽,在这远离喧嚣的山谷里也能放下一颗被俗世所累的心。我跟随着这个爱念佛经爱唱佛歌爱放烟花的老头,他身上萦绕着一种生生不息的气场,能避开尘埃和声嚣,阻止病痛和悲苦的纠缠,为神圣的灵魂找到去往天堂的路。天堂大概就是桃花源那样令人神往的地方,芳草鲜美取代了人心荒芜,落英缤纷取代了情世浮华,良田美池取代了广厦豪车,鸡犬相闻取代了明枪暗箭……

一只手伸了过来,紧紧地攥住我的手。做我的干女儿吧!老头用不容置疑的眼神看着我,好像这是他考虑了很久的决定,今晚终于找到了合适的时机,郑重地向我征询。我犹豫着,要是在今晚之前,我也许会答应。那个飞机头一定已认出了我,他以后向老头控诉起我的罪行,我还怎么抬得起头来!

我说,你不是有个儿子吗?

他说,我说的话,在他那里就是过巷风!

我说，佛法无边，你一定会有办法的。

他说，跟心中无佛的人谈佛简直是对佛的亵渎！

我说，佛慈悲为怀，点化众生，就算石头也会开成花朵。

他悲哀地说，我何尝没试过，一点都没用。他早几年就不愿跟我住一起，叫我给他买房、买车。整天跟社会上的狐朋狗友混在一起，只有要钱的时候才给我打电话。假如有一天我生命垂危，也会像那些人一样住进普济安养院，徒弟们为我一遍又一遍地念佛经，而我身边却一个亲人都没有，直到孤独地离开这个世界……

我啜了一口茶，完全不是味儿。他站起来，走到书橱前，说，这些手串都是那些人的家属送的，他们一年到头忙着事业，从来不缺钱，缺的是时间。当他们看到亲人在有生的日子里没有痛苦，心里比赚多少钱都开心。他们甚至要给我送钱、送房、送车，我坚决拒绝。他们中的有些人便改为送手串，推辞不掉，只有收下了。不要小看这些手串，都是价值不菲的藏品。这是印度小叶紫檀手串，这是花奇楠手串，这是条纹乌木手串，这是红豆杉手串，这是天然南红手串，这是海南黄花梨手串……最便宜的都在一万元以上，你随便选一串吧！

我当然心动，也许一条手串的价值便足够我还清常海岸的四万元，但我不能接受这么贵重的物品。老头却用一种信任的目光看着我，好像我不收下，就是对他的极不信任。我的目光在手串上游走，最后盯住了那个铃铛手环。我轻轻地取下，戴在手上。

老头欣喜地说，这是我儿子小时候戴过的，要是喜欢，送给你留个念想！

就在这时，我的手机响了，是常海岸。我一惊，磕了。我对老头说，有点事，改天再来喝茶！他很是失望，我知道他想我叫他一声干爹，但我实在叫不出口。我甩动手臂，铃铛叮叮当当地响了起来。老头痴痴地看着我走出门。

楼下，我拨通常海岸的手机。他大着嗓音说，真不厚道，在这节骨眼上甩了俺，幸好那小子是个怂包，乖乖给俺送了钱。俺在安徽菜馆，过来陪哥喝两杯！

我要是不去，真的有点说不过去，便打了辆滴滴车。菜已上齐，跟上次点的一样，臭鳜鱼、毛豆腐、和合腰子。酒，也是熟悉的古井贡酒。常海岸指着我面前的杯子说，先自罚一杯！我迟疑片刻，仰脖喝了，忍着辛辣，五脏六腑似乎漫过一股滚水，转眼间浑身燥热。旧时光除了有日子的颜色，有岁月的味道，还有时间的温度。我不经意瞥见窗外的月亮，似乎微微动了一下，意外地染上了一层红晕，我摸了摸脸，滚烫。

常海岸为我夹了一块臭鳜鱼，说，人间美味，算是还你上次的！我没动筷子，压根不喜欢这怪味。

呼哧呼哧，看着他的馋样，我感到很陌生。常海岸什么时候变得如此贪婪，当初和他一起跑的时可不是这样的。哪怕有客户的钱包掉在车上，他都想办法找到对方，原封不动地交还。那时，我觉得他是可靠的，所以在我孤独无助的时候，会萌生靠在他肩膀的想法。才多长时间，他就变了，如此不择手段地掠取钱财。

一条鱼只剩下了骨架，刺拉拉地戳在眼前，但常海岸还举着筷子去找鱼肉。我心里一阵恼怒，伸出筷子挡住了，喝道，小心鱼刺，不该吃的就放弃，否则你会付出代价的！

常海岸似乎没有听我这么大声跟他说过话，更没有看过我这么疯狂地喝酒，竟怔住了。我一连喝下七八杯，终于歪倒了。

我能感觉到常海岸搀着我上了的士，把我扶躺在车后座。车子奔走着，我听到风声和灯火交欢的声音，我很兴奋，嘴里嘟哝着，海岸，海岸！我没有听到他回答，伸腿猛蹬了一下前座的靠椅，常海岸终于说话了，快到了，拐个弯就到你家了！我大着舌头说，海岸，我们去宾馆吧！常海岸说，别闹了，俺不会乘人之危的！

我的心无比落寞，恍惚间看到月挂中天，月色洒满这个醉意朦胧又欲望横生的城市。一股滚热的旧时光在身上狼奔豕突。

我是在翌晨醒来的,太阳穴针刺般疼痛,整个人有一种抽丝剥茧后的疲累。我虽然卖酒,但很少喝,更别说像昨晚一样发了疯似地喝怄气酒了。酒这东西,喝的是心情,高兴的时候能喝一缸,郁闷的时候一瓢就醉。现在想起昨晚那股疯劲,心里有点后怕,胃像被什么揪住了,一个劲地倒腾,喉咙直痒,很想呕吐,赶紧翻身起床,手碰到了什么,一看,是两万块!

手头一直很缺钱,这两沓钱对我有很大的诱惑力,但它们却像烫手山芋,我不敢碰。一口气喝了杯温开水,胃总算舒服了点,但丝毫没有食欲。

我该给母亲打个电话了,响铃好一阵,传来窸窸窣窣声。电话放在床头柜上,但离母亲却是那样远。她一定是双手撑起身子,用力前蠕,颤着伸出手仍然够不着。好不容易抓着话筒了,又使劲撑起身子靠在床上。

我说了声,妈!电话那头遥远地传来母亲的喘息声,小雪,在外要注意自己的身体,钱是流水人是金刚!我的心一沉,眼泪不争气地滚了出来……母亲病了,我却不能在她身边,我还能为她老人家做点什么?我紧紧地攥着那两万块,咬了咬牙,还是放弃了,虽然我已两个月没给母亲寄一分钱。

晚饭后,接到一个老客户的电话,急着叫我送几箱白酒。我点了"滴滴打车",却好久没来,真见鬼。试着打了常海岸的电话,他居然在家,我叫他把车开到酒庄,顺便帮我看看店铺。他把酒搬到车后座,回到店里玩起了汤姆猫手游。我一个人开着车上了路。

经历了一拨子事,我感到自己真的时运不济,就是这命吧,命里只有三斗米,走遍天下不满升。但我还是巴望着这生意能一夜之间好起来,把常海岸的旧债还了,租一套像样点的公寓,再买一台二手车,白天穿过繁华的街市去送酒,晚上一身素净地为喝醉酒的客户代驾,把他们一个个送回家。很自然地,我又想起了那个想认我做干女儿的老头,虽然他有一个不听话的儿子，但谁又能事事如意呢。他是个好人，他的佛歌很好听，这就够了，此生能遇上这样的人也是一大幸事！

车子不知不觉到了东江边，水波微漾，月色皎洁，这么美好的夜晚，我有了几分醉意。

后面忽然一辆奥迪蹿了上来，急速地超到前面，一阵急刹。车门呼地打开，三四个人手抡器械奔来，我一惊，正想踩油门横冲过去，他们已挥出棍棒和砍刀，车玻璃哗啦碎了，我的头被铁器狠狠地击中，身上划出一道深深的口子。车后座的几箱酒也受到了连累，一股浓烈的酒味飘散开来。我能感觉到一股温热浓黏的液体从头上流下来，经过脸颊、脖子、前胸、肚脐……

隐隐约约看到一个飞机头走前来，似乎惊叫了一声，你们搞错了，怎么是个女的！潜意识告诉我，他们错把我当成了常海岸，这就是命吧！我取下手上的铃铛手环，叮当作响，吃力地递到他手里，气若游丝，半个字也吐不出来。飞机头迟疑着接了，手颤抖着，大叫道，你们这帮瞎狗眼的，把事搞砸了！

我的手机响了，这个时候，我知道是谁打的。我竭力睁开眼，看到月亮惊心动魄地挂在天上，刷亮了我身上的白衣和鲜血。我在心里说，老头，帮我放一束烟花吧！

紧闭上眼，属于我的世界慢慢跌入黑暗。仿佛看到江上啸叫着升起一股火光，从发着辛辣味的旧时光里腾空而起，绽放出一朵硕大的花，那么娇艳，那么动人。一双轻逸的白色翅膀正离开沉重的肉身，离开纷繁的浊世，飞向一个令人神往的地方……

【作者简介】

陈柳金,广东梅州人,广东省作家协会会员,居东莞。业余从事中短篇小说和散文创作,作品散见于《清明》《作品》《雨花》《飞天》《鸭绿江》《湖南文学》《安徽文学》《山东文学》《四川文学》《福建文学》《黄河文学》等文学期刊,先后出版小说集《行走的房子》《素身人》《呼啸城邦》。曾获《安徽文学》年度文学奖、台湾桐花文学奖、全国青年产业工人文学奖等奖项。

在美容院

/游利华

一

你最好还是去做个胸吧。

嗯？

那肯定，你要是做了胸，会变得比现在迷人多了。

刘自己一边给徐凤做脸部护理一边说。徐凤躺在床上，不便于说话，只能嗯嗯两声。

敷好面膜后，护理工作告一段落，刘自己起身上了趟厕所，凤凰传奇高声朗唱：谁在仰望，月亮之上，有多少梦想在自由地飞翔；昨天已忘，风干了忧伤，我要和你重逢在那苍茫的路上……。她放在前台的手机又响了，从昨天中午一直到现在，手机响了十几次，都是老公许强打来的。

手机再次响起，坐在前台玩电脑游戏的小朱拧眉烦燥地看看她，又看看手机，刘自己这才握着手机跑出店按下接通键。

你脑子出问题啊，不接我电话是吧，昨天一大早走人也不吭一声，我电话打爆了也不接，人是死是活，总要吱一声啊。许强气急败坏，一迭咒骂子弹般射出来。

我是死是活不都一样,你不是忙吗?我怕影响你睡觉啊。刘自己任他急,吧吧嘴轻描淡写道。

我看你脑子还真是出问题了,连续两天不接我电话,先别上班了,今天还是请个假去看看脑子吧。

许强又损她两句,得知刘自己没死还活着,就挂了电话。

刚刚挂机,手机又响了,那头还是他,那个,你前天说什么来着,要回老家?

听他问起这事,刘自己吞了吞口水,再顺了口气,重新将手机贴紧耳朵和嘴巴,是,我打算回去。

有病!神经病!快去看脑子吧。许强咔了手机。剩刘自己一个人呆站路边。是条挺宽的主干道,各式车辆呼啸着滑过去,道路两侧挤满了高高的楼,正对面那幢金光闪闪的,楼身拉下几个大红字:新美程整容整型医院。

阳光剧烈,刘自己被光线刺得睁不开眼,努力睁开一条缝,又被对面楼的反光晃得头眼昏花。

两个月前刘自己回了一趟老家。

她妈瘫了。三个多月前,妈突然脑溢血,抢救过来后,人就半身瘫痪,几乎不能说话不能动,成了半个植物人。哥哥嫂子耐住性子照顾了一个月,轮到刘自己接班,她本来只请得一月假,看看妈的病情,在电话里给美容院这边又多续了一月假。

妈怎么会突然瘫痪了呢?刘自己盯着躺在床上不能动弹的妈发怔,印像中,妈一直好好的,几十年了,妈身体都很好,连感冒也几乎没得过。爸死了后,妈就跟大哥分了家,说是一个人住着清静自在,大哥给了妈一块地,妈用它来种点水稻,还辟出一角菜地,刘自己很少回老家,每年十月,妈都要给远在深圳的刘自己寄新米,顺带一大包自家菜地里种的小菜,秋葵脆爽、扁豆紫红、豆角清秀。

做完最后一位客人，刘自己关门下班，还要走一段路才能到宿舍，不长，十分钟的样子，正好，可以清理一下这几天混乱的心绪。

街上人来车往，美食街的餐馆开始做夜宵生意，灯烛辉煌，桌椅排占了半条人行道，人们兴奋地谈笑说话，手臂挥舞，刘自己听见他们在谈股票房地产还有哪个女人最有味道。她嫌吵，加快了脚步。拐上一条小马路，路灯光自头顶射下来，将她的影子投印于地，影子圆乎乎一团，土豆一样往前滚。

刘自己深深叹了口气——她已经胖成了这样，面包似的膨胀，糖尿病高血压腰椎突出，常常还气短胸闷，在美容院工作多年，她还是懂点保健知识的，平时饮食也正常，一个老中医望闻问切后说，你这不是真胖，再减肥也没用，是虚胖。刘自己就想，虚胖会不会就是身体里充满了气体？要是再胖下去，她会像气球那样飘起来吗？

二十几年前，她刚来深圳时，还是窈窕的。

那时她在一家电子厂打工，深圳到处是这样的电子厂，大大小小多如牛毛，许强也在那个电子厂打工，他是湖北人，跟她是老乡，只比她大半岁。那时的事现在想来仿佛就在眼前。不记得那苦了，当然是苦的，很苦很累，她更记得的，是那些电子产品，在流水线上，源源不断被迅速生产出来，然后，源源不断发往各地。她每做一件产品，心里的成就感就多一分。刘老瞎家背猪草的二丫头，也是个能干的人了。

厂里男工不多，女工成灾。一进厂，她其实就注意到了许强。高高瘦瘦的个子，分头，长尖脸，笑起来，两片嘴唇咧开，凤眼上挑，有种坏坏的帅。她呢，也算漂亮，实际上，她最吸引人的，不是脸蛋，而是身材，细得一捏就断的腰，腰上却承一对丰满的胸，宛若两只皮球，圆润突兀，人微微动动，皮球就肆无忌惮地疯开了，上蹿下窜个没完。

他们很快就在一起了。

公园草地上蚊虫多，天桥底下人眼多，为了做事方便，他们找到了一间小小的农民房,高高兴兴地搬进去,没什么家具,连厨房也没有,惟有一把椅子一张床。那床很小,他们反正不需要大床,俩个人叠加一体。农民村内夜夜笙歌,卡拉OK、音响宣传响个不停,他们的小屋内欢娱如水,都没有睡意的。

就这样,很快有了女儿小霞,眼看肚子一天天鼓起来,大号的工衣也遮不住,许强不得不请假带她回老家摆了婚席。

二

周日新美程整容医院大楼前的广场闹腾了一整天。

彩球拱门条幅,广场上红火一片,几个高大的充气人被风鼓得左摇右摆,时而挥展手臂,时而迎风起舞,引领着众人的情绪。

新美程在搞一个"美女召集令"的大型活动。一个月前已经在本地报纸电视上铺开了广告,公交车身上也有,它们轰轰隆隆,带着巨大的"美女召集令"穿街过巷招摇过市。

广场上挤满了人,男的女的老的少的,院长一番慷慨激昂的讲话后,接下来有场美女走秀活动。当美女们浅笑吟吟长裙摇曳地袅袅走来,人群终于沸腾了,相机手机齐闪,口哨声如一阵阵波涛起伏。

因为店里有规矩,刘自己她们只得站在店门口打望对面的热闹。

进行优惠券抽奖活动时,前台小朱按捺不住了。

我要去试试,说不定抽个大奖回来,省下我半年工资呢。

小朱一直在为整容攒钱,这是大家都知道的秘密。小朱一走,大家兴致更高了,美容师小芳说,我给你们看一个人的相片,保准惊掉你们下巴。

几颗脑袋凑作一圈,小芳翻出手机,进入微信,点开其中某个人的主页。

手机上,有两张女孩的正面相,小芳用指头点点这张,又轻轻一翻点点那张,看出来了吧,变化大吧?

也许是小芳手机翻得太快,也许是刘自己反应迟钝,相片应该是同一个人的，有几分相像，一张脸圆点可爱点，一张脸长点成熟点，刘自己不知道小芳什么意思，茫然地盯着相片。

看出来了看出来了。有人尖声大叫，像发现了新大陆，一眼就看出来了嘛，这人整过鼻子，削过脸，还割过双眼皮，漂亮多了嘛。

是哦，漂亮多了。

明显漂亮多了。

人们你一句我一句跟抢着发表独见。刘自己这才又仔细看了看两张相片，没错，是同一个人，整过的地方还不少，没错，是变漂亮了。

她莫名地松了口气，也跟着发表了独见。

小芳满意地收好手机，喝一口水，盯一眼刘自己。

刘姐，听说你准备回老家？

哦，是吧。刘自己点点头。

这个月底辞职？

是这么打算吧。

几个人从刚才的相片里回过神来，都转头盯着刘自己。目光怪怪的，像不认识刘自己，刘自己有些不好意思地低了头，把脚从拖鞋里抽出来，勾下身揉脚趾头。她懂一点人体经络，常常点揉敲打身体各部位医治小毛病。

你回去做什么呢？她们问。

回去找个活干呗。刘自己揉着脚趾头说。

太突然了，也太突然了。她们感慨。

刘自己笑笑，是有些突然了，连她自己也没想到，甚至还被这个决定吓了一跳。她一时出神，手指捏按大脚趾的力道重了点，痛得她差点叫出来。

三

有的事情要当机立断，抽刀截水。人到中年，惰性像强力胶，刘自己觉得，做了一个决定，最好马上行动。

所以她才先放出了话，月底辞职离深回家。

这几天陆续在收拾东西。其实没什么好收的，无非一些衣服和女人的小玩意。大件的家具没有，这些年，她都住的出租屋，家电家具不是房东的，就是公司提供。看看地上已经打包好的一只黑箱，似乎少了点。她坐下来，拍拍脑门重新打量一圈，想着一定还有什么遗漏了。又似乎真的没有了，最多再装一箱子杂物。

滴滴。手机提示有条新到消息。是许强。你这个神经病要回就一个人回，我是离婚也不跟你回去的，神经病。

你回不回关我屁事。刘自己没忍住，还是回了一条。她本来不想回复的。离婚？他们现在跟离婚区别也不大吧。十年前他们就分开了，他随厂跟去东莞，她人近中年做流水线跟不上趟，只身来深圳，一个月见一次，吃两顿饭，吵一架，手都不碰一下，然后，各自上班。他当她傻吗？她知道他有别的女人，特意租了一室一厅的小区房，屋内若隐若现的香水味，衣柜底女人的衣服，她都懒得吭声。

那天她从老家回来，他开车去车站接她。

两个月不见，他倒更精神了，小伙子一样新剪了平头，白色运动裳配黑色牛仔裤，勾勒出他紧实的腹肌与长直的腿。他十分注意保持身材，长年饮食加锻炼，简直到了变态的地步。甫一见，他也不帮她提行李，转着车钥匙黑脸走在前面，两条长腿迈得像竞走。

你妈是不是快死了，你回去呆了这么久，人埋好了没？语调阴阳怪气。

不会说话就闭上你的臭嘴。她恨他一眼，又累又饿，拖一只大箱子，还要听他这样恶毒的话。

你倒是快点啊，五大三粗连个箱子也拖不动，饭都白吃了，我还要赶着回厂里上班呢！

他站在车前，双手叉腰看她像只狗一样累得喘气吐舌。

车挺新，是辆白色三厢福克斯，豪华版，花了大十几万。他特爱车，许多年前就想买车了。

把她送到出租屋,他就赶去上班了,说是厂里有急事,她在心里好笑,有破急事,他们那个一百人的小电子厂,生产一些山寨手机配件,他一个管二十多人的技术组长,有个破急事,无非跟厂妹们嬉笑打闹。

当晚他接近凌晨才回来,洗完澡就睡了,她睡不着,坐着看会儿电视,挨到床边,默了默,推推床上人,许强,我打算这个月底回老家去。

床上人掀掀嘴皮回一记响亮的鼾,翻个身,继续睡。

四

妈的情况很不好,不好得让刘自己震惊。

左半边瘫痪,完全没有知觉不能动弹,右半边腿和手能稍微动动,话也说不清了,咕噜半天吐出几个模糊断续的字。

到家第一天,刘自己就给妈做了番大扫除。

她身上太臭了,屁股上屎尿结成硬壳,背部褥疮脓水伴着白蛆横流。大哥大嫂绝对没好好照顾她,大嫂本来就跟她不和,大哥又是个出了名的怕老婆。

刘自己烧了一大锅热水,给妈擦了三遍,一遍肥皂水二遍清水。衣服床单全换了,还把屋里扫了扫。完事后,她煮一锅菜肉粥,煮得烂烂的,一勺勺喂给妈。

边吃粥妈边哭,泪珠子啪嗒啪嗒掉进碗里,一碗粥都变稀了。刘自己也红了眼,心里痛得一抽一抽,妈,你别哭了,我这不是回来了吗?你天天盼着我回来,我都知道,你一个人不容易,该做女儿的照顾你了。

她就这样住了下来。

白天照顾妈,帮她擦身、解手、煮饭。晚上睡在她旁边。

妈虽然不会说,但耳朵还是能听的,你说话时,她就直直地盯着你,有时也会哦哦两声。刘自己就给妈讲话,说她这些年在深圳的事。妈一辈子都没离过两个村,一个是她自己出生的村,一个是嫁人后的村,相隔不远,不到两百米。深圳是个什么样的呢?妈睁大眼睛,盯着刘自己。刘自己就说深圳的楼,深圳的马路,深圳的人。妈竟然听得津津有味,孩子一样眼里闪出光,入神处,嘴角还流出亮晶晶的涎水。

刘自己还跟妈一起回忆以前在村子里的事,那时她还是个小姑娘,她最不爱听的话,就是别人说她长得像妈,当然,也长得像她外婆,妈就跟外婆像得如同一个人。你和你妈简直没脱壳壳。村里的叔嫂都这么打趣她。她烦了,背起半背篼的猪草就走,横眼丢给他们一张冷脸。

现在,妈老了,老得成了半个植物人。刘自己兑好水拧一把热毛巾,给她擦脸,生怕弄痛了她,轻轻地一点点挪,先是额头,再是眼睛鼻子,最后是嘴巴下巴。起身去放毛巾时,她发现脸盆架上方镜中有一张脸,这张脸,已经松驰长皱,眉头间隐隐坟起的"川字纹",嘴角括开的法令纹,还有眼下微垂的眼袋——刚才擦脸时,明明就是擦的这张脸!她不禁抬起手,摸摸自己的脸,镜中人也抬起手,摸摸脸。

五

她们这家美容院主要做护理保健,徐凤每周都要来店里做美容。

她做的项目挺多,卵巢保养、经络排毒、脸部回春等,每次基本都是刘自己帮她做,她夸刘自己手法好,更重要的,是刘自己跟她能聊到一块,店里大部分是年轻小妹,她们俩则年纪差不多,刘自己只比她大几岁。

也就是说,徐凤今年四十了。她一直想结婚,自封无极剩斗士。

我谈过的男朋友可多了。徐凤喜欢用这句话作为跟人聊天的开场白。数不过来,每个男人都很缠我,给我写情书,给我送花送东西。

他们没向你求婚?刘自己拧开一瓶回春精油,空气中立刻弥漫开一股浓郁迷醉的香。

求婚?那当然,每个男人都向我求过婚,我都烦死了。徐凤是个川妹子,说话辣冲冲地。

那你怎么还不嫁?

没找到满意的。徐凤唉一声,我的要求又不高,找一个满意的人怎么那么难,他们就是差那么一点点,这帮龟儿子,也真太不争气了,气死老娘了。

刘自己笑起来,徐凤也笑起来。

徐凤笑了几声,马上止住说再笑就要增皱纹不好嫁人了。刘自己趁机游说她,怕什么,你去做个隆胸,什么样的人找不到,堵上门让你挑,只怕你跑都来不及。

徐凤嗯嗯。

哎哟,我是怕呢。她说,万一做不好呢,我这人可不敢做那些事,我喜欢自然点。

刘自己就在心里哼道,你不做那些事?我们做美容的,见的人多了,别装了,你第一次进门,我就发现你双眼皮是割的,鼻子垫过,下巴也隆过。

但她却顺风顺水地回道,放心吧,做出来很自然的,一点看不出是假的,将来奶孩子都行。

徐凤不说话了,陷入思想斗争。

从什么时候开始说起这件事的呢?刘自己回忆,是年初的时候,那时她帮徐凤做卵巢保养,脱光衣服后,徐凤平躺在床上,她的身材挺匀称,每个部位都配得挺好,胸呢,因为没有结过婚奶过孩子,还挺结实,不算大,可是也不太小,一对平常的胸。

刘自己以后就多次劝她去做隆胸。她们美容店和对面的新美程整容整型医院有个秘密协议在,这边美容店每帮新美程拉一位客人,能从中抽十个点的佣金。当然,劝说人也要看对象,对方有这个潜在意愿,也有能力接受。刘自己已经成功劝说几个人去新美程做了整容,一个光子嫩肤,一个打瘦脸针,一个激光祛斑,都是些皮面功夫,没多大意思,徐凤这个,算是最大的一桩，动刀动肉，不单是指价钱最贵，还指过程结果。

做了你就明白，你的选择是明智的。刘自己看看不吭声的徐凤，又说了一句。

六

老家变化不大。村子本来就不大，十几户人家，趴在半山坡上，周围几块石跷田，顽强地长着些小菜水稻小麦。

现在村子近乎空了，惟有刘家何家两家还有点人气。大哥大嫂一直没离开过村子，相比出去打工跑世界，他们更喜欢种地，任凭儿女在外面打拼，他们只关心自家一亩三分地。

大哥每天天不亮就挑两担菜去几里外的镇上卖，妈早就醒了，竖耳听他的动静，估摸着太阳爬上檐角，他该挑晃萝筐回来了，眼珠急急地转，嘴里啊啊啊地。

妈，放心吧，今天大哥的小菜全卖完了，价钱也高，葱子卖上一块了。刘自己明白她的意思，忙说。

大哥大嫂现在也不种粮食了，光种小菜，小菜出脱快，价钱也好，特别是葱子香菜香芹一类料菜。

烧好灶，等早饭熟的功夫，刘自己过来给妈按摩。

妈的身体很僵，干瘦的身体仿佛一块石头，特别是瘫痪的那半边身子，不单硬得硌手，还冷冰冰的没什么体温。医生说，你们这算幸运的，人能抢救过来就该谢老天了，以后要好好注意了，多用心照顾她，别让她全身瘫痪了。

大哥说，也就这样吧，能有一口气就不错了。刘自己却坚持认为，妈能恢复，回来这半个月，她发现妈已经好多了，比第一眼见她时灵醒多了，要是进一步，妈那半边瘫痪的身子说不定也能恢复呢。

先用艾草熏一熏肚脐周围，然后，整个巴掌覆上去，左三圈右三圈，反复揉按。气海、关元、神阙这几个穴位，是人的性命之本，要多揉按。当然，别的穴位也不能丢了，为了让妈头脑清醒身体活泛，刘自己要把她身上重要的穴位按个遍，她不嫌烦，极有耐心地每天坚持按两个小时，直到累得满头大汗，两只手酸胀得空碗都端不住。

总会有点效果吧。

到得下午，还要给妈做个人卫生，排便擦身，妈常常便秘，刘自己本是个爱干净的人，每次排便前，她都会先给妈用手指通通肛门。

妈住的地方，是以前老屋的一部分。老屋破败了，大哥在老屋对面另起了新房，老屋能拆的都拆了，剩两间，一间给妈住，一间做猪圈喂猪。

小屋阴湿，蚊虫成团，刘自己请来抹灰匠，给墙壁新抹了白灰，她还托人从镇上新买来一批瓦片，把屋顶那些陈年烂坏瓦换下来，末一件，是灶台。以前的灶台又破又小，根本不是灶，比行军打仗的流兵埋的营灶还不如，刘自己请人来做了个水泥台，购得一大一小两口新锅，把个灶台做得像模像样的。

闲下来，她跟妈聊天，这也是帮妈恢复的一种方法。

妈，你记得那个何小勇吗？就是村头那家的小儿子。

妈不能说话，只能睁大眼睛盯着她。

他不回来养猪吗？我昨天还跟他说话了。

妈似乎想说什么，嘴唇蠕动两下，终是没说出来。

七

何小勇是半年前才回来的。

他家住在村头，最当眼的位置，最扎眼的房子，三层高大宽敞的石楼，贴了花瓷砖，装了银白的铝合金窗。

黄昏时刘自己出门散步，经过村头时，见何小勇在院子里搬猪伺料。他抬头瞅了她两眼，她本来要走过去的，一瞬间心里升起异样的感觉，情不自禁停下来，笑吟吟地站定院门口。

何小勇！

哎。何小勇有些迷惑，大约没马上认出她，毕竟他们俩有十几年没见了，何小勇家虽然修了房子，但是多年前就没在村里住了，他又哎一声，是刘自己吧。

你做什么呢？刘自己问。

准备喂猪啊，我养了两百多头猪，每天光饲料都要吃一车。

刘自己探探脑袋，发现房子后面果真有几大排带棚顶的猪圈，猪们哼哼乱叫，一股浓浊的猪粪臭。

看来你是养猪专业户了，厉害。刘自己说。

何小勇于是告诉她，自己这个养猪场才刚建起不久，这些年，他跟老婆在北京打工，做点小生意，也赚了些钱吧，现在那边都结了。

刘自己顿了顿，认真看着他，像要看进他心里去，然后她说，你没变，你一点没变，还是当年那个样。

怎么没变？何小勇不好意思地笑笑，起码变老了嘛。

何小勇忙，刘自己向他要了手机号码，接着沿田坎散步。

一路上，她都在想着跟何小勇有关的事。

看见何小勇，仿佛又看见了从前的那个自己。何小勇跟她一般大，从小一起割猪草一起下地一起上学。她并不是从来就注意到他的，直到十四岁，她还不知道何小勇的名字怎么写呢，她注意到他，是那一次开始。那天，班主任老师突然表扬了何小勇，前一天晚上，天下暴雨，何小勇回来教室关紧了门窗，班主任说，何小勇是个心细的孩子，跟别人不一样。

至于喜欢，以至于深深喜欢上何小勇，又是再晚一点的事。她莫名其妙收到了一张纸条，纸条上写着几个简单的字：我喜欢你。字体笔迹一看就是故意的，故意歪着扭着，怕被人认出来，惊喜不安了一阵，经过多次观察对比，刘自己凭直觉，那应该是何小勇写的，因为何小勇常常偷看她，有时还故意往她书包里丢吓人的东西。

渐渐，她发现自己越来越喜欢何小勇，忍不住跟几个关系亲昵的好姐妹说了。她们都惊呆了，拧着眉半天想不明白。你为什么喜欢何小勇啊？他一点不帅，矮矬矬的，黑得赛泥鳅，成绩也不好。是啊，班里比何小勇优秀的男生不少，但是，她就是喜欢何小勇，心里眼里只有何小勇，容不下别人半点。她觉得其它人都是瞎了眼，没发现何小勇的好，惟有她独具慧眼，何小勇跟所有人都不一样，他是何小勇，独一无二的何小勇。

爱慕思念像千万只小虫，日日夜夜咬噬她的心，她却没告诉何小勇。考高中时，何小勇上了师范中专，她有个亲戚在县医院管人事，说只要她报考卫校，将来就能进县医院做护士，但她没有，跟家人吵了几天，差点以死相逼，一意孤行地也报了师范中专。当然，她没考上，灰头土脸被发配到一个极差的高中，断断续续上了两年，终是辍学回家晃荡。

八

几个月的劝说下来，徐凤终于答应跟刘自己一起去趟新美程整容院。

新美程医院装修得气派又豪华。镂空落地窗帘、枝型复古水晶吊灯、乳白暗花墙纸，随处可见插在玻璃花瓶里的玫瑰、百合、康乃馨。

最主要的，是美女多。新美程里出入的，全是美女，客人美，工作人员也美，磁铁一样吸人目光。刘自己喜欢这儿，常常想，要是她再年轻一点，瘦一点，应该可以来这儿上班，在这儿上班，可比她现在的半吊子美容院强。

领着徐凤走向前台，前台有三个女孩，刘自己分不清她们都是哪一个，尽管她来新美程的次数也不算少，但从来没把她们三人名字叫对过，她们实在长得太像了，连说话都像。

正要开口说话，杀过来一个女人，女人把提包往台上一搁，气势汹汹呼炸开了。

找你们主任，那个姓刘的主任，他把我下巴做坏了，我是越看越别扭。

众人都唰一下将目光聚在她脸上。女人大约三十几岁,乍一看挺漂亮的,高鼻大眼翘尖下巴,细看之下,刘自己眨了眨眼,窄额头大鼻子配尖下巴,好像是有点儿不对劲。

实在受不了了,我都不敢出门了,把你们刘主任叫出来,我要他给我重新弄弄,要不我就投拆他。女人很凶,大声侉气。

三个前台女孩立即忙开了,一个去请刘主任,一个安抚女人,一个示意刘自己和徐凤跟她走。

几分钟后,她俩被引进一间小办公室,进来一位美容导师,看了看徐凤的情况,回答了一些她的疑问。

我们现在有注射、假体、自体脂肪三种丰胸方式,每一种都很安全,效果也非常好。美容导师一再强调。接着,她分门别类地详细介绍了每一种方式的原理材料及过程,徐凤听得很认真,不住地点头。

美容导师很会说话,长得又美,刘自己觉得自己就快迷上她了。

徐凤看来也迷上了这位美容导师,她们很快拉手说笑起来,问得差不多要走了,她俩还拉着手,站在走廊里又说将起来。

看来一时半会儿走不成,刘自己没什么事,抱着胸东张西望。刚才那个吵架的女人还在,她坐在对面半围的小包厢内,一个男医生和两个女孩坐在她旁边你一句我一句不停地说话。

你看看,你现在多漂亮,稍微化一个妆,就能赶上范冰冰李冰冰周迅了。

对啊,这个下巴很特别很漂亮,刚开始是那样的,慢慢就惯了,越看越漂亮。

哈哈,就像一个女的突然生孩子做了妈妈。

他们开起玩笑来,说着说着,女人没再大声吵闹了,举起手握镜对脸左照右照,咕噜两句是吗是吗,最后,看他们都笑了,也跟着呵呵干笑了两声。

九

女儿小霞要来深圳玩,老公开车去广州接女儿,再接上刘自己。

他们仨在深圳市区打转。深圳是座年轻的繁华大都市,可去的地方很多,先去了华强北,华强北能买到最先进最全的电子数码产品,小霞在电子城买了部苹果新款手机。再又去了东门,东门也是全国有名的购物区,深圳最老最大的墟,东门人更多,把个狭窄的街道挤得处处堵人,小霞兴兴头头在港澳城内挑了个包包,小霞是个爱打扮的时尚姑娘,粗一看没什么扎眼,棉T配仔裤,细看,才发现棉T和仔裤甚至手腕上的小饰品都经过精心搭配,品位不俗。购完物,仨人一起开车去大梅沙游泳看夕阳。

他们换好衣服,跟着人群饺子般扑噻扑噻下到海里。刘自己不会游,身上来例假也不能游,于是,坐在游滩上看守东西发呆。

已是薄暮时分,太阳在天上耀武扬威了一天,终于老成了夕阳,只是还有点不太甘心,夕光金灿灿地晃人眼,大广播里放着歌,有流行曲有经典老歌,放完了周杰伦的《安静》,又放蔡琴的《你的眼神》,陈升的《把悲伤留给自己》。

能不能让我陪着你走,既然你说,留不住你,回去的路,有些黑暗,担心让你一个人走……。

听着听着,刘自己一阵鼻酸。

她想起了那一次。那天,她和村里人一起在地里割收稻谷。九月天,成熟的稻谷澄黄一片,无边无际延展到天边,太阳猛劲,能把人烤成木乃伊,刘自己本能地一镰镰往前割,整个人又僵又木。这时田头走来一个人,那人近一些,人们议论开来:是刘苹啊,她怎么变了个人啊,都差点认不出啰。刘自己也抬头看,是刘苹,比她大一岁的刘苹姐,去年她去了广东,说是打工,也不知具体在那边做什么,刘苹样子没变,就是穿得漂亮一点。刘自己又看了两眼,刘苹是变了,无论哪方面都变了,

亲爱的南方

不是以前那个刘苹了。

稻谷没割完,刘自己就跟刘苹一起也来了广东,那次一起离开村子来深圳的,还有其它几个女孩,刘自己本来想问问何小勇要不要一起走,犹豫再犹豫还是算了,何小勇那时刚毕业回村小学当老师。回了村小学的何小勇,爱到刘自己家隔壁的何冲家家访,何冲是个调皮的拖鼻涕男娃,刘自己看何小勇站在院子里跟何冲他爸说话就扑哧洇开一脸粉笑,想来看我就直接来嘛,何必弯弯拐拐的。

天色渐渐晚了。夕阳越来越老,猛抬头,已经老成风中残烛,夕光暗淡无力如昏飘的眼神。

老公许强和女儿小霞水淋淋地从海里爬上来,刘自己赶紧丢给他们一人一块大浴巾。

海里游泳就是过瘾,任你扑通,鸭子式老虎式狗熊式都行,老妈你不去游,太可惜啦。小霞哇哇叫道。

你别说你妈了,她就是个怪物。许强擦擦脸凛一眼刘自己。

刘自己没心思跟他说话,表情都无一个。许强擦完脸,瞪着她,你还真要回老家啊?

那可不是真的?谁和你开玩笑啊。刘自己还是没看他,带点自言自语腔。

回老家?!老妈,你要搞什么?脑子进水了?!女儿小霞也瞪着她。

不搞什么,你姥姥病成那个样子,我再不回去,她就只有死路一条了。刘自己不喜欢女儿这样说话,特别是她的表情,她觉得女儿是个冷漠的人。

我说你是个神经病,你还不信,你看看,连女儿也这么说了。许强不满地囔囔,接着又数落道,小霞研究生毕业,现在广州一家大公司实习,以后就留在广州,我在东莞,你在深圳,你有什么不满意的。

他的口气像质问,仿佛一切都是刘自己错了。但她又做错了什么呢?难怪她真要见死不救,不管瘫成半个植物人的妈了吗?

那以后呢?她拼命忍住突突冒窜的火气,回敬他一句。

以后？什么以后？我们这样子还有啥不好呢？我看你还真是有病。许强冷哼道。

刘自己又不说话了，她不想跟任何人争，没意思，就别脸看灰茫茫的海看快要落进海里的惨淡夕阳。旁边一家人也游完泳回来了，那小男孩圆头圆脑，手上脚上套几箍亮亮的荧光圈，他妈打趣他，你看上去像个小哪吒。小男孩就披上浴巾双臂乱挥，哪吒闹海来了，哪吒闹海来了。

海水一层层叠涌，扑涌、退落、扑涌、退落。胸口又一阵抽搐的痛。

刘自己使劲捏拳顶胸，要减轻那痛。近期不知怎么，胸口总是没来由地突然一阵抽搐地痛。小哪吒。刘自己当然熟悉哪吒的故事，那个倔犟的小屁孩，他竟然把身上的肉一块块割下来还给他父母。胸口更痛了。刘自己又一阵鼻酸。痛得浑身发颤。

十

徐凤去新美程整容院做胸这天，刘自己去陪她。是刘自己主动提出来的，她对徐凤说，你别担心，你要再担心，那我陪着你好了，手术后有什么要帮忙的，你也可以找我。

她找了个安静的地方，要一杯茶，坐下来清理一些事。

还有三天就要辞职回老家了。东西都收得差不多了，好像也没什么落下的事。但刘自己总觉还有些什么忘下了。是东西？是事情？还是？上了年纪记性不好，人也恍惚，她呆呆坐着，眼神望向地板某处，像被定型水定型。一定有什么落下了，夜里她想得睡不着，翻来覆去在床上煎烙饼，一次次地爬起来，打开行李箱翻找，好不容易有点睡意，糯米纸一样薄透，梦里晃来晃去全是妈，妈孤零零躺在床上，她要走了，妈的眼泪自来水一样汩汩横流，眼珠暴突，嘴里拼命咕噜，艰难地抬起几根指头，死拽她的衣角。

干脆猛喝两口浓茶。

三天后她一定要走。她对自己这样说，神情像老师在给学生强调某事。回去后，先把妈照顾好，等妈情况好一点，就在附近找个工作，每天回去跟妈一起住。哥哥嫂子是不可能照顾好妈的，她要不回去，妈的情况想想都吓人。

回去了也挺好，可以照顾妈，还能见到何小勇。

她现在当然不会对何小勇有什么非分之想，都是有家有口的人了，能这样天天见个面说说话就满足了，至于以后，上天自有安排。又续了一杯茶，胸部手术是个复杂细致活，过去两个小时，徐凤仍没出来。刘自己慢慢急了，不住往手术室门口看去，她很想知道徐凤做了后是个什么模样，甚至想知道她以后会怎样？

喝着茶，她的心思又跑何小勇那儿了。

何小勇还是以前那样，说话一停一顿地，喜欢揩额头望天。他说，刘自己，你刚才，说什么来着？

刘自己清了清嗓子，装做无意地问，我是说那封信，你上学是不是给我写过信，像纸条那样的？

信？纸条？何小勇举起手揩额头，不好意思地笑笑，咱俩还需要写什么信？我记不清了，好像，没有吧。

【作者简介】

游利华，1978年生，现居深圳。于各文学杂志发表小说散文近百万字，散见于《散文》《广州文艺》《福建文学》《百花洲》《黄河文学》等。出版有《被流光遗忘的故事》《声声慢》等。

搬家

/ 赵静

回到家楼下,我翻遍口袋也没有找到钥匙。

我想,一定是早上出门太急,将钥匙落在房里了。

仰脖一看,头顶是几片被高楼切碎的天空,没有星星和月亮,只有几盏昏黄的街灯挂在楼角的外壁上。这个点儿,上白班的大都歇息了。上夜班的,也大都出去了。能怎么办呢,我只好倚着门外的墙,等。等里面的人出来,或外面的人进去,把我顺进去。

咚,咚,咚……一阵细碎的脚步从楼上传来。

我连忙把头靠近门缝,朝里张望,巴望着是个我认识的人。说到"认识",我瞬时在脑海过滤了一下楼里的人,住在这里四年了,除了每月按时交纳租金和房东认识以外,还确实没有熟悉的租客。并非只是因为换了房东,还因为这片农民房区里住着的,大多是生活极不稳定的异乡人,他们就像夏季的河水一样被命运拨来调去,奔腾与驻足,皆是身不由己。

滴,滴,大门响了。一个女人侧着身子,像泥鳅似的从里面挤了出来,很快,门就带上了。

"你好,我楼上的,忘了拿钥匙……"

话一出口，我马上谴责了自己的迟钝。她一出来就没有停下过脚步，要说停留，她的眼神倒是在我身上停留了几秒钟，她看我的时候，是从上到下地扫视，斜白着眼儿，像看一窝马蜂，又像看着了贼，眼神里既透出躲闪，又蕴藏着敌意。她自顾朝马路走去，红色的高跟皮鞋蹭得地面山响，走路的姿态却是一步三摆的，那是一种既想要快速脱离危险地带，又想要竭力打捞起因摆动身体而费掉的时间的矛盾姿态。

我像乌龟一样缩回了头，等在原地。

滴滴——再次听到大门的响动，我弹簧似的"蹦"到了门边儿。

"对不起，我不认识你。"男人独自进去之后，用手挡了挡门，将我挡在门外。

这一回，我没有说话，我甚至没看清对方的脸。正如他所说，我也不认识他。或者，即便我认识他，他又不认识我，不也是徒劳么。

退回到檐下，我怀疑起自己的长相来，我怀疑我是不是长了一张容易让人误解的脸。于是，侧立墙边，就着玻璃窗我端详自己：弱小的轮廓，疲惫的状态，无奈而诚恳的眼神……既不是三寸宽窄的"鬼脸"，似乎也没有一处能和"坏人"沾得上边儿。直到我推翻疑虑重拾自信，又一次坚定地面向大门。

时间一分一秒地滑过，没有人再闪现出来，大门也没再响起。楼角的街灯，开始陆续熄灭了。

我忽然想到了楼下的小店，店主是我老乡，他的守夜时间最长，应该还没有打烊。

"老乡，还住园岭吗？"一进店，我就向他打探。

"没，搬到楼上住了。"他趁着给顾客找零的间隙，指了指头顶上方，口里嚼着槟榔含混不清地答着话儿。他面色腊黄，眼睛里布满了血丝，整个人看起来不如从前精神。或许嚼槟榔，便是他在漫长的工作时间里为了驱赶倦意而养成的习惯。

"也是,一来图个方便,二来省去了跑路的时间,还能多挣点儿。"我一边附和着,一边径直走向货架择了一些暂时并不需要的日用品。或许这样,借他钥匙打开大门的几率会高一些。我心里这样盘算着。又想着,从前在故乡何曾动过这样大费周折的心思?忽然一阵悲凉涌上了心头……

"挣啥个钱呀,左右不过是挣个活着。"一句布满沧桑的话脱口出来,和他入世的年龄极不相符。

"唉,这话说的,挣不挣钱还不都得活?"见他话里悲观沉沦,若不给予纠正和安慰,我也过意不去。

"嘿哟,活?说着容易活着难!你问问凡是在深圳活过的人,房租水电,吃穿用度,出行留守,甚至喝一口水,哪样离了钱能活……"

他一语中的。作为正活在其中的一分子,我几近沉默了——论生存,这里的确不比乡下。乡下有大片大片的农田,农田里盛满了庄稼和蔬菜,村子里四处陈设着甘甜的水井。饥饿不是事儿,口渴不是事儿,就连洗衣也只是在池塘里摆上几摆的事儿……且不说这里的土地都种满了房子,水管里的水不能喝,就连上个厕所也是要交费的。

"老乡,你的钥匙能借我用一下吗?我上去找房东……"沉默半晌,我终于艰难地向老乡开了口。没想到,他竟然爽快地答应了。

有时候,人的本性并非顾虑重重,他有顾虑,一定是受了某个事件本身的影响,才畏畏缩缩地摒弃了直接率性的根本,才思来想去地多了几根弯弯肠子,才在别人提防自己的同时也想到自己对别人的提防。我也一样,如果不是因着前番两次遭拒而受挫,我定然会开门见山地向老乡借用钥匙。几乎是忽然之间,我能更大程度地理解了人性后来的复杂。

拿到通行权,我迫不及待地爬到顶楼,敲开了房东的门。

"救小姐,什么系?"房东把门打开,探出半个头来。

房东身材矮小,面容消瘦,额头狭窄,目如豆儿大,顶着一头蓬松的乱发,似乎从未梳理过。他是附近十几幢楼里惟一亲自收租的本地人,据说因为赌博输掉了其它家业，一年前不得不从二手房东那里收回这幢楼的掌管权。说起二手房东来，那倒算个热情人，对租客们也很客气，比如修窗、开门这样的小事根本摆不到台面上。可是，没办法，他的"二手房东"身份仅凭"一手房东"的一个"不"字就否决掉了……每次收租的时候，无论是现房东，还是他老婆，二人如出一辙地叫我"救小姐"。

"你好，我是7楼的赵小姐，我的钥匙落在房里了，想请你帮我开一下门。"

"唉，介（这）样！你——打——电——话——嘛。"房东的声音拖得老长，显得很不耐烦。

南国的风，虽算不上凛冽，但依然可以在初冬的夜间吹得人脊背发凉。我站在楼下的两个小时里，打了房东十七个电话……罢了，楼里的人，谁不知道：除了每月1号的收租期能在他电话里听个人声外，再就是哑的了。对于租客而言，不管是灯具坏了，水管破裂，还是要更换其它物件，都须得自己找人帮忙，用他的话说：除了收租金，房子里的一切物件坏了都与他不相干。

"电话要是能打通，我也不来敲门了，除了收租，你的电话从来都是摆设的。"我心里生着气，嘴里却只能打着呵呵。

"休（收）租狠（肯）定啦，我租房就是为了休（收）租的嘛——"说到钱，他笑开了，米黄色的瞳孔里顿时跃动起一丝光亮来。

我走在昏暗的楼道里，借着窗外偶尔接济过来的光线，瞥了一眼房东的脸，默不作声。其实，也没什么好说的，他说得对，"房东"就是为了收租而存在的。

"先说好了，嗨（开）门五十块。"房东伸手拍了拍我的门锁，开出了一个震天响的价码。

"开门也要钱哪？"我诧异了。

"那当然，你愿意，我帮你嗨（开），你不愿意，我走。"

夜那么深了,这个节骨眼儿,我到哪儿去找开锁的人呢。即使我晚上住到外面去,明天不还得找人开锁么。再说了,房里那份我花了一周功夫整理出来的重要资料急待明天交公……

"你有社保卡吗?"见我没有拒绝,房东准备帮我开门。

"有。"

我纳闷了,房东帮租客开门,不是该用备用钥匙么,他要我的社保卡干什么?

只见,他把卡伸进门与门框衔接处的缝隙里,嘎吱嘎吱地拨动着里面的锁头,不一会儿,门打开了。

"救小姐,五十块。"房东站在门框里,手伸着,晃动着五个指头。

"这连(年)头,有钱能使鬼推磨哟——"我把钱递过去,模仿着房东的腔调儿嘟囔着。

"系(是)有钱能洗(使)磨推鬼——"他对钱的认知及觉悟,直接高到有生命物介和无生命物介对调了,连磨都可以推起鬼来,实在高深莫测。他的话,在楼道里飘动着,旋在耳际响彻了半天,我大脑轰隆隆地运转开来,却到底没弄明白,他说的磨是谁?鬼又是谁?

关上门,我环视室内,钥匙安安静静地躺在桌上,一切如旧。正如上个月初我回到家,房门洞开,除了笔记本电脑不见了之外,锁头依旧,窗户依旧,其他的一切物什依旧。我手里攥着钥匙,可是,有什么用呢,人家不用钥匙照样可以打开房门。

半年前,我的单车也是在这儿丢的,一起丢的,还有书桌上用于储存零钱的"大头猪"。门开着,锁头却没有撬过的痕迹……

两个月前,邻居因为丢了宝贵的物品和房东吵翻,搬了出去。

上周末,楼上的一户人家出了事,警察来过。

……

坐到沙发上,我开始静静地想一些事情。

租客们隔三岔五地丢东西，他们像惊弓之鸟，对一切闯入视线的人时刻保持着警惕，你看我像贼，我看你像贼，大家彼此心照不宣，每天回到家的第一件事就是把门关上：各自清扫门前雪，不管他人瓦上霜。他们小心翼翼地护佑着心中那份随时可能丢失的安宁，却又把自己架上了更无安宁可言的境地。而我，在这里住了四年，没有一个可以交谈的邻居，确切地说，甚至没有一个能为我开门的人。很多时候，我试着和他们交往，除了从快节奏的生活里抠不出多少空白的时间外，还因为热情经不起冷眼的消耗，往往在还没有遇上对的时间和人的时候，就已经冷却了下来。

还能住下去吗？疑虑，像一块跃动的浮木起伏在心海，我再也无法平静下来。

倦意全无，头脑愈加清晰，我一直坐到天光四亮。

清晨，一只麻雀落在阳台对面的楼顶上，褐色的眼球在黄色的眼睑里灵活地转动着，冲我叽叽喳喳叫。我撒一把米去，它头也不抬就啄食起来。这地方，房子越盖越高，间距越来越小，电线密密麻麻地布满了楼宇之间，除了一座座钢筋水泥的房子，连一棵树也没有。麻雀常来这里做客，它与我仅有1米之隔，却并不怕我。单从喂食上看，我们之间已经有了默契。

说实话，有时候，我真希望那只麻雀是个人……

记得那是一个晚上，狂风肆虐，大雨直从天上倒下来。房东像往常一样用脚尖敲开我的房门，嗷嗷着"交租了，交租了！"我对他说，我要搬家了。他问我什么时候，我说就这两天。他让我把这月的房租交了先，我反问"不是还有一个月的押金吗？"他只好悻悻而去。

两天后，我正式搬家。

这一天，房东带了个小年青来，像是刚毕业的样子。那人进屋扫了两眼，便充满感慨地说："正找房子呢，就碰上你搬家，真幸运！"房东说"一个萝卜一个坑，巧的是你赶上了，算你有福，先交订金吧。"于是，那人嘻皮笑脸地向房东交了2000元订金，说是后天搬过来住。他的表情忽然让我想起了四年前的自己，也是这样一股子掩饰不住的高兴和骄傲劲儿，天知道他找了多久才找到这住处呢。他拿着我先给了的一把钥匙，欢蹦着远去，活像赶赴一场等待了半生的约会。

顿了顿，房东转过头去冷笑了两声，晃着脑袋对着楼道里说了一句"嗨，看吧，我的房子从来不缺租客！"小年轻早已经走远了。我知道房东是说给我听的。虽然背对着我，但我能想象到他的额头一定爬满了因傲慢而堆成小山的皱纹，眼睛也一定眯成了一条连蚊虫都飞不进去的细缝。

家里的东西不多，搬完家什仅用了半天时间。

新住处，和原来的住处隔着一条村子，说是村子，却已经没有了村庄的迹象，标准地说，是隔着一大片繁杂的楼区，一大片一直朝向宽阔的马路绵延到尽头的楼区。尽管现在还叫村子，但听说不久以后它将会被改为社区称谓，土得掉渣的"村子"将在大刀阔斧的改革中彻底消失。新住处的楼房还算整洁，主要是门口有一棵硕大的阔叶榕树，它的存在，总算为钢筋水泥堆砌的生活增添了一抹新绿，更有了一丝生命的迹象。

马不停蹄地收拾好屋里的一切，我瘫坐在沙发上舒了口气。

望着日历上的"11月4日"，我意然有了一闪而过的激动，这一天的到来，将意味着我和担惊受怕的过去彻底告别。

我无暇在新住处享受片刻的安宁，也来不及感受终于搬离旧处的那份窃喜。眼下，我还有一件重要的事要办——退房。

按照规定，我必须把旧房里的卫生打扫干净，才能办理退房押金。

去找房东的时候，太阳还挂在半空。先是打电话，不接。再就是箭一般地蹿上顶楼，叩响房东的大门，不开。其实，我是想找个理由搪塞自己的，比如他不接电话，可能在忙着，或是没听见，或是没带手机；比如他不开门，可能不在家，或许正在溜他家的小王八（宠物狗的名字）。但我还是禁不住一阵心悸，瞬间对房东做出了判断，按照对他以往的了解，他一定是不想退还押金，故意躲开了我。伴随着猜测的是一种尴尬的思虑：从前我住这儿,即使他不接电话,也会常常出现在抬头抵头之间;而现在,我的生活地点变了,想见他,不容易了。

房东家设置了三重门。第一道门设在十级台阶之外,和他所住的房门保持了三米的距离,明晃晃的不锈钢材质从台阶一直顶到天花上;第二道玫瑰金属似的钢铁大门是第三道木门的忠诚护卫,三道防线紧密封锁,厚重而坚固,实在令我无可奈何。

我在楼下来回徘徊着,因为见不到房东而兀自烦恼。最终我发了一条信息出去:"房东好!我是701的赵小姐。卫生已搞好。你在吗,我顺便把钥匙退还你。"我在信息里只字不提退房和押金的事,只想尽快见到他,一并完成这些恼人的手续。

短信发出之后,我像猫注视洞口似的注视着手机屏幕。果然,很快就有信息进来:你明天早上九点过来。

也好,我实在太累了。搬家,几乎消耗掉了我所有的体力和精力,我明白自己急需一场漫长的休息才能缓过劲儿来。

夕阳下沉,我的影子被拉得狭长、孱弱。我孤单地行走在回家的路上,些许庆幸地安慰着自己:好在努力也没白费,总算让我燃起了一丝希望。

你猜对了。第二天的早起、准备、希望、告假、奔走、半晌的光阴都变成了炮灰,房东的承诺变成一只叛逆的鸽子,扑楞着翅膀飞走了。这使得他的承诺和应允变得更加可恶起来。

接下来的几天,每逢空闲我都会尝试着拨打一下旧房东的电话,偶尔也去旧住处的楼下碰运气,可惜均是寸功无有。

我无法见到旧房东,既不能天天到旧住处去堵他,又一时找不到能够为我伸张正义的人。想要退回2000块钱的押金,似乎只有通过电话联系了,尽管他接电话的可能性几乎为零,但他并不关机,只要他不关机,我就要天荒地老地拨打下去。直到有一天我连续拨到第72个电话的时候,那边终于有人说话了,说是让我晚上五点过去。

大概他也觉得电话烦忧了他，想尽快了结此事吧。

我在心里嘀咕着：已所不欲，勿施于人。早知如此，何必当初！我走着，远远看见房东拿着一沓票据站在门外。见到他，我拿出三把钥匙，问起了押金的事。他接过钥匙，翻了翻单据，轻描淡写地说："诺，刚好，冲了"。说完便转身要进大门。

我快步上前挡了过去，迷惑不解道："冲了是什么意思？"

"就是水电费和你的押金相抵，清零了，刚刚好，不用找"。房东向我摆了摆手，目光里一片不屑。

"这、这、这，怎么可能……"我气不打一处来，血直往脑上涌。

"你看，白纸黑字写着呢。"房东拿着手写的单据底气十足地向我扬着威。

"……我四号搬家，两天时间出差在外，家里没有空调、冰箱、电视机、一周开不到三餐饭火，仅有的一台笔记本电脑也在上个月被人洗劫了。剩余的两天电灯照明、生活用水再加上房租，也不过200余元，怎么能冲了2000元呢？……"

"你今天才退房啊，都二十二号了。"房东理直气壮，字字怒人心肠。

"敢情你是要收双份房租啊！一个六号入住的要收费，一个四号退了房的，也要收费！"

"有电表记录的，不信，我带你看。"

"看什么，字是人写的，电表也是人定的。"

"不看就算了啰。"

"算不了！"

房东再次钻进大门，试图一走了之。我见状夺了票据来。这票据是他每月收租核计水电的记录凭证。他如此不肯退还押金，我也只好如此这般。却见房东一个巴掌举在空中，朝我挥过来。我一躲，他打偏了。力量的使空让他打了一个趔趄，从门内掉了出来。

"怎么，你要打人？"我惊恐着发出质问。

这时，已经有人围观过来。房东住了手，怒目圆睁地对着我。

"瞪什么瞪？签合同的时候说是住满一年，退押金。我在这儿住了四年，你凭什么不退押金？"

"把票给我！"怒火中烧的房东像老虎似的冲着我吼，并直接伸手来夺票据。

"凭什么不退钱！就凭你是房东吗？房东也得讲理！……你不要抢，要是毁掉了，和你理论的就是整幢楼里的租客！"

房东三步并作两步朝我奔过来，脸上的表情夹杂着气急败坏，做出要再动手的姿势。

"你再过来，我报警了！"

"你报啊！……"房东面目狰狞。

"你等着，总有说理的地方。"我恐慌着掏出手机，拨打110。

"你报警啊，你以为我怕你，外地妹？"房东一个步子跳将过来，伸手将我的手机打翻在地。

"外地妹怎么了？我又不是扒着你家锅台长大的？"我无法接受他居高自傲的姿态，心想：这城里到处都是外地妹，为什么我们就不能正当地拥有自由生存的权利，为什么他就能有高人一等踩人一脚的优越，为什么堂堂移民之城就容不得外地妹有属于自己的尊严……

就在我弯腰去捡手机时候，他的蛮横再次行来，幸好我眼疾手快迅速逃脱了他的拳头，而手机也逃脱了在他脚底生花的命运。再次的扑空，使他青筋暴起，怒不可遏。

"呀，这房东欺负人呢……"

"呀，这就是房东的不对了。"

"这房东也真是的，为什么不按合同办事？"

"你以为，他们就是靠忽悠外地来的小青年们赚钱呢。"

"你看,他多厉害,还要打人小姑娘呢。"

"喂,喂!住手!怎么能这样呢?"

……

围观的人七嘴八舌地议论着,瞬时为我筑起了一道防御的高墙。房东在人们的声讨中再次圆睁着豆儿大的眼睛盯着我,重又攥紧了拳头,愤怒像一条毒蛇吞噬着他。

在这世上,但凡能讲得通道理的人都不会有如此下作的暴力行为,他之所以野蛮得起来,不是有着以强欺弱的优越心理,便是有着极其卑劣的道德观念。一个人打着私利,总想着用自我的方式来解决问题,不仅解决不了问题,往往还会激化矛盾。我一边儿期盼着警察的到来,一边儿从内心里对房东生出鄙夷来。他的做法更加坚定了我对真相的执着。

"让一让!怎么回事?"双方正僵持不下,小区里巡逻的警察赶来了。

房东见状松开了拳头。于是,我向警察道出了事情的原委。

"既然退房了,理当退押金。要不,把你的新租户叫来做证人?"长着络腮胡须的警察挥着手里的警棍,定点在房东面前空白的地面上戳了两下。

"收租的事,平时都是我老婆在管,我不了解情况,我上去叫她下来。"房东就坡下驴,似乎为自己的行为找到了合理的开脱。

不一会儿,一个穿花衣的中年女人摇晃着肥胖的身体从楼上下来,远远问道:"救小姐,怎么回系?"

我不得不将事情的经过,又向她讲述一番。

"那我应该退回你多少钱?"

我将退账明细递与她看,又讲述了退房的过程及细节。

"那,再退你1780元,对吧……诺,我点给你。"说话间,她从随身斜挎着的黑色帆布包里摸索出一沓钱币来。

这时,警察走了,围观的人也纷纷散了去。

我接过退款,只听她道:"唉,那个死人头,一进家门就拿钥匙砸我,本来我都睡着了,唉哟,疼死了。你看,我还穿着睡衣咧。他真是发神经……"她一边揉着被砸疼的地方,一边揉着惺忪的睡眼抱怨着。

"他怎会这样待你?"

"你看哪,我身上青一块紫一块的,前几天他又动手打我。他整天无所事事的,就知道打麻将……家里的活儿都是我一个人……"她吞吞吐吐地倾诉着,似乎有满肚子的委屈说不出来。

她的遭遇使我同情,同时,她的坦诚也推翻了我的防御。甚至包括她问及我搬去某处某房的讯息,我也都一一如实回答。我以为她和房东是"绑在一根绳子上的两条不同的蚂蚱",我以为"道不同不相为谋"同样适用于她。有那么一刻,我甚至把她当成了朋友。这和她退我钱并没有直接的关系,但她唯唯诺诺的形象以及在婚姻中受尽委屈的模样的确触动了我。

说了二十分钟的家常话,我不说要走,她也没有要上楼的念头。

我仔细端详着她的脸,憔悴,浮肿,布满雀斑,头发蓬乱,居然可以穿着睡衣淡然地穿行于楼下。我不敢想,一个占领着得天独厚之地理优势又不必为生计奔波的女人,却活成了这般模样……

暮色四合,华灯初上。我切断话题,道了别,兀自回家去。

在拐角的巷道里,我碰到了两年前曾经在这里执勤过的巡警化哥。化哥是安徽人,和我算是半个老乡。或许由于大家都是外地人,又能说上家乡话来的缘故,他从前在这里值班的时候特别照顾人。虽然他现在已经被调到另外一个片区工作,但他对这里的人和事依然了如指掌。

比如我刚刚了结清楚关系的这一任房东,他就门儿清。

"你那房东有好几兄弟,起先数他混得好些,原来有好几处物业,还有大厦的,但他好赌,都输掉了。不光赌博,他还偷。上次他因为偷他哥的电车被关进了派出所,他哥知情以后,又把他赎出来了。"化哥说。

"这有钱人真是会找刺激,居然兄弟相偷。"我咋舌道。

"他当时也不知道电车是他哥的嘛。"化哥见多识广，说起话来很是淡定，这样的事情必定是他见惯了的。

我想，无论如何，我总算远离了那片是非之地。

原本打算请化哥一起用餐，顺便感谢他以往的关照的。他却摆摆手道："不用客气，我还有公事呢"便骑着摩托风一样的走远了。

我还是独自下了馆子，破例点了两个菜来，算是犒劳自己锲而不舍的索款精神终有成效，也借此庆祝一下这个具有划时代意义的日子。用完餐后，见影院广场人头攒动，舞步轻盈，杂耍不断，笑声连天，故又流连了一个多钟。

我像小鸟儿一样，唱着欢乐的歌儿，走在回家的路上，一直唱到新的住处。楼里飘出了饭菜的清香，家家户户灯火通明，看看表，晚上八点，正是南国人间烟火最浓的时段，我难掩喜悦直奔家门。眼前发生的事情，却如一个炸雷打在头上！

门虚掩着，屋内一团漆黑。拉开电灯，只见衣物散落，四处狼藉。我不禁打了个寒颤，悲从中来。在这场劫难中，我的钱包和证件一并香消玉殒，无迹可寻。

我埋怨自己如果能早一点回去，碰到贼人，也许东西就不会丢。又庆幸自己还好没有碰到贼人，不然，后果不堪想象。查验房门，又是锁头完好，又是不着痕迹。我再次疑惑起钥匙的功能来，钥匙，为的是锁住安全，给自己提供方便，现在看来，反了，锁住的是自己，锁不住的是别人。一时间里，恐惧四处漫来，不安无处不在。

一个声音说：你报警吧，让警察过来查查。另一个声音说：算了吧，报警也没用，折腾半天的笔录，也就是走个过场。这种矛盾心理反反复复，我陷在里面兜兜转转走不出来。

像这种情况，房东一般不管，更谈不上赔偿。

由于没有确切的证据，落后的农民房区里又没有安装监控，警察也很难破案。可是，我该怎么办呢？

我不敢待在家里，这场劫难彻底摧毁了我为自己构筑已久的安全感。尽管亮着电灯，但房里一有风吹草动，我都觉得有贼人手持匕首潜伏在我的周围，它们随时会刺过来。

锁上门，我躲进了夜色里。

苍茫而昏黄的夜色里，四处流动着异乡人的身影，我走着，听公交呼啸而过的轰鸣，看异乡的夜色，流光溢彩，激情四射。头顶高悬的明月，向下投以皎洁、温润的光辉，大地像披上了薄纱的新娘，美丽得无以言喻。可是我的心里却结满了冬日的霜冰，它寒冷、刺骨，透着现实的赤裸和荒凉，试图在黎明到来之前将我毁灭。

影院广场的人都散了。

我独自坐在水泥堆砌的石阶上，背靠着灯柱想：天无绝人之路，我应该鼓起勇气，重找新的住处，点燃生命的希望，这浑然的天地间，总有一盏灯为我点亮，那直入云天的楼厦里，说不定，正有一扇窗户为我而打开。

朦胧中，一阵唰唰的声响，从远处传来，直到我的脚边，渐渐地包围了我。我用力地睁开双眼，寒意袭来，我下意识地抱了抱自己，头脑渐渐清醒，眼前晃动着清洁工劳作的身影，恍惚隔了一个世纪那样漫长，我睡倒在初冬的寒夜里。

那梦，牵着我的心。醒来。

望着渐渐泛白的天空，我喃喃道：天亮了，我要搬家，搬到安全的地方去。

2016 年 8 月 22 日于深圳松岗

【作者简介】

赵静,80后,河南正阳人,深圳市文学学会会员,有作品在《中国作家》《中学生阅读》《江门文艺》《佛山文艺》《打工文学》《深圳文学》、深圳文学网、中国文化传媒网等报刊网发表,并有散文入选《怀揣梦想》《红树文丛》等文集。

散文《在肇庆的山水间听禅》获石岩2015年度散文创作二等奖;散文《谒见大海》在"我与深圳共成长"征文比赛活动中获二等奖;2015年度被评为深圳市文学学会优秀会员;现居深圳宝安。

烧烤为什么不放糖

/李江波

婚礼刚开始,电话就响了。手机在裤兜里剧烈振动,马胜利下意识地腾出右手,滑向裤兜,指尖碰到手机的瞬间,又触电一般闪回来。马胜利很清楚,这场婚礼至关重要,绝不能再搞砸了,必须集中精神,全力以赴。

这个时候,除了花好,不会有别的人给他打电话。三天前,花好就告诉过他,她将乘坐哪趟列车来深,几时抵达。昨晚,她再次强调了抵深时间。如果不是这场突如其来的婚礼,马胜利此时应该在深圳北站。

婚礼持续了两个小时,等到新人离去,马胜利才打开手机,想跟花好解释原因,里面却传来"您拨打的电话已关机"的语音提示。

花好并不是小心眼的人,这一点,马胜利很欣慰。之前好几次,明明马胜利理亏,他应该哄着她的,他却无动于衷,不过花好并不在意。

马胜利打开QQ,发信息道歉。花好明明在线,却不理他。她一定很生气,这也难怪,她千里迢迢从北京来深圳看他,他连电话都不接,这事搁谁身上,都会一肚子火。

宾客们纷纷散去,马胜利用了比平时慢一半的时间收拾摄像机和三脚架,再慢慢装进包里。

"师傅。"有人过来和他打招呼,"今天辛苦了,我帮您把包放车上去。"

"不辛苦不辛苦,这是我应该做的,你去忙你的。"马胜利一迭声地说着谢谢。他越是言辞恳切,那人越要帮他。"别客气,别客气。"说话的当儿,他已经强行拿起包,要往楼下去。

马胜利只好赶紧把东西装好,跟在他后面。心里苦笑,暗想,实在不行,只好打的了。走到楼梯口,那人的手机突然响了,他在电话里"嗯嗯嗯"地答应着,挂了电话,抱歉地跟马胜利说:"不好意思,你等我一下,我很快回来。"

这个电话打得真及时,马胜利想。那人一转身,他就提着两个装满设备的包,匆忙下楼。

在夜色的掩护下,马胜利上了一辆公交车。

已经晚上九点多,车上仍然挤满了人。今天是周末,他们中的不少人,赶着去赴一个快乐的约会。当然,也有少部分人,刚从公司下班。这拨人与另一拨人的区别,从他们的表情就可以分辨出来。

马胜利从后门挤上车,把两个包叠好放在一起,双脚起到固定作用。左手抓住吊环,右手从口袋里摸出手机,还和原先一样,没有未接电话,也没有未读短信。他担心手机坏了,不停地锁屏,打开,刷新,关机,重启——不管马胜利做什么,手机依然保持了原先的模样。

公交车是魔术师的道具,只要愿意,就可以不断里往里面填东西。沿途有人下车,也不断有人上车。上车的比下车的要多,明明没位置了,只要你愿意往里挤,总还能找到容身之地。过了两站,上来一个光头,使劲地往里钻,硬是从人们的侧目和不满中挤出一条路来,在车尾找到了一个合适的位置。门口过于拥挤,那里轻松许多,光头很欣慰。

售票员在前门扯着嗓子喊乘客买票,"递过来,递过来。"她大声喊道。上车的乘客陆续买了票,惟独光头无动于衷。

"哎,那位帅哥,买票了买票了,请把票买了。"

光头低头看手机，好像那叫唤与他无关。

"我说那个光头，对，就是你，请买票。"

光头这才恍然大悟："多少钱？"

"到哪？"

"就前面几个站。"

"几个站？"

"两三个站。"

"两三个站是哪个站？"

"湾里。"

"两块。"

光头在口袋里搜寻一番，终于摸出两枚硬币，他说，"你过来拿。"

"递过来吧，大家帮我递一下。"

"不！你过来。"光头说得很坚决。

"你看，这么多人，挤来挤去的，不方便。"

"那你等人少时再来。"

这句话让售票员很生气，她知道这是故意找碴，绝不能服输。只几秒钟的时间，她像泥鳅一样钻到光头面前："现在可以买票了吧，光头。"

"你说什么？"

"我说请买票。"

"买票后面呢？"

"没有了。"

"你怎么叫我的？"

"我叫你光头，怎么了，有错吗？"

"光你妈个头，光头怎么了，光头是你叫的吗？"他的嗓音骤然大起来。

售票员也火了，"你是不想买票吧！一个大男人，两块钱都耍赖，好意思吗？"

"操你妈的,谁不买票了?不是两块钱吗,拿去,拿去。"

"买不起票,走路啊,坐什么车?"售票员拿了钱,返身离开时,嘀咕了一句。

"你他妈的过来,信不信我揍你。"他这么说,却没有起身的意思。

大家都看出来了,光头嘴上逞强,骨子里却是孬种。

"我就在这里,你来,有种你来啊。"售票员已经揣摩出他的心思,继续不饶人。

突然,他歇斯底地喊:"你妈的第一次出门是不是,没经历过三个月没发工资是不是,没睡过桥洞没被骗过没被偷过没被抢过是不是……"

他脸上满是愤怒和绝望,光滑的头部显得格外醒目耀眼。马胜利转身过来,拉了拉头上那顶帆布帽子。

车子停下,到站了。马胜利提起两个包,挤下车来。

到家,刚好十点。打开电脑,正准备把录制的视频导出来。这时,手机响了,陌生的号码。马胜利暗想,生意来了?一下子来了精神:"您好。"

"是我。"听到花好的声音,马胜利竟然有点手足无措,不知道说什么好。

"怎么了?"

"没什么。就是……太想你了。"

"想我你还不接电话?"

"不是……那个……我……"

"好了,别解释了,你在哪里?"

"在家。"

"赶紧过来。"

马胜利跑步下楼,到路边,拦了辆的士,直奔目的地而去。

路上,马胜利给她发信息——我们去吃烧烤吧。

"好啊,烧烤加扎啤。"尽管看不到花好,但马胜利感觉到,她是笑着说这句话的。

亲爱的南方

烧烤加扎啤是有典故的。

马胜利刚调到花好所在的部门那会，有一次周末聚会，七八个同事，一起吃烧烤，喝扎啤，气氛热烈。马胜利不善言辞，又是新人，独自坐在角落里，看着他们快乐。花好善饮，轮流向人敬酒，和马胜利碰杯时，他看到她额头上那颗美人痣。真好看，马胜利的心莫名的跳动了一下。

同在一个部门，马胜利总以为，他们接触的机会很多。事实上并非如此，平常，大家各忙各的，工作彼此独立，几乎没有交集。马胜利高调做了许多事情，想引起花好的注意，但她对此毫无兴趣。做了半年同事，他们的关系仅止于点头之交。

改变是从花好离开深圳，去北京之后开始的。

有一天夜里，已经十一点多了，马胜利正准备睡觉，电话响了，北京的号码，手机上显示花好的名字。

"猜猜我是谁？"

"你声音怎么变了，感冒了？"

"你知道我是谁？"

"当然知道。"

"我叫什么名字？"

"花好。"

"哇。你存了我的电话，好高兴。"花好故意变着嗓音和马胜利说话，试探他还记不记得她。

花好这么说，马胜利突然脸红了。有一回，同事问另一位同事要花好的新号码，同事报数的时候，马胜利偷偷记了下来。

后来，马胜利查看通话记录，花好那个电话打了45分39秒。挂电话前，花好说，我加你QQ吧，以后聊天方便些。

距离果然产生美，以前在一间办公室，天天见面，却没说几句话。现在天南地北，网上交流却让他们的联系变得紧密起来。在QQ里，马胜利跟花好说起那次部门聚会,说起烧烤和扎啤。花好当即说,等我们见面,一定去吃烧烤,喝扎啤。

马胜利一直等待着,现在,这天终于来了。

花好在路边等待,她和以前一样漂亮。"你怎么越来越年轻了?"见面第一句话,是马胜利早就想好了的。果然,花好听了,咯咯笑不停。马胜利想拥抱花好一下,至少,应该跟她握握手。这都是之前就设想过的,马胜利肯定,他这样做,花好绝对不会拒绝。可是,马胜利到底不敢那样做。

两人并排走着,突然,花好说:"你看,西湖烧烤。"顺着花好指的方向望过去,却没有看到这几个字。"在那,就在那里啊。"花好说得那么真切,马胜利却仍然没有看到。等走得近了,马胜利才明白,花好所说的"西湖烧烤",是由"西湖龙井"和"如意烧烤"两家相邻店面的招牌各取一词,组合而成。

"亏你还是摄影师,怎么一点诗意都没有?"花好嘟起嘴,以示不满。

"西湖再美,没有西施,也是白搭。我与西子同行,眼里哪容得下西湖的倩影?"说出这样的话,连马胜利自己也讶异。

花好笑:"什么时候学会油嘴滑舌了?"

径直到如意烧烤店坐下,马胜利把菜单递给花好,她也不客气。等待的间隙,续上前面的话,很自然地说起两人都到过的西湖。此西湖不是声名远扬的杭州西湖,而是苏东坡落魄岭南时,主政修建的惠州西湖。他们在不同时间去过西湖,却在同一个地方,做了同一件事。

花好QQ空间里有张照片,马胜利看了格外眼熟。截了图,发去问花好,这是在西湖拍的吧?花好说,好眼力。又追问,你也去过。

"何止去过,还在烟霞桥边留过影。"

"当真?"

"这还有假?"

怎么证明?

马胜利从电脑里调出名叫"西湖"的文件夹，找出在桥边那颗菩提树下的照片，对比花好那张来看，两个人的位置也几乎一模一样。

花好看了，当即惊呆。显然，这不能简单地用巧合来解释。

"喜欢西湖吗？"花好问。

"你呢？"马胜利反问。

"还会去吗？"

"会。"

"我们一起去。"

"拉勾。"

"拉勾。"

烧烤和扎啤陆续端上来。花好主动举杯，"来，我代表北京和你碰杯。"马胜利仰脖把酒喝了，又倒上，举杯对花好说，"我代表深圳欢迎你。"

花好大笑："来，为北京和深圳的伟大友谊干杯。"

"以前，我总觉得我与北京的距离，就像星星与月亮这么远。后来，你去了北京，我与北京之间，就变成了一个省到另一个省的距离。现在，你坐在我对面，我与北京的距离，缩小到一杯啤酒这么近。"马胜利从花好的眼睛里，看到了那个激情勃发的自己。

"好诗，好诗，真多才多艺。"

"别笑我了，我哪会做诗，你看，我额头全是汗。你再笑话我，我真成湿人了。"

"不仅有才，而且幽默，你说，以前，我怎么没发现你有这么多优点呢？"

"人们总喜欢对远方的风景趋之若鹜，却对身边的美丽视而不见。你没发现，不代表我不存在，而是因为你从来没有把我当成风景。"

"诗人摇身一变，成哲学家了。"花好咯咯笑，"好啦，你说得对，我认输。自罚一杯，总可以了吧？"

氛围比想象中的好很多，马胜利心情舒畅，终于敢大大方方地盯着花好了。花好没变,那颗美人痣也没变。他很想伸手去摸摸那颗痣,这种冲动上次部门聚会时就有。那次聚会,下半场花好和他们玩猜骰子,场面十分热闹,马胜利不会玩,只能远远地看他们快乐,她额头上的那颗痣在他心里闪来闪去。

"帽子很漂亮,范儿十足。"花好指着马胜利头上那顶帽子问,"艺术家都这样?"

马胜利笑而不答,不置可否。

"生意怎样?"她继续发问。

"比想象中的好很多。"马胜利语调轻松。半年前,他融入全民创业的狂潮,注册了一家公司,主要做摄影摄像服务。虽然公司只他一人,但他满心欢喜,相信自己找到了改变命运的机会。

"累吗?"

"不累。这是我喜欢的工作,自由、随性,我充分享受到了创作的乐趣。虽然每天奔波忙碌,但我内心充实、安详。而且,收入也不错。"马胜利眨眨眼睛,笑了。

"什么时候学会摄影的?"

"两年前。"马胜利岔开话题,"我们来玩猜骰子吧。"

"好啊。"花好答应着,又说,"果然士别三日,当刮目相看。"

店主拿来骰子,花好把桌面清理好,摆开架势,一副胜券在握的样子。

"3个2。"马胜利先叫。

"4个2。"花好跟上。

"6个5。"马胜利突然变招,脸上带着捉摸不定的笑。

这个变化让花好措手不及,跟也不是,不跟也不好,犹豫几秒钟,终于喊"开"。

结果,马胜利赢了。愿赌服输,花好很豪爽,拿起酒杯一饮而尽。

"很厉害嘛,跟谁学的?"整理骰子时,花好不经意地问。

"一位老板。"

"老板？"

马胜利感觉到花好目光里的质疑，好像被她看穿了一样。

马胜利这样说，其实算不上撒谎，如果不是老板非要让他玩这个游戏，他肯定不知道怎么玩。当然，非要把老师的头衔塞给他，也不准确。严格说起来，马胜利是跟一个女人学会这个游戏的。

是好几个月前的事了。公司注册很长一段时间，马胜利一票生意都没接到。一位热心的同乡帮他介绍了一位老板，说这老板人好心善，可以见见，谈不成生意，也能长点见识，对他以后有好处。

同乡陪马胜利过去，老板行事果然低调，在办公室一边检查仪器，一边听马胜利讲述经历。听完了，才停下来，分享他的经验。那天，老板很高兴，谈了一个小时，又请马胜利吃饭，吃了饭意犹未尽，就去K歌。

马胜利太害怕K歌了，他天生五音不全，每次去KTV，都度日如年。好在这次K歌，主要目的不是唱歌，而是喝酒。光喝没劲，得猜骰子，谁输谁喝。马胜利不会猜，不想玩。老板当场批评他，说这个都不会，以后怎么谈生意？他叫来一个服务员："你负责教我朋友，如果教不会，我就跟你们老板说，以后再也不来了。"

女服务员全心全意地教马胜利，不敢有丝毫差错。那种游戏其实并不难，"老师"的调教也很出色，马胜利很快学成归来，可以独自应战了。但他屡战屡败，好在他们喝的是啤酒，马胜利还能挺下来。看他一直输，服务员在他耳边私语，别太老实，要用诈。可他再怎么诈，也斗不过老板。

不过，和花好一起，马胜利将用诈的技能发挥到了极致。接连五盘，花好皆告负。

"这样不行，给你一个怜香惜玉的机会，你输了，喝一杯，我输了，喝四分之一。"放下酒杯，花好这样建议。

"没问题。"马胜利满口答应。

又一瓶啤酒喝完了。马胜利也有了一丝醉意，但情绪还很高。"我也有个建议。"他说。

"说来听听。"

"如果我赢了，不要你喝酒。"

"那不公平。"

"我还没说完呢，你急什么。"

"哦，那你快说。"

"嗯，我想……如果你输了，让我摸一下你额头上的痣。"

"啊？"花好下意识地往后靠，顿了一会，又说，"你这什么乱七八糟的怪想法啊？"

"对不起，冒犯了，自罚一杯。"马胜利仰脖喝下杯中酒。

"这样吧，看在你真诚道歉的份上，我答应你啦。"

"真的？"

"本女子从不说假话。"

重新开局，马胜利似乎害怕胜之不武，连续几次胡乱叫数，结果自然狼狈。但乱猜，也有中的时候。猜到第五局，花好输了。

花好大大方方地靠近马胜利。"来吧，给你十秒钟占便宜的时间。"

马胜利本来就觉得这个要求过分了，花好这么一说，更加理亏。手伸出去，想着周围可能有人看着他，心里越发心虚。手伸到一半，就慢下来，最后，竟陷于进退两难的境地。

"嘿。我说你能不能快一点，想占便宜又不敢，还是不是男人？"花好话未说完，就主动把头往前一靠，算是帮马胜利实现了愿望。

第三次叫的酒又没了，桌子下摆满了空瓶子。马胜利觉得有点虚飘，但正在兴头上，感觉还可以再喝，喊店主再拿来两瓶。

"来,吃这个。"花好搛了一只蚝给他，嘴上含笑,"这个好,你得补补。"

蚝也是有故事的。有一次，他们在网上聊天，聊了一会，花好说你等下，十一点到了，我把音乐打开。马胜利说这么晚了，你还听歌，不怕邻居投拆？花好说，如果投诉管用就好了。

花好开了音乐，回来继续和马胜利聊天，说最近隔壁新搬来一家邻居，晚上十一点，他们会准时做运动，动静很大。找物业投诉，说这是别人私生活，他们无权干涉。

这么厉害，吃生蚝了吧。马胜利说这话，原意是调侃，后来被花好引用过去——吃蚝的邻居昨晚忘记吃蚝了，我好久没睡过这么安稳的觉——后来，他们用吃蚝来代替夜晚那件事，并由此衍生出许多种不同的版本，聊天因此增加了许多趣味。

想起这些，马胜利心里一红，抬头看花好，她却没事人一样。

隔壁烧烤店里起了争执，两个人骂起架来，嘴仗很快发展成推搡，看样子还会继续升级。围过去看热闹的人多起来，老板害怕出乱子，顾不上烧烤摊上的鱼，赶紧过去劝架。

有人劝架，气氛反而更激烈。其中一人，是个光头，顺手拿起桌上的空瓶子，朝桌上一砸，瓶子碎成两半，他以上半截当武器。那阵势就像电影里的场面，老板当然不能让打斗在他的店里发生，一个劲地道歉："兄弟，消消气，是我不对，我错了，我赔礼，我道歉。"

光头接过他的话："知道错了？"

老板说："错了，我错了。"

"错在哪？"

矛盾变化太快，连老板也觉得莫名其妙，他们两人的争吵，为何变成了我的错？这些话，当然不敢说。嘴上说的，是这样一句："没招待好两位大哥，请多担待。"

"这就完了？"

"还有，还有……"

"烧烤有没有错？"

"烤得不好,不合大哥口味,还请多包涵。"

"包涵个屁,你说说,烧烤为什么不放糖?"

"因为……"

"因为什么?"

"这个,呃,大哥,我们这烧烤都不放糖。"

"有人规定烧烤不能放糖么?"

"这倒没有。"

"没规定为什么不放?"

……

"看看你额头上的汗,每天都要流不少吧,我问你,汗水什么味道?"

"汗水是咸的。"老板陪着笑。

"知道是咸的,那你还拼命在烧烤里放盐?要放点糖,知道吗?烧烤时放点糖,才能品尝出生活的甜。"

"明白了。"

"明白就好。我们的事怎么解决?"

"免费给您重烤一份加糖的。"

"免费?"

"是的,免费。"

"那这些呢?"光头指了指桌子。

"全……全免费,全免费。"

"这就对了,我们不为难你,不要你重烤,下次吧。我们下次来,烤的时候一定要放糖,记住了?"

说完,两人一前一后转身离开。光头走出来时,马胜利回头看了一下,正好和光头的目光碰了一下。马胜利心里一惊,伸手把帽子往下拉了拉。

光头走了,但他把那句话留在了马胜利心里。烧烤为什么不放糖?这个问题很有意思。是啊,烧烤为什么不放糖呢?

"我们给烧烤加点糖吧?"马胜利突发奇想。

"好啊。"花好跟着起哄。

马胜利找店主要了一份白糖,重新坐下,"先给土豆加点糖。"他递给花好一只汤匙,两人一起往土豆上撒糖。

"该死的土豆,神仙姐姐就在身边,你为什么不好好表现?"马胜利边撒边念,"来,笑一笑,加点糖,这样神仙姐姐才会喜欢你。"

花好看着他做这一切,笑得连腰都直不起来了。

啤酒也要加点糖,马胜利意犹未尽,把没吃完的烧烤洒上糖后,还在寻找加糖的机会。如果万事万物都加了糖,那么,不管什么样的生活,都是甜的。想想,这是多么美好的一件事?

"来吧,给骰子加点糖,给空的啤酒瓶加点糖,给路边的榕树加点糖,给孤单的行人加点糖,给行驶的汽车加点糖,给干燥的空气加点糖,给天上的星星加点糖,给徘徊不去的回忆加点糖,给我们的西湖加点糖,给即将到来的未知的明天加点糖……"马胜利已经停不下来了,他挥舞双手,忍不住哈哈大笑。

在酒精刺激下,马胜利成了一个激情四溢的诗人,花好觉得他的状态真是好极了,她跟着他笑,笑着笑着,她看到一行泪水从马胜利的眼睛里流出来。

"我去下洗手间。"马胜利说。往里走时,他感觉步伐有点凌乱,知道自己喝多了。走到收银台,他顺便埋了单。找零时,钱包里只剩下一张"红牛"了。

洗手间在二楼,空间很小,一个人在里面,转身都困难。马胜利想起他住的地方,瞬间产生一种幻觉,四面墙突然向他挤压过来。这当然不是真的,但有一滴水落在他的帽子上,他甚至听到了水滴的声音。马胜利恍然回到自己的出租房,心里喊了一声"他妈的",习惯性地抬头看屋顶。

壁顶洁白如新,绝对没有漏水的迹象,这是烧烤店的洗手间,不是他的出租屋。

马胜利住在城中村，房子阴暗潮湿，逼窄狭小。马胜利并不是娇生惯养的人，这些他都可以接受。但这房子有一个最大的缺点，洗手间壁顶漏水，如厕时，他常常被"炮弹"击中。后来，他想了个办法，在洗手间放一把伞，蹲坑就以雨伞为盾，抵挡流弹。尽管如此，有时事急，总会不幸中弹。

马胜利早就想换一间房了，但他一直忍着。已经半年了，生意惨淡，入不敷出。这里环境很差，但房租便宜，当初租房，看中的就是这一点。

应该给洗手间也加点糖。从二楼下来，马胜利想。

回来，坐下。花好问："怎么这么久，你没事吧？"

"放心吧，保证当好护花使者。"马胜利惊讶自己的调节情绪的能力可以这么快。

"我就住那里。"花好用手指着马路对面霓虹闪烁的地方。

"走吧，护花使者送花朵回家。"

过马路时，马胜利顺利地抓住了她的手。

路上，两人都不说话。

酒店近在眼前，马胜利的脚步越来越慢，竟至停下。"我……"他俯在她耳边，柔声说："我有一句话想跟你说。"

"说吧。"她微笑着，似乎，整个晚上，她都在期待这句话。

"你不许骂我。"

"不骂你。"

"那我说了？"

"你说。"

"我可以抱下你吗？"马胜利像个犯了错的孩子，一直低着头。

花好静默了几秒钟，显然，这不是她想听到的那句话。

"你醉了，今晚就别回了。明天，我们可以去爬山，看电影，还可以继续烧烤，玩骰子，继续给土豆加糖。"花好为自己的描述而激动，越说越兴奋,"甚至,晚上我们可以秉烛夜谈,不眠不休。"

这些事,都是马胜利一直渴望的,但他说出来的却是另一番话:"我没醉,清醒着呢,公司还有许多工作要处理。"他想起晚上拍的片子,心里又生出一丝兴奋。"你回酒店吧,去啊。"告别提前开始,马胜利说,"让我看看你的背影。"

带着失望和一丝怨恨,花好走了,她走得很坚决,没有回头,甚至,在酒店门口,也没有停顿一下。马胜利感觉到,她真的生气了。

公交已经停运,马胜利拦下一辆的士。司机是位面无表情的中年男人,问了目的地,就将音量按纽拧开——男人哭吧哭吧不是罪——刘德华瞬间将车里的空间填满。

歌声震耳欲聋,下了车,仍余音不绝,在马胜利耳畔回响。走了几步,马胜利看到路上有个空的可乐瓶子,飞起一脚,将瓶子踢到对面。瓶子撞上一辆奥迪A6,报警声响起,尖锐刺耳,马胜利侧身躲进一条巷道,藏身暗处笑了。

马胜利转悠了一圈,才回到楼下。打开大门,上了十级台阶,又返身向下。

夜已经很深了,但夜宵市场依旧人声鼎沸。到一处小巷,马胜利静立不前。一个三十多岁女人嗅到气味,从黑暗里走出来。

"玩吗?"她问。

马胜利点点头。

"来吧。"女人带他穿过那条小巷,迅速闪进一幢楼房,领他进了二楼的一间屋子。

房子里除了一张床,什么都没有。哦,墙角放着一只空的啤酒瓶。那是她喝的,还是某个男人留下来的?窗户被厚厚的帘子遮住,尽管灯光很亮,马胜利仍然觉得阴暗潮湿。

"洗手间在哪,我去洗下手。"

"在那边。"女人用手指了下方向。

推开门，一股刺鼻的味道扑面而来。但马胜利不关心这些，他只关心屋顶。抬头向上，他看到那里一片洁白，没有一点渗漏的迹象。

从洗手间出来，女人已准备好一切。

"快来吧，抓紧时间。"她说。

1、2、3……他动一下，就数一个数。11、12、13……数到19的时候，一股热流奔涌而出。在本该兴奋而愉悦的时刻，他却趴在女人身上，呜呜地哭出声来。

"起来，起来。"女人推开他，整好衣冠，催他付钱。

马胜利掏出钱包，找来找去，却怎么也凑不够，连最后一枚五角硬币也算上，还差17块。

"差一点，行么？"马胜利小心地问。

"差多少？"

"17。"

"唉呀，算了，拿来吧。算老娘倒霉，快走，快走。"女人显得很不耐烦。

马胜利长出一口气，把钱递给女人，寻门口而逃。

"看起来衣冠楚楚，却没有男人样子，真他妈的晦气。"左脚跨出房门，马胜利听到女人在背后嘟囔。

"你说什么？"马胜利神经质一般折身而返。

"我说遇到你真他妈的晦气。"

"前面一句？"

"你不像个男人。怎么，我说错了？"

"睁开你的双眼看清楚，我怎么不像男人了，我哪里不像男人了？"马胜利扯下顶上的帽子，对女人吼叫。

"唉哟，原来是个光头。你还真来劲了，倒是说说，你哪里像男人了？远的不说，就刚才，你像男人吗？"女人用目光迅速扫了一下那张床，不怀好意地笑起来。

马胜利听到"吱啊"一声响,好像骨头碎裂的声音,他愤怒极了。光滑的头顶,有血液在迅疾奔走,一股强大的力量催促他走到墙角。

弯腰,捡起那只啤酒瓶,马胜利一步步向女人逼近。

【作者简介】

李江波,湖南人,民工,现居深圳。有小说在《长江文艺》《山花》《特区文学》《黄金时代》等报刊发表。本文获第三届全国青年产业工人大奖赛短篇小说提名奖。

在大地上居无定所(节选)

/ 程和祥

这些词语不断从我脑海中闪现出来如电影的胶片镜头:命运漂泊,童年,在江水中奔跑的船只,归去来兮。记得,我两岁,是那个湖北的男人接走了我。我母亲,我二姐走出大垭口,很多命中注定的女人都走出了大垭口,有的再也没有回来。先走出大垭口的是我母亲的堂妹,在她那个家族的排行中,我们尊称她为大姨。我的大姨是一个娇小的女人,裹着衰弱的身架挂在这个世上,她有一对澄澈的眼睛,尽管渗透太多生活的内容,它始终沉浸了人性的善良。我的母亲身体的骨头是庞大的,没有肉,脸庞尖酸。她告别父亲说程世耀,我们走了。父亲患有严重的肺结核,他咳嗽了半天,才跟母亲回告别的话,我不怪你,只要你还记……得我们。我不知道母亲和父亲的告别他们之间有没有泪水,每当我想起这个场景,我都会为我的亲人流眼泪。大姨和我母亲两姐妹的命运如出一辙,她们共同地没有找到一个好男人,又生活在缺失粮食和那个充满饥饿的年代。我那时不懂粮食,但知道饥饿的滋味会贴着肝肠。最后一个走出大垭口的女人是我的二姐。那一年,全国启动了打工初浪潮,我二姐和美,村里的小琼、小芹、春花她们拎着蛇皮袋在村口的公路上等车,她们是我们村里第一批打工妹。走出大垭口的女人再也没有回来的,我的家族中,我所记得的有我的大姨和二姐,大姨留在湖北嫁了个老实巴交的男人,结婚生子。我的二姐在亲戚的拉扯下远嫁了新疆。她给母亲的回答是不想让母亲操劳为她置办嫁妆了。她要逃离那个贫穷的山村,逃离那个男人在选择女人时还要选择她的嫁妆如何的山村。她嫁去了新疆,从此再也没出去打工。我知道二姐的内心是极为讨厌打工的。在我们的大山,黄色的土壤,它只生产红薯,麦子、稻子极少,红色的石谷子地只有种下高粱让它挺拔在山的脊梁上。我们去了湖北的一个湖村,这里是层层的梯田,望不到头,它生产出的稻谷低着头,像憨实的农妇,白花花的大米像月光洒满我的回忆。记忆中的斑驳船,被打捞上来的"海子"有着饱满的籽实。后院的枣树,孤零零的两棵,有着抽象的铁枝,叶子落光了,枣洒了一地。我的父亲突然去世,母亲带着我奔了回来,还是两条冰冷的铁轨。我没有哭,在父亲下土我没有哭,我不知道我是在责怪父亲挽救不了一个家庭,还是我的性格里有着坚硬的品质,每每想来,我竟无力体会一个男人在丧失劳动力后所表现出的离世情绪。母亲又匆匆带走了大姐,剩下大哥。我们在湖村生活了几年。继父是一个高鼻梁的男人,源于他的成分不好,一直没讨到女人,才经过大姨的介绍,收留了我们母子。他是极喜欢我这个男孩子的,他每每出湖,都要给我带回一网兜的"海子",挂在堂屋的钉子上。清幽的煤油灯照着,"海子"醒着两只米眼睛。我喜欢上了"海子",总是缠着继父去出湖,有月光的晚上湖水沉静得像一个孕妇,在恬静的氛围中,"海子"会爬上船来,从船底慢慢爬上来,爬上来。母亲为继父生下了女儿,继父只疼爱他的女儿,整天抱着她,连我都忽视。大姐整天跟继父吵架,有一天大姐跟继父打起来了,脾气不好的大姐拿起了割稻子的铀刀,继父的反抗中,大姐割伤了自己的手掌。二姐开始念书,我站在她身边跟着她读书,我认字的启蒙老师应该是我二姐,我对文字天生敏感,我所记得的生字,超出了在读书的二姐。我们在堂屋的门口支着个木凳,我跟着二姐一字一字地念,只有院子里的大门被风吹着。母亲说,还是故乡的空气好。我所记得的是,我们爬过万县十七码头的石梯,母亲把钱藏在我的脚底下,哄着我,叫我不吭气,怕坏人,母亲说要给我买一顶帽子。其实是要逃掉几张船票,到现在,我也没得到母亲要给我买的帽子。我们翻回了大垭口,回到了出生地。母亲说,大哥不接受我们回来,因为我是男孩子,说怕我跟他分房子。在我的祖上,原是有一大片屋子的,敦实的泥巴墙,窝半圆的瓦,有苔鲜,有鸡,有狗跳上去,踩响瓦。奶奶那辈,算是殷实的人家,由于大队建立学校,父亲是认得几个字的人,参加过抗美援朝,他大公无私地拱让出祖上的房子,父亲和大哥被大队安排在知青住过的房子,单薄的土墙,只有单薄的两间。我不明白我怎么会和大哥去分房子,我还是继续玩我的泥巴手枪,但我知道大哥不高兴我们回来,我把泥巴手枪对准了我的大哥,准确地对准了他的心口,我那时长得只到他的心口。莫名的我跟着母亲嫁了人开始念书,在冬天,穿着母亲为我缝制的棉袄,鼻子冻得青红,每次趟过鲤鱼石的水,过了浩库,就有队上的孩子欺负我,他们骂我是继儿子,我就和他们对打,直到打到傍晚。我无法掩饰打架时所受的伤,母亲打理着我的伤,训着我,叫我不要惹事。到了我九岁的时候,大哥疯了,大哥的疯病,是出于一次冤屈事件。我们县有个美丽的名字叫桔乡,山村里种满了精神矍然的柑橘树,郁郁葱葱,花开时,整个大山都白了,如下了一场带香味的春雪。有几年,柑橘金贵,家中如果来了客人,主人宁愿摸出藏在罐底的鸡蛋,也不愿意拿出一枚橘子来招待。有一天,大哥从平河水洗掉沾满泥巴的脚,从青石板路上来,他意外地捡了一枚从树上掉下来的橘子,刚好被邻居的老女人看到,她就劈头乱骂我的大哥,说我大哥偷了她家的橘子,我的大哥受了冤,想不开,这下闹出疯病来。母亲开始为大哥的病奔波,她向亲戚讨来钱,把大姐和大哥做了调换亲,大哥的女方出了一些钱。母亲就带着大哥奔波在万县和武汉之间治病,大哥的病一时间好来一时间复发。我每天放学回到家第一件事情就是站在石坎上背书,在我很想念母亲的时候,母亲就出现在回来的田间小路上，我跑下去，拽着母亲的衣服。母亲又走了，有一天继父说，你母亲去湖村了，再也不回来了。母亲很久没回来了，我开始极力讨好这个男人，我叫他爸爸，要他在我的成绩单上盖上他的章，向他讨要几个角币。母亲回来了，我再也不叫他爸爸了，把牙齿咬得很紧，因为他打过我的耳光。母亲开始和这个男人争吵，是因为他和我的小舅妈好上了，我小舅妈挑拨着关系，扬言要嫁给这个男人。我八岁左右，这个男人要摆脱我和母亲，家里什么都不管。他跑到小舅妈那里去相好，剩下我，缸里没有米了，只有谷子，我把南瓜洗干净，煮着吃了，家里还有猪，我从田里扒来窝儿长草，宰了，小小的身子提着大猪食桶，还要爬上那道石坎，看着猪朝我哼叫，看着它们黑得光亮的毛发。人在祸不单行的时候，我的大哥出了车祸，大哥躺在木板上，闭着嘴，我的大姐在那里哭，二姐流着泪，我咬着牙。母亲和那个男人不再争吵了，她妥协了她的命运，母亲说我，谁叫你是个男孩子，这个男人怕你分他儿子的房子。我们回来，母子们淡薄地住在知青屋里，到了我外出打工的那一年。

这些词语会从我身体的暗处醒过来抚摸着我：火车，铁轨，铁轨上滑着的月光，像两条并不饺链在一起的孤独。我十四岁，母亲去向亲戚借钱，没借到，我看见她的确凉的青花衬衣汗水湿透了，我辍学。二姐从惠州回来，她说她不想打工了。我说，我去。二姐说不招男孩子的，我从房间里出来，穿着姐姐们的衣服，把大家都逗乐了，于是我又从房间里出来，穿着姐姐们的高跟鞋。母亲的面庞凝集着雪水，第二天，我扛起了二姐带回来的牛仔包，走到村口，刚好碰到去打米的小舅，他担着米口袋，想要拉住我，对我摇头，我拐过他，挣开他的手，他没拉住我。我在陈家镇坐上了去开县县城的公交车，因为我只向母亲拿了一百元，我要去县城找我的老师——谢五四借点钱。谢五四老师是个很宠爱我的老师，她教我初中时的语文，她每次在课堂上读我的作文，我写作业的时候她总是站在旁边，有错误时立马给我指正。那时我是个不懂生活艰辛的人，谢五四老师说他们没存上钱，她给我买了去达县的汽车票，给了我一些散钱，给我置办了一些干粮。在达县买火车票时，花了九十九元。在上火车时，人不知道从哪里涌出来的，把入口堵得死，维持治安的人员挥舞着铁棒。我被卡在火车门口，我人上去了牛仔包被挂在外面，我呼救，我听到我在呼救，很无助的，喂———喂———喂，我的包，喂，我的包。不知是谁推了下我的牛仔包，大概我的牛仔包挡住了他进入火车，我上去了。

火车在巴山秦岭一带，穿过一道又一道隧道，过了西安，行驶在茫茫的戈壁滩，我睁着我的眼睛打量着我陌生又惊奇的这些地方。火车穿过了几天几夜，到达了乌鲁木齐，走出站台，巨大的夜色掩埋了我。在母亲的家族里出现了一个大学生，就是母亲的兄长，李武国先生。在我读书时，母亲的教育总是拿他的事例给我听，通过好好读书可以走出贫困的山村。幼小时的心灵里，大舅在我心中就是我要找的灯盏。我在大舅的单位信访处的楼下睡了，半夜被几个小偷带到他们住的地方，我胡乱地睡了一夜，第二天早上，醒来，小偷还在睡觉我乘其不备跑了。我见到了我的大舅，他看着我那么小，对我的到来很叹气，我听见大风将我心中的灯盏吹灭。在大舅家，我碰上了一门亲戚，他是我母亲的表弟，我跟着我母亲的表弟去了遥远的北疆，大雪压在我的背上，他们把冻僵的我从车仓里拖出来，我不说话。他们对着我喊我大哥的名字，我说我不是，大哥死了，其中一个老女人拉着我的手，说，你命苦的妈，她把我拉到一个有壁炉的房间，我的身子醒了。我开始在这个广袤的疆土做一个盲流，打量着神奇的雪山。有一刻，我爱上了这片土地，爱上它边塞风味的房舍，还有戈壁滩上的荆棘花。由于我，二姐也来到了这片土地，下嫁在连队。我开始宿命的安排，从北疆的博乐，到乌鲁木齐，在乌鲁木齐买不上回四川的票，转到了武汉，在武汉，我去了那个湖村。我想看看我的小妹，我和她坐在湖村的田野，身旁是稻草，我问小妹想妈妈不？她反问我，你说我想不想呢。我说，想。我们离开小妹时，小妹几岁的光景。年一过，我坐着轮船回到了大垭口。

我开始认命，跟着母亲种地，那一年，眼看收入的稻谷，被冰雹砸坏。也是那一年夏天，从深圳打工的二堂兄回来了，我在他们家那块青石板路碰上了他，他居然打着我梦幻中的蝴蝶结（我结婚那一年也效仿打了一次红色的蝴蝶结）。他说，他要带我去深圳，我高兴极了，极早地盼望着，我去县城办好了边境证，打好背包在家门前那条公路坐上了去万县市的公交车。这是六月底的天气，酷热难当，我们挤上了南下的火车，热，我的眼睛热出红丝来了。我告诉堂兄，我要下去，坐下一班车，堂兄说我傻，下一班车是一样的。我的眼睛里像有滚烫的沙石，这时，不知道是谁砸开了火车的玻璃，车厢里有了风。在韶关，火车被压下去了，停了下来我们被赶下车。到了深圳，二堂兄的蝴蝶结不见了，我们住在铁皮房，那一晚的月亮是碧清色的，我站在屋顶，被查暂住证的吓得不知所措。第二天，我去找我的小舅，从深南大道，拐进南头，在月亮湾光大木材公司，我找到了我的小舅。小舅看到我时并不高兴，他怕我给他带来麻烦，工厂常常查房，在外面什么都要花钱，打工的人把每一分钱看得比自己的命还重。但是我很幸运，当天下午就被招进工厂做临时工。我的厂牌是编外员工，职务是力工，整天在干燥机旁，把一张张薄如羽翼的板材用零点零一秒的时间接二连三抢下来，一只手拉另一只手同时操作，把拉下来的板惯性地码放整齐。酷热的南方气候，高温的铁皮工厂，轰热的干燥机。汗水会从我的鼻尖开始，在脸上爬满，以致我满头大汗，大汗过后，汗水贴着工服，人浑身上下从水里出来。木材厂是十二小时的工作制，白班和夜班两班倒，长久的夜班，人从死神里抓回来，满眼的浮肿。那时，我年少的血液，都是沸腾的，总是希望明天好起来。这时，工厂的厂长成了我的打工偶像，每次看到他的背影从车间走过，我就看到前途的光芒。我给他写信，把我对文学的热爱和对打工的看法还有对人生的追求告诉了他，他要提我做管理人员，把此事交给了车间秘书处理。那时，工厂流行送礼，连招进去的第一批编内合同工提干都要送礼。我没有给车间秘书送礼，提干一事迟迟不给处理。在一次长达半个月的连续夜班中，我无力去支撑我的肉体和灵魂了。我逃了出来，去了北京。

　　这些词语汇合在一起从我的四肢百骸连同我的血液流出来：北京、深圳、东莞、大垭口，我不断地从这些地名行走。在北京，我认识了工地、榔头、老虎钳、螺丝刀、扳手。在工地，较强的劳动力，我必须弯下腰去，必须把生活的阀门拧紧。我认识了更为艰苦的环境，在大雪下，冒着风，抢工程。我的表姐有次来工地看到我，我正在大风雪里配管，她忍不住哭了，她从家里找来厚厚的棉衣给我，让我穿了两三年。在工地，大风雪下，钢管是死去般的冰冷，抓在手上，掌心的一层皮酒粘掉了。可是在酷暑，太阳如火盆 向着建筑工人淋头扣下，一天下来，本是雪白的一张脸成了黑炭。在工地，冷不防，还要接受建筑商的辱骂，承包商的辱骂，工头的辱骂，带班的辱骂，技术工的辱骂。在工地，为了抢工期，三天两夜不下现场。明明刚闭上眼睛，天又亮了，建筑工人的头发乱得多么像故乡的茅草，每次我看到路边精神失常的人的头发，他总让我回忆起在北京冬天的头发。在工地，吃着土豆，反胃的大白菜，芹菜叶子的汤水，零星的肉片，米粒里夹杂着石子。加班，加班，加班没有加班费。在工地，住在地下室，半夜里晃着一个人，脸被电烧毁，很像恐怖片。在工地，常有屈辱的事件。有次，一个工人拉肚子，来不及从二十多楼下来，就拉在了现场，被甲方发觉，要他捧着赃物，跪在北风口示众。有一次，一个工人因为没有零用钱买烟抽了，偷了一截电缆，被甲方发现，甲方用皮带一次又一次抽在他的背上，我真想抓住甲方的皮带，也对他来几鞭。我心里喊着兄弟，又对着我身体里的怯懦痛恨不已。在工地，是拿年薪，一个月只有五十元的零用，有时是三十元，如果老板没有在甲方拿上工程款，就没有。我的身上至今还有老板打给我的工程款欠条，有的老板承包工程亏了，就跑了，打工的就自认倒霉。在工地，时不时有年轻的生命消失，我的一个老乡，在我开始拿起老虎钳时，他告诉我，电工最高的技术是安全。没想到，在一次操作中电夺去了他的生命。我们只有泪水,我们没有哭。没想到,电会跟着我大半生,它决定了我的命运。上千次电跟上了我,把我电晕,把我的手指烧糊。记得,我刚刚掌握电的基本操作技术,在一次独立操作中,电拽上了我,把我的工友们吓怕了,那一刻,我以为我会失去生命,没想到,电会突然跳闸,我捡回了我的生命。我对电充满了恐惧,每当我操作电的时候,我的头皮发麻,发根竖立,眼神锁定,耳朵都紧张起来。千禧之年,我一人又来到南方,刚开始在东莞找工作。1993年左右,我在深圳月亮湾"光大木材公司"里认识了工友刘先隆。那时,我们都很年小,十五六岁的样子,他像一颗白葱,因为他皮肤雪白,我则像一棵大蒜,因为我茁壮。我们都在那个车间生长着,把黄金般青春的颜色慢慢镀成机器的油污。有一天,我们都松卸掉了,就像机器失去了齿轮,我们先后辞了工。没想到,几年后,我们又遇见在这个工厂里,他说,他在找工,不想回到这个工厂,我说,我也是。于是,他跟着我去了东莞白沙,住在一排旧式的围屋居。我们整天在虎门、白沙、厚街、篁村,甚至去了东莞市区找工,我们的鞋子都跑坏了,脚心黏在鞋底,渴了,在路边捡到一个矿泉水塑料瓶,找田间的水喝,但工厂的大门永远关着,铁制的大门,横竖的钢条,是冰冷的物体。有一天,在白沙一个士多店前,有一个人喊我乳名,我很诧异地看着他,因为我不认识,无法从哪个记忆的角落里把他找出来,他说是我中学同学,还请我们喝了百事可乐。他说,他们工厂要招工。我们问,什么厂。他说,是木材厂他可以帮我们。我和刘先隆听说是木材厂,一下闻到过去的味道,尽管心有不愿,但又无法选择。过了几日,"雨霖木材公司"招工,没想到,我们去时,门前排上了几条长龙,还拥挤着一些人群。我们看是没希望了,但还在厂门口张望着。大门一开,其实是开了进出的一条窄门,保安吆喝着,挥着铁棒,放进去几个人。如此这般,看来要进到这个工厂,要过的第一关是保安,不然,任你是个人才,连见工的机会都没有。我拼命地推着刘先隆终于挤到前面去了,透过大门,看到招进去的人围着圆子跑步,有的女生招架不住，被放了出来。后面的人群推着我们，太阳上了中午，保安说，不招了。我们悻悻然，责怪运气不好。回来的路上，刘先隆问，你那个同学呢？我回答说，没看见，不要当真。我和刘先隆整天地在东莞的土地上找工，太阳从来没想过为这些困苦中的打工者躲进云层。一天走得脚要断了，盲目地看到一个招工广告，在厂门口，竖着一个招工牌：招普工，招电工，招仓管，招拉长。我一下看到仓管，来了兴趣，因为我在北京做过仓管。我兴奋地跑下去，就好像遇见了清泉。招工的女人说，你要见工？我说，我来见仓管。招工的明显是个本地人，她说，要考试。我说 没问题。她说，先要缴考试费的。我一听说要给钱，犹疑了一下，因为我身上没有多少钱了。我吞着口水说，要多少钱？我说得很重，比我的生命还重。她说，三十元。我一想，不多，我把渴盼的眼光望着刘先隆。刘先隆付了钱，招工女人就带我进了一个房间，房间里摆着很多排桌子和椅子，她找出一份试卷，我沙沙沙地答着前面的试题，比如，大写的24个英文字母，一些四则运算，还有一些问答题。我终于卡在一道问答题上，怎么计算都算不出，我横冲，它向我冲过来，我竖立，它立着不动，我的大脑都冒出汗来。那个招工女人走过来说，答不出来吧，答不出来就不合格了。我不想放弃，我说，我想考电工，因为我在北京通过培训考取了电气工长本。招工的女人说你要交五十元，电工的工资高。我还是望望刘先隆，刘先隆替我付了钱，我说，等我有了还你。招工的女人，拿出一张试卷来，我一看，蒙了，还是那些题。我说，怎么是一样的？电工是技术上的问题？招工的女人说，当然一样的啦，这么多找工的，难道出不一样的题吗？我感觉是受骗了，要她退钱。招工女人就凶了，你都报名了，办了手续，自己考不上，哪有退钱的好事。我性格横了，我是受骗了，非要钱。招工女人更凶了，她说，你再不走，我要叫人了。我还是横竖不走，我说，你今天不退我钱我就不走，我看你敢把我打死。招工的女人怕了，有点妥协，退了我五十元。刘先隆拉着我走，说，算了，自认倒霉。我和刘先隆没有找到工作，眼看快要过年了，没有钱,心下惶惶。这时,跟我们合租的湖南人介绍我们去打鸭毛,一只五毛钱,我们兴奋地去了,拖着一个红盆,拿着毛刀。在充满鸭屎味道的鸭棚,本地的鸭主喊,看男仔打鸭毛啊!看男仔打鸭毛啊!刘先隆的脸挂不住了。我们在月色下打鸭毛,这样有了钱,过了一个年。年一过,找工的像从地底冒出来的水,汹涌在工厂的大门。过了初九,就很少有工厂招工了。我们都没有找到工。刘先隆去了深圳,我去深圳找过他,没找到,后来我才知道他在工地做小工,后来做了泥水工,再后来 成了小包工头,有所积蓄,这是后话。我回了北京。2004 年,北京在下第一场大雪时,我来到深圳。有一天,我坐上公交车,不知道自己要在哪里下车,在上海宾馆那一带我下了来,那一刻我喜欢上了深圳的夜晚,也喜欢上了我在这个城市的迷失,我把我黄金般的名字也给了它。

这些词语会从我的肉体里出来再注入我灵魂中去:城中村,铁皮房,暂住证,装修,失业。我所住过的几个城中村是赤尾村,福星村,岗厦村,沙尾村。我来到深圳,我的妻子从东莞也辞了工,因为车间有一个和她同等职位在和她竞争质检主管一职,她无心去角逐这个勾心斗角的职位。我们开始在赤尾村找房住,因为这一带居住了我们村庄来深圳打工的人群,我们找了好久的房子,很多房子里面光线暗淡,连灯炮都像咽气的猪尿包。我们碰到了一个我小学的同学,他是个热心的人,他说他们的房间在招人,我们就带着行李住进了铁皮房里。铁皮房里大概有二十几人,大都是村里的人。他们是打散工的,蹲在车坝搬家搬货的,有拉三轮车的,有开旧货店的,有技术的就搞装修。因为我在北京时是做电工,我就跟着几个电工跑,这几个电工都是从北京过来的,那时水电工的工资有八十元一天,远远超过北京的两倍工价。那一年,查暂住证的仍然疯狂,每天数次开着闷罐子车,呼啸着从车坝而过,车坝的人一哄作鸟兽散。有一天午后,治安员这次是悄悄来的,谁也不知道,当我的双手被他们反剪时,才傻了眼,我们一伙被带到一个要开发的建筑工地,治安员命令我们搬石头,原来他们通过查暂住证,来找免费的劳工,直到建筑工地的石头搬完,我们才幸免被放,没有交"罚款",没有遣送。那时,朱本权和张方安加盟了一家装修公司,从公司里拿单出来承包。他们两个也是从北京过来的电工,他们也来鼓动我去找装修公司加盟,我心下动了。我跟北京的表姐借了一万五千元,给了公司一万元押金,不到一年,这个公司倒闭,法律代表人逃之夭夭。因为这个公司的老板资金不足,就想出了一个办法,招聘项目经理,每人一万元押金,利用项目经理的钱来运作公司流程,结果公司招聘了五十几个施工队伍,大家找劳动局没门,找装饰协会没门,因为牵连着巨大的经济问题,部门之间推来推去,于是,大家群情激愤,连接起衣服写上标语——"还我血汗钱",一路上了深圳信访处,然而,也无济于事。每次看到报纸报道打工者受骗,街道和村委出钱解围,我都不相信它的真实性有多高。由于赤尾村要建一个楼盘,铁皮房要拆,我们的锅碗瓢盆被赶了出来,当吊车吊起我们住过的铁皮房时,它多么像我们的鸟窝,我们却正漂泊。我的妻子开始找工作,经老乡介绍到沙尾村一家电子厂,我们搬到沙尾村和村里一家合租。我开始失业,整天在公园,在工业区转悠。在沙尾村我们一共搬了三次家。第一次搬出来是因为老乡的老婆在年关莫名地骂人,指桑骂槐。因为她的弟弟在深圳犯事被抓,她气结于心,落下了周期性的神经病。第二次搬家是妻子嫌房租太贵,她的工资微薄,我做装修又不景气。于是,她就找了她们工厂一家打工夫妻,找了个两百四十元铁皮房合租。第三次搬家是因为城市规划,妻子的工厂往关外搬迁,城市管理部门又在拆铁皮房,我又搬到赤尾村跟亲戚合住。我住过这几个城中村,沙尾村是我住得最长久的,长达两年多,每次坐车经过那里,沙尾村三个字就要让我在心头想一遍。我曾在我的诗歌里为沙尾村写过很多篇章,我写下了它的月光,很便宜的月光,像一件回收的废品。我写下了在那里的奔波,在那里生病,在那里我种过的大蒜和我种下的绿色芦荟,在那里一个异乡人的生存状态。我在城中村不断地搬迁,如此这般,如此循环,生命细如蚂蚁。

这些词语会从我的血液中剩下点滴从我的皮肤滴进我的生命里去：找工，换工，炒鱿鱼，搬书，工地与工地。因为打工两个字，它让我找到一些当时的打工明星，在他们的文字里，我读到了相同的命运。那一年，装饰公司的老板负债跑了，我也开始了寻工的路。我找到当时的一个打工明星，在他们人才市场做推荐，由于我口舌笨，把自己身上的钱掏给了来找工的人。我看着那个男孩子，皮肤很黑，身子单薄，罩着套白色的运动服。他说他办了会员卡，被推荐了很多次，没有一个相中他的。他感觉人才市场骗了他，他受骗了，他说他的脚磨出泡来了，我一看，他廉价的球鞋裂开了口子。他说，他没钱吃饭了，这个激起了我的同情心，我把我的钱给他。试用期下来，我一个人也没骗到，反把自己的钱给了来找工的，我被人力资源公司炒了鱿鱼。除了自己找安慰就只有自己取暖，我又回来住在了沙尾村。我想我是执着地信奉打工这个相同命运的人，我在打工明星举办的成功训练营认识了她的先生，他欣喜地发现我写诗歌，他很赞美我，我从来没得到这样的赞美，让我感到很虚荣。因为诗歌我们做了朋友，我也尊称他为老师。有一年，我搬住岗厦东，我去找他给我找一个工作，他要我回去学开车，因为那时他们在做直销，需要物流运送，学完开车来了给我三千元一个月。一个月三千，真的很吸引我。我借了钱回家学了三个月，等我上来时，他们物流部解散了，因了对他的尊敬，我也没找他给我任何补偿。真是雪打球，蔫了，妻子要去找他，我阻拦了，她便不再来市区看我，更是不理我。在这期间，诗人在他的朋友中给我找工作，找了个跑业务的，做办公数码产品。我托一个老乡把我所有的行李搬到水贝的翠竹路，住在康宁医院里。跑了一个多月，一单无成，老板的脸挂不住了，一结算工资，他们扣掉了电话费，只有三百多元。那么下个月的生活费都不够，我心下慌了，第二天就把东西搬到刘先隆在布吉的工地。我继续找工，通过人才市场我找到一家弱电公司，三十元一天，来不及想，生存重要，我丢掉一些行李，搬到西乡的行政中心工地上，几个月后，这个工地完了，拆工棚，我毫无选择地跟着工友跑到另一家弱电公司，又丢掉一些行李，只剩下一个包了，搬到大梅沙工地。在大梅沙工地干了几天，听说这公司是一年才结算，便丢盔弃甲地跑了。在搬迁中，最难为的是搬书了，我是一个爱看书的人，又是一个爱买书的人，我买的书大都是从旧书摊上买来的，对于偌大的书城，那些飘着墨香的书籍，我每次只是摸一摸，翻一翻，站在那里读，那时，我的很大的阅读量是站在书城获得的，对于宽敞的图书馆，面对它的洁净的大理石，我感觉那是冰冷的，走到大门口，看到站在那里的保安，又退了回来。我流连在那些旧书摊间，花两元有时就会买到一部世界名著。只要我碰上文学书籍，我就买回来，慢慢积累了很多书，可是在搬迁的时候却是一件很头疼的工程。装上蛇皮袋，一个人扛着，挤上公共汽车，下车，一个人扛着，六月的太阳，汗水如斗，从深南大道扛到滨河大道。有一年，我去拜访了在宝安三十一区的王十月，他告诉了我一个好方法：看过的书就把它处理掉。我把那些书送给身边一些热爱文学的打工朋友，我觉得他们和我一样的命运，一样地热爱文学一样地热爱书籍，书籍就像雨水，他们也渴盼着被滋润。我觉得这种传递更是一种爱心的传递。雨水，风声，太阳，公共汽车，它们像一场梦境，紧跟着一些相同的词语，蛇皮袋，红色塑料桶，衣架发旧的牛仔裤，更有一些词语跟着生长，比如，工棚，十元店，公园，屋檐下。有一年，跟一个朋友住在一起，他是个很帅的人，因为爱好点诗歌，就谈得来。有一年，快过年了，工地一结束，我没地方可去了，他要我搬到他那里住。没想到这个每个月没有稳定收入的打工仔却有小资情调，住在东门那个房价昂贵的地方。他不断地变换女性性伙伴，每次他的女朋友一来，我就得另找地方投住。有一次半夜来了，我不让，彼此间闹了尴尬。后来，我才知道，这些女人图他美貌会给他钱。我搬了出来，打电话给老乡，因为这个老乡在联想公司上班，工资很高，住园岭。他说，要我临时住几天，他有失眠症，两个人睡不着。我又从他那里搬出来，雨水从我的额头落下来，已经是半夜了，风声有起。雨水夹着风声，风声纠缠着雨水，它们混了，它们合了，湿漉漉地沾满我的全身，身子洗过了一般。我走过荔枝公园，看见一些人躲在厕所里，我突然地想到在深圳的不是只有我一个异乡人才有这个遭遇。十点，公园有保安拿着铁棍清场，雨也停了，南方的夏季，在邓小平画像前的广场上，那些石凳上，那么多外乡人睡了。我在石凳上睡了几个晚上，认识一个老乡，和我是同乡，他说有十元店，我就跟他跑到十元店里，那里大都是来找工作的，我住了一晚上床铺，身上的身份证，名片，还剩下不到十元的银行卡，居住证，小小的电话本，湿了一场水。每次工地一结束，我找不到地方住了，我就找十元店，找一个床位，睡下去，我的睡眠质量相当好。第二天，我联系上了工友李百安，住到他的工地上去，跟着他们干弱电，我们每天在深南大道上耐心地等最便宜的公共汽车204。204就有好几种价位，有K204空调大巴，204快线，我们等的是起站一元的204普巴，车顶有一个敞篷，工友们说是帽子，远远的我们就分辨得出来。我们很快地挤上去，车厢里全是簇簇的人头，有人拉了拉我，我下意识地看了看他，这是一个很普通的打工仔，他用祈求的眼光压着嗓子对我说，你能帮我买张票吗？我看着他退避的眼光，痛了一下，我心里叫了他一下兄弟，毫不犹豫地给他买了一张。记得曾有一次，我上了车，发现自己没钱，零钱都没法凑齐，差几毛钱，我被乘务员毫不客气地赶了下来。很快，海滨楼盘的工程一完，香港师傅给我们结算了工钱，工棚就拆了，这一拆，我就不记得我搬到了哪里。

这些词语它会注入到我的灵魂里让我不得安宁，打下烙印来触痛我：故乡，从故乡到异乡，从异乡到异乡，从异乡回到出生地。我始终想我是一个没有故乡的人，一生在漂泊。童年跟着母亲东奔西走，十四岁出来打工，如今住在城市的岁月比住在山村的岁月长了，但我从来没有高调地把城市当成我的故乡。我又没有第二故乡的说法，我觉得一个人只有一个故乡，那就是他的出生地，我固执地爱着它，爱着它的贫穷。因为它贫穷，我想把它变为富有。我总在想"打工"这两个字，从我一来到深圳这个城市，我都在乐观地想,有一天我们会回到故乡去,把故乡也变成一个理想村。我的这种精神乌托邦把我从艰苦的打工岁月抽出来,不断地碰撞,不断地跌入现实生活中去。我一直是一个没有理想的人,来到这个城市就是想赚两个钱回到故乡去,盖房子,娶媳妇,有经济的条件下生一堆孩子,这可能是大多打工仔的命运。从来没想过待在城市。我曾暗暗地下咒语,打工时代快快结束!我曾做梦,梦见我们打工进入最后一个时代,我们被赶回乡村,像我们去时如潮水般回。我死了有人来我的墓前看我,因为我还是一个诗人。在外打工,一待就是五年,我去年因为母亲的眼疾需要动手术回了一趟家,家乡变了,家乡这些外出打工者获得了空前好转的物质生活,但是他们的精神生活却变得空虚起来。我母亲虔诚地信主,并且她们还预言我们会被赶回乡村,那正暗合了我的梦境,但我又一边不相信母亲们的预言,一边遵循着这种命运。前些日子,母亲又打来电话,她说,故乡现在要搬迁,搬到汶川去。我不信,母亲说,已经登记了。母亲还说,现在故乡的松树有碗口粗了,将来我们是喂给野兽了。三峡工程来了,这里将在水底。我听出泪来了,我说,故乡的那些坟墓怎么办?他们是我们的祖辈,我们要不要拿一截尸骨走。

【作者简介】

程和祥,笔名程鹏,重庆开县人,有作品发在《打工诗人》《诗刊》《中国作家》《重庆文学》。有诗歌作品收入《打工诗歌精选》及各诗歌选本。2008年凭借打工诗歌参加中国诗刊社举办的24届青春诗会。曾获全国青工大赛散文奖一等奖、深圳网络拉力赛非虚构二等奖。已出版散文集《在大地上居无定所》。

【颁奖词】

程和祥，笔名程鹏，他的散文讲述小人物打工生活的日常与艰辛，同时为这些人物塑造出一个又一个精神空间，丰富了以他本人为代表的一代人的生命层次。这部散文集取名《在大地上居无定所》，这既是一个陈述句，也是一个深沉的问句，彰显出作者对自身与脚下土地关系的反思。程和祥有突出的诗歌才华，在散文的表达方式上，他遵心而行，不拘一格，融入多种文法，呈现出开拓散文边界的努力。特授予程和祥："西樵山杯"第三届青年产业工人文学大赛——公开组——散文奖。

【获奖感言】

我是一个从小到大没有故乡的人，小时跟着母亲东奔西走，长大后外出打工也是到处行走，找不到想要依靠的地方。走到深圳后，我喜欢上这个和我一样成长起来的城市，但是灯火辉煌的城市让我常常迷失，我想和它攀上一点关系，于是取了一个和它一样的名字。一瞬间，就十多年了，时间把一个青年带到了中年面前。其间，我回过出生的地方，却因回到故土感到蒙耻，所以又慌张地逃走。我是一个笨拙的人，没有文凭，没有经营能力，只好靠自己的一点手艺谋生。这样一年又一年的，在各个城市打拼，直到会终老病死。有一天，我发觉身边的人和我的经历相同，我们是一代人，也是整整一个时代。我时常会想时代赶快结束，也会想我们这一代人的出路到底在哪里。之前，我写点诗歌，发觉诗歌的体裁不能完全表达出我的这种经历，也无法表达出我的思考。2009年我试着写下一些篇幅较长的文字，主要是写我的真实感受，被称为了散文。我不知道那是散文，我的确不知道。

前台文员工作手记

/ 邬霞

A

2007年11月中旬，结束了广州鲁迅文学院培训班的培训，经M总的介绍，我到宝安一家电子厂做前台文员。

F经理用一张小纸片写了前台文员的工作要求贴在电脑上，以前的前台文员只跟我说了文件在哪个盘里，我就算正式接替了这份工作。F经理说不懂的可以问小谢，她经验丰富。才上班几天，就遇到了麻烦。厂里一天到晚要把QQ挂着，便于联系和发送文件，品质兼生产部黄经理让我加他QQ，这时，一个电话打到前台，说进来。我以为是黄经理让我加他QQ，就说好的。过了一会儿，F经理板着一张脸从采购部走出来，站在台前，说我叫你进去，你怎么无动于衷呢？这事错不在我，我连他们的声音都还分辨不清，他打电话时又不说他是谁。我刚来，要学的东西很多，也必须得忍一忍，便走进采购部向F经理赔礼道歉。

上了十天班，F经理说我的试用期是一个月，所以我要尽快学会，不要像前面那个文员。我替他补充，谢小媚。他说，一个月后我就叫她滚了。我说我做不好你也可以叫我滚。龙小姐听见了就笑。打工嘛，不是被老板炒就是炒老板，又有什么关系？即使到时走了，我仍感谢试用期是一个月。学到了经验，还怕找不到工作吗？

一个月后，我顺利通过试用期。

总的来说，这份工作挺清闲，每天必做的是接电话、收发传真，其次是招工、算工资、打文件、扫描文件、接待客户、把前台和会议室的桌椅摆放好、会议室黑板上的字擦掉。BOM单一个月最多发一次，由工程部给我，我盖上"受控文件"的章，再发给工程部、品质部、采购部、人事部、仓库部。有空闲时，就聊QQ，上上网，或写写博客。

B

我和扫地的李阿姨关系不错。每天中午在饭堂吃完饭，我和阿姨都到前台里面的那间办公室休息。这间办公室据说是厂长的办公室，但我来时就一直没人用，只偶尔让客户到里面坐坐。中午下班后就是我们的休息室。阿姨是个藏不住话的人，她把厂里很多秘密都说给我听。她说现在的F经理以前在一个厂做科文被炒了鱿鱼，因为和Y总是小学同学，便到这个厂做经理。他才做没多久，会计肖阿姨就看出他很有野心，善意地劝老板要注意F经理，Y总不以为然地说，没事，他是我的同学。过了一段时间，F经理带了个生产主管王生（现在是PMC）、司机小余、电工提师傅和厨娘谢阿姨来，然后，他又带黄生来。肖阿姨当时管人事，感觉他带一伙人来不对劲，不让黄生填表，F经理到Y总面前一说，黄生顺利地填了表，做了总务。F经理对肖阿姨怀恨在心，夺了肖阿姨管人事的权利，他每天都去骂肖阿姨。肖阿姨不堪忍受，辞工走了。之后F经理对工厂大肆整顿，把车间从二楼搬到三楼，二楼的车间租给其他厂，租下了三楼一层楼来做车间，上下两层楼都进行全面装修，光装修费就花了10万元。他管理车间时，每一批货都返工，对员工也极为苛刻，上厕所也必须带离岗证，否则就罚款，员工都叫他"厕所经理"。以前Y总经常对李阿姨说她下午不用打卡，干完自己的活就可以回家去。F经理来后，要李阿姨上下班的卡都要打，不打就罚款。Y总的太太以前经常来厂里，前台的财神都由她带头拜，自从她看出F经理不是善良之辈后，多次让Y总赶他走，Y总不答应，两夫妻吵了不少架，他太太再也不来厂里了（我从进厂开始都没见过Y总的太太）。以前Y总和另外一个罗总合开的这个厂，罗总看出了F经理那帮人野心勃勃，很快撤了股，另起炉灶。之后，现在的L投资几十万和Y总共同经营。李阿姨说Y总知道F经理和总务黄生、提师傅都在背后搞他的钱，L可能还不知道，如果知道肯定也会撤股。以后说不定两位老总会翻脸，她猜想这厂早晚要毁在F经理手里。

厂里有个小小的饭堂，只供职员吃饭，3元一餐。李阿姨说，厨娘谢阿姨买菜也从中捞钱。菜由厨娘用盘子一份一份分好，饭在一个锅里打。我们的菜很少，因为我每天都去得比较迟，好的多的都被别人拿去了。有几次，厨娘看我盘子里空空的，问我是不是菜不够，我只得说够。实际上远远不够，每一餐的菜都只够吃一碗饭。她和提师傅都是F经理带来的，我说不够，唯恐她到F经理面前说我坏话，我说够，以后她就照这样做，真是难上加难！有一天吃过饭，来到休息室，李阿姨说现在每一餐加5毛钱，菜还是那样。

C

把招工广告贴到外面也不好招工，我只得让黄生搬张桌子到工业区门口，然后搬张凳子，坐到外面招工。招生产拉长、丝印师傅、普工和临时工。我们厂的工资太低，试用期为一个月，试用期内底薪是750元，加班费是4元/每小时，有全勤奖50元，住宿要扣70元，试用期过后为780元，难以招工早在我的预料之中。物价上涨，其他厂的底薪都是800元以上。

有个叫杨观发的江西男孩，他来应聘的时候我把他带到三楼去，耐心地跟他交待一些事情。他说，你是我找工作以来遇到的最好的人。我问他是不是遇到的其他文员都是一副高高在上的样子。他说是。我说我们都是打工的，人人平等，没有谁比谁高级这回事。他说你能这样想很好。我以前做普工的时候，那些文员都很傲慢，有时故意为难员工，当我做文员时，我把自己和他们放在同等位置上，提醒自己要多为他们着想。曾有一个女孩来应聘，她身份证还没拿到手，我冒险"收留"了她，因为我知道，如果没有身份证，她去找厂肯定进不了厂。

一个男孩来应聘普工，他不会拿烙铁，用乞求的口吻说你就收下我嘛，工作很难找。这时，昨天填过表的两个男孩来报到，说带了个老乡过来，问要不要。我带他们老乡去三楼，想让黄经理面试，那男孩也跟着一起到三楼。我叫他们老乡坐在饭堂门口，又去车间找了黄经理。黄经理说让他们先等一下。我下楼，男孩又跟着我下楼。我决定给他一个机会，说让他去三楼和刚才那男孩坐着一起等。

我跟阿姨说这个男孩的事，阿姨对他说，你要珍惜，如果你做一段时间就走，让别人（指我）没面子。男孩点点头，说肯定啦。我进车间找了黄经理，说，黄经理，外面有个男孩。黄经理干脆利索地说，男孩子不要。我走出去，无奈地说，经理说男孩不要。阿姨说，那就没办法喽，帮不上你的忙。我和男孩一起下楼，他带着落寞的神情。还怕他再纠缠呢，他却礼貌地对我说，谢谢！我说不客气。转身的一刹那，我才想起，我应该跟他说说"祝你好运"或"希望你早日找到工作"之类的话。同是天涯沦落人，我也深深体会过找工的艰辛。曾有一次，我去应聘仓管，招聘人员说我没有经验，把简历退还给我，我哀求他给我一次机会，让我学，可是他仍是摇头拒绝了。这男孩就像我一样忧郁，从头至尾没见他笑一下。

过了一会儿，阿姨对我说那个男孩好像要哭的样子。这句话让我有些惊讶，回想起刚才男孩那老实巴交的样子，近似女人一样的哀怨眼神，我的心也变得沉重起来。阿姨说楼上的员工都说我人不错。我说要别人尊重你，首先你得尊重别人。

D

2004年和妹妹一起学电脑，准备找文员的工作，爸爸对我们说，要做好心理准备，到时也会受经理、老板的气。在这里，我一次又一次体会到了个中滋味。

我们厂里的财务室是不允许外来人员进去的，有一次我到财务室去了，一个供应商趁此机会溜了进去。等我出来，Y总说，客人来了你就安排坐下嘛，真不知道你这前台是怎么做的！

有天，L总让我给他发传真。过了一会儿，他说没发过去。本来发传真是把纸反过来，把头部放进去，他这份却是把纸反过来，把脚部放进去。我帮他重发，他在一边看，说应该先把纸放进去，再拨号。接下来，他还不冷不热地来一句，你不会发传真啊？我懒得跟他理论，这一个多月的传真不是我发的还会是谁发的？这时，采购部的龙小姐出来了，她有点像男孩，是爱打抱不平的那种。她说我们发传真都是先拨号再放纸进去，完了她还大胆地说了一个字，"笨"，L不吱声了。

招了一大批临时工后，有一天早上蒋喜林拿来工卡让我算工资。我一看工卡，只打了3天的卡，我非常讶异。过了一会儿，又有几个临时工拿工卡来算工资，我才弄明白是厂里没货做，让他们走的。他们几个在那里叹气、抱怨，似乎把过错推到我身上，因为是我把他们招进来的。

生产经理来了，拿起李杨振的工卡说，这个人不是做正式工的吗？你怎么弄成临时工？你们行政部不知怎么做的，搞得乱七八糟。我说，他说他做临时工。生产经理说，我在入职档案上写的是员工。李杨振在他后面连声说，我是做临时工。生产经理走后，我看了李杨振的入职档案，确实写着"员工"二字，就对李杨振说，这上面写的是做员工。李杨振说，哪里，我是应聘拉长，他说不合适，我就做临时工，是他自作主张让我做员工。至此，我才明白这又是生产经理使的阴招，之前他叫我打招聘广告要把底薪和加班费打高一点，先把他们骗来再说。有一四川老乡做了一天就来跟我说，要把正式工改做临时工，最后问一句，老乡，我们是老乡，你为什么要骗我呢？我还真是冤枉，骗他什么了？招工的时候我没夸大其词。

财务叫我跟临时工说下午再来领工资，他们不依了，大舌头王江说，下午来？我们来回都要几块钱车费。我说，你们跟我说也没用，我又不发工资。好说歹说，他们才答应回去，四点钟再来。

到了下午，情况又有变动。财务说让临时工三天后再来拿工资。因为临时工不安排住宿，他们都住在外面，有的比较远，我便问清三天后是上午还是下午，以免他们跑冤枉路。我首先打电话给银吴军说明此事，他生气地喊，有没有搞错，上午说下午，下午又说过三天后，我们都没钱吃饭了。被他一吼，我也有点生气了，说，我是好心才通知你，叫你三天之后就三天之后再来，你今天来也没用。挂了电话，我又通知了另外两个留了电话号码的临时工。过了一会儿，又有两个上午上过班的临时工拿来工卡，我说三天后拿工资，他们爽快地答应了。

下午还不到四点，除了下午拿来工卡的临时工外，上午拿来工卡的临时工全来了，其中还有一个辞工几天都没领到工资的员工。他们把前台旁边的椅子、沙发占满了，埋怨声四起，都板着个脸。F经理经过前台问我他们是干什么的，然后跟去财务那边说让临时工六点钟再来。他们又不高兴了，说六点都已下班了，都没有要离开的意思。

电话铃声响，我以为是客户的电话，忙拿起听筒接听。F经理大声问道，××，那几个临时工不是叫他们六点钟来吗？怎么还坐在那里？我说，我跟他们说了。F经理的声音陡地提高八个分贝：你怎么坐在那里一点魄力都没有？这么小的事情还要我一而再再而三地说吗？挂了电话，我气得大口喘气，想把所有的不快吐出去。之前一个临时工来见工时说过我是他找工作时遇到的最好的人，我开心地向妹妹说起这事，妹妹说我的工作性质决定了不是得到员工的承认，而是要得到上司的承认。也许，我做到让员工满意,就不能使上司满意。憋了一肚子气,而几个临时工不知道我挨骂的事——但事情皆因他们而起,我觉得我不能再对他们客气了。于是,我第一次对跟我一样的打工兄弟们翻脸。说完之后,我的脸发烫,我想我一定满脸通红。到镜子前一照,果然如此。

吴银军和王江出去了,另外几个还坐着,过了几分钟,他们俩又进来了。我心里像被什么东西堵塞了一样,快要喘不过气来。既然我这样说他们都不听,我已决定了,等一下F经理再说我,我就让他把我炒掉,反正今天刚好是我一个月的试用期到了。这时,坐在旁边的两个供应商,问临时工怎么回事。也许他们是想劝他们出去一会儿,我是这么认为的。吴银军说了事情经过,他们仍然坐在那儿。

四点半的时候,财务拿着临时工的工卡和工资表出来了,我这才知道他们不知何时又把时间改成了四点半。临时工们领了工资都非常开心,我心里的一块石头也落了地。

吴启州和吴沙同是湖南人,可能还有亲戚关系吧,他们一起来我们厂做临时工。突然有一天他们被经理通知下午不能再上班,只得交了工卡,让我算工资。当时我遵照财务的吩咐让他们三天后来拿工资,他们倒没多说什么。

他们来到厂里领工资,我马上通知财务,财务说下午才能领。他们有点生气,但好脾气的他们没有发火。经过我的几句劝慰,答应下午再来。我怕他们和前两天的几个临时工一样赖着不走,非要领到工资不可,他们的态度大大出乎我的意料,大概是人的性格不同吧。

下午吴沙和吴启州两点多来到厂里,我告诉他们一般财务那边要四、五点钟才给工资。这个时候,即使再好的脾气也难免生气,他们摇了摇头,表示不满。吴启州问为什么要这么晚才能拿?我说这是厂里的规定。我看得出来,他们也有点埋怨我。

不一会儿,另一个临时工杨观发来了,他见工的那一天就知道我的为人,所以他乐意跟我聊天。他自然又说起我是好人的事,说我对人客气。

聊了一会儿天，杨观发到车间找人去了。吴启州可能是通过杨观发对我的评价再仔细想了想我的为人，他也向我敞开了心扉。他说他和吴沙昨天去找了个招临时工的厂，今天上班，但想到要来这里领工资，就说好下午去上班。今天上午来了没领到工资，就去那个厂想说明天再上班，不料去了那个厂却被告知临时工已招满。他还说他的房租今天到期了，如果不打算进厂了就得立即回家。是去是留都得在今天决定。我听后真替他惋惜，人生当中有的机会往往就是那么一天两天的事，错过了，就不再回来。

为人打工，总免不了受气，关键是要自我调解。以前我在第一个制衣厂打工时，员工经常被管理人员骂得狗血淋头，挨骂之后，管理人员还站在身旁看我们做事，我们心里特反感，嘴上却不敢反抗的滋味我现在还记忆犹新。在这里不管老板和经理怎么说我，我都能承受。因为他们说完之后就会走开，能留下时间和空间让我慢慢消气。

E

有一天下午5点多，一个湖北男子来，头天安排他进的厂，说好今天搬进宿舍的，但我带给他一个不幸的消息。行政部的黄生在上午说，新员工要做一天才能搬进宿舍。他有点气，问为什么昨天不说呢？接着还有更不幸的事发生在他身上。Y总经过前台，看了看他，回来经过时又了看他，然后问我他是干什么的。我说是新员工，说完低头看程拾琴的工卡。老板碰了碰我的衣服，示意我进去里面办公室。看着他的背影，我心里有了沉重感，不知他要说什么。终于，他回过头说，这么老的招来干什么？我说他是1981年的，他说，不知道你们人事部是怎么看的，把他辞退了。

当我把这个消息告诉那男子时，他叹了一口气。还是那句话，昨天为什么不说呢？他说早知这样，他就不出厂了，昨天才出来。Y总出去了，他仍坐在那儿。我说你还是走吧，等一下老板看见你在这里，对我有影响。他不动，想不通的样子。黄经理下来看见那男子，让我过去。我跟黄经理说了 Y 总的话，他说，不要就不要喽。我第二次跟那男子这样说，他说你给我解释一下，老乡，这种情况我还是第一次遇到。我说我们打工什么事情都会遇到。他问老板是哪里的？我没有回答。业务员李小瑞叫我过来一下。我过去，她问那人怎么回事。我说了具体情况，她说你就跟他说不招工了。一会儿她又出来"赶"湖北男子，湖北男子沉默着，叫他也不应。最后他说想和黄先生谈谈，说几句话。他的行李放在门卫室，让黄先生跟门卫说一声放到明天。

我带他去三楼，他跟黄经理说这件事。他说进不进这个厂无所谓，可是，昨天为什么不说呢？说好今天住宿舍的，明明说好的事，怎么就变了呢？他朝着我说，感觉被人戏弄了，他说，要是你们遇到这样的事会不会难受？我点了点头。黄经理安慰他说，小厂是这样，对面有好多厂，明天就可以进。过了一会儿，我带他下楼，他掏出一支烟给黄经理，说，我会再来看你。下了楼，我跟门卫撒了个小谎，说这是我们厂的新员工，暂时没宿舍，行李放到明天。到厂门外，他又说他还准备今晚住进宿舍，洗澡洗衣服——他的桶里泡着衣服，还没洗就拎过来了。他还说去过这么多厂，还从没说过他年龄大的，难道这个厂都是漂亮的人？他问我老板是哪里人，我知道他的气还没消，劝他算了。他愤愤不平地说，像这样的老板，他想找几个人打他。我说你别把事情闹大了，消消气吧，明天去进个厂。我能说的也就这么多，除了言语上的安慰，我也做不了什么。

F

工厂陷入了瘫痪状态。F 经理让我贴了通告，住公司宿舍的办公室职员每月补助 200 元，其余的房租费按人头分摊，或者搬出宿舍，补 200 元自行解决住宿。刚开始还以为是住外面的补 200 元，直到黄经理打电话说都没得做了，我才醒悟过来。职员的工资拖欠着没发，厂里的电话费电信局一催再催，员工宿舍的房租费也欠了好几个月了，房东来找了一次又一次。Y总死猪不怕开水烫地说,你可以去起诉。职员的工资发一半留一半,还传出要裁员的消息。

过了几天,工程部裁掉一个结构工程师,车间裁掉一个拉长。另外几个职员都无心再做。会计辞了工,工程经理还没等我把解雇书给他,就离开了。后来他告诉我,由于老板给不出高工资,他就让其给他算工资走人。二楼办公室的财务室和采购部及业务部都搬到了三楼,只剩下Y总、F经理、我、总务黄生、三个业务员。三楼的卡钟从前门挪到了后门,每天前门都锁着。我们上三楼办事麻烦得要死,要下楼穿过院坝,再上三楼。后门关着,得叫保安打开,然后再穿过一道小门,经过仓库外面。走进车间,再拐个弯到三楼的新办公室里。以往从二楼直接上去,最多只要两分钟,现在至少要六分钟。我嫌打卡麻烦,凯叔自告奋勇给我打卡。我带验货的通过这种渠道,走进品管部。他们都说,为什么搞得这么隐秘?过了几天,我才知道,厂里是怕供应商来闹事,才出此下策。

在这之前,已经有一家供应商来闹过事。那天,两位老总和几个办公室人员都在三楼开会。有一个女孩来应聘会计,我安顿她坐下,跟她说稍等,经理在开会。不一会儿,一个戴太阳镜的女人带着几个男的气势汹汹地来到前台,说找Y总。我说不好意思,他在开会,你们先等一下。她说我不可能等他开完会,限你十分钟之内把他叫来。我说你们先坐一下。她用手指指着我说,你最好给我找个管事的出来,不然你们别想在这儿做了。我只得上楼去找Y总,向他说明了事情经过。我从三楼下楼,上楼时碰到PMC,只见他满脸通红,我猜那个女人肯定拿他开涮了。F经理下楼来,我跟他说,有个应聘会计的女孩。他答应了一声,走进了办公室。Y总下来后,带那几个供应商去他办公室协商,不久,那几个供应商就走了。这时,Y总看见应聘会计的女孩,问我是干什么的?我说是应聘会计的,没想到他垮下脸,把矛头指向我,说,来应聘你要早说嘛,让人家等一个下午。我感到委屈极了,真是受夹板气,我又不是财务,供应商找我麻烦,这个女孩来应聘时,他们都在楼上开会,而且经理一下来我就及时告诉了他,是他没有及时面试。回头想想,Y总可能是被追款追得焦头烂额,心情不好,才会把我当出气筒,觉得也应该体谅体谅他。不一会儿,听李阿姨说,那个供应商说要去起诉。我感到做老板也不容易,气也就全消了。

在一个星期五的下午,F经理让我用A4纸打"明天休息"几个字贴在门上,目的是给供应商看。于是,我们破天荒地有了双休。等星期一上班,发现前台鱼缸里的金龙鱼竟然浮在水面上,已经死掉了。这条鱼价值8000元,听人说有一次一位客户出价10000元老板都不卖。李阿姨猜想是供应商前两天来闹事,一气之下放了药,把鱼给毒死了。这似乎预示着"鱼死厂亡"。李阿姨站在前台时,Y总一边烧香一边对我们说,你们安心在这里做,不要受什么影响。紧接着,提师傅把前台写着"×××数码视听有限公司"的招牌拆了下来,墙上的产品海报也撕了下来,门上的厂名也用刀片刮了下来,让我接电话时说"你好",后面不用说厂名。财务让我在电话机上录留言,客户打电话过来就会听到我的语音提示。我这才知道,厂名已改了。

几天后,PMC、总务黄生马上拿了工资走人,采购部的龙小姐不敢来上班了,怕供应商找她麻烦,她曾听说有一个女孩做采购,欠供应商太多货款,供应商气得把那个女孩杀死了,龙小姐不敢去找采购的工作,只得暂时去做普工。

又过了几天,二楼的几个业务员都没来上班,其中有一个女孩和龙小姐关系要好,我当她是要和龙小姐携手在一起,才没来上班,哪知有一天F经理带来的业务员小余说业务部解散了,他们早拿了工资了。有一天,来了几个牛高马大、虎背熊腰的男人,径直去Y总的办公室喝茶、聊天。Y总来了不久,他们又一起出去了。第二天,Y总没有来,F经理没有来,倒是前一天下午来的那几个男人来了,仍然是一来就往Y总办公室走,俨然是这里的主人。到了下午,Y总打电话来对我说,那几个人是他朋友,来了后让他们进他办公室坐。我猜想是换老板了,前段时间就听他们说二楼要租给别的老板，我也亲眼看见L总曾带人来看厂。提师傅说那几个男人是老板请来处理事情的，等处理完了Y总再回来。

办公室里的电脑全搬到三楼去，换上了几台老式电脑。供应商开始一个个找上门来要货款，最多的一天高达二十几个人。会议室、前台、大办公室、老总办公室、经理办公室到处都是人，热闹得不得了。这时，我又知道了一条消息，那几个男人不是Y总的朋友，而是他请来的黑帮，黑帮老大都没见过Y总。厂里拿不出钱给供应商，就用仓库的货品抵消。那些产品都是积压的货物，以前卖不出去的，放了好久。有人挺聪明，说这是不是你们在玩花招。有的人更直接，说那些货是以前卖不出去的，击中要害。有的人气愤难平，说老板宣布倒闭，他们大不了不要这点货款，但我们老板这样处理，犯了诈骗罪，如果起诉他，会坐牢的。有的人说挖地三尺也要把F经理找出来，那人心太黑，老是请他吃饭，给他红包，前几天还说让他们过几天来拿货款就是了，谁知来了是这种情形。可能是怕供应商报复，F经理在车间做普工的姐姐没来上班，宿舍的东西都没来得及拿就溜了。F经理的女儿左手只有一根手指，还是阴阳人，很多人说他是坏事做多了，得到报应。

供应商拿不到钱，心有不甘，但老板不在，有什么东西就拿什么，怕到头来连一点东西都捞不着。开始两天，供应商都用车来拉货。供应商又有了怨言，说有一种音响市场价才十五元，抵货款算的是七十元一个。办公室看上去挺气派，但空有一副漂亮的空架子，老板拿不出现金，供应商也只得妥协。办公室的电脑、前台的桌子、会议室的椅子、几个办公室的空调都被搬走。值点钱的东西都搬完后，那些供应商就开玩笑说把我搬走。有个老板坚持要拿现金，有天中午带着他厂里十几个员工来我们厂，他的一个手下动手打黑帮老大一下，黑帮老大打了他两下。我跟李阿姨说打架了，她急忙进去劝开了。那位老板和黑帮经过协商，顺利拿到了现金。另外一个供应商特别倒霉，那天他进我们厂跟李阿姨随意地聊天，才说了几句话，黑帮就来了，他们对供应商说，吵什么吵，再吵打死你，二话不说踢了供应商几脚。真是欠债的还欺压到讨债的头上了。清明节后是星期六、星期天，厂里连放三天假，但为了供应商，我和财务、仓管、提师傅前面两天下午都得上班。

有供应商劝我和阿姨别在这里上班，说厂子要死不活的，厂里的员工像花一样快蔫了，我们怎么浇水都没有用。他还说，我们在这里做随时可能倒闭，还要受供应商的气，划不来。

说到受供应商的气，我的确受了不少大大小小的气。那段时间他们真正要找到的人都退到了幕后，我作为前台，要直接和他们打交道。有供应商跟我说Y总的电话已停掉，问我知不知道他的新号码。我说我不知道，他们生气地说，你怎么会不知道？装什么装！忍了几次，我终于忍无可忍了，就回击他们,说老板的号码怎么会随便告诉我呢？你们不要说得那么难听！这样说了之后，他们也就不再说什么了。有一天，小谢来二楼拿样东西，看到黑帮那几个人，问我是干什么的。我说是黑帮的。她说吓死了。我觉得好笑，她只看一眼就吓死了，何况我天天要面对那些人，那些事。这个过程中也不是没动摇过，蓝紫姐给我介绍的工作是别墅区文员，但我没请到假，没机会去，只好作罢。我写了辞工书，一直放在抽屉里，没交上去，不忍老板在需要我们的时候离开。

G

黄生在外面开了一个店，听说生意还不错。他在厂里买东西时，也弄了不少钱。F经理本想在宝安买房子，但厂里情况不好，怕闲言碎语，只好把这事儿先放着。尔后Y总和F经理开始出入工厂，二楼办公室重新装修了一下，还买了几张桌椅，前台又买了一条金龙鱼养着。F经理的姐姐又来上班了，他还让他老婆来做临时工，这事引起不少非议，连黄经理都说F经理有病，正式工都没事做，天天放假，他还让他老婆来做临时工。

李阿姨和员工都说老板没用，做老板做到这份上，很悲哀。听说供应商都联合起来，不给我们厂供货，就算拿现金也买不到货。

在一个黄昏，广州一家杂志社的主编给我打来电话，让我去他们杂志社做编辑，我喜出望外，做编辑可是我多年的梦想呢。我决定辞工，一个月后去广州。文学上的一位老师让我早点辞工去，怕失去机会。星期四的下午，L总宣布全厂放假，说下个星期一再上班。第二天，小谢打电话叫我去上班。我是下午去的，财务让我把员工工资算出来。以往都是月底才算工资，而今天才九号，我预感到厂要倒闭了。李阿姨说昨天很多员工找老板，要求保底，这十天他们两天班都没上足，这样下去饭都没得吃。我更加肯定了叫我算工资是要把工资发下去，然后散伙。事情处理完了，我要走也可以走得心安理得了。我向L总表达了想走的意思，没想到他很爽快地答应了，工资一分钱也不扣。做了五个月，我的前台文员生涯宣告结束。

【作者简介】

邬霞，四川人，1982年出生，1996年南下打工，1998年开始写作，2001年开始在打工刊物发表文章。近几年在《天涯》《作品》《诗刊》《散文海外版》《广州文艺》》《芳草·潮》等杂志发表文章。非虚构作品《等待阳光的珍珠》获第三届"我和深圳"网络文学拉力赛优秀奖。2014年出版散文集《深圳纪事》，参与纪录电影《我的诗篇》的拍摄，2015年登上央视五一特别节目《工人诗篇》。个人事迹被凤凰卫视、中国青年报等媒体报道。

耻

/ 塞壬

一

现在都尘埃落定了吧。我开始慢慢平静地正视它。云淡风清是一种太高的境界,于我,似乎永难抵达。在过去的那么多的时光里,那些不可言说的事物一直在那里,它让一个人的天空那么灰暗,那么卑微。即使是在片刻的欢愉里,那些长年郁结在内心深处的阴霾便迅速面目清晰地浮现开来——它们从来就没有离开过,不安的情绪就会再次笼罩着我。用抖索的手指去摸火机点烟,但依然无所适从。我开始流连赌坊,或者沉迷昏睡,为的是转移这无孔不入的侵扰。当我写下"耻",可我发现,它既不代表羞耻,也不代表耻辱。它是一个动词,硕大地、持续地梗在人的心里,一直损害着你。"你怎么走不出来啊?你到底要怎样才能释怀?"面对这样的诘问,我只能沉默。我的眦睚必报,我的耿耿于怀说到底竟没有一个具体的对象。难以言表是因为一语中的的失效。这让人无法直视的"耻",如果一一剖开来给人看,那将是一个永无止境的、无法痊愈的疾病。这个字牢牢地嵌在我的命里,深入骨血。我想起霍桑的《红字》,女主佩戴的那代表通奸罪的耻辱红字具有明显的公共性,昭告天下,那是毁灭性的。

而某种私密性的"耻",对于无耻的人来说几乎是无效的。写作,在我看来,很大程度上是抛出只可意会的秘密,然后每个人就对号入座般地去解读这个秘密,最终把自己也保存在这个秘密里。尤其是"耻"。有一次在电视台做一个女性话题的聊天类节目,邀请的嘉宾都是优秀的女性,她们在职场、商场上风头正健,还有两个是本地名媛类的角色。而我,一个作家,居然忝列其间,跟一帮代表这个城市主流价值观的女性一起,探讨着关于女性的话题。毫不意外地,这些成功的女人在那里大谈特谈女性要如何自信、自立,如何保持人格独立,甚至还说起拥有财富和美貌远不及拥有丰富的内涵,内涵对一个女性来说何等重要,是的,内涵。一直坐在旁边沉默不语的我对她们所说的一切并无异议,没错,非常正确啊,我认同。尽管这类话题的讨论不适合我,跟她们相比,我缺乏有效的经验去验证她们的说法。但方向上我依然认为这些是正确的。直到最后,有一位女性突然总结出这么一句话:女性唯有如此才会活得有尊严。前面那一堆正确的废话在我耳边滑过,不以为意。然而这一句,却一下子就刺中了我。原来,在这些女人那里,所谓尊严,居然是以自信、自立、独立人格以及高端的内涵来垫的底。我猛地抬起头,用荒凉的眼神打量着这群人,形同异类,我瞬间就意识到,我跟她们是两个世界的人。如果不是当天听到"尊严"二字,这遥远而陌生的两个字,在我的世界里,它几乎从未闪现过。我仰望着她们的尊严标准,私底下慌张地搜索我在何时把它给弄丢了。

我前面提到的尘埃落定是指那些人和事已时过境迁。从事多年的媒体工作,我对书写即刻的、现场的题材感到厌倦与无奈,太多时候,仿佛是把一个未成熟的果子强行摘下了。经过这些年的沉淀,那些居无定所、落魄、一次次被命运驱逐的漂泊时光都已被我一寸一寸地埋藏,像宝藏一样地埋藏。历经一次又一次的人生低谷,我的生命都会有新鲜的生长。当我再次面对我即将写到的"耻",在我均匀的呼吸里,在我波澜不惊的语速里,我相信我已经具备了某种内心的硬度和厚度。比如现在，我可以很坦然地把衣服掀开，把身上多处丑陋的、可怖的伤疤露出来。我甚至可以一一道出每一道疤痕的由来。不，我不会声泪俱下的。哪怕说起这些又是一次可怕的亲历。这些斑斓的疤痕璀璨在我的身体里，已经没有了早先那样的狰狞，随着时光的洗涤，那些凸起的青紫、腥红的筋状条疤已暗淡下去，成片成片的擦痕已由原先的浅褐慢慢融进在肤色里，只不过，那一道一道线状的擦痕居然比正常皮肤更加亮白，反而更加醒目了。我右边大腿外侧有一个茶杯口大的圆形的伤疤，摸起来有点糙，但看上去，真是煜煜生辉啊，它似乎在发着光，在滴溜溜地转动，这枚耀眼的徽章结实地刻在我的身体里，散发着呈堂证供般的真相气息。我的额头，手肘，腿，都或深或浅地有这种亮白的光芒，我披着长发，蓄着刘海，把额上的一条长长的横条纹伤疤盖住。写到这里，忽然一股新鲜的、浓烈的血腥味漫上来，萦绕在我的周遭，闭着眼睛，我看见了血，那么多的血，粘粘的，全身都是，这熟悉的梦境的血的深渊啊。我唯独记不起疼痛，我破败的身体，千疮百孔，可我记不起疼痛的感觉。它一定不是被时光冲淡而流逝了，相反，它被某种意志和力量吸走，向内，并转化成另一种东西。猛然间，我意识到，很多年了，我没有为此流过一滴眼泪。

在广东十一年，我先后五次在大街上被抢劫，其中有两次被摩托车拖在地上十几米，这两次抢劫都发生在东莞。我身上的伤痕大部分皆来自于这两次摩托车飞车抢劫。我在一篇名叫《声嚣》的散文里写到了这种飞车抢劫，有些读者对我提出了质疑，认为这种经验是一种胡编乱造，我对他们说，请你们百度一下"东莞治安"这四个字就会明白的。也就是说，飞车抢劫不是某一个人的经验，在东莞，这是极其普遍的一种人生经历。尤其是女性。我身边非常多的女性遭遇过飞车抢劫，身体落下了跟我一样的伤痕，有的甚至更多。2004 年，我在东莞一家大卖场做企划，办公室的六个女孩子几乎是轮流遭遇飞车抢劫，别的办公室也一样。擦伤，摔倒，流血，包包被抢，手机、现金、钥匙一并落入劫匪手中。我们合租在一起，有一个晚上，这帮年轻的女孩子居然在宿舍脱衣服比赛展示身上的伤疤，她们美丽的青春的身体，无辜的身体，都不同程度地刻上了这耻辱的伤疤，没有人为这一切买单，唯有肉身在默默承受，承受，然后再去遗忘。然而，在这场嬉闹中，在她们清泉般咯咯咯的笑声中，没有一个人对此表现出愤怒或者伤感，娱乐消解了一切，并在一种可怕的"蚀财消灾"的观念中获得了安慰。我的两次被抢都是发生在晚上相对偏僻的路段，那个瞬间时常出现在我的恶梦里，然后我大喊大叫地醒在床上。当路边的摩托车幽灵般地从暗处蹿出来，当魔爪探向我的肩膀，我头顶的天空一定被一只巨大的、罪恶的黑色翅膀所覆盖。一场捕猎正在上演。我清澈如水的魂灵与肉身，如同羔羊一般经历着这人世间的劫难。我的包包是斜挎的，一旦被拽起，就会连同我的身体。我被拖在地上，惨叫，刺痛，砂粒硌进我的肉体，我的裙子被磨破了，我的皮肤也被磨破了，一地的血，我在哭喊，却什么也听不见。终于，包包的带子突然断掉了，我被甩出几米远，滚到路边，额头撞到一块钢架的角铁上，我记不清楚过了多久，我是怎么爬起来的，非常可怕的是，我的血都快凝固了，它们混合着沙土，浸染在蓝色的裙子上居然是黑色的，这黑色的血让我害怕。大腿上有一块受伤的地方血肉模糊地跟裙子粘在一起，也凝固了，凝固成一块黑色的记忆。

我相信，我描述的这一切并不比别的人更悲惨。我的肉身并不比别人更高贵，在很多人看来，我似乎没有理由耿耿于怀。这是一种普遍的经验，它的残酷、它对人精神的损害以及我们对所处的环境的不满和愤怒都被消解。甚至是在一种娱乐的氛围中被消解。然而，我之所以难以释怀不是因为这种遭遇无法获得补偿，而是，在我的精神世界里，一个让女性的肉体无法有安全感的世界不该被轻易原谅。如果说到女性的尊严，满身疤印，满身伤痕的女性，她们的尊严在哪里呢？面对这个陌生的大词，那些成功的女性抛出了优雅的、高端的见解，而在我这里，我的底线却是她们的负数。我生活在她们的负极里，她们所谈论的那一切，我根本够不着。她们谈论着女性在职场、社会、家庭中的种种压力，种种困扰，声称精神的痛苦远远甚于肉体。而在我这里，我居然还在纠结于肉体之痛，如同动物般低级。当我此刻面对"耻"，我无意呈现这个世界上有着猖獗的飞车抢劫，无意控诉这人间之劫难，让我们无辜的肉身遭受流血疼痛的伤害，我更无意告诉世人，这个至今没有被我完全原谅的世界。这一切是显现的，甚至是，没有人以此为耻。然而我将要写到的"耻"，它来自于肉身之痛，成长之痛，来自于一个隐秘的世界。

二

我在郊区长大，杂居在工人和农民交界的地方，小学和初中是在乡村的学校读完的。在我的印象里，不论是工人还是农民，都存在有严重家暴的家庭，虽然这两类家庭的表现有所不同。这种有家暴行为的家庭是公开的，生活在那一块的人全都知道。我得知"家暴"一词相当晚，那是我毕业后参加工作在报社做记者的时候，这个词进入我的视野，我颇为不屑，第一反应居然是，打个老婆有这么严重吗？在我的家乡那里流传着这样一句话，"老婆三天不打，上房揭瓦"，意思是，打老婆天经地仪，别人管不着。啊，在我荒凉贫乏的少女时代，目睹过多少残忍粗野、懦弱无能且性情暴戾的男人啊，他们喝了酒发酒疯，或者在外面赌博输了钱、受了别人的气，甚至是扳腕输了丢了面子这些鸡毛蒜皮的小事，都足以让他们回家把瘦弱的孩子他娘拎出来暴打一顿。有的时候，他们也打发育成熟、体态丰满的成年女儿，吊着打，边打边骂可怕的脏话。撕衣服，用脚踢，甩响亮的耳光，女人在地上翻滚，用破了喉咙的嗓子沙哑惨叫、求饶，我相信，她们的身上一定布满了伤痕，她们的泪水从一个一个的黑夜流到天亮。这一切回想起来，历历在目啊。孩子们都退缩在角落里，大的捂住小的，恐惧让他们不敢吭一声。这样的混蛋后来都是被他们长大的儿子们收伏的，几乎无一例外，长大的男孩用有力的双手擒住父亲的肩膀，或者用自己的身体去护着母亲。"你知道吗，最近父亲在打我的时候没有以前疼了，他只打了几下就停下来喘气，他开始老了……"这是我初中的一个男同学跟我说的，多少年之后，他侍奉病倒在床上的父亲，居然没有半点怨恨，以至于这样的老混蛋还得以善终，而岁月也抚平了女人的伤痛，欢笑绽放在她们满是沟壑的脸上，儿孙绕膝，嘻闹于农家的小院里。那个时候，我们虽然在心里诅咒这些天杀的男人不得好死，但我们全然没有意识到，这样的施暴是犯法的。至于尊严，这个词从未出现在我们的生活里。某种既定俗成的伦理维系了一代又一代的人，在我们朴素的善恶标准里，福报消解了恶报。

在漫长漫长的童年及少女时代，某种文明开始流进了我们所在的村庄，年轻人去外面谋生，带回新鲜的意识和文化。而我们去更远的城市读书，在那些文明的地方，我再也没有见过男人公开暴打女人。人们都讲普通话，开口都带敬语，让你觉着，你存在，你很重要。我再回望故乡，那里的妇女是天底下最美好的人，她们的灵魂是纯银的质地，明亮，干净。身后是一堆鸡仔般的孩子，嗷嗷待食。她们勤劳、聪慧、隐忍，瘦弱的肩膀有强大的力量。与生俱来的善良品性，就像一团火，穷其一生地温热着她们的家和孩子们。令我不解的是，我们那里的男人很多都热衷于喝酒、赌钱、打老婆。在我的印象里，父亲打过母亲一回，我在门外听见碗被摔碎了，父亲的咆哮，母亲尖声颤栗着哭泣，他应该操起了什么，在满地追打躲闪的母亲，怒吼、恐惧的惨叫交织在一起。我无法再听下去了，只得逃离，那可怕的声音太具有摧毁性了，它时常出现在我的梦境里，在我头顶响彻。就在那个时候，我明白了一个道理，对于一个孩子而言，没有什么比父母相爱更让他觉得幸福的了。我年幼的弟弟在屋子里目睹了这一切，他的哭声渗着血,都撕裂了,仿佛要把五脏六腑都哭喊出来,这哭声加重了这场灾难的悲剧性。我一路狂奔下了楼,跑出工厂宿舍楼,沿着煤屑路,一直跑到铁路边的一个湖边。我坐在湖岸上,直到月亮升起来。我为什么不敢推门而入,用自己的身体去挡住母亲? 我今后如何面对此次的逃离? 啊,我的懦弱,多少年之后,我无数次地践行着,我如何地懦弱。那些长期目睹母亲被施暴的孩子们,他们是怎么长大的? 那些长大后原谅了父亲暴行的人,他们是如何做到的?

我在报社做记者的时候,接触到越来越多的家暴事件,接受采访的女子向我展露了她们的累累伤痕,包括身体隐秘的部位及私处。原来在文明的城市,家暴从来就没有消失过,只不过,它们都隐藏在这些文明人的内心深处。它不再像我童年时代目睹的那样,公开地打,有明显的表演性,同时还附带有无耻的炫耀性。然而通过采访,我发现在这类事件中,有某种潜在的、微妙的复杂心理,这种心理的罪恶甚至消解了家暴本身。我想起张爱玲有句名言,大意是,一个女人再怎么优秀,一旦没有男人的爱,她就会被同性看轻。延伸来说,一个优秀的女人一旦暴露其弱势及不堪的一面,往往会被同性怜悯甚至是幸灾乐祸。

2005年,我在深圳做一本珠宝杂志,当时我把杂志交给一家文化传播公司设计、编排。这家公司的老板是一位漂亮的时尚女性,三十五六岁,有明媚的笑容,神采奕奕。她有时说错了某句话,或者是犯了一个常识性错误,居然会满脸通红,然后优雅地跟大家抱歉着。我们都羡慕她,美貌多金,有自己的事业,老公在珠宝界也是风云人物。因为我为她写过一个专访,她说在所有的关于她的采访中,我写的那篇最好。偶尔有份量较重的文字活,她也交给我做。时间久了,我们成了朋友,虽然在我看来,这女人虚荣、高调,有些许的做作,但这些都在我能接受的范围内,大体上,她是个爽快的人,仗义,还有一幅好心肠。在外面漂泊,艰难生存,我渴望朋友,渴望倾诉,并希望她能够接受我卑微的热情和最干净的善意。然而,见惯太多的冷漠,在利益互换的职场,没有人能看得上我贫乏、清可见底的筹码,除了真诚,剩下的仅只那点薄薄的才华。遇见杨蓉,我希望能跟她有不同寻常的交往,那只关乎心灵,关乎灵魂质量的交往。在很多种公开场合,我以得体的文采和可怜的知识储备常常为她打开场面,并及时把她的观点表达得更加完美。我非常识趣,谦卑地退在她身后,成全她的风头。有时在凌晨两三点,杨蓉会突然打电话来让我陪她去外面宵夜,她开车来接我,我们去那种偏僻但又异常美味的小店,自带洋酒,每每喝上几杯。我隐约觉得她心事重重,但从未敢轻易开口去问,陪着她胡扯些关于人生的许多虚空话题。在那样的夜晚,我跟她文艺得一塌糊涂。

那年秋天,我们去上海参加国际珠宝展,杨蓉要求我跟她住酒店的同一间客房。晚宴很热闹,我们见到了来自全国珠宝界的名流,杨蓉的朋友甚多,她频频举杯,四处敬酒,娇笑连连。我其实不太喜欢这样的场合,虚假的寒暄,没有底线的吹捧不绝于耳。再说,我只是一个不起眼的角色,认识的人不多,加上一路坐飞机过来,我也觉得很是疲惫,于是就先回房休息了。大概在午夜时分,杨蓉才回房。我起床开门,迎面扑来她一身的酒气。我把她扶进洗手间,她开始对着马桶呕吐。我站在她旁边,轻轻地拍打她的后背,希望她能吐得顺利一点。嘴里轻声地埋怨着,为什么要喝这么多酒。我转身拿起水壶去烧开水,给她泡了杯热的普洱茶。才几分钟,我再进洗手间一看,杨蓉曲腿伏在地上了。我想把她拉起来,可她又滑溜了下去,她的身体软得像一摊泥,拉扯间,真丝衬衫被拉起,她洁白的后背,竟露出了可怕的斑斑伤痕,瘀青的块、长紫痕,片片红疹,触目惊心,像一种毒,在肉体上艳丽地盛开。我整个人呆在那里,不知所措。杨蓉自己翻身坐了起来,用手扯平衬衫,然后用她的醉眼凄然地看着我说,薇温(我的英文名字),我嫁了一个畜生……他以前不这样的,顶多脾气大一点,可是这几年他变得很怪，喝了酒之后，他就咬我，用烟头烫我，抓着我的头发把我的头往床上撞，然后又发疯地亲吻这些伤口……她的语调平缓，像是在说一件遥远的事。"吓着你了吧，我没事的，你先睡吧。"

从那以后，我们之间就有点别扭起来。第二天晚上，她就住了另一间房。她似乎在回避我，而我在她面前无所适从，不知道说些什么好。我万万没有想到，像她这样一个让人羡慕的成功女性居然有着这么不堪的秘密。在我看来，她的生活形同地狱，她跟一个魔鬼在一起。回深圳的几天后，一个傍晚，她打电话来说晚上请我去圆通寿司吃饭。我去了，刚进包间，看见她已经等候在那里。气氛有点怪，往日姐妹般的调侃嬉笑荡然无存，她从头至尾都没有笑，很客气地招呼我坐下。我表情讪讪地，生怕说错一句话，连问好都小心翼翼。杨蓉忽然拿出一个崭新的夏奈尔的包包来，说一直想送给我一款夏奈尔的包包，这是刚出的新款，我一定会喜欢的。我正要推辞，她看了一眼我背的无名包说，你也该拥有一个像样的包了。沉默，我埋头吃眼前的紫菜虾卷，这时，我听见杨蓉用一种轻松的语气说，她的家庭很幸福，先生一直对她很好，那天晚上，她说的酒话，希望我不要当真。我怔住了，同时瞬间明白过来，她想用这款夏奈尔的包来封我的口。她非常后悔告诉我那个秘密。

可是，我从未有过要把这件事泄露出去的想法。当我看见她满身的伤痕，我痛恨的是那个变态的衣冠禽兽。我没有当面表露出这种情绪，是因为担心敏感的杨蓉觉得我在同情她。一事无成、处处卑微的我，没有资格去同情任何一个人。啊，杨蓉她一定不知道吧，我也一身的伤痕啊，青的、紫的、红的都有，永远都不可能痊愈的伤痕。当看到那些斑斓得可怕的伤痕时，我有一种物伤其类的悲凉与伤感。那一刻起，我比任何时候都爱她，我觉得我已经无法向她准确地传达这一情感了。接着，杨蓉又跟我说起她跟他先生相识、相恋的浪漫往事。语气非常温柔,像是一个梦幻。我听着听着,觉得她只想让我相信,他的先生依然爱她,她还是过去那个让我们都羡慕的成功女性。太可怕了,家暴根本不重要,她扛得起,她唯独扛不起的是她千疮百孔的里子被外人知晓。好吧,你的逻辑是,只要面子有尊严,里子你不在乎。现在是,全世界只有我一个人知道这个秘密。我跟杨蓉已是陌路,我觉得她已经清晰地把鸿沟划了出来,我们回不去了。

然而我还是把事情想得太简单了。三天之后,杨蓉突然打电话来质问我,是不是我在网络上散布她先生打她,要跟她离婚的消息?我大吃一惊,没等我开口,她在电话那边开始骂我,骂得很脏,难以启齿,完全没有任何交情可言。骂我穷酸、心机女、一心攀龙附凤、自己交友不慎也就算了,杨蓉竟然失控到骂我丑八怪、性冷淡、没有一个男人愿意上我等语。这还是我一直以为可以交心的、彼此只注重灵魂质量的杨蓉吗?还是长期以来她就是这么看我的?我一言不发,听她一气骂完,如果我中途挂断电话,她一定会发疯的。末了,我给她发了条短信,说她看错我了。我完全没有料到杨蓉遭受的折磨是因为我,而不是她那可怕的家暴。不论我是否泄露这个秘密,我的存在是个巨大的钉子,令她寝食难安。这是被害妄想症吗?不,这是不可遏制的恶念使她整个人走向了负数。紧接着,她彻底摧毁了我。

杨蓉的文化传播公司下面也有一家珠宝媒体。她本不指望这本杂志赚钱,而仅仅是作为一个平台存在去做各种文化推介活动。然而,她这本杂志做得早,在业内的知名度比我的大,而我才刚起步,不到一年。从资金、背景、资源各个方面来看,我不堪一击。我唯有创业的激情和初犊的拼劲。广告收入是我们生存的唯一来源,但我总有抢眼的专题策划,深度的对话专访,图片、排版时尚大气。这本年轻的杂志在深圳有了让人耳目一新的朝气与锐气,很多大的珠宝厂家开始注意我了。啊,那个时候,我刚刚而立之年，踌躇满志，浑身有使不完的劲，感觉肩上要生出翅膀，我的理想是，做最好最专业的珠宝杂志，以我的规划来看，要实现这个愿望起码还要三年。然而，杨蓉以极其低廉的价格甚至免费出售、抛送她的版面广告，她用这种不正当的竞争手段公开地挤兑我，我只要两个月没有广告收入，杂志就会全面告急。隐约有谣言传出来，说我跟 XXX 公司的总监有不正当的男女关系，不，说我用肉体换取广告。我非常清楚这一切背后的缘由，但是，只要杂志能够撑下去，我就能顶住所有的毁谤与压力。然而，好几次我去客户那里采访，对方表现得都很怪异，都急于要避开我似的，仿佛我是个很脏的人。居然有一个小厂的老板一脸贱笑，眯着眼，无耻地说：薇温小姐，听说你是一个豪放的人，其实我也是……

很快，我接到一个函，工商局发过来的，大意是我的杂志申请的是 DM 广告刊号，而我却做成了一本集新闻、时尚娱乐为一体的综合媒体，涉嫌违规，勒令查封。这个时候，天才真正塌下来。这种做法本来就是打一个擦边球，市场上充斥着大量的这类杂志和报刊，只要不刊登色情暴力，不刊登虚假广告，一般情况下是没有人管的。我拿着那款崭新的夏奈尔的包包，径直奔往杨蓉的办公室。

"你为什么不杀人灭口呢？"我把包包狠狠地朝她掷过去，水杯砸翻了掉在地下摔得粉碎。

"所以你要感谢我不杀之恩啊，薇温，我应该拿你怎么办呢，你让我非常痛苦，对，只有你从这个世界上消失，我才能解脱。"不到一个月，杨蓉脸色苍白得可怕，两颊凹陷，颧骨高高耸起，两只眼睛如同被烧成炎炎的大洞，这幅模样，如同一幅骷髅头的面上绷了一张白布。"薇温，你握着我整个生命中最脆弱的部分，我快要疯了！"我再次想起，她的身上那些斑斓的伤痕，而我身上也是，一阵酸楚涌上胸口，百感交集，我无法恨她了。我们原本是一类人，而我却成为她面临遭受巨大耻辱的那个人。

她的先生不是，她本人不是，这个操蛋的世界不是，唯独我是。我长长地叹了口气，扔下了一句话：你真给我们女人丢脸，如果我是你，我会把里子那个真正让你蒙羞的奇耻大辱踩到脚下。

三

可是，我做到了把自己身上的那些奇耻大辱踩到脚下了吗？不，我太懦弱了，我只能捶着胸口，无力地捶着胸口，一声接一声地叹气。我最终选择了逃离，回避。我跟杨蓉唯一的区别在于，我不会恶意地去加害无辜的人，这是我能坚守的底线。然而，身在局中，谁不比谁更无辜呢？当我们的肉体受到伤害，而伤害我们的对象是一个巨大的存在，我们无法撼动，那是不是在潜意识里，我们就应该把它默认成一个既定的事实？并放弃抗争？是从什么时候开始，我们默认了它，让它成为我们生活的一个背景？"小姐，你只提供了抢劫的时间和地点，你什么都没有看清，我们是很难抓到劫匪的……你呢，平时不要背包上街，晚上不要轻易独自出门，只要做好自我保护，是不会遭遇这种事情的，你怎么这么不小心呢？"去派出所报案，结果是，你怎么这么不小心呢？

我怎么就这么不小心呢？前年，在一次由妇联主办的"今日巾帼"座谈会上，我见到了睽别多年的安妮太太。她四十好几了吧，保养得真好，脸上没有一丝皱纹，想来生活如意，事事顺心吧。这几年，她跟她老公经营的几处大型商业地产出租得真不错，购物中心、休闲娱乐城、小吃一条街，当年略显偏僻的物业天天都在绞尽脑汁寻求出租，可几年过去后，那地方竟成了那个镇区的商业中心，如今是寸土寸金了。安妮太太染着金发，大卷，风情妩媚；穿着黑色修身的职业西装，里面是柠檬黄的蕾丝抹胸，长裤，细跟尖头的高跟鞋。她假装没有看见我，我可是结结实实地把她从头到脚打量个遍。人生无常啊，有些人总是阴魂不散。亲爱的安妮太太，今天晚上你会不会做恶梦呢？这个女人现在是本地大作家了，当年她离开东莞去了深圳，然后辗转去了广州，还在佛山呆了好一阵子，最后她居然折回东莞，还人模狗样地混进这么高端的巾帼座谈会与你诗意邂逅。

依然是那个 2004 年，那家大型的卖场，我，企划部经理整天埋头撰写各类企划案，策划各类招商活动，从制定到执行，每周加班，那个时候不知道为什么身上总是有一股使不完的劲，眼皮一翻就是一个点子，有了好的想法兴奋得要命，仿佛吸引那些大牌入驻进来，我能捡个大便宜似的。生活上，我非常简单，从不化妆，一年四季穿着工服，在办公室叫外卖，加班晚了睡办公室沙发，还经常跟清洁工阿姨这类人一起去超市抢打折的换季商品。由于所有的稿最后要安妮太太定了，签了字才能执行，应该说，在公司除了财务，我是跟安妮太太打交道最多的人。安妮太太对我不修边幅很是不满，她说工服是公司对外接待或者窗口岗位的姑娘才穿的，我可以穿得个性化一点，应该要化点淡妆，要使用香水。她这个话，我们全公司的女孩子都清楚，安妮太太在代理一种叫做玫琳凯的化妆品，其营销模式类似于安利，直销式的，不知道为什么，这种营销模式一直没有让我从传销的印象中纠正过来，所以，她的玫琳凯，我连一只小唇膏都没有买。每当我身上桂林米粉那刺鼻的酸笋味让她难受的时候，她就念经一般向我兜售她的玫琳凯。我身上有一种很硬的东西，让她不自在。这一点，我感受到了。

那一年快要到中秋节了，公司要策划一台晚会，活动是我策划的，所有的东西基本准备停当，我跟安妮太太去选购礼品，因为晚会有抽奖活动。我记得那天下午三点钟的光景，我跟她步行去公司附过的银行取钱，银行很近，她也就没有开车。当时她挎着一只绞链的小皮包，刚好垂在她腰与臀衔接的部位，大红的，非常醒目。我陪她取了钱，从银行走出来，刚拐了一个路口，斜对面就望见公司办公楼。这时一辆摩托车从她旁边掠过，那摩托车到近处才加的速，呜呜呜，呜呜呜，在身边急促而过，非常突然。坐在摩托车后座的年轻男子拽住安妮太太的包，她被拽倒了，那摩托车把她拖在地上，一路往前急奔，很本能地，我狂追不放。她的鞋很快就被蹭掉了，膝盖在地上摩擦了好几米，一定刮破了皮，流了血，衬衫被掀起，她在挣扎，在喊叫："放开我，我求求你们放开我……"我看见她雪白的腰腹露出来，包包的带子太结实了，没有拽断，摩托车后座的人一把抓起娇小的安妮太太，一路往前方急驰，我追不上了，我眼睁睁地看着董事长夫人安妮太太消失在眼前。她那绝望的"救命啊——"一直在我耳边响彻。刚才那一幕不正是我曾经历过的吗？为什么看着他人历经此劫，我竟本能地把拖在地上的那个人幻想成了自己，刚才，有那么一瞬间，被摩托车拖走的，不正是我自己吗？我再一次血淋淋地经历了这可怕的猎杀。

在我看来，所有被拖在地上的人是平等的。甚至跟猪狗一样是平等的。就像在癌症面前一样，所有生命是平等的。啊，我有幸跟冷艳高贵的安妮太太站在同等级别上，这是从未有过的。公司办公室那么多的女孩子都有过被抢经历，我们都有幸跟自命不凡、骨子里瞧不起我们的安妮太太站在了同等级别上。我不应该高兴吗？对，摩托车应该去抢有钱人才对啊，可是有钱人都有车，很少步行，所以摩托车只能抢我们这些步行的弱女子。很突然的，我心里居然有了一丝快慰，公司大部分员工都不喜欢安妮太太，这抠门刻薄的坏女人，向员工兜售化妆品，公司福利少得可怜，报销很不痛快，请假压了又压。我们早就怨声载道了。然而很快地，我就从这邪门的幸灾乐祸中醒了过来，我吓坏了：安妮太太被劫走了。脑子一片混乱，我是不是应该跟董事长打个电话呢？还是报警？我慢慢镇定下来，给公司人力资源部经理凯恩打了个电话，公司是家族式管理，人力资源部的经理是安妮太太的妹妹。电话那边传来冷静得要命的声音，不许报警，不许跟任何人说起这件事,好了,没你什么事了。

几天之后,那是多么可怕的几天啊,我每天都心神不定,恍恍忽忽,总隐约听到有人在喊救命,我看着镜子里的脸,双颊削下去了,眼睛陷成一个窝。头发蓬乱,嘴唇起皮。整个人非常憔悴。人力资源部经理请我去她办公室一趟。一种很不好的感觉笼罩着我,在这么多年的漂泊生涯里,这种感觉既熟悉又可怕,它再一次将我席卷。果然,这位凌厉的凯恩小姐,用一种不容置疑的残酷语气说,你被公司解雇了,明天就不用上班。

很奇怪的是,我忐忑不安的心居然像石头一般落了地,非常利落。那一瞬间,我如释重负。仅止解雇我而已,没有别的麻烦?这个结果我太乐意接受了。是啊,我怎么可以继续呆在公司呢,那高贵的安妮太太以后如何面对我?我是她耻辱的目击者,见证者,我本人也成了她耻辱的一部分。她,在喊救命,在求饶,在魂飞魄散,被两个男子劫走,露出了雪白的腰腹,还有她的大腿,她被匪徒劫到无人的地方,美丽的安妮太太,他们会对她做什么呢?公司有一个人目睹了这个过程,董事长太太仅仅只是解雇了她,这难道不是天大的恩赐吗?我害怕节外生枝,当天晚上就急忙卷铺盖走人了。这个走更像是逃走,坐在逃往广州的大巴上,我开始汹涌地流泪,我看看自己瘦弱的身体,就一把骨头,小小的脏器,这个备受摧残的肉身被命运驱逐,亡命天涯。然而,我清楚的是,正是这一次一次的逃离,我的生命慢慢走向强大。我从未想过去劳动部门维权,从未讨要属于我的公道。除了一身的伤痕,我活得好好的,这就足够了。

四

有人跟我说,你现在是作家了,怎么这么不爱惜自己的羽毛啊,你应该把这些不堪的经历隐藏起来。可是,我因何而写作呢,是为了作家这个名号吗?我太了解拥有光鲜名号的那种人了,难道我最终也要去做一个让我终生唾弃的人吗?不,尽管我的底线比太多人要低,但我绝不会成为那样的人。我看不见肉身之耻,是因为它在我的身体里从未离开过,我不太在意是否有尊严,芸芸众生里,太多的人比我更苦难。有一天,我猛然发现,这世上好像没有东西能够再伤害到我了,我低至肉身,伏在地上,惯于穿越人生的低谷,但我始终清晰着什么是真正的耻。当我开始写这篇文章,忽然感觉到自己被一群人热切的注视,我们忽然有了相同节奏的呼吸,每一个词攥着力量,发着光,太多的人是沉默的。如果我看到任何一个人遭遇肉体的伤害,我会不自觉地产生幻像,会瞬间置换成受苦的那个人,然后看见自己再一次遭受肉体之痛。巨大的耻嵌进身体,那些斑斓的伤痕暗自妖娆,它隐隐作痛,可我依然向宝藏那样珍藏,我真实地存在过,我跟很多人一起,有过共同的命运,在那一瞬间,我们平等,像疾病那样平等。

【作者简介】

黄红艳,笔名塞壬,现居东莞长安。从事散文写作十余年,已出版散文集《下落不明的生活》《匿名者》两部。

临水南方

/ 莫华杰

替身

每次回老家,我都要到江边走一圈,不是去散步,也不是去赏景,而是去寻找一具下落不明的尸体——那是我的替身。多年前,母亲扎了一个稻草人,穿上了我的旧衣服,然后流放到江里。母亲嘴里叨念着,乞求江神不要再惦记我,我的替身已经为我还债,为我挡去一切灾难。母亲说完这番话时,泪眼涔涔,仿佛江里的水全是从她眼中流出来的。

这条江叫富江,是从富川县流下来的,横跨钟山,汇入贺州的贺江;贺江贯穿梧州,再流入西江,成为珠江的支流。富江比桂林的漓江窄一些,漓江之美,世人皆知,然富江亦不逊色。有一句古话赞美富江,其曰:"富江景秀,临水而居"。富江经过贺州时,当地人亲昵地称它为临水。

富江的水很清澈,站在江岸上,一眼便能望穿江底。江底长满了各式各样的水草,除了大片大片的马尾藻之外,还有岩层上的水青苔,流沙里的车前草,石缝里的龙须冠。若是晴天出太阳,阳光直射江底,波光粼粼,在水草上面幻然流动,可与海底下的珊瑚藻媲美。江岸一路袭下,村庄、田野,还有青山壁、流水岩、翠竹林、鹅卵沙滩、柳树堤，放眼望去，不用捕捉，那种天然的美景就像画卷一样揉入眼中。

我曾在富江当过两年渔民，富江就像我的情人，我每天晚上都在她的身上游动。我熟悉她身体的每个部位，甚至季节变幻时，她那些暗晦的隐私一一曝露在我的面前。例如初夏甫至，洪水泛滥，是她月经不调的季节，这个时候，我们就不敢在她的身上逗留。她体内咆哮出轰隆隆的水声，被夏日的清风撕裂、扯碎，一把一把地掼进村庄，听起来生硬、愤怒，像一个怨妇在村口唾骂着我们这些无情的男人。我们在她身上得到了太多的东西，却从未想过要报答她。

因为江面不大，我们这些所谓的渔民并不像出海那样惊心动魄。我们只需每天傍晚吃过晚饭，到江里把网撒下，然后坐在江边守夜。捕鱼的网叫扎网，是用又韧又细的胶丝织成的。用扎网捕鱼很简单，撑着竹筏到江里，将鱼网撒放江底，形成了网墙，鱼类游过时就会卡住。到了半夜，我们把网收回来，把鱼摘下，将网上面的垃圾清洗干净，再撒回江里。网在江里放得太久了就会被青苔堵塞，捕鱼的效率就会降低，因此晚上最少要起一两次网。

九十年代末，我辍学回家，那时广东已经形成打工潮，但家里没有什么关系人物在广东打工，我又没见过世面，不敢出去乱闯，只好呆在家里种田。一个十七八岁的男生，正值青春叛逆和充满欲望的成长期，呆在家里种田不免觉得是一件很丢人的事情，于是我选择去当渔民。其实当渔民也不错，一个月也能赚几百块钱，和当时的代课老师有得一比。

在江上捕鱼的人并不多，只有几个像我一样没事做的年轻崽。乡下人以农业为主，当渔民要熬夜，没有几个人经得起折腾。白天一般不放网的，白天光线好，鱼可以看得到网，不会死钻。只有那些不值钱的扁鳙和白鲦才会死钻，像黄骨鱼、鲶鱼、老桂鳜这种值钱的货色，白天躲在水底岩石层的洞里休息，到了晚上才出来觅食。所以，我们必须把好的精力投到晚上去。

晚上到江里守网是一件很浪漫的事情。跟夜色约会,和江水交流,与大自然的亲密接触,人就活得格外真实。当一个人长期面对黑夜的时候,就会对光产生一种特殊的感情。在我两年的渔业生涯中,月光成了最美好的回忆。至今,我都忘不了那样的夜晚:江面上倒映着明月,我撑着竹筏从江中划过,水中的月亮被竹筏的激水碾碎,粼粼的月光一瞬间铺满了我的行踪,仿佛我在月光上行走。江岸的两边,是一丛丛的竹林和一片片的杨柳,还有远处的山峦,被夜色腐蚀得模糊不清,只余下了一个个轮廓。月光涂在这些轮廓上,增加了迷离的色彩,使得天地间又多了一层重量感。

我们都是选择晴天才出江放网的,阴暗或下雨的夜晚不宜出江打鱼。乡下的夜晚没有污染,只要是晴天,天空都会很清朗,且一般都会有月光。哪怕是一片月牙儿,边上点缀着繁星朵朵,散发出一些朦胧的光芒,也会让人误以为是月光。不管是朦胧的月光,还是皎洁的月光,在万物寂静的夜晚,它能让一个世界变得温润起来。那光是神圣的,江也是神圣的,清澈的江水把月光转换成另外一种温润的画面,江边的竹丛和杨柳的轮廓若隐若现地倒映江里,像是梦。这样安静美妙的夜晚,竹子和柳树也要睡觉,它们的梦从身体中游离出来,游到了碧绿的江面,在月光下静静地停泊着。我撑着竹筏从江面游过,竹子和杨柳的梦就在水纹中波动起来,很快扭成一团,跟着竹筏的水流一起奔跑,奔跑到夜的尽头。

除了星光月光,还有我们的渔火和萤火虫。夜幕像一卷垂帘从天而降,这些微光点缀其中,就像织在帘上的花边。清晨时分,天色微白,渔火与萤火都隐退了,月亮和星星被天边的第一束曙光连串在一起,像一串珍珠一样挂在了苍穹的脖子上。没过多久,淡红的朝霞呈现,将这串珍珠裹住,偷偷地收藏起来。

当然,并不是每个夜晚都这么美妙。在我两年的渔民生涯中,心中保存着一个莫名恐惧的黑夜。二〇〇一年秋天的某个傍晚,天色阴霾,估计晚上会下雨，因此同伴们都不愿意出江撒网。而我觉得这样的天气更适合捕鱼，江里的鱼儿因为气闷会出来透气，我撒下去的网将成为它们的地狱。于是，我单独出江了。半夜时分，大雨倾盆，我穿着雨衣戴着斗笠，蹲在竹丛底下一动也不敢动。这样的深夜，一个人面对一场庞大的暴风雨，渺小得就像一粒灰尘，连呼吸都有困难。被风吹落的雨水失去了耐性，没有节奏地敲打着我的斗笠，还有我蜷缩在黑暗中瑟瑟发抖的身体，仿佛要把我揪出来，狠狠地对付我。眼前的富江变成了一朵乌云，和雨水连成一片，随时可能涌上来，把我吞噬。不知道为什么，那一刻我突然很想家。也许是因为黑暗拉开了距离，站在雨幕下，我隔着富江遥望对岸的家，村庄有零星的灯火，在大雨中忽明忽暗，仿佛很快就要被雨水淹没了，很快就要从世上消失了。我突然有一种背井离乡的感觉，仿佛自己再也回不去了。

这种背井离乡的感觉，在我没有外出打工之前就已经蛰伏于心头一隅。多年之后，我终于明白了这是一种宿命。

那天夜晚的雨下了很久，一直持续到天亮，江水暴涨，冲坏了我放在江里的扎网。第二天清晨，我拖着湿淋淋的身体和一麻袋破网，像个战败的士兵一样跑回家。过了不久，我生病了。

先是感冒，后来又觉得腰痛。入冬之后，我的腰椎间盘好像扭伤了，有一窝蚂蚁在不停地噬咬着骨头，使我走路都有点瘸腿。我去医院检查，抽血化验，竟然是急性关节炎和类风湿。医生格外诧异，不相信我这么年轻会得风湿病，后来得悉我是个渔民，他才说我平时没有保养好，身体被湿气与寒气侵蚀了，埋下了病根。

二〇〇一年的冬天极冷，在我的记忆中，它是最冷的一个冬天。不知是不是与天气有关，我的风湿病总是不能断根，时好时坏，在医院打针也不管用。母亲是个迷信的人，便到处去庙里为我祈福许愿。一直拖到二〇〇二年的春天，我的病情仍然反复折腾。

父亲开始不相信医院了，在乡间找一些偏方草药熬给我喝。忧心忡忡的母亲有一天听说某村的巫婆很灵验，便专程去找巫婆问卦。巫婆告诉母亲，说我常年出江打鱼，得罪了江神，这次江神派水鬼缠着我，要索我的命，因此我的病情总是不能根治。母亲吓得脸苍白，问如何化解劫难。巫婆说须做一个替身献给江神。所谓的替身，就是扎个稻草人，穿上我的旧衣服，用红布写上我的生辰八字，绑在草人的头上，然后找个吉日到江边敬神，让我亲手把替身丢入江里。江神收了我的替身，就会免除我的罪。

这让我想起了中学课本鲁迅先生的小说《祝福》，柳妈对祥林嫂说："你到土地庙里捐一条门槛，当作你的替身，给千人踏，万人跨，赎了这一世的罪名，免得死了去受苦。"我想，巫婆说的稻草人，大概与柳妈说的捐门槛是一个道理。

母亲照办了，用稻草认认真真地扎了一个像我一样高大的草人，穿上了我的旧衣服。母亲按照巫婆交待的吉日，在一个天色苍白的清晨，煮上了酒肉，携带香火冥纸，与我一起到江边祭神。

祭拜完毕，母亲让我将替身丢到了江边。我拿着稻草人，虽然它是用稻草扎成的，但我却觉得很沉重，像一具尸体。况且它穿着我的衣服，让我感到莫名的心虚。我甚至有点害怕它会突然活过来，抱住我，与我一起坠落江底。

我将稻草人狠狠地甩到江里去。稻草和衣服浸水，很快就沉入了江底。我的心也沉入了江底，全身冰凉起来，好像落入水中的不是替身，而是我自己。这种诡异的感觉让我毛骨悚然。母亲泪水涔涔地叨念着，希望江神不要再找我索罪，我的替身已经为我还债了。

祭神不久，春色渐渐回暖，寒流泯灭，我的风湿也渐渐消失。

至今为止，我仍对当年忽患风湿重病的事情，产生极大怀疑。它来得诡异，消失得也诡异，我不知道是天气的原因，还是我的替身真是为我赎罪了，或者是父亲找的某个偏方产生药效了。总之，这件事情有一种让人说不出来的神秘气息，那段岁月因此而变得扑朔迷离起来，让人无法解读宿命的行程。

迷失

二〇〇二年十一月，深秋。这是粮食归仓、落叶归根的季节，我却踏上了远方的征途。我背着简单的行囊，南下广东打工，从此开始了背井离乡的生活。

每个人对人生第一次远途，都会留下深刻印象。我是个敏感的人，虽然多年前的往事已经被时光腐蚀，记忆从我生活的那面墙上剥落下来，但我的心墙仍然烙印着几个难以磨灭的场景。

记得离开家乡那天，我背着行李缓缓地走出村子，猛烈的秋风从我背后袭来，带着家乡粗糙的沙尘，拍打着我的后背，让我无法回头观望站在身后为我送行的亲人。因为深秋，天空有好多的候鸟正在往南飞。大雁、长嘴鹭、野鸭、燕子，它们一群又一群，像风一样掠过秋高气爽的天空，抛下嘎嘎哇哇的叫声。这声音仿佛是从南方传过来的召唤，让我充满了期待。我幻想自己也是一只飞鸟，正在展翅飞翔，寻找属于自己的天空。那里有阳光，有白云，还有母亲的微笑。

许多年之后，每当我看到天空有鸟群掠过，心头便莫名地伤感起来。我再也找不到一双能让我飞翔的翅膀了，真的，那片曾经给我留下美好幻想的天空，经过漫长岁月的颠簸，只是抖下一片灰色的羽毛，飘落在我脆弱的心脏上面。

我最初去的地方，是肇庆市江口镇的一个火机厂。火机厂扎建在国道旁边，国道沿着西江的岸边蔓延。站在厂门口，便能看到国道上飞奔的车流，还有西江里滚滚的轮船，真是一幅车水马龙的图腾。

我带着梦想，满怀信心地进入了火机厂工作。我被安排在注塑车间上班。

注塑车间两班倒,每天工作十二小时,一月换一次班。我有两年的夜渔生活,当熬夜已成习惯,生命的寓言就会被时间简化。

注塑机真是人类伟大的发明,它能昼夜不分地工作,一年四季发出嗡嗡的响声,生产出大量的产品。那声音毫无表情,没有一点生活的韵律。除此之外,它身上还散发出刺鼻的塑胶味,透着生冷麻木的气息,没有任何亲切感。我刚进厂时,对这股浓浓的塑胶味感到反胃,鼻子也觉得痒痒的,好像有无形的虫子往我鼻孔钻来,诱导我打喷嚏。但我张开嘴巴,屏住呼吸,却什么都打不出来,只是望着头上飞扬的灰尘发呆。注塑车间的粉碎机发出巨大噪音,粉碎的料尘飘浮在空中,像雾一样落在了我明亮的眼中……

——现在,我的眼睛看事物越来越浑浊了,甚至有时候站在镜子面前,我连自己都看不清楚了。我想,这一切应该归罪于注塑车间的料尘,多年前它侵蚀了我纯真的眼瞳,还有我明媚的青春。料尘是时光遗落的尘埃,轻易地蒙蔽了我的双眼,让我看不清梦想的方向。

我在火机厂呆了两年。这两年我在厂里都面干了些什么呢?大概是我在里面并没有做出任何有意义的事情,所以记忆显得单薄无力。尽管我努力回想一些与命运有关的记忆,但每次都只能回想到一些碎裂的画面。我只记得我每天守着一台注塑机,看着模具怦然拉开,产品哗啦啦掉下来。这些东西都是没有生命的,它们不能帮我回忆起任何一件事情。

我怀疑我得了选择性失忆症,将那两年的时光彻底遗忘了。正当我怀疑时,耳边却突然响起了注塑机嗡嗡的声音,那声音没有情感,却是那么熟悉,那么真切。那是岁月的呻吟么?不,那是命运写给我的留言,正在复读着我下落不明的青春。

二〇〇四年的初夏,我离开火机厂,南下东莞。

临走的那天晚上,我在西江岸边坐了很久。我知道我以后不会再来这个地方了，因为这里没有我要的梦想。我是个容易伤感的人，临行的夜晚我想留下一点记忆，祭祀自己在火机厂度过的两年时光。

那个晚上的夜色很好，星星与月亮都很明朗，尽管路灯的光芒把月光吞噬了，但我还是能感受得到月亮温柔的微笑。我坐在西江边，风吹动了脚下的芦苇，发出沙沙的声音，好像要跟我说话。但我不知道它们要说什么。我抬头遥望着远方，那是故乡的方向。

远方虽然有灯火，却被一片无穷的黑暗覆盖着，什么也看不清。我想到多年前在江边打鱼的那个黑夜，我隔着大雨和江水遥望着自己家乡，近在咫尺，但那零星的灯火却像远在天涯一样。现在依然是隔着一条江，故乡却连影子也看不见了。我的眼中湿润起来，瞬间就下起了雨。一种迷失的气息开始在空气中漂浮、扩散，多年前蛰伏于心头的背井离乡，在这个夜晚显得更加悲切。

这个夜晚，我彻夜失眠了。

第二天早上，我带着熬红的眼圈踏上南下东莞的大巴车。我在车上迷迷糊糊地睡了一觉，睁开眼睛便到了东莞的厚街。

我先在东莞厚街暂住，再到寮步，又到大岭山，然后接着跑到深圳公明和平湖，又曾经跑到中山企石，还有珠海的香洲区找工作。我先后在酒店、工厂、贸易、推广、甚至传销等公司谋生。最后，我又回到了东莞，在长安落脚。不知何时开始，我竟然喜欢东奔西走的感觉。每一份工作我都想尝试，每一个地方我都想去逛逛。有人说，一个人追逐梦想，就意味着漂泊。我当时并不知道自己踏上了漂泊的旅途，我只知道我需要梦想。梦想是有毒的东西，它是年轻人的洗脑液，把我们的青春漂得一片空白。

我的梦想是要做一个成功人士。很多成功人士都是从业务开始做起的，所以我将自己的职业定位在业务员身上。业务员靠业绩吃饭，需要不停地开发和维护客户。我每天拿着一份厚厚的客户名单，挤着肮脏的公交在外面奔波。深圳、东莞、惠州、广州、中山、珠海、江门、顺德等城市都留下了我的脚步。我的公文包里面放着名片夹、广东地图、联络单、委托书、公司目录、样品盒，还有纸巾、一本无聊时看的杂志、口香糖、手机充电器、备用电池等杂物。这些东西把我的公文包撑得很大，几乎变形了，就像我的梦想一样，开始渐渐变形。

我背着变形的公文包，带着发酵的梦想，在车站、国道边、高速路口、公交站台、陌生的牌坊下等车。看到公交车开过来，我会急急忙忙地走到裸露的地方，吃力地挥动着手，让车子带我去漂泊。这个挥手的姿势是我业务生涯中一个伟大的标志，也是我在南方城市奔波的一个缩影。在挥手那一瞬间，我总能感觉到喧嚣的灰尘在我的指间流过，使我的整个手臂都僵硬起来。还没有来得及把手放下，汽车就冲到了我的面前，汽车的尾烟像岁月的风霜一样，瞬间把我的脸熏出了深刻的皱纹与沧桑。我就这样渐渐苍老了……

父母在家里为我感到忧心忡忡，他们害怕我会迷失在南方。他们从遥远的空气中嗅到了不安分的气息，我确实已经被南方的滚滚尘埃给淹没了。我越是急于追求一些东西，越是得不到。有句话很会安慰人，说得不到的东西永远是最好的。很多年之后我才明白，梦想为什么这么美好，因为它是用来埋葬青春的。我的心脏是青春的坟墓。在我写下这句话的时候，我捂着胸口，心跳的声音变得微弱起来。我翻开自己多年前的日记，举行了最后的奠祭仪式。

如果说梦想是一个人的灵魂，那么漂泊就是一个人的心灵旅程。当灵魂背负的欲望太沉重，心灵无法承受时，人生的旅程就只剩下了一个空白的轮廓。这个轮廓就像一张陌生的地图，抽象的线条画在命运的纸上，扭扭曲曲，绕来绕去，却找不到一个漂泊的终点。

我将漂泊的宿命归根于那个替身，那是母亲亲手为我扎的替身，也是我亲手将它丢到江里的。尽管它只是一个稻草人，一具没有生命的假尸体，但它背负了某种隐秘的使命。荒诞的祭祀是不能用语言触摸的，我一直相信我和替身有某种宿命相犀的灵通。它代表着我，一些与我宿命相关的谶语，被我亲手抛入江底。我想象着它顺着富江漂流而下，不，应该是漂泊，从家乡的富江开始，一直漂泊到贺江，再从贺江漂泊到西江，再从西江漂泊到珠江，最后沉淀在珠江三角洲的某个地方，被时光遗弃，被滚滚沙尘覆盖，永远沉淀在江底下。

现在，我的宿命就像替身一样，漂泊在珠江三角洲的某个地方，被命运的沙尘覆盖着，我翻不过身来，又无法逃脱。我只能尝试着渐渐地遗忘家乡，就像遗忘自己一样。在命运的面前，我无数次扮演着失忆的角色，最终骗过了自己，却骗不了亲人。他们从故乡打过来的电话，一次又一次摇醒了我的记忆。我手中紧紧地攥紧手机，害怕那个熟悉的声音从我的耳边消失。很长的一段时间我与手机相依为命，不管我漂泊到哪里，它都能与亲人保持最深的牵挂。

因为亲人的牵挂，每年春节我都要回家和亲人团聚，给他们报平安。我就像一个远方的使者，带着异乡的特产和红彤彤的大礼包，上贡给亲人，搏取他们短暂的笑容，弥补我心头的内疚。尔后，我就可以心安理得地入侵老家，像暂住在某个旅馆一样。

在老家，我每天无所事事，吃着母亲做的饭菜，烤着家里的炭火。尽管那是幸福的，温暖的，但好像缺少了什么。也许太安逸了，也许是习惯性漂泊，我的血液又开始蠢蠢欲动，脚筋也痒痒的。我总是喜欢到江边走动，母亲为此很担心，她害怕我去江边又把江神得罪了，然后给我带来像从前那种风湿苦难。不知道为什么，我倒希望再一次得罪江神，狠狠地得罪他，让他把我留在该留的地方。

我望着萧瑟的富江，岸边的杨柳和水草都干枯了，像枯萎的岁月屹立在寒风中。竹丛虽然还保持着绿色，但那绿色一点精神都没有，被风吹得稀稀疏疏的，丢了魂一样。这条江是我多年前失守的阵地，我却渐渐感到陌生了。冬天的北风好像有颜色，把富江吹得泛起了冷冷的苍白，这让我想起了那个天色苍白的早晨，母亲带我到江边祭神的情景，还有那具沉入江底的替身以及它下落不明的命运。

在这一瞬间，我突然醒悟过来了，其实真正的替身不是稻草人，而是我。我在外面漂泊的这些年，对父母来说，和一个替身没有什么区别。

过完春节，我又要返回广东。母亲为我准备了风干的腊肉，腌过的土鸡，煮好的鸡蛋，自家榨的花生油，还有家里的糍粑……统统塞入我的行囊。那个沉重的行囊渐渐成为我生命的第二个替身，当我背着它从江边的老家走出来时，我看到爷爷奶奶爬满皱纹的脸上，布满了担忧；我看到爸爸妈妈鬓角上增长的白发，挂满了牵挂。我整个人在这一瞬间被抽空了，亲人的眼神像空气一样，凝固在这个离别的早晨。

生活失去了原有的真相，我不知道我要做些什么，是挥一挥手说声再见呢，还是将扬起的手掌放到脸上捂住湿润的双眼？

我不忍心说再见，这个词是漂泊的起点，一旦说穿了就不能回头。我开始对自己说谎，开始对时间说谎，我说再过两年我就会停止漂泊，回到故乡。但我已经忘记了两年的时间到底有多长。我也忘记了人生到底有多长……我只知道我还要奔波，还要漂泊。漂泊这个词分泌出来的空白，将成为时间最大的空洞，也将成为亲人最大的疼痛。

我手里紧紧地攥着那张写有东莞的车票，我不知道为什么要攥得这么紧，就像紧紧地抓着自己的心脏一样，怕它掉到地上去摔碎了。但是，我还是听到它在我手心发出破碎的声音，是那么的决绝。

【作者简介】

莫华杰,1984年出生,广西贺州钟山人。2002年南下打工至今,业余时间写作。曾在《山花》《天涯》《创作与评论》《福建文学》等刊发表中短篇小说及散文。

微光

/唐诗

1

2006年,他离开的这个冬天,在我记忆里格外冷。我身上没有钱,连孩子的奶粉钱也没有。这不能怪任何人。如果你十年前就认识我的话,你应该清楚我结婚前就开始做的业务——销售二三极管和IC,还在福永申请到了个体工商户的营业执照,成功开发过足以维持生计的稳定客户。电子产品生意开展得如火如荼的时候,我想到了"梦想"这个词。是这个词让我将客户全部交给了法律上称为丈夫的男人去打理,主动放弃了经营权,一门心思想要做自由撰稿人,读读诗歌写写小说,顺便生个孩子。

话说回来,那男人不可能带走我所有的客户,比如在西乡三围工业区的那一家就是。我一个好朋友在那做采购,使得他没办法代替我。正是这家客户,给我留了"一线生机"。我说一线生机并不夸张,你可以想象一个女人抱着刚出生的孩子身无分文的焦虑。当然,我有父母和三个哥哥,如果我的脸皮足够厚的话,完全可以向他们低下头来忏悔,说他们之前反对我结婚是对的,我嫁的男人就是一堆狗屎,甚至还可以说得更狠一点——这样的话,兴许他们能多借点钱给我。

我粗略估算了一下。带着孩子将原本住的地方退掉，换成单间，每月做点手工，不买罐装而改买袋装的奶粉，这样熬一整个月就好了。到了第二个月，西乡那家客户要支付我两千块钱的货款。

我是在福永新和村的出租屋里坐的月子。房东是个六十多岁的老年人，据说老伴早逝，多年寡居。有四个儿子两个女儿，平时不来往，只在老人生病的时候偶尔露个面。老人不会讲普通话，说一口地道的粤语，语速极快，怕人家听不过来，说的时候习惯性连比带划。她对我显得很热情，只要碰见我经过她门前，不管我愿不愿意，她都将我一把拉住，往她的房间里带，若我依了她，她会麻利地从昏暗的里屋端出一些水果或零食，多数是面包之类的。我对她充满了好感。我要搬走的时候，她叫来一个彪悍的儿子，冲我骂骂咧咧。她儿子说，她是在抱怨我没有将房间打扫干净，说要扣我一百块钱的房租押金。可我已经用洗衣粉将地板拖了一遍，又用清水拖了三遍。我将头低了一会，抬起头来看向窗外。你该知道我没有一丁点想要哭的意思，倘若你足够了解我的话。我听见老人的儿子对她说："这孤儿寡母的……"算是一种怜悯吗？我咬着牙又望向天空，放弃了想要回那一百块钱的想法。

我将我的女儿用布背带捆在胸前，背着她出去找出租房。天快黑的时候，我们如愿租到了一个单间，在福永村。白天，我抱着孩子做一些手工活，活计是隔壁开小店的妇女介绍我去工厂拿的货，比如给玩具娃娃剪线头、手工铆电脑连接器、十字锈等等。晚上，我抱着孩子写小说，有时候将纸摊在腿上写，有时候将纸摊在木床上写。一个手写字，一个手抱孩子，那字写得极丑，密密麻麻，我想也许只有我自己才看得清。

我妈在相当长一段时间里不跟我说话，她为我的失败而痛心。好几次，她指着我的鼻子大声嚷着让我离她远一点，她说只要是眼睛往我和怀里的孩子身上扫一眼都会感觉到揪心。她一边说一边哭，说了很久，也哭了很久。

一个月并没有想象中那么难捱。去工厂请款的那天，我没有表现得特别兴奋,倒是觉到了不安。现在想来事件发生前多少会有些征兆的。

拿到两千块钱的货款后,我遭遇了劫匪,就在宝安大道边上。"参与作案的有三个人,一个人开着无牌摩托车在旁边等,一个勒住我的脖子,一个负责抢。他们打我、踢我,后来将我随身包的带子都扯断了……"我在西乡警区报警时头痛欲裂,只能形容个大概。我根本无法记清楚劫匪的样子。

从警区走出来后,身无分文。离福永还远呢,我想坐公汽回去,没钱,想打电话向亲朋好友求救,可除了那个男人的手机号,我不再记得任何人的号码。

沿着宝安大道走的时候,我闻到洒过水的路面尘土仍在飞扬的味道,模糊不清地想起刚出来打工的时候,我二哥带我出去找工作,他站在路边买玻璃瓶装的百事可乐,用牙齿撬开瓶盖,里面的汽体涌出来,开香槟似的。二哥是个极为乐观的人,他在五金厂跟着模具师傅做学徒时没有工资,工厂包吃不包住,他找了很久,才在离工厂很远的地方租到一个铁皮房。我一直想要问他是怎么做到按时上下班的?那些贫困的时期,他的双腿是怎么走过那些黑暗的工业区的?他有没有感觉到害怕,有没有某一天像我这样望着路灯后面的影子想要大声哭泣?二哥也许会说:"有灯的地方就会有路,有路就不要感觉到害怕。"啊,我的二哥,他是怎么成为一个模具师傅的?他是怎么做到的?

那个夜晚,路灯昏暗,我一直走,不停地走,从黑暗里循着有路灯的地方走,忘记了害怕和悲伤,拖着一双不知疲倦的脚,一直向前。偶尔会有一辆不知名的车从我身边急驰而过,我听见车轮不断向前快速旋转的声音,想象着汽车里有个孩子正在安睡,小嘴微微向上翘。多么可爱。而我的女儿,她被我寄放在她外公租的出租房里,我出来的时候她外公还让我早点回去带她。我有些担心她没有吃饱,担心她意识到我不在身边而长久哭泣。我担心她尿湿了,而她外公没能替她及时换裤子。我还担心她外公会在我没有回去之前显得不耐烦、迁怒于她。

终于走到那间出租屋门口时,我听到了不远处传来教堂的钟声,整整敲了十一下。房间里传出微弱的光,我没有听见孩子的哭声,只有我爸妈辗转反侧的声响。我的灵魂在这个时刻慢了下来,归于平静。

我没有立即急着要进去那个房间,而是贴着门,我想要喘口气。也许并不是要喘气,我只是要收拾一下脸上的表情。时间变得快了起来,又似乎更慢了。

手弯曲着正要敲门,我听见两个老人争吵的声音传了出来。

"这个时候还不回来,肯定是出什么事了!"

"你就是瞎操心!能出什么事?"

"你当然不操心,你就只晓得心疼你自己!"

"我替她看了一下午孩子已经对得住她了!我担心有什么用?她当初要是听我们的,也不至于走到今天这步田地!"

"现在说这些有用吗?你是不是想逼死她……"

2

我答应过她,不将她的故事说给任何人知道,即使实在忍不住要说,也不会把她的真实姓名公布于众。那么,就用柳青青这三个字代替她吧。在我的印象中,她的腰盈盈一握,像柳枝,细而软,行走时不像在走,飘着。她的年龄正当青春。

我女儿满周岁的时候,我妈的气消了,主动要帮我带孩子,让我赶紧去找工作。我不肯。我说赚点稿费、做点手工也能养活孩子。她坚决反对,说孩子大一点后就得上幼儿园,现在不攒钱将来会过不下去的。我承认她考虑得比较长远。

半个月后,我应聘到一家广告公司做文案。去公司报到那天,我想到自己做个体时曾发过的誓:我再也不替别人打工了。那话似乎是昨天才说的。

我违背了誓言。当年的我如何不明白,梦想必须建立在生存之上。

进公司上班的第一天,我就注意到设计师柳青青,棉布T恤和棉布裙,清新得像晨光中的一株刚冒出嫩绿的芽。咋一看,还是个孩子。柳青青的话极少,开会的时候永远皱着眉头在纸上画着什么。据说她是广美的高材生,水彩专业。她为什么没成为画家或者教画画的老师,这一点是同事们猜不透的问题。有人当面问过她,柳青青一脸孤傲,未透露半个字。问话的人尖着嗓门在公司宿舍说:"保不定她压根就不是广美毕业的,即使是,也是被广美开除了的。"这是个谜,无人知晓。甚至于说她是从广美毕业的话也不知道是从哪传出来的,无头无绪。

有一天夜里,我妈给我打电话,一把鼻涕一把眼泪说我爸打了她,我听见孩子尖锐的哭声从电话那头传过来。握着话筒,我僵在那里。柳青青从上铺探出头来,对我说:"你想哭就哭出来,别憋着。"我真的哭了。宿舍里没别的人,就她,其他人都出去玩了。

离异,有一个女儿,今年六岁,在家乡跟着外婆上小学。这是柳青青告诉我的关于她的信息。她说这是秘密,除了我,她没告诉过任何人。我问她为什么会选择告诉我。她笑了一下。那抹笑让我一下子知道了答案。我低下头,喃喃地说:"我女儿一岁多,她现在也跟着她外婆……"

知道了柳青青的秘密让我们的距离似乎一下子就缩短了。上班和下班,我和她总是很默契地走在一起。我们并没有尝试作更多的沟通和了解,从不主动问对方任何问题。柳青青说过每个人都有不愿意揭的伤疤,我同意她这个说法。她从未在我面前表现出悲伤和难过,从来不哭。她看起来很好,内心平静又强大。

有好几回,我们跟着策划总监去客户那儿提案,她都表现得很出色,句句说到点子上。和客户一起吃饭时也决不含糊,不该喝的酒一滴没沾。客户的手摸向她的裙裾时,她的手及时挡住了,一句多余的话也没有,转身就走。

柳青青走的时候，我还在被窝里昏睡。等我爬起来赶到车站，她坐的那辆火车已经开出去了。留下来的纸条上，她写着："好好保重。忘记我。"盯着这七个字，我完全不能明白她想说的是什么。后来，我打她的手机，语音提示该号码已经过期。

策划总监说柳青青走得很匆忙，连她之前一直惦记的两千多块钱的提成都没拿。大家都觉得柳青青走得蹊跷，相互打听，试图找些蛛丝马迹出来。就连公司老板都现出了疑惑不解的表情，他在开早会的时候说："她就这么走了，可惜了。"这一声可惜说得我心里很不舒服，那口气像是在说一个刚死去的人。

柳青青离开后不久，我妈打电话给我，吵着要一个人回乡下去。她说我爸在广东变坏了，看着那些发廊里的小姐就变得不一样了。而我爸据理力争，说打开门做生意嘛（他们开了个小杂货店，卖一些零食、饮料之类的），你管来的人是做什么工作的，难道因为她们是做小姐的就不卖东西给她们吗？又说小姐的钱来得容易，出手也大方，赚她们的钱比较快。我妈坚持说我爸有思想问题，两个老人为此吵得不可开交。

我无法忍受我妈三天两头打电话来哭诉，只得同意她回到乡下去，而我自己辞职，回去带孩子。向广告公司的老总辞行时，他深深看我一眼，说："小唐啊，这世上没有过不去的坎，你要往前看，往有亮光的地方看！"我愣了愣，一时竟然感动得有些热泪盈眶。我想不到他会对我说这么一句语重心长的话。可接下来，他说出了一个让我错愕的真相。他说柳青青自杀了。

"我喜欢那孩子，你们可能不知道，我和她爸是大学同学，我是看着她长大的。敏感、自负、倔强。她和她老公谈恋爱的时候我们都很高兴，很登对的一对年青人，上进、有梦想、充满激情……可两个人说离就离了，两边的家长都瞒着就办了离婚手续。她父母觉得他们把婚姻太当儿戏，一度要跟她断绝关系，孩子也不肯替她看。她为这事还割过手腕，没死成，她父母害怕了，再也不敢责备她什么。她一向都特别自尊和要强。我知道，这些年，她承担了巨大的精神压力，背负了沉重的思想包袱，可这么多年过去了，她一个人默默走了这么久，早该走出来了才对啊！听说前两年家里还给她物色了一个不错的对象，那男的比她小一岁，又从没结过婚……她怎么就这么想不开呢？"

"说他不错仅仅是指他从没结过婚这一点吗？"我问。

"也不能完全这么说。可你也知道，这年头连离婚的男人都想找个未婚的，更甭说没结过婚的了。谁愿意找个二婚头？你一个有婚史有孩子的女人想找个没孩子又对你好的男人，谈何容易？"

柳青青家里给她物色的那个对象，我听她说过一次。是个冬天的夜晚，天黑得特别早。我关了宿舍的灯，躺在床上没有睡着。我知道柳青青也没睡，她在上铺翻来覆去，像是有心事。忍了忍，我终于说出一句废话："冬天的夜晚特别漫长。"柳青青叹了口气，说："对，我跟你的想法是一样的。"

我放弃了再说话的想法。沉默一阵，柳青青的声音突然从黑暗里横扫过来，她说："我家里给我介绍了个对象。"我"唔"了一声，等着她往下讲。她却没有继续往下说的意思了，兀自轻轻叹了口气。

我想起这件事来非常后悔。那天晚上我应该也学她那样，对她说一句："想哭就哭出来吧，别憋着。"或者让她哭一场，她看到的命运就会呈现出不同的模样……

柳青青，事过境迁后我写下这些文字，希望可以透过流动的空气告诉你，我们都是在黑暗里走得太久的人，总要适当地找到一个突破口才能对某些东西释怀，真正放下。哪怕流着血也要剔除一些早已坏死的脓疮，去除体内的病毒，唯有这样，才能活着——只有活着，活下去，才能找到生命的出口。

3

从广告公司辞职出来，我带着孩子重新租了个一房一厅。手头上攒了些钱，我心里盘算着是否做点小本生意，例如开家网店之类的。

开网店风险不大，只是货源是个比较大的问题。正纠结于此，我接到了附近一家广告公司老总的电话。广告公司的老总是三年前我在一次文学笔会上认识的，出版过诗集。他在电话中说希望我去他的广告公司上班，工资可以按我在前一家广告公司的标准给。我说我若上班的话就没人带孩子了，去不了。他说让我好好考虑一下，孩子大了可以送幼儿园。又说他的广告公司与出版社、印刷公司都有联系，有机会可以帮我出书。是后面这句话让我动了心。

我去幼儿园问了一下，幼儿园的园长说我的孩子可以上小小班，一个学期五千多块钱学费，还不包括被子、校服等费用。不过可以分期付。我一听学费就吓了一跳。转念一想，学费这么贵，从长远来看，不上班是更加不行了。上小学之前，我的孩子总得上幼儿园啊。

去新的广告公司报到的前一天，我将孩子送到了幼儿园。正式上班那天，公司老总显得很热情，他召集全体工作人员开了个短会，专门介绍新同事的加入。着重介绍了我，竖起大拇指，说他看过我发表的很多小说和散文。和我一起加入的还有一个男设计师，姓夏，中等个子，有着一脸让人愉快的笑。

上了半个月班我才知道公司的财务就是老板娘。有一天，老板娘和老板打起来，办公用品掀得到处都是，椅子也砸出去了。同事说这样的事隔三差五出现一次，对我吐吐舌头，说："习惯就好了。"我没有问是为了什么，隐约听见老板娘提到百年润发里面的什么人，一边哭一边骂。

那天过后，夏设计师递交了辞职申请书。他说不愿意看着一个公司搞得像个家庭小作坊那样，又说老板不怎么讲信用，生生扣了他一半的工资。他问我要不要一起走，我说我要走也不是现在。附近不一定找得到合适的工作，可上幼儿园的孩子还等着学费呢。他对我意味深长地笑了一下，说："乐观一些。"

我说："我会尽量成为一个无可救药的乐观者。"

老板娘和老板经常吵。同事们说每次都是因为女人的问题。我看着板着脸出入公司大门的老板娘，足有一米七的身高，瘦，穿着时尚，五观清秀，夫妻俩站在一块，老板娘在外表上还要略胜一筹。我记起刚来上班那几天，她对我表现出来的敌意，丝毫未加掩饰，心里直纳闷——她对自己的外表该是有足够自信的呀。

不止一次，老板娘对我的穿着打扮提过整改要求。

有一天清晨，我远远看见老板娘过来了，我对着她微笑。她看我一眼，脸上一丝表情没有。三两步走到我面前，纤纤手指往我头上一指，严厉地说："以后不能戴这个上班！"我愣了愣，下意识去摸头上的布发带，不过是一块用来束住头发的布艺发圈，清汤挂面的装束。

去文博会参展那次更离谱。老板说要穿得正式一些。我翻箱倒柜才找到了一身职业装。紫色的衬衣，黑色的西装裙，细高的皮鞋。紧赶慢赶跑到公司，老板娘的脸塌下去，尖细的声音冲我迎面扫过来。

"今年穿这个颜色犯大忌！"

旁边的女同事看不过去，说老板娘故意刁难我。我低下头去，什么都说不出来。"就当是公司的规章制度好了。"我心里想。现在想起来，我性格里面掺杂了懦弱的部分，跟隐忍和不争无关。

我小心地活着，尽量活得有尊严。我说有尊严，说的不是别人给予的尊严，而是我自己固守的那份尊严。

"很多东西必须交给时间去评判，不是吗？"我对自己说。

某一天，老板娘在上班的时间打通我的手机，让我立即随她去附近一家咖啡馆坐坐。挂断电话后，我模糊地想象了一下她会对我说点什么。我单身的身份让她觉得别扭，或者说痛苦，我知道。

我严格按照老板娘的要求，准点到达了她选定的咖啡馆。推开小包厢的门，她的脸显现出来。满脸堆笑，这是她从未对我显示过的柔和。她对我说话，先介绍了一味煲仔饭，说是很好吃，推荐我尝一下。我依了她。她自己点了别的，还有一杯咖啡。咖啡端上来后，她问我要不要也点一杯。我说不用了。

食物端上来之前有一段空白，我看着老板娘，她什么都没说。眼睛并不看我，也没有看向窗外，而是盯在一个虚无的地方。她点的咖啡放在我和她之间的位置，冒出来的热气使得桌面上升了一层水雾。这层水雾将我和她生生隔断在两个空间。我不知道她打算沉默多久，心里默默希望这种宁静能够不被任何人打扰。

老板娘点的食物先端上来，她笑着对我说她有些饿，要先吃点东西。没等我有所表示，她就开始吃了。吃了几口后问我要不要和她一起分享她买的那份食物。她说的是买，我记得很清楚。我拒绝了。她猛然停下来，问我："为什么？"她的表情一下子显得严肃无比。我一时没反应过来。我不知道她问的为什么是针对什么事情的，直到她又问了一遍："为什么？"我的声音干涩，说出来的话干巴巴的。

"我不喜欢分享别人的。"我说，尽量也表现出严肃的样子。

透过咖啡制造出来的水雾，我看见老板娘再次笑了一下。我心里想，她笑起来可真好看。"包括什么？"她问，眼睛看着我。

"也许，包括了一切。"我说，眼睛也看向她。这一次看向老板娘的时候，我意识到她坐起来也比我高了一截。她扫向我的目光是俯视的。而我原本是用平视的目光望向她的，却也像是仰视她。意识到这个，我的心颤抖了一下。只一下而已。服务员的敲门声打断了我们。

我的煲仔饭端上来，香喷喷的，勾起了我的食欲。可还没到饭点，我并没有饥饿的感觉。

正想开吃，老板娘笑着将置放在我面前的煲仔饭移到桌子的另外一个角。她说:"太烫了,等凉一会再吃。我们聊聊吧。"我放下筷子,顺从地点了点头。

"不喜欢分享别人的——这一点很好,我也是这样。"她说。我不打算往下说了。她略微停顿一下,话锋一转,说:"一定也不喜欢别人分享自己的,对吧?因为这个,才离婚的吗?"

"你问的太多了!"这句话差点就脱口而出,但我只是咽了咽口水。

"哎哟!你难为情了。"老板娘笑起来,不再是我印象中的那个样子。她整个人显得轻松多了。后来,她又说了一些什么?我记得她说了她表妹和老板之间的事情,说她为此很痛苦,还自杀过,又说了百年润发的一个姑娘,具体说了什么,我都忘了。不过,她最后说到的是她的儿子,说只要看到她的儿子,她就会觉得生活还是有希望的。

4

这家广告公司的业务以硬广为主,横幅、刀旗、招牌一并给客户做。给我印了名片,上面写的职务是文案策划,更多的时候被派出去招工、跟设计图纸,甚至是校对排版。我几乎没有写软文的机会。却着实忙。每天下班后去幼儿园接孩子,天早已经黑尽了,我蹬着一辆从自行车修理店买来的二手自行车,双脚发软,浑身乏力。

我的女儿,她见到我时会不停地抱怨,说我去晚了,说她尿湿了裤子,说幼儿园的老师批评了她,说被幼儿园的孩子欺负了。她让我别送她去幼儿园了。她说她会在幼儿园哭死的。只有一天,我去接她的时候已经是晚上十点多了,我的孩子看见我时柔软地倚过来,她轻声说了一句什么,只这一句,她便不再说话,不再有任何其他的表情。她的身体软软的,像是已经没有了生命迹象。我害怕极了,表现得手足无措,慌乱地用手去探她的鼻息……啊,我是个坏妈妈,我是个毫无用处的妈妈!

我向广告公司的老板递交辞职书的前一周发生了一件事。我爸说他的旧书店（我妈回到乡下后，他从收拉圾的人那里收购了一批旧书，将小店里原先卖的饮料和小食品撤掉，改卖旧书）一时申请不到营业执照，办不下去了。房东要他立即搬走，有人等着要租那店铺。我还在沉吟着该怎么安慰他两句，他就说他已经叫了一辆三轮摩托车，半个小时之内会将旧书全部搬到我租的那间出租屋里去。

三十平米不到的房间，旧书像摞砖块一样堆满各个角落。更多的是堆在窗户边上，只留下一线光。我原本自认是个极爱书的人，那一刻却看都不愿看它们一眼。那些旧书，使得狭小的房间散发着奇怪的味道。酸、霉、腐。它们直直向我压迫过来。拥堵、窒息、黯淡。我烦躁得几乎要跳起来。如果可以，我心里喊起来，我要把这些书全部丢到大街上去填路。是的，就是要将书拿去填路，填一条阳光明媚、空气清新的道路。

我该如何准确地形容那个房间才好？潮湿、阴冷、昏暗，布满了死亡的味道。

两张破旧的木床对开在房间靠墙的两边。我睡的那张是前一届租客留下来的木床，一边的床脚和床架略为畸形，上面的三块床板凹凸不平。我将木床拆了，想修好它。每个床脚和床架的接口处都少了一个合适的螺丝。我牵着我的女儿去五金店配螺丝，没找到特别合适的。将螺丝拿回来后又发现没有合适的工具，连把老虎钳或者螺丝刀都没有。我对修理一无所知。我爸在边上看着一言不发。他搬进来的时候我说过，我不愿意和他挤在一个屋檐下过日子。我说："你有钱，你为什么不能单独去租间房子住呢。"他恨透了我这句话，骂我是天底下最不孝顺的女儿。

骂归骂，我爸仍然住了下来。父女俩相处起来，拘谨，压抑，沉闷。我上班后，他就在出租屋里替我带孩子。我决定从广告公司辞职的那一天，我女儿就不再去幼儿园了。

广告公司的老板娘在我提出辞职后的第三天替我结清了工资，满脸都是爽朗的笑。

从广告公司出来,我深吸了一口气。灰尘、汽车尾气、城市上空飘浮的不稳定情绪,人与人擦肩而过陌生而熟悉的况味。离开,我想到这个词,将眼睛使劲睁大,望向远方。

我爸对我辞职的事很生气。他让我告诉他,我到底对自己今后的人生有着什么样的规划。我沉默,就如他也从不尝试对我说他的想法那样。我估计他是想帮我带孩子,好让我专心上班,攒些钱。我想跟他讲讲广告公司那个漂亮老板娘的事,讲她约我去咖啡馆坐坐时我对她产生的怜悯。可一时又不知道该从哪里讲起。我也不一定讲得清。更重要的是,我爸他一时还听不进我说的任何话。

"一个女人,婚姻失败了,就彻底完了!"我爸将这句话狠狠砸向我的时候,我没有觉到悲伤和痛苦。就连一丝想哭的意思都没有。我并没觉得难受和委屈。他见我面无表情,气得一跺脚,甩门而去。他一定觉得我已经到了病入膏肓的地步。

我打电话给远在肇庆的二哥,电话那头传来我妈的声音。我才知道她从乡下去了他那里,替他带孩子。我妈一听说是我爸在替我看孩子就骂起来,说那老头子就是好吃懒做,人家六十岁的老头还在乡下刨地呢,他倒好意思洗干净脚上的黄泥巴享清闲。

挂电话之前,我妈一再嘱咐我不要理我爸,她甚至说了要和我爸离婚的话,吓唬我说若我再和他住在同一个屋檐下,就要和我断绝母女关系。我没有跟我妈说我也不想让我爸长期帮我看孩子的话。

二哥希望我离开深圳,去肇庆找份工作。这样一来,我的孩子和他的孩子有了玩伴,还可以由我妈一并照顾。他为此打了个电话给我爸,说了一个女人带着孩子的诸多不便。我哥说我已经够累了,希望我爸能给我留一点私人的空间,让我可以适当地喘口气。不说别的,至少是在想哭的时候可以自己躲起来好好地哭一场。

我二哥相信我。他说只要我愿意,我就有能力照顾好自己和孩子。再稍稍努力一把，我完全可以合理安排好以后的人生。赚钱、做饭、带孩子，这些算得了什么？

我爸选择了妥协。他从我租的那间出租屋搬出去，另外租了一间房子，就在福永大道边上。他不仅租了房，还买了一辆三轮车。每天黄昏的时候，他往三轮车里装好书，拉到路边去。往路边铺一块长方形的塑料垫，再铺一层布，将旧书码齐整，薄的书卖两块，厚的五块或者八块。有一回，我去路边找他。老远就看见他蹲在地摊边，一只手无力地垂着，一只手拿着一小截枯枝在地面上划着什么。我已经走到他面前了，他还没发现我。

我喊他，他看我一眼，目光显得呆滞。我心里痛了一下。他问我："你过来干什么？"我想说我来看看他，没说。我说："路过。"他没有问我要去哪里。我想劝他回到乡下去。话说不出来。我不知道他为什么不肯回到乡下去。

我在书摊前默默呆了一会。我的孩子抱着我爸的脖子，要他带她去广场那玩。他不肯，哄她，让她自己先玩一会，他说要是她听话，他会给她买玩具。我女儿信了他。

我爸问我最近在忙什么。我说就带孩子。他并不看我，转过头去看着道路上偶尔才路过的行人和时不时急驰而过的汽车。良久，他的声音显得突兀。他说："有一个经常来我这买书的男人，河南人，长相标致。上次从你那搬出来时，他骑自行车从我门前经过，他看见你一手牵着孩子一手抱一叠书。"他故意形容得自然和粗略，听在我耳里却如此详尽而刻意。

"他离过婚，和前妻没孩子。"我爸说。这是重点。我立刻猜到了他要说什么。我说这两年还不打算考虑这个问题。我爸一下子火起来，他说："你以为你还能嫁个什么样的？找个离异有孩子的，你得做后妈；找个没结过婚的，人家迟早有一天会嫌弃你是个二婚。"

我想不到我爸会生那么大的气。我看着他不说话。停了一会，他的态度不那么恶劣了。他说："一个家里怎么能没有男人呢？"他说话的样子显得苍老。

我无意识地叹一口气。我爸看着我女儿说:"就算为了孩子着想,也该找个男人啊……等孩子长大了,你就是想找,孩子也不一定能接受。也不一定找得到了!"我看他一眼,说得狠了点,我说:"我的事不要你管。"我爸气坏了,他整个人都在颤抖。我想缓和一下,我说除了带孩子,我还能写小说和散文。我说就上个星期,我的小说还发在了《打工文学》周刊,稿费有七百多。我说,我会写更多的作品出来,我的作品会在全国各地的大小报刊发表。顺便,我跟我爸谈到了我的文学梦想。我说我能看到远处的光,纵然微弱了点,可凭着这一点微光,我也能前行,可以走得很远。

"好吧。"我爸望了望天空,无奈地说:"如果你既能找到一份稳定的工作,又能照顾到孩子,我就回到乡下去,不再管你了。"就在我爸说这话后的第三天,一个温暖的早晨,在福永街道办上班的文友打电话给我,问我愿不愿意参与《福永志》的编撰工作——"书编得好的话,你就有机会留在街道办工作,既能上班又能照顾到孩子。"他说。

【作者简介】

唐诗,湖南安仁县人。已出版短篇小说集《两情相持》《什么都没发生》《捕鸟蛛》。作品散见《散文选刊》《海外文摘》《作品》《芳草》《朔方》《广州文艺》《工人日报》等报刊。现居深圳宝安。

被淘空的村庄

/周齐林

祖母

年逾八旬的祖父去世三年,祖母一直还没缓过劲来。像一尾年迈的鱼,祖母在悲伤的河流里上下沉浮,漂浮不定。

祖母在阴暗潮湿的老屋里来回走动,手紧握着抹布缓缓擦拭着那些跟随了她一辈子的家具。古旧的家具在她的不停擦拭下,在幽暗的老屋里闪闪发光。抚摸着这些苍老的家具,像是触摸到了旧时光微弱的脉搏。她弓着身,眼微闭,手抚摸着油漆早已掉落的家具,整个人深陷在过往里,表情时而悲伤时而幸福。当她从这些前尘往事中回过神来,却是一副怅然若失的神情。

祖母一脸落寞地孤坐在大堂中央的那条老板凳上。蜷缩成一团的抹布在水的浸泡之下,散发开来,像一团巨大的乌云遮掩着整个脸盆。擦拭了一遍又一遍的老屋此时寂静无声,古旧的家具在幽暗中闪闪发光,映衬着她内心的昏暗与孤独。

祖母一脸呆滞地孤坐在老板凳上,偶尔变动着身体的姿势,便听见细微的破碎声,嘎吱嘎吱,声音细长而悠远。从老板凳体内发出的声响,很快穿透她的耳膜,落在她心尖。祖母看了眼自己苍老的躯体,试着抚摸身上的一根根肋骨,像是每抚摸一次,就能听见它们破碎的响声。这条老板凳跟了祖母几十年,早已成为她的亲人。祖母清晰地记得已经逝去的老伴当年一刀一斧把它雕刻而出的场景。祖母听见它体内发出的破碎声,心底徒然感到一阵莫名的恐慌,像是十分清晰地看见了自己的命运。祖母找来铁锤和钉子,把一小段木板固定在老板凳上,使劲摇晃了几下老板凳,直至听不见任何响声,心才彻底安稳下来。

在一个晚霞满天的黄昏,祖母提着蛇皮袋归来,一脸疲惫地在老板凳上坐下,老板凳忽然嘎吱一声,轰然坠地。她跟着跌落在地,屁股摔得生疼。她抚摸着散架的老板凳,像是在抚摸刚刚去世的祖父,眼角溢出一滴浑浊的泪来。

祖母没再做任何补救措施,就像当年经过一番心灵的挣扎后,她静坐在洁白的病房,看着祖父一点一滴没了声息,悄然而逝。她转身找来一盒还未用完的火柴和一堆干枯而又柔软的稻草,稻草裹夹着丝丝缕缕泥土的气息,微光中倒映出大地的身影。祖母把散落一地的老板凳放在厚厚的稻草之上,就地点燃。咔嚓一声,道道火光扑向半空,火舌左右吞吐着,火势迅速蔓延开来。她守候在火堆旁,像是守候着一个亲人。火光渐渐熄灭,沉于一片寂静和黑暗之中,老板凳转瞬化为一滩灰烬,轻躺在稻草灰之上,在夜风的吹拂下,又与稻草的灰烬融为一体。

有路人看见屋里的火光,以为起了火灾,匆匆跑进来一看,见祖母守在一旁,面露惊讶。

一直守到很晚,祖母才踉跄着脚步进屋。

偌大的老屋,被时光的刀子给淘空了,现在就她一人空守着。墨绿的青苔是老屋沟壑纵横的皱纹,雨水吞噬下日渐发白的墙体是老屋鬓边的那一缕缕苍白。祖母整日行走在老屋的心房,也唯独她对老屋的心事了然于胸。老屋已经年过一百,像一个老人,默默注视着祖母的一举一动一颦一笑。祖母经常想起老屋昔日的辉煌,桌子上、床上、怀抱里,一地的孩子,足足有八个,他们肆无忌惮毫无保留地坦露着自己的情绪,在祖母眼前嬉戏追逐打闹哭啼,吵闹声灌满整个房间,转瞬便溜出门外。

祖母经常沉浸在这样的记忆里,彼时脸盘上洋溢着幸福,一股痴迷的模样,待从旧日的回忆之中回过神来回顾着这满屋的空荡与孤寂,却又是一脸呆滞,怅然若失。在这种情境之下,她经常神经质地抚摸着老屋的一砖一瓦。她一步一停地抚摸着墙壁,步履蹒跚,却又时常突然蹲在地上,默默不语起来。一股深沉的悲伤从时光深处翻涌而上,向她袭来,忽然狠狠地把她攫住,让她手足无措。

风跑进屋,四处游荡,吹拂在她脸上,弄乱了她的白发。祖母掰着手指,从一数到八,她想起她的八个子女,三个女儿外嫁出去,一年只能回来看她一回,五个儿子虽然年逾五旬,却依旧常年在外打工。

祖母依旧每天去捡破烂。捡了一辈子破烂,她早已熟知每一个瓶子的价钱、每一张废纸的温度、每一双鞋子的尺寸和款式,更熟知它们的秘密。祖母把他们捡起来,而后分门归类,卖给村头废品收购站的老王。

祖母深知一切废品回收之后,会重新以一种新的姿态呈现在世人面前。就像一个人在经历一次大手术之后,无论生理和心理都会脱胎换骨般焕然一新。比如一张纸,在祖母眼底,一张纸就是一片树叶。她知道废纸回收回去之后,稍微加工就会变成新的纸张。于是,看见一张废纸,祖母就会拾起来。每拾起一张废纸,祖母就满脸微笑,她觉得自己救了一片树叶的命。为此祖母开心不已。

许多年前,祖母清晰地记得自己每天能捡十块钱,好一点会有十五块。有一次她出去,没什么收获,只捡了几个酒瓶和破鞋,最终只卖了三块钱。为此祖母伤心了一个晚上,祖父看着她闷闷不乐的样子,不时安慰着。她躺在床上,洁白的月光照进来,忧虑着要是经常出现这种糟糕的情况该如何是好。

许多年后的今天,她却天天遭遇这种情况。

现在,除了呆在老屋,祖母每天剩下的事情就是去捡破烂。祖母从这个村庄拾掇到那个村庄,从这个角落穿梭到那个角落,却没什么大的收获。

祖母捡了一辈子破烂,捡着捡着,忽然发现不对劲了。那些原本堆放垃圾的地方早已落满灰尘。祖母在灰尘里搜寻着,转身一回头,却看见不远处的房门紧锁着,灰白的春联在晨风中左右摇摆。

当祖母发现是因为云庄逐渐空荡而致使破烂愈来愈少时,她忽然悲伤不已,她不知道自己还能去干些什么。

三婶

黄狗垂着尾巴,耷拉着头,跟在三婶屁股后面,亦步亦趋。走到哪,黄狗就跟到哪。三婶走了几步,倍感疲惫,在板凳上坐下来,黄狗便一脸老实地伏在地上,一动不动。远远望去,一动不动的黄狗像死了一般。待三婶缓过气来,起身欲走时,黄狗总会自动地站立起身,垂着尾巴紧随其后。黄狗瘦骨嶙峋,肋骨横突,暗黄的毛发聚集在一起显得杂乱而无营养,完全没了十多年前的雄壮与威风凛凛。

三婶与黄狗相依为命。此刻,她目不转睛地望着黄狗,默默地发呆,眼里却空无一物。黄狗起初一脸疑惑地回望三婶,后来被看得心底发虚,便老老实实地垂下了头,偶尔抬头偷偷朝三婶张望一眼。

三婶起初坚守在摇摇欲坠的老屋里,后来在大儿子的一再坚持下,才搬到了这栋新房。新房很是气派,在落日余晖的斜射下闪闪发光。大儿子一家常年在外打工,每年年根才回来。装修完工的新房需要一个人来看守,三婶无疑成了最佳的人选。

三婶看着黄狗的模样,像是看到了自己的命运,一脸哀怜,神情中却又流露出丝丝绝望来。晚风袭来,院内的树叶哗哗响起,黄狗闻风而起,朝院落狂吠了几声，转身复又安静地躺了下来，淹没在无边无际的黑夜里。

躺在床上，犬吠声落进心底，三婶忽然觉得自己如今跟黄狗没什么两样，除了看家的本领，再无它用。三婶想起十多年前，那时自己还年轻，还能给儿子不分黑夜白昼的带孩子。现在两个孙女长大成人，远在异乡的工厂，早已无需人看管。

寒风习习，三婶躺在床上，努力把自己蜷缩成一团。

夜半，一阵剧烈的疼痛袭来，三婶捂着腰，左右翻滚着，疼痛仿佛慢慢减轻了许多。在窗外微光光线的映射下，黄狗被屋内的动静惊醒，它摇晃着身子步入屋内，朝暗影中的三婶张望了几眼，复又退出门外。

熬到天亮，三婶才沉沉睡去，再醒来时天已大亮。三婶久久地端坐在床沿，露出痛苦的表情，眼神呆滞。三婶丝毫也没料想到自己在步入晚年之际，会被腰椎间盘突出这种病痛所折磨。

三婶蹒跚着步履，走进里屋，在落满灰尘的抽屉里找到几个硬币，一步一摇地去村头的小卖部买了一盒膏药。在膏药的热敷之下，三婶紧皱的眉头渐次舒展开来。这一天，三婶再次回到了老屋，一整天呆坐在老屋寂静的角落里横放着的棺木旁，双手抚摸着棺木，一脸凄然。

三婶回望老屋，带着苍凉的眼神，老屋早已变了模样，满是灰尘。几只老鼠肆无忌惮地从三婶眼前飞奔而过，倒悬的蜘蛛正把一只飞蛾卷入口中，门口的一堆蚂蚁正忙着把一粒米饭抬进洞口，满眼生机勃勃的景象，却映射出别样的荒芜。

有那么一两次，三婶忽然决绝起来，她提着蛇皮袋步步紧跟着我的祖母外出拾捡破烂，转瞬却又落下很远，祖母故意放慢步子，她才再次跟了上来。她们一前一后在云庄的各个角落四处寻觅着。一两个小时下来，三婶只捡到四只啤酒瓶。祖母把拾到的破烂都给了三婶，合在一起，最终卖了四块钱。

晚霞时分，回到屋里，一股疼痛突然在腰部弥漫开来，虫子般不时撕咬着她。她扶着墙，蹒跚着走到抽屉旁，再次拿出膏药，颤抖着满是老茧的双手敷上，膏药的那股灼热浸透到骨头深处，那丝疼痛瞬时又缓解了许多。她愈来愈感到自己渐凉的生命需要一股灼热延缓。她怔怔地呆坐在门前的板凳上，望着我年逾八旬的祖母提着蛇皮袋渐行渐远，消失在渐凉的晚风里。此后她再也不敢去了。

一个寂静的黄昏，三婶从外面散步归来，略显疲惫地在门前的板凳上呆坐下来，黄狗垂着尾巴、耷拉着头，紧挨着凳子，伏在地上，纹丝不动。风从远处袭来，吹乱了它的毛发，根根肋骨裸露出来。

三婶在门前坐到很晚，黑夜点点滴滴丝丝缕缕地从天而降，潮水般蔓延到各个角落，也跟着蔓延到她心底。三婶突然觉得累了，起身站了起来，老板凳跟着摇晃了几下。

"走，起来，进屋。"三婶沙哑着声音叫喊着。黄狗不吭声，依旧纹丝不动地伏在地上。暗影模糊，三婶只看见一团影子贴在地上，在微弱灯光的映射下，有几丝毛发在晚风中抖动。

三婶再次叫了几声，她显然有些生气了。黄狗依旧不动。以往的时光，只要她一起身，黄狗就会立刻站立起来。最后，三婶捂着隐隐疼痛的腰部，有些生气地踢了黄狗一脚。黄狗没反应。三婶忽然意识到什么，俯身触摸了下黄狗的鼻息，脸顿时煞白起来。她使劲地摇晃着黄狗，黄狗却毫无气息，没有给她任何回应。

黄狗悄无声息地死了，在这样一个夜晚。暗夜里，三婶抚摸着黄狗渐渐失去温度的根根肋骨，一脸凄然。三婶想着自己一两个月没再给黄狗吃过荤，每天只喂一两勺剩饭，心底便涌起一阵浓浓的愧疚。

深夜，三婶在后院挖了个坑，把黄狗埋了。她在暗夜里呆坐着，望着眼前隆起的小"山丘"，一脸默然。深夜，大厅传来窸窣的响声，三婶听在耳里，眼前忽然产生一种幻觉，她忽然起身急切地走出房门，朝门外张望，却只看见一片模糊。她干脆来到黄狗以前匍匐在地的地方，却见那个熟悉的位置空空如也，早已被一团黑暗取代。三婶俯下身子，细细触摸着那小片地方，仿佛触摸到了黄狗的体温，仿佛闻到了它固有的气息。

三婶左右摸索着重新回到床上。这一晚，她做了一整个晚上的梦，梦里满是黄狗的影子。醒来她才发现黄狗不在了，整个屋子空荡荡的，只听见风四处游荡的声音。就像丢了一根常年紧握在手的拐杖，三婶在心底四处搜寻着，却最终发现拐杖已化为灰烬。

六叔

六叔在外面打了二十年工，他一直在建筑工地高处的脚手架上行走，二十年下来，他粗糙的皮肤在烈日的烘烤之下变得异常黯淡，黑中那丝丝健康的色泽在时光的过滤之下早已消失得无影无踪。

六叔踩着脚手架飞檐走壁了二十年，一个晚霞满天的黄昏，一个趔趄，脚下一滑，像一只被猎杀的鸟儿般，他从高处坠落下来，重重地摔在地上，发出沉闷的响声。落地不远的地方是竖插在泥沙里的钢筋，锈迹斑斑。经过一番抢救，他从死亡线上挣扎过来。重新回到他坠落在地的地方，依旧能看到一滩模糊的血迹粘贴在水泥板上，仿佛已经融入到大地深处。许多工友幻想着六叔摔在竖插在泥沙之中的钢筋上的场景。他们端着饭碗边说边微微闭上眼睛，紧握筷子的右手微微颤抖着，头皮一阵发麻。再次睁开双眸时，仿佛看见一个人倒插在锈迹斑斑的钢筋上，鲜血直流。

三个月后，六叔回到故乡，回到了云庄。他右腿截肢，整日拄着拐杖在故乡的各个角落行走着。晨风袭来，六叔空荡荡的裤管便随风左右摇摆。像鸟一样在高空行走了多年的六叔，最终像蚂蚁一样匍匐在地。

六叔自己始终没料想到会以这样一种方式回到故乡，回到云庄。以往的时光，年复一年，他在匆匆一瞥中远离故乡而后又踏上奔向异乡的旅程。凉风习习的夏夜，在异乡，他攀爬到高楼的顶端，当城市的月光丝丝缕缕地洒落而下，在他内心营造出温馨的氛围，他便会产生一种幻觉，短暂的幸福感在心底缓缓流淌开来，却又裹夹着一股隐匿的疼痛。

　　他仰躺在城市高处，以虔诚的姿势眺望远方。远处星光点点，灯火摇曳，他内心深处再次涌起一股别样的情愫，顷刻间仿佛看到了故乡的身影。此时他会想起故乡的夏夜，月儿在云层里左右穿梭，嬉戏追逐；蛙声此起彼伏，青蛙鼓动着腮帮在大地深处鸣唱；洁白的月光照在田地中央高高堆起的草垛上，顽皮的孩子在草垛旁你追我赶，笑声满地；大人们则三五成群，摇着蒲扇，静坐在屋前，唠着家常。

　　二十年间，六叔时刻怀揣着故乡的模样，当他归来，却发现故乡早已变了模样。故乡不认识他，他亦难以再融入故乡，乡音却依旧如昨。就像一个人毁了容，模糊不清，难以辨认，声音却丝毫未变。故乡是一个丢失的孩子，他一直怀揣着故乡年幼时的模样，一路追寻至今。

　　在异乡，茫茫人海中，六叔每每听到熟悉的乡音，心中便顿时一惊，像拨动了那根琴弦，倍生亲切之感。"乡音未改鬓毛衰。" 从宏观上来看，乡音是深远的传承，是有声的血脉相连，更是悠远的时光足音，横穿整个历史。六叔深知，那是故乡的气息，时而浓时而淡，遥远却又那么近，一点点，一滴滴，缓缓沉淀在空荡的内心深处。 躺在暗夜深处，闭上双眸，故乡的点滴就浮游而上，逐渐在他眼前清晰起来。

　　时光开始停滞，六叔每天漫无目地拄着拐杖行走在村庄里，从里到外，从浅到深，走一步停一步。偶尔遇见惊讶同情的眼神，六叔会眉飞色舞地跟他们讲起自己的遭遇。只是几次后，人们便不再感兴趣了，六叔的故事开始像蒸馏过的水，寡然无味。

　　很快，细密的汗珠爬上他满是皱纹的额头。他坐下来，坐在村头那块熟悉的巨石上，耳边一片寂静。晚饭后，他窝在沙发里看电视，看着看着便昏昏沉沉地睡去，再醒来时电视里传来嗞嗞的响声，窗外是沉沉黑夜，一两盏灯火点缀其间，寂静无声。六叔感到有什么东西堵在胸口，缓缓地，他感到那股堵意像黑夜般在他胸口弥漫开来，侵入到骨头深处。

年底，在外谋生的村里人鱼贯而归，整个故乡整个云庄又变得热闹喧嚣起来，几日后，人们鱼贯而出，一切又复归于原来的模样，整个山村显得愈加寂静冷清。

六叔拄着拐杖在晨风里看见张块头匆匆踏上大巴，转眼便消失在村庄的尽头。六叔满是羡慕，他看了一眼自己悬空的右腿，嘴里却深深叹息了一声。他清晰地记得那时自己是大工，张块头是小工，整天提着沙浆爬上爬下，累得满头大汗。张块头上大巴前，递了根烟给六叔，意味深长地叫他保重。六叔原本打算一直在外面干到六十岁，没想到老天给他开了这样一个玩笑。

重新回到故乡，六叔靠睡觉打发着寂寥的时光。睡累了，他便拄着拐杖在村庄行走，漫无目的，无所事事，眼神呆滞。在微凉的风里，泥土的气息依旧如昨，六叔想起自己在建筑工地上矫健的身影，想起一个又一个昏黄灯光斜射在工地旁的夜晚，他打着沉重的鼾声，一觉醒来，整个身心倍感清爽。虽是疲惫，内心却充实无比。六叔始终未曾想到，回到故乡，回到云庄，睡觉却成了负担。一躺下，他便掉进一个又一个梦里。他感觉自己活在梦中，满是虚幻，却又触手可及。

很快，六叔就有了一个忠实的倾听者。他经常跑到炳卫家去聊天，跟他讲这些年在外打工的经历。炳卫患有慢性肾炎，在时间的推移下，已经恶化为肾二级病变。炳卫一直生活在病痛的阴影里，从未踏出过故乡一步。他喜欢听六叔讲外面的故事，黯淡的眼神里放出光来。六叔不厌其烦眉飞色舞地讲诉着，他始终听得津津有味。只是每次讲完回到家，六叔深陷在外面的世界里，面对满屋的寂寥，他四顾茫然。过往的记忆像一个巨大的陷阱，他深深陷了进去。在一遍又一遍的叙述当中，六叔那颗不安的心开始膨胀起来。像一个气球般，它几乎要把他撑到茫茫天际中去。终于，在一个雨夜，外面雨声嘀嗒，六叔鼓起勇气给儿子和儿媳打了一个电话。他这个异想天开的想法很快就被儿子和儿媳否决了。他们加了一整天的班，满脸疲惫，有些懒得耐下心来仔细倾听他的想法。他们安慰了几句，便匆匆挂断了电话。

六叔握着电话，听着电话那边传来的阵阵盲音，一滴蕴藏许久的泪从眼角滑落下来。

半年后，我从别人口里得知，六叔最终还是出去了，他勇敢地穿上假肢，在一个远房亲戚的工厂里做起了保安。我猜想着年逾五旬的六叔是在什么力量的驱使下，忍受肉体的巨大疼痛穿上了假肢，并行动自如。我想着这样的力量是何等令人胸闷和恐慌。

六叔奔跑着逃离了故乡，那个他曾经时刻萦绕在心头的故乡。

婷婷

婷婷半夜醒来，伸手一摸身旁，见一旁的位置空荡荡的，一脸惶恐地叫着奶奶，转眼便在微光闪烁的黑夜里大哭起来。

年逾七旬的米婶正在屋外如厕，听了哭声，匆忙跑进屋来，口里不停喊着，奶奶在这，在这，婷婷不要怕。米婶边说边把婷婷揉进怀里，婷婷抽泣了几声，复又安然入梦。眼角的那滴泪在窗外微光的映衬下闪闪发光。米婶紧抱着婷婷，面对着苍茫的黑夜，忽然想起老伴，想起儿子与儿媳。她在悠远的思绪中缓缓沉入梦的底端，伴着一声沉重的叹息。

刚满半岁，婷婷她妈妈就远赴千里之外的异乡淘金去了。常年生活在阴暗潮湿的老屋里，生活的重担早已压得他们喘不过气来。婷婷很会喊妈妈，隔空而喊，她清甜的声音在半空中久久回荡。米婶他儿子儿媳年根归来，婷婷却怯生生地紧躲在米婶背后，隔着缝隙朝他们张望。米婶拉着婷婷，指着儿媳说，快，听话，叫妈妈。婷婷有些害怕地看着眼前两个极其陌生的人，紧闭着嘴，一副欲哭的模样。米婶使劲把她拽到儿媳面前，她却很快又把瘦小的身子藏到了米婶身后。米婶的儿媳桂花等不急了，走过去，硬把婷婷抱在怀里。婷婷哇地一声大哭起来。桂花赶紧把婷婷放下。米婶一把接过来，不停抚摸着，婷婷口里不停说着不要。桂花一脸失望地重新坐下，双眼落进电视里热闹的场面，却始终没看进去。

婷婷记忆里没有妈妈的影子。她已经五岁了，四岁之前一直是爷爷带着。婷婷寸步不离地跟着爷爷，爷爷走到哪，她就跟到哪。聪明可爱的婷婷是五叔的心头肉。他喜欢让孙女骑在他的脖子上咿呀学语。

一个雨水纷飞的深夜，婷婷从睡梦中醒来，见窗外电闪雷鸣，顿时一脸惶恐，大哭不已。她喊着爷爷，双手竭尽全力摇晃着。五叔酣睡着，像是沉到了梦的最底端。婷婷在电闪雷鸣的黑夜里独自哭泣着，回应她的只有苍茫的雨夜。紧挨着两栋房子终年大门紧锁，很是空荡。

婷婷哭喊了一夜。次日，当米婶踏着晨曦从另一个村庄祭祖归来，她便听见婷婷隐隐的哭泣声，声音带着丝丝沙哑。米婶快步走到窗前，见婷婷一脸无助地蹲坐在床抽泣着，口里念叨着爷爷，气若游丝，衣服早已被眼泪浸湿。米婶心头一酸，一种不祥的预感在她心底蔓延开来。她找来铁钳，把门撬开，快速跑进屋内，摸了摸一动不动的六叔，却早已没了鼻息。米婶的心顿时凉了半截，她把婷婷从床上抱下来，两粒豆大的泪水从眼角滚落。她一脸呆滞，仿佛陷入了一种虚无之中。很快，米婶把婷婷抱到了村头的三婶家。婷婷一路叫喊着要爷爷。米身紧抱着婷婷，满脸泪水。

米婶回到屋内，跪在床前，一遍又一遍地抚摸着老伴沟壑纵横的脸，一脸凄然。很快，村里人闻讯而来，家中顿时人影憧憧。五叔死于突发性心肌梗塞。

一年后，阴暗潮湿的老屋早已落满灰尘，修建多年的新房终于默然矗立在村头。在新房，婷婷不时追问着爷爷的去向。米婶抚摸着婷婷，默默不语。

故乡的夜重新变得浓重寂静起来。黄昏时分，米婶喜欢带着婷婷在晚风轻拂的田埂边行走。在一个个轻缓的脚步里,那种熟悉的、故乡特有的泥土的气息闯入米婶的鼻尖,让她倍生恍若梦境之感,仿佛又回到了许多年前的村庄。

米婶种了一辈子地,是种田的好把手,现在她依然侍弄着两亩地。在清凉的晚风里,望着地里绿油油的禾苗,米婶想着几年之后的自己如果悄然入土,这两亩肥沃的土地是否会一片荒芜。她想象着田地杂草丛生一片荒芜的模样,心头便闪过一阵颤栗。

在她的细心照料看管之下,稻杆结满饱满的稻穗,笑弯了腰。

农忙时分,热浪逼人,米婶下地去了,婷婷被紧锁在屋内。长板凳上摆满的零食很快散落一地,婷婷抱着一个变形金刚独自玩耍着,不远处的电视机里正播放着动画片。婷婷边玩玩具,边望着动画片里在天空中飞翔的灰太狼,最后索性把玩具仍在一旁,目不转睛地看着电视里的画面。

动画片放完了,婷婷把一张矮凳搬到窗子下,爬上去,双手紧靠在窗前的横杆上朝外面的世界张望着,默默不语。窗外凉风习习,她趴在窗前,被汗水浸湿的头发很快便被吹干。偶尔有几个调皮的孩子蹦蹦跳跳着从窗前的小路经过,她目不转睛地看着他们,直至消失在小路尽头。

米婶从地里归来时,已近黄昏。婷婷靠在窗前睡着了,一抹口水顺着嘴角流下来,像一条长长的尾巴。

米婶把婷婷抱到床上,心底一阵心疼。

故乡

隐隐地,我听见故乡咳嗽的声音,一声紧接着一声,像一个个省略号,紧凑而又悠远。声音由近而远,弥漫在稻田的上空,滑落而下,落在每个人的心尖,满是苍凉之感。

从工厂烟囱里冒出的浓烟像一尾裹着黑皮肤的巨蛇,长久地盘旋在故乡的上空，张牙舞爪，从虚掩的柴门里飘升而起的缕缕炊烟早已被吞噬得一干二净。水波轻漾、鱼儿跳跃的河岸早已化作一块冰凉僵硬的水泥地，浑浊乌黑的工业废水沿着水管道，像一个蛮狠无比的强盗以悄无声息的姿势流入云庄深处，腐蚀了它的寸寸肌肤。

南方工业小镇的气息就这样在故乡蔓延开来，像一场巨大的火灾，吞噬着每一个村落，发出嗞嗞的响声。它们氤氲在城市的高处，散发出别样的气息，像是有一种富含魔力的召唤，吸引着村落年富力强的农人以快速奔跑的姿势，赶赴他乡。当村里人纷纷往前奔跑，来不及回望故乡，它们便趁虚而入，浸透到每个村落的骨髓深处。

从异乡归来，站在僵硬的水泥地上，想着幼时那微波荡漾的河岸，心中不免暗自神伤。微波荡漾的河岸乳娘般哺育着故乡。许多个夜晚，我躺在异乡的铁架床上，沿着时光的纹路不停打捞，河岸的点点滴滴便缓缓浮上心头，我看见母亲在晨曦中的河岸旁搓洗衣服，年幼的弟弟在岸边嬉戏奔跑，浓重的晨雾把她们的身影涂抹成一片模糊。在记忆深井的不断打捞之下，孤独微凉的内心也慢慢变得安静温润起来。

在一片轰鸣的机器声中，泥沙俱下，河水四溅，抚育滋养云庄多年的河流被夷为平地，蕴藏多年的河水或重新潜入地下或化为天际飘飞的云朵，故乡的身影像顿时破碎一地。那些飘飞的云朵时而游子般化作磅礴大雨，汇聚在一起，噼里啪啦地敲打着大地，像是在向潜入地下的亲人问好。孩提时河岸边四处飞溅的水声在工业废水的涂染下，变成一股散发恶臭的暗流。

故乡隐隐咳嗽着，脉搏微弱，面色苍白如纸。工厂旁的灯光彻夜不眠地照射着路边的那一片片树叶。在强有力的光线侵袭下，一片片树叶耷拉着头，它们的纹路开始清晰可见，有迹可循，生命的密码顿时暴露无遗。像一个睡眠不足的病人，它们青筋暴露，微细的血管清晰可见，仿佛时刻挣扎在死亡的边缘。

它们如我年迈体衰的祖父。

祖父在云庄深处四处走动着，走着走着便不见了踪影，祖父走到了泥土深处，悄无声息。祖父说人从出生的那一刻起便在走向泥土走向大地，他一步紧着一步地走着，年复一年，马不停蹄。有时祖父会突然停下脚步，面无表情地对我说，林子，你看，我的半截身子已经入土了。年幼的我一脸疑惑，左看右看，却始终闻不到祖父身上泥土的气息。

是工厂的轰鸣声和浑浊的废水加剧了祖父走向泥土奔向死亡的命运。他迟缓却有力的脚步忽然一个趔趄便栽进了泥土深处。

他整日捂着喉咙，难以进食。疼痛开始像蚂蚁般从喉部蔓延到他的每一寸肌肤。

他最终如一缕青烟般随风而去，远离故乡。

【作者简介】

周齐林，江西永新人，80年代中期生，广东省文学院第五届签约作家，东莞文学艺术院第四届创作项目签约作家。有作品100余万字散见于《山花》《青年文学》《作品》《北京文学》《天涯》《文学界》《散文选刊》等报刊。曾获首届全国产业工业文学大奖新人奖、第四届在场主义散文奖新锐奖、首届东莞文学艺术奖、著有小说集《像鸟儿一样飞翔》、散文集《被淘空的村庄》。

低入尘埃

/ 周小娟

邻居小花

发丝上滴着露珠的少女
清香如麦秸,站在
满地花瓣的桃树下,轻咬嘴唇
柳条在她身后轻拂

多年后,她成了两位孩子的母亲
在第一缕晨曦升起时起床,在月明星稀的夜晚
加班,流水线上的白炽灯
映照她抬手擦拭汗水时不经意露出的
眼角的细纹

后来,在深夜回家的路上
她翻转于一辆疾驰而过的车轮之下

亲人们从远方赶来，只看见地上
一摊触目惊心的血迹

她的衣物和仅有的几张照片
随她的躯体一起化为了灰烬
只有一张被放大
镶进了黑框，挂在土砖砌成的老屋里

又过了几年，老屋老了，崩裂、倒塌
她的儿女们都去了远方
从此再也没有人将她忆起

低入尘埃

那个站在 6 楼楼顶
扬言说再不付拖欠两年的工资
就要跳楼的人
是我们村里的老张

两年
在这个建筑工地
他荒废了田地，远离了妻儿
与工友一起，将 700 多个日夜的汗水
换来这片林立的高楼

如今,他站在亲手建造的楼顶
穿着黄旧 T 恤的身体
将天空映衬得无助又荒凉
他高高的影子,投在遍地瓦砾上
比尘埃更低

黑眼睛

早春的街道是还没睡醒的妇人
在潮湿的雾气中慵懒地叉开双腿
一双双涌动着欲望的眼睛
湿漉漉地在马路上铺开
烟囱仰天吐出黑色的长叹

这是谁的城市?这是谁的春天?

街角的木棉花
泄漏了季节的秘密
在枯瘦的枝干上,打开她妖艳的孤独
怒放的美
掉进一双稚嫩的黑眼睛里
她的旁边坐着擦鞋的妈妈
她们坐在城市的角落中
用一把黑刷子
企图把所有的路途擦亮

收废品的老人

塑料瓶、易拉罐、包装纸和泡沫
被脏污的床单裹着
装在一辆破旧的三轮车上
头发花白、满脸皱纹的推车人
躬起的身子像纤夫，拉着生活的帆船
脚步比压瘪的车轮更加沉重

他的身后，是巨大的广告牌
　"XX豪庭，尽显王者尊贵身份"
　"最低价8888元起"
鲜亮的颜色，映照着他黯淡的脸庞

广告牌前，一只在飞驰车轮下颤栗的易拉罐
落入他的视线
他支好车，小心翼翼避开车流
像拾起一件丢失已久的宝贝

在车轮滚滚的马路中间
他的身影，多么像一只干瘪的易拉罐
单薄，颤栗，被这座繁华的城市丢弃

蜘蛛人

蜘蛛人不在科幻片中，不在童话中
蜘蛛人叫老孙，今年 47 岁，常用绳子拴在腰上
把自己悬在半空，仿佛一只蜘蛛
悬在人世的深渊，头顶是灰蒙的天空
脚下是来往的车流和人群
一根绳索，轻易吊起了他的整个人生

在楼房间穿梭，仿佛一只飘摇的灯盏
不知什么时候就灭了，不知什么时候
才能回到生养他的土地
在这里，虽然生活了多年
却从未找到自己的位置
他用滚刷擦拭着玻璃
但自己内心的灰尘从未拭去
玻璃印出他的身影，额上深深的皱纹
每一道都是时间的暗伤
也映照出他咬紧的牙根，满面的尘灰和汗湿的衣衫
他开口讲话，是来自湖南某县一个村庄的老孙
当他沉默，便是一片落叶，一粒灰尘

高跟鞋

她把烟放进嘴里
随烟雾袅袅升腾的,还有长久积淀的空虚
缀满金色亮片的塑料手提袋里,装着口红,粉扑
那是她生存的面具
卷翘的假睫毛,玫红的唇彩,摇曳着光芒的耳环后面
是病患中的父母,寒窗下的弟弟
她穿着黑色的抹胸裙子
扭动结实的臀部
在这里,她主宰不了自己的身体
但能改变家庭的命运
修长的腿,曾经赤脚踩过田野,草地
如今套在白色的高跟鞋里
尖细的跟仿佛要扎进男人们的心脏

多少个深夜,她走在酒店狭小但辉煌的走道里
眼里闪着欲望和希冀的黎明
晨曦中,她踩着高跟鞋回来
闭上疲惫的眼睛
所有的路途就都消失不见

路灯

天黑了，路灯一盏盏亮起来
照耀着湖畔打太极的老翁，摆夜摊的乡下夫妇
照耀着呢喃的情侣，他们一个来自湖南
一个来自四川，在路灯下坐着
像一对贫寒的麻雀
路灯照着他们蓝色的工衣
也照着他们流浪的青春
秋天的夜真荒凉啊，露水悄悄爬上枝叶
打太极的老翁回去了
摆夜摊的乡下夫妻，儿子在背篓里睡着了
路灯还是那样昏黄，挂在他们头顶
他们在偎依，在拥抱
舌头绞在一起，亲吻
吃着这辈子最好的光阴

清明记

从天上下来的雨水告诉我们
那些离开了我们的人，其实从未消逝
他们脱掉了沉重的肉身
躲在泥土里过着另一种生活
他们的头发变成蓝色的磷火

住着我们送他们的木头棺材
他们的心情随周围的松林起伏
说话的声音像风吹树叶般沙哑

他们逃脱了尘世，灵魂在山峰上飘荡
将清风当成信仰
有时候走远了，我们得扯起经幡
唤他们回来
他们站在云层里
看着我们被生活的绳子捆绑
看着我们向他们叩首，或者哭泣
也默不作声
只从很远的地方带来它的寂静

腊肉

小时候，灶膛上总会挂着大块的新鲜猪肉
穿连襟袄的奶奶，挨着灶边坐下来
我们鼓着小小的腮帮，将
灶膛里的柴火吹旺
听她讲卖货郎爷爷，可我至今没有见过
讲当年小鬼子进村，他们躲在屋后的地窖里
讲她的儿子们，我的几位伯伯
两个在大饥荒中饿死，还有一个下河游泳淹死了
蹿起来的火苗，舌头舔着灶上的肉块

柴火噼啪响一声,就有一滴猪油掉下来
火光照着一张张小小的闪光的脸
也照着我们贫瘠的胃
鲜亮的猪肉蒙上了黑黑的尘灰
我们在雪地里奔跑,盼望春节
穿新衣,吃腊肉
多年后,我游走于广州,深圳,东莞
在这里的工厂,马路,市场辗转
每到春节,腊肉的味道总将我拉回童年
想起灶膛里的柴火,梦中的影子在墙壁上漾开
就觉得满心幸福
仿佛亲爱的人来到了身边

给建筑工人

隐没,在楼房中,在寂静的窗户后
在人流中,在月光下
背对树林和河流
新砌的墙壁没有记忆
铁门浸透雪白的涂料
血液从冷冷的玻璃中消失

我们只是一个糟糕的隐喻,生活
只是纸上虚构的风暴
这里,没有一个晚上

供我们颓废。没有一处屋檐

供我们停留

这些铁钉，门，苍白的石灰

这水泥柱矗起的空旷

这日复一日的消隐

马路上到处是熙攘的人群

那一具具移动的肉体

他们有喧嚣的嘴唇

他们的肉体中有铁钉和裂缝

心中有同样的乡愁，眼眶里

有同样酸涩的泪水，他们

是一粒粒漂来的谷子或麦粒，从泥土中抽身

在城市里遍尝冷暖，被时光和命运蹂躏

逐渐变成一块块坚硬的水泥

置身冰冷的场景

他们是决堤的涌流，是群飞的候鸟

是流失的故土的一部分

带着山谷晦暗的深渊

背负盛满眺望和叹息的村庄

追寻红色的浆果，出没在高楼的阴影之中

【作者简介】

周小娟，笔名蓝紫，湖南邵阳人，现居广东东莞。中国作家协会会员，广东文学院签约作家，参加诗刊社第29届青春诗会，鲁迅文学院第三十一届中青年作家高级研修班（诗歌班）学员。著有诗集《别处》《低入尘埃》等4部及诗歌理论著述《疼痛诗学》。

【颁奖词】

周小娟，笔名蓝紫，她的诗集《低入尘埃》能够超越一般的情感和语词抒写，实现个体经验的有效延伸，对准社会上的微小侧影，反映个体于时代洪流中的漂泊、疼痛、抗争，触探到生命的底质。周小娟目光开阔，作品既包含对底层劳动者源源不断的注视，也一再阐释家园守望、环境忧虑等母题，显示出立体的追问倾向。她的写作技艺娴熟，这部诗集以"尘"作为主线，串起当代工人浮尘一般微细而又各具特色的命运，为我们指出一段由个体通往全体，由小写的人，到大写的人的重要路途。特授予周小娟："西樵山杯"第三届青年产业工人文学大赛——公开组——诗歌奖。

【获奖感言】

今天，我荣幸地在这里和大家一起分享获奖的喜悦，我感到非常高兴。虽然我现在在东莞文联工作，但我有着多年的工厂生活经历。在东莞我已经呆了18年，18年里，我目睹东莞这座城市日新月益的发展，也接触到千千万万与我一样在这座城市为梦想、为生活打拼的人们，我常常在上下班路上，看见收废品的老人、建筑工、水泥工、补鞋匠、擦鞋工、工厂女工……他们在城市生活，渺小而卑微，他们生活在社会的最底层，但他们也有自己的喜怒哀乐和悲欢离合。我2005年年底开始诗歌写作，在我十来年的写作中，我一直都在试图以诗歌写出这个群体的命运与精神困境，在书写的过程中，我也深刻地感觉到了自己与他们尘埃一样的命运。非常感谢"西樵山杯"第三届全国青年产业工人文学大奖赛的组委会、所有评委老师，将这个奖项颁给了我，这是对我写作的一个很大的鼓励。也谢谢一直以来帮助我的各位师长、前辈以及一直与我同行的各位文朋诗友们。

谢谢大家！

工厂笔记(组诗)

/ 孙海涛

擦拭

我坐到罗兰700上面
它干干净净的
停下了手脚
温度
一点点消失

我坐在上面
看新人们擦洗
灰尘和油迹
机器的内部
如人的一生
隐藏着许多污点

他们小心翼翼

打开，擦拭，清洗，接合

一个零件

又一个零件

抹布上早已沾满了白电油

这是非常危险的东西

想起去年某日

一个老乡点火烧蚂蚁

不慎引燃白电油发生爆炸……

感觉就像给死去的人净身

在我的家乡

死人了就是这样干的

可是我没有看到他完整的身体

到火化的时候也没有去给他擦洗

他还那么年轻

一定也有不少的污点

傍晚在人群中

我在人群中。仓惶中巴

留下一声尖叫。那缕烟

看起来慌张。孤单。东莞天空

今日有前所未有的蓝、净

似云朵走失了。我在下班的人群中，你们也是
隔着工衣。心器。布匹和布匹擦出的声响

细微的空洞。谨慎。没有言辞的大街
这些年，一直戴着，热闹面具

不过是，影子赶着影子
脚步，挨着脚步

直行，左转，右拐……某某站到了
除了巴士在线提醒："下车的乘客请带好您的随身物品"

——那时，我们貌似并肩走在回家的路上
一个窗口亮着的灯，冷冷地瞥过另一个窗口

孩子病

每次在电话里
她喊我：爸爸，爸爸
你什么时候回家

除夕的前夜
我从东莞回来，站到她面前
她，却躲到了祖母的身后

早晨起来,她第一个要找的
是她的奶奶
——我的母亲,那时正在灶房里忙活

每次我要抱她,她就走开
每次我出去串门、拜年
她又满院子找我

两年来,我和她在一起
没有超过一个月
两年来,我经历结婚又离婚

好多次,她哭着要妈妈
一哭就偎在我母亲的怀里
她喊我母亲:妈妈,妈妈……

又习惯性地把手伸进我母亲的胸脯
那双干瘪的乳房,是她不可多得的至宝

后山

一小块天空挂在那里
有时是白的,有时是灰的
有时三三两两的麻雀将唧喳声

扔下来，恰好够

一簇枞树打破沉寂之用

有一些草木我还叫不出名

拐弯处的斜坡我还没去过

桉树就像桉树那样站着，没有

新的姿势。落叶松一抖动

就有隔年的葱翠落成枯黄

不需要呼喊，牵牛花还是慢腾腾地

趴在灌木之上：爬，爬，爬

那些足迹已经隐没

来登山的人也回到了原来的住处

如果够仔细，还能够听见树影间

停留的一些喘气声

以及发现了秘密后的欢笑

 一小块天空挂在那里，时常

就有了仰望、发呆

并非我喜欢这个姿势

在车间靠窗的机台边

我一抬头

就成了这个样子

打电话

我想给你打个电话，母亲

你瞒着我从老家湖南去了北京
当我踉跄着走到电话亭,肥胖的老板娘
为我递上一杯水,还有叹息
她知道,今晚我又喝多了

我摁下一串陌生的数字……
电话那边传来的却是嘟嘟的忙音
——母亲,我开始手足无措
我望着南方苍茫的夜空发呆
我像一只迷路的羊羔

母亲,母亲……就让我这样喊你吧
虽然有些矫情
虽然你听不见
在北方大雪包围的房子里
你睡了吗?你梦见什么了?

我身后的工厂灯还在亮着
故乡屋檐下的红玉米,也在风中亮着
摇晃着。不同的是,东莞
今夜没有刮风
天气一日日暖和
机器轰鸣的车间一日日吵闹、颤栗
亦如我此刻动荡不安的心

母亲，其实我真的没什么好说的
吃得还好，穿得也暖
从家里带出来的腊肉，你为我织的毛衣
看一眼
我就感到温暖，就会想起你

我这是怎么了，母亲？
喝完酒，我就径直走到了电话亭
我想找个凳子，好好坐一会
也想把心中莫名的烦恼，和你倒一倒

真的不应该，母亲
我这样的状态，肯定又要让你担心
我在电话机上不停地摁着
你刚到北京，就在繁华的王府井大街
做起了扫大街的工作
一想到那里滚滚人潮，车来车往
我不知道是该祝贺你
还是该狠狠地在脸上
抽一巴掌

落叶

在天桥下我停下了脚步
那个熟睡的人不会注意到这些

我不过是看了他两眼

天凉了,叶子正纷纷落下
就像夜深了有人要回家
比如现在,我匆匆忙忙往家中赶

我不是被纷纷的叶子挡住去路
但确实有几片落在了他的身上
旋即,像梦一样飘走

燕子明亮

去郊外。大片菜地漫漶的绿
像一个人的忧郁

燕子明亮。它居然找到了这里
城中村,河沟的水已照不出它的倒影

多数的时候我总在抱怨。下雨或者天晴
内心里,那张网扑面而来

燕子正飞过的那片工业区
每天,我在那里出入

燕子一个环绕。又一个。可是对生活我还抱有什么呢?

当刺鼻的气体弥漫开去

太多时候,路边花圃盛开
太多的人视而不见

(原载《钟山》2015 年 4 期)

【作者简介】

孙海涛,笔名老兵,湖南新邵人,生于上世纪70年代末,广东省作协会员。曾在部队服役,2002年退伍后漂泊南方诸地。工余写诗,作品见于《诗刊》《中国作家》《钟山》《星星》《山花》《福建文学》《作品》等刊。

我多想停下来

／倪文财

康城路 8 号

我想它是有过苦楚的,在我到来之前
在它得到这个名字之前
它是种过白菜土豆的山坡
有很多赤脚的人在这里数过星星做过梦
其实我也是种过白菜与土豆的人
只是口音不一样
早上将它的坡度摊开
晚上将它折叠
幸福就可以发出声音
就可以在这里谈情,性爱,养子
想我远在小山村的老人

隔壁

我们偶尔碰过面,点过头
眼睛里含着陌生而温暖的笑
这是对的,我们来自不同的村庄或城镇
如今就在隔壁的距离里
温习自己的方言,吃饭,睡觉
想与彼此无关的心事
嘭,关上门去上班
嘭,关上门洗自己的菜搬弄锅碗瓢盆
没有张过嘴,我们深藏的院落情节
谁都想打开,谁都不想打开
这个隔壁住着城市

空港大道

之前它叫爱民大道,我在上面步行
更多的人也在上面步行
我是用人民的步子走的,他们也是
听听路边树上的鸟声,花草丛里的虫子
偶尔吹吹口哨,哼一段人民的曲
它的上面有开枝散叶的工业园区
捡拾我们的目的,不虚度光阴
"爱民"换成"空港"后,上面跑着几路公交车

下一站是长安工业园,那路轻轨
不让我们步行,空港的词典
与飞机里的都市接轨

对面楼里的灯盏

将对面楼里的灯光比作千丝万缕的情思
这样很好,我总在想那里面住着的人
是不是我白天遇到的
擦肩而过时颔首抿嘴而笑
或者木然地各自走进各自的楼梯口
是不是那个与我有点小摩擦的人
如我一样此时还在怨愤
看着我的灯盏,是不是在猜想
我们可能是来自同一个小山村
喜欢将肉腌制后挂在风里吹
用土豆煮面条,无所顾忌
在灯盏里说土生土长的话或粗口言语
取下在街头巷尾行走时的面具

给故乡

我用辛酸里侥幸夹杂的甜爱你
分成多少份,多少份都属于你

不隐瞒，不藏私
月亮有多少个轮回与多少个温婉
我就用多少轮回与温婉，爱你
我已忘记我大大小小的卑微
长长短短的不如意
我所得到的和没有得到的
不搪塞也不推诿，我的努力
辛酸里夹杂甜
那是一场马拉松的赛事
我汗流浃背，我气喘吁吁
我腰酸背疼地铺整床铺
只有你能让我一步又一步地坚持

唱

他们唱的歌，我也唱
他们在大庭广众下扯开口子
狂野地唱，幽怨地唱，娇情地唱
无拘无束地唱
我在我心底里隐秘地块
小心地用我渝东北那个小山村的官话
试探着唱，一步为一营地唱
在这个城市掀开月光羞涩的盖头时
我唱，我尽力唱得字正腔圆
在这个城市伸手不见五指时唱

唱成我小山村烟熏火燎的味道
让我心爱的人听出亲切
让狗尾草也会合着它的节拍舞蹈
我不在大庭广众下唱
我怕声音露出泥土的尾巴
我缩成一团唱
我要让它一半是城市
一半是村庄

暖意

我举起手,举起我脚边冒出头颅的小草
的心思。在这雨也有了暖意的时候
我不能无止境地絮叨,心中的酸涩
这些随我漂泊而奔波的日子。尘土的浪花
一波又一波地覆盖,在我用体力租用的灯光里
我得放下一些事去迎接一些事,就算小如针尖
刺在脊梁。我得学会吞咽
学会举一反三,从这个工地到另一个工地
从这个车间到另一个车间,暖意会到来
中间许多阻隔的手掌,她会忽略
让我洞悉,在这三月
没有桃花梨花扬着小脸的地方
有小草一样被曲解的心思
好过时间对我的坑蒙拐骗

冷空气

我将衣服越裹越紧,头就要缩进衣领里了
这日子。在别人的屋檐下
一刀一刀地切割,我的三餐
在我行囊里捉襟见肘。行走的猥琐
我玉米山芋培育的躯体,在这里憋着乡音说话
在流水线上按部就班,为一个工件
的单价,典当青春的脉动
将梦打包寄放在别人的梦里
它就要霉变了
在这工业园区的人行道上,我变形的皮鞋
不说话,暗淡的光影里
父母赤裸的双脚,从泥土里走到山径上
从山径走进冬的水流,厚厚的颤抖
我梳理一次,心就抽紧一次

月光

这一双手,穿着树叶为它镂空的外衣
从窗外伸进来

入骨三分,轻抚我
床铺中的辗转——有人轻声叫我?
在这里,我不为人知的小名

有人在大声呼喝我，而后又给我一丁点蜜

我兴奋地打点，这远离家乡的日子
我一点点拉近
又无可奈何地放任它远离

用轻风的速度，一遍遍翻弄
我疲倦而破损的城池

多想找一个替身

我已无话可说，我已习惯
这里的丝丝缕缕
对我的打磨：
一声呼喝，一根软中带着尖锐的刺

浑浊的言语，混沌的举手投足
我有小山村给我的台柱子
1993 到 2003，而后到 2013
我多想找一个替身

过我细小的行走
过我将一分钱掰开来过的生活
过我的无话可说
给漂泊的堵塞

我多想打乱我的生活

想打乱正在行走的步子,这守候在别人锅边的生活
每天站流水线,与工件流传单亲吻
我的收获,想着父母的乡下
想着儿子正在异乡的中学借读
嘴上那身份低微的香烟
一根烟丝对正一根劳损过度的经脉
吹出一缕春风,让我第二天仍能在车床前
上下工件,这一毛钱两毛钱垒加起来的幸福
我多想将它打乱,就像给静如处子的水面
加上风,微小时,有涟漪
狂情时,惊地动天

我多想停下来

过了一个村又一个村,我的心越走越亲切
越走越荒凉,一座又一座山
一个隧道又一个隧道
离城市远一步,沧桑就多一步
从口里说出的话,就多一分
无奈与亲切,我多想
这一条小溪是我的,这一条小径是我的

要不，那个披蓑衣的人踩下的脚印是我的
这一个村庄是我的，要不，下一个村庄是我的
这一座山是我的，要不，下一座山是我的
而一个村庄又一个村庄过后
一座山又一座山过后
我没能停下来，那条路没有停下来，我坐的车
没能停下来

失落

其实我想说的，很少有人明白
就算是与我一样
在厂纪厂规有理或者不近人情的条款里
低着腰，垂着眉，偶尔背地里哼哼
心中的怨愤，那是蚊蝇的口语
是开不了花的树的纠结。在工业园
这上帝的眼里，我领着上班、加班、下班
的旨意，从乡村带来的尘埃
用晴不晒雨不淋的方式，将赤脚
从初一走到三十
曾在山谷里仰头长啸的过去
从喉结处发出的音质
没有人明白，有人说是蹦跳的蚂蚱
有人说是黑黑的蚂蚁

有人说是万花丛中不停歇的蜜蜂
为别人采着蜜。其实
我是三者熔炼的结晶,没有名字

好吧……

好吧,就让我的身份决定
我甘于享受,甘于服从它带给我的
有等同于一亩三分地的小别扭和小开心

好吧,就让我服从于白云的心性
有些地方注定无法去
一些小事件裸露着谦卑

好吧,就让我的名字说尽我的颜色
我不后悔深陷
找机会说出一个堂皇的词

好吧,就让我守着漂泊的风声
在港湾里,母亲老了的白发
是村口那颗老榆树的病因

【作者简介】

倪文财，重庆开县人，现为中国作家协会会员。出版诗集《泥人歌》《我多想停下来》。诗集《泥人歌》入选"21世纪文学之星"丛书2013卷。曾获2010年"全国十大农民诗人奖"、第二届"全国青年产业工人文学大奖赛"诗集奖、第二届"'精卫杯'中国·天津诗歌节"优秀诗集奖等多种奖项。

元旦纪岁（组诗）

/ 崔光红

元旦纪岁

元旦属于装饰性虚词
我们这群怕冷的鸟人
穿上吟诗作赋的衣冠
让寒冷在现实一寸一寸加深
文学中的荒诞，焦点后的关联
都是今天下酒的话题
马尔克斯的魔幻现实主义俘虏了我们
逃不开的孤独，逃不开的马孔多
像被蚂蚁吃掉的寓言版缩影
幸好酒可以暖，白昼开始变得絮叨不清
甚至偏离了节日的本意
或者说是来了点神性附体
鼓励即兴发挥

甚至说一些胡话，吹一些牛皮
总而言之，言而总之
我们抛开那些令人不齿的东西
我们爱生活
我们赞美残缺的世界

致爱

事实上，我和你一道
沉落于海底
无需你颁发禁止令
每一缕花香，每一朵流云
每一丝游弋、颤抖着的空气
无论我们相守或者别离
整座岛国的统治已全都是你
在这广漠萧瑟的人世
再没有一个人
爱我爱得如此直接与无悔
爱我的美好，爱我的缺失
爱我的经年病症
与悖离中隆起的尖刺
爱得如此狂热
以至于爱出我隐藏着的血
和风暴般的疼痛

舌毒症

这种病症头戴面具,且富有规律
就像前海来袭的不测飓风
定期,就会发作一次
源起的罪魁祸首,或者是这一段长长的距离
也或者,是这个社会高举牌子的主流
总之这个时代,人们爱得并不安心
像舞台上的灰色剧种
天色一旦暗下,人人都有些自虐倾向
我们拿着最锋利的匕首
刺痛对方,也刺伤自己
不到见血决不罢休
我们相互猜忌、争吵、苛责、甚至于像一种陷害
对整个世界充满着怀疑
那些碎裂的瓷片在我们战争之后
多么尖锐而冷酷
它侵吞血,和无数道错误的佐证
这道深渊旨在增进彼此的陶醉。我们
多么高兴啊!在这个时代
一起丢掉魂魄,一起朗颂春天的表情

谁也救不了谁

而此时,生活恰如在
一个多曲道的峡谷中颠簸着穿行
父母现已年迈
我们一路呼喊着杀入江湖的四个将领
深陷敌人的各种重围
小弟情感触礁
我和姐姐们各自一身忧患
戏剧演到此处,仿佛被谁捉弄
谁也不知即将面临灾难,或者是幸福
如今他们一个个手握电话
冲着我叫疼
我无可奈何地冲着他们说
你们都各自咬紧牙关吧

女人

女人这类胝足行走的软体动物
是旷世之血谷,苦难与幸福的受孕之所
当女人承接天命,承接雨水
女人在黑暗中产下自己,与此同时
在她体内诞生的,还有她的儿子,父亲与丈夫
她的儿子貌若天使,却把她放进岁月的磨盘

不停地索取与豪夺，像个讨债鬼

她的丈夫善于伪装，善于编织谎言

善于用一种叫做爱情的东西，对她进行占有，背叛和欺骗

她对异性的信任来自于父亲

她的父亲给她温慈与宽厚，给予她一种来自异性的慰藉

她无法逃避，她命中属土

男人们，一种自她体内诞生的烈性动物

他们在她怀里撒娇，在她的疆土驰骋，在她体内犯下罪行

她可以没有父亲没有丈夫，但她不能没有儿子

不能在生与死的碑界，看不到春天的延续

她金钹一般盛大的双乳，需要哺育生命，需要被吮吸

直到她沥干所有的血浆，被时光遗弃

【作者简介】

崔光红，笔名仪桐，广东省作协会员。生于上世纪七十年代，鲁迅文学院创作班结业。民间诗刊《湍流》编委、《意渡诗界》执行主编。作品散见于《新作家》《作品》《扬子江诗刊》《星星》诗刊《海峡诗人》《中国诗歌》《诗歌月刊》《芳草》等杂志。有诗歌、小说、散文在国家级、省级刊物获奖，有个人诗集《花钟》出版。

生活大抵如此(组诗)

/ 祝成明

煲 汤

排骨必须新鲜,还沾着
鲜红的血丝,被剁成小块
放进紫砂锅里慢慢熬
食材必须丰富,除了
藕块之外,可以加些
玉米棒子和胡萝卜块
配料必须多样,可以加些
红枣、枸杞子和花生米
时间必须充裕,就这样
用清水,用文火,用闲情
煲上一个有风有雨的下午

渐渐地,就有香气飘溢出来

在屋子里弥漫,飘荡——
你可以一边翻书,一边喝茶
一边倾听汤水"咕咕"地哼着小曲
生活大抵如此。在耐心和等待中
一切都会瓜熟蒂落,直到黄昏降临

从清晨的这杯茶开始

扑鼻的香气扭着腰肢上升
我内心的阳光也在上升
在这无瑕的晨光里
我不去朗读,不去倾听小鸟唱歌
不去公园跑步,不去楼下的早餐店
不去草坪上与会说话的露珠交谈
我只守着这杯热气腾腾的绿茶
在往事的尘埃中起舞
看着茶水从深黄变成淡黄
最后变得暗淡无光,如一杯白开水

那群喝酒的人

他们的杯子里
盛开白色的花朵
他们的脸上

绽放红色的花朵
他们说话的声音
比酒香传递得更远
四溅的唾沫星子，落在
铺满红辣椒的菜肴上
他们毫不在乎，依旧在
争论该死的现实、诗歌和女人
他们杯子里的酒越来越浅了
他们的手越来越颤抖了
他们的声音越来越大了
似乎只要再添一小杯白酒
就会掀起小范围的台风和暴雨
可是，他们却突然沉默了
不约而同地碰了一下杯子
将那口酒喝得滋味悠长
像大街上被灯光映照的黑色身影

旧衣服

这件旧衣服该扔掉了
2003年夏天，我在南昌与它相遇
一起在火炉里坚持用汗水洗脸
用苦读的灯光漂白墙壁
一起失眠，焦虑，痛苦
一起去青山湖看鱼儿在水中游动

看中秋节的烟花在空中描出虚幻的花朵
一起相濡以沫,怀抱梦想
随后伴我一起去广州,贵阳,北京
然后来到东莞。它裹住的
是我历经的阳光雾霭,暴雨彩虹
是我蓬勃的青春,奔跑的旅途
是我最终下落不明的寄居生活

十年了,一件衣服所经历的苦涩
和艰难,得意与失落
都藏在它的暗淡和破旧里面
它面容憔悴,棉纱开始腐烂
一个个小洞就是它睁大的眼睛
曾经醒目的"火箭"队标志早已剥落
姚明已经退役好多年
而我,暮气沉沉,苍老不堪
将剩下的大半生抛在东莞
随时都会被生活的大风刮走

家,或者是生活

我有足够的耐心和安静
固守这几十平方米的疆域
就像书房里那些排列整齐的书籍一样
只要有一堵可以依靠的墙壁

一盏可以照亮的灯光
它的沉默和简单就有了力量

我是这个世界的国王
管辖着女人一枚,孩子一粒
一台电脑和几千册的书籍
女人早出晚归的辛劳
和一日三餐的唠叨
孩子故意制造的吵闹和事故
以及灰太狼和《熊出没》里的时光
蔬菜瓜果在餐桌上紧密相偎
闪着油腻的微笑和甜蜜
啤酒瓶恭敬地站在客厅的角落里
等待起舞的尘埃和欢乐的身影

窗台上,橡皮树和刺海棠在微风中晃动
它们比我更有资格说出家的秘密
迎接阳光、雨水和月光,一如既往地
向上生长,就是它们最大的梦想
"多少人,就这样沉默了一生"
细碎的阳光正穿过绿色的枝条

门口的那块石头

门口的那块石头空下来了

坐在石头上的祖母跟随秋风走了

祖母经常长时间地坐在那里
好像是石头上又叠了一块石头
在一阵紧似一阵的秋风中
她在等待那个晚归的人

一群叽叽喳喳的小鸡小鸭
在她的脚下绕来绕去
她偶尔起身，撒一把谷子
看着鸡鸭快乐地啄食

门口的石头上长满了青苔
落满了鸟屎
连鸡鸭也不到这里觅食了
谁能理解那块石头的落寂和孤单

向一棵树道歉

今天，我要向中心广场的那棵树道歉
昨晚我喝醉了酒，抱住你不放
这没有什么。我还向你絮絮叨叨地
倾诉了一大堆怨言，不管你愿意不愿意
这也没有什么。最后
我还在你脚下吐了一地的污秽之物

今天，酒醒之后，我要向你道歉
请你原谅我的无知和浅薄
我是一个心灵空虚的男人
在灯红酒绿的城市里迷失了方向
请你像对待一只小鸟和一缕晨光一样对待我
赐我宁静和坚定，安于脚下贫瘠的土地

起风了

起风了，在城市里，那些无根的事物
废纸、塑料袋、落叶、烟尘
在街道上和高楼大厦间茫然地飞翔

骑着破单车，迎着风，我穿越这个城市
越骑越快，我似乎在追赶那些飞翔的事物
它们将我包围，在我身边，围着我舞蹈

我被它们的节奏和疯狂感染
骑着，骑着，我似乎也加入了
它们庞大而杂乱的队伍

内心的火焰

就像石头里的波浪,绿叶中的河流
必须承认,这团内心的火焰
时时刻刻都在我的身体里燃烧
与安静,忙碌,空闲,晴朗和阴雨
毫无关系。它潜伏在我的身体深处
与肌肤和毛发,与血液和骨头
称兄道弟,保持着不远不近的关系
像花朵一样悄悄盛开
在风中摇曳着致命的小蛮腰
将它的气焰和毒素传递出来
写在我的脸上、眼里和肢体语言中
这辈子,我只是它歌唱或舞蹈的唯一舞台

终有一天,它会飞出我的身体
在天地间成为无家可归的飞翔体

没有诗歌,我的存在多么荒凉

人到中年,就让喜爱的继续喜爱
让憎恨的继续憎恨
我无法回头,清洗掉
昔日的屈辱、痛苦和懊悔

我只有继续写诗,继续热爱生活
让生活在诗歌里重新被热爱一次

再不写诗就老了
除了回忆我将一无所有
没有诗歌,我的存在多么荒凉
我需要听一听身体深处的声音
让财富成为现实的喧嚣
让诗歌成为岁月的影子

一棵竹子是怎样理解时光的

一棵竹子　一群竹子站在我的窗外
它们那么寂静,安详
多少风雨,才能雕镂出一棵竹子的气节
多少阳光,才能涂抹出一棵竹子的清香

一棵竹子所理解的时光
一定与狂风暴雨、大雪压枝和晨曦夕阳有关
闭上眼睛,我听见啁啾的鸟鸣
听见雷声中唰唰拔节的竹笋
脱掉自己坚硬的外衣
睁开眼睛,我看见易碎的阳光
穿过青翠的枝叶,跌落在凹凸的地上
像散金,在茫茫中闪烁着星光

窗外的竹子，有时候会进入我的梦乡
风来，就弯弯腰
雨来，就低低头
我还抚摸到它枝叶上轻摇的光
像我一样，一切，都轻轻地
轻轻地发出轻微的鼾声

【作者简介】

祝成明，1973年出生，江西广丰人，文学硕士，广东省作家协会会员。做过10年乡下中学教师、群艺馆职员、报社记者、杂志编辑。现客居东莞。已在《诗刊》《中国校园文学》《山花》《北京文学》《青年文学》《文学港》《星星》《诗歌月刊》等报刊发表习作600多篇（首），有诗作入选各种选本。已出版诗集《河流的下游》、散文集《九楼之下的城市》。

每个人都想肆无忌惮地活着(组诗)

/ 蒋志武

最后一栋房子

最后一栋房子的窗口打开
里面探出人头,向外张望
秋天,幽暗的花园
动植物将预备一场寒冷中的喧响
一栋房子,在我的视线中
像一个人的行囊,把人装进口袋

而我窗外的河流,向东
不知道它有多深,或者
暗藏有多少滚动的沙子
这些在流水中对抗寂寞的小石头
会再次为一栋坚固的房子奠基
而我最终将抬起黄色的手指

将门铃按响

最后,一栋房子
洁白的墙,窗子,喷火的厨房
灯光,图片以及老调重弹的书籍
这些与命运相关的事物
它们所联系的痛苦
是我此生要服务的臣

每个人都想肆无忌惮地活着

今夜的南方,有雨,倾注在屋顶
无人唱歌,矮小的砖头蜷缩在角落
这么大的一个地方
没有能让我入眠的法器,包括禅

这些年,从湖南的小山村
辗转于辽阔的南方,海面的泡沫
破没,又一个个接着鼓起来
远方,听起来是低沉的
在我的胸前,有囚徒,也有病夫呻吟

争辩,一个没有具体姓氏的南方
我不想落草为寇
每一个人都想在自己的天地里

肆无忌惮地活着,不打欠条
修一条回家的路
因此,我必须从今天到明天,从生到死
从恨到爱,从痛苦到快乐,从绝望到自由
为这个富丽堂皇的南方写下这个句子:
"当树叶落光每一片叶子的时候,南方的天
便亮到了故乡"

听风楼

跟柱子握手,听风从阁楼经过
风中,万物的轮廓清晰,轻盈
站在楼宇的中间,光亮的尘世
我看见楼顶褪色的旗子
淡红色,迎风而动

暗藏于楼宇周边的敌意蓄谋已久
在风经过的时候,它们开始发力
我想在楼顶眺望洁白的教堂
风仇恨过什么?那些阻挡它的事物
接近尾声,并缓慢地向我告白

手中,握住身体的心绞痛
听风楼,在我眼前消失的物种
有自由和赞美,有血
穿过血管,尝试生活中变冷的一切

因为自尊和名利，我们的身体
无可挽回地在风中衰老
风从耳边呼啸，像一次抒情的祈祷

体内的资江河

无法再次将自己置于一条河中
这一生中，我看到的河流不多
资江河，一直横在我心里
十多年来，反复替我在他乡翻身

弯曲的资江河，沿着故土的指针
游过蒋家沟，河水曾漫过发源地以南
在我的诗篇里跌宕
时间和树叶就在那里对话和哭泣
而我，曾喝足了这里的水
抵达另一个地方

雨过天晴，真实的过去
未来还会再次呈现最痛苦的部分
唯有资江河流荡的声音
是我迄今唯一可以拥有的财产
它日夜不停，让我在现实垂死的梦境中
有了真实的虚构

时间是个睡美人

在一朵花的阴影下
时间试着从灰色中蔓延开来
镜像抽出黑暗,一张纸燃透
火焰可以熄灭或者吐出泥球
诱人的时刻,光阴会围绕玻璃
将人隔在墙外

我说,时间是个睡美人
凶手藏在暗处发力
南方的劣马,在高档的养马场
我赠给它三根马鞭
时间过得很快,伤病以外的空间
挤满皱褶的口红,世间玩物很多
但我无能为力

下午三点,舌头坏在一次民事纠纷上
我可以为一次失败转身
冻结的泥土明年会生出嫩芽
这是时光的力量,雪覆盖了草原
假使仇恨被我点燃
也会在寒冷中发出温暖之光

黑色的城市

催生者与收割者从不矛盾
我背着故乡、房子,在城市放养
虚高的使命和父亲的屋梁
从一条街,转换到另一条街
从一面墙,抽出另一面墙的阴影

城市深处的黑暗,下水道
像乞讨者臭气熏天的铁罐子
一条被按住了七寸的蛇
不会为明天出谋划策

我持续地向往黎明
简单的黎明里有透彻的生活
当黑暗中产生的一切毒瘤
被透彻的光明照亮
我与城市交换的石头
彼此都具有欺骗性

身体被打开

身体打开,毛毯裹住内脏
带有使命感的血液不会患上肿瘤

皮肤更适合贴近黑暗
我赞美骨头在体内神秘的劳动
病菌揭穿自己，光阴侧露
我们每天口含食物和火柴
却忘却这些碎屑里残留的手套

仍是，黑暗和光明的交替
未知的一切已被岁月掌管和回答
我在梦中想念山川，河流以及绿洲
这不是灾难，很多事物并非有意消失
身体，将眼睛埋设于双手之上
飓风和宿命，我们不能全部拥有

当舌头打开，审判就有了意义
依附于身体的荣光在黑夜隐藏自己
南与北，方向比时间更安静
我们在最整洁的骨头中寻找盐分
当身体被打开，会露出古怪的
含毒的钙粉，而那些天赋，思想
从来不与碎片为伍

夏天记

夏季应该有个了结
花儿怒放后不知出处

阳光高悬,像含着血的杯子
深处蔓延的事物再次沉淀下来
我弹奏很久,聋子发出声音

而黑白的界线,豹子狂叫
一棵草,经历的季节
有尘土集结,现实是沉重的
女人一如既往看紧厨房的柜子
溪水进入低洼的怀腹
我一生的相逢,有一生的遗落

退却,我推辞优美的音乐剧
苦难的凋零,只允许我一次低首
不会再有更辉煌的事物来临
欢爱、荣耀、彩章
它们曾经得宠,现在是时候让它们
沉息,平铺于我的身体之中

花儿,蝴蝶

站立,是一种光荣
时光的巨幅掩盖一场真实的动乱
蜥蜴闪耀,夏季,百合依靠雷电
连接与大地相同的部分

必须使用剃须刀
舔舐一种疼痛，生活中行走的华丽
虚幻，我用一次黑暗代替一次狂欢
怒放是燃烧的溃疡，永久的美丽
将从幽暗中倾身

不久，花儿的绽放
会有成群结队的蝴蝶围绕
在一个植物般生长的世界里
成熟和苦难同行，一个花开的季节
往往改变的是世界的外部
而不是内心

热 爱

在一块青色的石头上练习沉默
晚风低伏，灵魂在别处
一个人的时候，才能扛得住自己
我面向山峦的顶尖，树木泛光
陌生人依次消失

山下的洞穴幽暗，因为热爱
深渊往往在深处让时间思考
而我，透过远处的灯火
热爱着那些行走的人

更热爱着生活中突然出现的小烦恼

躺在云雀的晨歌里
行走，我持续热爱着遥远的路程
看一季季的稻花怒放
有时，我们热爱活着
在尘埃中分辨爱，化解恨
有时，我们热爱死去
在那些痛苦和孤独的地方
任何人都可以攻击我

即将到来的秋天

风被吹散的地方
生活一如既往地等着我们
秋天，又快来了
新鲜的事物将变得脆弱
笔挺的水松缓慢地推着时光
滑向更深的山谷

不朽的事物比黑夜更幽静
夏季的火热成就锈蚀的雨水
马长出奔跑和粗壮的骨头
即将到来的秋天，我在一垛柴火上
将秋天的四野点亮

秋天，年复一年
我仍然热爱那弹向虚无
和绝望的落叶
那些枯草的命运有时
就像真实的我们
在春天绝地反抗，在秋天安静于自然
并得到时间的洗礼与考验

即将到来的秋天
我想和亲爱的母亲一起度过
追寻她曾经繁茂的青春
看季节沉默的废墟，被运走的瓦砾
哪一片属于自己
哪一片会被甩在山岗上

缺什么，我寻找什么

回到桌边，有很多事情可做
蛐蛐在桌上争斗，设想一场火
看窗外天边的晚霞带众生回家
墙角，发亮的钢尺，刻度明显
在我身边五年，它所量测过的事物
没有增长，而对于我持有的命运的长度
它似乎永远量不准，但我热爱它的刻度

缺什么，我寻找什么
眼前，那栋白色房子像监狱
灯火通明，生活中
一群群寻找金器的人在街面游动
这些年，为黄金守护大门，我所缺的
都在黄金的锻造中提纯，手指将发条拧紧

红漆，跃跃欲试
在缩短的衬衣上，成排的文字
被置放于后背的中心
我不喜欢铜器上的绿和油脂
缺什么，我寻找什么
黄金遍地都是，像晚归的红霞
从每一个人身边滚过

【作者简介】

　　蒋志武，20世纪80年代出生于湖南冷水江市。中国作协会员。自2009年开始诗歌创作，有大量组诗发表于《诗刊》《钟山》《天涯》《清明》《解放军文艺》《作品》《青春》等多种纯文学刊物。诗歌入选《2015年中国诗歌精选》《2016中国最佳诗歌》等50多种年度诗歌选本。曾获2015年《鹿鸣》年度诗歌奖。出版诗集《万物皆有秘密的背影》等三部。

樵山组获奖暨提名奖作品

港资厂打工记

/ 戴杜平

第一章

刘月丽在东莞从事外贸工作多年,如今是一家外贸公司的老板,她永远也忘不了第一次来广东打工时的情形。

那是在 1997 年的 10 月 27 号,她第一次来到广东打工,她原本在江西一家职业学校学习英语,由于家里实在没有钱,无法完成两年制的学业。

第二年的上学期末,她不得不忍痛放下心爱的英语书,在学校的安排下,跟随二十多个同学一起前往广东打工。

来广东之前,她到过最远的地方就是南昌,不过在老家经常听别人说过广东如何如何有钱,只要去广东打工,都可以拿很高的工资。

安排好一切后,学校推荐就业部的林老师带着刘月丽一行,共二十七个同学,坐上了前往广州的火车。

经过十多个小时的长途旅行,第二天早上八点多钟,他们到达广州火车站。

刘月丽第一次来广州，早就听说过这座古城的富有与繁华，她很想亲身感受一下广州的魅力。

走出拥挤的火车站，林老师带着刘月丽等人，拎着大包小包的行李，穿过密集的车流与人群，来到一幢高楼的转弯处。

一位三十岁左右的女子正在焦急地张望着，当她看到林老师等人时，连忙迎了过来，说道："林老师，你们总算到了，我等了好久。"

看得出林老师和她很熟悉，他放下行李，说道："唉，人太多了，挤得要命。"

说完，他向大家介绍那个女子，说道："这是中介公司的王小姐，她负责送你们去工厂报到。"

王小姐朝大伙点了点头，面露喜色地说道："呵呵，不错嘛，来了这么多。"

林老师说道："是的，一共二十七人，十九个女生，八个男生，这个比例应该没问题吧？"

"嗯，没问题。"王小姐点头说道，她看了看手表，对林老师说："我看大伙都累了，我们赶快转车去南海吧。"

林老师答："嗯，好吧，这么多人，买票坐车太挤了，还不一定能坐在一块儿，我们包一辆车过去吧。"

"这个你放心，我已经安排好了。"说完，她领着林老师等人向一条巷子走去。

在南昌出发之前，林老师告诉那群学生，他们到了广东后，会直接去工厂上班，而且是以"储备干部"的身份进厂，也就是所谓的"办公室人员"。

可是刚才他和王小姐的一番谈话，着实让刘月丽有点摸不着头脑，什么男女比例行不行？他们到底来做什么的呢？王小姐又是什么身份呢？难道她是工厂的招聘专员吗？

尽管心里满是疑惑，但是刘月丽等人都是学生，他们对社会上的事情一概不知，可是既然跟着林老师来到了广东，他们就只得听从他的安排，期盼能顺利进厂上班，不管怎样，他应该不会骗他们。

王小姐带着大家穿过几条街道，沿途有很多人，大多是来广州打工的外地人，他们讲着不同口音的普通话，拎着笨重的行李，急匆匆地在这里转车前往各自打工的地点。

看着眼前的一切，刘月丽感到很新奇，她不知道此次广东之行，等待她的将是什么样的命运，是不是若干年以后，她也像这些人一样，每天都是行色匆匆地打工，奔波呢？

没有到达那家工厂之前，所有的一切都是未知数。

王小姐带着大伙来到一辆中巴车的旁边，这是她事先租好的客车，她跟司机打了一声招呼，便开门让大家上去了。

从广州到南海，一路上目之所及，到处都是高楼林立，车水马龙，呈现在眼前的繁华与热闹，让初出远门的刘月丽看得目不暇接；宽阔的公路边，绿树清翠，红花妖娆，此时已是初冬，除了温和的气候外，眼前的美景让人完全感受不到冬天的气息，倒有浓浓的春天的味道。

客车驶出广州城区后，片片香蕉园呈现在眼前，郁郁葱葱，丰收在望。随着中巴车的一路急驰，两边的香蕉园快速向后退去，一个小时左右，他们来到一片工业园里。

这里没有香蕉园，也没有绿树红花，而是一座座分布整齐，气派豪华的厂房。

在王小姐的指引下，客车在工业区里转了一会儿，最后在一家大工厂的门口停了下来。

王小姐说道："同学们，到了，该下车了。"

下车后，王小姐又向他们每人收取了八十元的车费，刘月丽没有钱，小芳帮她垫了车费。

王小姐和司机嘀咕了几句，刘月丽不知道他们说了什么，只见她从收取的车费里，数了一部份给司机，其余的都放入了自己的钱包里。

后来刘月丽才知道，王小姐是他们的校友，比他们早三年毕业，她来广东打工后，几经转折在一家职介所里上班。

刘月丽等人就读的职业学校，毕业生找工作就靠以前的校友帮忙联系，推荐成功一个，他们就可以从中收取好处费，而这些费用都来自学生本人。对于从来没有出过远门的这些学生来说，外出打工并非易事，没办法，他们只能交钱给学校，让他们帮忙安排工作。

就这样，他们便以所谓的"安排实习"为由，由林老师送来广东，让王小姐安排他们进厂，之前在学校交的三百块钱，她和学校各分一百五十块，条件是她负责将学生安排进厂。

从广州到南海的车费，每人八十块，她和司机三七分成，司机负责将林老师一行人送到工厂，她负责他们的安全。

如果有亲戚在广东打工，完全可以自己前来投靠，而不用交钱给学校和王小姐。不巧的是，刘月丽和那些同学都没有熟人可以投靠，他们只能指望林老师给他们安排一份好工作，以便早日摆脱困境。

至于他们来到广东后，等待他们的将是什么样的命运，他们都一无所知。

整理好行李，刘月丽下意识地看了看周围的环境，她发现这里到处都是工厂，完全不是想象中城市的模样。他们站在一家大工厂的门口，所处的位置属于某镇的一处工业园，里面有好几家大工厂。

此时正是上班时间，工业区里很冷清，完全没有从广州到南海沿途所见的热闹与繁华。

她忍不住问林老师："这里是南海吗？南海怎么这个样子？是城市吗？"

林老师笑了笑，说道："南海当然是城市了，这里只是一个工业区，市区也很繁华的，到处都是高楼大厦，亭台楼阁，工厂区里只有工厂，肯定没有市区那么繁华了。以后你们熟悉了这里的环境，可以去市区玩的。"

"哦，这样啊。"那时南海还没有划归广州市管辖，还是一座独立的城市。

"是的，我也听别人说过，南海市区到处眼花缭乱的，人多，车多，楼高，街道也很整洁干净,这里是工业区,工业区里只有工厂,现在是上班时间,街上肯定看不到人了。"同学阿梅说道,她有好几个老乡在广东打工,因而对这边的环境比较了解。

"走吧,我带你们进去。"王小姐说。

她似乎很着急,完全不顾刘月丽等人又累又饿,也没有让他们去吃早餐,或者休息一会儿,就急着安排他们进厂,也许这就是广东这边的高效率、快节奏的办事方式吧。

"你们将行李放在保安室,我帮你们看着,你们拿着身份证跟王小姐进去办手续就行了。"林老师说。

看得出王小姐事先跟那家工厂打过招呼,保安队长客气地指引他们放好行李,并给他们每人发了一张临时入厂证,又安排一名保安带着他们进去面试。

这家工厂规模确实很大,足足有好几万平方米,生产区和宿舍区分别位于马路两边,共有十几幢楼房,分别是工人宿舍,干部宿舍,厂部大楼,食堂,车间大楼,办公大楼等。

第一次看到规模如此之大的工厂,刘月丽感到很好奇,她顾不得疲劳和饥饿,在厂区内东张张,西望望,感觉好像刘姥姥进了大观园一般,好奇之余也有点窘迫。

在保安的带领下,他们坐电梯来到一幢大楼的三楼。在一间办公室的门口,王小姐让他们站在外面等候,她进去找人。

就在等候的间隙里,几个穿着工作服的男女从他们旁边经过,叽哩呱啦地说过不停,他们讲的是广东话,刘月丽觉得就像听天书一样,完全不明白他们讲的什么。

同学阿明开玩笑说:'广东话怎么听起来就像鸟语一样?好难懂。'

小芳说:"也是哦,广东跟江西交界,为什么他们的方言这么难懂?"

"看来以后除了打工挣钱外,我们还得学习广东话才行,要不然怎么跟这边的人打交道呢？听说港资厂的管理人员都是说白话的。"另外一位同学阿轩说。

"唉,到时再说吧,现在工作都没有稳定下来,想那么远干嘛？"小芳说。

不一会儿,一位三十多岁的女子跟着王小姐从里面走了出来。

王小姐介绍:"这是人事部的阿芬,她负责给你们办理厂牌。"

阿芬大概知道刘月丽等人听不懂广东话,她操着满口广东腔的普通话,别扭地说:"所有人排好队,跟我进来照相。"

"排好队,安静些,不要喧哗,里面有人办公。"王小姐叮嘱道。

刘月丽等人自觉地排好队,谨慎地跟在阿芬的后面走了进去。

这是一间独立办公室,后来她们才得知这里是人事部的办公地点,专门负责办理工人进出厂手续,如：领工作服、工帽、工鞋、拿工卡、饭卡以及填写相关表格等。

阿芬带着他们来到一台大机器前面,这是一台当时很少见的立式数码相机。

她指着对面的椅子说:"你们一个个挨着来,按顺序照相。"

刘月丽和同学们乖乖地在阿芬的吩咐下,一个个照完了工作照。

然后,又在一个女孩的带领下,他们回到之前集合的保安室里。

一个保安的手上拿着一张表格,这是人事部送来的宿舍分配表,他吩咐刘月丽等人收拾好行李,跟他一道去宿舍安排铺位。看来人事部门的人办事效率还是挺高的,在照相办理厂证的间隙里,一个女孩早就给他们分配好了宿舍。

林老师和中介王小姐的职责只是将他们送进工厂里,进行所谓的实习生活。刘月丽等人办理了厂证,安排好了宿舍,他们两人的任务就完成了。

收拾好行李,林老师对刘月丽等人说:"你们在这家工厂要好好干,争取早日转正,我还有事,就先回学校去了。"

至于这批学生进厂后该做些什么,工资有多少,什么时候回学校去,他一字不提，只是不停地催促他们赶快跟着保安去宿舍楼，交待完毕，他和王小姐就离去了。

刘月丽等人那次来广东打工时，离春节只有两个月，他们之所以在那个时候放弃学业出来打工，就是因为家里穷，没有钱继续读书。因此，当林老师急着想离开时，他们也不敢多问，因为他们已经没有选择的余地了。

保安带着他们去的宿舍区是底层工人的生活区，办公室高级职员的生活区在隔壁的大院子里，那里有三幢大楼，保安告诉他们，里面有一幢是香港干部的宿舍，另外两幢是大陆干部的宿舍，他们的工资有几千块钱一个月，福利待遇都很不错。

那个时候，几千块钱的月工资对于一无所有的刘月丽来说简直就是巨款，她听了很吃惊，便问道："他们的工资有那么高吗？每年不就有几万块了？"

"那还用说，他们每天都吃香的，喝辣的，大把大把的钱花不玩，舒服得很哪！"保安羡慕地说。

"哦，那是，工资那么高。"听了保安的话，她打心眼里羡慕他们，希望自己有朝一日也能拿那么高的工资就好了。

"人事部说你们也是大学生，如果有机会，说不定你们也可以当上高级职员，以后也有那么高的工资了。"保安开玩笑说。

"呵呵。"刘月丽知道自己的文凭不高，对于未来的工作她心里完全没有底气。

保安将他们安排在一楼相邻的几间宿舍里，一楼方便不用爬楼梯，在刘月丽正式上班后，她真真切切地感受到了住在一楼的优势。

刘月丽和阿莲、阿群、阿香四人住在一间宿舍，另外几个人住在隔壁几间。

分配好宿舍，保安对他们说："你们这些新来的下午要去上班，人事部会给你们分配车间，发饭卡和工卡，以及厂服等物品。"

"中午我们在哪里吃饭呢？"阿香问道。

"没有饭卡不能在食堂吃饭，中午你们自己解决吧，其它的事情下午去问人事部，我只负责给你们安排宿舍。"保安说完就走了。

宿舍很大，放了六张上下床，刘月丽她们进去时，那几张空床上放满了脏衣服、鞋子、旧纸箱、方便面碗等。每张床底下塞满了行李、鞋子、工作服以及女孩子玩的用品。总之，眼前的一切看起来杂乱无章，比起学校的宿舍条件差多了。

当时离吃饭时间还早，宿舍其他人还没有下班，刘月丽等人顾不得肚子饿得咕咕叫，她们忙着收拾各自的床铺。

那几张空床没有人住，其他人便将脏物品随手放在上面，又脏又乱，刘月丽和阿群等人将各自分配的空床上的物品清理下来，重新摆放后，宿舍的空地差不多都摆满了，偌大的宿舍看起来更加拥挤不堪。

"唉，感觉这间宿舍就像难民营似的。"阿香叹了一口气。

"将就点吧，听说打工的环境都这样。"阿群说。

"如果一直是这样的生活条件，我不会干长久的。"阿香说。

"总得等熟悉广东的环境再说吧，要不然能去哪里呢？"阿群说，"现在都年底了，我们也没有钱，不管怎样，总得做几个月挣点钱，过年后再作打算。"

"是啊，别想太多了，先待下来再说吧，填饱肚子要紧。"阿莲从床上下来，看了看几个同学，说："弄完了吗？叫上他们几个，我们去吃饭吧。"

"走吧。"刘月丽跟在她们后面往宿舍外走去，一路上她没有说一句话。

不管这里生活条件如何不堪，她实在无路可走了，只要在这里呆下来有饭吃就行，以后的路边走边看吧，刘月丽在心里默默地给自己打劲。

四人走出宿舍，她们发现同来的几个男同学早就在门口等候。

"你们不收拾床铺吗？"阿香问。

"收拾什么，晚上将被子一铺就这样睡吧，哪像你们女孩这么讲究。"

阿明说。

"喊上另外几个,我们出去吃饭吧。"阿亮说。

"我去叫吧。"阿香一边说,一边往另外几间宿舍走去。

另外几个女同学的床铺也整理好了,她们的宿舍跟刘月丽等人的一样,也是大杂铺,里面又脏又乱。

初到此处,面对如此糟杂的宿舍环境,大家都很失落,心情很不好。不管怎样,既来之,则安之,要不然还能怎么办呢?他们每人花了几百块钱,如今还没有上班,总不能就这样两手空空地返回学校去吧?

经过一番无谓的抱怨,大家决定先留下来干一段时间再说,等熟悉了本地的环境,攒一点钱,到时再出去找工作。广东那么大,难道还愁找不到一份像样的工作?

当时还没有到下班时间,街上的人并不多,刘月丽一行二十多人来到工业区的商业街处,这里有很多商铺和流动的小贩,卖早点小吃的、餐馆、士多店以及民房、出租屋等。

那些做小生意的人大多是外地人,他们讲着不同口音的普通话,不停地为自己的生意吆喝着。

阿亮带着他们找了一家小吃店坐下,老板见一下子进来这么多的客人,连忙热情地迎了过来,问道:"老乡,吃点什么?"

"你也是江西的吗?干嘛喊我们老乡?"阿香不解地问道,她刚从学校出来,根本不了解打工环境中常用的称呼。

"呵呵,小妹妹,我是四川的,外面都是这样称呼。"老板笑道。

他拿出几份菜单递给阿亮等人,又问:"你们是不是刚来的?要进AB厂吗?"

AB厂就是刘月丽等人要进的工厂名称,这里用的是化名。

"是的。"阿亮说道:"这家工厂怎么样?工资高吗?"

"嗯,这个嘛不太好说,要看你是做什么工作的。"老板说道:"如果做员工的话，工资不太高，不过只要进了办公室，工资都有几千块钱一个月，福利很不错的。"

"哦，这样啊！我们还不知道是做什么的呢，不会是做工人吧？"阿群担忧地说。

"唉，管做什么，先吃饭吧，填饱肚子要紧。"阿明说。

由于他们身上带的钱都不多，每人只点了一个快餐，将就着吃了起来。

就在他们吃完饭要返回工厂时，AB厂的工人下班了。不得不说这家工厂规模确实大，宽阔的街道上到处挤满了穿着不同颜色工作服的工人。从他们的穿着就可以看出，这家工厂的确是分三六九等的。

工作服的颜色分为好几种，蓝色，黄色，白色，绿色，灰色。穿蓝色工作服的人就是底层工人，他们大多跑向食堂去吃饭，很显然，他们的工资低，没有钱去外面吃饭。

除了穿蓝色工作服的人外，穿绿色、灰色、少数黄色工作服的工人也在食堂吃饭，极少数穿灰色和黄色工作服的人在小吃店里吃饭，也有的赶往附近的出租屋，有可能是回去吃饭。

看得出穿白色工作服的人是办公室的高级职员，他们悠闲地向职员生活区走去，生活待遇比其他人员要好多了。

看着眼前的一切，阿明开玩笑说："不知道下午会给我们发什么工作服？"

"不用问肯定是蓝色的，没看见我们住的宿舍也跟员工一样的吗？"阿香不满地说。

"看来林老师和王小姐骗了我们，他们不是说让我们进厂做储备干部吗？怎么让我们做工人呢？"阿亮愤愤地说。

"现在猜也没有用，下午上班就知道了。"刘月丽说。

"唉，走吧，去宿舍坐一会儿。"阿群说。

回到宿舍时，另外几个女工已经下班了，她们躺到床上休息。

看到阿香等人进去，她们都坐起来打招呼："老乡，新来的？"

"是的，你们吃饭了吗？"阿香问。

"吃了。"一位年长女工答。

"这么快？不是刚下班吗？"阿群问。

"我们是第一批下班，比后面的早半个小时。"女工答。

"哦，分批下班吗？"

"是的，车间人太多了，如果同时下班，食堂坐不下这么多人。"一个年轻女工答。

"食堂伙食怎么样？好吃吗？"阿亮问。

"哈哈，看来你们没有进过厂就是不知道，工厂食堂的伙食哪来好吃的，不让你饿死就不错了。"年长女工笑着说。

"听说你们都是学生，是吗？"年轻女工问。

"是的，你们怎么知道？"阿香问。

"呵呵，我们车间的人都知道，主管已经吩付我们组长了，说下午会分几个学生过来。"

"唉，果然是做工人的。"阿群叹了一口气。

"听天由命吧。"刘月丽说，她没有钱，也没有地方可去，即使心里有再多的不满，也不能像同学们那样抱怨。

闲聊了一会儿，年长女工看了一下手表，说："时间快到了，上班去吧。"

"嗯，好的。"另外几个女工也跟着走了。

刘月丽一行人也跟在她们后面，加入拥挤的人群向生产区走去。

第二章

AB 是一家港资厂，主要生产电子线路板和各种电器元件，全厂员工大约有一万人左右，是当地的纳税大户。据说工厂附近的小店、商场、出租屋以及一些街头小贩全靠这家工厂养活。如果这家工厂倒闭或出点事故,全镇不知有多少人要失业,因此相关部门非常重视这家工厂。

其他工人急着往车间赶去,刘月丽一行人还没有分配车间,保安让他们在保安室里等候,过一会儿人事部会有人来通知他们进去。

在马路上等候上班的人穿着不同颜色的工作服,有灰色、蓝色、黄色、白色、绿色五种颜色。

进厂后他们得知,AB厂的管理模式严格按照级别划分,不同颜色的工作服就表示不同的身份。穿着蓝色厂服的都是工厂最底层的流水线工人;穿灰色厂服的是技术工,仓管员之类人员,他们也属于底层工人;穿黄色厂服的是品质检查人员;后面三种岗位工资比流水线工人高一点,不过生活待遇和他们一样,宿舍区都在一起。

穿白色厂服的人就是在办公室工作的,南方很多工厂称办公室为"写字楼",他们除了拿高薪,工作轻闲外,生活福利也很不错,很多打工者都想进办公室工作,可是想进办公室的前提得有文凭或技术。

除了上述三种颜色的厂服外,还有一种岗位人员穿绿色厂服,他们是工厂的清洁工。为了防止厂外人员混进工厂,工厂除了规定上班时必须穿厂服外,还要佩带厂牌以示区分。

不一会儿,拥挤的人群都进入不同的车间去了,工厂大门处冷清了下来,只有少数等候应聘的人拿着身份证在保安室外焦急地等候着。

就在这时,一位穿着白色厂服,身材高挑的女孩来到了招聘室。

保安一看到她,连忙客气地打招呼:"颜小姐,你好。"

那位颜小姐好像没听见似的,俊俏的脸上冷冰冰的,她满脸傲气地抬头挺胸,目中无人地从保安室进入到隔壁的招聘室。她不是来领刘月丽等人进厂,而是负责招聘新员工,人事部的人员都有不同的分工。

刘月丽等人默默地坐在旁边的长条椅上,静静地看着颜小姐招聘新工人。

在招聘室里,她将一叠表格放在桌子上,从窗口伸出头去,朝门外等候的人喊道:"排好队,将身份证拿出来。"

颜小姐之所以敢对保安目中无人,就因为保安都归人事部管理,人事部的管理者有权处罚任何一个保安。

那个年代工作不好找,保安小伙子们为了保住难得的饭碗,不得不对那些"姑奶奶"上司们点头哈腰,这些所谓的规章制度,刘月丽也是后来才弄清楚的。

听到颜小姐的叫喊,在门口等候进厂的人连忙排好队,挨个将身份证递给颜小姐。颜小姐接过身份证,一双充满傲慢的丹凤眼冷嗖嗖在每个人的脸上扫来扫去,盯得人心里直发怵。

刘月丽看着满脸傲慢的颜小姐,心想她怎么这么牛呢?是不是在办公室工作的人都有这么大的派头呢?

南方各个城市都有很多工厂,按分类是港资厂、台资厂、外资厂以及内资厂。

不论是什么类型的工厂,都存在一种奇怪的现象,就是人事部的管理者似乎都有很大的权力,他们可以随意处罚工人,包括保安员、清洁工、食堂师傅甚至办公室人员,他们还有开除违反厂纪厂规工人的权利。

来此打工的差不多都是外地人,包括管理人员和车间工人,他们来自天南海北,不同的生长环境,以及所受教育的不同,诗这个群体的人际关系相当复杂。

对于那些香港老板、台湾老板或者内地老板来说,他们无法凡事亲力亲为,肯定要培养一些听命于他们的亲信人员。为了让那些人服帖帖地替工厂卖命,帮助管理好工厂,他们不得不适当放一些权力给那些唯命是从的管理人员,让他们替自己出头,管理那些不听话的工人。被老板看上的人员,大部分是人事部和制造部的领班、主管等人。

人事部的主要职责是管理人事和后勤保障方面的工作,他们直接听命于老板。老板为了让他们忠于公司,便授予他们最高的权力,让他们有权随意对员工和保安进行惩罚。

在这种情形下,那些所谓的管理者们,得到了老板赋予的"鸡毛"后,便想当然地当成"令箭",他们肆无忌惮地发号施令,随意处罚工人和保安。在很多工厂里,这种现象似乎成了一种常态。只要在工厂上班,很多人都对人事部的管理者很敬畏,上到人事主管,下到人事文员,所有人都必须对他们客客气气的,生怕一不小心就榜上有名,罚个十块,三十块,小过一次罚款五十,或大过一次开除出厂等处罚。

颜小姐在核实门外求职者的身份时,如果发现本人与身份证一致,便招手示意"进来",反之本人与身份证不符时,便将身份证丢给对方,凶巴巴地吼道:"站一边去。"

经过一番筛选,有十几人的身份证合格,颜小姐让他们进入招聘室,给每人发了一张表和一支笔,说道:"你们先填表,填完表后人事部主管会给你们面试,面试合格后才能安排进厂。"

那些人在填表时,颜小姐站在一旁不停地说道:"看清楚再填,每一项都要填,不懂的就问我。"

一个四十岁左右的中年妇女不会写字,颜小姐板着脸毫不讲情面地要赶她出去。那个妇女可能是生活确实困难,很想进厂,只见她低声下气地哀求颜小姐:"小姐,麻烦你帮我填一下,好吗?只要让我进厂,我什么活都能干,扫地,洗厕所也行。"

颜小姐丝毫不顾情面,不耐烦地大声吼道:"你连名字都不会写,进厂能做什么呢?就算让你做清洁工,领工资的时候也要签名。"

一个正在填表的年轻女孩可能是那位中年妇女的老乡,她帮忙哀求颜小姐:"我帮她填行吗?"

"不行!"颜小姐俊俏的脸上始终冷冰冰的,她朝那个中年妇女吼道:"快出去,再不走我让保安拖你走。"

无奈之下,中年妇女只得拿着身份证极不情愿地走了出去。

她一边往外走,一边不停地回头朝里张望,出去后就站在窗外,羡慕地看着里面填表的人。她的表情很让人心酸,也许是迫于生活的压力,她才会低声下气地哀求那个跟她女儿年龄差不多大的颜小姐。

然而,少数人的劣根性决定了他们只会欺负弱者,正所谓"欺软怕硬"。在那群求职者面前,颜小姐觉得她高人一等,就可以随意对别人发号施令。当她站在比她"高级"些的人面前时,她表露出来的便是另外一种态度。

初试合格人员填完表后,颜小姐稍作整理,便带着他们向车间大楼走去,有可能是给他们照工作证的相片。

就在这时,人事部的吴小姐来到保安室,她问保安:"那批学生都过来了吗?"

保安指了指刘月丽等人,说:"来了,二十七人都在这里。"

"你们跟我走吧。"吴小姐对刘月丽等人说,她和颜小姐一样,脸上也是冷冰冰的。

吴小姐带着刘月丽等人来到七楼一间办公室,这是七楼制造部的办公室,里面有十多人在办公,外面便是一个大车间。

吴小姐走到一位穿着白色工作服的中年男人旁边,说:"张生,那批学生带来了。"

张生抬头看了看刘月丽等人,招手说:"先将他们带出去,我等会过来分配。"

"好的。"吴小姐带着刘月丽等人来到大车间,当时已经开始上班,许多工人本能地抬头望着他们。

"看什么看?有什么好看的?哪天不进新人呢?"一位组长大声吼道,吓得那些员工连忙低下头去。

七楼车间很宽敞,所有工人都穿着蓝色工作服,整齐地坐在工位上忙碌着,刘月丽不知道车间里生产什么产品,也不知道他们在忙什么。

车间里有很多人,但是很安静,偶尔听见机器轰轰的声音,那是超声波发动时的响声。

有几个穿着黄色工作服和灰色工作服的人在来回走动,他们时不时交流几句。刘月丽后来了解到他们是品质巡检员和组长,主要负责检验流水线上产品的质量以及管理流水线的运作。

不一会儿,张生拿着一份表格递给吴小姐,说:"先带他们去培训室,给他们讲解厂规厂纪,并分发工卡、厂证和工作服,办完手续后,我再来分配车间。"

"好的。"吴小姐招了招手:"你们跟我过来。"

进入培训室后,吴小姐面无表情地说:"你们先找位置坐下。"说完就走了出去。

等了十几分钟后,她陪着一位三十多岁,穿着白色厂服,戴着眼镜的男子走进来,她向大家介绍:"这位是人事主管杜生,他负责考核你们,听到名字就站起来朝前走一步。"

杜生中等身材,皮肤白净,也许是因为工作特性,让他习惯了盛气凌人地对待这些来自异乡的打工者。在这个弱势群体面前,他和颜小姐等人的态度一样,看起来相当傲慢,脸上满是鄙视的神情。

"弱者好欺""欺软怕硬"的劣根性,在这些所谓的管理干部身上体现得淋漓尽致,他们之所以傲慢地对待底层打工者,就是人的劣根性使然,他们自以为高人一等,才会看不起底层打工者。

杜生拿着表格,挨个对刘月丽一行人都问了话,然后在表格上签了字,他将表格递给吴小姐,吩咐道:"我已经做了批示,你按照我写的工种给他们分配车间就行。"

"好的。"吴小姐毕恭毕敬地答道,在杜生面前,她就像一只温顺的小绵羊,说话的声音柔柔的,脸上也挂着迷人的微笑。她在杜生面前的表现,跟刚才在保安室里的凶神恶煞相比,简直就是判若两人。

看得出她也是一个深谙职场潜规则的老油子,已经学会了"八面玲珑"

的生存手段,"一会做人,一会做妖",在什么样的人面前说什么样的话。

杜生是她的上司,她就极力讨好,巴结;那群弱势的求职者,在她面前就像一群要饭的叫花子,她就可以鄙视他们,以此显示出她的身份要高级些。

当时刘月丽并不懂这些所谓的"职场面孔生存法则",直到多年后,她辗转多家工厂,换了无数份工作,才从实际工作中总结出来。

杜生交代完吴小姐后,又转向刘月丽等人,"哼哼啊啊"地清了几声嗓子,操着半普通话半广东话的腔调,傲慢地说:"在场的各位都比较年轻,啊,嗯,嗯……体质应该还不错。这个呢,在你们进厂之前,我要给你们讲清楚,啊,这个呢,在车间里做事很辛苦,你们要有思想准备。啊,知不知啊,如果觉得自己的身体不好,估计呢,吃不了这里的苦,就早点出去,免得耽误大家的时间。"杜生的普通话很不标准,他讲得很吃力,初到广东的这批学生听得更加吃力,有些话他们根本没有听懂,只是凭感觉乱猜。

作为人事部主管,杜生的工作就是面试进厂人员,他几乎每天都要面对一大群来自全国各地,素质参差不齐的外来工。在那群弱势的求职者面前,他有一种发自内心的优越感,职业的特性,习惯了在他们面前摆出一副高高在上的姿态。

"听清楚了吗?"杜生清了清嗓子,严肃地问。

"听清楚了。"刘月丽等人小声回答道。

"OK!"杜生突然冒出一句英文,听起来洋不洋,土不土的。

刘月丽后来熟悉了港资厂的管理模式,得知那些香港人平时说话都喜欢夹杂着一些英文单词,以显示他们的身份不一样。杜生不是香港人,但是他长期与香港上司打交道,自然也习惯了他们的说话方式,时不时夹杂几句掺和着白话。英文单词的句子。

接着他打开一本随身带的资料夹,说:"现在我给你们讲讲工厂的规章制度,以便你们对工厂的管理模式有大致的了解,具体的厂规厂纪,等你们分配车间后，组长会给你们上培训课。"

打开资料夹，他将厂规厂纪逐条念出来："每天正班时间八小时，工资8.2块一天，晚上加班费1.5倍，星期天白天算加班，加班费1.3倍，晚上加班1.5倍。三个月试用期后，如果上完整个月，会有30块钱的全勤奖。"

刘月丽听了半天，也没有弄明白加班费该怎么计算，虽然满腹疑惑，但是望着杜生冷冰冰的面孔，她也不敢吭声。

念完工资条款，杜生又开始念工厂的惩罚条例："上班时间不得有迟到早退，如果迟到或者早退，五分钟之内扣款10块，超过五分钟，全天无薪包括当天的加班费全部扣完；请假一天扣完所有的30块全勤奖，辞工必须提前一个月提出申请，所有辞工人员一律扣除半个月工资；旷工三天，算自动离职，无薪出厂。在职期间不管身患何种疾病，一律开除出厂，不得向工厂提任何要求，进厂申请表上已经写得很清楚，本人保证身体健康，没有任何欺骗行为，任何在工厂上班期间患病，一概与工厂无关。上班时，不得无故向管理人员提出特殊要求，主管吩咐干什么就得干什么，不得拒绝或顶撞上司，不得越权提无理要求，一经发现无薪开除出厂。"

这些苛刻的厂规厂纪让刘月丽等人听得心惊肉跳，难道这就是所谓的外资厂的工资福利？与传说中听到的高工资好福利简直有天壤之别。

讲完厂规厂纪条款，杜生又哼了哼几声，打着官腔问："你们都听清楚了吗？"

"听清楚了。"刘月丽等二十多人的声音还没有他一个人的声音大，气得他哼哼了几句，大声吼道："大点声，如果今天没有听清楚，以后违反了厂规，不要说没有讲给你们听。再来一次，听清楚了吗？"

"听清楚了。"二十多人的声音一下子大了起来。

"那好，"杜生接着吩咐吴小姐："你们尽快将厂牌做出来，给他们分发厂牌、工卡和厂服。"说完便走了出去。

"好的。"吴小姐柔声回答，也跟在杜生的后面走了出去。

刘月丽后来熟悉这家工厂的企业文化后，她就理解为什么吴小姐等人在他们面前总是那么傲慢，说白了，这家工厂的企业文化就是一种"骂人文化"，上级对下级大多通过骂人的方式来沟通，在管理者眼里，好像只有通过骂人才能显示出他们的威严。

文员只是写字楼里的一个小职工，说白了她们就是办公室里的杂工，主要给上司跑跑腿，打打杂而已。

上班期间，她们经常被上司骂，受够了上司的气又无处发泄。当站在这群弱势的求职者面前时，她们就成了他们的上司，让她们有机会体会一把作为上司的威严，同时也能感受一把在下属面前骂人的滋味，这也是许多人的通病。

不一会儿，之前的那位颜小姐拎着一袋工作证和工卡、饭卡走了进来，她给每个人都发了一份，并让他们下班后找车间文员领取工作服。

发完物品，她指着工卡对大家说："这是工卡，是每位工人的考勤依据。除了香港职员外，所有大陆雇员必须打卡上下班。记住，上下班要自己打卡，不能替人打卡或者让别人代打卡，一经发现两人都要罚款五十。还有，上班时间不得迟到或者早退。在正常上班时间内打卡，卡钟打出来的字体是蓝色的，反之迟到或早退打出来的字就是红色。遇上了特殊的情况，比如上连班没有打卡，需要向车间文员说明情况，她们会将工卡拿给主管签卡。如果上了连班但是没有签卡，也算旷工处理。"

说完后，她板着脸大声问："听清楚了吗？"

"清楚了。"

颜小姐接着又说："上班时间必须穿厂服，戴厂牌，如果没有穿厂服或没有戴厂牌，记小过一次，罚款五十。还有，所有车间都是无尘车间，上班时必须穿工鞋，戴工帽，不能穿自己的鞋进车间，女孩要将刘海或长头发盘在帽子里。分车间后，文员会给你们发鞋柜的锁钥，知道吗？"

"知道了。"

"好的,跟我来。"

颜小姐带着刘月丽等人来到七楼大车间,张生站在那里等着他们。

张生冷冷地扫了刘月丽等人几眼,指了指阿亮几个男生,说道:"你们三个去大仓库,两个小仓库,另外三个在大车间当搬运工。"

又指了指几个女生,说道:"你们几个去SMT车间,你们几个去小车间,你们几个在大车间。"

分配完毕后,他对颜小姐说道:"将名单登记下来,交给各车间文员。"

"好的。"颜小姐快速记下分配后的名单,然后按照张生的分配,带着阿亮等人去了仓库,然后又带着刘月丽等人来到小车间。

第三章

刘月丽和阿群、阿香三人分配在七楼往里的一个小车间,这里的面积只有大车间三分之一大,主要以焊接、插件为主,大车间的工种比较复杂,人员也比较多。

里面共有六条流水线,每条流水线上都有一百多人在忙碌着,一眼望去就像六条漫长的蓝色的彩带。流水线上每个人都低着头,在各自的工位上忙碌着。

AB厂是无尘车间,地板上涂了一层绿色的油漆,干净得几乎可以照得见人影。每条流水线都用黄色斑马线围成四方形,工人坐在斑马线里,凳子刚好与斑马线平齐,看起来很整齐。偶尔有一些穿着黄色厂服、灰色厂服和白色厂服的人在车间里来回走去,他们有的是品管部检验员,有的是仓库搬运工,有的是写字楼的管理人员。

作为一个新员工,乍进入档次这么高的车间,第一感觉肯定会认为这是一家管理规范,待遇合理的工厂。在这里上班应该感到很荣幸,他们的生活应该很幸福,员工应该能感受到家的温暖。

殊不知，随着日后了解的深入，刘月丽发现这家工厂纯粹就是金絮其外，败絮其中。在它光鲜亮丽的厂房里，不知隐藏着多少员工的血汗和泪水。

小车间的产品主要是加工电器设备上的PCB板，及生产一些连接线和塑胶外壳。

坐在流水线上的大多数是女工，她们就像颜小姐说的那样，戴着工帽，穿着厂服和工鞋，每人都低着头，双手不停地从流水线上取来从前一工位流下来的半成品，拿到工位上加工。

流水线开得很快，不停地有半成品从传输带上往下放，如果有人动作稍微慢一点，工位上就会堆积很多半成品。组长看到后，就会不停地催促，骂人，严重的时候还会罚款。因此，每个女工的双手一直不停地忙碌，丝毫不敢偷懒。

颜小姐带着刘月丽、阿香和阿群走进办公区时，里面有四个人在工作，两男两女，其中一名男子四十岁左右，戴着眼镜正在批阅报表。另外一个男子二十多岁，在聚精会神地写文件，颜小姐走进去时，他头都没有抬起来。

两个女孩都只有二十多岁，她们看见颜小姐走过去，客气地向她打招呼：
"颜小姐，来了。"

颜小姐客套地点了点头，径直走向四十岁左右的男子旁边，毕恭毕敬地说："吴生，人带来了。"

刘月丽后来得知吴生是小车间的部门主管，年轻男子是工程师，负责生产线产品工序的制程安排，这种职位在港资厂称为IE，台资厂称为制程工程师。

两个女孩面前各有一台电脑，她们分别是工厂的"小文员"和"大文员"。"小文员"就是负责统计一个车间的生产报表，以及每条生产线的人员异动情况。

"大文员"则是负责统计所有车间的生产报表，以及所有人员的人事异动情况。职位稍微高于"小文员"，工资也要多出几百元，这样的职位在台资厂分别称之为"初级文员"和"高级文员。"

吴生抬起头，冷冰冰地看了看刘月丽等人，操着浓重的白话口音说道："三条线上各一个，让文员统计名单交给阿艳就行。"

"好的。"颜小姐同他说话时也很客气。

颜小姐又来到一个三十岁左右的妇女身边，客气地说："阿艳，打扰了，吴生让我给你带人来了。"

阿艳是小车间的副主管，她看了刘月丽等人一眼，冷冷地说了一句"将名单交给阿红"，双手一直在写个不停。

阿红是小文员，负责给这个车间的办公区打杂。

"好的。"颜小姐连忙拿过一张纸，将三人的工号和姓名抄下来交给阿红，她需要凭名单去仓库给她们领取鞋柜的锁匙和工作服。

刘月丽分在第一拉，拉长（也称之为"组长""班长"）是一个三十岁左右男子，大家都喊他阿辉。

阿辉长相英俊，身材魁梧，可能是因为上班总挨骂，导致心情不好的缘故，他上班时总是板着脸，除了工作上必须的交流外，很少听见他说话。

小车间与其它车间一样，流水线上也是女工多男工少。每条生产线上只有三到五个男工，无论男工女工，他们都很年轻，年龄最大的也不到三十岁，年纪小的不到二十岁。

车间主要是焊接 PCB 板。PCB 板有很多种，一些比较大的 PCB 上有很多电子元件；有些 PCB 板很小，电子元件也比较少。

熟悉车间的运作情况后，刘月丽得知这些 PCB 板主要供应给国内一些大型电器厂，有的还要出口到国外去。

焊接 PCB 板前有不少工序，首先是清拉（清除工作台面上与这款 PCB 板工序无关的物品），其次是摆拉（在工作台面上摆放生产这款 PCB 板时需要的工具、物品等。）

随后就是核对下一个产品的制造流程图，无论哪个工位，投产前必须挂上制造流程图。

这些流程图就是在办公区里那个年轻男子制作的,大家称呼他阿军,他是工程部的工程师,不是阿艳的部下。

阿艳平时总是骂车间里的组长和工人,唯独对阿军非常客气。

阿军负责二车间四条生产线的制程安排,听说他的女朋友在写字楼上班,也是一名高级职员。他们两人都是高薪一族,让车间女工们羡慕不已。

焊接之前第一道工序是插件。插件就是将一些电子元件用手插进 PCB 上对应的孔位,如:电容、二极管、三极管、电感、电阻等等。一些小元件,如:热敏电阻、晶体二极管、散热片等要用机器来完成插件工作。

所有电子元件插完后,要送到 SMT 车间过锡炉,以便将元件的支脚固定在 PCB 板上,SMT 车间就是隔壁的三车间。

刘月丽在 AB 厂干了好几个月,一直没有机会去 SMT 车间,不知道里面的操作流程。只是听说里面有几台大机器,二十四小时不停运作,因此才没完没了地有 PCB 板送到大车间和小车间的流水线上。

刘月丽刚上班时,阿辉便安排她们学插件。

开始插件前,阿辉简单给她们做了介绍,如:怎样区分电阻的阻抗值,根据赤、橙、黄、绿、青、蓝、紫等颜色来区分欧姆值,以及怎样区分正负极等。

每个工位上都挂有流程图,插件时要参照流程图上的标识,将对应的元件插入 PCB 板上正确的孔位,然后放给下一位工友插另外的元件。

由于人体带有静电,插件时手腕上要戴静电环或静电带,否则有可能会破坏 PCB 板的电气性能。如果被品管部测试出来,拉长和工人都要被重罚。

插件的活儿比纺纱还要精细,电子元件很小,用手拿起来很费劲,插进 PCB 板上的孔位更费劲。

因为 PCB 板上的孔位都很细,插件前要看清楚孔位,否则很容易插错。因此,插件工人除了要求手指纤细外,还要求视力好。

刚开始插件时,刘月丽很不适应。连续插四个小时后,下班时双手疼痛难忍,感觉关节就像要断了一般疼。不过连续插了几个星期后,她就适应了这份辛苦的工作,速度也能跟上去,以致后来连续插十几个小时,她也不觉得手臂疼。

阿辉安排刘月丽等人一连插了几天电子元件,她们每天坐在位置上不停地插,插完一堆 PCB,组长助理很快就过来取走,要送到 SMT 车间过锡炉,接着又放上一堆新的 PCB 及电子元件。就这样,刚进厂的几个女孩只得不停地插件,一遍又一遍重复着机械的插件动作。

这样的机械动作一直持续到下班,她们都没有说一句话,也没有喝一口水,甚至连厕所都没有去,当然她们不知道厕所在哪,也不敢问别人。

她们就像机器人一样,不停地插件、放件,除了身体上的酸疼外,她们的大脑似乎已经麻木,没有任何思维能力。只有那些堆积在眼前不停晃动的各种电子元件,以及组长时不时的一声声吼叫,提醒她们知道自己还是活着的。

刚上班时,刘月丽不熟悉车间的环境,不知道厕所在哪里,没有人告诉她们,她们也不敢问。

在上班的间隙,她偶尔听工友说上厕所要到组长那里拿离位证,每条生产线只有一张离位证,所有工人必须凭离位证才能去上厕所。

如果没有拿离位证,就要罚款三十块。也就是说,一条生产线每次只能有一个人去上厕所,而且不得超过五分钟,否则就要挨骂,甚至罚款。即使有员工身体不舒服,也必须忍着。

刘月丽等人刚从学校出来,从来没有这样坐着一动不动,双手不停地做事的经历。起初她很不适应这样的工作环境,枯燥单调不说,让她难以承受的是,这里的劳动强度太大,她的身体有点吃不消。

第四章

还没等她从上班的不适中回过神来,下班后紧张忙碌的生活,更加让她无所适从。

正如在宿舍时那位年长女工所说的,她们上下班是分三个班次,小车间排在第二轮下班,下班铃声一响,阿艳和阿军及办公区其他人不用排队,铃声还没有响完,他们就离开了车间。车间工人可没有那么好的待遇,他们必须按照从里到外的顺序排队打卡。

根据组长的指令,刘月丽和工友们一起排好队,组长站在各自的队伍旁引导大家慢慢往前走。没有走出车间之前,所有人都很自觉,没有拥挤也没人插队,安安静静地等候组长放行。

当组长一声令下"放行,打卡",队伍便"哗"地一声散开了,人群像潮水一般涌向一车间。

此时大车间的人还没有走完,黑压压的人群全部挤在卡钟旁边。刚刚在车间里还是老老实实的工人,瞬间就像脱了缰的野马一样,女孩们叫着,笑着,你追我,我打你,疯狂地向卡钟方向跑去。她们只有一个目的,都想早点挤过去打卡下班。

起初,刘月丽站在队伍中间,组长喊放行口令时,她还没有反应过来,就被人群挤到了后面。

她是个文静的女孩,不喜欢与别人挤在一起,便跟在人群后面向卡钟走去。

此时两个卡钟旁边早就挤满了打卡的工人,虽然有值勤的保安,但是面对近千人的冲击,身体再强壮的保安小伙子们也站立不稳。只是迫于责任感,他们不得不站在拥挤的人群中,任由疯狂的人群将他们冲来撞去,根本无法站稳。

刘月丽第一次身处这样的环境中,觉得有点像火车站检票时的场面,每个人都那么疯狂,使出浑身力气拼命向前挤,生怕落在后面。

起初她很不理解工人的疯狂行为,上火车拥挤是为了抢坐位,以避免站立十几个小时的辛苦。下班就是为了休息,何苦要这么辛苦地抢着打卡呢?慢一点打卡就不行吗?

站在队伍后面,刘月丽默默地看着疯狂的打卡人群,觉得有点不可理喻。他们上班时都那么老实,沉默,下班后为何变得如此疯狂。

不就为了早点吃上饭,能在床上多躺一会儿吗?难道迟一点吃饭,晚一点睡觉就不行吗?

等她熟悉了底层工人的生存环境后,就理解了他们的疯狂举动背后,隐藏着多少辛酸与无奈。

他们下班后之所以如此疯狂,就因为上班时被管得太严,从踏进那间丝毫没有人情味的车间起,他们就像机器人一样不停地劳作,个人思维早就处于麻木状态。

下班后短短的一个小时,才是属于他们的私人时间。他们正值青春妙龄,爱美爱玩,需要自由,上班时被压抑的痛苦,只有在下班后才能得到尽情渲泄。

当她们随着拥挤的人群走出生产区,经过保安室时,墙上的挂钟已经指向六点差三分,六点四十五分又要返回车间加班。为了避开上班时打卡高峰,她们必须在六点四十分之前来打卡。

走出生产区后,有的工人向厂外的出租屋跑去,有的直接跑向食堂。只有那些穿着白色厂服的高级职员,有的慢悠悠地走进职员生活区,准备回家吃饭,有的去附近的饭店吃饭。而可怜的车间工人不得不去食堂吃饭,他们在工厂地位最底,拿的工资最少,干的活最累,住的宿舍最差,吃的伙食也非常糟糕。

刘月丽永远都不会忘记,第一次在食堂用餐时的情景。

那天下班后,她和同学们跑去宿舍拿来碗勺,等她们气喘吁吁地跑到食堂,发现近千平方米的食堂里,早已挤满了用餐的员工,到处都是黑压压的人头攒动,拥挤不堪。有的工人坐在椅子上吃饭,有的站在过道上吃,这样用餐的后果就是,地上桌子上到处都是残羹冷汁,剩饭剩菜。

整个食堂到处飘散着难闻的馊味,虽然有几个保安在现场巡逻,但是面对如此庞大的用餐人群,他们也感到力不从心,只得听之任之。

有时保安看到员工将饭菜随意地倒在地上,他们也懒得去制止,只是像征性地喊道:"不要乱倒饭,保持食堂卫生。"

员工们就像没有听见似的,依然是你倒一点,我倒一点,根本不在乎保安的制止。

也许是饭菜太难吃了,工人们无处发泄,只好将不满发泄在饭菜上,他们一边倒一边骂道:"谁叫这么难吃呢?就要倒掉,你们管得着吗?"

第一次看到如此肮脏的食堂,刘月丽恶心得想吐,她终于明白,下班后时间那么短,为什么有些工人要赶回宿舍做饭。可以说,无论是哪个员工,只要有选择的余地,谁都不愿意在如此肮脏的食堂里吃饭。

刘月丽捂着鼻子跑向打菜窗口,谁知两个盛菜的大盘子早就空了,只剩下一点点剩菜汤水。她将饭卡递给食堂师傅,他们在饭卡上打了个勾,便用勺子在菜盘子里刮了一点剩菜汤给她,接过饭碗的那一刻,刘月丽觉得自己就像一个接受施舍的乞丐,显得那么弱小、谦卑。

由于她来得太晚,菜都卖完了,这点剩汤就算是打给她的菜。她没有想到,住在一楼都赶不上吃饭,如果住在楼上,更加赶不上了。

饭是盛在几个大的不锈钢桶子里,虽然桶子里剩的饭不多,但是每个饭桶都飘出浓重的霉味、馊味,闻了令人作呕。看着碗里的饭菜,刘月丽觉得与老家喂猪的食物无二,当时她很饿,但是面对如此难以下咽的饭菜,她一口也吃不下去。

第五章

没有来广东之前,刘月丽对外资厂的生活充满了向往,以为外资厂的工资高,生活条件好,工作环境好,总之一切都好。可是进厂短短半天的时间,目之所及,耳之所闻,不禁让她感到大失所望。

熟悉这家工厂的管理体制后,她总算理解那些工人,为什么下班后要拼命地赶着去打卡,因为每个人都想逃出那个牢房般的车间,让身心早点得到解脱。

重要的是,如果打卡太迟了,他们有可能赶不上吃饭,自然也没时间休息,更别提做自己的私事了。

有些没有赶上吃饭的工人,厂里不会支付任何补贴。他们只得饿着肚子去上班,或自己掏钱去饭店吃。对于收入微薄的工人来说,这两种方式他们都无法承受。

为了填饱肚子,也为了多争取一点私人时间,下班后他们不得不拼尽全力抢着打卡,看似疯狂举动的背后,正是这些底层工人辛酸生活的真实写照。

那天刘月丽虽然有幸打到了饭菜,可是闻着发霉的米饭,看着没有一滴油水的菜汤,她实在吃不下去。不过有些工人却吃得很香,也许不是饭菜合他们的胃口,而是他们太饿了,急需填饱肚子,根本没有精力在乎饭菜是什么味道。

生存环境决定一个人的生活习惯,众所周知,发生在明朝皇帝朱元璋身上的一件轶事。他在流浪之时,有人给他用小块豆腐,一小撮菠菜和红根绿叶,加一点剩粥做成了一碗汤水,当时他吃得很香,问别人给他做的是什么,人家开玩笑说是"珍珠翡翠白玉汤"。多年以后,他有幸当了皇帝,尝尽了天下美味,可他却觉得吃什么都没有胃口,思之所及,他开始回味当年落难之时吃的那碗汤水,觉得那才是天下最美的食物。于是找到当年的那位救命恩人,让他重新做出那碗汤。结果却还是难以下咽,究其原因,就是因为他的生活环境变了,心态和口味也随之发生了变化。

刘月丽刚进厂,还没有适应AB厂的生活方式,吃不下那种饭菜也是情理之中的事。日后习惯了紧张忙碌的打工生活,每天下班饥饿难当之时,她也顾不得饭菜是什么味道,只想着填饱肚子再说。

那段苦不堪言的生活,在刘月丽的心中留下了不可磨灭的印象,也让她彻底体会到了底层打工者的生活有多么辛酸。

从第一天上班开始,她每晚都要加班到十二点,或者凌晨一点,甚至连班到通宵。有时不幸赶上了通宵的连班,第二天上午只准休息半天,下午要接着上班,晚上则继续加班。

在那样的环境中,车间工人就像一台台不停运转的机器一样,除了上班,吃饭,加班,睡觉外,没有任何休息时间。

刚进厂那几天,刘月丽很不适应工厂的工作方式。由于劳动强度太大,她虚弱的身体也无法承受。身处当时的处境中,她已经无路可走,为了活命,她不得不忍着病痛坚持上班。

她不敢向组长请假,因为请假要扣钱,她舍不得扣钱。当然厂里有强制性规定,新员工没有干满一个月,无论有什么特殊理由,都不能请假。

AB厂的请假制度很严格,除非有特殊理由,否则一律不许请假。特殊理由无非就是这几条,比如:家里死了人或自身有病。

如果家里真的死了人,必须让村委会开证明寄来,厂里凭证明批假后才能回家,否则拒绝发工资;如果本人生病了,即使躺在床上无法起身,也需要凭厂医的证明才能请假。

无论什么职位的工人,没有经过批准不上班,旷工一天扣三天工资,外加小过一次。这样一来,一个月的工资还不够他们扣。那时工人的工资本来就很低，有时候一些工人确实有特殊原因，必须要请假或辞工，他们不得不想出各种各样的点子来应付上司。

有的工人想请假或辞工，恰好他们的爷爷奶奶早就不在，他们便让家人开一份假证明寄过来，说爷爷或奶奶死了，必须辞工回家。有的工人没有生病，但是也想辞工，他们便找熟人买点礼物贿赂厂医，让她帮忙开假的生病证明，以便请假或辞工。

厂医也是打工的，她很同情工人的遭遇，当有些工人拎着礼物或塞几十块钱求她开假证明时，她乐得做个顺水人情，同时也可以赚点外快，何乐而不为呢。

慢慢地，在工人中形成了这样的潜规则。有人想辞工，便去找厂医开假证明，拿到证明后就可以顺理成章地辞工，并领取所有的工资。

第六章

刘月丽插了几天元件后，手关节痛了好几天，洗衣服时手指活动都很困难。

过了几天，阿辉便开始教她们焊锡，他说车间的工人必须会操作所有的工种，这样就可以随意安排工位。比如：插件、焊锡、打螺丝、啤机、剪脚（电子元件的脚）、看外观（检查焊锡的PCB上有无包焊，漏焊，虚焊等不良现象）、测试、包装等。

刘月丽第一次学焊锡时，阿辉拿着滚汤的烙铁递到她和几个新工友手上，她们吓得不敢拿烙铁，害怕烫着手。

谁知，还没有等阿辉开口，阿艳便冲了过来，指着几个女孩凶巴巴地骂道："烙铁有什么好怕的，别人都敢拿，你们为什么就不敢？这点事做不了，进厂来干什么？"

看着凶神恶煞的阿艳，刘月丽等人只得战战兢兢地拿起烙铁，阿辉一遍遍教她们怎样放烙铁，怎样放锡丝，怎样架 PCB 板，怎样检查不良等。

阿辉是个高大帅气的小伙子，他在 AB 厂干了好几年，每个工序都操作得很熟练。上班时他比工人还要累，经常是这个工位忙完了，马上又去别的工位忙碌。

除了身体上的劳累外，平时他也经常被阿艳骂。令人不解的是，阿艳在上司面前温顺得像头绵羊，当转身面对阿辉和工人时，她立即变得就像一头凶悍的母老虎，长期板着脸在车间叫骂，她的嗓门又高又尖，骂人丝毫不分轻重，不分场合。

有一次新产品上线，阿辉坐在一个女工的位置上教她焊锡，恰好在他对面的一个女工没有扣厂服。阿艳见状，冲上前去抓住那个女工的衣领，恶狠狠地骂阿辉："她的衣服没有扣上，你没看见吗？是不是你特别交代的？"

那时阿辉和那个女工都只有二十多岁，这样恶毒的话无疑让他们相当难堪。

阿辉气得脸上青一阵，白一阵，可以说无论换作哪个男生，在那样的场合下，肯定无法忍受。让刘月丽感到意外的是，面对阿艳的辱骂，阿辉居然一声不吭，继续默默地安排工人做事。

当时刘月丽就坐在那条流水线上，她打心眼里佩服阿辉的肚量。如果换成别的男生，说不定会和阿艳大吵一架，然后甩手走人。

可是他没有这样做，不知道是为了保住工作，还是信奉"好男不和女斗"的原则，真实的原因外人不得而知。

在车间里，阿辉有时也会骂人，当然大家都能理解他的行为，因为他是在阿艳的逼迫下不得已才骂人。如果他不骂工人，阿艳就会骂他，反正车间里上级与下级之间就是通过骂人来解决问题。

阿艳平时除了骂阿辉，另外几个女组长也经常被她骂得尊严扫地。

有一个女组长阿菊是广东人，她以前打工时认识了一个本地人，后来便嫁在这里。

阿菊是个麻利且吃苦的女人，性格活泼开朗，在几个组长中，只有她经常和工人聊天，可是善良大度的她，照样经常挨阿艳的骂。

车间经常加班到深夜。有一天，一个女工的身体吃不消，她想请假，可是阿艳没有批准。结果第二天上班时，那女工身体不适，她在工位上呕吐了，弄脏了整洁干净的地板。

出于同情，阿菊想去扶那个女工去卫生间清洗，结果被阿艳大声喝斥并制止。

阿艳真是一个冷血无情的女人，面对当时的情景，她不但没有丝毫同情心，反而冲上前去大声骂那个女工"猪脑子"，说什么明知自己要呕吐，为什么不憋着去卫生间，骂她不该吐在地板上。她还扯着嗓门骂阿菊，骂她不注意身份，不该去扶那个女工。

当时车间里有几百人，没有一个人敢吭声，那个女工强撑着虚弱的身体，呕吐完后去卫生间取来扫把和拖把，将地板清洗干净后又接着上班。

刘月丽记得很清楚，那个月底发工资后，那个女工就自动离职出厂，后来再也没有见过她。

想起当时的情形，刘月丽觉得阿艳简直冷酷无情到了极点，作为普通人，谁都知道生病呕吐，根本就憋不住。

面对生病的员工，阿艳不但没有丝毫同情之心，反而责骂那女工是猪，她对底层工人的态度，真是让人心寒之至。

经过那件事后，阿菊气得要辞职，阿艳不仅不批准，反而将她痛骂一顿，骂她不该仗着老公是本地人，竟然以辞工来威胁她。

可以说，只要阿艳能想到的脏话，不管有多难听，她都骂得出来，当然她从来不骂其他部门的人，唯独天天骂自己的部下，好像只有这样，才能体现出她作为副主管的威严。

车间工人经常私下议论，阿艳那样近乎变态的女人，到底是怎样当上副主管的？

对于底层打工者来说，生活就是这样残酷，尽管对现实很不满，可是为了少得可怜的工资，他们不得不在漫长的流水线上，一年又一年地消耗着青春岁月，忍受着上司没完没了的责骂，精神与肉体饱受摧残，个中的苦涩与辛酸，只有亲身经历的人才能体会到。

AB厂的工人大多来自邻省偏远农村，他们和刘月丽一样，家境贫寒，除了种田以外，没有任何经济来源。为了减轻家里的负担，他们小小年纪就不得不辍学，背井离乡来到遥远的广东打工。

刘月丽和同学们每天跟那些底层工人一样，早上七点起床，然后排队洗脸，刷牙，上厕所。每间宿舍只有一个卫生间和一个水龙头，要供十二人洗头，洗脸，刷牙，洗衣服，用水十分紧张。

如果起晚了，就没有时间洗漱和吃早餐。洗漱完毕，还要排队打早餐。如果没有赶上吃早餐，就得饿肚子上班。由于长期吃没有油水的饭菜，她们的肚子总是处于饥饿状态，繁重的工作量导致很多工人的身体都吃不消。

那些女工都只有二十出头的年纪，青春妙龄的她们大多爱美，爱玩，一些年轻女工晚上下班时已到深夜却还要出去玩一会，以致睡眠时间都很少。

由于晚上睡得晚，她们早上就起得比较晚，如果赶不上去食堂吃早餐，就只得饿着肚子上班。时间长了，许多女工由于营养不良，导致脸色腊黄，面容憔悴。经常有女工出现低血糖、贫血等症状，上班时晕倒在车间里。

那时刘月丽很不明白，为什么AB厂的生意那么好，每天总有焊不完的PCB板，几乎每晚都要加班。虽然加班很辛苦，但是为了可怜的加班费，很多员工都愿意加班。

厂里还规定，不管是什么职位的大陆员工，无论得了什么病，请假都不得超过三天，请假期间要上交饭卡，不得在食堂吃饭。

每个工人的饭卡每月要扣45块钱伙食费，如果不在食堂吃饭，伙食费照扣不误，除非离开了工厂。

对于工人来说，最开心最激动的日子就是领工资。只要听说发工资，大家的心情就格外激动，干活的劲头也特别大。

工资是由计薪部统一到车间发放，她们按照车间顺序一层楼一层楼往下发。每到那时，大家的心情都很急切，眼睛总盯着墙上的挂钟，一分钟一分钟地倒数，巴不得计薪部的职员赶快来发工资。

每个月末，大家都会按照工卡上的出勤工时来核算当月的工资，不过所有工人领到手的工资，都会比工卡上应得的工资要少几十块钱。

出现了这样的，工人们也只能打落牙齿往肚里吞，有苦无处说。有时她们拿着工卡向阿辉反应情况，阿辉便说工资不是他算的，他没有权力管这些。

阿艳总在车间里尖着嗓门骂人，大家都很怕她，没有人敢找她核对工资。至于那些讲着满口广东话、穿白色厂服的会计部职员，工人们连她们姓什么，在哪里办公都不知道，更别提找她们核对工资了。

工人们大多是二十多岁的青年男女，正值谈情说爱的年龄，上班时管得太严，他们找不到亲热的机会，有时只能利用下班后短暂的休息时间卿卿我我。

下班后经常出现男女员工互串宿舍，相互留宿的情况。无论男女员工宿舍，每张床上都拉着厚厚的床帘，恋爱中的情侣，趁着休息时间到对方床上亲热。同宿舍的员工都心知肚明，没有人在意他们的举动。不过这一切只能偷偷地进行，绝不能让保安发现，一经发现两人都得无薪开除。

熟悉繁忙的打工生活后，刘月丽的几个同学都在不同的车间忙碌着，他们用稚嫩的身体，承受着刚走出学校大门的磨难。

由于对"办公室工作"的希望落空了，巨大的落差让他们感到很不满，每天下班后，同病相怜的同学们总聚在一起闲聊，他们或对车间状况发发牢骚，或者对未来的生活提点建议。

总之，没有人选择返回学校，因为他们知道，他们原本就没有钱，回学校去也不能解决生活问题。

另外，还有半个学期就毕业了，他们迟早要经历走入社会后的适应期，还不如趁着这个机会，早些适应社会环境，以便为日后找工作打下基础。

他们没有过硬的文凭，也没有实际的工作经验。很显然，想找好工作并非易事，如今既然来到了AB厂，还不如咬咬牙坚持几个月，等攒够了钱，再去寻找新的出路也不迟。

如果冒然离开这里，他们不熟悉广东的打工环境，能去哪里找工作呢？说不定别的工厂待遇还不如AB厂，与其在外漂泊不定，不如就留在这里好好体会一把流水线工人的苦与乐。若干年后回忆起来，说不定又是一番滋味。在广东打工的人千千万万，那么多人受得了流水线上的苦，为什么他们就不能坚持呢？

在这种心态的支撑下，刘月丽等人的抱怨渐渐少了，两个星期后，他们便习惯了这里快节奏高强度的流水线生活。

他们不再嫌食堂的饭难吃，不再抱怨宿舍嘈杂，在焊锡和插件时，他们也不觉得累。阿艳骂人的时候，也不觉得那么刺耳了。

反之，在车间和宿舍里，他们每天听着来自天南海北的工友们讲述各自辛酸苦涩的打工故事，成了他们繁忙工作之余的一大乐趣。

第七章

一个周末的下午，工厂破例不加班，刘月丽不想呆在宿舍，她很喜欢看书，便想去外面的市场上逛逛。

吃完中饭，她在床上躺了一会儿，进厂快一个月了，几乎每天都在上班，晚上总是加班到十二点或者通宵，她觉得自己快麻木了。

从工厂生活区出来，她在街边小摊上买了一包瓜子，边嗑瓜子边向市场方向走去。

周末的街头人来人往，十分热闹，大部分是 AB 厂的工人和摆摊的小贩。女工们平时都穿着厂服，在车间里忙得昏天黑地，趁着休息天，她们都换上了漂亮的便装，一个个打扮得花枝招展，手上拎着各式各样的小零食，或买衣服、鞋子及一些头饰等。爱美是女孩的天性，苦于工厂冷酷的管理模式让她们没机会打扮。

市场离 AB 厂不远，步行大约二十分钟，途中需要穿过一条出租屋聚集的巷子。

当刘月丽走到巷子拐弯处时，发现有两个中年男子正靠在墙边朝她这边张望，当时她并没有在意，若无其事地向前走去。

当走到那两个男人的旁边时，其中一个男人向另外一个男人使了个眼色。旁边的男人连忙拦住刘月丽，说："我们是从北京到海南做生意的，途中行李丢失了，现在没有钱回家，你可不可以给我一点钱打电话？"

刘月丽是个善良的女孩，她见那两个人四十多岁，穿得很朴素，不像坏人。以为他们真遇到了麻烦，便诚恳地对他们说："对不起，我身上没有钱。"

另外一个男人便问："你附近有没有亲戚或朋友呢？让他们送点钱过来帮帮我们。"

刘月丽还是实话实说："我一个人在这里上班，没有老乡或亲戚。"

那个男人还想继续说什么，这时一群人走了过来，他连忙拉着同伙走了，留下刘月丽莫名其妙地站在那里发呆。

稍微有点社会经验的人，一看那两个男人就知道是骗子，可想而知，如果他们真是从北京到海南做生意被骗了，怎么可能连打电话的钱都没有？还有，他们说是坐飞机出行，怎么会出现在广东这个偏僻的工业区里呢？

当时街上人来人往，如果真遇到了困难，他们应该向警察求助，干嘛要向刘月丽这样的打工妹借钱？其实那两个人身上有很多疑点，只是刘月丽太单纯了，她刚从学校出来，根本不了解复杂的社会环境，街头骗子专找像她们这样的女孩下手,因为她们单纯,容易上当。

第一次遇到这样的事情,刘月丽感到莫名其妙。回到宿舍后,她将这件事讲给宿舍的工友和同学们听。

工友们都告诉刘月丽,那两个人是骗子,他们想骗她的钱。

她们告诫刘月丽以后千万不要独自出门,免得被人骗了。

"可是我没有钱啊,他们骗我干什么?"刘月丽不解地问工友。

"你傻啊,他们怎么知道你身上没有钱。即使没有钱,他们就会骗人,年轻女孩就是无价资本,他们将你骗到偏僻的山区,卖给人家做媳妇。或将你关起来,让你家人来赎你,有的还被卖到娱乐场所做三陪女。"

"啊?这么可怕?"刘月丽吓了一跳,没想到这样可怕的事竟然让她碰上了。

"你刚来广东,对很多事情不了解,骗子五花八门的骗术都有。他们主要骗那些年轻女孩,因为她们单纯,没有社会经验,容易上当。以后出门一定要小心点,不要一个人出去。"工友王姐语重心长地说。

"太可怕了,可是那两个人看起来不像坏人。"

"骗子脸上又没有写字,你怎么知道他们不是骗子。"王姐以过来人的身份教导刘月丽。

王姐告诉刘月丽,这里差不多每年都有女孩失踪,有的被男朋友拐走了,有的女孩莫名失踪,也没有人知道她们去了哪里。有的被人骗去娱乐场所逃不出来,也有的被卖到偏远山区。

王姐一席话,让刘月丽听得心惊肉跳,没想到打工环境竟然如此复杂。王姐见刘月丽吓成那样,便安慰她只要平时多加小心,晚上少出门,不要轻信他人,就不会被人骗。广东有数以万计的打工妹,出事的毕竟是少数。

另外,她还说发了工资,如果要寄钱,不要一个人去邮局。工厂附近的人都知道AB厂发工资的时间,一些不法分子经常等在通往邮局的路上,如果一个人去寄钱,有可能被他们抢走。

那是刘月丽刚到广东时遇到的事情，接下来的十多年时间里，随着各项管理制度的相继出台，广东一带的治安环境有了很大的改善。

刘月丽也习惯了这里的生活，觉得以前遇到的那些事其实并不可怕，只要多留点心眼，骗子就不会有得逞的机会。

第八章

时间一天天过去，很快到了那年春节。刘月丽和同学们都没有回家过年，对于她来说，除了没有钱外，更多的是不想回去面对父母没完没了的争吵。

放假前几天，人事部贴了一张通知，通告全厂过年放假三天，届时会举办春节联欢晚会，希望有唱歌跳舞特长的员工踊跃报名参加。

看到放假通告后，大家都很开心，天天念叨着假期怎么度过。没日没夜的劳作早就让这些身处异乡的年轻人身心俱疲，他们都期待着放假好好放松一下。

有些年长的工人，家里上有老下有小，他们选择回家与父母孩子团聚。年轻人的工资本来就很低，加之平时花钱大手大脚，到了年底手头都很紧张，大多数人不打算回家过年。

放假前一天，厂里给每个员工发了一包糖果和一包瓜子，这是厂里发给底层工人的新年礼物，看起来有点像哄三岁小孩似的。

领到礼物后，大家都很开心，有一个老员工说："全厂有一万多人，老板给所有人都发放了糖果瓜子，说明他还是在意我们。如果他不发，我们还得在这里做事，出来打工是为了挣钱，不是为了享福。"

说得也是，老板给员工发礼物是他的心意，不发又能怎样呢？如果去别的工厂，说不定还没有礼物发放。

在广东一带比 AB 厂待遇差的工厂多的是，只不过有些人这山望着那山高，潜意识里总认为别的工厂比这里要好，每天都有工人辞工或自动离厂，正所谓铁打的营盘流水的工人，这也是珠三角一带很多工厂真实的写照。

AB厂从管理人员到底层工人的等级制度划分得很细，除了工资差别外，年终奖和红包也有很大的差别，职位越高，年终奖和红包就越多。

AB厂也有年终尾牙抽奖的风俗，奖品是由原材料供应商提供的。他们为了表示感谢，以寻求来年生意上的合作，年终时都会送来一些礼品表示谢意，有毛毯、自行车、电风扇、电视、现金等。

作为当地有名的大公司，AB厂有数以百家的供应商，他们送来了不少礼品，老板将这些礼品用抽奖的方式分给管理人员，员工没有资格参与尾牙抽奖活动。

大年三十晚上，人事部组织的晚会如期在生活区广场上举行，参加表演的都是车间工人。由于事先经过排练，晚会节目很精彩，大家都玩得很开心。那是刘月丽和同学们来到广东后最开心的一个晚上。

那些女工平时穿着厂服，戴着工帽，在车间里一副胆颤心惊的样子，其实她们中有很多人能歌善舞。奈何超负荷的劳作，使得她们没有施展才华的机会。在暗无天日的车间里，她们大好的青春年华随着流水线的旋转一天天逝去。

那天晚上，食堂特地给员工加了餐，每人发一个鸡腿，长期不见油水的菜竟然也能吃出味道来。

进厂两个月，刘月丽第一次觉得饭菜有点味道，这是她在广东度过的第一个春节，那几天她很想念亲人和好友。可是在当时的处境中，纵有千言万语，她也无处诉说，无边的寂寞与深深的挂念只能藏在心里。

大年初三正式开工，根据工厂的惯例，开工那天香港财务经理要去车间发"利是"。

"利是"是广东人的叫法，就是通俗的"红包"的意思。老员工说每人只有十块钱，那时工资低，十块钱也不是小数目，只要有钱领大家就很开心。

上班第一天，刘月丽和其他工人一样，都没有心思做事，时不时向车间大门望去，盼望香港经理早点来到。

其实那十块钱迟早会发下来，可是人对金钱的占有欲总比较强烈，都巴不得早点领到手。

十点钟左右，一个穿着笔挺西装的中年男子拎着提包走进小车间，他用白话和大家打招呼："新年好！"阿辉和另外几个组长连忙操作生硬的白话应和着："林生，恭喜发财！"刘月丽后来得知林生是会计部的香港负责人，工厂所有进出账都由他审核批复。

那天阿艳还没有返厂上班，车间工人的胆子比平时大多了，几个女工也跟着附和道："恭喜发财，红包拿来！"她们说香港人和广东人有这样的习俗，过年时只要说一句"恭喜发财"，他就会给你一个红包。

林生打开皮包，里面全是一沓沓的十元钱。他沿着流水线给每人发了一张，领到钱后大家脸上露出了少有的笑容，这十块钱顶得上当年一天半的工资。

那天很多车间主管没有上班，车间气氛比平时要活跃很多。一些胆大的女工便在各个车间里来回穿梭，追随发利是的林生，想从他手上多拿几张十元的钞票。

由于车间女工穿上厂服后很难区分，加上林生对她们又不熟，他以为她们没有领到钱，便又递给她们一张。

吃中饭时，有人议论说有一个女工追在林生的后面不停地要利是，那天她共拿了八十块钱，顶得上大半个月的工资，她的收获让那些胆小的女工羡慕不已。

喧嚣的三天年假很快就结束了，刘月丽和同学们又开始了机器人般的流水线生活。

坐在冰冷且毫无人性的流水线上，刘月丽的心就像坠入冰窖之中，绝望，痛苦。

想到迷茫的前途，她感到心灰意冷，她很想离开这里，可是又担心出厂后没有地方可去。

来广东几个月，她除了工厂附近的市场外，没有去过别的地方，根本没有能力独自去找工作。

如果不辞工，她实在不甘心长期做一名流水线工人，几个月的流水线生活，她觉得大脑都快麻木了。

进厂后，在阿艳和阿辉的高强度训练下，她已经学会了焊锡、剪脚、测试、插件、包装、看外观等工序。每天接触大量的PCB板，以致她经常产生幻觉，睡觉或吃饭时，总感到那些电子元件和PCB板在眼前晃动。

在刘月丽的记忆中，AB厂的流水线生活，简直就是受煎熬。除了体力上的劳累外，精神上的折磨更让人痛苦不堪。

在宿舍里，每个人都早起晚归，有时整天也说不上一句话。在车间里，除了偶尔和一群胆颤心惊的工友有交流外，大部分时间都要面对整天板着脸骂人的阿艳、阿辉和冷冰冰的PCB板，在那种单调枯燥的日子里，她觉得快与世隔绝了。

她的几个同学也在为各自的出路奔波，几个男同学都交了辞职书，他们三月底就能出厂。他们胆子大，身上有几个月的工资，打算辞职后出去找工作。

至于那些女同学，也有好几个打算辞职，只有刘月丽还在犹豫。

她不是舍不得辞职，只是因为她太胆小，加上对广东的环境不熟悉，又没有一个熟人，她担心出厂后没有地方可去，到时只怕会流落街头。

同学们都在忙着找自己的出路，他们没有时间，也没有能力帮她找工作。

很显然，要想摆脱流水线工人的身份，她只有靠自己的努力去实现。

一些老工友告诉刘月丽，过完年后很多工厂招工，她们得知刘月丽高中毕业，而且学过一年的英语，便劝她去学电脑。他们说女孩子只要会打电脑，就可以进办公室做文员，他们劝她趁年轻多学点技能，不要在流水线上浪费时间。

眼见同学们一个个离去，刘月丽的心里倍感失落。坐在永不停止的流水线上，她每天都在为自己的出路思索着。

一个月后，好几个同学都走了，他们分别找到了储备干部、仓管员、品管员或者文员的工作，不管怎样，他们再也不用干流水线工人了。

在同学们和工友的鼓励下，刘月丽也从 AB 厂辞工出来，借住在阿香租的房子里。

凭着年轻的资本，加上高中毕业证，她顺利进入一家待遇不错的工厂担任品管员。

那是她来到广东后凭借自己的能力找到的第一份工作，尽管不是办公室岗位，但是工资还不错，比流水线工人轻松，也比较自由。

工业区里有很多培训班，一些有上进心的女孩利用业余时间去学习电脑，进修文凭。在周围环境的影响下，刘月丽也利用业余时间报名学习电脑和英语。边打工边自学，成了她业余时间的唯一乐趣。

从那时开始，她便开始了在广东打工的生活，先后干过品管员、文员、工程助理、外贸业务、总经理秘书、外贸经理等职务，直至最后自己独立做生意，在广东定居生活。

从第一次跟随中介来到南海打工开始，她在广东生活快二十年了。经过多年的打拼，她再也不是当年那个胆小怕事，坐在流水线上胆颤心惊的打工妹了。

随着社会的发展，不只是她个人的生活有了很大的改观，外来工的生存环境也有了很大的变化，特别是底层工人的工资和待遇有了相当大的变化，无论是工资，还是生活福利，早就今非昔比。坐在宽敞明亮的办公室里，刘月丽静静地回忆着当年那段艰辛的打工岁月，心里感慨良多。

尽管吃了不少苦，但是她觉得很值，她发自内心感谢那段打工生活，感谢改革开放的南方城市，让她们这些来自农村的孩子，得以有机会在这里工作、生活。

正因为有了那段经历，才使得她不停地学习，一步步提升自己的个人能力，才有了如今幸福的生活。

【作者简介】

戴杜平，1999年大学毕业后来到东莞工作，先后干过办公室文员、采购员、外贸业务、资深外贸经理等。从小热爱文学，在工作之余喜欢阅读，在闲暇之余开始尝试写作。先后在网易云阅读上发表过《东莞打工妹二十年风雨人生》《围城错爱》及中短篇小说《梅花殇》《凋零的姐妹花》等。

印出光芒万丈

/ 严婉儿

  从老师的手上接过大学的录取通知书，伟强没有一丝喜悦，老师兴奋的话，他一句也没听进去。耳朵是塞进了隆冬的雪地，还是挂在崖壁老岩石上？嗡嗡地响。

  这个夏天真的不应该热成这样子，他像家里的土狗阿旺一样想喷出热气，不知道怎么跟老师道别离开学校，不知道怎么越过那四公里的崎岖的山路回的家。就在放牛的那个山边，阳光下的录取通知书把眼睛都刺痛了，晃出了炸石受伤的哥哥简单地包扎着双眼痛苦地躺在简陋床上的脸，晃出了母亲因寻找家里唯一的耕牛遇到大雪冻伤的腿，他轻轻把通知书撕个粉碎，向悬崖外一洒，若无其事地回家了。

  简单地收拾了衣服，也实在找不到像样的行装。他没有直接告诉母亲，她偷偷塞给他的一把皱巴巴的钱他已经放回母亲的枕头下，他知道母亲已经偷偷哭了几宿。那趟一天只停一次乡里村前的班车远远驶过来，他默默地回头一看，在烈日下半山腰上自己的家渺小得像一粒芝麻。

  广东的天气比家乡还热，但来到这个叫西樵镇的地方，青峰叠嶂绿树花红，还有一条在家乡都没见到的大江，伟强贪婪地呼吸着阳光下的新绿味道。姑父的小舅子已经在前面催了,他拎着为数不多的行李惶恐地跟上步伐。

还好,一切登记手续办好,他耳边还响起人事小姐轻蔑的话:"这么年轻就当印刷学徒,老四你别又增加我们的工作量了,这个难保能做得长,这么脏累小年青熬得住吗?"他用力地紧抓双拳……

印刷部可能是全公司最脏最累的工种,各种油漆的味道直冲鼻翼,他的胃差点没倒过去,三百多斤的那水桶差点跟他身高一样了。两个老师傅是本地人,每天上茶楼喝完茶回来才慢悠悠地开始工作,有一个还每天偷偷跑去接小孙子再跑回来工作。老师傅处处防着他,印刷技术可是不肯教他半分,还专挑那些倒油墨呀上钢版的重活叫他做,他也乐呵呵地二话不说直接扛过来。老师傅们还有一个不太好的习惯,就是烟瘾特别大,而且从来不愿意在指定的吸烟区,把两张木凳子一搁就坐下吸烟聊天,那些烟头扔得满地都是,连扫地的阿姨也不愿意过来扫。有一次烟蒂扔在废料子上还真的差点酿成火灾,两个老师傅吓得呆若木鸡,幸好伟强看到烟雾马上用灭火器把火苗灭了,避免了严重后果。从此天天一上班伟强就把烟头全扫干净,为师傅们打好开水,把凳子尽量地挪离开工作区域。师傅们明知道是他做的,也不好发作,日子久了也自动坐去吸烟区吸烟了。

虽然工作又累又脏,师傅们也有所保留不教他真正的印刷窍门,他只好偷偷地学习师傅们工作过程中的各种处理方法,有时间就跑去书店找有关印刷技巧的书籍,他还报了一个学电脑的课程,西樵就比家乡好,等学成之后报名费就政府补助退回,任何人都可以享受这个福利。每个月工资固定有二千多,他只留下几百块,其余的全寄回家里。

西樵的纺织业又迎来春天,给公司下的胶袋订单更大量了。师傅们同样处处为难新招的两个小学徒,学徒没干多久就走人。两师傅不紧不慢地工作,老板急如热锅上的蚂蚁。看到这情况,师傅们暗生一计,要求加薪百分之三十，协商不一致后他们索性来了个大罢工。老板欲哭无泪只好亲自上阵，原来老板也是印刷高手，带着伟强和另一个学徒奋战了一周，终于在货期前完成了。

老板拍拍伟强的肩："小伙子，你就像我当年的坚韧和肯吃苦，你的技术我认可了，我决定升你当印刷组长。明天我就招两个师傅回来协助你，好好干。"

接下来，老板也真的说到做到，把原先的两个师傅按劳动制度作了解雇，另请了师傅帮助伟强，更毫无保留地把技术教给他。伟强虚心学习埋头苦干，连印刷时最怕就是遇到刀片放置的关键问题，也能快速准确地发现而马上调整。印刷最难就是刀片放置，稍有不慎压太紧印出来产品的颜色会变深，如果压太松又会上一层墨，专业的老师傅上机就能看到出错马上调整，如果新手的话则根本不会看出问题而让产品整卷报废。

公司正与其它公司竞争知名品牌香云纱制造商的合作订单，但客户提出的竞争要求也相当苛刻：竞争公司必须要设计一款让客户满意的袋子，优秀者竞得合作机会。偏偏这时他收到老父亲托人写来的信，信里说：大哥的眼睛在省城医院无法治愈，可能要失明了，大哥才二十五岁，因家贫还没结婚，如果失明了更加没有女人愿意嫁到家里来。父亲很担忧，想他能回家一趟，安慰一下大哥。

这边看着老板带领同事们几天不眠不休地设计方案，另一边拽着老父亲沉甸甸的信，他焦急万分。父亲不是一个轻言退缩的人，但信里的每一个字都是那样哀伤，他犹豫不决。还是细心的老板看出端倪，跟他详谈一番，获悉情况后，第一时间给他打了强心针，打消了他心中的顾虑：公司出资接他的父亲兄长过来广州眼科医院治疗，治疗费用也由公司负责，他就留在公司与大家一起打仗。

伟强握紧了老板递过来的坚实的手掌，眼泪实在忍不出涌了出来。一切安排就绪，他与同事们积极投入研发新产品之中，要想在同行内脱颖而出，必须设计出经典与优雅相当的包装袋。他利用 PET 的镀纯铅工艺加上 CPP 和 LDPE 的原料，反复试验，终于设计并生产出一款一面厚金色凤凰图另一面纯银色牡丹花与镂空特殊垂直型袋子，把香云纱的高贵与端庄表现得淋漓尽致。伟强摒弃了传统的手挽孔工艺加工，增设了一款漂亮的丝绸彩带，而彩带位置刚好在金凤凰的头顶上，恰似一个漂亮的皇冠。

公司凭着这个出色的设计，一举拿下订单，并投入了紧张有序的生产中。虽然哥哥的眼疾因拖延时间太长无法痊愈，但得到有效治疗暂且保住眼球能看到微弱光影，老板派出行政为他们一家在公司附近找到合适的房子租住，还送哥哥去学习盲人按摩培训，等学业有成能有一技之长。

伟强更加投入地参与生产进程，却无比快乐，他珍惜如今拥有的一切。老板又为他与几名高管报读了企业总裁 EMBA 研修班，忙碌而充实的生活让伟强信心百倍，与家人一起生活在西樵的日子，他觉得非常幸福。

妈妈也接来了西樵，腿脚通过治疗变得利索了，哥哥在一家盲人按摩店上班，凭借娴熟的手艺获得客人的赞许，还获得一个温柔美丽同事的爱情。

休息日，伟强就会带上父母亲到西樵山游玩，虽然是从大山出来的农民，但父母每次都像发现新大陆一样，从出门到睡觉都在赞美樵山的美丽与惊喜。晚上，老实巴交的父母还浪漫地手牵手去听音湖散步，顺路接上下班的大儿子，然后回家煮好宵夜等伟强回家。美好生活就像阳光，每天都是新的开始！伟强看着窗外的西樵山俊美的山峦，在阳光下闪耀着万道光芒，温暖的感觉让他像回到家乡的大山怀抱那样亲切和舒服。

【作者简介】

严婉儿,佛山市南海人,佛山作协会员、南海作协会员。文学爱好者,喜欢创作小说、散文、诗歌、戏剧小品、童话、歌曲等。作品散见各报纸杂志,并曾在省、市、镇级征文类比赛获奖。

就爱

/ 黄声新

> 所有的遗憾凝聚成黑黑的文字，静静地躺在苍白的纸上，密封了往事，放进大海，看着她飘向茫茫天际，缘分与命运让天意安排吧。
>
> ——题记

"桑，泱姐要回来。"妻仰着下巴，眼朦朦。

"瞎说，跟你说多少年了，泱泱早已有她的幸福了，而我的幸福便是您。"

"你看，你看，我收到了漂流瓶，看了信，我下星期想回国看看你。"妻指着我十年前的电子邮箱。

窗外便是红红的玫瑰，浓烈地簇拥着。哦，十年，那一盆的玫瑰已经长成了一个玫瑰园。远处，奶牛和她的孩子在小溪边的草地上静静地嬉戏。

妻知道我和泱泱的往事，以及依然在太平洋上的漂流瓶，妻曾笑之为不沉的泰坦尼克号，结婚后我告诉她我以前的电子邮箱及密码，她经常上去浏览，乐此不疲。楚楚可怜的样子，好气又好笑。我既然已经承诺，就会用一生去爱你。我说别吃醋了，你给我那么多，我怎么会舍得让你难过呢？

她说是积德，去扫网窖，为我为她自己。她说我本来就是泱泱的，如果不是结婚我肯定会为情所困背起行囊全世界找泱泱去。

我笑。

知夫莫如妻，这种事情只有我会去做。泱泱是我心肝上的女孩，分离自是撕裂心骨。妻也就是看中了我的痴情才决定嫁给我的。

那是泱泱离开我五年后，在最孤单寂寞的日子，我终于受不了妻美丽和娇柔的诱惑，结婚了。也算了却父母亲抱孙的心愿吧。

"桑，你去吧，接泱姐回我们长沙心怡农庄来看看。"

其实妻的善解人意才是我永远的罗网。

吻别了妻，在回西樵的高速公路上纵情飞驰，闪着一双聪慧的、亮亮的、狼一样的眼睛。车飞了起来，心也长了翅膀。飞的感觉真好，有如一曲舒缓的乐章，流畅激昂。狠狠一踩油门，绝尘而去，卷起满地风情，生命在时空中飞扬着激情与活力，香格里拉就在眼前。

年轻的我喜欢流浪，卷起几张地图，背着一个书袋，天马行空地走来走去，穿过三亚的七巷八巷，走在浦东的乡间小镇（全世界瞩目的地方竟有稻花香！），看北京沉闷的青砖绿瓦，听马六甲的晨涛，想去欧洲、美国，追求事业的辉煌，也想去大西北，感悟生命的真谛！

那一年国庆我有七天假，在北上的火车里有一个女孩在看《广州英文早报》，这在硬座里也算珍稀动物了。

我要认识她。

没想到她是西樵×××基金会的翻译，去北京玩。

"你去哪里呢？"

"我要去上海考察！"

我笑，有点真，有点假。真的是去上海玩，自由自在地玩，不喜欢跟团，感觉没去上海的不是现代人。伯父堂哥在新加坡开酒店，本来有意回来投资，要我做好准备，这是现在的假，将来的真。

"一个人去北京？"

"那怎么了，我一个人还去蒙古呢！"

"野！"

没想到我们都在西樵上班，相识自是有缘，我们交换了地址电话。

后来的交往证明泱泱确是个和我臭味相投的人，个性坚强，敢于冒险。我们总是找没去过的餐厅吃饭，点没有吃过的菜，两个人分着吃，这样我们就可以花更少的钱吃更多的菜，我们吃遍了西樵，吃遍了南海。尝遍酸甜苦辣，乐在其中。生命那么美丽，那么短暂，多多尝试，多多享受。高兴的时候，泱泱说要陪我走遍全世界寻找香格里拉。

吃多了我们也自己学着做，而且加以创新。泱泱会做西樵大饼，饼大洁白，我喜欢她的清香甜滑，入口松软。泱泱脸如明月，我赞她是大饼西施。我会用莲藕和鸡蛋做"侠骨柔情"，用蛇和芒果煲汤，美其名曰"偷吃禁果的蛇"，全世界只有我会做这些菜。在厨师里面有文化有品味的人一定不多，没准就擦出漂亮的火花来。思维之花，奇异而美丽。我想我应该做几个泱泱很喜欢吃的菜，这样她生气的时候我才可以哄哄她，气坏了不至于饿坏，等待她的心情慢慢盛开，等待她的香吻。也很想开一间西餐厅，一边追逐成功，一边享受浪漫情怀。

也是那时在西樵××花园供了房子，我要给她实实在在的幸福，锦衣玉食需要机遇，衣食无忧的日子我绝对可以做到。物质上也许我不能给她最多，但情感的给予一定没有人可以超过我。

快乐的眼睛下面总是掩着愁绪，她说她还是想出国，希望我能和她一起走，我很无奈。我们公司的项目已经动工了，这是我梦寐以求的机会，大施拳脚的时候，却要离开我刚刚开始的事业，离开信任我的老总，于心何忍。而且我属于我自己，更属于家族，这也是一份责任吧，我在等待伯父堂哥给予的机会。

我的机会与事业在中国，与泱泱的梦重叠后最终要分开了。

也许我们太花心，透支了太多的快乐，有夫妻相也要拆开，这也许是上帝的惩罚吧。

车开进了西樵××大酒店。

露天酒吧。

远处就是那个码头，以前我工作过的地方，我在那里放了漂流瓶。

心事早已如潮水，层层叠叠向岸边涌去。

一袭黑色的连衣裙，挽起高高的发髻，高贵而忧郁，泱泱。倦了的黑天鹅？

天空宁静而高远，水天一色，一抹黑色的云，如纱，那是泱泱卸下的披风？

还是那种美丽，多了成熟的风韵，沧桑。

"为什么不送我？！"

言辞还是那么强势和霸气！

那一年的2月8日，当飞机裹着泱泱穿过南海的云的时候，我的泪水也顺水而去，我没敢去机场送她，我知道我受不了。

心是浮云，留恋在泱泱的窗外，挡住那燥热的阳光，这是故乡的云，从此不再有；我心若水，逐着一江春水，推波而去。

我等待泱泱回来，推门而进，带着大饼，还有皎洁如明月的微笑。

只有风，依旧凉！

我失望一次次再期望一天天。

我去了几次泱泱家，想要泱泱新的联系方式和邮箱。他们家觉得我属于捞仔，捞一把就飞的那种。他爸婉拒了，在冷漠中我看出他爸对我的失望。

那年7月我剪下了我家的玫瑰花，自己种的，刚刚开放的花骨朵。放进了矿泉水瓶，一个利是封，我的电话，手机号码，泱泱家里的电话和手机号码。希望有人会打电话给她,告诉她我的一生多么需要她。

"今年有个美国人在旧金山的沙滩上拣到这个瓶子,打电话给我家,我妈转告我,我试着往你原来的电子邮箱发信息才找到你。为什么不给我复电子邮件?电话又找不到你。"

泱泱的爸爸说我和泱泱应该有各自新的生活,再联系只会增加痛苦。想想也是,我是没有前途的捞仔。可我怎么和泱泱说,思量一番后说:

"在你去加拿大读书后我想你应该有你的生活,在异国他乡希望有人比我更懂你,照顾你,我也很忙,所以我慢慢就很少跟你联系了。你走后第二年,我们的项目完工后我也离开了西樵,虽然这里有我的心血,有许多关爱我的人,但因为在这里老是想起你,我受不了,我卖掉了我们曾经相拥的房子,走了。"

"回老家休息两个月后我去了上海,我曾经对上海的杨姨说要去上海做广东风味小吃,姜埋奶、双皮奶,上海人很喜欢吃,生意一直比较顺利,后来跟一个嘴谗的上海妹结了婚。几年后倦了累了便在老家湖南长沙租了一大块山地种药材,这是一块没有污染的净土。'长乐未央'便是我的品牌。我们家三代行医,我又在医院长大,所以对中医药有着特殊的感情。"

"我在加拿大超市买过,没想到是你的产品。"

"那玫瑰花,当它化水的时候,有没有化了我的祝福呢。"

我曾把我的祝福写在《南方都市报》那一年2月7日派的"福"字上:很久没有见到泱泱了,蛮想,君住江之头,我住江之尾,日日思君不见君,共饮一江水。

泱泱是在西江边长大的女孩,那年春节放假回家,我加班。

"知道吗,那天接了你的手机,我哭了。"

泱泱的眼泪,晶莹剔透,静静地溶进了我手上的纸巾,溶在我的心里,化作万千涟漪。

"离开那个房子的时候,我特意带走了那盆玫瑰花。我想将来我会让她在我的房子周围开遍，我们就生活在玫瑰园里。高兴的时候，忧郁的时候，微风习习的晨，月光如水的夜，我总有带着露水的玫瑰花塞进妻的手里，想采就采，多好，嘿嘿。"

我想把我的笑传染给泱泱，泱泱却低头从坤包里拿出几张牌。

"还记得我们的牌吗，我手上还有你的几张金牌呢。"

"记得，你可以用这个金牌让我为你做任何事（伤天害身除外）或至少可以中止你做现在的事一天。"

那是和泱泱在一起快乐得要死的时候，我签署的牌，上面有×年×月×日，泱泱让我如此高兴，我心甘情愿为她做……

银牌，铜牌也各有意义。月亮知，星星知，泱泱知，我知。现在何人知？

我也用过一张泱泱的金牌，那天泱泱死缠着拉我下网去买东西，我用金牌阻止了她，气得她悻悻然。

剩下的牌，已经随水而去了。

"有没有想过用金牌阻止我出国。"

"有，但不好，我知道你一直想出国，你说过学英语的人不出国是浪费。"

当泱泱盯着我的头上的白发出神的时候，我打破了沉默。

"我有一对龙凤胎。你呢？"

"前夫是美国人，两个女儿。"

泱泱躺在我的怀里哭泣，梨花带雨，楚楚动人。

我簇拥她回房间。

她的酥胸贴上来，更加丰满，搂着她的腰，吻她的额头，睫毛，红唇，脖子……

手机响，出去，关门，接听，女儿的声音传来。

"爸爸，妈妈说接泱泱阿姨来我们这玩。"

"好啊，你怎么还不睡觉啊？"

"今晚，你还没有和我说晚安啊？"

"晚安，明天见。妈妈和哥哥呢？"

"爸爸，晚安。"

"爸爸，记得给我带玩具回来！"

儿子在电话那头吼，老婆急急掩住他的嘴。

那晚我再没有走进泱泱的房间。

窗外，涛声依旧，我的心再也无法为她澎湃。千百年后，这西江水依然在唱歌，我们都走了，今夜的星星，还会记得我们吗？

谁人独唱西江月？

附给泱泱的信：

泱泱，这便是你的选择？我们的未来？

No！It is not our future!

你在异国他乡还好吗？别后的 152 天里只收到你的两封电子邮件，你是否太苦，太累？

太苦太累你就回来吧。

这里许多事情根本不用你操心。

想你的时候，思念便一江东去。

泱泱，你知道这西江有多少鱼吗？

我知道，因为我已望穿秋水。

鱼啊，我和你朝夕相伴，你能帮我衔书而去吗？

泱泱，我们还有未来吗？

现在才 2002 年 7 月 10 日星期三啊！

【作者简介】

黄声新,笔名果园,中国电力作家协会会员、广东省作家协会会员、广东省文艺批评家协会会员。《兰粤风》杂志主编,南沙文学网主编。长篇小说《想爱》获第九届茅盾文学奖提名。2013年8月获广东省文化厅主办第三届"书香岭南·悦读生活"摄影大赛特等奖。2016年10月短篇小说《就爱》获"西樵山杯"第三届全国青年产业工人文学大奖赛提名奖。

静卧窗前听鸟鸣

/黄和林

每个早晨,迷蒙的夜幕尚未隐去,校园还在梦中酣睡,而婉转的鸟鸣声总是如约而至。这声音远远近近,高高低低,此起彼伏,犹如舒伯特的小夜曲那样宛转悠扬,欢快而富有韵味。在睡与醒之间,听着如此美妙的音乐,真是如梦如幻,如醉如痴。

清人郑板桥在《十六通家书》中写道:"欲养鸟莫如多种树,使绕屋数百株,扶疏茂密,为鸟国鸟家,将旦时睡梦初醒,尚辗转在被,听一阵啁啾,如《云门》《咸池》之奏……"

如此看来,我比郑板桥幸运得多了,郑板桥只有屋前屋后数百株树,还得靠自己辛勤栽种,悉心浇灌,十年八载才换来那么一阵子的鸟鸣啁啾。而我,拥有整一座西樵山,比乌家鸟国更胜一筹,这是鸟的天堂。而且我不须要出力流汗栽花种草,完全是坐享其成。

西樵山三面山峰极像一个不规则的簸箕的外框,把二三百亩校园紧紧地箍在簸箕的底部,而我的宿舍——一座用花岗石砌成的三层小楼,就被红花绿树掩映在簸箕的右腰上。向东仰望,百十米处的巉岩上杂树纷陈,参差披拂的树木和蒙络摇缀的藤蔓沿着山坡一直蔓延到卧室窗前。

这是鸟儿们的舞台,她们的音乐盛会就是在这里举行的。在这个舞台上献唱的主要歌手有斑鸠、夜莺、布谷鸟。它们喜欢独唱。斑鸠的歌声最悠长,"咕咕咕——咕",它把"ɡu"这个音节的平上去入四声都唱齐了,在唱到最后那个音时,还稍作停顿,运足了肺气后才唱出最后一个音。斑鸠的叫声悠扬婉转,在山中穿花度柳,过林越坳,迤逦来到耳畔时,越发飘渺空灵,让人听了有着说不出的舒坦愉悦。

布谷鸟唱的也是四字歌,初一听"布谷——布谷"似乎是两个音一个调,但是在似睡还醒中听这一声声婉转又带有一点凄凉的叫声,往往会听出多种韵味来。

在雨后初晴的早晨,布谷鸟的鸣唱,容易让人想起"布谷声中雨满犁,催耕不独野人知"的诗句,因而它的歌声往往被解读成"播谷——荷锄"。在阴雨连绵的早晨,听布谷鸟长一声短一声哀怨缠绵的啼鸣,"不胜凄断,杜鹃啼血""听杜宇声声,劝人不如归去"这样的诗句涌入心中,布谷鸟的叫声就成"呜呼——呜呼"的悲鸣了。而当"溪边布谷儿,劝我脱破裤"翩然而至时,我忍不住笑了,苏东坡用满怀同情的笔调写农夫的酸楚遭遇和困窘生活,读起来却趣味盎然,令人忍俊不禁。难道这布谷鸟也慨叹"农夫——凄苦"吗?

鸟儿们不但是歌唱家,也是语言艺术家。啁啁啾啾,叽叽喳喳,嘀嘀哩哩,几个简单的音节,在山雀、黄鹂、画眉、喜鹊、鹩哥等鸟儿的如簧巧舌下演绎出千言万语来,有时是呼朋引伴,有时是挑逗异性,有时是卿卿我我,大秀夫妻恩爱,有时却是吵架拌嘴,争风吃醋。

最不识趣的是"黑头公",每个早晨都停在窗台边的水蒲桃树上,用甜得发腻的声音"国舅国舅国舅"地叫喊着。我起床来到窗边,他一点都不怕人,还不断地晃动脑袋用圆溜溜的眼睛瞅着我,头上的那顶高高的黑色尖帽也跟着摇来摇去。

居住在西樵山下,倾听鸟儿们的欢快鸣唱,感受自然音乐的神韵,心中已经有一种淡然的恬静。而躺在床上，眯眼倾听鸟歌鸟语，按自己的思绪解读大自然的语言，则更是一种美好的享受。

【作者简介】

黄和林，1997年毕业于广东教育学院汉语言文学专业，中学语文高级教师。佛山市作家协会会员，西樵镇文学协会副会长。2000年开始文学创作，小说、散文、诗歌、词赋、楹联等作品多次获得省市级奖励。

西樵山寻美

/ 韩芳

不知不觉，时光已指向2016年5月19日。站在佛山西樵山的观音下膜拜。

谁曾想，十年后的春末夏初，我带着女儿能再次来到西樵，受"西樵山杯"第三届全国青年产业工人文学大奖之邀参加了"文翰樵山·最岭南"的采风活动，真是有缘与此。

十年后再次与美丽的西樵山邂逅，思绪如一张网，帮我打捞起一些刻骨铭心的记忆，触摸生活的本真，把一切劳碌，一切奔波抛开，将一颗心安放到大自然里，才会真正触摸到时光里最美的景致。

中国的山川之多，大山之美，各具神韵。我对文翰樵山的心仪，源于十年前那段教学生涯。

只记得，那是十年前万物复苏的时节，因为心中那份梦想，为了把最喜爱的文学写作，传播给更多热爱写作或苦于写作的孩子们，便和奇趣作文的同仁们游学于佛山的大城小镇。偶然一次教学讲座，我便被佛山西樵独特的魅力深深吸引，在此生活了一年半之久。

那年的同样时令，和煦的风儿，一寸一寸地抚摸着自然的生灵。下班后最惬意的奢侈品，便是与学生阿娇和阿娇的奶奶去山上静听大自然的乐音，看万物复苏在四季里悠然生活。

西樵山因何美不胜收？阿娇和奶奶把我引进了她们美丽的家园。初次与西樵山零距离接触，就被她深深地吸引。听阿娇奶奶的一路讲解，我被西樵山的群峰罗列，参差有序，形态万千所折服，真是"山里有湖湖里有山，水在山中山在水里"啊！

一口口古井，一座座古桥，一条条古道，一处处古墓，一幢幢祖祠，一个个古村落，记录了西樵姓氏的源流，繁衍和发展。流连忘返期间，我对西樵浩瀚的历史颇感兴趣，同时也被明朝著名学者方豪对西樵的赞誉深深地打动："西樵者，天下之西樵，非岭南之西樵也。"

岁月倏忽，经朝历代，被誉为"珠江文明灯塔"的西樵山成为了饮誉海内外的名山。岭南最璀璨的文化历史积累和沉淀，是我用语言无法尽述的。

"岭南文化使者"邹继海先生曾感慨曰："今日西樵之文物，亦天下之文物，非独西樵之文物也。问当今世上，达此者能有几何？说她是文物西樵能与之争锋者，又有几何？"

可见西樵文明久远和文物的钩沉，令世人赞叹。

十年后，我再次徐步细读西樵山，它依然是一片宁静和宜人的世界，感受着6000多年，勤劳聪慧的西樵山人。就在这神奇的岭南土地上创造了灿烂的"双肩石器"文化；膜拜这在西樵山第二高峰大仙峰的世界第一观音像前，体会着具有中国高雅的佛、儒、道等宗教文化融合的鲜明特色。

细雨如丝，与来自广东各市级文友一同，漫步于宏伟壮观的观音巨像相映的千佛映辉景点，欣赏着依山傍势而建的三十三座名亭和名亭分别供奉的观音的三十三个化身，不禁赞叹西樵人对神和文化的敬仰和传承。

大仙峰左侧肆意渲染着极具艺术价值的国内外观音寺庙，是观音造像相映成辉的微缩景区。在这样浓重的佛教氛围里再次赏西樵山，真是别具另一番神韵。

与文友一起信步走进圣域市肆，福寿莲池，环海镜清，牌坊广场等，又一次领略了观音文化建筑群的神秘与现代气息等美仑美奂。

我所神往的三湖书院建在人杰地灵的西樵山白云洞风景区。拾级而上，泉声如琴，松涛如韵，瀑声如潮，鸟鸣如歌，绿树掩映，远远看见民族英雄林则徐书写的苍劲有力的4个大字"三湖书院"门匾。

其威严气势弥增，伫立于三湖书院前超越远久的联想，坚劲了我的脊梁，以读书人的心态品读三湖书院，能深切感受到：

"烟雨西樵乍霁开，三湖碧水映楼台。追寻遗迹康南海，不尽沧桑过眼来"的意境与康有为苦求变法强图的胆才雄略……

沿着竹影绰绰绿意浓浓的石阶路前行，再次欣然走进南海清代科举圣地的字祖庙和奎光楼。字祖庙供奉的是中华文字的创造者仓颉。再往细处想，仿佛能感受到当时南海许多学子前来参拜时的文人气息。奎光楼供奉的是开文运点状元的中国古代文学二十八星宿之一的魁星神。据说每逢进京赶考，都要来西樵参拜两位文星，举行隆重的开考和启蒙仪式。自此，西樵文运畅通科举昌盛。

我家七岁女儿用稚嫩的童声读着文学圣地的诗：

"山风如醉起诗情，西弄朝霞步履轻。春光最满桃源阁，云抹烦心风洗尘。"

我欣慰极了，女儿从小就能来读书圣地一游，沾点儿文气，真是妙不可言！站在白云洞的文星楼仰望，天上几朵白云正惬意地飞翔……

舒适的软风陪伴着我前行，微风美化了细雨的意境，思绪随着竹林曲弯就走进了四方竹园。

四方竹是国家重点保护的珍贵观赏植物，也是西樵山独一无二的。四方竹林的繁盛景象温暖着我的胸膛，惊喜中用手轻轻抚摸它的每一处细节：径高三到四米，呈圆角正方形，手握下去有明显的方形感，叶狭长。据说，如果把四方竹迁离本园，不出三年，竹身变会回复圆形……这些奇特的四方竹厚重了西樵山的独特的神韵。

西樵山蕴含多种古迹名物，灿若夜星的历史文化十分深厚，也是"南拳文化"的发源地。

一百多年前诞生在这块热土上的一代武林宗师黄飞鸿就是这个门派的代表。信仰就是追求，黄飞鸿一生以弘扬国粹振兴武术为己任，匡扶正义，见义勇为的高尚品质，已悄然融进了人们心中。看到那些正在舞狮的学子们精湛的技艺，令人拍手称快，真是后续有人，传承着"南拳文化"精粹！

十年后，再次与已经长成大姑娘的得意门生胡阿娇巧遇，真是欣喜若狂！

阿娇正陪着精神攫烁的奶奶与信男信女们一道参加"踩大仙脚印，能平步青云"的活动呢！

如今，我再次用心与秀美西樵山对话，又和现代文明对语，在目前国内最大的八卦太极广场黄大仙圣境园与人们一起共同欢乐，那是怎样的一种赏心悦目的心境呀！

西樵秀水青山的自然造化，巧夺天工，令人叹绝。但我这次两天的行程太过于匆忙，不能一一尽述这座熄灭了亿万年的死火山的旷世佳作，林深苔厚，洞壁岩缝，绿色翡翠，固体水库等，只有待再次来膜拜，才能精心描摹它的神韵！

感叹古人赞美的诗句：

"谁信匡庐千嶂瀑，移来一半在西樵。"

更欣赏现在词人陈怀志的《风入松·西樵山游记》：

"群峰滴翠洞藏幽，壮丽写春秋。山花烂漫春长驻，香飘处，鸟语蜂游。中外骚人陶醉，古今旅客争讴。

名山樵岭韵悠悠，诱我启歌喉。仙葩自谱歌千曲，吾酬唱、顿解烦愁。观者皆言难舍，别时几度回头。"

我用有限的时间再次寻觅名山樵岭的神奇美韵，心中那份不可复制的仙葩与灵秀，作诗《西樵山寻美》赞曰：

> 南海莺蝶舞相迎，樵岭玉瀑伴来客。
> 春意无限润柔情，南粤风韵堪国色。
> 半山花雨灿若云，千枝方竹仙自得。
> 最是岭南融翰墨，幸作西樵寻美者！

【作者简介】

韩芳，笔名寒香，新疆伊犁人。作家，教师。广东省青年产业工人作家协会会员、广东东莞作协会员，香港诗人联盟理事，香港诗人报社编委；东莞市莞香花青少年服务中心志愿者。著有小说集《我在天涯为你歌唱》、散文集《我在村头等你回来》。

西樵山：一处乡愁似的故园

/李逸轩

每每有亲戚或者朋友问我诸如佛山有什么地方好玩之类的问题，我都会脱口说出西樵山，干脆利落的语气里带着毋容置疑的肯定，仿佛年少时当堂回答老师一道答案早已了然于胸的简单题目。

在佛山生活的十几年里，我基本上每年都要去好几趟西樵山，有时是突然的兴之所至，而更多的时候是陪远道而来的亲戚或者朋友。向他们推介西樵山，我乐此不疲。对西樵山的了解，也在一次次的登临之中，由浅入深，进而爱上了这一方净土。

第一次邂逅西樵山，是因为一场几个要好同学的聚会，我千里迢迢从杭州赶来。分别之际，在南海工作的女同学邀请大伙儿去爬西樵山。在她热情洋溢的介绍下，一行人带着雀跃的心情，融入到了那一片浓绿之中。

那是一个斜晖脉脉的秋日，云淡风轻。在女同学的带领下，我们爬的是一条常人不愿走的蜿蜒山道。行走山林，城市的喧嚣被隔离，唯剩偶尔的几声啾啾鸟鸣，仿佛瞬间穿越到了另一个时空。无边的清幽，浩大如海，一下就把人心中因为生活的不稳定而累积的各种情绪洗涤一空，进入到一种物我两忘的境界。心情更如波澜不兴的碧绿天湖，熨帖舒坦。而打破我这种平静心境的是身旁女同学的一声尖叫,她崴脚了。我自然地伸手扶住摇摇欲坠的她。还好,她只是受了点轻伤,在我的搀扶下,她坚持着走完了预定行程。

就因为那次爬西樵山,就因为登山时的相互扶持,我们互生情愫。没多久,女同学成了我的妻。我辞掉杭州的工作,追随她,定居南海。从此,我那漂泊驿动的心,终于有了栖息之地,安定了下来。我时常想,用情定西樵山来形容我们的爱情,一点儿也不为过。

俗话说爱屋及乌,这也是我喜欢西樵山,并愿意不遗余力地向亲戚朋友推介的重要原因。当然,对西樵山产生更深的情感,是因为我亲眼见证它抚慰了一个个漂泊无助的灵魂,让他们重拾生活的信心。

三年前,老家的姨妈因为和邻居争吵,气不过,没几天就过世了。孤独无依的姨父,情难自已,每天以泪洗面,思念着老妻。他一直想不通,那样爽朗开通的她,怎么就为了几句争吵而丢掉性命呢?

在深圳打工的表弟,不忍心姨父一个人在家自怨自艾,于是好说歹说把他劝来了深圳。表弟想,他们父子在一起,不管怎么样起码有个照应,换个地方转移一下他的注意力,说不定过段时间就淡忘了有关姨妈的记忆。表弟是一个刚刚参加工作的小伙子,生活过得并不如意和稳定。他租住在靠近广深高速的一个出租屋里,阳台正面对着南来北往的滚滚车流,如雷的噪音没日没夜地嘶吼。姨父住了几天,受不了,吵嚷着要表弟送他回家。在被表弟拒绝后,他变得沉默寡言,动不动无声落泪。他经常一个人坐在狭窄逼仄的房屋里发呆,眼神里空洞无物,唯剩灵魂出窍的躯壳,人一下子苍老憔悴了许多。

从表弟处得知姨父的情况,我把他接来了佛山,并陪他四处游玩散心。一段时间后,表面和风细雨的姨父,依然会不时流露出内心的焦躁和彷徨,心事重重。这时,妻对我说,你陪姨父去西樵山转转吧。

见到巍峨高大的观音像,姨父虔诚地跪拜了下去,嘴里还不停地诵念着什么。一路登高,他逐一细看,默默记诵,忘了身在何处,不知今夕何夕。偶尔回头和我交流几句,复又投入研究之中。他围着硕大的观音像转了好几个圈,一边观看着墙上的图案和文字,一边赞叹,那种惊讶的表情,不啻于哥伦布发现了新大陆。

随后,我又陪他参观了宝峰寺,在袅袅的檀香中,在僧侣们木鱼的敲击声以及经文的吟唱中,姨父紧皱的眉头终于舒展开来,心中久积的郁结,似乎也随之消散而去。直到夜幕降临,姨父还久久不愿离去,那不舍的神情就像一个沉迷在自家园子里玩耍着不愿回屋的顽皮小孩。

后来,听表弟说,姨父回到老家,仿佛重生了一样,不再沉迷和纠结过往,每天忙忙碌碌,人生态度变得积极向上。一有闲暇,他就拿出工具,对着我寄给他的照片,在一块块青石板上雕刻着各种有关佛的图案。从表弟发来的图片看,姨父雕刻出来的图案还真是有模有样。姨父在参观西樵山时真正看到了什么,释放了什么,乃至领悟到了什么,我都不得而知。但这一切都不重要,重要的是他找到了兴趣所在,找到了精神寄托。

可以肯定地说,走进西樵山的每个人,都有各自的因缘和契机,同时,也抱着不同的目的和期望。西樵山,就像一位能洞察人心的先哲,包容着每一个走近它的人。

去得多了,西樵山似乎有一种神秘的魔力,它使得每个到来的人获得不同的认知和感悟。也许是在某个突然的时刻,醍醐灌顶一般,人们眼前的世界变得不同以往,时间变了,空间变了,一切仿佛都是全新的了。

苏小同,我的一个远在陕西的朋友,生意人。有一天,他风尘仆仆地出现在我的面前。他说他游遍了国内的名山大川,满世界里找自己。西樵山,他慕名而来。我不知道他为什么要寻找自己,但我知道每个人的人生经历不同,必定有不一样的心理诉求。这些深植内心的隐秘从表面看,外人根本无从探知。

那天,天气闷热,多阵雨。老天爷像一个性格乖张的促狭鬼,一不高兴就扯过一块乌云,劈里啪啦地下起雨来。周围人抱头鼠窜地躲避着猝不及防的大雨时,我和苏小同在黄大仙祠里,正踩着光滑的青石板,悠闲地东张西望。没一会儿,刚才还熙熙攘攘的人流,一下就隐藏不见了,空旷的黄大仙祠变得青翠迷蒙,氤氲在一片水汽中。我提醒苏小同前边有个避雨的地方,他好像没有听到,依旧慢慢地走,一任雨水拍打在身上。

浑身湿透的我们,终于在一个道士打坐的地方停下。也不知从什么时候开始,苏小同和他攀谈了起来。他们的交谈,从《易经》到《南华经》再到《黄帝内经》,还有许多我闻所未闻的经书古籍。古朴的屋檐下,水流如注,两人相对而坐,逸兴飞扬的样子,颇有魏晋南北朝时名士清谈的风采。

一年后的某天下午,苏小同告诉我,那段时间他非常苦闷,找不到人生的方向。他不仅情感陷入危机,生意场上也频频失利,内忧外患,四面楚歌。先是他在市中心本来做得好好的餐饮生意,因为众多的外部因素,不得不关门大吉。随后,他租了几十亩地投资养殖新鲜蘑菇,哪知在生意走上正轨时,却被告知即将到期的土地合同不能再续租。乱七八糟的事情一股脑儿地涌来,苏小同逃避了,一个人背起行囊,四处游玩。但内心的焦躁和无助,并没有因为身体的放松而减轻分毫。苏小同没有跟我说更多关于他生活和生意上的转变,只是不停地回忆那天在西樵山遭遇的阵雨,被行人踩得发亮的青石板,以及那场风雨中的清谈。我想,既然他能够平静地叙述他的过往,那么他一定已经度过了人生中的艰难时刻。也许,那天的西樵山之行,就是他人生中的一个转折点。

德国诗人荷尔德林说,人应该在大地上诗意地栖居。所谓诗意地栖居,就是人类通过某种凭借,获得心灵的自由和解放,寻找到人类的精神家园。照此说法,那么乡愁,正是人类的这样一种永恒情绪。德国哲学家海德格尔也认为,乡愁,是人类向从之而来的整体的自然世界的回归。我们怀着永世的乡愁去寻找心灵的故乡,让倍感虚无的精神,有了依傍,回返家园。

在我的眼里,西樵山就是这样一个不可或缺的存在,一处乡愁似的故园。它默然静立,以恬淡平和的姿态,以最温柔的慈悲,安然等待着偶然走近,或者命中注定必将归来的一个个漂泊的灵魂。

【作者简介】

李逸轩,广东省青年产业工人作家协会会员。2013年开始写作,著有《青春烈》《茶烟袅细香》《瓦城旧事》等作品。其中长篇小说《瓦城旧事》获2015年首届海峡两岸原创网络文学大赛优秀奖。

匠心在刀锋中出鞘

/ 罗丹丹

一把刻刀，与木头对话，总伴有华丽的蜕变。原本的模样在思想的流淌中渐渐褪去，以崭新的面目出现，那面目中带有独特的气质，犹如作家的文风，武者的门派，读作品可以明了匠人一丝不苟，追求极致完美的匠心。

一块木头，在一刀一刀的演奏中，有了灵性。

天光熹微，小动物们还未从梦中醒来，树林里一片安静，偶尔有风，叶子唰唰响了几声，转眼归于平静。深沉厚实的黑夜被天边的朝霞撞开了一口子，红霞蔓延，染透半边天。最先醒来的是露珠，她们在草尖上，树叶上咯咯笑着滚动……云彩积聚、积聚……突然，太阳顶破云层，呼啦一声跳出了地平线。神鸟圆润饱满，拍拍翅膀，昂首挺胸从树林里飞出，羽翼舒展开合，在金光里翱翔，阳光铺洒，天地一片光明。眼前有鸟掠过，自然舒展，无拘无束，像大地初来时的婴儿，没有羁绊，没有约束，想飞到哪儿就飞到哪儿，想什么时候飞就什么时候飞，想怎么飞就怎么飞……

这是西樵金樵木雕厂手工雕花师傅陈闫正在雕刻的作品《神鸟出林》。他刀下的每一件木雕作品，都匠心独到，给观众呈现一个个鲜活的故事，令人产生无穷的想象。只见他挥动手下的刻刀，一刀一刀地刻着，每一条线条柔美得像一行诗,把神鸟的形象塑造得栩栩如生,似乎稍不留神,它就会呼之欲出,飞到天际,飞向遥远的蓝天。

时间在流转,他的木雕梦,也在刀锋间流转。

陈闫的父亲是西樵金樵木雕厂的手工雕花师傅,从记事起,陈闫就常常跟在父亲身边,看着一堆堆的木头,在父亲的刻刀下,变成美仑美奂的窗花、茶几、沙发……有长方形、正方形、圆形、半圆形……这一切在他眼里,不仅神奇,更有着无限的吸引力。父亲面对自己刀刻出来的作品的那种满足和欣喜,深深地感染着陈闫。他耳濡目染,渐渐地迷恋上木雕。父亲告诉他:"想要成为出色的匠人,要先练就一颗'匠心',才能在这个浮躁的社会保持初心,经受各种磨难,把传统艺术一丝不苟、精雕细琢地坚持下去,力求达到完美极致的境界。"

经父亲的悉心教诲和指导,陈闫开始步入木雕之路慢慢求索。木头成了他生活的主角。他时刻谨记父亲的话,丝毫不敢懈怠与停息,全神贯注,一丝不苟地把他全部的时间和精力倾到木头世界里。在与刻刀不断的交流中,他的刻刀渐渐成为思想之刀,在与木头的对话中渐渐达到随心所欲的境界。正因如此,他的时间比别人过得慢一些,汗水比别人更多一些。他舍不得浪费半点时间。累了,想坐下休息休息,可总舍不得放下手中的刻刀,坚持,坚持,再坚持,一件件木雕作品在坚持中诞生,这些作品总能引起他人的注意,观赏者也毫不吝啬赞赏的语言。

木雕是中国传统的民间工艺。世界各国文化交流日趋频繁,这一切对古老的民间艺术带来了不同程度的冲击。陈闫不忘初心,用手上的刻刀,重视和加强对优秀传统文化的保护。为了让传统艺术有更大的生存空间,陈闫在传统工艺手法上进行大胆的创新。记得看过他在一个趟栊门上的花雕,其上三两支折枝牡丹饱满丰盈,寓意富贵,花上的鸟生动传神,写意手法传递了活泼生动之态,充分释放了中国传统木雕艺术的淡雅清新和现代画派的俊逸清脆之美。

一个民族的特征最直接地由它的民间文化表现出来，这是全球化时代非常重要的一点。木雕，一脉传承着中华千年的文化与智慧，甚至担当了一个泱泱民族的象征符号和代名词。匠心在刀锋中出鞘，这些大自然的木头在刻刀一刀一刀的捣碾下，刻出了刚强坚硬的气质，刻出了一个匠人一如既往的中华民族魂。

【作者简介】

罗丹丹，财务管理毕业，是一家私人企业的一线产业工人。从小爱读书，工作之余，大部分时间都泡在图书馆里看书。在读书中渐渐喜欢上用文字记录生活，在读书写作中追求精神的愉悦，有一些小文在企业内刊发表，不断享受到了写作被认可的乐趣。

瓷上生花

/ 廖佩仪

"快来看呀，鲤鱼游到墙上啦！"

循着一小女孩子惊喜的叫声，我看到一群遨游在荷花池的鲤鱼，挺起了胸脯猛力跳跃，却纷纷撞昏在龙门之上。只有几条，也曾经一次一次被撞晕、掉落，却又在幽香的荷花池底下复苏，挺起身体再一次向龙门跳跃。在与龙门搏斗的过程中，它们逐渐瘦削、强壮，像刀一般锋利、坚硬。在龙门之下，它们俯伏于荷池底、积蓄了力量，摇摆着身体腾空一跳，像一把把弯曲的软刀，待到仰浮于水面，尾巴一挺，"啪！"水面响起几个激灵，仿佛裹挟着一缕轻烟，几条鲤鱼的身体和荷叶荷花一起吸附于陶瓷之上，金色的鱼鳞在太阳的照耀闪闪下发亮，调皮地扭头张望，尾巴一摆，于莲叶间嬉戏……

走进位于西樵山脚下的家园艺术瓷加工厂，与这幅《鱼戏莲间》一样深深地吸引着观赏者的眼球的还有不少的山水、人物、虫兽鸟鱼等作品。家园的作品尤以"高温釉中彩"最为出色，同时与贴花、印花、雕刻、拼图等技艺结合，细腻如锦，润泽如玉，坚硬如石，更为重要的是不含镉、铅之类的有毒元素，深受海内外家装业者的欢迎。

林家园的作品能够抓住观赏者的眼球，绝非一日之功。林家园出生于1976年，自幼受父亲的熏陶，学习绘画、雕刻、剪纸、书法。1998年，广州美院毕业的林家园回到南海西樵，便深深扎根于西樵这片净土。时光走过18年，在继承传统技艺的基础上，林家园在艺术瓷上"海纳"了西洋画、现代雕刻、中国书法和剪纸等民间传统技艺，消化后的"精作"让人惊异，料色的应用、异想、巧作和精制独具匠心；题材的传承、转化、创新非常丰富；工艺的理解、发扬、运用和变幻更加神化；思想的发现、嫁接、延续和突破等，绝无二人。

林家园的作品最大的亮点是采用纯手工制作，风格独特，内容广泛，应用灵活，富于艺术美。虽然现在成型机的应用日渐广泛，但林家园依然保持初心，坚持手工制作。曾有不少同行笑他傻，说有机器代替传统手工，既快捷又标准。可林家园觉得太标准的东西，没了个性，缺少艺术的"温度"，作品少了灵性，少了生命力。

林家园的作品注重追求艺术价值和实用价值想结合，作品富于生活气息。如十二合一原石系列之一的作品——源远流长，是以满载地球历史演变轨迹化身为"远古印记"的奢华极品，由亿万年前的繁茂的海洋奇树，经过极为苛刻的地质条件形成。这属于是高温釉中彩，需要在大板上用黄、蓝、绿、褐、黑、灰白等多彩釉色搭配，通过高温烧制后釉彩充分渗透进原胚，变成富于想象空间的海洋、奇树、奇石等水乳交融的图案。林家园对色彩的把握令人赞不绝口，许多人喜欢用这种艺术瓷来镇宅兴业，发家佑人、趋吉避凶、驱邪伏宝。

作为艺术瓷设计师，最让人不可忽略的当然是文化底蕴和技法，而这一切离不开林家园的刻苦。从涉足这一行开始，十多年来一丝不苟，持之以恒的探索与研究，令其匠心与意志都发挥到了令人惊叹的地步。他每天大部分时间都是工作的状态。没有需要外出的情况下，他都在工作室里忙碌，选料、构思、画图、雕刻，一遍遍地重复，一遍遍地探索，从而也一点点地累积和成长。世界上哪有什么天才,成功之人必然刻苦。鲜花与掌声之前,必然是日复一日的修炼。陶瓷工艺是他的职业,同时也是他的爱好。他说,艺术瓷是一个创造美的行业,一个人能从事创造美的行业是一种幸运,喜欢它并能从中找到乐趣更是一种幸福。

林家园就这样用他勤奋的双手,精心雕琢,让一朵朵醉美之花盛开在陶瓷之上。

【作者简介】

廖佩仪,中技毕业,一线产业工人。从小喜欢文学,爱看各种文学刊物,在文学路上,遇到了一批志同道合的文学爱好者,一起谈文学,一起谈理想,在浓郁的文学氛围里,坚定了对文学追求和探索,今年陆续有文章发表和获奖。

名山西樵

/ 吴璧庄

一

小时候，经常随父亲回乡下老屋探望奶奶，每次都好奇地望着老屋背后远处一座高耸入云的青黛色的庞然大物。有一次，父亲指着这个物体告诉我："这是一座名山，名叫'西樵山'，过几天，我们带你去看看。"我终于知道这青黛色的物体原来是一座山。

从那刻起，我心中就装下了一座名叫"西樵"的名山。

父亲没食言，过了几天，果然与母亲一道把我带到这座山下的一个地方。后来，我才知道，我们到的地方是西樵山白云洞风景区。父亲为我和母亲在奎光楼前拍了一张照片，为我单独在水松树下拍了一张望远方的照片。现在，这两张照片仍放在我的床头。这是我第一次到西樵山，当时的记忆很模糊，但印象至深的是鸟语花香，水声潺潺。

读小学的时候，老师带我们去春游，去的地方是西樵山。出发前，老师给我们讲述一些有关西樵山的情况。原来，西樵山之名，由来已久。"樵"，是打柴的意思。传说古时广州人往东面的罗浮山采樵，罗浮山谓之东樵，往西面的山采樵，这个山就叫西樵。

再一次来到西樵山，我按耐不住激动的心情。经过似曾相识的奎光楼和水松树林，顺着斜坡向上爬，经过"第一洞天"牌坊，越往上爬水声越大。又经过"云泉仙馆"、"第二洞天"、"云坳石"和"第三洞天"，我看到一道飞瀑直下。原来，水声的源头是从这里出来的。只见飞瀑从20多米高的崖顶下跌，直如利剑，势不可挡，挟电流光，直扑寒潭。下段飞流穿越绿丛，绕崖急泻，跳跃、欢呼，似琼浆荡泻，一落千丈。奔腾的瀑流撞击起伏不平的崖壁，被撕成无数翻卷的白花花的巨龙，带着雾气，闪着鳞光，猛地往下扑去，扑向瀑底巨石上，化作雾卷珠飞，然后分成许多细流，沿人工凿成的曲槽，成"曲水流觞"。哦，这就是"飞流千尺"。

水是西樵山的灵魂。后来，我查阅资料知道，西樵山有主泉32道，大小泉眼200个，飞瀑25处。如此众多的泉眼、飞瀑，令整个山泉流清响不绝，固有"会唱歌的山"之称。

从"飞流千尺"下来，我们顺道来到座落于会龙湖畔和白玉玲珑塔后幽谷中的三湖书院。这是一座砖木结构的二进式院子，门匾石上刻有民族英雄林则徐题署的"三湖书院"四个刚劲有力的楷体大字。门前右侧，矗立着康有为青年时代的塑像。塑像身穿长袍，脚踏布鞋，双手握书，眼观前方，神情庄重。像后平卧着一块巨石，石上刻上"戊戌摇篮"四个隶属大字。听导游介绍，1878年冬，年仅21岁的康有为对国家的前途和命运深感迷茫、忧虑，遂离开岭南儒学大师朱次琦，来到三湖书院苦读。

山水有灵魂。我顺着康有为塑像眼观的方向，仿佛看见康有为从这里走出三湖书院，走向京都，发动轰轰烈烈的"戊戌变法"。

二

从那次学校组织春游开始，我就深深地恋上了西樵山。长生井、玉池、云坳石、千仞壁、一线天、天湖、东天湖、双鱼泉、蟹眼泉、翠岩、无叶井、天窗格、石屏风、石燕岩、石祠堂、九龙岩、冬菇石、仰辰台等山中诸胜，我几乎都一一涉足。而每到一处，我无不赞叹大自然的鬼斧神工。

随着阅历的不断增加，西樵山于我来说，慢慢地变得不那么神秘。

西樵山是古火山。在几千万年前，在珠江三角洲还是一个古海湾时，有一次火山爆发，喷出大量岩浆，在海水里凝结，成为一个锥状的山体。以后，山体上又出现了几次岩浆喷发，在大椎体上架叠着许多小椎体，形成峰峦簇拥，好像出露在水面上的莲花。以后，珠江冲积平原形成了。海水后退了，西樵山一变而成陆地上突兀而起的一座山，长出青草绿树，栖息走兽飞禽，翻开了珠江三角洲上古老的史页。

6300年前，西樵山的先民们制造出细石器——古人类在新石器早期的生产工具。彼时西樵山不仅临海，而且是三江交汇之处，水陆交通非常便利。凭借其地理环境优势，加上优质的石料资源，吸引了环珠江口甚至周边更远地区的先民来开采石料，制作石器工具。其产品通过陆地和海洋传遍珠江三角洲，而且逐渐辐射到广东中部、南部、广西南部和海南岛，形成了一个以双肩石器为特征的文化分布区。到了新石器晚期，其辐射已抵达粤东、粤北。向东的一支可能已传到台湾岛西海岸，向西一支沿珠江支流西江水系溯江而上，扩散到了云贵高原。更有甚者，西樵山的双肩石器大量地辐射到中南半岛各国和印度境内。

西樵山，因其山体是制造石器工具的最佳原料，因此成为该地区重要的、也是目前所知规模最大的史前制造场，向外输出大量石器这一生产工具，进而促进当时生产力的发展，引领了史前社会迈向文明的步伐。西樵山，就像一座灯塔，照亮了走向文明的道路。

现在，西樵山上仍保存着那个年代采石留下的痕迹，不过，却成了西樵山中的胜景，如"天窗格"、"石屏风"、"石燕岩"、"石祠堂"等。站在景良亭往下看，就会看到一个长方形的井口，那就是景点"天窗格"。这原来是明代石矿的透光井，井下就是石矿工场。站在"石屏风"前，我想像出昔日石工辛勤开采的情景：两队人自上而下开挖石料，中间留下一部分作为分界线,开挖深了,留下部分便突现出来,高达数丈,形成堵墙。经过风雨剥蚀,阳光泡染,显得更加雄奇。"石燕岩",原为明代采石矿穴,因曾产石燕而得名。洞中有采凿留下的支撑柱,横列如屏,把洞截分成内外两进。内洞阴暗,有光自屏隙透入,幽缈奇幻。洞底渍水成湖,湖水深蓝,澄碧如镜,时有水烟升起,阳光斜照,幻成五彩。湖中有石浮露,状似汽车,名"水上汽车"。一石浸于水中,水清可鉴,状似牌坊,景名"水底牌坊"。泛舟湖中,水道迂回,只觉寒光隐隐,四壁生凉,宛如遨游于童话的水晶世界里。"石祠堂",同属明代石矿遗址。洞口狭小,仅容一人弯腰通过,行约数步,即有水滴下注,迎面凉风阵阵,暑气全消。再进,过一小桥,即觉寒光隐隐,巨壑阴森。岩高二三十丈,分上下两层,中有柱墙。下层东西有湖,水色黝黑,微泛轻烟。举头上望,洞中有洞,通道相连,当日石工们开凿之艰苦,工程之浩大,概可想见。据传,当日矿工中有一位技艺高超的匠师,死后葬在这个洞里,矿工们为了纪念他,特地把矿穴稍加修凿,辟为"祠堂",故名"石祠堂"。

"未有珠三角,先有西樵山"。从某种意义上说,西樵山,是珠三角地区人类的祖山。我南水吴氏家族,是从西樵上脚下的竹园里迁来的,想必,我们家族的祖先是喝西樵山水、呼吸西樵山空气长大的。怪不得,我性格中就有西樵山一样的傲气与灵气。

西樵山,我以你为骄傲。

三

名山,必为名人之向往。

2000多年前,南越王赵佗早闻西樵山中石色灿烂如锦,又以锦岩产五色石,曾被规划开采制作墨砚和印石。喜爱治印、书法的赵佗,便慕名登山直奔锦岩,尽情欣赏五彩斑斓的锦石,满载而归。他用此石制造过墨砚和官印,流传于世上。因此,西樵山曾称锦石山。

晚唐安徽舒城人曹松，早年屡考不中，流落荆楚巴蜀间。后南游广州，偶到西樵山游览，觉得此山很美丽可爱，峰、岩丰富，很适宜他这种落魄书生。故选择隐居于黄旗峰黄龙洞中。一段时间后，他尝试将带来的古顾诸茶赠给山民，并教他们植茶、焙茶之法。他，开启了西樵山种茶的历史，成为西樵山上种植茶树的始祖。

1499 年，湛若水与友人第一次游览西樵山，归后他感叹道，儿时已知罗浮西樵两座名山，但人多谈罗浮"奇伟怪诞"之事，而西樵则少人提起。此次游览后两相比较，"西樵之景殆或倍之"。于是他在《初游西樵山记》文末写道："天下之山水胜者不必名，名者不必胜；高者不必高，深者不必深。惟吾耳目之所得、心志之所通而未始有穷焉。"

1513 年，方献夫因病辞归，在西樵山上筑精舍，与湛若水、霍韬论学十年之久。嘉靖初还朝，居职两年，感嘉靖恩威不测，又辞官回西樵山设石泉书院讲学，历时十载。这位多次弃官归里，钟情于西樵山的方献夫，对山民很有感情，又了解到山上人生活单调、枯燥，也想显示一下自己的本事，提出在山顶举行划龙船盛事。山民十分高兴，于是由他组织山民，加宽山涧，蓄水小湖，汇山中白山泉、翠岩泉、双鱼泉和梅花溪等水于天湖，然后从湖下筑石成坝，蓄水成河，署名"龙船窦"。择定吉日，制龙船，祭山神。开龙之日，引来万人观看。

……

从唐代开始，西樵山便为文人方士所看中。他们或则在山中建寺庙，添供桌，将心迹寄托；或则开坛设课，渴望荣升金榜，乌纱顶戴；或则萧然物外，悠游林下，作画吟诗。有明一代，山中文人辈出，科名鼎盛，峨冠满岭，博带拂云，主峰大科峰和山下官山墟由此得名。明清之季，岭海的文人雅士如陈白沙、湛若水、方献夫、霍韬、吴廷举、李子长、欧大任、戚继光、陈子壮、陈恭尹、黎简、朱次琦、康有为等无不纷至沓来，循旧踪，辟新景，建书院、立亭台，构园栽花……山上留下的许多亭院楼台和摩崖题刻，正是当年披在西樵山上的珠玉缨络。

新中国成立后，西樵山更是吸引了上至国家领导人、下至平民百姓慕名前往。

1962年春，卓越的无产阶级文化战士、革命家、社会活动家郭沫若第二次来到西樵山。他第一次到西樵山是1937年12月下旬。当时是抗战初期，许多进步文化团体成立了"救亡呼声社"，邀请郭沫若来西樵山演讲抗战形势。12月26日，他在云瀛书院为"南海县民众抗战御侮后援会特种宣传工作团"和几千名文化人士、爱国学生和社团组织作了题为"抗战必胜"的演讲。25年后，郭老重到西樵山，他以一位学者、诗人的身份，对西樵山的花草、岩洞、飞泉、崖壁都产生浓厚的兴趣，留下了"西樵山"等珍贵墨宝和诗文。1962年3月3日，郭老在《羊城晚报》发表了《西樵白云洞》游记。

1964年5月，时任最高人民法院院长的董必武来到西樵山，他观光了白云洞，赏了玉堂春，看了飞流千尺，观了一线天，穿了云坳小洞，直上天湖……他留有亲笔诗二首，其中一首隽刻在"白云深处"华盖石脚下。

粟裕、区梦觉、任仲夷、叶选平、赵朴初、曾荫权、叶刘淑仪、黄星华等政要以及贺敬之、王蒙、柯岩、张光年、关山月、秦咢生等文艺名家都在西樵山留下了足迹。

四

谈笑有鸿儒，往来无白丁。一座名山的兴起往往与其背后的历史文化名人有关，也往往因其所承载的文化记忆而令人神往。

明朝正德年间，西樵山上出现了第一家书院，由岭南理学名家湛若水所建，取名"云谷书院"，名声直逼修建于宋朝的湖南岳麓书院和江西白鹿书院。他的举动也开启了众多理学名家聚集西樵山讲学的景象。同年，另一位理学大师方献夫也在西樵山建立石泉书院。不久，曾任礼部尚书的理学大师霍韬也在西樵山上建立四峰书院。到了清代,西樵山形成了以三湖书院为代表的、由乡绅贤达创办的乡间教育机构,讲学之风兴盛,领天下之思潮。维新志士康有为便曾在此修读。进入近代,西樵山脚下继续孕育一个又一个引领时代的代表性人物:民族工业先驱陈启沅、"中国铁路之父"詹天佑、"岭南第一才女"冼玉清、一代武林宗师黄飞鸿……

经常到西樵山,我会沉思:当时西樵山的名气只在坊间流传,是一座地地道道的"民山"。但因为士大夫的讲学注重"藏于山",他们共同选中了西樵山。众多理学名儒的这一抉择让西樵山赢得"理学名山"之称,实现了从"民山"到"名山"的转变。

难怪明代浙江学者方豪有言:"西樵者,天下之西樵,天下后世之西樵,非岭南之西樵也。"此言极具震撼力。

方豪此言,意味着西樵已成为一座具有全国性意义的人文名山。

五

灵水怀珠,山笑水欢。美丽幽雅的西樵山是造物主慷慨赐予南中国的一块钟灵毓秀的美丽景致,是南天圣地、南粤仙境。

西樵山一年四季风光各异:春天,漫山的杜鹃与翠榕苍松交相辉映,散发缕缕芳香;夏天,凉风习习,令人神清气爽;秋天,则是满山尽绿,鸟鸣婉转,那绛红色的丹桂花更是香飘数里;冬天,这儿仍温暖如春、生机盎然,异草依然吐翠、奇花仍旧放蕾。

金秋时节,正是一年之中最好出游的季节。我可以细细体验一下西樵山云淡风轻、水色一天、红枫满山的独特景色。

秋天的西樵山,天高云淡,山娉婷,水婀娜,岩沉静,恍如灵韵秀致的少女。她以青山为衣,秀水为裳,国色天香,清丽婉约。我沿着山间小径拾级而上,路两旁的古树枝相握手于云间,根藤相连在地上,遮天蔽日,耳边传来的是清溪的淙淙水声,大自然的美妙音乐穿耳而过。山间云海,湖光潋滟，顾岩绿痕，交织成樵山不染人世纤尘的画卷。

清澈的泉水从岩石深处蜿蜒流出，构成了条条溪涧、挂挂瀑布、眼眼清泉、个个湖泊。古人有诗云："谁信匡庐千丈瀑，移来一半在西樵。"

秋天的森林变得沉默，也非常有层次感，红绿相间间，山明水净夜来霜，数树深红出浅黄。秋天的西樵山就是这样静谧，抬头看天，湛蓝湛蓝的，几朵白云潇洒地在天间散步追逐。

看够了，我就踏着晚霞下山，看西樵山下的泛着波光的方格鱼塘。

西樵山下10万亩的桑基鱼塘是珠三角地区保存完好的桑基鱼塘区，是联合国科教文组织保护单位，被誉为"世间少有的美景"、"良性生态循环的典范"。

"山上观音，山下听音"。在海拔292米高的大仙峰顶，我曾虔诚地礼拜过观音。观音圣像高61.9米，是世界山最高的观音坐像。观音圣像，背南朝北，双足交盘趺坐在莲花座上，头戴宝珠天冠，身披天衣，着罗裙，弯眉朱唇，眼似双星，面部亲切慈祥，俯视南海大地，祝愿人间安乐祥和。

到了山下，听音湖是一定要去的地方。听音湖，虽然还在建设中，但形态、神韵已初现，一湖碧绿的湖水，一帘长长的瀑布，就能让人流连忘返。

听音湖，即将成为全球南海华侨恳亲基地、观音文化中心、岭南文化体验区。

啊！西樵山，你我的祖山、中国的名山。

【作者简介】

吴璧庄，1992年生，广东省作家协会会员、佛山市作家协会会员、南海区作家协会会员、九江儒林笔会会员、佛山市青少年作家协会常务理事、副秘书长。

2014年到佛山市南海区文化馆工作，主要负责区级刊物《海花》杂志的编辑、出版工作。自2001年开始创作。2015年散文《桑园围的沧海桑田》获得广东省第五届"珠江情"征文大赛一等奖。

寻幽探胜仰辰台

/ 黄浩森

十多年前，我在西樵山西麓的中学里教书，彼时就听老教师提及在学校北面山峰上有一座仰辰台，是明代大儒湛若水所建，台上流传着动人的传说，且颇有些神秘的色彩，值得去看看。想到亭台楼阁历来是文人雅士登临畅咏之所，蕴含着丰富的文人故事，积淀了深厚的文学底蕴，于语文教学大有裨益，于是就欣欣然的规划前往，还专门查阅了仰辰台的相关资料。然而由于种种原因，几次计划都未能成行。所以，仰辰台虽然近在咫尺，但一直缘悭一面。猴年元旦过后的第二个周末，终于抛开杂务，与友人相约去登仰辰台。

仰辰台原来是明代山中缙绅瞻仰北辰之处，曾经是西樵山上一个著名的人文景观。仰辰台设在西樵山七十二峰之一的玉廪峰上，孤标秀出，四周直削。台顶宽丈余，登临极目，东眺海门，西挹群峰；平原村舍，坦荡西江，一览无遗！近代以来，由于仰辰台一带没有列入西樵山旅游开发规划。斗转星移，人事沧桑，仰辰台慢慢成了西樵山的西伯利亚，逐渐被遗忘在历史的深处。加之高台附近峰高林密，芳草埋径，就这样，历经四百多年沧桑的仰辰台屹立在风雨中，默默诉说着西樵山作为理学名山的往昔辉煌!

　　虽时值深冬,但天气并不寒冷,南方似乎没有真正意义上的冬天。山野里到处还是绿意盎然。我们一行人随着向导从废置已久的凤溪山庄旁边上山,刚转过一排高大茂密的榕树林,忽然就眼前一亮,面前是一片开阔的草地,大约有十亩。黄白相间的不知名的野花开得铺天盖地,仿佛是谁在山脚下铺上了一块绿色的大毯子。走得近了,发现深紫色的牵牛花点缀其间,微风过处,摇曳生姿,顾盼神飞!向导在前面用脚踩出一条小道,我们就鱼贯而过,踩着蜿蜒的杂草小道,脚下软绵绵的,空气中氤氲着清新的草木芬芳,我们行进的心也不禁慢慢地柔软了起来⋯⋯

　　一行人边走边拍照,大家谈笑风生,并没有觉得山路难登。临近峰顶,路变得陡峭起来,需要年轻的同事拉着手才能上去,小路呈七八十度角,直上后需斜行。走着爬着,前方迎头是一块巨大的尖石,似鳌鱼出洞,雄视前方,又似巨轮出海,劈波斩浪。就在愣神之间,猛然发现尖石底部的左前方,一丛鲜艳夺目的山花正傲然开放。我问同行中年纪较大的仓老师,他说应该是映山红,也是杜鹃的一种。我小心地探身过去,蹲下来细细观赏,只有三四个桠枝,只在其中顶部大枝上有三个花朵,且花型瘦削,花瓣与花蕊是分开来的,但颜色红得耀眼,它正静静地开放,与平日里在景区路边见到那些人工培育的艳丽而肥大的杜鹃截然不同。记得我在查阅的相关资料中,清人屈大均所著的《广东新语》中有这样的描述:

　　"西樵向有四种花,他处所无。曰山石榴,三月盛开,称满山红。曰锦莺花,曰白鹤画,曰粉蝶。湛文简尝为四花亭玩之。"

　　湛文简就是湛若水,号甘泉,谥号文简,明代理学的代表人物之一,他曾在西樵山上开坛设院,隐居讲学。湛若水高举"随处体察天理"的主张,宦游在南粤各地的名山大川,随处留播思想,理性之光烛照岭南。就在恍惚中,我的目光又不禁聚集在仰辰台脚下的那丛满山红。在料峭的山岭之中,头顶着巨大的仰辰台,再俯视这一株娇小的满山红,自己不知怎么的突然就伤感了起来:正是年年岁岁花相似,岁岁年年人不同!爱花的湛文简早已如黄鹤杳去,而鲜艳的满山红却依旧笑迎春风。在漫长的轮回岁月中,人只是一个匆匆的过客,没有什么可以永存,最宏伟的建筑最终也不过化作历史风沙中的一把尘土,但人类所创作的思想与艺术之美,却在人们的载体与躯壳湮灭后,化作历史长河中的一抹余香,缠绵亘古,永不消逝!是的,湛若水是早已逝去,但他所创立的"甘泉理学"却犹如这满山红,年年绽放芳华,滋润着千百万的后来者。

随着翻腾的思绪小心翼翼地翻过尖石,传说中的仰辰台就矗立在面前。而"仰辰台"三个巨型的摩崖石刻也夸张地凸显在我们面前,石刻高约四米,每个字的距离约1米,铁画银钩,苍劲有力,是为"茅龙体"!"茅龙体"是用茅草扎作笔写成的字体,笔锋可长可短,刚健有力,适合书写大字。其发明者为明代大儒陈白沙。今人麦华三在《岭南书法丛谈》中说:"白沙先生以茅龙之笔,写苍劲之字,以生涩甜熟,对枯峭医软弱,世人耳目,为之一新。"而湛若水就是陈白沙的得意门生,他除了继承并发扬了白沙理学,书法也深受其师影响。所以在西樵山上留下的"仰辰台"三字就是茅龙体写成的。在仰辰台左手边的峭壁之上,就刻着诗一首:"仰辰台上仰辰游,一曲歌声彻九州。感得圣恩深似海,外臣早许作巢由。"落款为"明嘉靖丙午湛若水书"。

湛若水设立仰辰台的目的是什么?在他写给地方管理部门的一封名为《告立樵湖景胜状》的信里,可略略窥知一二:

"告为增题胜迹以志不忘,以光地方事。主念致仕隐居,无可为报,拟於樵山之北无主之地玉廪峰,即禾仓冈,颇为奇特,立为仰辰台,大书刻石,时时望望,以致瞻天仰圣之悃,畎亩不忘之意。"

在这里,湛若水所提到的"以致瞻天仰圣之悃,畎亩不忘之意"其实就是前人范仲淹所说的"居庙堂之高则忧其民,处江湖之远则忧其君"!

作为一位讲学樵山的官宦大家,湛若水把西樵山当作了自己的第二家乡,西樵山的一草一木和山水环境建设都牵动着他的拳拳之心,他不仅深爱着这一片神奇的山水,也努力让这山水美景发扬光大!这是中国文人寄情山水的自觉反馈,也是一种集体无意识!传统的文化人,他们在朝廷时,是社会政治领袖,或参政、或议政、或改革,引领着时局的发展潮流;而当他们致仕后则积极参与地方文化发展,或游山玩水、或设坛讲学、或写诗作赋,形成了一种独特的山水文化。譬如白居易之于杭州,宋东坡之于黄州,欧阳修之于滁州。同样,湛若水也以他的举动成就了西樵山,成为了千百年来中国山水文化绵延不绝的又一个生动样本!

带着感叹之情,沿着藤蔓从仰辰台上翻过,站立在顶部,放眼四望,前方还是群峰;而转身向后,又是一番境界。只见眼前景象豁然开朗,山下不远处听音湖景观渐次铺开,一层一层铺向远方。中间一条锦湖大道将景致一分为二,远方的西二环高速像一条巨龙,蜿蜒着铺展而去。眺望眼前这一宏伟的景象,不禁热血澎湃:正如伟大领袖所言:雄关漫道真如铁,而今迈步从头越。无论是西樵山创建5A景区,还是听音湖的建设,都是前无古人的伟大杰作。然而就在五年前,听音湖景区一带还是一片简陋的工业区,有两间大型的陶瓷厂和400多间小型加工厂,布局凌乱,粗放发展,与西樵山优美的风景格格不入。要把正在盈利的工厂搬走,腾出地方搞文化,实施"文化引领·文旅融合"的发展之路,这是怎样的一种魄力啊!这样一种超越时空的价值能否最终超越短期的工业价值?这考验着为政者决策的魄力!我们说,抉择是艰难的,尤其是放弃眼前的利益,去探索未知的前景。随着《"狮舞岭南·龙腾南海"文化发展行动计划》的颁布,西樵确立了"文翰樵山"的区域名片地位,其中的重点项目是听音湖与白云洞的连片开发,从而拉开了听音湖景区这一波澜壮阔的伟大工程。在这样一场人与自然的博弈中,西樵人选择了将文化、旅游与城市规划高度融合的发展理念,一个新的划时代的文化地标呼之欲出!

湛若水是伟大的！他在四百多年前就以政治家和规划家的远见卓识，敏锐地发现了西樵山的旅游资源，在西樵山的北面建立"仰辰台"，作为文化的地标。而今的西樵人更是伟大：整葺白云洞，规划听音湖，援引飞瀑水；高屋建瓴的顶层设计，排山倒海的拆旧挖湖，文旅融合的景点设计。从洞天福地到听音寻根，一幅瑰丽动人的时代画卷正徐徐展开。这又岂是湛若水所能料想到的？

收回漫游的思绪，我们开始走下仰辰台了。都说上山容易下山难，此刻在西樵山的玉廪峰似乎不太一样！仰辰台的背面有一狭长的小陡坡，下来不太费劲。慢慢经过一片低矮的小竹林，我们就已经走在下山的小路上了。同行的佳哥摘下一片竹叶折成叶笛，吹出轻快婉转的笛声。此时，山间的雾气慢慢散去，阳光穿过林间散落在小道上，斑斑驳驳的，不远处鸟雀声此起彼伏。

我们轻快地穿行在下山的林间小路，忽然想起唐人孟浩然的一句诗：人事有代谢，往来成古今，江山留胜迹，我辈复登临！

【作者简介】

黄浩森，佛山市作家协会会员，文学学士、教育硕士，中学语文高级教师。15年来致力于基础教育和文化的教学和研究，目前从事地方文化管理和文化教育传播工作。

把平凡的工作做到极致

/ 黄永光

西樵科技工业园,广东润成创展木业有限公司宽敞明亮的展厅,被分隔成数个风格迥异的展区。展区汇聚了古今中外各式木制家具,既有雕刻繁复、描金嵌银的欧式古典家具,也有雕镂精巧、玲珑剔透的中国古典家具,当然还有简朴雅致、线条流畅的现代家具。

这些做工精美的家私,既是生活用具,也是艺术精品,更是一种文化载体和文化符号。一扇门,一页窗,一个柜子,一张卧床,一方桌子,几把椅子,围拢起来就是一个"家"。这一个个"家",浓缩了千百年的历史文化精华,荟萃了世界各地的家居风情。

置身清式典藏家具之间,古朴雅致的韵味扑面而来,各种家具所营造的幽雅氛围,居然让人的心情慢慢地平静下来,恍惚有了隔世的感觉。坐在圈椅里,轻轻地摩挲着木头清晰的纹理,细细地端详着严丝合缝的榫卯,不禁为精良的选材、精心的制作、精美的雕刻和精致的打磨所折服。

粗糙的木头是怎样华丽转身成华美的家具呢?研发部唐主任带领我们参观了家具生产流程。

进入生产车间,就是进入一个嘈杂和纷扰的世界。尽管工厂已经尽可能把噪音和粉尘控制到最低限度，但是，飞扬的木屑，锯、刨、压、雕、拼、磨等各种机器发出的声响，胶水和油漆弥漫出来的气味，始终是无法完全消除的。

从开料段、冷压段、拼装段一路走来，工人们在各自的岗位上有条不紊地忙碌着，生产线上一片繁忙。

来到打磨车间，其他参观者纷纷捂紧口罩粗略地观看一下就离开了，我却不由自主地停了下来。这里不像其他工段那么嘈杂，但是比其他工段更多粉尘。只要一开工，粉尘、木屑便无孔不入，立刻扑满全身。所以，磨工都把自己捂得严严实实的，戴上两三层纱布口罩，还戴上耳罩和眼镜。

一个脸上捂着桃红色毛巾，戴着粉红色口罩的中年女工正在打磨一把雕花木椅，汗水已经濡湿了她的衣帽，眉毛上挂着一层淡淡的木粉。她对这些似乎毫不在意，一会儿用刮刀轻巧地刮去椅腿上的牛毛刺，一会儿又用锤子轻轻敲几下榫卯的接合处，一会儿用砂纸"嚓嚓嚓嚓"地摩擦。随着椅子板面的凹凸，木线的弧度大小和雕花的深浅，她拿砂纸的右手宛如拿着一把琴弓，身随手动，步跟身移。这哪里是进行着最单调、最机械的打磨工作？这简直就是音乐，是舞蹈——柔顺处宛如行云流水，艰涩处力挽雕弓，坦荡处骏马疾驰，逼狭处水绕岩隙……

她似乎觉察到我正在看她劳动，停了下来，揭下毛巾和口罩，露出一张秀美的脸庞，对我微微一笑。"累吗？"我随意问道。

"不累。"她说，"刚开始那几个月很累。干了十二年，现在习惯了，像走路一样，不累。"

我暗自问自己，走路累不累？闲庭信步不累，走二三十分钟不累，但是从早走到晚呢。我没尝试过走一整天的路，我估计一定很累。打磨工人一天到晚反复不断地磨呀磨呀，一定更累。我再看看周围的工人，他们手臂磨酸了，甩甩手继续磨，腰背疼痛了伸伸腰接着又干。

我又问她："你做了十二年磨工，同一个动作每天都要重复上万次，不觉得厌倦吗？"

她说："不厌倦，每块木头都藏着一幅独一无二的画，我们的工作就是用砂纸把藏在木头里的画给找出来。你看，这把打磨好的椅子棱角柔和，木纹清晰，光泽柔美，用手触摸就像玉器一般光滑温润。看着一块块粗糙的木头在自己的手中变成一件件精美的艺术品，心里就有成就感，就高兴。每次抚摸着自己打磨过的家具，就像抚摸自己的孩子一样亲切！"这个快乐的女工不但勤劳能干，而且能言善道。

唐主任说："三分雕工，七分磨工。好家具都是通过打磨这一工艺程序磨砺出来的。润成木业的精致品质也是这些磨工打造出来的。"

曾经有一个名人说过："如果一个人是清洁工，那就要像米开朗琪罗绘画，像贝多分谱曲，像莎世比亚写诗，以如此心态来清扫街道，以致大地和天工的居民都投来注目赞美的目光：瞧，这儿有一位伟大的清洁工，他的活真是干的无与伦比。"

今天，在这些把活儿干得无与伦比的打磨工人身上，我真切理解了"工匠精神"的内涵，那就是对自己的产品精雕细琢、精益求精的精神，那是追求完美和极致的精神。

【作者简介】

黄永光，1985出生于广东省湛江市，现居佛山。喜欢文学创作，诗歌、散文散见于《佛山日报》《珠江时报》。

钢管森林的"舞者"

/ 黄凯旋

一阵鲁莽的风携带着失魂落魄的雨突如其来地闯了进来,风横着吹,雨斜着落。在西樵樵岭国际的建筑工地上,覃水源和他的工友们像鸟儿一样摇曳在33层楼的脚手架上,猝不及防,他们被雨水兜头浇下。

把架子工比作鸟儿是贴切的,鸟儿用树枝和草茎在大树的枝桠上筑巢,架子工用钢管和扣件在钢管森林里搭架,他们一样辛勤地劳作着。把他们比作鸟儿也有不贴切的地方,鸟儿有翅膀,风雨一来,他们就飞走或躲进巢里;而架子工不能,他们没有翅膀,风雨来时,他们飞不了,也不能飞,在百米高的空中,他们不能丢下未安装好的钢管,不能丢下未拧紧的扣件,不能丢下未扎紧的安全网。

他们是整个建筑工地的开路先锋,是建筑工地上全体工人的守护神,只有当他们搭稳固架子,铺设妥当脚手板,扎牢固安全网,后面的各项工序才能展开。干这种活不仅需要体力和胆量,更需要眼力和技术。工地上的架子工,年龄多二三十岁。年轻人体力好,反应敏捷,动作轻快,建筑界把他们称为钢管上的"舞者"。在百十米高的空中,在工地"叮叮当当""呼呼嘭嘭"的交响乐中,他们在纵横交错的钢管森林之间搬运钢管,对接接头,紧固扣件，安装防护网，上下攀爬，左右跳跃，俯身、仰面、弯腰、屈膝……一连串的动作真像杂技表演，又如同一段美妙的舞蹈。

这只是一场过云雨。云飘过后，猛烈的太阳就出来了。只需片刻，火球一样的太阳就把钢管烘烤成滚烫的"山芋"。尽管穿着厚厚的橡胶底防滑鞋，戴着胶面手套，覃水源还是觉得那"山芋"很灼人，似乎已经把鞋子和手套灼熔。

站在同是33层的楼层框架里，望过对面，一个戴黄色安全帽的架子工，双手横托一根五六米长的钢管从颤悠悠的脚手板上走过。我突然想到了走钢丝的杂技演员，那真是命悬一线，顿时心里发慌，两腿发软，为覃水源和他的工友担心。

这时，覃水源的左脚支在横放着的外径只有50毫米左右的钢管上，右脚的大腿、小腿和脚背三点一线，像藤缠树一样缠绕在一根竖起来只有一米长的钢管上。他把自己的身体折叠成倒置的"v"字，俯身向下。他的手够不着同伴举起的钢管，他俯得更低，脚下的钢管颤颤悠悠地晃动着。他脖颈青筋暴凸，满脸涨得黑红，额头上的汗水如断了线的珠儿一颗颗滴落在钢管上。我目睹着他艰难惊险的动作，却帮不上一丁点忙，只能暗自咬牙使劲，替他担惊受怕。

他终于拽住伙伴举起的一根长约5米的钢管，左右倒手，钢管上来了，旗杆一样立于胸前，再左右倒手，奋力将钢管凌空举直，管的下端稳稳地插入卡口。下面同伴抛出的一个扣件，在空中划出一道完美的弧线，来到覃水源的面前时，他的一只长手轻灵地一伸一缩，扣件已经稳稳当当地收在他的手中。覃水源把扣件套在钢管上，凸凹咬合，严丝合缝，用扳手一摆一摆地紧固铸铁扣件，扣件好比十指紧紧相扣，一棵钢管就连接上了。看到一根根钢管在他的手里，宛如变魔术一般，逐渐联结成横平竖直的立体框架，我心中的石头才落了下来，而敬佩却油然而生。

覃水源的搭档是一个满面稚气的小伙子。他沾满铁锈的迷彩服已经被汗水浸透了,潮红的圆脸上和同样潮红的脖颈上也沾着一道道锈渍,有点像野战士兵故意涂上去的迷彩色。烈日的蒸煮和繁重的劳动,使得他汗水源源不断地从毛孔里渗出来,虫子一般从耷拉着的头发上,从汗液粘稠的脊背上爬过,想必是痒得无法忍受了,他不得不停下活计,撩起沾满铁锈的衣襟,擦了一把脸。这一擦,又给自己的脸上和脖颈上增加了一道赭红的油彩。

烈日下,架子工宛如一个个敏捷的"蜘蛛侠",被定格在纵横交错的钢管的森林里。他们高高在上,却又是那么渺小。他们每天都在描绘着城市发展的蓝图,也在编织着属于他们自己的梦。

【作者简介】

黄凯旋,佛山市南海人,现就读于中山大学旅游规划学院国旅班。喜爱旅游,喜爱阅读、喜爱写作,多次获得省市级征文奖。

走近南海观音

/ 黄长娣

一

面前，我默念来路的词条，无法凝眸天边的遗憾，迷途与返回如此遥迢。
向大仙峰上倾一杯凉风，解伤骨之烫，捡拾悲愁，就此安放。
此程如寄，种下一株来年的青蒿，与月痕隐进枯草，
在一只萤火虫的翅膀上，扇动我齐眉的惆怅……

是镜子把灵魂的秘密放进您的手中？
让善良的人与玩劣的人，走在同一条路上？
拾阶而上。
在焚香炉前调换左眼和右眼，不再用苦涩的诗行重现前世的苦痛。
我的骨骼隐隐作痛，欲进化一场诗化的涅槃，咽下脱胎换骨的疼。

二

我将背负宿命的细枝末节，化心为雨，沉浮天地间，且忧伤，且浩荡。
二百八十三层阶台，传诵二百八十三声吟唱，诵经声从谁的故乡来？
风打了个结，菩提树上那张旗语从诗经里翻破了，
在春潮里清洗过了，湛蓝了我的提问。
闭目，双手紧合，一段经文就流过我的身体，与过往尘埃，一起隔世。

我用衣衫做一处楼阁，斜倚成莲花宝座的影子。
烛香袅袅，引你晨钟暮鼓后的梵音。
请蝴蝶停下，在来路消失时负责吸一处血气芳菲。
借您的慈悲之目，在莲花落下时又多一次结局。

三

诵经声从莲花座上传来，我要准备遇见观世音菩萨时的镇静。
一步一步迈向您，我的脚踩着风，
登至山顶，向您奔去。但我太轻盈了，
我的重量与我体内的爱与恨，都随清风逝去了……

在生死另一侧，我们什么都是，什么都不是。
卸几许，敞心静。时间之外，斜阳的距离高于天空。
带一曲素雅，造化生命的初始与终点。
在不知道疼的地方，栽下一些云朵，于最绿处，写诗，泡茶……

四

我虔诚的叩首还衔接着一道来世的坎。不能再让迟现的星火误了明天。
借一把清水，穿过您的呼吸，流经您的寂寞，回到更深。
也唯有更深，才让我回到我的洁白里。
默念，默念，再默念……

我跪倒在您的面前。
我跪倒在万物的怀抱。
向您说出我的罪过，身为人的罪过，然后饮尽所有的泪水。
放眼身后，放生池里静静流淌的水流，我怀疑是从我体内流淌出去的。

今天，我掸落尘风，拈几丝福报，携虔诚从居所出发……

【作者简介】

黄长娣，生于1973年，广东省韶关人，现自主创业。作品散见《世界日报》《中华日报》《品文》《诗潮》《韶关日报》《黄金时代》等刊物。曾获多项国内奖项等。

遇见西樵（组诗）

/ 彭海波

遇见西樵，遇见最美的岭南！
——题记

1、听音湖之夜

骊音划过蓝色的湖面
蛰伏在梦里的精灵
——醒来
在夜色下翩翩起舞
曼妙的身影
让子夜的禅钟
停留在，遥远的荒芜

孤单的旅人
游走于静谧的湖畔

眼睛被灯火粘在了远方
只能用耳朵欣赏
樵山的月亮,以及
一个个由音符构筑的
七彩的、斑斓的
梦

今夜
我用单薄的涟漪
轻摇诗歌的橹桨
星光沉没之前
你至少累积了一千个
与这座湖
缠绵到老的
理由

2、烟雨松塘

苍老的古榕
悬停你鳞次栉比的荣光
水墨凝结的乡愁
一朵一朵地盛开
轻别于烟雨中的屋檐
松塘的杨柳
于此刻,在诗意中

轻抚历史的容颜

那深深巷陌
流淌着千年的灵秀
古朴的长街
是祖辈厚实的脚步
踏出的血脉
林立在岭南腹地翰林旗杆
彰显着你八百年风雨不朽的
显赫与庄严

沿着石阶前行
我步入你青砖筑就的古韵
塘边浣洗的姑娘
用一个素雅的微笑
让我醉倒在五月里
这写意的岭南

走近松塘
走近这翰墨飘香的故园
你从来不是松塘的过客
只是离家太久的
归人

3、行走西樵山

秉循大仙的足印,抵达这座
沾染了仙风道骨的青山
五月的季节饱满如歌,
蚕妇煮茧缫丝
我轻轻地走近你
拥抱岭南的郁郁葱葱

幽径独行
七十二位仙女纷至沓来
她们含笑的身影
穿越了多少迷朦
不经意的回首
我掉进那湖一般深邃的
眸眼

山顶的长瀑
倾尽了我的落寞
观音的法相慈祥而又庄严
玉指轻拈凡尘的迷雾
青莲盛开湮灭了喧嚣
西樵山,在极致静谧里
博大,而又伟岸

五月
走过梦一般的西樵山
轻栽一棵四方竹
在每一个思念拔节的夜晚
怀想南海的
那位姑娘

4、谒黄飞鸿像

武林早已尘封
蛰居在厚厚的书典
属于岭南的荣光
却从未远离这片热土

在你威严的铜像前伫立
想象中的飞檐走壁
传说里的绝世武功
都被演绎成江湖传奇
诉说着你的豪情侠义

一身肝胆
穿行于苦难的国度
被列强瓜分的国土
被黑恶欺凌的妇孺
你怒目而向

一个民族，冥冥无声的痛楚

于是，你栖身从戎
用一身功夫
惩善扬恶、保家卫国
你悬壶济世
用一副柔肠
造福乡邻、回报家乡

多年后
大侠的怒吼
依旧回荡在大地神州
已然醒来的东方雄狮
永远积聚着你
冲天的豪气

【作者简介】

彭海波，笔名慕容楚客，80后，湖南永州人。做过流水线，摆过地摊，当过服务员，开过咖啡馆，经营过书店。现在广州自主创业。始终认为诗歌是灵性的文字，一旦根植于内心，就会不断地生长。现为中国诗歌学会会员，湖南诗词协会新潮诗会副秘书长、新诗委员会副主任，广州市青年作协诗歌创作委员会委员，《湘诗》杂志编辑，《湖湘诗歌》平台主编。已出版个人诗集《行走的忧伤》。

西樵山,我是你放牧的一朵云

/陈海金

人海浮沉,西樵山
是一只千年的龟
驮着春晖　霞彩　信仰
愿望　福祉
在梵钟声里
阅人情世事　悟禅意佛谛

遍地芬芳
叶与叶互为背景
花与花互为主角
一弯涧水
晃荡隔世的梦境
朝圣的人
在佛光中出浴成一株株荷

枫林白塔　九龙洞　三湖书院

桃花园　石燕岩　宝峰寺

如同一颗颗棋子

与明月对弈

与繁星对弈

一个迟疑

已是沧海桑田

风从九曲桥赶来

梦泊天湖，西樵山

我是你放牧的一朵云

从云泉仙馆到茶花园

从翠岩到碧玉洞

从四方竹园到云海莲台

一遍遍在季节的掌心徘徊

【作者简介】

陈海金，80后，广东高州人，佛山市作家协会会员。著有诗集《油菜花开》。文艺作品散见《侨报》《中国教师报》《中国新闻出版广电报》《中国劳动保障报》《儿童文学》《工人日报》《黄金时代》《风流一代·青春》等报刊。获"西樵山杯"第三届全国青年产业工人文学大奖提名奖。

一个制衣女工的梦

/ 聂杰梅

织织复织织,但闻机柱声,又令我叹息。
曾读木兰诗,令我学针织。
我像一只小燕子,从西飞到东,飞到西樵山下做制衣。
西樵山美丽,年年令我来回飞。
也是为生计,也是为梦想。

织织复织织,昼夜把梦织。织出五彩布,做成彩云裳。
别人穿在身,走在大街上,赢得从人赏。
我也很羡慕,我只远远看。
让我挣了钱,我也要穿上。

织织复织织,昼夜把梦织。三年如一日,天天把梦织。
云裳已裁好,云裳我穿上。一往街市去,赢得众人赏。
谁知我等久,三年才得到。

织织复织织，昼夜把梦织。趁我韶华在，为我爱情织。
西樵很美丽，趁我还年轻去把梦想织！

【作者简介】

聂杰梅，41岁。本人出生于农村，自小勤奋好学。在正当念书年代，因为家中父母养我兄弟姊妹四人，生活清贫，交不起学费，念完高一就辍学外出到顺德西樵制衣厂打工了。当时虽然在工厂里有许多有说有笑的同龄人，但我还时常希望能回到学校去上课学习。现实是我踏出了学校就注定无法回去了。因为我对文学的爱好，我打工的床头总是会有许多杂志和文学名著。我和工友每个月一收工资都会去街上买《读者》《佛山文艺》等书籍，回来就孜孜不倦地读。

西樵抒情(组诗)

/ 吴燕群

五绝·渔耕粤韵(藏头诗)

渔舸扬帆泛碧漪,耕田挂果正当期。
粤风千古撩人醉,韵律生花尽是诗。

忆江南.春日樵山

山袅袅,云雾共氤氲。
珠瀑溅飞渲画意,绿茵流翠染诗魂。花漫舞缤纷。

清平乐

松风竹影,云锁樵山静。秋水湖平幽满径,摄步莲台仙境。

闲翻贝叶心经，千年般若长鸣。心绕晨钟暮鼓，纷扬花语不惊。

七律·访松塘翰林村

松塘区氏翰林缘，始祖开基廿八传。
科举蝉联文建树，圣恩泽荫福延绵。
先贤遗迹诗书乐，仕宦摇篮世代沿。
继往承前圆国梦，流芳未艾著华篇。

五律·访松塘翰林村

求知寻古蕴，到访翰林村。
漫步月池路，驰怀积德魂。
华山木秀气，西海水同根。
燕翼诒谋远，不忘圣贤恩。

七律·听音湖

西樵无处不风景，湖畔飞花现眼前。
白练腾空幻皑雪，翠微入水映云天。
风吹柳影银麟舞，日落青山虹霓妍。
鸥鹭荷中双戏水，听音遐想复流连。

忆江南·观瀑

飞流下,洒落雾腾临。
织锦叠泉珠裹翠,观灯听瀑影流金。仙境醉人心。

忆秦娥·赏环山湖

黄花瘦,柔肠几曲琴音奏。琴音奏,如丝如梦半城烟柳。
轻攀拈华年轻嗅,清风过处,平湖皱。平湖皱,幽香一缕,画图依旧。

西江月·游西樵山

碧草青山痴恋,红花绿树痴缠。依依蝶影舞翩跹,溪涧清泉缱绻。
身比浮云闲逸,心随春水流连。归真返璞乐延绵,和唱陶诗几卷。

西江月·平沙

西水鸟虫和唱,微风轻吻河塘。葱葱青草唤牛羊,翠竹芭蕉相望。
绿叶暖阳嬉戏,篱笆藤蔓情长。早蜂粉蝶采花忙,误入酒家别巷。

卜算子·游白云洞

揽胜白云奇,三教辉煌地。
奇石危岩秀绿屏,院榭亭台美。
古洞出蓬莱,倒泻银河漪。
曲水流觞墨宝承,可与兰亭比。

【作者简介】

吴燕群,笔名冰河。广东南海西樵人。钟情山水,寄意文学,醉心诗词。任某诗词论坛版主、本土诗社秘书长等职务。作品曾有发表,也曾获奖。为《西樵文化钩沉》撰稿,《樵歌》《西樵诗韵》编委。

西樵山（组诗）

/ 崔光红

游西樵山

游西樵山并非一时冲动
白垩纪出生的火山运动，就发生在我的脚下
一次次多么激越的喷射，像烈酒
岩体节理裂隙下的
不仅仅是断层，陡崖
还有它的洗心石、梵音和开在钟声里的一朵朵浪花
古越族在这里打磨石器
度脱苦厄
也锻造出坚韧的品格与生态哲学
瀑声如潮，鸟声如雨
有多少人慕名而来
就有多少人迷恋这座珠江文明的灯塔
奇石异洞，满目青翠

寻幽探宝的人们纷至沓来
许多文人学子在这里隐姓埋名
他们摒弃了一切虚妄
在这里狂放成歌,净化成雨,探寻一条接近真理的路
如今,在滚滚的发展浪潮之中
西樵山与时俱进
成为海外华侨抢手的山芋
它敞开广阔的怀抱,让所有的梦想扬鞭策马,遍地开花

三湖书院

霁日初开,那时候,康有为 21 岁
却在三湖书院寒窗苦读
落下一些青葱的头发
他把脸在湖水里浸湿了一半
泉声和鸟语果然是个好东西
可以将一个人的血脉疏通、清理干净
潮湖、鉴湖、会龙湖
谁可以抵挡住这么多纯净的湖水?
许多道德徒有虚名
而松柏苍翠。有一些热血注定为国家担忧
永不沉沦
直到遇上张鼎华这样的知交
"戊戌变法"终于穿越黑洞,呼啸而出
帝国的大厦风雨飘摇

书生却只能仰天大笑,手中无刀
昔年已逝
如今云淡风轻
西太后留下千古骂名,而万木草堂生辉

白云洞

三年卧白云,一醉抚流水
有云的地方
一些酒仙便自甘沉沦
他们在白云洞里淋着干净的时间
纵声地歌唱、下棋、饮酒、谈诗论画
翅膀被雨水打湿
他们游天湖、云路村、丹桂园
一颗心狂放不羁
白云洞的峭壁凌空,飞泉吐玉
这些有滚烫体温的青衫匠人尽被俘掳
他们感怀伤日,拈花抚琴
在黛青色的远山里种上家国
从一片草叶里捻出诗经
现实总归蹉跎
他们在岭南的山水间放达任诞
留下书院、楼宇、古寺和摩崖石刻
也留下狷狂名士的风流精神

南海观音

柳枝轻拂,天空高渺无垠
她在南海稳坐莲台,四面环水
目光如此的亲和,慈祥,仁爱
她从来不说话,却让那些跪拜于脚下的人
燃了檀香
把隐藏的贪欲与罪愆一一轻免
钟声震耳
一些雪开始飘飘落下
尘世的一切苦厄就此转身
他们虔诚地供奉、清心、瞑目,在经卷中齐声祷告
万千烦恼随风远去
一叶一菩提啊
她的宇宙大慈大悲
唯有善万物之念,她才得以高坐莲台

在黄飞鸿纪念馆

这样古朴庄严的纪念馆,旌旗猎猎
才配得上你,一施展拳脚
中华武侠的铮铮铁骨就风中傲立
像古老的磐石千年不动
岭南武术界从此声威大震,一声叱咤

半壁江山就滚下了尘土

一个破字，让你推陈出新

一个纳字，让你胸怀天下

一个男儿可以横刀跃马，却很难把云天顶起来

你做到了

一个男儿可以打破许多扇门，却很难做到敞开怀抱

你也做到了

伏虎拳、铁线拳、五形拳，拳拳出击

沉丹田，运真气，攻守凌厉

"宝剑腾霄汉，芝花遍上林"

而更为难得的

是你悬壶济世，有一颗医者仁心

责任与道义

让你的美名妇孺皆知

"南拳文化"独辟蹊径

让你一路蜚声海内外，决胜千里

【作者简介】

崔光红，笔名仪桐，广东省作协会员。生于上世纪七十年代，鲁迅文学院创作班结业。民间诗刊《湍流》编委、《意渡诗界》执行主编。作品散见于《新作家》《作品》《扬子江诗刊》《星星》诗刊《海峡诗人》《中国诗歌》《诗歌月刊》《芳草》等杂志。有诗歌、小说、散文在国家级、省级刊物获奖。有个人诗集《花钟》出版。

工人与诗(组诗)

/ 张博明

煤场检修回来

煤场的天空、建筑、机器……
所有的事物都蒙上一层灰尘
这比暴雨前攒聚头顶的乌云更让人窒息
对于那些堆积成山的煤来讲
我是陌生的闯入者
失足跌入这片黑色地域

去煤场检修回来的路上
我一直想用某个尖锐的词打开心里
快要僵化的局面
而现在我只想带那些在煤场工作的女人离开
绝非帮助她们远离生活

工地上的女人

若不是那对已经下垂的乳房
我也不会看穿她是女人
 她的手,她的脸,她的腰身以及
她粗壮的胳膊
让人错觉她不该是个女人
可能她还是几个孩子的母亲
或者是在一旁搭建脚手架的某个男人的妻子
她正帮男人们打螺丝,递钢管
扛起的钢管同生活本身相比要足够轻盈
工地上的女人和
北方下地干活的我的母亲
都是被苦难选定好的群体

野鸡在她的头顶筑巢

悲伤并非悲伤固有的样子
悲伤是我身体的一部分,同手脚、思想……
并存
与此相关的我有份夜里的工作
提着水桶清洗黑夜倾倒的墨汁
忘记生活——那个疲惫的女人
我看见野鸡正在她的头顶筑巢

枯黄的艾草还未打理妥善
保留着五千万年前原始森林的粗糙
要是这只飞禽受到惊吓
她的身后定会飞出母亲、妻子和儿女

天亮后我们一起下班
沿着树荫的指引或面临太阳的审视
重回荒野,要么跌入盗窃者挖开的坟墓
跟几个已经死掉的人打招呼
抬头仰望被铁锤敲碎的月亮
如果我们的明天
仍要继续经历煤火的熏陶
那就提前把一切悲伤丢进炉膛
悲伤并非悲伤原有的样子

【作者简介】

张博明,笔名陌上子衿,1992年出生于延安。南海长海发电厂职工,西樵文学协会会员,西樵诗社理事。业余发表作品若干,获奖若干。诗观:药可治身体疾苦,诗能慰心灵孤独。

关于西樵山的组诗

/ 荣玉平

大雅西樵

在西樵山,我们不是古樵夫
小叩柴门在字典里,看着他们深山里砍过柴
然后炊烟就一路悠然悠然地潇洒
那是一种蝴蝶恋花般的世外桃源生活

峰是峰的高度,石是石的颜色
风是风的飘逸,水是水的温度
树是树的粗壮,草是草的狂草

或者说,举斧砍柴树痛西樵山也痛我也痛
生态做轴,两个字就卷起西樵山的诗经论语
万物泼墨,这里养着禅意和苍穹
太阳一路向西,向西的还有星星月亮
看 72 峰 36 洞 25 瀑布 200 泉的胸脯一起一伏

然后,他们像一捆柴样熊熊燃烧在我的心里
去做佛性或者血性的表述

西樵山举起了手机绽放他们在朋友圈里的烟花
所以每次　我们总被削成柴刀样的生态
躬身倾听花草树木对着你大呼小叫

云海莲台

坐在西樵山上最高的不是山峰,是南海观音
高 61.9 米,不是仅仅说明在世界上坐得最高的观音在这里
也是在告诉大家,农历 6 月 19 日是观音成道的日子
于是,故国中华民族的风俗,本土我们肉体基因的大菩萨

说出国语"菩萨保佑"　你我迫不及待入了佛境
心里温柔绽放一朵莲花,大慈大悲的人性光芒
赶紧看看泉水瀑布的人生,齐上早课齐开诵经法会
揭开一角　红尘不红,尘埃不土,风云不争,风雨不闹

亲爱的,这不是风景啊
这是天地

四方竹园

这竹子上了西樵山，形状就是方形的
这竹子下了西樵山，形状就是圆形的

难道她懂得风水，或者说懂得生
难道她知道感恩，或者说知道爱

坐在竹下吧，月光微澜止水低眉词语倾听
那流传千年的爱情的传说正涉水而来
绊倒了我们

天湖印月

晚风荡漾三万里，然后慵慵懒懒的
陪着她站在广场左侧的棋局前
指点江山　在这些残局中哪一步是打开月宫的密码

归来的鸟儿早收起翅膀正打着鼾声梦香呢
母亲的手摸在天湖，快洗洗身子吧，要不凉了会感冒
鱼尾轻摆江枫渔火，栖息的诗意从湖里鱼跃起身

不动声色，总被月光撩起的水花溅湿一身

松塘古村

宗祠家庙正襟危坐，家塾镂耳屋素衣素颜
坊巷编制版图，抖腕这里的八百年王朝
明清滩厚了时间故事　释放古意
古井呈出松塘的古八景，古树繁茂翰林村的光荣

挖掘机不停打碎着历史怀里的宝贝
松塘古村，也是旧了的名字
在西樵山，却人人擦洗
所以一直　一直光彩照人

三湖书院

这个书院，是潮湖鉴湖会龙湖三个人的共同资产
他们入股的仪式很隆重
林则徐题写的门匾俯瞰而辽阔
墨迹刚干，林则徐禁烟去了
书声还在，康有为上书去了

现在我们享受着电灯电脑手机和互联网
治学理国　滂沱人生的信仰
不管上课　还是下课
都会被字斟句酌地点名

在三湖书院，我们都不会趔趄

飞流千尺

溪是溪，泉是泉，瀑是瀑
它们水的姿势不同　气场也不同

大云泉是名词，这个名词嫁接成三棒
龙涎瀑是第一棒
云外瀑是第二棒
绕崖急泻是最后一棒

惊心动魄　我们被钩心想做一瀑水
或者去做一水花
飞下去，飞下去
一直飞下去
然后　被斜倚的巨石旁招安在脚下

他们不是爱情，不是亲情，不是友情
他们不是一出殉情的大戏
他们抱紧在一起，只为享受美
我也想去跳一次，却没有捡起勇气

【作者简介】

荣玉平,1973年10月出生。现居大连市旅顺口区。私企员工,兼职网站编辑。爱好文学,人生最大的梦想是创作一部经典的长篇小说。已在《工人日报》《农民日报》等多家报刊发表文章。

樵山的石头

/ 万传芳

即便给我一双腿

我也不会离开,西樵山

我的家园

几千年的停留,已不舍

我把记忆刻进了纹路

不曾消褪

曾经被敲、打、磨

悠远的敲打声和粗糙的大手

还有漫天飞扬的尘土和火花

创造了我的时代

新石器

一个氏族　一个部落　一片山野

在人类的历史长河中

流下一滴汗

原始的呐喊声

和一双双铁臂

孕育出我和我的兄弟姐妹

我从远古走来

敲打我的人向远古走去

尘烟、氏族、部落

被时光带走

我的脸上,刻着最初的记忆

我以一颗石头的记忆告诉你

这世间曾经有那么一群人

饮山水食野果谷物

住山洞睡石场穿树皮衣服

用火堆驱赶野兽和漫漫长夜

还有繁衍

进化是后来的事

我是他们的石头儿子

在他们的臂弯里我与母亲的躯体分离

锤、斧、铲、砧

是父亲给的体型

他们把我扔进历史的尘埃

我与时光碰撞对接

现代文明从远处发源

我躺在山谷中回忆过去

【作者简介】

万传芳,笔名人间四月天、万传芳的天空,七十年代末出生于湖北宜昌,现居东莞。著有长篇小说《女中专生亲历广东十年》、中篇小说《三十五岁来敲门》。

微信网络微文学获奖作品

回家

/叶瑞芬

对面的上铺来了一个女孩，下身穿着一条密实紧厚的黑色超短裙，里面套上看不出肉色的黑色厚打底裤。只见她麻利地蹬掉脚上那双休闲长靴，用脚尖顶进下铺床底，吃力地提起一个大号行李箱，一步一挪地举到我与她之间的行李架上。见空间不够，她毫不犹豫地腾出一只手把我的行李袋和不知谁的行李袋重叠在一起，再深吸一口气，把她的行李箱一把塞入行李架内，然后潇洒地拍拍手，快速脱掉外面深蓝色的羽绒服，一把拉过棉被，再蛇一样匍匐潜行，直至把自己深深地裹进被子之中。

我记得刚才她脱衣的刹那，显露出来的苗条身段，胸部似乎不小。我裹紧了棉被，脑中不断想象着她在同样的被子下面呼吸时凹凸有致的侧影。

当车厢再度明亮起来的时候，车窗外天已亮了。我迫不及待地望向对面，只见她正侧向着我，染成深褐的披肩长发披散在枕头上，把一边脸孔都盖住了，两排长长的眼睫毛像黑蝴蝶一样停留在那张略嫌苍白的脸上，脸庞有些宽，还带着可爱的婴儿肥。耳垂上悬着薄薄的金属片耳环，如车灯般不时闪出耀眼的光。前额几缕头发如皱纹贴在宽大的额头上，无端地给我一种亲切感。

整个上午只见她翻身,喝水,上厕所,回来之后从随身背着的硬皮手袋里翻出一个粉盒往面上扑粉,再上腮红,那张稍嫌苍白的脸,很快就变得红扑扑的,像个苹果。我冷眼旁观着,心中想跟她说话的冲动居然变得越来越小。

她不停地翻看着手机,那部看起来不止值一二百块钱的手机不断地发出短信提示声,那是不是表示她已有男友呢?她在跟男友互发短信?或者有不止一个闺蜜在出谋划策?这样的女孩是最难对付的,我领教过了,每每拍拖,总是被这些姐妹们宰个不亦乐乎,好像我不放点血,她们就不会善罢甘休一样。我忽然奇怪她干嘛不看书呢,难道偌大一个箱子居然没有一本书?尽管我的手中只有一卷武侠小说,但我自信自己是个爱读书的人,我希望我的另一半也要爱读书。爱读书的女孩多好啊,起码省钱多了,不会一味追求物质享受,不会东家长西家短。

火车一路狂奔着,离下车还有不到一个小时了,可是我还没跟对面这个女孩说上一句话呢。我终于鼓起勇气清了清嗓子,准备等她从梯子上爬上来就开腔。车厢里飘起了一股浓浓的咖啡味,我看见她一手端着一个瓷杯一手攀上了梯子。我的勇气顷刻间又一泻千里了。咖啡很香却彻底打败了我,名牌手机,化妆品,再加上咖啡,我那份靠在车间里挨更抵夜挣来的菲薄的薪水支撑得了这样小资的生活吗?

我终于被自己打败了,灰溜溜地收拾好行李,快快地下车,回家。

【作者简介】

叶瑞芬,东莞虎门人。广东省作家协会会员,东莞市作家协会理事,东莞文学艺术院第二届签约作家。作品散见于《微型小说选刊》《时代文学》《飞天》《红豆》《散文百家》《百花洲》《黄金时代》等。曾获首届全国鲲鹏文学奖。著有长篇小说《火女》和短篇小说集《离开有你的季节》等。

南方的村落

/王书阳

这是南方极为常见的一个村落。村子古朴、恬静,如一副古色古香的画卷。

1999年的时候,我在小镇的一家洁具厂上班,在一个叫兴围的村庄居住下来。我居住的小院内,种满花草和蔬菜,我喜欢在洒满阳光的院子里,种菜、读书、写作、晒太阳。在小镇,有许许多多像兴围这样的城中村,她们如素面朝天的女子,沉静、质朴、美丽,羞羞答答地隐藏于闹市之中,与繁华喧闹的市区相比,这些"都市里的村庄"把静谧与安逸,一直深入到村庄的骨髓深处。

兴围村依水傍河,古木参天,有着江南水乡特有的经典韵味。人行其中,青瓦白墙,木栅花窗,如在画中游。村子院落整齐,黛青色瓦舍上的杂草青苔,显露出老房子的漫长年代和昔日客家人的田园生活。行走村中,水塘、古井、宗祠、碉楼,独特的客家居住风情随处可见。村中的老屋如一位年长的智者,守着村子的安详和宁静,诉说着那些如烟的往事,见证着小镇的成长。

一座碉楼,它威严、醒目,高高地矗立在村口。听村上的老人们讲,碉楼至少有上百年的历史。在村子中央,有一排气势雄伟的院落,门楼上雕着龙凤吉祥的图案,门上"罗氏宗祠"的字体,显然有些年头了。每次路过，我总是忍不住要停下脚步，以无比虔诚的目光，仰望。我的目光掠过人世尘烟，走回到那个久远的年代，一座宗祠，一段历史，这里的每幢房子，都有一个故事。

宗祠的右边有一口古井，掩映于绿树红花旁。井内的水干净、清澈，冬天温暖，夏天清凉。井上安装木制的辘轳，绳索上系着一只木桶，转动几下摇把，辘轳便吱吱呀呀唱起歌来。井边，常有一群身着靓装披着长发的女子在洗衣。欢声、笑语，一串一串，清脆、悦耳，宛如飘动的风铃，回荡在小村的上空。若是在细雨蒙蒙的午后，你会看到从小村深处走出来的手执花纸伞的女子。女子身材曼妙，裙裾飞扬，迈着细细的步子，在村庄款款前行，宛如戴望舒笔下走来出的"丁香姑娘"。

村口的"好再来"豆腐坊，以"好味道、好天然、好准称"著称，在附近有着极好的口碑。豆腐现做现卖，生意极好，村子一年四季氤氲着浓浓的豆香味道。经营豆腐坊的，是一对川籍夫妇，那个叫水秀的女子，皮肤白净，模样周正，头发在后面挽起一个髻，穿着蓝底小碎花衬衫，宛如山水画里走下的江南女子，与小村的古朴融为一炉。有人开玩笑称她"豆腐西施"。

小村如一幅古色古香的山水画，永远留在我的记忆里。多年以后，当我说起深圳的时候，我会想起许多像兴围村一样的城中村，以及这些都市里的村庄留给我的静谧与安逸。

【作者简介】

王书阳，笔名郁小尘，广东省青年产业工人作家协会会员。作品见于《奔流》《短篇小说》《佛山文艺》《散文诗》《鹿鸣》《芳草潮》《金山》等刊物。现居深圳。

喊娘石

/ 刘长虹

妞子娘和村里一帮妇女去深圳打工了。

刚走没几天,妞子就闹着奶奶要娘。

奶奶也舍不得儿媳丢下几岁的孩子去深圳,但儿子病床上几年了,为了生活有啥办法呢!为了不让孩子伤心,奶奶哄妞子,说:"二牛山上不是有块大石头吗?对着喊,娘就能听到,听到了娘就回来了。"

二牛山在村东,离妞子家一里地,从此每天不到晌午,妞子都会去二牛山,朝着那块大石头喊:

"娘——,赶快回来,妞子想你了,妞子是个乖宝宝!"

妞子喊啊喊,半月后,娘真回来了。

或许是母女间的心灵感应吧,妞子娘说,在深圳,她晚上一合眼就听到她家的妞子在喊她回来,所以她就回来了。

但是,妞子五岁了,到了上幼儿园的年龄,读书要钱;妞子爹还病着,抓药也要钱……家里处处都要用钱。所以没几天,妞子娘狠下心又去了深圳。

从此,妞子又每天去二牛山,对着大石头喊娘了。

"娘——,赶快回来,妞子想你了,妞子是个乖宝宝!"

妞子喊啊喊，娘没喊回来，倒招来了一群小伙伴。

这群孩子和妞子一样，他们的娘都在深圳打工，看妞子上回把娘喊回来了，他们也都学样儿来喊了。

"娘——，赶快回来，俺想你了，俺是个乖宝宝！"

从此，每天上午，孩子们的叫喊声在二牛山上响起，在幽深的山谷中回荡，整个村里都听能到。

尽管孩子们的娘都没有马上回来，最多就是在逢年过节回来一次，但孩子们还是很满足，还是天天朝着二牛山那块大石头喊。

后来，不知是谁给那块大石头起了个好听的名字："喊娘石。"

再后来呢，大伙儿的生活慢慢富裕了，去外面打工的妇女陆续回来了。

只有妞子娘没有回来。

"她在这个穷家过够了。"

"她对病在床上的男人没了希望。"

"她和深圳一个小老板好上了，不会回来了。"

这都是从深圳回来的同村女人说的。

妞子的奶奶知道儿子拖累了儿媳，儿媳这些年也不容易，所以家里没派人去寻。每当妞子问起时，奶奶还是那句话："二牛山上不是有块大石头吗？对着喊，娘就能听到，听到了娘就回来了。"

"娘——，赶快回来，妞子想你了，妞子是个乖宝宝！"

这时，妞子已经九岁了，她隐约感觉到妈妈不会再要妞子了，但还是每天都去二牛山朝着那块"喊娘石"喊娘。

妞子嗓子喊哑了泪流干了。

有一天，娘真回来了。当时，妞子正在二牛山上对着"喊娘石"喊娘呢！

"娘，您回来了？几年不见，妞子居然还认得娘。

"嗯，娘天天梦见你喊娘，就回来了，娘以后不走了。"娘哭着一把抱住了妞子。

当晚,妞子娘烧掉了一张纸片和几页纸。

纸片是她回深圳的火车票,纸是离婚协议书。

【作者简介】

刘长虹,甘肃人,一线打工多年,后做文字工作,系广东青工作协会员,中山作协会员。有近50万字作品散见《微型小说选刊》《故事会》《黄金时代》《小小说大世界》《羊城晚报》等报刊。

我心安处是故乡

/唐泽天

过了腊八节,"年兽"的模样一天天高大明朗起来,年味儿也渐渐浓了起来。

这会儿要是在湖南老家,磨豆腐、杀猪宰羊、酿酒和捏饺子儿,每一样都不能少。而在樟木头,条件不允许,年货都是去超市现买的,但老家的一些习俗仍然被沿袭了过来:母亲不辞劳苦地腌上大把腊肉,除夕又自己动手包饺子。每年的年夜饭,一家人围在一起吃着美味的腊肉、品尝着香浓的饺子,聊着家乡的变化和我们的童年趣事——每一句话、每一声笑都是一颗颗洒落的珍珠,被无形的思乡之线串成闪光的项链,连接着往日的时空。这也是父母亲不同意我们像本地人一样去饭店吃年夜饭的理由。

想家的情结往往在过年期间愈发浓烈,母亲甚至会因此落泪——想当初,父亲携母亲到樟木头,本想趁身体硬朗打拼两三年再回老家安度晚年,谁料在此一待就是十年,一眨眼,孙子孙女都到了上学的年龄。"儿行千里母担忧",不管我们在神州大地哪个旮旯角落忙碌,每年都会回到父母身边过年——而樟木头,俨然成为了我们的"第二故乡"!

放假前,同事问:回家的火车票抢到了吗?我忙解释说:我回的是樟木头的家。几年来，我们已经融入到了这座被称为"小香港"的客家小镇。2010年，中国"作家村"落户樟城，让这座文化之城锦上添花。每年除夕，观音山上钟声悠扬、烟雾缭绕；观音山下载歌载舞、烟花绽放。此时此刻，无论客家人也好，他乡浮萍也罢，都在观音圣像的庇佑下祈福新的一年里平安如意！

此时此刻，故乡已不再那么遥远。有道是，何处是生命驿站停泊的港湾，何处便是守望的故乡。

【作者简介】

唐泽天，笔名圣泽，湖南道县人，瑶族。1979年生，本科学历。有诗入选《微信诗歌年鉴（2016年卷）》，并获中华文艺全国文学大赛诗词曲赋类优秀奖。

飞来的鸭子

/骆丁光

在 A 镇,老张是有名的养鸭专业户。

这天一大早,镇政府办公室邱主任骑摩托车来到老张的养鸭场,开门见山问:"老张,你这里有多少只鸭子?""差不多两百只。"老张忙给邱主任敬烟沏茶。邱主任皱皱眉说:"不够呀。新上任的市长要到我们镇考察个体养殖业的发展状况,我们早几天请记者在市报发了一篇通讯,说你的养鸭场鸭子漫山遍野,少说也有上千只吧。"

"那市长来了不就露馅了吗?这下如何是好?"老张露出为难的神情。邱主任深思片刻:"有了,由镇政府出钱,去邻县买一千只鸭子回来你这里养。"邱主任诡秘地笑了。"老张,到时你可要识做点。""这个请邱主任放心,一定一定。"他俩面面相觑,不禁哈哈大笑。

几天后,由县长和镇村领导陪同,市长一行人开着轿车风尘仆仆来到老张的养鸭场视察。养鸭场千余只鸭子活蹦乱跳,肥肥壮壮。"我们镇大力发展个体养殖业,在政策上扶持,在经济上支持……"市长大手一扬,打断正在作工作汇报的镇长的话:"我想和老张聊聊。"邱主任赶忙向老张使了个眼色,老张心领神会点点头。

市长和老张聊起了家常。老张说:"我们这里的社会治安很好,晚上睡觉不用关门,我的鸭子从来没被偷过。"市长额头上的皱纹舒展开了:"好。我们各级政府要切实为老百姓办好事实事……"临走前,市长留下电话号码给老张,吩咐老张有事找他。

第二天,邱主任开了辆大卡车在老张的养鸭场停下,邱主任从车上跳下来:"老张,我来领回那一千只鸭子。"老张一拍装着市长电话号码的裤兜,说:"邱主任,鸭子拿回去没问题,我这里有市长的电话号码,等一下我打电话给市长。"

"这,这……"邱主任脸色发青,不知说什么好。

邱主任悻然开车离去,老张笑着笑着,眼泪也笑出来了。

【作者简介】

骆丁光,广东省龙川县龙母镇人,系中国国土资源作家协会会员。自幼酷爱写作,十六岁开始发表文学作品,已出版多部文学作品集。搞过建筑、做过厨工、厨师,2002年3月开始从事报刊采编、记者,现在广东东莞市长安镇工作。

坚守的两棵树

/周家兵

　　这是父亲年轻时建造的房子，杂石下脚，土胚墙壁，灰黑瓦房。门前有方正小院，多年风雨洗礼，院墙已无意间倒塌，泥巴墙变成老屋门前的小丘。没有围墙的小院里，满是猪、猫、鸡、狗等家畜的脚印。偶有些不认识或无法辨识的印迹，抑或是夜晚从树林里出来觅食的刺猬、狐狸、野猪等留下的踪迹。

　　荒凉的小院里，有两棵生长茂盛的树。一棵是刺槐，一棵是香椿。

　　母亲在世时经常说，刺槐是大哥种的，香椿是二哥种的。大哥退休三年，二哥今年退休。他们早已跟随子女进城上楼。

　　父亲在一九九四年秋分后去世。那时，院子还有低矮围墙，两棵树之间拉上铁丝，搭起帐篷，父亲的后事就在这帐篷里悲伤又隆重地举行。

　　母亲是在父亲离世六年后离开的。母亲说要和父亲一样从这个小院里离别，不过那时，除了母亲之外，院里没有人玩耍和走动了。母亲的后事也在这两棵树下的帐篷里操办。此时，院墙已残破不堪，像掉牙的老人，参差不齐，四处漏风。好在两棵树更加粗壮，枝叶更加繁茂，阴翳蔽日，鸟雀满枝，嘈嘈杂杂，曲调蹦跶，清晨和黄昏似有声声颂吟。

儿时,这两颗树之间拉上铁丝,晾晒衣物被褥。母亲经常笑我,你小时候尿床,幸亏有这两棵树,方便每天晒被子。末了,母亲开怀地补充说,就是闻着你的骚腥味,这两棵树才如此茂盛。

两棵树,无论房子是否有人居住,院里是否有人走动,它们都站在大门前,一左一右,六米开外。夏天枝叶茂盛,秋天黄叶飘零,冬天徒手向天,春天盎然葳蕤。无论贫贱高贵、屋空院寂,依然坚守在此,以一种生生不息的姿态,不离不弃,盼归而立。

香椿树上有鸟巢,破落的小院突然就生动活泛起来。老屋的静默让树更加寂寞,有鸟的小院,像家里新添了幼孩,叽叽喳喳,有了生机与活力。

两棵树之间因这根硬邦邦的铁丝相连,像两个忠实的"小伙伴",为伙伴们甩跳绳。时刻准备着让伙伴们冲进来,跳起来。他们配合默契,一上一下地甩着跳绳。甚至都看到小伙伴们松垮垮的裤子松紧带,慢慢从腰间下移,要不了多久,光溜溜的屁股蛋子将在惊叫声中一上一下地跳动。

孩子们都走了,没有人能再回到这里了。两棵树之间的铁丝由于生锈,终于在喜鹊喳喳叫着落上去的瞬间,断裂开去,仅存的弹性让褐黄色的铁丝一分为二地在瘫软的泥地上各自扭曲着身姿。

连接两棵树的唯一纽带没了。一棵刺槐,一棵香椿,一棵左边,一棵右边。

没有人知道何时,年久失修的老屋,在深夜落寞地坍塌了,只有这两棵树知道。树上筑巢的喜鹊,在大雾弥漫的清晨,叽叽喳喳倾诉的时候,村子里找不到一个人。

【作者简介】

周家兵,曾用笔名麦田、周枫。祖籍湖北随州,现居深圳。广东省作家协会会员。有中短篇小说、散文等一百余万字,散见《长江文艺》《北方文学》《边疆文学》《当代小说》《文艺报》《散文百家》《散文选刊》《特区文学》等。获第二、三届全国青年产业工人文学奖。

回流

/顾启淋

在深圳,也不知道是第多少次搬家了。搬家时翻箱倒柜地整理行李,不小心翻出很多年没用的一本存折。打开一看一页页满满的是存入与取出的数据登记。我停下了手中的活,静静地翻阅着,静静地看着。那些数据把我记忆的大门轻轻地打开。

"爸,这个月的生活费就快用完了。"

"爸,我要报个书法培训班。"

"爸,我想买台电脑。"

……

每一次电话过后,那本存折里都会悄然存进比我索要的还要多的数目,而我却从没想过这些数目背后父亲流了多少汗。特别是即将毕业的那次,听母亲说,当时家里没那么多钱,是父亲向朋友借的。我仿佛看见父亲在夜晚打着电筒走在家乡那高低不平的小路上,在朋友家是如何开口借下那些钱的。一笔笔钱,就这样躺在这本存折里,扫过每一笔,仿佛看见父亲的身影。

慢慢翻着,出现了自己的影子。

"你妈最近身体不如从前了。"

"咱家的电视不好使了。"

"我最近晚上有点咳。"

……

虽然这些都是父亲在电话中不经意说出来的,但是我还是那么担心。第二天,会悄然地往那存折中存些钱,然后告诉父亲用卡去取。我知道那点钱,根本无法回报父母对我的养育之恩,也无法尽到我作为一个儿子的孝道。

而今我发现,我已经很久很久没有往这本存折里,存入我的爱了。我想,我需要用这本存折,把我的爱存进银行,让父母的爱得到应有的回流。漂泊在外,无法尽到自己作为儿子应尽的孝道,那么我也只能用它来表达我的爱与孝了。

【作者简介】

顾启淋,80后,江西吉安人。中国散文学会会员。作品散见于《海燕》《红豆》《湖南文学》《草原》《边疆文学》《四川文学》《中华文摘》《中国校园文学》《黄金时代》《北方文学》等杂志。著有散文集《故乡的那一缕缕炊烟》。

平安夜的桔子

/ 万传芳

胡冷梅提着桔子走在街上的时候，正是黄昏时分。她是请了假出来的。自从进了这家工厂，每天晚上雷打不动地加班三个小时。她现在往黎斌的工厂走过去。黎斌是她的男人，在离她两里远的一间工厂打工，职务是技术员。

平安夜，卖苹果的特别多。平时才卖五六块钱一斤的苹果，到了平安夜晚上，用颜色妖冶的彩盒包装了，摆在路边论个卖，八块八，十八块八，二十八块八，价格高低取决于包装的精美程度。不时有提着苹果的女孩从她身边走过。平安夜吃苹果寓意平安，吃桔子呢？大概寓意吉祥吧？

穿过镇中心，穿过一条马路，拐一个弯，就到了黎斌所在的工业区。胡冷梅来这个小镇没有多久。这是她第二次来找黎斌。往常总是黎斌来找自己。虽然两个人在同一个小镇打工，但是他们没有在外面租房子住，而是各住各的工厂。不是不想，而是口袋不允许。反正工厂提供免费食宿，何乐而不为呢？星期天两人都放假的时候，找一间网吧看半天电视剧，逛半天商场，吃一份地摊米粉，一天的时间就过去了。

快到镇中心的时候，婆婆打电话给她，对她说："孩子的奶粉桶又要见底了,赶紧寄钱回来吧。"离发工资还有两三天。她对婆婆说:"您先垫着吧,我发了工资就往家里寄钱。"打工打工,尽打瞎工。有人说工字不出头,胡冷梅左看右看,发现这个"工"字,有多种摆法。若是把它竖起来摆,它就像一副扁担。中间那一横搁在肩膀上,左右各挑一个长长的"一"字。这两个"一"字,份量不轻啊!胡冷梅想着,不知不觉就走到了镇中心。

镇中心卖苹果的更多,而且更贵。那一个个苹果装在妖冶的纸盒里面,从纸盒开窗的位置露出美丽的红脸蛋,似乎在嘲笑穿着工厂厂服、拧着桔子行走在瑟瑟寒风中的胡冷梅。

进入黎斌所在的工业区。想到黎斌,胡冷梅的心里暖暖的。他虽然挣钱不多,但却是个实诚人,不乱花钱,不在外面沾花惹草,吃苦耐劳,跟着他没有享过福,却也没有受过气。

几步就走到了黎斌的工厂门口。她从口袋里掏出手机看了看,却又把手机重新塞进袋子里。她想给黎斌一个惊喜。她在工厂外面的花坛边上站着,目不转睛地望着工厂大门口。远远地,她看见一群穿灰工衣的人走出来。那是技术员的工装。他们下班了。人群里面没有黎斌。黎斌肯定在后面,她想。她依旧站在花坛边上,手里捧着桔子,盯着厂门口。

许久,一个熟悉的身影从工厂里面走了出来。他是黎斌。他牵着一个脸上带着微笑、头上扎着红头花的女孩子的手。胡冷梅记起,自己嫁给黎斌那天,也是面带微笑、头上扎着一束红头花……

【作者简介】

万传芳,笔名人间四月天、万传芳的天空,七十年代末出生于湖北宜昌,现居东莞。著有长篇小说《女中专生亲历广东十年》、中篇小说《三十五岁来敲门》。

那一夜

/王先佑

八岁那年的冬天。不记得是为了什么,父亲又打我了,打得很重。而母亲,竟也破天荒地站在父亲一边,没有阻止父亲对我动粗。

打过之后,父亲依然余怒未消——这个时候,如果不及时从他眼前消失,危险依然存在。我擦干眼泪,止住抽泣,偷偷溜出了屋子。

已经是傍晚了,外面天寒地冻。我衣着单薄,加上刚刚哭过,泪水顺着脖子流进衣服,北风吹来,我冷得瑟瑟发抖。我缩着脖子在南墙根蹲着,心里盘算该去哪里藏身。

最终,我躲进了屋后的牛棚。怕父亲发现,进去后,我把牛棚的门用一根树棍顶上了。天已经全黑了,牛棚里什么也看不见。我蜷在墙角,牛屎牛尿和干草的气息把我包围,这使得牛棚里有种温暖的感觉,我觉得自己的身体又慢慢膨胀起来。我适应了牛棚里的黑暗,牛躺在干草上,我看见了它的眸子。牛也在看着我,它的眸子在黑暗里闪闪发光,那种光亮里,包含着诸如慈爱、温情等等意味。我的眼泪又流了下来。

我在牛的注视中等待。等待母亲唤我的声音响起,等待黑夜过去,白天降临,父亲忘掉所有的不快,一切云开雾散。但我什么都没有等到,却在等待里沉沉睡去。我做梦了，梦见父亲母亲和妹妹正围坐在桌边，每人端碗米饭，往碗里夹着菜，这些饭菜散发出我从未闻到过的香味。我忽然醒了，手脚冰凉，肚子饿得发疼。我不知道到了什么时候，但我确信父母都已经睡了。厨房在屋子的外面，我想悄悄溜下去，去厨房里找点吃的，又怕弄出动静把父亲吵醒。我摸索着，从牛的身体下面扯出了几把干草，把它们盖在自己身上。干草带着牛的体温，但是这温度很快又消失了。我听见北风紧贴着牛棚的墙壁愤怒地刮过，然后又倒回来，企图破门而入。牛棚门挡住了它，它狂躁不已，把门弄得嘎嘎直响——它一定是在到处找我。我把身体慢慢向牛靠近，牛感觉到了，缓缓地站了起来。这让我又不得不缩回了身子。

黑暗中，我有些绝望。我忽然想到了死，喝农药、上吊、投水，我所知道的死法只有这么几样。漆黑的夜里，没有农药，没有绳子，连池塘都被冰盖上了盖子……我不知道该怎样去死。寒冷加倍向我袭来。我决定去试试投水。我摸索着打开了牛棚门，把树棍拿在手上——我需要用它来破冰。门开了，牛棚外白茫茫一片——雪不知道什么时候下的，已经停了。牛棚前有两行脚印，像两条虚线，把牛棚和下面的屋子连在一起。我准备走向牛棚后面的水塘，脚步却又鬼使神差地向着屋子的方向挪去。

堂屋的大门虚掩着。

【作者简介】

王先佑，湖北随州人，居深圳，打工，业余码字。在《中国作家》《长江文艺》《百花洲》《文学界》《福建文学》《作品》等刊物发表小说、散文八十余万字，曾获第二届全国青年产业工人文学奖新人奖。

误 会

/杨文凭

刚出门打工时,为省些房租费,我只好寄居在山伯那位于温州双屿镇的工棚里,再骑自行车去市中心的公司上班。

山伯一生踏踏实实、任劳任怨,是村里出了名的老实人,由于家有患病在床的父亲,又不懂什么技术,那些年一直在建筑工地上当杂工,家境很不好。可是,他对我却很慷慨,我有时候加班回来,他也刚好下了晚班,就请我到工地门口吃烧烤,我们和摊主逐渐熟悉起来。

那天,工地上发了拖欠了半年的工资,山伯赶紧给家里汇了一些生活费,买了一些日用品,又请我们几个老乡去附近的烧烤摊吃宵夜。

几天过后,山伯去工地前的一家小卖部充话费,便拿出前几天在烧烤摊找过来的50元零钱。店主把钱拿在手头摸了摸,感觉不对劲,又用双手捏着钞票在眼前瞄了瞄,拿着钱往石灰墙上擦了一下,说:"假钱,不要!"山伯有点不相信,想辩解,店主说:"竟敢用假钱?看你是老顾客的份上,不然,我早就打电话报警了!"

山伯感到很委屈,拿着50元回到工棚,给我们核对,仔细一看:原来真是假钞,只是仿真度挺高的,加上山伯一直不太注意,才没发现。50块钱啊，相当于山伯辛辛苦苦干大半天的工资呀。

我和老乡们都很生气，说去找烧烤摊摊主评评理，要他把假钱换掉。可是，山伯认为这么多天过去了，又不是在现场发现，口说无凭啊，就劝大家别冲动，只发誓以后再也不去那家烧烤摊吃东西了。

有的老乡建议，把假钱给他，由他去其他地方帮山伯花，花掉之后再给山伯真钱。可是，山伯不肯，说："哪个收到了假钱就哪个倒霉，要是落到一个更贫困的人的手中，那不是害了他？咱不能做这种不厚道的事情！再讲，使用假钱是违法的！"

为断绝大家使用假钱的念头，山伯当着大家的面，把那50元撕烂，扔进火炉中烧掉了。

没想到，事情到现在并没有完。

几天后，不知道怎么的，有工地的工友到那家烧烤摊吃宵夜，无意中提起了山伯收到50元假钱的事。

当晚，那家摊主刚收完摊，就匆匆来到工地上，找到山伯，硬要塞给他50块钱。摊主很抱歉地说："真是对不起，那天太忙，我也不知道哪时候收到了假钱，更不知道把假钱找给了你！"山伯嘿嘿笑了笑，把钱塞了回去："原来你也是受害者，这钱我怎么好意思拿呢？大家都不容易！"摊主说哪里行呀，你都是我的老顾客了，咱们乡下人出来做生意，得实诚，这钱你必须收！

一场误会，就这样解决了，我们又和烧烤摊主重归于好，又成了他那儿的常客。

有时候一对比，那些造假钱、用假钱的人，在两个质朴、诚实守信的农民工面前，显得多么的可笑啊！

【作者简介】

杨文凭,1984年出生,苗族。有散文小说评论在《意林》《人民日报》《中国青年报》《经济日报》《南方都市报》等100余家报刊发表,曾获第十八届中国新闻奖全国报纸副刊作品年赛铜奖。曾在宁波、温州、东莞、深圳等地打工,从事过客户代表、工人、内刊主编、企划主任、品牌总监助理、企划总监等职。贵州省作家协会会员。

车间里的夜

/ 窦玉红

日子被我们一天接一天

用双手举起

白班和夜班

永远定格在 20：00 点交接

为了工资卡里

那不多不少的四位数

我们在这缔造神化的车间

追逐梦想

又一次次淹没在

车间里

灿烂的灯光下

那一双双充满希望

微涩似肿的眼睛

在呼吸中，重复呼吸

在黑暗中，重复黑暗

像机器一样

永不停歇

白班，倒夜班

又夜班，倒白班

夜，很深很深

沉沉睡去

花儿，鸟儿，草儿

都在梦里，笑开花

车间里的灯光

布满血丝

圆睁着眼睛

机器轰鸣着

女工吆喝着：

"我这里没纸箱，快点拿过来。"

"我这里货满了，赶紧拉走。"

"这里够数，赶紧换模。"

这交替的吵杂声

撑起了，强大的夜

驱逐着，疲惫不堪的梦

像一只只忙碌的蚂蚁

在流水线上

在纸箱的缝隙间

不停地擦油，披锋，打包，

装箱，上车，交货

在机器与模具间

碰撞火花

哐当哐当

轰隆轰隆

激动着，夜里死沉的空气

咸咸的空气

飘荡着，一粒一粒珍珠似的汗滴

夜，很深很深

沉沉睡去

花儿，鸟儿，草儿

都在梦里笑开花

我们在车间的夜里

缔造着神化

为了工资卡里

那不多不少的四位数

车间女工

我们来自不同的省份
带着不同的梦想
从四面八方
来到这个可以实现梦想的城市
——深圳

我们进入不同的工厂
工作在不同的生产车间：
服装厂的剪线女工

电子厂的装配女工
塑胶厂的披锋女工
……
穿上工衣，换上工鞋，戴上防尘帽
便成了一名不折不扣的车间女工

车间女工
在白班和夜班中轮回
在十二个小时的时光中穿梭
在灼热的灯光下挥洒汗水
在深圳的街头站成一道亮丽的风景

剪线女工小雅
作业台前
左手托起衣服，拎起线头
右手握紧剪刀
熟练地剪断线头，一件，十件，二十件……
流水线上源源不断的衣服从拉线上下来
一剪一剪
满地的线头，就象剪落的时光
剪断些许的惆怅和失去丈夫的忧伤
发工资，可以给女儿买漂亮的花裙子
上个月拖欠的房租也有着落了
再寄点给年老的公婆
想到这，小雅的脸上露出淡淡的笑

装配女工小杨

流水线前

各种不同的配件

安装在形状各异的部品上

每一种配件都随手找到，准确无误

细嫩的双手起了茧

整箱的产品盖上了合格章

这是她下学后第一份工作

第一次领工资

可以给弟弟下学期交学费了

剩下的钱再帮爸妈买一台好点的风扇

秋季的种子，化肥钱也够了

心里别提有多美

披锋女工张姐

拉线后面的作业台上

一个接一个的产品流下来

左手轻巧地拿起产品

右手里的披锋刀在她手里游刃有余

一刀两刀三刀……

每一处毛边在她的刀下瞬间抹平

头心里的几根白发在灯光下透着亮

眼角的细纹又多了几条

看着自己加工好的

一个个产品

可以装箱出货

想着
那个打印文件的小姑娘
不会被小小的毛边
划伤了手
买新房的首付快够了
儿子的生活费可以多给点
不用丈夫一个人再干着两份苦力
嘴角的笑就没停过

勤劳，美丽的车间女工
辛苦了
你们用一双双灵巧的手
支撑起幸福的家，书写着美好的生活
一个个美好的梦想
在车间里
在作业台上
在握着剪刀和披锋刀的手里
一天天
一点点
在脸上绽放出花儿一样的笑容

【作者简介】

窦玉红，笔名予心若玉，1977 年出生，湖北省襄阳市东津人。工作之余爱好读书，写作，旅游等。作品

《车间里的夜》《车间女工》在广东省"西樵山杯"征文活动中获奖。《深圳，我想对你说》获南山区"雅韵文学社"征文最佳短文奖。《观澜古墟》获龙华新区观澜杯征文二等奖。

我的美丽乡愁(组诗)

/肖东

看见乡愁

老家门前
一定要栽上两棵香樟树

想的是不管多远回家
总能看见夕阳中
那一树的绿

沿一条青石小径
炊烟衬托着她的梦
这是在异乡
我在黄昏时感叹
在竟夜里哭泣
在等一阵熟悉的风

卷走钢筋丛林上空的月光

只要推开窗
恍如看见故园
看见乡愁
奔入我带泪的眼眸

听见乡愁

一切都是那么遥远
放下手中的工作
我的心和一个声音交融
多想成为一只展翅的鸟

在别人入梦时分
我在高高的山岗上
设计了美丽蔚蓝的世界
久久不愿离去

如今
我的胸间已多荆棘
羽毛般的泪水像下雨一样
无意再去抱着双肩
给自己一点安慰

在天尽头
古老的村庄的某个路口
不绝的乡愁
恰似母亲的低唱
让我在徐徐的夜风中
轻易听见

呼唤乡愁

在淹没的人群中行走
我的双脚踏在柏油路上
生疼
那是最辽远的相思

高大的香樟树摇曳着枝叶
在徐徐的夜风中
飒飒作响
恰似乡音的呼唤

此刻,只有阑珊的灯火
向繁星倾吐着依恋
村庄相隔千万里
却和我一样不停遐想

此刻,天地一片空旷

我在灵魂的窗口不住眺望
草地上一所住宅
再怎么古老
那条路径依然清晰无比

记住乡愁

叶,依旧在落
香樟树依旧在风中
抓住我的视线
把它交付给未来的日子

我无法快慰
在滚滚红尘里
也无法和城市融为一体

属于我的时光
依旧在等待更新
于是,香樟树成为一本书
我不断地翻阅
才能找到内心的温暖

可我总在为它渐行渐远
记住乡愁
今生今世,不过是用来
漂泊的一段岁月

【作者简介】

肖东,生于1977年,湖北黄陂人。中国文字著作权协会会员,武汉市作家协会会员。作品散见于《文苑》《散文诗》《诗潮》《北方作家》《大公报》《西藏日报》《南方日报》《辽宁日报》等。

坐拥西樵

/ 黄和林

我家与西樵山仅有一墙之隔，一些藤萝，一些竹子，总是把藤蔓伸到我家的阳台上来。因此，我即使足不下楼也可以饱览西樵山的无穷秀色。一天，俏皮的女儿把食指放在嘴边，做了一个不要声张的手势，蹑手蹑脚地走到我的书桌边，悄悄地说："爸，你看，一只锦鸡跑到咱家的阳台上来啦！"我急忙拿起手机，想走近一点才拍照，没想到锦鸡如此警觉，"扑棱"一声窜到围墙外的密林里去了。

近水楼台先得月，每有余暇，我或凭栏远眺，观赏对面苍翠的山峰，舒卷的云雾；或独坐后阳台，聆听脚下松涛呼啦，小鸟唧啾。人在家里，心在山间，舍去旅途的劳顿，尽享观光的乐趣。

远看西樵山，峰峦秀丽，树木葱茏，蜿蜒而上的盘山公路仿佛一条黑色的巨蟒盘绕着西樵山的腰身。西樵山没有黄山之险，泰山之雄，但这里的茂林修竹，青藤翠蔓，叮咚山泉，涓涓溪流给她增添了几分妩媚和灵性。玉岩珠瀑从珠、玉两峰之间劈崖而下，飞珠溅玉，摇光荡翠，远远望去，宛如从半空飘落的一条银色丝带。而瀑布旁边的小亭，显然是别在丝带上的一朵淡黄的梅花。当我正在欣赏这朵梅花的时候，团团烟雾滚涌而来，西樵山诸峰给吞没了，浓雾氤氲，坐落在大仙峰顶的观音法像时隐时现，我以为便是蓬莱仙阁了。

站在前阳台远眺西樵山，就像欣赏一幅水墨画，意境是够美的了，但赏画毕竟是人在画外，感受不到这位母亲温馨的体香和细微的气息。因而我更愿意独坐在后阳台。坐在这里仿佛置身于花鸟廊，数支细而直的映山红越墙而入，一些不知名的藤蔓攀附而上，几乎占据了半边阳台。红、黄、蓝、紫的小花抱着、偎着、戏着、闹着，绽开灿烂的笑容，微风吹来，窸窸窣窣，摇曳生姿。翠绿的山岚轻轻吹过，像母亲那温暖、润泽的双手抚摸着我的脸，梳理着我的乱发。我闭着眼，便觉得自己是偎依在母亲的怀抱里。迷离中，叮叮咚咚的泉水声、啁啾的鸟鸣声、呼啦啦的松涛声随风飘进我的耳朵，极远又极近。如果仔细辨认，还可以听到斑鸠"咕咕咕——咕"的叫声不绝于耳。

每当这时我都情不自禁地吟诵出梵阳《题赠西樵桃源阁》的诗句，并把其中的"桃源阁"改为"我楼阁"："鸟语泉声隐约闻，山奇树秀野花香，春光最满我楼阁，云抹烦心风洗尘。"

【作者简介】

黄和林，1997年毕业于广东教育学院汉语言文学专业，中学语文高级教师，佛山市作家协会会员，西樵镇文学协会副会长。2000年开始文学创作，小说、散文、诗歌、词赋、楹联等作品多次获得省市级奖励。

西樵山，我的乐园我的家

/黄紫嫣

似乎，上辈子就注定我与西樵山的不解之缘。

樵山屹立了几千万年，温婉动人，宁静淡雅，如一位饱经风霜淡然处世的慈祥老人，却分明是年华未老，四季常青的妙龄少女，她一直用最宽广的怀抱迎接着拜倒在她裙裾下的虔诚信徒。而我与她，结缘于我的婴儿时期。

出生一个星期，我就回到我的家——西樵山下的一间教师宿舍。对此，我虽不曾有过记忆，但我想，婴儿时期的我必然总是用清脆响亮的哭声和着樵山上的斑鸠、杜鹃、黄莺、喜鹊、画眉等各种鸟雀的嘹亮歌喉，共同演奏着谁也不懂的奏鸣曲。

妈妈说，三四岁大的我总是趴在窗台上看花丛里的蝴蝶飞舞，听林间的小鸟唱歌。这情形我是可以想象出来的，而楼下的那块菜地，永远是我记忆中的乐土。

宿舍楼后面有一块空地，教师家属在这里种了青菜和豆角，因此吸引来蝴蝶、蜜蜂和小鸟。外婆也有一垄菜畦在这里，菜地旁边的石头缝里有一眼泉，清澈的泉水顺着小水渠叮叮当当地流淌着。我常常光着脚丫在水渠里走来走去，还经常弄湿了衣服。有时又去追那些蝴蝶，但不敢碰蜜蜂，怕被蜇。

最好玩的是，有一种小鸟，头上顶着一撮灰黑色的圆锥形的绒毛，不怕人，总是在豆角架上蹦来蹦去，"咽啾咽啾"地叫个不停，声音里充满欢快和喜悦。

其实，现在的我，还是喜欢看花，看蝴蝶，喜欢听鸟雀和鸣的声音。每次回到西樵的家，我都想到茶花园、桃花园去走走，看看老茶林、桃花林着花未。西樵山是花的山，茶花、桃花、风铃花、杜鹃花、刺桐花、紫荆花、腊梅花把西樵山的四季点染得姹紫嫣红，妖艳无比。

茶花园里种着几十亩茶花，站在山坡高处，只见一株株、一垄垄、一排排全是茶花。当北方还是冰天雪地，光秃秃的树枝颤巍巍地战栗在寒风中的时候，这里却是姹紫嫣红、烂漫满园。朵朵茶花缀满枝头，灿似霞，红如火，白若玉……我不懂得欣赏茶花，但我陶醉于它流光溢彩的生命活力。

我常常聚拢一堆堆的茶花落瓣，用它们拼成一个个心形的图案，然后高声吟诵："山茶相对阿谁栽？细雨无人我独来，说似与君君不见，烂红如火雪中开。"没有雪怎办？我把一朵朵洁白的千层塔落瓣撒向天空，营造出"白雪纷纷"的意境。这样蹦着、跳着、唱着、笑着，在山的怀抱中，我总是如此肆意张狂。

【作者简介】

黄紫嫣，佛山市石门中学高三（16）班学生。喜爱写作，曾有多篇文章发表在省市刊物。创作的童谣《种树》获得全国第四届童谣一等奖。

樵山流水入画屏

/黄凯旋

西樵山天湖真是一处仙境。一个火山口湖,四面翠峰围抱,中间满湖澄澈的湖水,很像一片褶皱连绵的荷叶,中间晃动着一颗晶莹的水珠,微风吹来,水珠儿便从缺口处哗啦哗啦地奔涌出来。这激情澎湃的水流,在飞流千尺完成了一个凌空飞跃,以飞珠溅玉之姿飘落于深谷之中。然后汇入应潮湖,稍作片刻休整,又越溪渡涧,穿石裂坳,一路蜿蜒迤逦,跌宕奔腾,来到鉴湖。鉴湖的水又从三湖书院前面的桥洞喷薄出来,一头撞击在桥洞下面的岩石上,在巨大的落差间激起层层浪花,势如鼎沸,声若闷雷,经过数十米溪流缓冲后,注入会龙湖。

会龙湖的水虽然还是一波三叠,但已经不需要急速赶路了,于是端起一面又一面镜子,照照云,照照月,也顺便掠掠自己的鬓鬟,理理自己的衣衫。因为再下一步就是锦湖了,出了锦湖,将一去不复返了。天湖水一路走来,或为瀑,或为潭,或为溪,或为湖,每一次驻足都留下一处胜景,每一次回眸都成为美好的记忆。

这泉流飞瀑与巨石、悬崖、亭台轩榭等景观相映衬,成为一处处胜景。常令古今文人墨客流连忘返,奋笔抒怀。单在白云洞,对泉流飞瀑的誉美之辞就不胜枚举："衮雪""泻月""曲水流觞""媲美兰亭""观澜印月"……董必武游白云洞留下了"危峰铁壁立，飞瀑雪丝分"的诗句，白云洞口卓峰亭有联"一面亭台三面树，八分池沼二分莲"，白云古寺门联"曲水长流跨鹤旧寻三洞古，白云犹在与梅同住一山幽"。熠熠生辉的墨宝，极大地丰富了西樵山泉文化的内涵。山因泉而灵秀，泉因文而增辉。

西樵山泉水储藏丰沛，营造和开拓水文化也是潜力无限。留住水，就是留住一方风景。雄伟的创举往往是从朴素的理念中酝酿产生的。于是数百亩烟波浩淼的湖面从原先破旧的厂房里脱颖而出。宛如一只蛰伏于地下多年的蝉，经过撕裂的阵痛，蜕去沾满污泥和秽物的外壳，初展莹白嫩绿之态。放眼听音湖，宽阔的湖面银浪粼粼；湖边的水草，岸上的花木，碧绿如烟。"樵山瀑影""叠泉织锦""云影琼楼""官山人家""荷苑飞鸿"等八处景观环湖遍布在这湖光山色中。

"樵山瀑影"背靠樵山，面向景区中轴线樵山大道，是一座长近200米，高约10米的弧形假山。锦湖的水从假山上飞流直下，注入听音湖，宛如巨幅银幕悬挂于高低错落的两湖之间。站在假山下面的水帘洞里或者听音湖的滨水栈道上观瀑，只觉瀑声如雷，水汽弥漫，凉透肌肤；站在远处观瀑又疑瀑布是穿越过如绿色屏风般成排的青翠树林奔泻下来的。樵山叠翠影，平湖飘碧练，山也如画，水也如画。

【作者简介】

黄凯旋，佛山市南海人，现就读于中山大学旅游规划学院国旅班。喜爱旅游，喜爱阅读、喜爱写作，多次获得省市级征文奖。

阵痛

/ 徐泽万

　　大清早起来,老金习惯性地在自己陶瓷厂的空地上摔几下手臂,活络活络一下筋骨。"哎,又是一个雾霾天,呼吸都不爽!"老金喃喃自语。

　　太阳出来了,但是一层厚厚的雾霾将它裹住,它的光辉大大地打了折扣。陶瓷厂的工人陆陆续续来上班了,瞬间,高大矗立的烟囱排放出浓浓的烟雾,有的好像朝着太阳冲上去。

　　老金无奈地摇了摇头,打了一个响哨回到陶瓷厂去上班。

　　今天是星期一,陶瓷厂照例要召开股东领导会议。老金是厂长,自然要作发言。待几个股东到齐后,老金拿出一叠文件,分发给与会者人手一份。文件当然是复印的,这是区工业发展局下发的。

　　老金等大家看完文件后,不紧不慢地说:"根据市里的部署,陶瓷制造企业肯定要搬出大佛山,我们的厂子也在所难免。你们看看这个城市的雾霾有多严重,连呼吸都很辛苦。那么,我们的厂子怎么办呢?大家谈谈自己的看法吧。"

　　副厂长老欧举手发言:"陶瓷厂肯定办不下去了,我建议转型生产环境污染相对较小的家具吧。"

股东老梁显得一副无所谓的样子，说："我们也赚了不少的钱了，干脆散伙得了。"

其他三位股东则反对，同意企业转型，说什么当初办厂那么不容易都熬过来了，现在有了本钱，转型就转型嘛！

会议开得很激烈，以往30分钟的会这次开了整整一个上午。

会议虽然没有完全统一意见，但思路已经明晰，就等着如何去落实了。

说干就干，老金带着几位股东到乐从镇罗浮宫家具城去考察市场，再到一些家具厂了解生产销售的情况。每天回来后就进行汇总，形成书面文字资料。

一个月下来，老金他们对家具市场的前景摸了个透，写出了可行性分析报告，股东会议也开了不少，基本同意这个由老金牵头写出来的转型方案。

区里最后通牒下来了，陶瓷厂月底必须停产，否则重罚。

军令如山，不得不执行。

30号的早晨，老金照例起得很早，先是甩了几下手臂，然后停下来望着那个熟悉的已经不冒烟的高大烟囱，最后用手机拍了几张照片。

太阳出来了，雾霾好像减轻了许多，冬日的阳光显得温暖了许多。老金的心里好像舒畅了许多，脸上不经意地总是露出笑容。

八点钟，再也看不见那些陶瓷厂的工人来上班了，工厂的大门上了一把大锁。整个厂子显得冷冷清清的。工厂围墙边的几棵大树的枝条上，很多鸟儿在上下跳跃，说着只有它们自己才能听得懂的语言。

不一会，厂子外边来了一大帮子人，他们带了云梯，原来是拆卸公司的人来拆工厂的烟囱的。

仅仅一个月的功夫，陶瓷厂的设备全部换成家具厂的设备了。在取下陶瓷厂厂牌的瞬间，老金百感交集，泪水居然从眼眶里流了下来，不知道是激动还是留恋。他没有让工人把牌子扔掉,而是自己拿着放进办公室里珍藏起来。

工厂转型,进行了简洁的剪裁,老金他们邀请了一些亲朋好友一起来见证这关键性的时刻。是啊,从陶瓷厂转型为家具厂,从思想到行动,每一个人,特别是这些股东,经历了一次阵痛。

家具厂的牌子挂起来了,在一长串的鞭炮声响过之后,老金揭开了蒙在新厂牌上面的红绸布,家具厂正式成立了。排列整齐,面貌一新的几百名员工戴着新厂牌鱼贯而入。看到这种场面,老金和他的股东们笑得很灿烂。

天空很蓝,阳光很暖,今天没有雾霾!

【作者简介】

徐泽万,48岁,江西省赣州市龙南县人,现在佛山南海西樵镇忆善书院从事辅导工作。作品先后在《健康报》《党建网》等发表。《老家三章》(散文)获得"中国美丽乡村论坛组委会、中国美丽乡村研究会"联合举办的"天虎云商杯" 美丽乡村征文二等奖;《难忘入党经历》(散文)发表于中宣部主管的《党建》网;《红军战士朱三妹》(小说)获得中央网信办网络新闻信息传播局主办的"追寻红色记忆,网上重走长征路,新长征故事"征文二等奖。

西樵山的自述

/ 荣玉平

我是一座山。

你问我有多大了？是吧。你猜，你猜，你猜猜看。

猜不出来吧，我已经有四万五千万年了。按照你们人类的年龄来算，就是四万五千万岁了，说出来可挺吓人的。别害怕，我不喜欢长生不老或者永垂不朽，肉不肉身无所谓，是生命就该有始有终有因果，我只是一座山，山就该有山的模样，就该是四万五千万年了。

地球母亲最初的样子我也没有见到过。我的出生，是一次火山爆发后的浴火新生。那时，我身在的地方还是古海湾，海水里凝结了火山喷出的无数岩浆，成为一个锥状的山体，这是我出生时的模样，很丑。后来经过几次岩浆喷发，才有出水莲花的峰峦簇拥。海水走了，留下了我。也留下了西樵山文化。

我睁大眼睛，地球是沉寂的，我孤独。大自然给了我阳光和月光，给我留下了水声和鸟声，还有许多花花草草和野兽，于是这里成为了乐园。在六千年前，岭南最古老最原始的土著族群疍人在我这里开始生活。你们现在看到的细石器和双肩石器，是新石器时代的疍人，利用西樵山岩石制造石器工艺，用来渔猎、捕捞、生产和生活的工具。

你们不知道吧，石燕岩就是当时西樵山最大规模的采石场遗址，在唐宋时期，他们就开始西樵山开采岩石用于建造房子，其水下采石场遗址远远超过意大利中世纪时期被当作"采石场"的加城遗址。

我见过了无数的时间和历史，我在这里见证人类的成长，见证中华文化的一脉繁华。你们给我的"南粤名山数二樵""珠江文明的灯塔"头冠让我很自豪和骄傲。

疍人，你们应该叫做祖先，他们来到这里，就喜欢上了我这里，虽然他们的语言最初是陌生的，但是，有一个字我听得懂，就是家。

这是他们的家。

西樵山就是他们的家。

他们在这里住下来了，繁衍生息，你们一代又一代的子子孙孙都是我的孩子，我喜欢看着你们一点点长大长高，听有人称呼我是母亲山——多么亲切，我感动得几乎哭了。

是的，这是你们的家园，我喜欢你们在我的怀里跑来跑去，我喜欢你们依偎着我指点江山。

我知道，你们把我当作了你们生命的一部分。

生命，这是对我的最高奖赏。

我是一座感恩的山，就像你们人类懂得感恩一样。你们每个人都细心地呵护着我，像呵护自己的生命一样，人类祖先用过的东西我都精心保留着呢，我把他们分为了地质文化、农耕文化、宗教文化、理学文化、龙舟文化、龙狮武术文化、摩岩石刻文化等等——不知道，我这样分册入列对不对你们人类阅读的口味。

我知道，中国是四大文明古国之一，西樵山文化一直没有折断、枯萎和凋零，甚至绽放得更美、更香、更灿烂了。

我相信：我一定还能再活五千万年，再活五亿年……

【作者简介】

荣玉平,1973年10月出生。现居大连市旅顺口区。私企员工,兼职网站编辑。爱好文学,人生最大的梦想是创作一部经典的长篇小说。已在《工人日报》《农民日报》等多家报刊发表文章。

锤子在西樵

/张惠清

"某年的一天,把母亲接到了西樵,相聚时彼此会心一笑。"这幅温馨的画面偶尔会浮现在锤子的脑海里。

黝黑发亮的皮肤、结实的身体,还有一双充满了好奇与憧憬的眼睛。这个清爽纯朴的小伙子,在这个炎炎夏日中,随着"民工潮",来到了中国纺织之乡。登上西樵山山顶,群峰罗列、云岩飞瀑,蔚然大观。这对于初来乍到的锤子来说,却是无比新鲜。站在山顶,看着眼前这一切,锤子愣了许久。

西樵并不大,但却有着大城市快速发展的紧张节奏。锤子很快找到了一份工作,是在工地做泥水工人,工资不多。沾满泥浆的工作服,印着汗迹和灰尘的脸,在阳光下的锤子仿佛是一尊泥塑。但锤子想,自己才二十岁,只要慢慢来就可以攒到钱。锤子一直有个愿望,就是能在这个城市扎根,并把乡下的母亲接过来。想到这里,锤子更加有动力,推着水泥车哼起小调来。看似简单又普通的日子,在锤子看来,都充满着期待。他每天都准时出现在工地,比谁都勤快。

一个偶然的机会,锤子得到了纺织厂流水线工人的工作。锤子依旧是兢兢业业,专心干好自己的工作。清棉、梳棉、条卷、精梳、并条、粗纱、细纱、络筒、捻线……这些纺织生产工序，锤子早已熟记在心。锤子每天重复做着相同的工作，但一想到心中的愿望，立马干劲十足，继续勇往直前。

锤子不仅拼，还十分节省。除了买一些必须的日用品，打电话给在乡下的母亲问好外，锤子并没有过多外出。大半年来也没有给自己买些什么，直到现在都还是穿着以前的衣服。有时为了省钱，锤子可是受尽折磨。有一次，工厂机器坏了，停产两天，没有了吃饭的地方，锤子就一直饿着。第二天他饿得眼冒金星，不久他觉得眼前那些星星仿佛都是之前看到过的云雾茶、丹桂酒、西樵大饼、无笃螺、煎浓鲫鱼等西樵特产。他胃里泛着酸水，身心俱疲，将头埋进了被子里。锤子觉得，坚持下去就可以早日达成自己的愿望。

日子过得很快，锤子一直都脚踏实地地工作，外界的灯红酒绿对他来说，就是奢侈，只有真正在这个城市扎根了，才是实实在在的幸福。锤子是幸运的，一晃三年，锤子从纺织厂的一个流水线工人做到厂长，工资涨了不少，也有一定的存款了。锤子决定把母亲接过来。

车站里人潮涌动，锤子见到了四年没见的母亲。母亲明显消瘦了，两鬓多了白丝。锤子抑制不住心情，抱着母亲大哭起来。四年的时间，足够磨练一个人，锤子已从一个青涩的男孩成长成一个带有责任感的男人了。他知道，在西樵，这只是起步，他还要让母亲过得更加好，别再让她受苦。

【作者简介】

张惠清，本科在读学生。拥有女汉子的外表、逗比青年的性格和阳光灿烂的笑容，喜欢文学、喜欢阅读。闲暇时光，伏上一张安静的课桌，踩上书迷的脚印，回归纸里行间，期待能从中明白些道理，遇见些有趣的事，并能于纷扰之外觅得一处诗意的栖居之所，怀揣爱与勇气走向更美的远方。

做最好的自己，展现工人风采

/闵连伟

记得《士兵突击》中团长说过在想到和得到之间还有两个字——做到，只有做到，才能得到。

每个人都是一座山，世界上最难攀登的山，其实是自己，往上走，即便一小步，也有新的高度。做最好的自己，做优秀的产业工人，在岗位上有为，才会有位。

四年前，我们一行十几个同学，拖着拉杆箱，手提行李包，怀揣着激情与梦想，来到佛山西樵长海电厂。刚走出校门的我们，对从事的工作还不是特别了解，对未来还一片茫然，厂领导和师傅们给予了我们家人般的关怀和谆谆教诲，他们的热情驱走了冬日的严寒，带给了我们丝丝暖意。忘不了那嘈杂的设备声音，分部主任在热气袭人的厂房不厌其烦地为我们讲解将要从事的工作和生产安全；忘不了在实际操作时，班组老师傅们的一遍遍演示，一次次提醒，手把手的指导；更忘不了过节时公司领导的亲切慰问，大家欢聚工会舞厅，欢歌笑语，其乐融融的美好时光。是他们无微不至的照顾让我有了家的温暖和快乐，全身心的投入到工作中去。从那时起，我就决定留下来，不仅要做最好的自己为长海电厂贡献出一份力量，也要做一名优秀的职工，为西樵创优，为佛山发展，为发电事业献出光和热。

在我们电厂，有一个个以优秀职工为引领的团队，他们拧成一股绳，像追日的巨人一样不停地向前奔跑，追逐着自己的"太阳"——那就是专业知识更新的速度、专业技术换代的步伐、个人价值和集体理想的不断实现。他们不停地跑，从未放弃前进的脚步。倦了，就相互加油鼓劲；困惑了，就竭尽全力自学互学；老了，跑不动了，就将毕生的知识和技能毫不保留地传递给加入到集体的新成员。他们朝着他们的"太阳"脚踏实地地迈进，也化作了一个个小小的"太阳"，照耀着身边的员工们一起奋力前行！

耳濡目染，我深受鼓舞，真实感动在企业金字塔的底层，真实感动在无私奉献之中。如今，我总是习惯把身边的老师傅、老职工作为榜样，秉承"不渴望伟大，认认真真做好每一件平凡事就是自己职责所在"的宗旨，每天手抓电笔，背着电工包，巡检在风机、循环泵、开关和控制箱等各种现场设备之间，按照安全操作规程细心操作每一次工作任务，在主控屏和电脑前完成电厂下达的各项生产任务。我在理论和实践中一步一步完善自己，努力寻找那个最好的自己，用一点一滴的进步展现工人风采。

不积跬步，无以至千里，不积小流，无以成江河。每个人的成功都是生活中的起早贪黑，默默流汗，辛苦付出获得的。做最好的自己，你一定会达到新的高度！做优秀的工人，你一定能为佛山西樵，为当今工业发展贡献自己伟大的力量！

【作者简介】

闫连伟，辽宁沈阳人。利用业余时间进行写作，表达自己，喜欢用文字表达工人阶级心声，深知基层工人的艰难与困苦。热爱生活，喜欢远游，向往田园风光，对未来充满希望！

铁锤唤醒沉睡的诗(组诗)

/张博明

1
不得不蜷缩着身体
在夹层中呼吸变得困难
——缺氧
握紧钢筋棍的手捅着堵塞的下煤管
像用根针缝住一群看客
多余的嘴唇
且把诅咒缝进口袋

2
你在发电机的轰鸣声中大声吟诵:
"我以亲吻的姿态拥抱劳动"
却成了众人眼里的小丑
舌尖在还算洁白的牙齿上打转
寻找断片的记忆

冬眠的诗意正渐渐苏醒

3
咣……
咣……
敲吧莫要停下
在机械式的敲打下
你拨动心思
敲落心中生根的铆钉
那些同生活相比不值一提的伤心事
正整齐地：下落、发霉

咣……
咣……
敲吧莫要停下
仅凭汗水的浇灌
就可滋润枯竭的灵魂
诗的种子已经发芽
曾经你用铁锤敲出一个新的中国
如今用它打造一副铁甲

青春里的诗行——夜，巡检

黑夜里巡检
丝毫的细节也不能放过

青春在夜里被点燃
如北极星般耀眼
那时灵魂在守更

黑夜里巡检
如同校验我的青春
责任的沉甸
让我的心胸
如晴朗的夜空般遥远

黑夜里巡检
滚烫的热血凝固成黑色
他们未曾入眠
征用青春的烈焰
点亮平安

黑夜里巡检
空白的纸张上
等你来涂鸦
乘着没有脚印的夜色出发
交份毫无遗憾的答卷

【作者简介】

张博明,笔名陌上子衿,1992年出生于延安。南海长海发电厂职工,西樵文学协会会员,西樵诗社理事。业余发表作品若干,获奖若干。诗观:药可治身体疾苦,诗能慰心灵孤独。

端午登西樵山,雨不至

/ 袁伟

空气像无形之网,越挣扎越煎熬
如某种命运

此时,该有半山风半山雨
而风雨不至,满目翠绿寻不到一丝清凉

在广东,在这个异乡人的故乡
到处是不必言说的过往

登顶西樵山也不必非要一场雨
那些一生风雨的人,早已浸透浑身瘦骨

曾经,奔到的脚步,令整座山喘息
旧时光,擦亮人世的灰暗

在山底

一座湖与一座寺院相邻,静谧如画

【作者简介】

袁伟,写诗多年,作品散见《青年文学》《山花》《星星诗刊》《诗选刊》《诗歌月刊》《中国诗人》等,入选十余种诗歌选本。贵州省作家协会会员。现居贵阳。

【附录】

西樵山杯·第三届青年产业工人文学大赛评委名单

陆天明

　　著名作家、编剧,中国作家协会主席团成员,作品曾多次获各种国家奖项,享受国务院特殊津贴,其长篇小说《苍天在上》《大雪无痕》《省委书记》《高纬度战栗》被改编为脍炙人口的同名电视剧。

陈福民

　　中国当代文学研究会副会长兼秘书长、中国当代文学研究会新媒体文学委员会主任、三届茅盾文学奖评委、三届鲁迅文学奖评委。

龙一

　　中国作家协会全委会委员、天津市作家协会副主席,所著《潜伏》《借枪》《代号》被改编为脍炙人口的电视剧。

蒋述卓

　　广东省作协主席、广东省文艺评论家协会主席、暨南大学博士生导师、暨南大学原党委书记。

邵丽

　　河南省文联副主席、河南省作协主席、"鲁迅文学奖"获得者。

刘庆邦

　　中国作协全委会成员、中国煤矿作家协会主席、"中国短篇小说之王"。

王十月

　　中国作协全委会委员、广东省作协副主席、"鲁迅文学奖"获得者,被《人民文学》评为未来大家Top20。

西樵山杯·第三届青年产业工人文学大赛获奖名单

公开组获奖名单

长篇小说　获奖：蔡玉燕—《南方建筑词条》
长篇小说提名奖：陈兰—《漂在深圳的女人》
　　　　　　　　王震—《米粒》
中篇小说　获奖：陈再见—《纵身》
中篇小说提名奖：陈集益—《人皮鼓》
　　　　　　　　叶清河—《病》
短篇小说　获奖：王先佑—《旋转木马》
短篇小说提名奖：陈柳金—《素身人》
　　　　　　　　游利华—《在美容院》
　　　　　　　　赵静—《搬家》
　　　　　　　　李江波—《烧烤为什么不放糖》

散文　获奖：程和祥—《在大地上居无定所》
散文提名奖：邬霞—《电厂前台文员工作手记》
　　　　　　黄红艳—《耻》
　　　　　　莫华杰—《临水南方》
　　　　　　唐诗—《微光》
　　　　　　周齐林—《被掏空的村庄》
诗歌　获奖：周小娟—《低入尘埃》
诗歌提名奖：孙海涛—《工厂笔记》
　　　　　　倪文财—《我多想停下来》
　　　　　　崔光红—组诗：《元旦纪岁》
　　　　　　祝成明—《生活大抵如此》
　　　　　　蒋志武—《每个人都想肆无忌惮的活着》

樵山组获奖名单

中篇小说　获奖：空缺
中篇小说提名奖：戴杜平—《港资厂打工记》
短篇小说　获奖：严婉儿—《印出光芒万丈》
短篇小说提名奖：黄声新—《就爱》
散文　获奖：黄和林—《静卧窗前听鸟鸣》
散文提名奖：韩芳—《西樵山寻美》
　　　　　　李逸轩—《西樵山，一处乡愁似的故园》
　　　　　　罗丹丹—《匠心在刀锋中出鞘》
　　　　　　廖佩仪—《瓷上生花》

　　　　　　吴璧庄 —《名山西樵》
　　　　　　黄浩森 —《寻幽探胜仰辰台》
　　　　　　黄永光 —《把平凡的工作做到极致》
　　　　　　黄凯旋 —《钢管森林的"舞者"》
诗歌　获奖：黄长娣 —《走近南海观音》
诗歌提名奖：彭海波 —《遇见西樵》
　　　　　　陈海金 —《西樵山，我是你放牧的一朵云》
　　　　　　聂杰梅 —《一个制衣女工的梦》
　　　　　　吴燕群 —《诗咏西樵》
　　　　　　崔光红 —《西樵山组诗》
　　　　　　张博明 —《工人与诗》
　　　　　　荣玉平 —《关于西樵山的组诗》
　　　　　　万传芳 —《樵山的石头》

微信网络微文学获奖名单

公开组：叶瑞芬 —《回家》
　　　　王书阳 —《南方的村落》
　　　　刘长虹 —《喊娘石》
　　　　唐泽天 —《我心安处是故乡》
　　　　骆丁光 —《飞来的鸭子》
　　　　周家兵 —《坚守的两棵树》
　　　　窦玉红 —《车间里的夜》
　　　　顾启淋 —《回流》

万传芳 ——《平安夜的桔子》

王先佑 ——《那一夜》

肖东 ——《我的美丽乡愁》

杨文凭 ——《误会》

樵山组：黄和林 ——《坐拥西樵》

黄紫嫣 ——《西樵山，我的乐园我的家》

黄凯旋 ——《樵山流水入画屏》

张博明 ——《铁锤唤醒沉睡的诗》

徐泽万 ——《阵痛》

黄永光 ——《平凡的打磨工》

袁伟 ——《端午登西樵山，雨不至》

荣玉平 ——《西樵山的自述》

张惠清 ——《锤子在西樵》

闵连伟 ——《做最好的自己，展现工人风采》

西樵山杯·第三届青年产业工人文学大赛颁奖典礼出席评委名单

陆天明　中国作家协会主席团成员
蒋述卓　广东省作协主席、广东省文艺评论家协会主席
刘庆邦　中国作家协会全委会委员、中国煤矿作家协会主席
龙　一　中国作家协会全委会委员、天津市作家协会副主席
邵　丽　河南省作协主席、河南省文联副主席
陈福民　中国当代文学研究会副会长兼秘书长、中国当代文学研究会新媒体文学委员会主任
王十月　中国作家协会全委会委员、广东省作协副主席
池志雄　共青团广东省委员会书记
张志华　共青团广东省委员会副书记、广东省青年联合会主席
赵东辉　新华社广东分社副社长、总编辑、广东省青年联合会副主席
肖伟鸿　共青团广东省委员会宣传部副部长
覃海慧　广东省青少年文化促进中心副主任、《黄金时代》杂志社副社长、总编辑
周崇贤　广东省青年产业工人作家协会主席

陈新文　佛山市委宣传部常务副部长
梁耀斌　高明区委副书记、代区长
王树斌　共青团佛山市委书记
黎　妍　南海区委常委、宣传部部长
梁惠颜　南海区文化体育局长
黄颂华　西樵镇党委书记
江启祥　共青团南海区委副书记
梁颖豪　西樵镇党委委员
潘国雄　西樵镇党委委员
梁瑞英　西樵镇党委委员